Peter James

SO GUT WIE TOT

Thriller

Aus dem Englischen von
Susanne Goga-Klinkenberg

Scherz

www.fischerverlage.de

Erschienen bei Scherz, einem Verlag der
S. Fischer Verlag GmbH, Frankfurt am Main
Die englische Originalausgabe erschien 2008 unter dem Titel
›DEAD MAN'S FOOTSTEPS‹ bei Macmillan,
an imprint of Pan Macmillan Ltd., London

Gesamtherstellung: CPI – Ebner & Spiegel, Ulm
Printed in Germany

ISBN 978-3-502-10071-3

SO GUT WIE TOT

Für Dave Gaylor

Ein Teil dieser Geschichte spielt in der Zeit
um den furchtbaren 11. September 2001.
Mein aufrichtiger Respekt gilt allen Opfern und jenen,
die ihre Liebsten verloren haben.

1

WENN RONNIE WILSON beim Aufwachen geahnt hätte, dass er in wenigen Stunden tot sein würde, wäre seine Tagesplanung wohl etwas anders ausgefallen.

Beispielsweise hätte er sich nicht die Mühe gemacht, sich zu rasieren. Oder so viele kostbare letzte Minuten damit verschwendet, sich Gel ins Haar zu schmieren und daran herumzuzupfen, bis es zu seiner Zufriedenheit lag. Auch hätte er nicht ganz so viel Zeit damit verbracht, seine Schuhe zu polieren oder die teure Seidenkrawatte perfekt zu binden. Ganz sicher hätte er auch nicht die exorbitante Summe von achtzehn Dollar bezahlt, die er sich nun wirklich nicht leisten konnte, um seinen Anzug beim Express-Service bügeln zu lassen.

Zu behaupten, dass er sich in seliger Unwissenheit über sein Schicksal befand, wäre übertrieben gewesen. Freude gehörte schon lange nicht mehr zu seinem Gefühlskanon, von Seligkeit ganz zu schweigen. Die empfand er nicht einmal mehr in den flüchtigen Sekunden eines Orgasmus, wenn er und Lorraine, was selten vorkam, noch einmal miteinander schliefen. Seine Eier waren ebenso taub wie der Rest seines Körpers.

In letzter Zeit war er sogar dazu übergegangen, auf die Frage nach seinem Befinden mit den Schultern zu zucken und »Das Leben ist beschissen« zu antworten, was Lorraine ungemein peinlich war.

Das Hotelzimmer fand er auch beschissen. Es war so klein, dass man stolpern konnte, ohne auf den Boden zu fallen. Es war das billigste Zimmer im *W*, aber die Adresse trug dazu bei, den Schein zu wahren. Stieg man in Manhattan in einem *W* ab, war man *jemand*, selbst wenn man in der Besenkammer schlief.

Ronnie wusste, dass er positiv denken musste. Die Leute reagierten auf die Ausstrahlung eines Menschen, vor allem, wenn man Geld von ihnen haben wollte. Selbst ein alter Freund würde einem Verlierer kein Geld geben – jedenfalls nicht so viel, wie er brauchte. Und schon gar nicht dieser bewusste alte Freund.

Er warf einen Blick nach draußen, um zu sehen, wie das Wetter war. Er verdrehte den Hals und spähte an der steilen grauen Klippe des gegenüberliegenden Gebäudes an der 39th Street hinauf, bis er einen schmalen Streifen Himmel erkennen konnte. Die Tatsache, dass es ein schöner Morgen war, besserte seine Stimmung auch nicht. Es war, als hätten sich alle Wolken aus dem blauen Nichts in sein Herz verzogen.

Die falsche Bulgari zeigte 7.43 Uhr. Er hatte sie für vierzig Pfund im Internet gekauft, aber wer konnte schon erkennen, dass sie nicht echt war? Er hatte bereits vor langer Zeit begriffen, dass teure Uhren ein wichtiger Faktor waren, wenn man Leute beeindrucken wollte: Wenn jemand sich die Mühe machte, eine der besten Uhren der Welt zu kaufen, würde er sich wohl auch Mühe mit dem Geld geben, das man ihm anvertraute. Der äußere Schein war nicht alles, aber ganz schön viel.

Also, 7.43 Uhr. Er musste los.

Er nahm seine – ebenfalls gefälschte – Louis-Vuitton-Aktentasche, legte sie auf den gepackten Trolley und zog diesen aus dem Zimmer. Er fuhr mit dem Aufzug ins Erdgeschoss und schlich an der Rezeption vorbei. Seine Kreditkarten waren derart am Limit, dass es vermutlich nicht mehr für die Hotelrechnung reichte, aber darum wollte er sich später kümmern. Das schicke blaue BMW Cabrio, in dem Lorraine so gern umhergondelte, um ihre Freundinnen zu beeindrucken, sollte beschlagnahmt werden, und die Hypothekenbank plante die Zwangsvollstreckung seines Hauses. Der heutige Termin war seine letzte Chance, dachte er entschlossen. Er wollte ein Versprechen einfordern. Ein Versprechen, das zehn Jahre zurücklag.

Hoffentlich hatte der andere es nicht vergessen.

Ronnie saß in der U-Bahn, das Gepäck zwischen den Knien. In seinem Leben war etwas schief gelaufen, soviel stand fest, doch er konnte es nicht genau benennen. Viele seiner ehemaligen Mitschüler waren erfolgreich und hatten ihn zu seiner Verzweiflung weit hinter sich gelassen. Sie arbeiteten als Finanzberater, Bauunternehmer, Buchhalter und Rechtsanwälte, hatten protzige Häuser, vorzeigbare Ehefrauen und hinreißende Kinder. Und was hatte er?

Eine neurotische Lorraine, die sein nicht vorhandenes Geld für endlose Schönheitsbehandlungen ausgab, die sie im Grunde nicht brauchte, für Designerklamotten, die sie sich im Grunde nicht leisten konnten, und für idiotisch teure Mittagessen aus Salatblättern und Mineralwasser, die sie mit ihren magersüchtigen Freundinnen, die alle viel reicher waren als sie, in den angesagtesten Restaurants konsumierte. Und obwohl sie ein Vermögen für Fruchtbarkeitsbehandlungen ausgegeben hatten, hatte sie ihm noch immer nicht das sehnlich erwünschte Kind geboren. Die einzige wirklich sinnvolle Ausgabe war ihre Brustvergrößerung gewesen.

Natürlich war Ronnie zu stolz, um ihr zu gestehen, in welchem Schlamassel er sich befand. Außerdem war er schon immer ein Optimist gewesen und glaubte, die Lösung seiner Probleme läge in greifbarer Nähe. Er fügte sich wie ein Chamäleon perfekt in seine Umgebung. Als Gebrauchtwagenhändler, dann als Antiquitätenhändler und Immobilienmakler wirkte er immer tiptop. Leider konnte er besser reden als mit Finanzen umgehen. Nachdem er das Immobiliengeschäft gegen die Wand gefahren hatte, war er rasch in die Grundstückserschließung eingestiegen, wo er in Jeans und Blazer aufs Neue überzeugend auftrat. Als die Banken sein aus zwanzig Häusern bestehendes Bauprojekt schon im Planungsstadium platzen ließen, erfand er sich als Finanzberater für reiche Leute neu. Auch dieses Geschäft war eine Seifenblase.

Nun hoffte er, seinen alten Freund Donald Hatcook davon zu überzeugen, dass er die nächste goldene Gans entdeckt hatte – Biodiesel. Man munkelte, Donald habe mit Derivaten – was immer das auch sein mochte – über eine Milliarde gemacht, während er bei

Ronnies gescheitertem Immobiliendeal vor zehn Jahren ein paar schlappe Hunderttausend verloren hatte. Damals hatte er so getan, als ob er Ronnies Gründe für die hingelegte Pleite akzeptieren würde, und hatte versprochen, ihn bei nächster Gelegenheit noch einmal zu unterstützen.

Sicher, Bill Gates und alle anderen Unternehmer dieses Planeten warteten nur darauf, in den neuen umweltfreundlichen Biosprit-Markt einzusteigen, und hatten vor allem das nötige Kleingeld dafür, doch Ronnie war sicher, eine Nische für sich entdeckt zu haben. Er musste Donald heute Morgen nur davon überzeugen. Donald war clever. Er würde es kapieren. Es war einfach eine todsichere Sache.

In Gedanken ging Ronnie noch einmal das Gespräch mit Donald durch, und je näher die Innenstadt rückte, desto selbstbewusster wurde er. Er verwandelte sich in Gordon Gekko, den Typen, den Michael Douglas in *Wall Street* gespielt hatte. Äußerlich war er von dem Dutzend schick gekleideter Wall-Street-Player, die mit ihm in dem schaukelnden Waggon saßen, nicht zu unterscheiden. Falls einer von ihnen auch nur halb so viele Probleme hatte wie er, gelang es ihm, sie gut zu verbergen. Alle wirkten ungeheuer selbstbewusst. Hätten sie ihn auch nur eines Blickes gewürdigt, dann hätten sie einen großen schlanken Mann mit attraktivem Gesicht und zurückgegeltem Haar gesehen, der ebenso selbstbewusst wirkte wie sie.

Wer es bis vierzig nicht schafft, schafft es nie mehr, sagten manche. In nur drei Wochen wurde er dreiundvierzig.

Jetzt kam seine Station. Chambers Street. Das letzte Stück wollte er zu Fuß gehen.

Er trat in den schönen Morgen hinaus und warf einen Blick auf den Stadtplan, den ihm der Mann am Empfang am Vorabend gegeben hatte. Dann schaute er auf die Uhr. Zehn nach acht. Nach seinen Erfahrungen mit New Yorker Bürogebäuden würde er etwa fünfzehn Minuten brauchen, bis er sich im Haus zurechtgefunden hatte. Hinzu kamen fünf Minuten Fußweg, vorausgesetzt, er verlief sich nicht.

Ein Straßenschild verriet ihm, dass er sich nun auf der Wall Street befand. Er kam an einem Jamba Juice Shop und einer Änderungsschneiderei vorbei und betrat anschließend ein brechend volles Downtown Deli.

Es roch nach Kaffee und gebratenen Eiern. Er setzte sich auf einen roten Lederhocker an die Theke und bestellte frisch gepressten Orangensaft, einen Caffè Latte, Rührei mit Speck und Weizentoast. Während er auf das Essen wartete, ging er noch einmal den Businessplan durch und schaute auf die Uhr.

In England war es jetzt fünf Stunden später. Lorraine würde gerade in Brighton beim Mittagessen sitzen. Er rief sie rasch an, um ihr zu sagen, dass er sie liebte, und sie wünschte ihm Glück für den Termin. Es war so einfach, Frauen glücklich zu machen, ein bisschen Geturtel ab und zu, dann und wann ein Gedicht oder ein wertvolles Schmuckstück – aber nicht zu oft.

Als er zwanzig Minuten später die Rechnung bezahlte, ertönte in der Ferne ein ungeheurer Knall. Der Typ auf dem Hocker neben ihm fragte: »Scheiße, was war das denn?«

Ronnie hinterließ ein anständiges Trinkgeld, steckte das Wechselgeld ein und machte sich auf den Weg zu Donald Hatcooks Büro, das sich im siebenundachtzigsten Stock des Südturms des World Trade Center befand.

Es war 8.47 Uhr an einem Dienstag – dem 11. September 2001.

2

OKTOBER 2007 Abby Dawson hatte die Wohnung ausgesucht, weil sie sich dort sicher fühlte. Sofern sie sich zurzeit überhaupt *irgendwo* sicher fühlen konnte.

Es gab nur drei Eingänge: die Feuertreppe hinter dem Haus, die sich nur von innen betreten ließ, den Notausgang im Keller und die

Haustür. Diese befand sich acht Stockwerke unter ihr, und die Fenster boten eine gute Sicht auf die Straße.

Von innen hatte sie die Wohnung in eine Festung verwandelt. Verstärkte Scharniere, Stahlbeschläge, drei Riegelschlösser an der Haustür und am Notausgang des winzigen Abstellraumes, dazu eine doppelte Türkette. Der Einbrecher, der sich an dieser Wohnung versuchte, würde mit leeren Händen heimkehren. Man brauchte schon einen Panzer, um in die Wohnung zu gelangen.

Für den alleräußersten Notfall hatte sie zudem eine Dose Pfefferspray, ein Jagdmesser und einen Baseballschläger in Reichweite.

Es war schon paradox, dass sie nun, da sie sich zum ersten Mal im Leben eine Wohnung leisten konnte, die groß und luxuriös genug war, um Gäste zu empfangen, allein und im Verborgenen leben musste.

Allerdings bot die Wohnung viele Annehmlichkeiten. Das Eichenparkett, die riesigen cremefarbenen Sofas mit den weißen und schokobraunen Kissen, die Bilder moderner Künstler an den Wänden, das Heimkino, die Hightech-Küche, die breiten und wahnsinnig bequemen Betten, die Fußbodenheizung im Bad und die schicke Gästedusche, die sie noch nicht benutzt hatte – jedenfalls nicht für den Zweck, für den sie gedacht war.

Hier sah es aus wie in den Designerwohnungen, die sie in den Hochglanzmagazinen bewundert hatte. Bei schönem Wetter strömte die Nachmittagssonne durchs Fenster, und an windigen Tagen wie diesem schmeckte sie das Salz in der Luft und konnte die Schreie der Möwen hören. Es waren nur wenige hundert Meter bis zur Marine Parade, und dahinter lag der Strand, an dem sie kilometerweit in beide Richtungen wandern konnte.

Das Viertel selbst gefiel ihr auch. In der Nähe gab es kleine Geschäfte, die sicherer waren als große Supermärkte, weil sie dort einen guten Überblick über die Kunden hatte. Es reichte schon, wenn einer sie erkannte.

Ein einziger.

Nur der Aufzug war ein Nachteil. Abby litt unter extremer Klaustrophobie und neigte in letzter Zeit verstärkt zu Panikattacken. Sie war nie gerne Aufzug gefahren, und die wacklige Kiste, die an einen aufrecht stehenden Sarg erinnerte und im letzten Monat gleich mehrfach stecken geblieben war – zum Glück nicht, als sie ihn benutzte –, war einer der schlimmsten überhaupt. Seit einigen Wochen musste sie ihn leider benutzen, da die Handwerker, die die Wohnung unter ihr renovierten, das Treppenhaus in einen Hindernisparcours verwandelt hatten.

Normalerweise nahm sie die Treppe. Das hielt fit, und die schweren Einkaufstüten konnte sie allein im Aufzug nach oben schicken. Ihren Nachbarn begegnete sie selten, die meisten waren so alt, dass sie kaum das Haus verließen.

Die wenigen jüngeren Bewohner, darunter Hassan, der lächelnde iranische Banker, der zwei Stockwerke unter ihr wohnte und manchmal die ganze Nacht durchfeierte – sie hatte seine Einladungen höflich abgelehnt –, schienen meist unterwegs zu sein. Wenn Hassan nicht gerade eine Party schmiss, war der Westflügel an den Wochenenden so still, als wohnten nur noch Geister darin.

In gewisser Weise war auch sie ein Geist. Sie verließ ihren sicheren Bau erst nach Einbruch der Dunkelheit. Die langen blonden Haare hatte sie kurz geschnitten und schwarz gefärbt, sie trug eine Sonnenbrille, schlug den Kragen ihrer Jacke hoch und lief als Fremde durch die Stadt, in der sie einst geboren und aufgewachsen war. Sie hatte hier Wirtschaft studiert und in Bars gekellnert, als Sekretärin bei einer Zeitarbeitsfirma gejobbt, Freunde gehabt und sogar von einer Familie geträumt, bevor das Reisefieber sie ergriff.

Nun war sie zurück. Inkognito. Eine Fremde in ihrem eigenen Leben. Verzweifelt darauf bedacht, nicht erkannt zu werden. Wenn sie, was selten geschah, einem Bekannten begegnete, schaute sie weg. Sah sie in einer Kneipe einen alten Freund, verließ sie sofort das Lokal. Verdammt nochmal, sie war richtig einsam!

Und verängstigt.

Nicht einmal ihre Mutter wusste, dass sie wieder in England war.

Vor drei Tagen war sie siebenundzwanzig geworden. Was für eine

Sause! Sie hatte allein in der Wohnung gefeiert – mit einer Flasche Champagner, einem erotischen Film auf Sky Channel und einem Vibrator mit leerer Batterie.

Früher war sie stolz auf ihre natürliche Schönheit gewesen. Sie strotzte vor Selbstbewusstsein und konnte sich immer und überall die Männer aussuchen. Sie konnte nett plaudern, charmant sein und auch verletzlich wirken, was Männern gefiel, das hatte sie vor langer Zeit begriffen. Nun aber war sie wirklich verletzlich, und das machte überhaupt keinen Spaß.

Es machte auch keinen Spaß, auf der Flucht zu sein.

Selbst wenn es nicht für immer war.

Auf Regalen, Tischen und auf dem Boden stapelten sich Bücher, CDs und DVDs, die sie im Internet bestellt hatte. In den zwei Monaten, die sie nun auf der Flucht war, hatte sie mehr Bücher gelesen und ferngesehen als in ihrem ganzen Leben. Die übrige Zeit verbrachte sie damit, online Spanisch zu lernen.

Sie war hierher zurückgekommen, weil sie und Dave es für sicher hielten. Falls es einen Ort gab, an dem *er* nicht auftauchen würde, dann an diesem. Der einzige Ort auf dem Planeten. Ganz sicher war sie dennoch nicht.

Sie war noch aus einem anderen Grund nach Brighton gekommen, der höchste Priorität genoss. Der Gesundheitszustand ihrer Mutter verschlechterte sich zusehends, und sie musste ein gutes privates Pflegeheim finden, in dem sie ihre letzten Jahre würdevoll verbringen konnte. Abby hätte es nicht ertragen, sie auf der geriatrischen Station in einem der furchtbaren staatlichen Altenheime zu wissen. Sie hatte schon ein wunderschönes Heim auf dem Land ausgeguckt. Es war teuer, doch nun konnte sie es sich leisten, ihre Mutter auf Jahre dort unterzubringen. Sie musste nur noch ein bisschen in Deckung bleiben.

Plötzlich meldete ihr Handy eine SMS. Sie lächelte, als sie den Absender las. Die kurzen Nachrichten, die sie alle paar Tage erhielt, waren eine enorme Hilfe.

Abwesenheit verringert eine kleine Liebe und vergrößert eine große Liebe, so wie der Wind die Kerze ausbläst und das große Feuer auflodern lässt.

Sie überlegte kurz. Ein Vorteil ihres augenblicklichen Daseins bestand darin, dass sie ohne schlechtes Gewissen stundenlang im Internet surfen konnte. Sie liebte es, Zitate zu sammeln, und schickte eins als Antwort zurück.

Liebe heißt nicht, einander anzuschauen. Liebe heißt, gemeinsam in dieselbe Richtung zu blicken.

Zum ersten Mal war sie einem Mann begegnet, der in dieselbe Richtung blickte wie sie. Noch war es nur ein Name auf einer Landkarte. Bilder, die sie aus dem Netz heruntergeladen hatte. Ein Ort, an den sie in ihren Träumen reiste. Bald aber würden sie gemeinsam dorthin fahren. Sie mussten sich nur noch ein wenig gedulden. Sie beide.

Sie klappte die Zeitschrift *The Latest* zu, in der sie sich Traumhäuser angeschaut hatte, drückte die Zigarette aus, trank ihren Sauvignon und begann ihren üblichen Rundgang vor dem Verlassen der Wohnung.

Zuerst trat sie ans Fenster und spähte durch die Jalousien auf die Reihenhäuser im Regency-Stil. Das orange-gelbe Licht der Straßenlaternen drang in jeden Winkel. Ein Herbststurm peitschte heulend den Regen wie Schrotkörner gegen die Fensterscheiben. Als Kind hatte sie sich vor der Dunkelheit gefürchtet. Verrückt, heute fühlte sie sich im Dunkeln sicher.

Sie kannte alle Autos, die regelmäßig auf der Straße parkten, und überprüfte sie rasch. Den schmutzigen, mit Vogelkacke bekleckerten Golf GTI, den Ford Galaxy, der dem Paar von gegenüber mit den quengelnden Zwillingen gehörte, das nur damit beschäftigt schien, Einkäufe und Kinderwagen treppauf und treppab zu schleppen. Da war der seltsam aussehende kleine Toyota Yaris und der betagte Porsche Boxster, der einem jungen Mann gehörte, den sie für einen Arzt hielt. Vermutlich arbeitete er im nahe gelegenen Royal Sussex County Hospital. Der verrostete weiße Renault-Lieferwagen mit den platten Reifen und dem Schild im Fenster, auf dem mit roter Schrift ZU VERKAUFEN stand. Dazu ein weiteres Dutzend Autos, deren Besitzer sie vom Sehen kannte. Nichts Neues, kein Grund zur Sorge. Niemand lauerte im Schatten.

Ein Paar eilte Arm in Arm vorbei, der aufgeblähte Regenschirm drohte umzuschlagen.

Fenster im Schlafzimmer, Gästezimmer, Bad, Wohn-/Esszimmer abschließen. Timer für Licht, Fernsehen und Radio in jedem Zimmer aktivieren. Faden in Kniehöhe vor Wohnungstür quer durch Diele spannen.

Paranoid? Und wie!

Sie nahm den langen Regenmantel und den Schirm vom Haken in der schmalen Diele, stieg über den Faden und schaute durch den Spion. Der leere Treppenabsatz war in gelbes Licht getaucht.

Sie hakte die Sicherheitsketten aus, öffnete vorsichtig die Tür und trat in den Flur. Sofort drang ihr der Geruch von Sägemehl in die Nase. Sie zog die Tür zu und verriegelte alle drei Schlösser.

Dann horchte sie. In einer Wohnung unter ihr klingelte das Telefon. Niemand hob ab. Zitternd zog sie den Regenmantel mit dem Fleecefutter enger um sich. Nach so vielen Jahren in der Sonne hatte sie sich noch nicht an die Feuchtigkeit und Kälte gewöhnt. Oder daran, den Freitagabend allein zu verbringen.

An diesem Abend wollte sie sich im Kino am Yachthafen den Film *Abbitte* anschauen und danach einen Happen essen, vielleicht Pasta. Wenn sie in der Stimmung war, würde sie irgendwo noch ein paar Gläser Wein trinken. So hätte sie immerhin das Gefühl, unter Menschen zu sein.

Sie war unauffällig gekleidet, trug Designerjeans, Stiefeletten und einen schwarzen Rollkragenpulli. Sie wollte nett aussehen, aber kein Aufsehen erregen, wenn sie in eine Kneipe ging. Sie öffnete die Sicherheitstür zum Treppenhaus und entdeckte bestürzt, dass es blockiert war. Die Arbeiter hatten dort übers Wochenende lange Gipskartonplatten und einen Stapel Holz deponiert.

Fluchend überlegte sie, ob sie darüber klettern oder den Aufzug nehmen sollte. Schließlich drückte sie den Knopf und starrte auf die zerkratzte Metalltür. Sekunden später hörte sie, wie die Kabine scheppernd nach oben fuhr und mit einem ohrenbetäubenden Laut zum Stehen kam. Dann glitt die Außentür knirschend auf.

Sie trat ein, und die Tür schloss sich hörbar. Die Innentür ging ebenfalls zu. Es roch nach fremdem Parfüm und Zitronenreiniger. Der Lift ruckte so heftig, dass sie beinahe umfiel.

Nun, da es zu spät war, um auszusteigen, da die metallenen Wände sie einschlossen und ein kleiner, fast blinder Spiegel die aufsteigende Panik in ihrem Gesicht zeigte, schoss der Aufzug ruckartig nach unten.

Abby begriff, dass sie gerade einen schweren Fehler begangen hatte.

3

OKTOBER 2007 Detective Superintendent Roy Grace saß in seinem Büro am Schreibtisch. Er legte den Hörer auf und lehnte sich mit verschränkten Armen nach hinten, bis der Stuhl gegen die Wand kippte. *Scheiße.* Es war Viertel vor fünf am Freitagnachmittag, und soeben hatte jemand sein Wochenende die Toilette hinuntergespült. Besser gesagt, einen Gully hinunter.

Und das nach einer Pechsträhne beim wöchentlichen Pokerabend, bei dem er gestern fast dreihundert Mäuse verloren hatte. Was konnte es an einem verregneten Freitagnachmittag Schöneres geben als eine Expedition in einen Abwasserkanal? Das machte richtig Laune. Der eisige Wind drang durch die undichten Fenster seines kleinen Büros, begleitet vom Prasseln des Regens. Der ideale Tag für einen Ausflug.

Er verfluchte den Leiter der Einsatzzentrale, der ihn soeben angerufen hatte. Natürlich war es ungerecht, seinen Unwillen an dem auszulassen, der die schlechte Nachricht übermittelte, aber er hatte einen schönen Samstagabend in London geplant, mit dem er Cleo überraschen wollte. Den konnte er jetzt für einen neuen Fall abblasen, der ihm, wie er instinktiv wusste, wenig Freude bereiten würde. Und das nur, weil er den Dienst eines erkrankten Kollegen übernommen hatte.

Er ermittelte vor allem in Mordfällen. In Sussex gab es jedes Jahr zwischen fünfzehn und zwanzig Fälle, die meisten davon in Brighton and Hove und der näheren Umgebung. Auf diese Weise bekamen alle Ermittler die Gelegenheit, ihr Können zu zeigen. So berechnend es auch klingen mochte, brachte ein brutaler, aufsehenerregender Mordfall meist einen Karriereschub. Medien, Öffentlichkeit und Kollegen wurden auf einen aufmerksam, vor allem aber die Vorgesetzten. Es war ungemein befriedigend, wenn man auf eine erfolgreiche Verhaftung und Verurteilung zurückblicken konnte. Es war mehr als nur ein beruflicher Erfolg – die Familie des Opfers konnte einen Schlussstrich ziehen und nach vorn blicken. Für Grace war dies der wichtigste Faktor überhaupt.

Er arbeitete gerne an Mordfällen, bei denen es noch eine heiße Spur gab, sodass er mit hohem Adrenalinspiegel Gas geben, spontane Entscheidungen treffen und sein Team motivieren konnte, rund um die Uhr zu arbeiten, getrieben von der Aussicht, den Täter schnell zu fassen.

Der Fund in dem Abwasserkanal ließ jedoch nicht auf einen frischen Mordfall schließen. Skelettreste. Vielleicht gar kein Mord, sondern ein Selbstmord oder ein natürlicher Tod. Es bestand sogar die entfernte Möglichkeit, dass es sich um eine Schaufensterpuppe handelte, alles schon da gewesen. Die Überreste konnten seit Jahrzehnten dort liegen, da hätten ein paar Tage wirklich keinen Unterschied gemacht.

Grace verspürte ein schlechtes Gewissen, weil er so zornig war, und warf einen Blick auf die diversen blauen Kartons, die sich in seinem Büro stapelten. Daneben blieb nur noch Platz für den kleinen runden Besprechungstisch und die vier Stühle.

In jedem Karton lagen die wichtigsten Akten eines ungelösten Mordfalls. Die übrigen Unterlagen drängten sich in den überquellenden Schränken der Kripozentrale, schimmelten in einer feuchten Polizeigarage des Bezirks vor sich hin, in dem der Mord geschehen war, oder lagen zusammen mit den sorgfältig eingetüteten und beschrifteten Beweisstücken vergessen in einem Asservatenkeller.

Zwanzig Jahre Erfahrung bei Mordfällen sagten ihm, dass dieser Skelettfund vermutlich ebenfalls in einem blauen Karton enden würde.

Er hatte im Augenblick so viel Papierkram zu erledigen, dass sein Schreibtisch darunter zusammenzubrechen drohte. Außerdem musste er im Auftrag der Staatsanwaltschaft sämtliche Unterlagen für zwei bevorstehende Mordprozesse überprüfen, einer gegen einen schmierigen Internet-Pornohändler namens Carl Venner, der andere gegen einen Psychopathen namens Norman Jecks.

Er überflog ein Dokument, das Emily Gaylor, eine junge Mitarbeiterin der Justizabteilung von Brighton, erstellt hatte. Dann griff er zum Telefon und wählte eine Nummer, obwohl er nur wenig Befriedigung darin fand, jemand anderem ebenfalls das Wochenende zu verderben.

Der Angerufene meldete sich sofort. »DS Branson.«

»Was machst du gerade?«

»Danke der Nachfrage, Oldtimer, ich wollte nach Hause gehen«, erwiderte Glenn Branson.

»Falsche Antwort.«

»Nein, richtige Antwort«, entgegnete sein Detective Sergeant. »Ari hat eine Dressurstunde, da muss ich mich um die Kinder kümmern.«

»Was ist denn eine Dressurstunde?«

»Es hat mit ihrem Pferd zu tun und kostet dreißig Mäuse.«

»Dann muss sie die Kinder eben mitnehmen. Wir treffen uns in fünf Minuten auf dem Parkplatz. Wir müssen uns eine Leiche ansehen.«

»Ich würde wirklich lieber nach Hause fahren.«

»Frag mich mal. Die Leiche wäre vermutlich auch lieber zu Hause«, erklärte Grace. »Sie säße lieber mit einer schönen Tasse Tee vor dem Fernseher, als in einem Abwasserkanal vor sich hin zu verwesen.«

4

OKTOBER 2007 Sekunden später hielt der Aufzug ruckartig an, schwankte hin und her und prallte gegen die Wände des Schachts. Es hörte sich an, als würden zwei Ölfässer aneinander stoßen. Dann kippte er leicht, sodass Abby gegen die Tür stolperte.

Ein erneuter Ruck, freier Fall. Sie wimmerte leise. Einen Sekundenbruchteil lang verlor sie den Boden unter den Füßen, als wäre sie schwerelos. Ein unheimliches Knirschen, und der Boden schien sich wieder zu heben, prallte so hart gegen ihre Füße, dass es ihr den Atem nahm. Es fühlte sich an, als würde man ihr die Beine in den Hals rammen.

Der Aufzug wackelte und warf sie wie eine leblose Puppe gegen die verspiegelte Rückwand. Noch ein Schlingern, dann war es still. Die Kabine schwankte ganz leicht, der Boden hing schief wie ein Betrunkener.

»Oh, Gott«, flüsterte Abby.

Die Deckenbeleuchtung flackerte, ging aus, ging wieder an. Es roch beißend nach verschmorten Kabeln. Eine dünne Rauchfahne kringelte sich langsam an ihr vorbei.

Sie hielt die Luft an, um einen Schrei zu unterdrücken. Es war, als hinge die ganze verdammte Kiste an einem einzigen zerfaserten Seil.

Dann plötzlich ein reißendes Geräusch von oben. Metall barst. In namenlosem Entsetzen schaute sie zur Decke. Mit Aufzügen kannte sie sich nicht aus, aber es hörte sich an, als gäbe etwas nach. Ihre

Fantasie lief Amok, sie stellte sich vor, wie die Befestigung des Kabels sich allmählich löste.

Der Aufzug rutschte einige Zentimeter ab.

Sie kreischte.

Noch ein Stück, der Boden neigte sich weiter.

Mit einem lauten Scheppern kippte die Kabine nach links, sackte weiter ab. Ein scharfes Knacken erklang, als würde etwas reißen.

Noch tiefer.

Abby versuchte, das Gleichgewicht zu halten, kippte um, prallte mit der Schulter gegen die Wand und dann mit dem Kopf gegen die Tür. Sie blieb einen Augenblick still liegen, atmete den staubigen Geruch des Teppichs ein, wagte nicht, sich zu rühren, schaute nur zur Decke hinauf. Dort befand sich eine undurchsichtige Glasscheibe, die von Leuchtstreifen eingerahmt wurde. Sie musste raus hier, und zwar schnell. In Filmen hatten Aufzüge immer eine Dachluke. Warum dieser nicht?

Sie reichte nicht an die Bedienungsknöpfe heran. Sie versuchte, sich hinzuknien, doch der Aufzug schwankte wild hin und her und prallte gegen die Wände des Schachts, als hinge er wirklich nur noch an einem dünnen Faden. Sie hielt inne. Fürchtete, das Kabel könnte ganz reißen.

Sie lag ganz still, hyperventilierte, horchte auf Hilfe. Nichts. Falls Hassan nicht da war und die übrigen Bewohner ebenfalls unterwegs waren oder fernsahen, würde niemand sie hören.

Alarm. Ich muss an den Alarmknopf.

Sie atmete tief durch. Spürte einen Druck im Schädel, als wäre die Kopfhaut auf einmal zu eng. Die Wände rückten heran, rückten zurück und rückten heran, als befände sie sich im Inneren einer Lunge. Einer Lunge, die pulsierend atmete. Panik.

»Hi«, flüsterte sie. Das hatte ihr die Therapeutin beigebracht, um einer aufkommenden Panikattacke zu begegnen. »Ich bin Abby Dawson. Mir geht es gut. Das ist nur eine verrückte chemische Reaktion. Mir geht es gut, ich befinde mich in meinem Körper, ich bin nicht tot, und es geht vorbei.«

Sie rückte zentimeterweise zum Knopf. Der Boden wackelte und kreiste, als läge sie auf einem Teller, den ein Jongleur auf einem Stock balancierte. Sie konnte jeden Augenblick herunterfallen. Als Ruhe eingekehrt war, kroch sie weiter. Und weiter. Wieder zog eine blaue beißende Rauchwolke an ihr vorbei, lautlos wie ein Flaschengeist. Sie streckte den Arm aus, reckte ihn so weit es ging und drückte mit zitterndem Finger den grauen Metallknopf, auf dem in roten Buchstaben ALARM stand.

Nichts passierte.

5

OKTOBER 2007 Als Roy Grace gedankenversunken mit dem grauen Hyundai in die Trafalgar Street einbog, war es fast dunkel. Die Straße mochte zwar voller Stolz nach einer siegreichen Seeschlacht benannt sein, war aber von vernachlässigten, schmutzigen Häusern und Geschäften gesäumt und wurde Tag und Nacht von Drogendealern frequentiert. Zum Glück hielt das schlechte Wetter die meisten im Haus. Glenn Branson saß, wie immer schick in braunem Nadelstreifenanzug und makelloser Seidenkrawatte, mürrisch schweigend neben ihm.

Anders als die meisten Dienstwagen stank der neue Hyundai noch nicht nach McDonald's und altem Haargel, sondern roch, wie ein neues Auto riechen sollte. Grace bog nach rechts ab und fuhr am Bretterzaun eines Bauunternehmens vorbei. Dahinter wurde ein großes, heruntergekommenes Gelände mitten in der Stadt saniert. Zwei alte Güterbahnhöfe sollten einem schicken Neubaukomplex weichen.

Der Bretterzaun präsentierte ein Hochglanzbild der architektonischen Visionen. NEW ENGLAND QUARTER. HÄUSER UND BÜROS MIT ANSPRUCH. Es sah aus wie alle modernen Neubauten, die überall im Land aus dem Boden schossen, dachte Grace. Glas, freiliegende Stahlträger, Höfe mit netten Büschen und Bäumen und kein einziger Ganove in Sicht. Irgendwann würde ganz England gleich aussehen, sodass man nicht mehr wusste, in welcher Stadt man sich befand.

Was wäre so schlimm daran?, fragte er sich. *Bin ich mit neununddreißig schon ein alter Knacker? Will ich denn wirklich, dass die Stadt, an der ich so hänge, mit ihrem alten Dreck in einer Zeitschleife steckenbleibt?*

Allerdings hatte er im Augenblick Wichtigeres zu bedenken als die Stadtplanung von Brighton and Hove. Es war auch wichtiger als die menschlichen Überreste, die sie sich gleich anschauen würden. Etwas lag ihm auf der Seele.

Cassian Pewe.

Am Montag würde Cassian Pewe, der lange an den Folgen eines Autounfalls laboriert hatte, seinen Dienst in der Kripozentrale antreten und denselben Rang bekleiden wie Grace. Nur besaß er einen Riesenvorteil: Detective Superintendent Cassian Pewe war der Goldjunge von Assistant Chief Constable Alison Vosper, während Grace eher ihr Sündenbock war.

Trotz großer Erfolge in den vergangenen Monaten konnte Grace jeder falsche Schritt die Karriere kosten und ihn in eine Wache irgendwo im Hinterland katapultieren. Dabei wollte er gar nicht weg aus Brighton and Hove und schon gar nicht weg von seiner geliebten Cleo.

In seinen Augen war Cassian Pewe einer jener arroganten Kerle, die unglaublich gut aussahen und das leider auch wussten. Goldblondes Haar, himmelblaue Augen, immer sonnengebräunt und mit einer Stimme, die aufdringlich war wie ein Zahnarztbohrer. Der Mann stolzierte herum, verströmte ungeheures Selbstbewusstsein und führte sich auf wie der Chef persönlich.

Deswegen waren sie auch aneinandergerasselt. Vor einigen Jahren hatte die Londoner Polizei Verstärkung für den Labour-Parteitag geschickt. Dank seiner unglaublichen Ignoranz war es Pewe, damals noch Detective Inspector, tatsächlich gelungen, zwei Informanten zu verhaften, die Roy seit Jahren sorgsam pflegte. Danach hatte er sich überdies geweigert, die Vorwürfe gegen die Leute fallen zu lassen. Am meisten hatte es Roy jedoch auf die Palme gebracht, dass Alison Vosper sich auch noch auf Pewes Seite stellte.

Was sie an diesem Mann fand, war ihm nicht klar, außer die beiden hatten eine Affäre, eine Vorstellung, die manchmal gar nicht so abwegig erschien. Vosper hatte es sehr eilig gehabt, Pewe nach Brighton zu holen und zu befördern, wodurch sie Graces Befugnisse halbierte. Dabei war er durchaus in der Lage, seinen Job allein zu erledigen. Die ganze Sache war äußerst verdächtig.

Glenn Branson, gewöhnlich sehr redselig, hatte kein Wort gesprochen, seit sie die Kripozentrale verlassen hatten. Vielleicht war er wirklich sauer, dass Grace seinen Freitagabend mit der Familie durchkreuzt hatte. Oder es lag daran, dass Roy ihn nicht fahren ließ. Plötzlich fragte der Detective Sergeant:

»Hast du mal den Film *In der Hitze der Nacht* gesehen?«

»Ich glaube nicht. Wieso?«

»Darin geht es um einen rassistischen Polizisten in den Südstaaten.«

»Und?«

Branson zuckte die Achseln.

»Bin ich etwa ein Rassist?«

»Du hättest auch jemand anderem das Wochenende versauen können. Warum gerade mir?«

»Weil ich schwarze Männer auf dem Kieker habe.«

»Das glaubt Ari auch.«

»Das ist nicht dein Ernst.«

Vor einigen Monaten hatte Glenn ein paar Tage bei ihm gewohnt, weil seine Frau ihn auf die Straße gesetzt hatte. Es wäre fast das Ende ihrer Freundschaft gewesen. Inzwischen wohnte Glenn wieder bei seiner Frau.

»Ich meine es ernst.«

»Dann hat Ari ein Problem.«

»Die erste Szene auf der Brücke ist ganz berühmt. Eine der längsten Kamerafahrten der Filmgeschichte«, sagte Glenn.

»Toll. Ich sehe ihn mir demnächst an. Hör zu, Kumpel, Ari muss allmählich wieder auf den Boden kommen.«

Glenn bot ihm ein Kaugummi an. Das Pfefferminzaroma war angenehm erfrischend.

»Musstest du mich wirklich heute Abend hierhin schleppen? Du hättest genauso gut jemand anderen fragen können«, sagte Glenn.

An einer Straßenecke stand ein heruntergekommener Typ im Anzug und sprach mit einem Jugendlichen im Kapuzenpulli. Graces erfahrener Blick verriet ihm, dass die beiden etwas zu verbergen hatten. Vermutlich ein Dealer beim Geschäftemachen.

»Ich dachte, zwischen dir und Ari wäre es besser geworden.«

»Dachte ich auch. Hab ihr sogar das verdammte Pferd gekauft. Nun sieht es so aus, als wäre es das falsche Pferd.«

Durch die Bewegungen der Scheibenwischer erkannte Grace mehrere Baumaschinen, einen Streifenwagen und eine Baustelle, die mit Absperrband versehen war. Ein durchnässter, unglücklich dreinblickender Officer in gelber Leuchtweste stand da, in der Hand ein Klemmbrett in Plastikhülle. Sein Anblick erfreute Grace: Immerhin wussten die Uniformierten heutzutage, wie man einen Tatort sicherte.

Er parkte vor dem Streifenwagen und sagte zu Glenn: »Bei dir steht bald die Anhörung zur Beförderung an, oder?«

»Klar.«

»Das hier könnte genau die Art von Ermittlung sein, über die du bei der Anhörung berichten kannst. Eine interessante Geschichte.«

»Erzähl das mal Ari.«

Grace legte seinem Freund den Arm um die Schulter. Er liebte diesen Mann, einen der brillantesten Ermittler, denen er je begegnet war. Glenn besaß die besten Voraussetzungen für eine Karriere bei der Polizei, aber die gab es nicht umsonst. Sie hatte einen Preis, den viele nicht bezahlen wollten. Die unregelmäßigen Arbeitszeiten zerstörten viele Partnerschaften. Am besten lief es, wenn beide Partner bei der Polizei oder in ähnlich familienfeindlichen Berufen arbeiteten.

»Ich habe mich heute für dich entschieden, weil du der beste Mann bist. Aber ich zwinge dich nicht. Du kannst mitkommen oder nach Hause fahren. Entscheide selbst.«

»Klar, Oldtimer, ich fahre nach Hause, und was dann? Dann kann ich morgen wieder in Uniform Streife laufen und am Duke's Mound Schwule wegen Erregung öffentlichen Ärgernisses hoch nehmen. Stimmt's?«

»So in etwa.«

Grace stieg aus. Branson folgte ihm.

In Regen und heulendem Wind zogen sie weiße Overalls und Gummistiefel an, in denen sie aussahen wie zwei Spermien, und meldeten sich bei einem Officer, der sie auf seinem Klemmbrett unterschreiben ließ.

»Sie brauchen Taschenlampen«, erklärte er.

Grace schaltete seine Taschenlampe probeweise ein und wieder aus. Branson tat es ihm nach. Ein zweiter Polizist, der ebenfalls eine gelbe Leuchtweste trug, ging im schwindenden Licht vor ihnen her. Der Schlamm unter ihren Füßen, der von tiefen Reifenspuren durchzogen war, machte saugende Geräusche. So stapften sie über die riesige Baustelle.

Sie kamen an einem hohen Kran, einem Schaufelbagger und Stapeln von Baumaterial unter flatternden Plastikplanen vorbei. Vor ihnen ragte die bröckelnde Ziegelmauer des Bahnhofsparkplatzes empor. Dahinter sah man den orangefarbenen Schein der abendlich erleuchteten Stadt. Ein loses Brett klapperte im Wind, Metall schepperte aneinander.

Grace sah sich um. Hier wurden gerade Fundamente gegossen. Seit Monaten war auf dem Gelände schweres Gerät kreuz und quer umhergefahren, sodass man nur im Abwasserkanal selbst auf Spuren hoffen konnte.

Der Officer blieb stehen und deutete in einen freigelegten Kanal, der sich etwa sechs Meter unter ihnen befand. Er erinnerte Grace an eine prähistorische Schlange mit einem gezackten Loch im Rücken. Das Mosaik aus alten, ausgeblichenen Ziegelsteinen gehörte zu einem Tunnel, der sich nur stellenweise aus dem Schlamm erhob.

Es war der Abflusskanal der alten Bahnlinie von Brighton nach Kemp Town.

»Keiner wusste, dass es ihn noch gibt«, erklärte der Officer. »Der Bagger hat ihn vorhin beschädigt.«

Roy Grace versuchte, gegen seine Höhenangst anzugehen, holte tief Luft und kletterte den steilen, glitschigen Hang hinunter. Er atmete erleichtert auf, als er heil unten angekommen war. Auf einmal sah der Schlangenkörper viel größer aus. Er schätzte ihn auf über zwei Meter Höhe. Das Loch in der Mitte gähnte wie eine dunkle Höhle.

Um seiner Rolle als Vorgesetzter gerecht zu werden, schritt er darauf zu, gefolgt von Branson und dem Officer, und schaltete die Taschenlampe ein.

Er stieg in die Röhre und rümpfte die Nase. Es roch feucht und faulig, Schatten zuckten wild über die Wände. Der Kanal war höher, als er von draußen aussah, und erinnerte an einen uralten U-Bahn-Tunnel.

»*Der dritte Mann*«, sagte Glenn Branson unvermittelt. »Du kennst den Film. Den hast du sogar zu Hause.«

»Mit Orson Welles und Joseph Cotten?«

»Tolles Gedächtnis! Abwasserkanäle erinnern mich immer daran.«

Grace richtete den starken Strahl nach rechts. Dunkelheit. Schimmernde Pfützen. Uraltes Mauerwerk. Dann leuchtete er nach links. Zuckte zurück.

»Scheiße!« Glenn Bransons Stimme hallte von den Wänden wider.

Obwohl Grace damit gerechnet hatte, erschreckte ihn der Anblick. Ein Skelett, halb im Schlick vergraben, lehnte einige Meter weiter an der Wand. Es sah aus, als hätte es nur auf ihn gewartet. Am Kopf hafteten noch lange Haarsträhnen, doch ansonsten waren nur

Knochen und winzige Hautfetzen übrig, der Rest war aufgefressen oder verwest.

Er näherte sich, darauf bedacht, nicht auszurutschen. Zwei winzige rote Punkte tauchten auf und verschwanden wieder. Eine Ratte. Er richtete den Lichtstrahl auf den Schädel. Das starre Grinsen ließ ihn schaudern.

Und noch etwas.

Die Haare. Obwohl ihr Glanz längst verblichen war, waren sie ebenso lang und vom gleichen Weizenblond wie die von Sandy, seiner verschwundenen Frau.

Er versuchte, den Gedanken zu verdrängen, und wandte sich an den Officer: »Haben Sie den ganzen Tunnel abgesucht?«

»Nein, Sir, wir wollten auf die Spurensicherung warten.«

»Gut.«

Er war erleichtert, dass der junge Mann so vernünftig gehandelt und keine noch vorhandenen Spuren zerstört hatte. Dann merkte er, dass seine Hand zitterte, und richtete die Taschenlampe wieder auf den Schädel.

Auf die Haare.

Vor neun Jahren war seine geliebte Frau Sandy spurlos verschwunden. Er hatte nie aufgehört, nach ihr zu suchen. Fragte sich Tag und Nacht, was aus ihr geworden sein mochte. War sie entführt und irgendwo eingesperrt worden? War sie mit einem Liebhaber durchgebrannt? Ermordet worden? Hatte sie Selbstmord begangen? War sie überhaupt noch am Leben? Er hatte Medien, Hellseher und so ziemlich alle anderen Esoterikfreaks konsultiert, die er finden konnte.

Kürzlich war er sogar nach München geflogen, wo sie angeblich gesehen worden war. Es hätte durchaus sein können, da Verwandte ihrer Mutter aus der Gegend stammten. Doch niemand dort hatte von ihr gehört, und wie üblich waren alle Spuren im Sand verlaufen. Wann immer er mit einer unbekannten Toten zu tun hatte, die ungefähr in Sandys Alter war, fragte er sich, ob er sie nun endlich gefunden hatte.

Das Skelett, begraben in einem Abflusskanal in der Stadt, in der er geboren und aufgewachsen war und in der er sich damals verliebt hatte, schien ihn herauszufordern: *Du hast dir ganz schön Zeit gelassen!*

6

OKTOBER 2007 Abby saß auf dem harten, mit Teppich ausgelegten Boden und starrte auf das kleine Schild neben den Knöpfen an der grauen Wand. Dort stand in großen roten Buchstaben auf weißem Hintergrund:

WENN NOTFALL BITTE
013 228 7828 ODER
999 WÄHLEN

Die Grammatik war nicht gerade vertrauenerweckend. Unter den Knöpfen befand sich eine kleine, gesprungene Glastür. Unendlich langsam kroch sie über den Boden. Die Tür war ganz nah, hätte aber ebenso gut am anderen Ende der Welt sein können, da der Aufzug bei jeder Bewegung wild hin und her ruckte.

Endlich war sie da. Öffnete die Tür und nahm den Hörer ab, der an einem Spiralkabel befestigt war.

Kein Rufzeichen.

Sie hämmerte auf die Gabel, worauf der Aufzug in Bewegung geriet, doch der Hörer blieb stumm. Sie wählte die Nummern, einfach nur so. Nichts.

Na super, dachte sie. Ganz toll. Sie nahm ihr Handy aus der Tasche und wählte 999.

Das Telefon piepste durchdringend. Im Display erschien die Meldung:

Kein Empfang.

»Herrgott, tu mir das nicht an.«

Schwer atmend schaltete sie das Handy aus, wartete und schaltete es wieder ein. Noch immer kein Empfang.

Abby wählte noch einmal den Notruf, erneut piepte es, erneut erschien die Meldung im Display. Sie versuchte es wieder und wieder und drückte die Tasten jedes Mal fester.

»Na komm schon, komm schon. Bitte, bitte.«

Sie starrte auf das Display. Manchmal veränderte sich die Signalstärke. Wenn sie lange genug wartete . . .

Dann rief sie, zuerst vorsichtig: »Hallo? Hilfe!«

Ihre Stimme klang leise und erstickt.

Sie holte tief Luft und brüllte, so laut sie konnte: »HALLO? BITTE HELFEN SIE MIR! HILFE! ICH STECKE IM AUFZUG FEST!«

Sie wartete. Stille.

Die Stille war beinahe hörbar. Eine Lampe summte. Ihr Herz hämmerte. Das Blut schoss durch ihre Adern. Ihr Atem ging stockend.

Wieder rückten die Wände näher.

Sie atmete langsam ein und aus. Schaute wieder aufs Display des Handys. Ihre Hand zitterte so sehr, dass sie kaum lesen konnte, was dort stand. Die Zahlen verschwammen ihr vor den Augen. Ruhig einatmen, ausatmen. Sie wählte noch einmal die 999. Nichts. Sie legte das Handy weg und hämmerte gegen die Wand.

Ein lautes Geräusch ertönte, und der Aufzug geriet in Bewegung. Prallte gegen eine Wand und sackte ein Stück ab.

»HILFE!«

Selbst ihr Schrei ließ den Aufzug schwanken. Sie saß wieder ganz still da. Die Kabine kam zum Stehen.

Trotz ihres Entsetzens überfiel sie ein geradezu rasender Ärger angesichts ihrer misslichen Lage. Sie rutschte ein Stück nach vorn, hämmerte gegen die Metalltüren und brüllte aus voller Kehle, brüllte, bis ihre Ohren weh taten und ihr Hals schmerzte. Sie musste husten, als hätte sie Staub geschluckt.

»LASST MICH RAUS!«

Dann spürte sie, wie sich der Aufzug abrupt bewegte, als drückte jemand von oben gegen die Decke. Sie schaute hoch. Hielt die Luft an und horchte.

Doch sie hörte nur die Stille.

7

11. SEPTEMBER 2001 Lorraine Wilson lag oben ohne im Liegestuhl im Garten, um mit den letzten sommerlichen Sonnenstrahlen ihre Bräune zu verlängern. Sie schaute durch die Sonnenbrille mit den großen ovalen Gläsern auf die Uhr. Ronnie hatte ihr die goldene Rolex im Juni zum Geburtstag geschenkt und beteuert, sie sei echt. Das hatte sie allerdings nicht geglaubt. Dazu kannte sie ihn zu gut. Er würde keine zehntausend Pfund ausgeben, wenn er für fünfzig etwas bekam, das genauso aussah. Schon gar nicht jetzt, wo er in finanziellen Schwierigkeiten steckte.

Er sprach nicht mit ihr über seine Probleme, war aber in letzter Zeit knickerig geworden, hatte die Lebensmittelrechnungen überprüft und gemeckert, sie gebe zu viel Geld für Kleider, Friseur und Restaurantbesuche mit ihren Freundinnen aus. Das Haus war stellenweise so heruntergekommen, dass es ihr peinlich war, aber Ronnie weigerte sich, Handwerker zu bestellen. Sie mussten angeblich sparen.

Sie liebte ihn sehr, aber es gab eine Seite an ihm, die sie nie erreichen konnte, eine geheime Nische in seinem Inneren, in der er allein mit seinem Dämon kämpfte. Sie ahnte, was für ein Dämon das war: der unbedingte Drang, erfolgreich zu sein und es allen anderen zu zeigen.

Deshalb hatte er auch das Haus am Shirley Drive gekauft, das sie sich eigentlich nicht leisten konnten. Es war nicht groß, lag aber in einer der teuersten Wohngegenden von Brighton and Hove, einem ruhigen, hügeligen Viertel mit freistehenden Häusern und ansehnlichen Gärten an baumbestandenen Straßen. Es war modern und wirkte mit den versetzten Ebenen größer, als es eigentlich war. Vor allem unterschied es sich deutlich von den Häusern im Pseudo-Tudorstil, der in dieser Gegend vorherrschte. Die Terrasse aus Teakholz und der kleine Pool verliehen ihm einen Hauch von Beverly Hills.

Es war zehn vor zwei. Nett, dass er angerufen hatte. Die Zeitverschiebung brachte sie immer ganz durcheinander; verrückt, dass Ronnie gerade frühstückte, während sie ihr Mittagessen aus Hüttenkäse und Beeren zu sich nahm. Sie war glücklich, dass er heute Abend nach Hause fliegen würde. Sie vermisste ihn sehr, wenn er unterwegs war, und fragte sich immer, was er alleine so trieb, denn Ronnie war ein echter Frauenheld. Die Kurzreise, die nur drei Tage dauern sollte, war aber nicht so schlimm.

Der Teil des Gartens, in dem sie lag, war völlig durch ein hohes Spalier abgeschirmt, an dem Efeu empor wuchs. Daneben stand ein riesiger, wild wuchernder Rhododendron, der wohl gern ein Baum sein wollte. Lorraine sah zu, wie der elektronische Poolreiniger durchs Wasser kreuzte und dabei sanfte Wellen erzeugte. Alfie, der gestreifte Kater, schien etwas Interessantes hinter dem Rhododendron gefunden zu haben und schlich langsam und lauernd daran vorbei.

Man wusste nie, was Katzen dachten. Im Grunde hatte Ronnie ein bisschen Ähnlichkeit mit Alfie.

Sie stellte den Teller auf den Boden und griff nach der *Daily Mail.* Noch anderthalb Stunden, bevor sie zum Friseur musste. Sie würde sich Strähnchen machen lassen und danach noch ins Nagelstudio gehen. Für ihn wollte sie immer hübsch aussehen.

Lorraine genoss die warmen Sonnenstrahlen und blätterte in der Zeitung. Noch ein paar Minuten, dann würde sie seine Hemden bügeln. Ronnie mochte zwar gefälschte Uhren kaufen, doch bei Hemden kam nur das Original in Frage, Maßhemden aus der Londoner Jermyn Street. Er war geradezu besessen, wenn es um korrektes

Bügeln ging. Da sie im Zuge ihrer Sparmaßnahmen auf die Haushaltshilfe verzichtet hatten, musste sie die Arbeit allein erledigen.

Lächelnd erinnerte sie sich an die erste Zeit mit Ronnie, als sie tatsächlich Freude am Waschen und Bügeln gehabt hatte. Als sie sich vor zehn Jahren kennen lernten, hatte sie als Verkäuferin im Duty-Free-Shop auf dem Flughafen Gatwick gearbeitet. Ronnie war dabei gewesen, die Scherben seines Lebens aufzusammeln, nachdem seine schöne, hirnlose Frau mit einem Filmregisseur, der sie zum Star machen wollte, nach Los Angeles durchgebrannt war.

Sie dachte an den ersten gemeinsamen Urlaub, den sie in einer kleinen Ferienwohnung bei Marbella verbracht hatten. Vom Balkon blickte man auf den Yachthafen von Puerto Banus. Ronnie hatte dort gesessen, Bier getrunken und neidisch auf die Yachten hinuntergeschaut. Damals hatte er ihr versprochen, dass ihnen eines Tages die größte Jacht im Hafen gehören würde. Er verstand sich darauf, eine Frau in romantische Stimmung zu versetzen, darin war er ein wahrer Meister.

Nichts hatte sie mehr geliebt, als seine Kleider zu waschen. An T-Shirts, Badehosen, Unterwäsche, Socken und Taschentüchern zu fühlen. Seinen männlichen Geruch einzuatmen. Es war ungemein befriedigend, seine wunderschönen Hemden zu bügeln und ihn darin zu erleben. Dann kam es ihr vor, als trüge er einen Teil ihrer selbst.

Inzwischen war es eine lästige Pflicht geworden, und sie nahm Ronnie seine Gemeinheiten übel.

Sie kehrte zu dem Artikel über Hormonersatztherapie zurück, den sie gerade las. Es ging um die Debatte, ob die Minderung von Wechseljahresbeschwerden – und der Erhalt des jugendlichen Aussehens – das Risiko, an Brustkrebs und anderen scheußlichen Dingen zu erkranken, überwog. Eine Wespe summte um ihren Kopf, und sie verjagte sie mit einer Handbewegung. Dabei fiel ihr Blick auf ihre Brust. In zwei Jahren würde sie vierzig, ihr Körper zollte allmählich der Schwerkraft Tribut. Bis auf die teuren Brüste.

Lorraine war keine makellose, hinreißende Schönheit, war aber, um es mit Ronnie zu sagen, immer ein *Hingucker* gewesen. Die blonden Haare hatte sie von ihrer norwegischen Großmutter geerbt. Vor Jahren hatte sie, wie Millionen anderer Blondinen in aller Welt, die Frisur von Lady Diana kopiert und war mehr als einmal mit der Princess of Wales verwechselt worden.

Nun muss ich mich aber bald um den Rest meines Körpers kümmern, dachte sie düster.

Wenn sie im Liegestuhl lag, erinnerte ihr Bauch an den Beutel eines Kängurus. Er sah aus wie der Bauch einer Frau, die mehrere Kinder geboren hat, deren Haut und Muskeln ständig überdehnt worden waren. Hinzu kamen die Cellulitis-Dellen an den Oberschenkeln.

Diese ganzen Katastrophen suchten ihren Körper heim, obwohl sie (zu Ronnies Leidwesen) dreimal wöchentlich ihren persönlichen Fitnesstrainer aufsuchte.

Die Wespe kehrte zurück und summte wieder um ihren Kopf. »Verpiss dich.« Lorraine schlug mit der Hand nach dem Tier. »Hau ab.«

Da klingelte das schnurlose Telefon. Sie hörte die ungewöhnlich aufgeregte Stimme ihrer Schwester Mo, die sonst meist ruhig und fröhlich klang. »Hast du den Fernseher an?«

»Nein, ich bin im Garten.«

»Ronnie ist doch in New York, oder?«

»Klar, ich habe gerade mit ihm gesprochen. Wieso?«

»Es ist etwas Furchtbares passiert. Es kommt in allen Nachrichten. Ein Flugzeug ist ins World Trade Center geflogen.«

8

OKTOBER 2007 Der Regen wurde stärker. Es klang, als prasselten Hagelkörner auf das stählerne Dach des Fahrzeugs der Spurensicherung. Die Fensterscheiben waren getönt, um neugierige Blicke zu verhindern. Draußen war es fast dunkel, nur der rötliche Schimmer von zehntausend Straßenlaternen erhellte die nasse Düsternis.

Obwohl der Ford Transit eine Sonderanfertigung mit langem Radstand war, saß man drinnen dicht gedrängt. Roy Grace, der die Besprechung leitete, beendete ein Telefonat und holte das Protokollheft aus der Einsatztasche.

Neben ihm und Glenn Branson saßen der Leiter der Spurensicherung, einer vom Erkennungsdienst der Polizei und einer der beiden Officer, die den Fundort abgesichert hatten. Dabei war noch Joan Major, eine forensische Archäologin, die von der Sussex Police häufig hinzugezogen wurde, um Skelette zu identifizieren oder herauszufinden, ob einzelne Knochen, die gelegentlich auf Baustellen, in Wäldern oder Gärten gefunden wurden, von Menschen oder Tieren stammten.

Im Wagen war es kalt und feucht, und es roch stark nach chemischen Dämpfen. In den Metallregalen lagerten Rollen mit Absperrband, Leichensäcke, Zeltplanen und Bodenabdeckungen, Seile, Kabel, Hämmer, Sägen, Äxte und Plastikflaschen mit Chemikalien. Für Grace hatten diese Fahrzeuge immer etwas Grausames. Sie sahen aus wie Wohnwagen, fuhren aber nie auf Zeltplätze, sondern nur an Orte, an denen jemand zu Tode gekommen war.

Es war halb sieben.

»Nadiuska steht nicht zur Verfügung«, teilte er dem Team mit.

»Heißt das, wir bekommen Frazer?«, fragte Glenn verdrossen.

»Ja.«

Alle machten lange Gesichter. Nadiuska De Sancha war die Rechtsmedizinerin des Innenministeriums, mit der die Kripo Sussex am liebsten zusammenarbeitete. Sie war schnell, interessant und witzig und sah überdies gut aus. Frazer Theobald hingegen war langsam und mürrisch, arbeitete aber absolut präzise.

»Das eigentliche Problem besteht allerdings darin, dass Frazer noch bei einer Autopsie in Esher ist. Vor neun kann er nicht hier sein.«

Sein Blick kreuzte den von Glenn. Beide wussten, was das bedeutete – sie mussten eine Nachtschicht einlegen.

Grace schrieb auf die erste Seite des Protokolls: *VORBESPRECHUNG TATORT. Freitag, 19. Oktober. 18.30 Uhr. Vor Ort, Baustelle New England Quarter.*

»Dürfte ich einen Vorschlag machen?«, erkundigte sich Joan Major.

Die forensische Archäologin war eine sympathische Frau Anfang vierzig mit langem braunem Haar und einer modernen eckigen Brille. Sie trug einen schwarzen Rollkragenpullover, eine braune Hose und derbe Stiefel.

Grace machte eine Handbewegung.

»Ich schlage vor, wir führen eine kurze Begehung durch. Es dürfte nicht unbedingt erforderlich sein, noch heute Abend mit der Arbeit zu beginnen. Bei Tageslicht gestaltet sich alles viel leichter. Wie es sich anhört, liegt das Skelett schon länger dort drin. Da wird ein weiterer Tag keinen Unterschied machen.«

»Gute Idee«, meinte Grace. »Wir müssen allerdings bedenken, dass die Bauarbeiten weiterlaufen.« Er schaute Ned Morgan an, einen großen bärtigen Mann mit wettergegerbtem Gesicht. »Ned, Sie müssen mit dem Vorarbeiter sprechen. Die Arbeiten in unmittelbarer Nähe des Abflussrohrs müssen ausgesetzt werden.«

»Ich habe vorhin mit ihm gesprochen. Er macht sich Sorgen, weil sie bereits in Verzug gesetzt wurden«, erklärte Morgan. »Er bekam fast einen Anfall, als er hörte, dass wir womöglich eine ganze Woche bleiben.«

»Die Baustelle ist groß«, sagte Grace. »Wir müssen sie nicht komplett schließen. Entscheiden Sie selbst, wo die Arbeiten im Rahmen der Suche ausgesetzt werden sollen.« Dann wandte er sich wieder an die Archäologin. »Aber Sie haben recht, Joan, morgen bei Tageslicht zu arbeiten, wäre günstiger.«

Er rief Steve Curry, den Leiter der örtlichen Schutzpolizei, an und bat ihn, bis auf weiteres einen Wachposten abzustellen. Curry war wenig begeistert, da seine Personaldecke dünn war.

Grace wandte sich an Joe Tindall, den Leiter der Spurensicherung, der zufrieden lächelte. »Mir ist es gleich, Roy«, sagte er mit seinem Midlands-Akzent. »Jetzt, wo ich die Abteilung leite, kann ich zu vernünftigen Zeiten Schluss machen. Du und deine Kollegen könnt mir nicht mehr das Wochenende versauen. Heute versaue ich anderen Leuten das Wochenende.«

Grace beneidete ihn insgeheim. In Wirklichkeit hätte das Skelett sogar bis Montag warten können, doch nun, da alles offiziell war, durfte es keinen Aufschub geben.

*

Zehn Minuten später betraten sie in Schutzkleidung den Tunnel. Grace ging vor, gefolgt von Joan Major und Ned Morgan. Der Experte vom Erkennungsdienst hatte die übrigen Mitglieder des Teams angewiesen, im Wagen zu warten, um die Kontaminierung des Tatorts auf ein Minimum zu beschränken.

Die drei blieben in der Nähe stehen und richteten die Taschenlampen auf das Skelett. Joan Major trat vor, bis sie es berühren konnte.

Mit einem Kloß im Hals starrte Roy Grace auf das Gesicht. Die Wahrscheinlichkeit, dass es sich um Sandy handelte, war sehr gering. Dennoch, die Zähne waren intakt. Sandy hatte gute Zähne gehabt, eins der vielen Dinge, die ihm so an ihr gefallen hatten. Schöne weiße, absolut ebenmäßige Zähne und ein hinreißendes Lächeln.

Als er sprach, kam ihm seine eigene Stimme fremd vor. »Mann oder Frau, Joan?«

Sie betrachtete den Schädel. »Die Stirn fällt ziemlich senkrecht ab. Männer haben in der Regel eine schrägere Stirn.« Ihre Stimme hallte unheimlich durch den Tunnel. Dann nahm sie die Taschenlampe in die linke Hand und deutete mit dem Zeigefinger auf die hintere Seite des Schädels. »Die Crista nuchalis ist stark abgerundet.« Sie tippte auf die Knochenleiste. »Wenn Sie Ihren Hinterkopf betasten, werden Sie eine stärkere Ausprägung fühlen. Das ist bei Männern normal.« Sie betrachtete die linke Ohrhöhle. »Auch das Antrum mastoideum deutet auf eine Frau hin, da es bei Männern stärker ausgeprägt ist.« Dann zeigte sie auf die Augenhöhlen. »Bei einem Mann würden die Augenbrauenwülste weiter hervortreten.«

»Sie sind also relativ sicher, dass es sich um eine Frau handelt?«

»In der Tat. Wenn wir das Becken freigelegt haben, kann ich es hundertprozentig sagen. Ich werde einige Messungen vornehmen. Das männliche Skelett ist gemeinhin robuster gebaut, und die Proportionen sind anders.« Sie zögerte kurz. »Zu einer Sache würde ich gerne Frazers Meinung hören.«

»Und die wäre?«

Sie deutete auf den Hals des Skeletts. »Das Zungenbein ist gebrochen.«

»Zungenbein?«

Sie zeigte auf einen Knochen, der von einem winzigen Streifen vertrockneter Haut baumelte. »Sehen Sie diesen u-förmigen Knochen? Er hält die Zunge an Ort und Stelle. Der Zustand könnte auf die Todesursache hindeuten. Bei einer Erdrosselung wird häufig das Zungenbein gebrochen.«

Grace ließ diese Information sacken, betrachtete den Knochen und dann wieder die perfekten Zähne. Er versuchte, sich an die letzte Untersuchung eines Skeletts zu erinnern, der er beigewohnt hatte. Es musste mehrere Jahre her sein.

»Was ist mit dem Alter?«

»Morgen kann ich Ihnen mehr dazu sagen. Auf den ersten Blick würde ich schätzen, eine Frau in den besten Jahren, zwischen fünfundzwanzig und vierzig.«

Sandy war achtundzwanzig gewesen, als sie verschwand. Er starrte auf den Schädel, die Zähne. Aus dem Augenwinkel bemerkte er, dass Ned Morgan den Strahl seiner Taschenlampe in beide Richtungen lenkte.

»Wir sollten noch einen Fachmann vom Bauamt dazuholen, Roy«, schlug er vor. »Jemanden, der sich mit dem städtischen Abwassersystem auskennt. Wir müssen herausfinden, welche Kanäle mit diesem hier verbunden sind. Möglicherweise wurden Kleider oder andere Dinge dort hineingespült.«

»Meinen Sie, der Kanal wird gelegentlich überflutet?«, wollte Grace wissen.

Morgan leuchtete den Strahl seiner Lampe nachdenklich hin und her. »Nun ja, es regnet ziemlich stark, schon den ganzen Tag. Im Augenblick steht wenig Wasser hier drin, aber denkbar wäre es. Vermutlich wurde der Kanal gebaut, damit die Bahngleise nicht überflutet werden. Allerdings . . .« Er zögerte.

»Sieht aus, als läge sie schon einige Jahre hier«, warf Joan ein. »Würde der Kanal regelmäßig geflutet, wäre sie hin und her bewegt worden, und das Skelett wäre vermutlich auseinandergefallen. Es wirkt aber völlig intakt. Auch die vertrocknete Haut weist daraufhin, dass es hier drinnen schon längere Zeit trocken war. Eine gelegentliche Überflutung können wir allerdings nicht ausschließen.«

Grace betrachtete den Schädel, während die verschiedensten Gefühle in seinem Inneren tobten. Auf einmal wollte er nicht mehr bis zum nächsten Tag warten, das Team sollte jetzt gleich mit der Arbeit beginnen.

Fast widerwillig wies er den Officer an, den Eingang zu verschließen und die gesamte Baustelle abzusichern.

9

OKTOBER 2007 Nicht zu fassen – sie musste auf die Toilette. Abby schaute auf die Uhr. Eine Stunde und zehn Minuten waren vergangen, seit sie in den verfluchten Aufzug gestiegen war. Warum? Warum? Warum war sie nur so verdammt blöd gewesen?

Wegen der verdammten Bauarbeiter, darum.

Herrgott. Auf der Treppe brauchte sie dreißig Sekunden und hielt sich dabei noch fit. *Warum? Warum? Warum?*

Und nun dieser scharfe, unangenehme Druck in der Blase. Bevor sie die Wohnung verlassen hatte, war sie noch auf dem Klo gewesen, doch nun fühlte sie sich, als hätte sie zehn Liter Kaffee und einen Kanister Wasser getrunken.

Keine Chance, ich werde durchhalten. Ich will doch nicht, dass mich die Feuerwehr in einer Urinlache findet. Auf diese Peinlichkeit kann ich gut verzichten.

Sie spannte die Muskeln an, drückte die Knie aneinander und wartete zitternd, bis der schlimmste Druck vorbei war. Dann schaute sie nach oben an die Decke, zu dem milchigen Lichtfeld mit dem Gittermuster. Horchte. Horchte auf die Schritte, die sie soeben gehört hatte.

Oder die sie sich eingebildet hatte ...

Im Film hebelten Leute die Aufzugtür auf oder stiegen durch die Dachluke. Im Film schwankten die Aufzüge auch nicht hin und her.

Der Drang zu pieseln ging vorbei. Er würde wiederkommen, aber fürs Erste war es in Ordnung. Sie versuchte aufzustehen, doch die Kabine prallte schon wieder gegen die Wand, dass ein schepperndes Echo durch den Aufzugschacht hallte. Sie hielt die Luft an und wartete, bis sich die Kabine beruhigt hatte. Sie betete, das Seil möge halten. Dann kniete sie sich hin, hob ihr Handy vom Boden auf und wählte noch einmal. Der gleiche durchdringende Piepton, kein Empfang.

Sie versuchte, die Finger in den Schlitz zwischen den Türen zu quetschen, nichts rührte sich. Dann wühlte sie in ihrer Handtasche nach etwas, das sie als Hebel benutzen konnte, fand aber nur eine Nagelfeile aus Metall. Sie schob sie dazwischen, traf aber bald auf etwas Hartes, und die Feile bewegte sich nicht mehr. Sie drückte nach rechts, nach links, die Feile bog sich durch.

Abby betätigte nacheinander alle Knöpfe und schlug verzweifelt mit der flachen Hand gegen die Wand.

Einfach toll.

Wie viel Zeit blieb ihr noch?

Wieder ein bedrohliches Knirschen von oben. Sie stellte sich vor, wie das Stahlseil allmählich zerfaserte, dünner und dünner wurde.

Wie die Bolzen am Dach allmählich nachgaben. Vor einigen Jahren hatten sich Leute auf einer Party darüber unterhalten, was man tun solle, wenn ein Aufzugseil riss und der Aufzug abstürzte. Mehrere Leute sagten, man solle in die Luft springen, bevor die Kabine aufschlug. Woher aber sollte man den Zeitpunkt kennen? Und wenn der Aufzug mit 150 km/h in die Tiefe schoss, bewegte man sich mit der gleichen Geschwindigkeit. Andere empfahlen, sich flach hinzulegen. Und ein Witzbold erklärte, es sei immer noch am sichersten, den Aufzug erst gar nicht zu benutzen.

Abby stimmte ihm aus ganzem Herzen zu.

Mein Gott, das war wirklich grotesk. Was hatte sie nicht alles durchgemacht, um nach Brighton zu kommen? Die ganzen Risiken, die sie auf sich genommen hatte, die Sicherheitsvorkehrungen, um keine Spuren zu hinterlassen.

Und jetzt das.

Sie malte sich aus, wie sich die Meldung in der Zeitung lesen würde. *Unbekannte Frau bei tragischem Aufzugunglück getötet.*

Nein. Nie im Leben.

Sie schaute zu der Glasscheibe hoch. Streckte sich, stieß mit dem Finger dagegen. Sie rührte sich nicht.

Abby drückte fester.

Nichts.

Aber sie musste sich bewegen. Sie reckte sich so sehr sie konnte, drückte die Fingerspitzen beider Hände dagegen und stieß mit aller Kraft zu. Der Aufzug geriet wieder in Bewegung. Ein dumpfer Laut, ein Aufprall an der Wand.

Dann hörte sie ein Kratzen über sich. Ein deutlich hörbares, langes Kratzen, als würde ihr jemand zu Hilfe kommen.

Sie horchte wieder. Versuchte, ihren keuchenden Atem und das Pochen ihres Herzens auszublenden. Sie horchte volle zwei Minuten, und ihre Ohren knackten, als säße sie in einem Flugzeug, doch diesmal war es nicht der Luftdruck, sondern die pure Angst.

Sie hörte nur das stete Knirschen des Seils und ein gelegentliches Knacken, als ob Metall riss.

10

11. SEPTEMBER 2001 Lorraine umklammerte das Telefon. Ein furchtbares Gefühl der Dunkelheit tat sich in ihr auf. Sie sprang aus dem Liegestuhl, rannte über die Terrasse, wobei sie fast über Alfie stolperte, und stürzte ins Haus. Ihre Füße versanken tief im weißen Teppich, ihr goldenes Fußkettchen klirrte.

»Genau da ist er«, sagte sie zu ihrer Schwester. Ihre Stimme war nur noch ein zitterndes Flüstern. »Genau da ist Ronnie jetzt gerade.«

Sie schaltete den Fernseher ein. BBC 1. Aufnahmen einer wackligen Handkamera, die bekannte Silhouette der hohen silbernen Zwillingstürme des World Trade Center. Aus den oberen Stockwerken des einen Turms quoll schwarzer Rauch, der das Gebäude fast verdeckte. Darüber ragte die schwarz-weiße Antenne hoch in den wolkenlosen kobaltblauen Himmel.

Oh, mein Gott, oh, mein Gott. Ronnie war da. In welchem Turm? In welchem Stock?

Sie achtete kaum auf die erregte Stimme des amerikanischen Korrespondenten. »Das war keine kleine Maschine, sondern ein richtig großes Flugzeug. Mein Gott!, mein Gott!«

»Ich rufe dich zurück, Mo. Ich rufe gleich zurück.« Sie wählte Ronnies Handynummer. Sekunden später erklang das Besetztzeichen. Sie versuchte es noch einmal. Und nochmal. Und nochmal.

Oh, Gott, mach, dass es ihm gut geht. Bitte, Liebling, ich will, dass es dir gut geht.

Im Fernsehen ertönte Sirenengeheul. Die Menschen blickten nach oben. Überall standen Gruppen in eleganter Bürokleidung und in Arbeitsanzügen wie festgefroren. Manche Leute hatten die Hände vors Gesicht geschlagen, andere hielten Kameras hoch. Dann schwenkte das Bild wieder auf die Zwillingstürme. Auf den schwarzen Qualm, der den wunderschönen blauen Himmel besudelte.

Ein Schauer überlief sie. Sie stand ganz still da.

Die Sirenen wurden lauter.

Kaum einer bewegte sich. Einige Wenige rannten auf das Gebäude zu. Ein Löschzug mit langer Leiter fuhr mit heulendem Martinshorn vor.

Wieder wählte sie Ronnies Nummer. Wieder besetzt. Immer das Gleiche.

Lorraine rief ihre Schwester zurück. »Ich kann ihn nicht erreichen«, sagte sie weinend.

»Alles wird gut, Lori. Ronnie ist ein Überlebenskünstler, er schafft das schon.«

»Aber – wie konnte das passieren? Wie kann ein Flugzeug so was machen? Ich meine –«

»Es geht ihm sicher gut. Das ist furchtbar, einfach unglaublich. Wie in einem dieser Katastrophenfilme.«

»Ich lege jetzt auf. Vielleicht versucht er, mich anzurufen. Ich versuch's auch nochmal bei ihm.«

»Rufst du mich an, wenn du ihn erreicht hast?«

»Ja.«

»Versprochen?«

»Ja.«

»Es geht ihm gut, Süße, ganz bestimmt.«

Lorraine hängte ein und starrte wie gebannt auf den Bildschirm. Wieder wählte sie seine Nummer. Hielt abrupt inne.

11

OKTOBER 2007 »Bin ich die Liebe deines Lebens?«, wollte sie wissen. »Bin ich das, Grace? Ehrlich?«

»Und ob.«

Sie grinste. »Belügst du mich auch nicht, Grace?«

Sie hatten ein feuchtfröhliches Mittagessen im La Coupole in

St. Germain hinter sich und bummelten an diesem herrlichen Juninachmittag an der Seine entlang zum Hotel.

Wenn sie zusammen waren, war scheinbar immer schönes Wetter, genau wie jetzt. Sandy beugte sich in dem hübschen Hotelzimmer über ihn und verdeckte das Sonnenlicht, das durch die Läden hereinströmte. Ihre langen blonden Haare umrahmten ihr sommersprossiges Gesicht und strichen über seine Wangen. Sie schüttelte die Haare in sein Gesicht, als wollte sie es abstauben.

»Hey! Ich muss noch diesen Bericht lesen –«

»Mann, bist du langweilig, Grace. Immer musst du lesen! Wir sind in Paris! Verbringen hier ein romantisches Wochenende! Stehst du nicht mehr auf mich?« Sie küsste ihn auf die Stirn. »Lesen, lesen, lesen! Arbeit, Arbeit, Arbeit!« Wieder küsste sie ihn auf die Stirn. »Öde, öde, öde!«

Sie tänzelte aus seinen ausgestreckten Armen, um ihn zu reizen. Sie trug nur ein hauchdünnes Sonnenkleid, das ihre Brüste kaum halten konnte. Es entblößte ihre langen gebräunten Beine, und er wurde auf einmal richtig geil.

Sie kam näher, nahm ihn in die Hand. »Ist das alles für mich, Grace? Einfach klasse! Das nenn ich einen Ständer!«

Das strahlende Sonnenlicht ließ ihr Gesicht verschwimmen. Dann plötzlich waren ihre Gesichtszüge verschwunden, und er starrte in ein leeres, schwarzes Oval, umrahmt von goldenem Haar. Es sah aus wie eine Sonnenfinsternis. Ein Gefühl von Panik bemächtigte sich seiner, einen Moment lang wusste er nicht mehr, wie sie aussah.

Dann erschien ihr Gesicht wieder deutlich.

Er grinste. »Ich liebe dich mehr als alles –«

Die Sonne verschwand hinter einer Wolke. Die Temperatur sank. Die Farbe wich aus ihrem Gesicht, als wäre sie sterbenskrank.

Er schlang die Arme um ihren Hals und drückte sie an sich. »Sandy!«, sagte er drängend. »Sandy, Liebes!«

Sie roch seltsam. Ihre Haut war plötzlich ganz hart. Sie roch faulig, nach Verwesung, Erde und bitteren Orangen.

Dann ging das Licht ganz aus, als hätte jemand einen Schalter gedrückt.

Roy hörte das Echo seiner Stimme in der kalten, leeren Luft.

»Sandy!«, rief er, doch das Wort blieb ihm in der Kehle stecken.

Das Licht ging wieder an. Das grelle Licht des Leichenschauhauses. Er starrte in ihre Augen. Und schrie.

Er blickte in die Augen eines Totenschädels. Hielt ein Skelett im Arm. Ein Skelett, das ihn mit perfekten Zähnen angrinste.

»SANDY!«, schrie er. »SANDY!«

Wieder änderte sich das Licht. Wurde weich und gelblich. Bettfedern knarrten. Dann hörte er eine Stimme.

»Roy?«

Cleos Stimme.

»Bist du wach, Roy?«

Er schaute zur Decke, blinzelte verwirrt, war schweißgebadet.

»Roy?«

Er zitterte. »Ich – ich –«

»Du hast so laut geschrien.«

»Es tut mir leid.«

Cleo richtete sich auf. Die langen blonden Haare fielen ihr ins Gesicht, sie sah schläfrig und entsetzt aus. Sie stützte sich auf einen Arm und schaute ihn seltsam an, als hätte er sie gekränkt. Er wusste, was sie sagen würde, bevor sie den Mund aufmachte.

»Sandy.« Ihre Stimme klang vorwurfsvoll. »Schon wieder.«

Er schaute zu ihr auf. Die gleiche Haarfarbe wie Sandy, die gleiche Augenfarbe – vielleicht ein bisschen mehr Grau als Blau. Ein bisschen härter. Er hatte gelesen, dass Leute, die einen geliebten Menschen verloren haben, sich oft in jemanden verliebten, der demjenigen ähnlich sah. Bis jetzt war ihm dieser Gedanke nie gekommen. Und sie sahen sich auch nicht ähnlich, überhaupt nicht. Sandy war hübsch, aber weicher gewesen, keine klassische Schönheit wie Cleo.

Er starrte an die weiße Decke und die weißen Wände von Cleos Schlafzimmer. Starrte zur schwarz lackierten Frisierkommode mit dem rissigen Holz. Sie kam nicht gern zu ihm, weil sie Sandys Gegenwart in seinem Haus spürte.

»Tut mir leid«, sagte er. »Es war ein Albtraum.«

Sie streichelte ihm zärtlich über die Wange. »Vielleicht solltest du nochmal zu diesem Seelenklempner gehen.«

Er nickte nur. Fürchtete insgeheim, der Traum könne wiederkehren. Schließlich fiel er in einen unruhigen Schlaf.

12

OKTOBER 2007 Die Krämpfe wurden schlimmer und schmerzhafter, und sie kamen immer häufiger. Alle paar Minuten. Vielleicht fühlte sich eine Geburt so ähnlich an.

Auf ihrer Uhr war es 3.08 Uhr. Abby saß seit beinahe neun Stunden im Aufzug fest. Vielleicht musste sie bis Montag hier drinnen bleiben, vorausgesetzt, sie stürzte nicht schon vorher in die Tiefe.

Verdammte Scheiße. Wie war dein Wochenende? Na ja, ich habe meins im Aufzug verbracht. Echt cool. Es gab einen Spiegel und verschiedene Knöpfe und ein schmutziges Glasdach mit Glühbirnen und einen Kratzer an der Wand, der aussah, als hätte jemand ein Hakenkreuz hineinritzen wollen und es sich dann anders überlegt. Ach ja, ein Schild hing da auch noch. Wer das aufgehängt hat, konnte nicht richtig schreiben – und auch keine Aufzüge instandhalten.

WENN NOTFALL BITTE
013 228 7828 ODER
999 WÄHLEN

Sie zitterte vor Zorn. Ihre Kehle war ausgedörrt, tat weh vom Rufen, die Stimme versagte ihr den Dienst. Nach einer kurzen Pause rappelte sie sich wieder auf. Inzwischen war es ihr egal, ob der Aufzug wackelte – sie *musste hier* raus, konnte nicht einfach warten, bis das Seil riss oder die Halterung nachgab und sie in den Tod stürzte.

»Ich versuche es ja, ihr Idioten«, krächzte sie mit einem Blick auf das Schild. Dann rückten die Wände wieder näher, die nächste Panikattacke kündigte sich an.

Das Telefon im Aufzug war immer noch tot. Sie drückte ihr Handy ans Ohr, atmete tief ein, um sich zu beruhigen, wollte ein Signal heraufbeschwören, verfluchte den Netzbetreiber, verfluchte die ganze Welt. Ihre Kopfhaut fühlte sich so straff an, dass ihr alles vor Augen verschwamm. Schon wieder der furchtbare Drang zu pieseln. Er erfasste ihren ganzen Körper.

Sie drückte die Knie aneinander und holte tief Luft. Ihre Oberschenkel zitterten. Sie spürte einen grauenhaften Schmerz im Bauch, als hätte jemand ein glühendes Messer tief hineingestoßen und umgedreht. Sie wimmerte, rang nach Luft, wobei ihr ganzer Körper zitterte. Sie rollte sich in Fötalhaltung zusammen, drückte sich an die Wand. Lange würde sie es nicht mehr aushalten.

Aber sie hielt durch, biss die Zähne zusammen, ihr Verstand würde über den Körper triumphieren. Sie war fest entschlossen, nichts zuzulassen, das ihr Gehirn ablehnte. Sie dachte an ihre Mutter, die – noch keine sechzig – durch Multiple Sklerose inkontinent geworden war.

Verdammt, ich bin aber nicht inkontinent. Holt mich hier raus, holt mich hier raus, holt mich hier raus. Sie wiederholte es wie ein Mantra, bis der Drang den Höhepunkt erreichte und wieder abebbte. Unendlich langsam verschwand.

Dann endlich war es vorüber, und sie ließ sich erschöpft zu Boden sinken. Sie fragte sich, wie lange man den Harndrang unterdrücken konnte, bevor die Blase platzte.

In der Wüste überlebten manche Leute, indem sie ihren eigenen Urin tranken. Vielleicht könnte sie in einen Stiefel pinkeln. Eine Notration. Wie lange konnte man ohne Flüssigkeit überleben? Irgendwo hatte sie einmal gelesen, dass ein Mensch wochenlang ohne Nahrung, aber nur wenige Tage ohne Wasser auskommen konnte.

Sie richtete sich auf dem schwankenden Boden auf, zog den rechten Stiefel aus und sprang so hoch sie konnte, wobei sie mit dem Absatz gegen die Decke schlug. Es half nichts. Der Aufzug schaukelte nur wie wild, prallte gegen die Wände und schleuderte sie zur Seite. Sie hielt die Luft an. Diesmal, diesmal würde etwas reißen, ganz sicher. Die letzte Faser, die zwischen ihr und dem Nichts hing ...

Es gab Momente, in denen sie tatsächlich hoffte, das Seil möge reißen. Es wäre eine Lösung, für alles. Keine elegante Lösung, aber egal. Der Gipfel der Ironie.

Und dann ging, wie als Antwort, das Licht aus.

13

11. SEPTEMBER 2001 Im Stadtteil Coldean in Brighton, wo Ronnie Wilson früher gewohnt hatte, war eines Nachts ein Haus niedergebrannt. Er erinnerte sich noch an den Geruch, den Lärm, das Inferno, die Feuerwehrautos. Er hatte in Bademantel und Pantoffeln dagestanden und zugeschaut, fasziniert und verängstigt zugleich. Vor allem aber erinnerte er sich an den Geruch.

An den entsetzlichen Geruch von Zerstörung und Verzweiflung.

Der gleiche Geruch lag auch jetzt in der Luft. Nicht das angenehm süßliche Aroma von Holzrauch oder der anheimelnde Geruch eines Kohlefeuers, sondern der scharfe, beißende Gestank brennender Farbe, verkohlten Papiers, versengten Gummis und ätzender Gase, die geschmolzenem Kunststoff entwichen. Ein erstickender Gestank, der ihm in den Augen brannte. Am liebsten hätte er sich die Nase zugehalten und wäre einfach weggelaufen, zurück zu dem Café, das er soeben verlassen hatte.

Doch er blieb wie gelähmt stehen.

Wie alle anderen.

Eine geradezu surreale Stille senkte sich an diesem Morgen über

Manhattan, als hätte jemand einen Knopf gedrückt und einen Film angehalten. Nur die Autos bewegten sich noch, bevor auch sie vor einer roten Ampel zum Stehen kamen.

Die Leute starrten auf etwas. Er brauchte eine Weile, bis er erkannte, was sie anstarrten. Zuerst schaute er sich auf der Straße um, sah einen Hydranten und Tische vor einem Geschäft, auf denen sich Zeitschriften und Reiseführer stapelten. Die Markise eines Ladens pries Butter und Eier an. Er blickte an einer Ampel mit einer rot erleuchteten Don't cross!-erhobenen Hand und einer Gerüstbrücke über der Kreuzung Warren Street vorbei, vor der sich der Verkehr staute.

Dann wurde ihm klar, dass die Leute nach oben schauten.

Er folgte ihren Blicken und sah zuerst nur die dichte schwarze Wolke, die sich über den Wolkenkratzern erhob. Sie sah aus, als käme sie aus dem Schornstein einer Ölraffinerie.

Ein Gebäude brannte. Entsetzt begriff er, welches Gebäude es war. Das World Trade Center.

Scheiße, Scheiße, Scheiße.

Er stand wie angewurzelt da und traute seinen Augen nicht.

Die Ampel wurde grün. Die Autos fuhren weiter, und er fragte sich, ob die Fahrer den Brand nicht bemerkt hatten oder ob sie ihn aus ihrem Blickwinkel nicht sehen konnten.

Die Rauchwolke wurde dünner. Dahinter ragte eine schwarzweiße Antenne stolz in den leuchtend blauen Himmel. Es war der Nordturm, das wusste er von einem früheren Besuch. Erleichtert atmete er auf. Donald Hatcooks Büro befand sich im Südturm. Okay. Er würde seinen Termin also nicht verpassen.

Plötzlich erklang eine Sirene. Ein Geheul, das an- und abschwoll, lauter wurde, ohrenbetäubend laut durch die Stille hallte. Er drehte sich um und sah einen blauweißen Streifenwagen der New York Police mit drei Insassen. Der Mann auf dem Rücksitz reckte den Hals und spähte aus dem Fenster. Der Wagen brauste mit hoher Geschwindigkeit auf der falschen Straßenseite vorbei, das rote Licht warf einen Funkenschauer auf die drei gelben Taxis, die hintereinander parkten. Er bremste mit kreischenden Reifen und rollte über die Kreuzung, genau zwischen dem Lieferwagen einer Bäckerei, einem Porsche und einem weiteren Taxi hindurch.

»Oh, mein Gott! Oh, Jesus! Oh, mein Gott!«, jammerte eine Frau knapp hinter ihm. »Oh, mein Gott, es hat den Turm getroffen! Oh, mein Gott!«

Die Sirene verklang in der Ferne. Auf der Chambers Street wurde es wieder ruhig. Sie lag jetzt beinahe verlassen da. Ronnie sah einen Mann die Straße überqueren. Er trug eine Baseballkappe, einen leichten Anorak und Arbeitsstiefel und eine Plastiktüte, in der er vielleicht sein Mittagessen hatte. Er konnte die Schritte des Mannes hören. Der Mann schaute vorsichtig in alle Richtungen, als fürchtete er, von einem Streifenwagen überfahren zu werden.

Doch es kam kein zweiter Streifenwagen. Alles war still. Als könnte der eine Wagen mit der Situation fertig werden, als wäre es nur eine Bagatelle.

»Haben Sie das gesehen?«, fragte die Frau hinter ihm.

Ronnie drehte sich um. »Was ist denn passiert?«

Sie hatte langes braunes Haar und hervorstehende Augen. Zwei Einkaufstüten lagen neben ihr auf dem Gehweg, Kartons und Konservendosen waren herausgefallen.

Ihre Stimme bebte. »Ein Flugzeug! Jesus, es war ein Flugzeug! Es ist in den verdammten Turm geflogen. Ich kann es nicht glauben. Es war ein Flugzeug. Es ist in den verdammten Turm geflogen!«

»Ein Flugzeug?«

»Es hat den Turm getroffen. Es hat den verdammten Turm getroffen.«

Sie stand offenkundig unter Schock.

Nun ertönte eine weitere Sirene. Sie klang anders als der Streifenwagen, ein tiefes Tuten. Ein Löschzug der Feuerwehr.

Na toll!, dachte er. *Das ist ja klasse! Ausgerechnet an dem Morgen, an dem ich mit Donald verabredet bin, fliegt irgendein durchgeknallter Spinner mit seinem Flugzeug ins World Trade Center!*

Er sah auf die Uhr. Scheiße! Fast fünf vor neun! Er hatte das Café um Viertel nach acht verlassen, damit er genügend Zeit hätte, um zu seiner Verabredung zu kommen. Hatte er etwa zehn Minuten an ein und derselben Stelle gestanden? Donald Hatcooks hochnäsige Sekretärin hatte gesagt, er solle unbedingt pünktlich kommen, da Donald nur eine Stunde Zeit habe, bevor er einen Flug erreichen müsse. Nach Wichita, es konnte auch Washington gewesen sein. Nur eine Stunde. Eine Stunde, um sich und seine Firma zu retten!

Die nächste Sirene. *Scheiße.* Das würde ein gewaltiges Chaos geben. Polizei und Feuerwehr würden die Gegend abriegeln. Er musste unbedingt zu dieser Besprechung, bevor das geschah.

Er musste.

Um jeden Preis.

Nein, er würde sich nicht von irgendeinem Irren, der gerade eben sein Flugzeug demoliert hatte, die Besprechung versauen lassen!

Ronnie stürzte los und zerrte den Rollkoffer hinter sich her.

14

OKTOBER 2007 Im Abwasserkanal herrschte ein unangenehmer Geruch, der am Vortag noch nicht da gewesen war. Vielleicht ein verwesendes Tier, irgendein Nager. Schon als er um kurz vor neun eintraf, war Roy der Gestank aufgefallen, und als er den Kanal jetzt erneut betrat, rümpfte er die Nase. Er hatte zwei Tüten mit heißen Getränken aus einem nahe gelegenen Costa Café dabei, die ihm ein eifriger junger Polizeibeamter besorgt hatte.

Der Regen trommelte unablässig nieder und verwandelte den Boden der Baustelle in Morast. Hier drinnen würde der Wasserstand jedoch nicht steigen. Er fragte sich, wie viel Regen der Kanal fassen konnte. Vor einigen Jahren war die Leiche eines jungen Mannes in den Abwasserkanälen von Brighton gefunden worden. Daher wusste er, dass alle Abflüsse in einen zentralen Kanal mündeten, der bei

Peacehaven ins Meer floss. Falls auch dieser Kanal einmal überflutet worden war, waren die Beweisstücke, vor allem die Kleidung des Opfers, vermutlich längst weggeschwemmt worden.

Die Kollegen machten ein paar ironische Bemerkungen, als er ihnen die Getränke brachte, doch Roy ignorierte sie, obwohl er schlecht geschlafen und ständig an das Skelett gedacht hatte. Er verteilte Kaffee und Tee, als wollte er sich dafür entschuldigen, dass er seinen Leuten das Wochenende verdorben hatte.

Es herrschte reges Treiben. Im Tunnel waren Ned Morgan, der Mann vom Erkennungsdienst, mehrere erfahrene Beamte und Mitarbeiter der Spurensicherung in weißen Anzügen bei der Arbeit. Sie suchten den weichen Boden Zentimeter um Zentimeter nach Schuhen, Kleidungsstücken, Schmuck und allen Fetzen oder Resten ab, die dem Opfer gehört haben konnten. In dieser feuchten Umgebung blieben Leder und synthetische Stoffe am besten erhalten.

Das Team bot einen unheimlichen Anblick, wie es auf allen Vieren in dem düsteren gemauerten Tunnel hockte, umgeben von Schatten und dem Licht der Lampen, die in regelmäßigen Abständen aufgestellt waren.

Joan Major war ebenfalls von Kopf bis Fuß in einen weißen Anzug gehüllt und arbeitete schweigend und konzentriert. Sollte es zu einem Gerichtsverfahren kommen, müsste sie ein präzises 3-D-Modell des Skeletts am Fundort vorlegen. Sie war mehrmals aus dem Kanal und wieder hinein geklettert, weil das Signal ihres GPS-Gerätes nicht funktionierte. Sie benötigte es, um die genauen Koordinaten der Fundstelle zu ermitteln. Nun zeichnete sie die exakte Position des Skeletts auf. Alle paar Sekunden leuchtete das Blitzlicht einer Kamera auf.

»Danke, Roy«, sagte sie geistesabwesend, nahm den großen Caffè Latte entgegen und stellte ihn auf die Holzkiste mit ihrer Ausrüstung, die auf einem Stativ lag, um sie vor Nässe zu schützen.

Grace hatte entschieden, am Wochenende mit einem kleineren Team zu arbeiten und erst am Montagmorgen alle Kräfte zusammenzuziehen. Glenn Branson hatte er freigegeben, was dieser mit unendlicher Erleichterung zur Kenntnis genommen hatte. Noch arbeiteten sie mit angezogener Handbremse, da der Todeszeitpunkt offensichtlich viele Jahre zurücklag. Die erste Pressekonferenz konnte bis Montag warten.

Vielleicht würden er und Cleo es an diesem Abend doch noch zu ihrem Dinner nach London schaffen und etwas von dem romantischen Wochenende retten, das er geplant hatte. Allerdings nur, wenn Joan bis dahin mit den Kartierungs- und Bergungsarbeiten fertig war und der Rechtsmediziner die Autopsie bald durchführen konnte. Das wäre bei Frazer Theobald allerdings nicht einfach. Wo steckte er überhaupt? Sie hatten schon vor einer Stunde mit ihm gerechnet.

Wie aufs Stichwort betrat Frazer im weißen Schutzanzug den Kanal. Er schaute sich argwöhnisch, beinahe verstohlen um wie eine Maus, die Käse wittert. Er war klein und untersetzt, mit ungepflegtem schütterem Haar und einem Hitlerbärtchen unter einem riesigen Riechorgan. Glenn Branson hatte einmal gesagt, mit einer dicken Zigarre wäre er ein perfekter Doppelgänger von Groucho Marx.

Er murmelte entschuldigend, der Wagen seiner Frau sei nicht angesprungen und er habe seine Tochter zum Klarinettenunterricht bringen müssen. Dann lief er im großen Bogen um das Skelett, als wollte er es herausfordern, seinen Namen preiszugeben.

»Ja«, sagte er schließlich, ohne jemanden direkt anzusprechen. »Ach ja.« Er drehte sich zu Roy um. »Das ist die Leiche?«

Grace hatte Theobald schon immer ein wenig sonderbar gefunden, aber nie so sehr wie in diesem Moment. »Ja«, antwortete er verblüfft.

»Sie sehen braun aus, Roy«, bemerkte der Rechtsmediziner und trat näher an das Skelett heran, als habe die Frage ihm gegolten. »In Urlaub gewesen?«

»New Orleans«, erwiderte Grace, nahm den Deckel von seinem Kaffeebecher und wünschte sich insgeheim, er wäre immer noch dort. »Ich war bei der IHIA, der internationalen Vereinigung der Mordermittler.«

»Was machen die Aufbauarbeiten?«

»Gehen langsam voran.«

»Noch viele Flutschäden?«

»Eine Menge.«

»Gibt es da viele Leute, die Klarinette spielen?«

»Klarinette? Ja. Ich war sogar in ein paar Konzerten. Habe Ellis Marsalis gehört.«

Theobald schenkte ihm ein seltenes freudiges Strahlen. »Den Vater!«, sagte er anerkennend. »Haben Sie ein Glück!« Er wandte sich wieder dem Skelett zu. »Und was haben wir hier?«

Grace brachte ihn auf den neuesten Stand. Dann begannen Theobald und Joan Major eine Debatte darüber, ob man das Skelett in Einzelteilen oder intakt bergen solle, was einen langen und aufwändigen Prozess bedeutete. Schließlich befanden sie, dass es besser wäre, es intakt zu bergen, da es auch so gefunden worden war.

Grace betrachtete den Regen, der in den Kanal strömte. Die einzelnen Tropfen wirkten wie lang gezogene Staubflocken. New Orleans, dachte er versonnen, pustete auf seinen Kaffee und trank vorsichtig, um sich nicht zu verbrennen. Cleo war mitgekommen, und sie hatten nach der Konferenz eine Woche Urlaub angehängt, um die Stadt und einander zu genießen.

Weit weg von Brighton und der Erinnerung an Sandy gingen sie viel ungezwungener miteinander um. Sie entspannten sich, genossen die Wärme und schauten sich die Stadtviertel an, die von der Flut zerstört und noch nicht wieder aufgebaut worden waren. Sie aßen Gumbo, Jambalaya, Krabbenkuchen und Austern à la Rockefeller, tranken Margaritas, Mojitos und Wein aus Kalifornien und Oregon, hörten Jazz im Snug Harbor und in anderen Clubs. Grace verliebte sich immer mehr in sie.

Er war stolz, wie gut Cleo sich auf der Konferenz präsentiert hatte. Als schöne Frau, die einen sehr unschönen Beruf ausübte, musste sie viele Sticheleien, neugierige Blicke und ein paar wirklich ätzende Sprüche von einigen der fünfhundert führenden und beinahe ausschließlich männlichen Ermittler, die alle in Feierlaune waren, hinnehmen. Wie immer wusste sie sich zu behaupten und zog alle Blicke auf sich, wenn sie ihr Gardemaß von knapp eins achtzig in ihre übliche exzentrische, aufreizende Garderobe hüllte.

»Sie haben mich gestern Abend gefragt, wie alt sie war«, unterbrach ihn die forensische Archäologin.

Sofort war seine Konzentration wieder da. »Ja?«

Sie deutete auf den Kiefer. »Die Weisheitszähne verraten uns, dass sie über achtzehn ist. Es gibt Hinweise auf Zahnbehandlungen, weiße Füllungen, die in den vergangenen zwei Jahrzehnten häufiger vorkommen als früher. Außerdem sind sie teurer. Möglicherweise war sie bei einem privaten Zahnarzt in Behandlung, was den Personenkreis natürlich einschränkt. Außerdem hat sie eine Krone auf einem der vorderen Schneidezähne.« Sie deutete auf den linken oberen Schneidezahn.

Grace wurde nervös. Bei einer ihrer ersten Verabredungen hatte Sandy auf einen Knochensplitter in einem Steak Tartare gebissen, wobei ihr ein Stück aus dem linken oberen Schneidezahn gebrochen war. Später hatte sie eine Krone anfertigen lassen.

»Was sonst noch?«

»Nach dem allgemeinen Zustand und der Farbe der Zähne zu urteilen, würde ich sagen, dass meine Altersschätzung von gestern in etwa zutrifft. Zwischen fünfundzwanzig und vierzig.« Sie schaute zu Frazer Theobald, der mit ausdrucksloser Miene nickte, als dulde er ihre Schlussfolgerung, sei aber nicht unbedingt der gleichen Meinung.

Dann deutete sie auf den Arm. »Der lange Knochen hier wächst in drei Teilen – zwei Epiphysen und der Diaphyse, das ist der Teil dazwischen. Der Prozess, bei dem sich die drei Teile zusammenschließen, wird Schließung der Wachstumsfuge genannt und ist gewöhnlich mit Mitte dreißig abgeschlossen. Hier sind die Fugen noch nicht ganz geschlossen. Das Gleiche gilt für das Schlüsselbein. Sie können die Fugennaht am mittleren Schlüsselbein erkennen. Sie schließt sich, wenn ein Mensch etwa dreißig ist. Bei der Autopsie kann ich Ihnen eine noch genauere Schätzung liefern.«

»Sie sind also sicher, dass sie um die dreißig war?«, wollte Grace wissen.

»Ja. Auf keinen Fall sehr viel älter. Vielleicht sogar jünger.«

Roy schwieg. Sandy war zwei Jahre jünger als er gewesen. Dazu die gleichen Haare. Der überkronte Schneidezahn.

»Alles in Ordnung, Roy?«, fragte Joan Major.

Ihre Stimme schien wie aus weiter Ferne zu kommen, ein körperloses Echo.

»Alles klar, Roy?«

Er schaute sie an. »Ja, ja. Alles bestens.«

»Sie sehen aus, als hätten Sie gerade ein Gespenst gesehen.«

15

11. SEPTEMBER 2001 Ronnie eilte den West Broadway hinunter, überquerte Murray Street, Park Place und Barclay Street. Das World Trade Center ragte jetzt steil vor ihm auf, zwei silberne Monolithen erhoben sich vor seinen Augen. Der Gestank des Feuers wurde stärker; gekräuseltes, brennendes Papier schwebte in der Luft, während Trümmer zu Boden fielen und zerschellten.

Durch den dichten schwarzen Rauch leuchtete etwas karminrot, als blutete der Turm. Dann loderten orangefarbene Flammen daraus hervor. *Mein Gott*, dachte er, während sich eine dunkle Angst in seinem Inneren ausbreitete. *Das kann doch nicht wahr sein.*

Menschen taumelten aus dem Gebäude, schauten betroffen nach oben, Männer in eleganten Hemden und Jacketts ohne Krawatten, manche pressten ihr Handy ans Ohr. Eine attraktive Brünette im Businesskostüm stolperte mit nur einem Schuh dahin. Plötzlich fasste sie sich an ihren Kopf, das Gesicht schmerzverzerrt, als hätte sie ein herabfallender Gegenstand getroffen. Blut lief über ihre Wange.

Er zögerte. Weiterzugehen schien riskant. Andererseits war dieser Termin ungeheuer wichtig, lebenswichtig. Er musste es einfach wagen. *Lauf um dein Leben*, dachte er. Er hustete, als ihm Rauch in die Kehle drang, und trat vom Gehweg auf die Straße. Der Bordstein war höher, als er gedacht hatte, und als die Räder des Koffers auf die Straße prallten, fiel die Aktentasche herunter.

Scheiße, nicht auch noch das.

Als er sich bückte, um nach der Aktentasche zu greifen, erklang das durchdringende Heulen eines Flugzeugs.

Er schaute hoch. Und traute seinen Augen nicht. Einen Sekundenbruchteil später gab es eine Explosion. Ein ungeheures metallisches Scheppern, als stießen zwei gigantische Mülltonnen aneinander. Der Lärm hallte erbarmungslos in seinem Schädel wider, und er hätte sich am liebsten die Finger in die Ohren gesteckt, um ihn zum Schweigen zu bringen. Dann spürte er die Druckwelle. Jedes Atom seines Körpers schien durcheinander gewirbelt zu werden.

Im Südturm versprühte ein riesiger orangefarbener Feuerball glitzernde Funken und schwarzen Rauch. Einen Moment lang staunte er über die Schönheit dieses Anblicks: den Kontrast der Farben, Orange und Schwarz, die sich vor dem strahlenden Blau des Himmels abzeichneten.

Es schien, als würden Millionen, nein, Milliarden Federn durch die Luft schweben und langsam zu Boden sinken. In Zeitlupe.

Dann traf ihn die Wirklichkeit mit ganzer Wucht.

Holzsplitter, Glas, Stühle, Schreibtische, Telefone und Aktenschränke stürzten vor ihm auf das Pflaster. Ein Streifenwagen hielt neben ihm, die Türen wurden schon aufgerissen, bevor er zum Stehen kam. Einige hundert Meter weiter schlug ein Gegenstand, der wie eine brennende fliegende Untertasse aussah, auf den Boden und riss einen tiefen Krater in den Asphalt. Einzelne Teile flogen brennend durch die Gegend. Auch als sie schließlich auf dem Boden landeten, brannten sie weiter.

Mit unbeschreiblichem Entsetzen erkannte Ronnie, dass es sich um einen Flugzeugmotor handelte.

Und das hier war der Südturm.

In ihm befand sich Donald Hatcooks Büro. Im siebenundachtzigsten Stock. Er versuchte, aufwärts zu zählen.

Donalds Büro. Seine erste Schätzung ergab, dass es sich genau an der Stelle befunden hatte, an der das Flugzeug in den Turm gerast war.

Zwei Flugzeuge.

Was zum Teufel war hier los? Herrgott, was passierte hier?

Er starrte auf den brennenden Motor. Spürte die Hitze. Sah die Polizisten aus dem Auto springen.

Ronnies Verstand sagte ihm, dass es keinen Termin mehr geben würde. Doch er verdrängte es. Sein Verstand täuschte sich. Seine Augen täuschten sich. Irgendwie würde er es noch zu diesem Termin schaffen. *Geh weiter. Du schaffst es noch. Du schaffst es noch zum Termin. DU BRAUCHST DEN GOTTVERDAMMTEN TERMIN!*

Ein anderer Teil seines Gehirns sagte ihm, dass ein Flugzeug, das in einen der Türme flog, noch als Unfall durchgehen konnte, doch zwei konnten kein Zufall mehr sein.

In seiner absoluten Verzweiflung griff er nach dem Koffer und ging weiter.

Sekunden später hörte er einen dumpfen Aufprall, als fiele ein Kartoffelsack zu Boden. Etwas Nasses spritzte ihm ins Gesicht. Dann rollte etwas Weißes auf ihn zu und blieb knapp vor seinen Füßen liegen. Es war ein menschlicher Arm. Flüssigkeit rann ihm über die Wange. Er tastete nach seinem Gesicht, es war ganz feucht. Seine Hände waren blutverschmiert.

Ronnies Magen fuhr Achterbahn. Er drehte sich um und erbrach sein Frühstück, wobei er den nächsten Aufprall nur wenige Schritte von ihm weg kaum bemerkte. Sirenen heulten, ein Höllenlärm. Überall Sirenen. Der nächste Aufprall, die nächsten nassen Spritzer auf seinem Gesicht und den Händen.

Er schaute hoch. Sah Flammen, Rauch, ameisenkleine Gestalten, Glasscheiben und einen Mann, der vom Himmel fiel. Er verlor einen Schuh, der in der Luft kreiselte und kreiselte und kreiselte. Ronnie konzentrierte sich ganz auf den Schuh. Menschen, klein wie Spielzeugsoldaten, fielen inmitten der Trümmer vom Himmel.

Er stand nur da und starrte auf das Szenario. Erinnerte sich an einen Satz Briefmarken, auf dem die Höllenvisionen des niederländischen Malers Hieronymus Bosch abgebildet waren. Genauso sah es aus. Wie in der Hölle.

Die widerlich stinkende, stickige Luft war jetzt von Lärm erfüllt. Schreie, Sirenen, Hubschrauberrotoren. Polizisten und Feuerwehrleute rannten auf die Gebäude zu. Ein Löschzug mit der Aufschrift »Gruppe 12« hielt an und versperrte ihm die Sicht. Er ging um das Fahrzeug herum, während Feuerwehrleute in Schutzkleidung heraussprangen und losliefen.

Wieder ein dumpfer Aufprall. Ein dicker Mann im Anzug landete auf dem Rücken und explodierte.

Erneut erbrach er sich, schwankte, fiel auf ein Knie und bedeckte das Gesicht mit den Händen. Einen Augenblick lang verharrte er so, zitterte am ganzen Körper. Er schloss die Augen, als könnte er damit das Grauen vertreiben. Dann geriet er in Panik. Wo waren sein Koffer und die Aktentasche? Ein Glück, da waren sie, genau hinter ihm. Im Augenblick interessierte sich niemand für seine schicke Aktentasche, egal von welcher Marke sie war, ob echt oder falsch.

Einige Minuten später hatte Ronnie sich wieder in der Gewalt und stand auf. Er spuckte aus, um den Geschmack des Erbrochenen loszuwerden. Plötzlich durchflutete ihn ein ungeheurer Zorn. *Wieso gerade heute? Wieso nicht an irgendeinem anderen beschissenen Tag? Wieso musste das gerade heute passieren?*

Ein Menschenstrom, viele von ihnen mit weißem Staub bedeckt oder blutverschmiert, bewegte sich wie in Trance aus dem Eingang des Nordturms. Ronnie hörte das ferne Jaulen des nächsten Feuerwehrautos. Und noch eins. Und noch eins. Jemand vor ihm hielt eine Videokamera in der Hand.

Die Nachrichten, dachte er, *das Fernsehen.* Blöd wie sie war, würde Lorraine in Panik geraten. Sie geriet ständig in Panik. Bei jedem Stau auf der Autobahn rief sie ihn sofort an, ob alles in Ordnung sei, auch wenn er nur hundertfünfzig Kilometer entfernt war.

Er holte das Handy aus der Tasche und wählte ihre Nummer. Ein scharfer Piepton, dann erschien eine Nachricht im Display:

Netz überlastet.

Er versuchte es noch zweimal und steckte das Handy dann wieder ein.

Als er kurze Zeit später in aller Ruhe darüber nachdachte, wurde ihm klar, dass dieser nicht zustande gekommene Telefonanruf ein absoluter Glücksfall gewesen war.

16

OKTOBER 2007 Verdammt, die Uhr sollte doch Leuchtziffern haben! Abby hielt sie in der undurchdringlichen Schwärze vor ihr Gesicht, bis sie den kalten Stahl und das Glas an der Nase spürte. Noch immer nichts zu sehen.

Mist, ich habe für eine Leuchtuhr bezahlt!

Sie lag zusammengerollt auf dem harten Boden. Vielleicht hatte sie geschlafen, wusste aber nicht, wie lange. War jetzt Tag oder Nacht?

Ihre Muskeln waren völlig verkrampft, ihr Arm war wie abgestorben. Sie wedelte damit in der Luft, um die Blutzirkulation anzuregen. Er wog schwer wie Blei. Sie kroch ein Stück weiter, schwang ihn erneut und zuckte vor Schmerz zusammen, als sie gegen die Wand des Aufzugs schlug.

»Hallo!«, krächzte sie.

Wieder und wieder schlug sie gegen die Wand.

Spürte, wie der Aufzug schwankte.

Schlug und schlug und schlug.

Sie musste dringend pieseln. Ein Stiefel war schon voll. Der Uringestank wurde stärker. Ihr Mund war wie ausgedörrt. Sie schloss die Augen, öffnete sie wieder und hielt sich erneut die Uhr vor die Nase. Noch immer nichts zu erkennen.

In einer plötzlich aufkeimenden Panik überlegte sie, ob sie blind geworden war.

Verdammt, wie spät mochte es wohl sein? Als sie das letzte Mal auf die Uhr gesehen hatte, war es acht Minuten nach drei gewesen. Danach war das Licht ausgegangen. Irgendwann hatte sie in den Stiefel gepinkelt und in der Dunkelheit so gut wie möglich gezielt.

Danach war es ihr besser gegangen, und sie hatte wieder klar denken können. Nun aber lenkte die volle Blase sie erneut ab. Sie versuchte, dem Drang zu widerstehen. Vor einigen Jahren hatte sie einen Dokumentarfilm im Fernsehen gesehen, in dem es um die Überlebenden einer Flugzeugkatastrophe ging. Eine junge Frau in ihrem Alter hatte erklärt, sie habe ihrer Ansicht nach nur deshalb überlebt, weil sie ruhig geblieben war, während die meisten in Panik gerieten. Sie habe logisch gedacht und inmitten von Rauch und Dunkelheit den Ausgang gefunden.

Auch die anderen Überlebenden berichteten von einem ähnlichen Verhalten. Ruhig bleiben, klar denken. Das war der einzige Weg.

Leichter gesagt als getan.

Flugzeuge besaßen immerhin Ausgänge. Und Stewardessen, die vor jedem Flug mit reglosem Gesicht auf die Ausgänge deuteten, orangefarbene Rettungswesten und Sauerstoffmasken in die Höhe hielten und erklärten, als hätten sie es mit einem Haufen Zurückgebliebener zu tun. England war so ein verdammter Überwachungsstaat geworden. Warum gab es in Aufzügen noch keine Stewardessen? Warum stand nicht in jedem eine dämliche Blondine, die einem eine laminierte Karte reichte, auf der die Türen eingezeichnet waren? Und eine orangefarbene Rettungsweste, falls der Aufzug einmal überflutet werden sollte? Warum hielt sie einem nicht eine Sauerstoffmaske vor die Nase?

Plötzlich erklang ein scharfes Piepsen.

Ihr Handy!

Sie wühlte in ihrer Handtasche. Das Display war erleuchtet. Ihr Handy funktionierte wieder! Es hatte Empfang! Und natürlich gab es auch eine Uhr – die hatte sie in ihrer Panik völlig vergessen!

Sie holte es aus der Tasche und schaute aufs Display.

Neue Nachricht.

Sie konnte ihre Aufregung kaum zügeln und klappte es auf.

Die Nummer des Anrufers wurde nicht angezeigt. Die Nachricht lautete:

Ich weiß, wo du bist.

17

OKTOBER 2007 Roy Grace zitterte. Obwohl er unter seinem Papieranzug dicke Jeans, einen warmen Strickpullover und gefütterte Stiefel trug, drang ihm die Feuchtigkeit in die Knochen.

Die Spurenermittler und Suchspezialisten, die die unerfreuliche Aufgabe hatten, auf Händen und Knien jeden Zentimeter des Kanals abzusuchen, hatten bislang nur einige Nagetierskelette gefunden, aber nichts Interessantes. Entweder hatte man die Kleider der toten Frau entfernt, bevor sie im Kanal abgelegt wurde, oder sie waren weggespült, verrottet oder von Tieren zum Nestbau verwendet worden. Joan Major und Frazer Theobald arbeiteten unendlich langsam, kratzten mit Maurerkellen den Schlick um die Beckenknochen weg und verpackten jede Schmutzschicht in separaten Zellophanbeuteln. Wenn sie in diesem Tempo weitermachten, würde die Bergung noch zwei bis drei Stunden dauern.

Grace musste die ganze Zeit an den grinsenden Schädel denken.

Das Gefühl, dass Sandys Geist in seiner Nähe war. *Bist das wirklich du?*, fragte er sich. Jedes Medium, das er in den vergangenen neun Jahren konsultiert hatte, hatte ihm gesagt, seine Frau befinde sich nicht in der Geisterwelt. Folglich war sie noch am Leben, vorausgesetzt, er glaubte ihnen. Doch niemand hatte ihm bis jetzt sagen können, wo sie sich aufhielt.

Ein Schauer überlief ihn. Diesmal lag es nicht an der Kälte, etwas anderes steckte dahinter. Vor einiger Zeit hatte er sich entschlossen, einen Schlussstrich zu ziehen und nach vorn zu blicken. Doch wann immer er es versuchte, geschah etwas, das neue Zweifel in ihm weckte. So wie jetzt.

Sein Funkgerät knisterte und riss ihn aus seinen Gedanken. Er meldete sich mit einem knappen »Roy Grace«.

»Morgen, Roy. Ihre Karriere ist ganz schön im Eimer, im Abfluss, meine ich.« Dann hörte er Norman Pottings kehliges Lachen.

»Sehr witzig, Norman. Wo sind Sie?«

»Beim Wachposten. Soll ich mich in Schale werfen und runterkommen?«

»Nein, ich komme zu Ihnen. Wir treffen uns im Wagen der Spurensicherung.«

Grace war dankbar, den Kanal zu verlassen. Hier wurde er nicht dringend gebraucht und hätte sogar ins Büro fahren können, doch er legte Wert darauf, dass ihn seine Leute vor Ort sahen. Wenn sie schon ihren Samstag in einem ekelhaften, dunklen Kanal verbringen mussten, wollte er mit gutem Beispiel vorangehen.

Es tat gut, die Tür vor dem scheußlichen Wetter zu schließen und sich auf die weichen Polster im Wagen zu setzen, selbst wenn er dabei auf engem Raum mit Norman Potting zusammentraf, was nie besonders angenehm war. Der Mann verströmte abgestandenen Pfeifenrauch, vermischt mit dem Knoblauch vom letzten Abendessen.

Detective Sergeant Norman Potting hatte ein schmales Gesicht mit geplatzten Äderchen, dicke Lippen und schütteres Haar, das er seitlich über die Glatze kämmte. Dank des Wetters stand es ihm jetzt zerzaust vom Kopf ab. Er war dreiundfünfzig, obwohl böse

Zungen munkelten, er habe sich jünger gemacht, damit er länger im Dienst bleiben konnte, weil ihm vor dem Ruhestand graute.

Grace hatte seinen Kollegen noch nie ohne Krawatte erlebt, und dieser Morgen bildete keine Ausnahme. Potting trug ein Nylonhemd und eine zerfranste grüne Strickkrawatte, eine Tweedjacke und einen langen Anorak mit Knebelverschluss, dazu graue Flanellhosen und solide Schuhe. Mit einem Keuchen quetschte er sich auf die Bank gegenüber von Grace und ließ mit triumphierendem Blick eine große, tropfnasse Plastikmappe auf den Tisch fallen.

»Warum lassen sich die Leute immer an solch scheußlichen Orten ermorden oder ablegen?« Er beugte sich vor und atmete Roy ins Gesicht.

Dieser versuchte, nicht zurückzuzucken, als ihn der üble Geruch anwehte. So ähnlich stellte er es sich vor, von einem Drachen angefaucht zu werden. »Vielleicht sollten Sie einige Richtlinien aufstellen«, erwiderte er gereizt. »Fünfzig goldene Regeln, an die sich jedes Mordopfer halten sollte.«

Ironie war noch nie Norman Pottings Stärke gewesen, und er brauchte einen Augenblick, um den Sarkasmus seines Vorgesetzten zu durchschauen. Dann grinste er und entblößte seine viereckigen, schiefen Zähne, die wie Grabsteine in seinem Mund standen.

Er hob einen Finger. »Heute Morgen bin ich ein bisschen schwer von Begriff, Roy. War eine harte Nacht. Li hat sich wie eine Tigerin aufgeführt!«

Potting hatte sich kürzlich eine Braut aus Thailand zugelegt und erfreute seither alle, die es nicht hören wollten, mit seinen Leistungen im Bett.

Grace wechselte rasch das Thema und deutete auf die Mappe. »Haben Sie die Pläne?«

»Viermal in einer Nacht, Roy! Ein dreckiges Luder, sage ich Ihnen, die macht einfach alles! Wow! Ich bin ein wirklich glücklicher Mann!«

»Wie schön.«

Einen Moment lang freute sich Grace tatsächlich für ihn. Potting hatte mit seinem Liebesleben nie viel Glück gehabt. Drei gescheiterte Ehen und mehrere Kinder, die er zu seinem Bedauern nur selten sah. Das jüngste Mädchen hatte Down Syndrom, und Potting hatte vergeblich versucht, das Sorgerecht zu bekommen. Er war kein schlechter Mensch, auch nicht dumm – im Gegenteil, er war ein äußerst fähiger Polizist –, doch fehlte es ihm an grundlegenden sozialen Fähigkeiten, um bei der Polizei Karriere zu machen. Dennoch galt Norman Potting als solides und zuverlässiges Arbeitstier, das manchmal überraschend die Initiative ergriff. Und das war es, was bei einem großen Fall für Grace zählte.

»Sie sollten auch mal drüber nachdenken, Roy.«

»Worüber?«

»Über eine Thai-Braut. Es gibt Hunderte, die ganz wild auf einen englischen Ehemann sind. Ich gebe Ihnen mal die Internetadresse. Die sind wirklich toll, sag ich Ihnen. Sie kochen, putzen, bügeln und verschaffen Ihnen den besten Sex Ihres Lebens. Wirklich süße kleine Körper –«

»Die Pläne?« Grace ignorierte die letzten Bemerkungen.

»Ach ja.«

Grace holte mehrere große fotokopierte Straßenkarten, Gitternetzkarten und Abschnittszeichnungen aus der Mappe und breitete sie auf dem Tisch aus. Manche stammten noch aus dem 19. Jahrhundert.

Ein Windstoß ließ den Wagen erbeben. Irgendwo in der Ferne heulte eine Sirene und verklang wieder. Der Regen trommelte stetig aufs Dach.

Roy hatte immer Schwierigkeiten gehabt, Pläne zu lesen, und ließ sich von Potting die Feinheiten des Abwassersystems von Brighton and Hove erläutern, wobei er sich an den Unterlagen orientierte, die ihm ein Ingenieur der Stadt an diesem Morgen gebracht hatte. Potting fuhr mit einem schmutzigen Fingernagel über sämtliche Zeichnungen und zeigte die Fließrichtung des Wassers, die immer bergab bis zum Meer führte.

Roy bemühte sich, ihm zu folgen, war eine halbe Stunde später aber so klug wie zuvor. Anscheinend lief alles darauf hinaus, dass das Gewicht der Frau sie im Schlamm hatte stecken lassen, während alle anderen Gegenstände, die sie bei sich hatte, ins Meer geschwemmt worden waren.

Potting stimmte ihm zu.

Graces Handy klingelte. Er entschuldigte sich und zuckte zusammen, als die durchdringende Stimme des frisch ernannten Detective Superintendent Cassian Pewe, des Schleimscheißers von der Met, mit dem ihn seine Chefin ärgern wollte, an sein Ohr drang.

»Hallo, Roy«, sagte Pewe. Er sah Pewes hübsches, aalglattes Gesicht direkt vor sich. »Alison Vosper hat vorgeschlagen, Sie anzurufen und nachzufragen, ob ich Ihnen zur Hand gehen soll.«

»Das ist sehr freundlich von Ihnen, Cassian, aber die Leiche ist intakt. Wir haben beide Hände hier.«

Schweigen. Pewe gab einen Laut von sich, als hätte er gegen einen Elektrozaun gepinkelt. Sein Lachen klang unnatürlich. »Sehr witzig, Roy«, meinte er gönnerhaft und fügte nach einer Pause hinzu: »Haben Sie alle Leute, die Sie brauchen?«

Grace spürte, wie sich etwas in ihm anspannte. Er unterdrückte mit Mühe den Impuls, dem Mann zu sagen, er solle seinen Samstag gefälligst woanders verbringen. »Vielen Dank.«

»Gut, das wird Alison freuen. Ich sage ihr Bescheid.«

»Nein, das erledige ich schon selbst«, entgegnete Grace. »Falls ich Ihre Hilfe brauche, werde ich Sie darum ersuchen, doch im Augenblick kommen wir gut zurecht. Außerdem – fangen Sie nicht erst am Montag an?«

»Gewiss, Roy, das stimmt. Alison hatte nur den Eindruck, dass es ganz nützlich sein könnte, wenn ich mich am Wochenende schon ein bisschen einarbeite.«

»Ich weiß ihre Sorge zu schätzen«, stieß Grace hervor und hängte ein. Er kochte vor Wut.

»Detective Superintendent Pewe?«, erkundigte sich Potting mit hochgezogenen Augenbrauen.

»Sie kennen ihn?«

»Ja. Und andere seines Schlags. Wenn Sie so einem aufgeblasenen Esel wie ihm genügend Seil geben, hängt er sich irgendwann selbst auf. Das funktioniert immer.«

»Haben Sie zufällig ein Seil dabei?«

18

11. SEPTEMBER 2001 Ronnie Wilson hatte jegliches Zeitgefühl verloren. Er stand wie gebannt da und klammerte sich an den Griff seiner Aktentasche, während sich vor seinen Augen unbegreifliche Szenen abspielten.

Gegenstände fielen vom Himmel auf die umliegenden Straßen. Sie regneten geradezu herunter. Ein nicht enden wollender Schauer aus Mauerwerk, Trennwänden, Schreibtischen, Stühlen, Glas, Bildern, gerahmten Fotos, Sofas, Computerbildschirmen, Tastaturen, Aktenschränken, Papierkörben, Toilettenbrillen, Waschbecken und DIN-A4-Blättern, die aussahen wie riesiges Konfetti. Und Körper. Fallende Körper. Männer und Frauen, gerade noch lebendig, die beim Aufprall explodierten und zerflossen. Er wollte sich abwenden, schreiend davonlaufen, doch eine riesige bleierne Hand drückte ihn nieder und zwang ihn, wie betäubt zuzusehen.

Es war wie der Weltuntergang.

Alle Feuerwehrleute und Polizeibeamte New Yorks schienen in die Zwillingstürme zu laufen. Ein endloser Menschenstrom, der hineindrängte, vorbei an den verwirrten Leuten, die ihnen aus den Gebäuden entgegentaumelten. Sie schienen aus einer anderen Welt zu kommen, waren mit Staub bedeckt, zerzaust, viele Gesichter waren blutverschmiert oder vom Schock verzerrt. Viele hielten ein Handy ans Ohr.

Dann folgte das Erdbeben. Zuerst war es nur ein sanftes Vibrieren, doch es wurde stärker, worauf er den Griff des Rollkoffers fester umklammerte. Dann schienen die Zombies, die aus dem Südturm strömten, zum Leben zu erwachen. Beschleunigten ihre Schritte.

Rannten los.

Ronnie blickte hoch. Stutzte. Eine Sekunde lang glaubte er an einen Irrtum. Das war doch nicht möglich! Eine optische Täuschung. *Es musste eine Täuschung sein.*

Das gesamte Gebäude stürzte in sich zusammen, brach ein wie ein Kartenhaus, nur –

Ein Streifenwagen in einiger Entfernung vor ihm wurde plötzlich platt gedrückt.

Dann ein Löschfahrzeug.

Eine ungeheure Staubwolke wälzte sich wie ein Sandsturm in der Wüste auf ihn zu. Er hörte Donner. Grollenden Donner, von allen Seiten, wie im Kino.

Eine ganze Menschenmenge verschwand unter Mauerwerk.

Die dunkelgraue Wolke hob sich wie ein Schwarm wütender Insekten in die Luft.

Der Donner war ohrenbetäubend.

Das war doch nicht möglich.

Der ganze verdammte Turm stürzte in sich zusammen.

Menschen rannten um ihr Leben. Eine Frau verlor einen Schuh und hinkte weiter, verlor den anderen auch noch. Ein grauenhaftes berstendes Geräusch, das die Sirenen übertönte, als reiße ein riesiges Ungeheuer die Welt in Stücke.

Sie rannten an ihm vorbei. Einer, dann noch einer und noch einer, die Gesichter voller Panik. Manche waren bleich vom Staub, andere von Sprinkleranlagen durchnässt, voller Blut oder Glassplitter. Statisten in einer unheimlichen frühmorgendlichen Prozession.

Plötzlich flog nur wenige Meter vor ihm ein BMW in die Luft und landete auf dem Dach, der Kofferraum war abgerissen. Dann sah er die schwarze Wolke wie eine Flutwelle auf sich zukommen.

Er umklammerte den Griff des Koffers, drehte sich um und rannte den Leuten hinterher. Er wusste nicht, wohin, rannte nur, setzte einen Fuß vor den anderen, zog den Koffer hinter sich her, achtete nicht mehr darauf, ob die Aktentasche noch obenauf lag. Er rannte vor der schwarzen Wolke davon, vor dem einstürzenden Turm, vor dem Donnern in seinen Ohren, seinem Herzen und seiner Seele.

Er rannte um sein Leben.

19

OKTOBER 2007 Mittlerweile hatte sich der Aufzug in ein lebendes Wesen verwandelt, ein übernatürliches Geschöpf. Wenn Abby atmete, seufzte, knarrte und stöhnte er. Wenn sie sich bewegte, schwankte, ruckte und schaukelte er. Ihr Mund und ihre Kehle waren ausgedörrt; Zunge und Mundhöhle fühlten sich an wie Löschpapier und sogen jedes winzige Speicheltröpfchen auf.

Ein kalter Luftzug blies ihr hartnäckig ins Gesicht. Sie tastete in der Dunkelheit nach dem Knopf am Handy, mit dem sie die Displaybeleuchtung einschalten konnte. Sie machte es alle paar Minuten, um zu überprüfen, ob sie Empfang hatte. Und um einen winzigen, aber verzweifelt ersehnten Lichtstrahl in ihre wankende Gefängniszelle zu lassen.

Kein Empfang.

Mittlerweile war es 1.32 Uhr.

Sie wählte noch einmal den Notruf, doch das schwache Empfangssignal war verschwunden.

Zitternd las sie aufs Neue die Nachricht:

Ich weiß, wo du bist.

Obwohl der Empfänger seine Nummer unterdrückt hatte, wusste sie, von wem die SMS stammte. Es gab nur einen Menschen, der sie geschickt haben konnte. Woher aber wusste er ihre Nummer? Das war ihre größte Sorge. *Woher zum Teufel weiß er meine Nummer?*

Es war ein Kartenhandy, das sie bar bezahlt hatte. Sie hatte genügend Krimiserien im Fernsehen gesehen, um zu wissen, dass Anrufer auf diese Weise nicht zurückverfolgt werden konnten. Drogendealer benutzten solche Handys. Sie hatte es gekauft, um mit ihrer Mutter im nahe gelegenen Eastbourne in Kontakt zu bleiben, während sie vorgab, noch immer im Ausland zu leben. Außerdem konnte sie Kontakt zu Dave halten und ihm gelegentlich Fotos schicken. Es war schwer, so lange von einem geliebten Menschen getrennt zu sein.

Dann kam ihr ein Gedanke. *War er bei ihrer Mutter gewesen?* Selbst wenn, hätte sie ihm die Nummer nicht geben können. Abby achtete peinlich darauf, sie geheim zu halten. Außerdem hatte sie erst gestern mit ihrer Mutter telefoniert, und diese hatte nichts davon erwähnt.

War er ihr vielleicht gefolgt und hatte gesehen, wo sie das Telefon gekauft hatte? Nein, unmöglich. Sie hatte es in einem kleinen Telefonladen in einer Seitenstraße vom Preston Circus gekauft und darauf geachtet, dass niemand sie beobachtete. Sie hatte sich jedenfalls bemüht.

War er etwa im Haus? Wenn er sie nun im Aufzug gefangen hatte und in der Zwischenzeit in ihre Wohnung einbrach? Was, wenn er die Wohnung in diesem Augenblick durchsuchte?

Angenommen, er fände –

Unwahrscheinlich.

Wieder schaute sie aufs Display.

Die Worte machten ihr zunehmend Angst. Sie sprang vor lauter Panik hoch. Drückte die Leuchttaste und schob ihre Finger zum hundertsten Mal zwischen die Aufzugtüren. Heulte vor lauter Verzweiflung, weil sie auch diesmal nicht aufgingen.

Sie rührten sich nicht von der Stelle.

Geht bitte auf. Oh, Gott, geht doch bitte auf.

Wieder schaukelte der Aufzug wie wild. Ein Bild blitzte in ihrem Kopf auf, Taucher in einem Haikäfig, ein großer Weißhai stieß mit der Nase gegen die Gitterstäbe. So musste es sich anfühlen. Ein großer Weißhai. Ein gefühlloser Räuber. Sie musste verrückt gewesen sein, als sie sich auf die Geschichte eingelassen hatte.

Falls sie je in ihrer Entschlossenheit gewankt und alles, was sie besaß, dafür gegeben hätte, Dinge ungeschehen zu machen, dann in diesem Augenblick.

20

OKTOBER 2007 Schmeißfliegen oder Blauarschfliegen, wie die Australier sie gerne nennen, ernähren sich von flüssigen Proteinen, die aus verwesenden Leichen austreten, und können eine Leiche aus fast zwanzig Kilometern Entfernung wittern. Eine Eigenschaft, die sie mit Kriminalreportern teilen, wie Roy Grace zu sagen pflegte. Daher war er auch nicht überrascht, als in diesem Augenblick ein ebensolches Exemplar vor dem Wagen der Spurensicherung auftauchte: Kevin Spinella, der hartnäckigste und am besten informierte Kriminalreporter vom *Argus*. Manchmal war er sogar *zu* gut informiert.

Grace erklärte dem Beamten, der den Tatort bewachte und ihn per Funk benachrichtigt hatte, dass er mit Spinella sprechen werde. Er trat hinaus in den Regen, dankbar, dass er Norman Pottings Geruch nicht länger einatmen musste. Als er auf den Reporter zuging, bemerkte er zwei Fotografen, die sich ebenfalls in der Nähe herumdrückten.

Spinella stand kaugummikauend ohne Schirm da, die Hände in den Taschen, den Kragen seines Regenmantels hochgeklappt. Er war Anfang zwanzig, ein schmächtiger Mann mit schmalem Gesicht und wachen Augen. Sein dünnes schwarzes Haar war mit Gel nach vorn gekämmt und klebte ihm nass am Kopf.

Unter dem Mantel trug er einen schwarzen Anzug und ein Hemd, das mindestens eine Nummer zu groß war. Der Kragen hing lose um seinen Hals, obwohl er die karminrote, ungeschickt gebundene Polyesterkrawatte straff festgezogen hatte. Seine schicken schwarzen Schuhe waren mit Schlamm bedeckt.

»Sie kommen ein bisschen spät, mein Sohn«, sagte Grace zur Begrüßung.

»Spät?«, erkundigte sich der Reporter stirnrunzelnd.

»Die Schmeißfliegen waren schon Jahre vor Ihnen da.«

Spinella lächelte schwach, als wüsste er nicht, inwieweit Grace ihn auf den Arm nahm. »Ich habe mich gefragt, ob Sie mir ein paar Fragen beantworten könnten, Detective Superintendent.«

»Am Montag gibt es eine Pressekonferenz.«

»Können Sie mir vorher schon etwas sagen?«

»Eigentlich dachte ich, Sie könnten mir weiterhelfen. Gewöhnlich sind Sie doch besser informiert als ich.«

Wieder schien sich der Reporter nicht sicher zu sein, ob Grace scherzte. Er lächelte gezwungen: »Wie ich höre, hat man in dem Abflusskanal da drüben ein Frauenskelett gefunden. Ist das richtig?«

Die Achtlosigkeit, mit der Spinella die Frage stellte, als wären die menschlichen Überreste völlig bedeutungslos, machte Grace wütend. Aber er durfte es nicht zeigen. Es hatte keinen Sinn, mit Spinella Streit anzufangen. Die Erfahrung hatte ihn gelehrt, dass eine gewisse Hilfsbereitschaft der Presse gegenüber durchaus sinnvoll war.

»Es sind menschliche Überreste«, entgegnete er. »Das Geschlecht haben wir allerdings noch nicht eindeutig bestimmen können.«

»Wie ich gehört habe, handelt es sich definitiv um eine Frau.«

Grace lächelte. »Na bitte, ich habe doch gesagt, Sie sind besser informiert als ich.«

»Hm – also ist es wirklich eine Frau?«

»Wem trauen Sie mehr, Ihren Quellen oder mir?«

Der Reporter starrte Grace prüfend an. An seiner Nase bildete sich ein Tropfen, doch er machte keine Anstalten, ihn wegzuwischen. »Kann ich Sie noch etwas fragen?«

»Wenn's schnell geht.«

»Ich habe gehört, dass am Montag ein neuer Kollege bei Ihnen in

Sussex House anfängt. Detective Superintendent Pewe von der Met.«

Grace erstarrte. Noch eine Bemerkung, und er würde Spinella den Tropfen höchstpersönlich von der Nase hauen. »Sie haben richtig gehört.«

»Meinen Informationen zufolge ist die Met die erste britische Polizeibehörde, die ernsthaft einen Abbau der Bürokratie betreibt.«

»Ach ja?«

Das hämische Grinsen des Reporters war unerträglich. Er sah aus, als wüsste er alle möglichen Geheimnisse. Einen Augenblick lang argwöhnte Grace sogar, der Mann könnte vertrauliche Informationen von Alison Vosper erhalten haben.

»Ich habe gehört, man setze dort mittlerweile Zivilangestellte ein, um verhaftete Personen ins Gefängnis aufzunehmen, damit die Polizeibeamten sofort wieder auf Patrouille gehen können und nicht stundenlang Formulare ausfüllen müssen«, erklärte Spinella. »Gehen Sie davon aus, dass die Kripo Sussex von Detective Superintendent Pewe nützliche Dinge lernen kann?«

Grace schluckte seine Wut hinunter und antwortete mit großer Umsicht: »Ich bin mir sicher, dass Detective Superintendent Pewe ein wertvolles Mitglied der Kripo Sussex werden wird.«

»Darf ich Sie so zitieren?« Das Grinsen wurde immer schlimmer.

Was weißt du denn schon, kleiner Scheißer?

Graces Funkgerät knisterte. Er hielt es ans Ohr und meldete sich.

Es war Tony Monnington von der Spurensicherung. »Roy, ich glaube, wir haben das erste brauchbare Beweisstück gefunden.«

Grace entschuldigte sich höflich bei dem Reporter und kehrte in den Kanal zurück. Unterwegs rief er Norman Potting an und teilte ihm mit, es werde einige Minuten dauern. Seltsam, wie rasch sich Situationen ändern konnten. Eben noch hatte er es gar nicht abwarten können, den Fundort des Skeletts zu verlassen. Wenn aber die Alternativen darin bestanden, im Regen mit Spinella zu reden oder mit Norman Potting im selben Wagen zu sitzen, wirkte der Kanal auf einmal durchaus anziehend.

21

OKTOBER 2007 Abbys Mitbewohnerin Sue hatte unbewusst ihr Leben verändert. Sie hatten einander kennen gelernt, als sie in einer Kneipe am Strand von Yarra in Melbourne kellnerten, und sich spontan angefreundet. Sie waren gleich alt, und Sue war genau wie Abby von England nach Australien gegangen, um Abenteuer zu erleben.

Vor etwa einem Jahr hatte Sue ihrer Freundin erzählt, dass sie in der Kneipe mit einigen gut aussehenden und sehr charmanten Typen geplaudert hatte. Die Jungs seien am Sonntag zum Grillen eingeladen und Sue solle doch mitkommen und könne gern eine Freundin mitbringen.

Da sie nichts Besseres vorhatten, waren sie hingegangen. Der Grillabend fand in einer coolen Junggesellenwohnung statt, einem Penthouse in einem der angesagtesten Viertel von Melbourne, von dem aus man eine herrliche Sicht auf die Bucht genoss. Abby hatte ihre Umgebung allerdings kaum wahrgenommen, weil sie vom Gastgeber Dave Nelson völlig hingerissen war.

Es waren noch viele andere Leute auf der Party, die Männer mindestens zehn Jahre älter als sie, einige auch jenseits der sechzig, und sie erinnerten an Statisten aus einem Gangsterfilm. Die Frauen waren über und über mit Schmuck behängt und schienen frisch aus dem Schönheitssalon zu kommen. Doch auch die beachtete sie kaum. Tatsächlich sprach sie eigentlich nur mit ihrem Gastgeber, nachdem sie die Wohnung betreten hatte.

Dave war schlank, groß, ein ungeschliffener Diamant von Mitte vierzig, tief gebräunt, mit kurzer Gelfrisur und leicht verlebtem Gesicht. Als junger Mann war er vermutlich äußerst attraktiv gewesen. Er wirkte angenehm entspannt, und genauso fühlte sie sich in seiner Nähe.

Er bewegte sich mit einer lässigen, animalischen Anmut und schenkte den ganzen Nachmittag über großzügig Champagner aus

Magnumflaschen aus. Er sei müde, weil er drei Tage lang bei einem internationalen Pokerturnier mitgespielt habe, den ›Aussie Millions‹ im Casino des Crown Plaza. Er hatte tausend Dollar Startgebühr bezahlt und vier Runden überstanden, einen Topf von über hunderttausend aufgebaut. Dann sei er leider ausgeschieden. Drei Asse, hatte er Abby wehmütig erzählt. Woher sollte er denn wissen, dass der andere zwei Asse verdeckt hielt? Dabei hatte er drei Könige besessen, zwei davon bei den verdeckten Karten!

Abby hatte noch nie gepokert. Als alle Gäste gegangen waren, setzte er sich mit ihr hin und brachte es ihr bei. Es gefiel ihr, wie aufmerksam er war, dass er sie die ganze Zeit anschaute und ihr Komplimente machte, wie schön sie sei und wie sehr er es genieße, mit ihr hier zu sitzen. Er ließ sie stundenlang kaum aus den Augen, als würde nichts anderes mehr zählen. Er hatte gute Augen, braun mit einem grünen Schimmer, wachsam, aber mit einer gewissen Traurigkeit, als trüge er einen tiefen Schmerz in sich. Er weckte in ihr das Bedürfnis, ihn zu beschützen und zu bemuttern.

Dave erzählte wunderbare Geschichten von seinen Reisen und wie er im Internet mit wertvollen Briefmarken und Pokerspielen ein Vermögen verdient hatte. Sein System klang einleuchtend und clever.

Im Internet wurde rund um die Uhr gepokert. Er nutzte die Zeitzonen und loggte sich in Gegenden, wo früher Morgen war, in Partien ein. Die Leute dort waren müde und oft angetrunken. Er schaute eine Weile zu und stieg dann ein. Es war ein leichtes Spiel für einen Mann, der hellwach, nüchtern und aufmerksam war.

Abby hatte sich immer für ältere Männer interessiert, und dieser scheinbar so abgebrühte Typ, der mit solcher Leidenschaft von winzigen, empfindlichen und wunderschönen Briefmarken und deren historischer Bedeutung sprach, faszinierte sie. Für ein schlichtes britisches Mädchen wie sie war es eine Begegnung mit einer anderen Welt. Und obwohl er etwas Verletzliches an sich hatte, wirkte er gleichzeitig sehr stark und männlich, und sie fühlte sich in seiner Gegenwart völlig sicher.

Zum ersten Mal verstieß sie gegen ihr Prinzip und schlief gleich in der ersten Nacht mit ihm. Wenige Wochen später zog sie bei ihm ein. Er ging mit ihr einkaufen, ermunterte sie, teure Kleider auszusuchen, und kam, wenn er beim Pokern einen Coup gelandet hatte, mit einem Schmuckstück, einer neuen Uhr oder einem irrsinnig kostspieligen Blumenstrauß nach Hause.

Sue bemühte sich nach Kräften, Abby den Mann auszureden. Er sei zu alt für sie, habe eine zweifelhafte Vergangenheit und einen Ruf als Frauenheld. Besser gesagt, er sei ein Serienbumser.

Doch Abby hörte nicht auf sie, beendete zuerst die Freundschaft mit Sue und brach dann auch alle anderen Kontakte in Melbourne ab. Sie genoss es, sich in Daves Kreisen zu bewegen, wo die Leute älter, glamouröser und interessanter waren. Das große Geld hatte sie schon immer gereizt, und diese Leute gaben es mit vollen Händen aus.

Als Kind war sie in den Schulferien manchmal mit ihrem Vater unterwegs gewesen, der als selbständiger Fliesenleger arbeitete. Sie hatte es wunderbar gefunden, ihm zu helfen, doch am meisten interessierte sie sich für die Häuser, in denen reiche Leute lebten. Ihre Mutter arbeitete in der Stadtbibliothek von Hove. Die Familie bewohnte eine kleine Doppelhaushälfte in Hollingbury, und ihre Eltern pflegten liebevoll den Garten, an dessen Zaun ihr Horizont endete.

Als Abby größer wurde, empfand sie das bescheidene Leben ihrer Eltern als beengend. Als Teenager verschlang sie die Romane von Danielle Steel, Jackie Collins und Barbara Taylor und las jede Woche *OK!* und *Hello!* von der ersten bis zur letzten Seite. Insgeheim träumte sie davon, wahnsinnig reich zu sein, träumte von prächtigen Häusern, Yachten und allem, was dazugehörte. Sie sehnte sich danach, auf Reisen zu gehen. Tief im Inneren wusste sie, dass sie irgendwann ihre Chance bekommen würde. Bevor sie dreißig würde, wäre sie reich, dieses Versprechen gab sie sich selbst.

Als man einen Freund von Dave wegen dreifachen Mordes verhaftete, war sie entsetzt, verspürte aber auch eine leise Erregung. Dann wurde ein Mitglied seines Kreises vor den Augen seiner Zwillinge im

Auto erschossen, als er sich deren Fußballtraining ansah. Allmählich wurde ihr klar, dass sie sich in einer Welt bewegte, die nichts mit ihrer Herkunft zu tun hatte und die sie auch nicht ganz durchschaute. Trotz ihres Entsetzens über den Tod des Mannes fand sie auch das Begräbnis aufregend. Von diesen Leuten akzeptiert zu werden, war der größte Erfolg ihres Lebens.

Gleichzeitig begann sie sich zu fragen, was Dave in Wirklichkeit trieb. Manchmal scharwenzelte er um Leute herum, die angeblich zu den ganz Großen gehörten, und versuchte, mit ihnen ins Geschäft zu kommen. Eines Morgens bekam sie mit, wie er am Telefon den Handel mit Briefmarken als perfekte Geldwäsche anpries, bei der man Werte unauffällig um den Globus herum bewegen könne.

Das gefiel ihr nun weniger. Solange sie eher am Rand der Gruppe gestanden und mit den Leuten in Kneipen und auf Partys abgehangen hatte, war es in Ordnung gewesen. Dass Dave aber mit ihnen Geschäfte machen wollte, sie geradezu darum anflehte, fand sie enttäuschend. Tief im Herzen wusste sie, dass sie ihm helfen könnte, doch dazu musste sie die Mauer, die er um sich herum errichtet hatte, durchdringen. Obwohl sie schon seit mehreren Monaten zusammen waren, hatte er nur einmal nebenbei erwähnt, dass er zweimal verheiratet gewesen war und zwei schmerzliche Scheidungen hinter sich hatte.

Doch dann ließ er eines Tages die Bombe platzen.

22

SEPTEMBER 2007 Der metallicblaue Pickup fuhr von Melbourne aus nach Westen. Am Steuer saß MJ, ein hoch gewachsener Mann von achtundzwanzig mit pechschwarzem Haar und Surferfigur, lässig in ein gelbes T-Shirt und Bermudas gekleidet. Er hatte eine Hand am Lenkrad und die andere um Lisas Schultern gelegt.

Der Geländewagen mit den breiten Schlappen und fetten Auspuffrohren lag sicher auf der gewundenen Straße, die durch offenes Gelände führte. Der Wagen war sein ganzer Stolz, und er horchte zufrieden auf das Brummen des 5,7-Liter-Motors mit den acht Zylindern. Rechts von ihnen erstreckte sich ausgedörrtes Buschland, während sich links hinter einem durchhängenden Stacheldrahtzaun sanfte braune Hügel erhoben. Auch sie wirkten trocken und dürr, da es seit sechs Jahren praktisch nicht geregnet hatte. Einige spärliche Baumreihen standen verstreut wie Bartstoppeln, die der Rasierer übersehen hatte.

Es war Samstagmorgen, und zum ersten Mal seit zwei Tagen konnte MJ an etwas anderes als seine Ausbildung denken. In einem Monat stand die Prüfung in Börsenwesen an, die er bestehen musste, um eine feste Stelle bei der Macquarie Bank zu erhalten. Trotz der Trockenheit war der Frühling in diesem Jahr spät gekommen, und an diesem Wochenende hoffte er auf den ersten wirklich schönen Tag nach den langen trüben Wintermonaten. Er war fest entschlossen, das Beste daraus zu machen.

MJ ließ es langsam angehen. Er hatte schon sechs Strafpunkte und musste aufpassen, dass er sich an die Geschwindigkeitsbegrenzung hielt. Außerdem hatte er es nicht eilig. Er war wahnsinnig glücklich, mit dem Mädchen, das er liebte, im Auto zu sitzen, und genoss die Aussicht und das Gefühl, das ganze Wochenende vor sich zu haben.

Er erinnerte sich an einen Spruch, den er irgendwo einmal gelesen hatte. *Glück heißt nicht, zu bekommen, was man will. Es heißt, zu wollen, was man hat.*

Er zitierte es laut, und Lisa sagte, es sei wunderschön und sie sei ganz seiner Meinung. Dann küsste sie ihn. »Du sagst immer so schöne Sachen, MJ.« Er wurde rot.

Sie drückte einen Knopf, und die Whitlams hämmerten aus der sündhaft teuren Anlage, die er in den Wagen eingebaut hatte. Die Campingausrüstung und die Palette Bierdosen, die unter einer Plane auf der Ladefläche lagen, vibrierten im Takt. Genau wie sein Herz. Es war schön, hier zu sein, sich lebendig zu fühlen, die warme Luft im Gesicht zu haben, Lisas Parfüm zu riechen und ihre blonden Locken an seinem Arm zu spüren.

»Wo sind wir?«, wollte sie wissen. Eigentlich war es ihr egal, denn auch sie genoss die Fahrt. Eine nette Abwechslung zum Alltag, in dem sie als Pharmareferentin des Wyeth-Konzerns Arztpraxen besuchte und Medikamente gegen Hämophilie verkaufte. Sie genoss es, statt der üblichen Businesskostüme nur ein weißes Top und rosa Shorts zu tragen. Vor allem aber genoss sie die kostbare Zeit mit MJ.

»Wir sind fast da.«

Sie kamen an einem sechseckigen gelben Verkehrsschild vorbei, auf dem ein schwarzes Fahrrad zu sehen war, und hielten an einer Einmündung neben dem skelettartigen Stamm einer Radiata-Kiefer mit dicker Krone, die wie ein schlecht sitzendes Toupet aussah. Vor ihnen erhob sich ein kahler, steiler Hügel mit einzelnen Büschen, die aussahen wie angeklebt.

Lisa war Engländerin und lebte erst seit zwei Jahren in Australien. Vor einigen Monaten war sie von Perth nach Melbourne gezogen und kannte sich in der Gegend noch gar nicht aus. »Wann bist du zuletzt hier gewesen?«, erkundigte sie sich.

»Vor zehn Jahren. Früher habe ich mit meinen Eltern hier gezeltet. Es war unsere Lieblingsstelle. Du wirst begeistert sein. Yeah!«

Voller Elan trat er aufs Gas. Der Geländewagen schoss vorwärts, bog scharf nach links ab, der Auspuff knatterte laut.

Nach einigen Minuten kamen sie an einem Schild vorbei, das den Barwon River ankündigte. MJ fuhr langsamer und schaute nach rechts. Sie passierten ein weiteres Schild mit der Aufschrift STONEHAVEN AND POLLOCKS FORD.

Kurz darauf bremste er scharf und bog nach rechts auf einen sandigen Weg ab. »Hier müsste es sein!«

Sie rumpelten noch etwa fünfhundert Meter weiter. Rechts lag offenes Gelände, links Büsche und eine Böschung, die zum Fluss hinunterführte, der vom Weg aus nicht zu sehen war. Sie fuhren über eine Metallbrücke mit alten gemauerten Pfeilern. Der Weg neigte sich abrupt und stieg wieder an. Nach einigen Minuten gelangten sie auf eine Grasfläche, die von dichtem Gebüsch abgeschirmt wurde.

MJ hielt und zog die Handbremse an. Hinter ihnen schwebte eine Staubwolke in der Luft. »Willkommen im Paradies«, sagte er.

Sie küssten sich.

Kurz darauf stiegen sie aus, in eine warme Stille. Es roch nach Heu. Ein Laubenvogel machte ein pfeifendes Geräusch, dann war es wieder still. Unter ihnen wand sich der schimmernde Wasserlauf. In der Ferne waren im grellen Sonnenlicht kahle braune Hügel zu erkennen, auf denen nur vereinzelte Akazien und Eukalyptusbäume wuchsen. Die Stille war so intensiv, dass sie sich einen Moment lang wie die einzigen Menschen auf dem Planeten vorkamen.

»Mein Gott, ist das schön«, sagte Lisa.

Sie verscheuchte eine Fliege, die vor ihrem Gesicht summte. Dann noch eine.

»Die guten alten Fliegen«, sagte MJ. »Wir sind genau richtig!«

»Die erinnern sich an dich«, sagte Lisa, als ein drittes Exemplar auf ihrer Stirn landete.

Er boxte sie spielerisch und wedelte dann vor seinem eigenen Gesicht, um die Tiere zu verscheuchen. Er legte den Arm um Lisa und führte sie zu einer Öffnung im Gebüsch.

»Hier haben wir immer das Kanu zu Wasser gelassen«, sagte er.

Sie blickte einen steilen, sandigen Abhang hinunter, der mit Farn bewachsen war und eine natürliche Rampe zum Fluss hinunter bildete. Der Wasserlauf war um die zwanzig Meter breit und still wie ein Teich. Auf der Oberfläche saßen einige Libellen, die Moskitolarven fraßen oder Eier legten, andere schwebten über ihnen in der Luft. Das Gebüsch am anderen Ufer spiegelte sich im klaren Wasser.

»Wow!«, sagte sie. »Wow, wow, wow! Das ist ja Wahnsinn.«

Dann bemerkte sie eine Reihe weißer Pflöcke, die entlang der Rampe im Boden steckten. Alle trugen schwarze Markierungen.

»Als ich klein war, reichte das Wasser bis hier oben«, sagte MJ und deutete auf die oberste Markierung.

Lisa zählte acht sichtbare Markierungen. »Ist das Wasser so weit gesunken?«

»Der gute alte Klimawandel«, erwiderte er.

Dann entdeckte sie die Henkersschlinge, die von einem hervorspringenden Ast baumelte, der dick wie ein Elefantenbein war.

»Von da oben sind wir runter gesprungen. Es war nicht tief.«

Jetzt betrug die Entfernung gute fünf Meter.

Er zog das T-Shirt aus. »Kommst du rein?«

»Lass uns zuerst das Zelt aufbauen.«

»Ach komm, Lisa, das hat doch noch den ganzen Tag Zeit! Mir ist heiß!« Er zog sich weiter aus. »Und die Fliegen hassen Wasser!«

»Sag mir erst, wie das Wasser ist. Dann überlege ich es mir.«

»Bist du ein Weichei!«

Lisa lachte. MJ verschwand nackt im Unterholz, dann sah sie ihn über den Ast kriechen. Er griff nach dem Seil, das gefährlich zerfranst wirkte, machte einen Überschlag und hielt sich daran fest.

»Pass auf, MJ!«

Er hielt sich mit einem Arm fest, trommelte mit dem anderen auf seine Brust und stieß Tarzanschreie aus. Dann schwang er sich über das Wasser, berührte es fast mit den Füßen, beschrieb einen großen Bogen und ließ sich mit einem gewaltigen Platsch hineinfallen.

Lisa schaute ängstlich hinüber. MJ tauchte wieder auf und schüttelte sich das nasse Haar aus dem Gesicht. »Es ist toll! Na los, komm rein!«

Er kraulte mit kraftvollen Zügen und hob plötzlich mit schmerzverzerrtem Gesicht den Kopf.

»Mist!«, stieß er hervor. »Aua, verdammt! Hab mir an irgendwas den Zeh gestoßen.«

Lisa lachte.

MJ tauchte unter. Als er wieder hochkam, schaute er sie voller Panik an.

»Scheiße, Lisa! Da unten ist ein Auto! Da liegt ein verdammtes Auto im Fluss!«

23

11. SEPTEMBER 2001 Lorraine starrte wie betäubt auf den Fernseher. Hatte die Zigarette, die sie zwischen den Fingern hielt, noch gar nicht angezündet. Eine junge Reporterin sprach eindringlich in die Kamera und schien gar nicht zu bemerken, dass wenige hundert Meter hinter ihr der Südturm einstürzte.

Er fiel fast senkrecht in sich zusammen, unerträglich ordentlich, und Lorraine kam es vor, als erlebte sie den größten Zaubertrick aller Zeiten. Die Reporterin sprach weiter. Hinter ihr verschwanden Autos und Menschen unter Trümmern und Staubwolken. Andere rannten um ihr Leben, stürmten geradewegs auf die Kamera zu.

Großer Gott, merkte sie denn nichts?

Noch immer las die Reporterin den Text vom Bildschirm ab oder wiederholte, was man ihr über das Ohrmikro durchgab.

DREH DICH UM!, hätte Lorraine am liebsten geschrien.

Endlich wandte sich die Frau um. Und verlor die Fassung. Sie machte einen unsicheren Schritt zur Seite, dann noch einen. Menschen drängten an ihr vorbei, schubsten sie, rissen sie beinahe von den Füßen. Die Wolke, die wie ein Pilz in den Himmel stieg, schien sich über die ganze Stadt auszubreiten und rollte wie eine Lawine auf sie zu. Die Frau stand unter Schock, sagte noch ein paar Worte, doch es kam kein Ton, als wäre ihr Kabel durchtrennt worden. Man sah nur noch schattenhafte Gestalten in einem grauen Wirbelsturm, als die Staubwolke die Kamera umhüllte.

Lorraine hörte Schreie. Das Bild im Fernseher wechselte zur wackligen Perspektive einer Handkamera, durch die man einen riesigen Brocken aus Stahl, Glas und Mauerwerk auf ein Feuerwehrauto stürzen sah. Er durchschlug die Leiter und drückte den mittleren Teil des Autos platt, als hätte ein Kind auf sein Spielzeug getreten.

Wieder und wieder hörte man eine Frauenstimme: »Mein Gott! Oh, mein Gott! Oh, mein Gott.«

Überall Geschrei. Es wurde kurz dunkel, dann filmte wieder eine Handkamera, ein junger Mann hinkte vorbei und hielt einer Frau ein blutgetränktes Handtuch vors Gesicht. Er versuchte, sie mit sich zu ziehen, weg von der Wolke, die unerbittlich näherrückte.

Dann folgte die Schaltung ins Nachrichtenstudio zum Sprecher, hinter dem auf Monitoren die chaotischen Bilder zu sehen waren.

»Es wird gemeldet, dass der Südturm des World Trade Center soeben eingestürzt ist. Außerdem bringen wir Ihnen gleich die neuesten Berichte über die Situation im Pentagon.«

Lorraine versuchte, die Zigarette anzuzünden, doch ihre Hand zitterte so sehr, dass das Feuerzeug auf den Boden fiel. Sie konnte die Augen nicht vom Fernseher wenden. Hatte Angst, Ronnie zu verpassen. Eine aufgeregte Frau rief unverständliche Wörter. Eine attraktive Reporterin, die ein Mikrofon umklammert hielt, stand vor einer schwarzen Rauchwolke, aus der Flammen züngelten und hinter der die niedrige Silhouette des Pentagon zu erkennen war.

Sie wählte Ronnies Handynummer, doch es war immer noch besetzt.

Sie versuchte es wieder und wieder. Ihr Herz hämmerte wie wild, und sie zitterte, sehnte sich verzweifelt danach, seine Stimme zu hören, sich zu vergewissern, dass es ihm gut ging. Doch sie konnte nicht verdrängen, dass seine Besprechung im Südturm hätte stattfinden sollen. Und der war soeben eingestürzt.

Sie wollte neue Aufnahmen von Manhattan, nicht vom blöden Pentagon. Sie schaltete auf Sky News um. Wieder eine Handkamera, diesmal filmte sie drei staubige Feuerwehrmänner mit gelben Armbinden, die mit eiligen Schritten einen verletzten grauhaarigen Mann davontrugen.

Dann ein brennendes Auto. Ein brennender Krankenwagen. Gestalten, die aus der Düsternis auftauchten. Ronnie? Sie beugte sich vor, kroch ganz nah an den großen Bildschirm. Ronnie? Die Gestalten gewannen an Schärfe wie auf einem Foto im Entwicklerbad. Keine Spur von Ronnie.

Wieder wählte sie seine Nummer. Eine Pause, ein Sekundenbruchteil, gleich würde es klingeln! Dann ertönte wieder das Besetztzeichen.

Sky News schaltete nach Washington. Sie drückte einen Knopf auf der Fernbedienung. Alle Sender schienen dieselben Bilder zu zeigen, dieselben Quellen zu benutzen. Sie sah noch einmal den Einschlag des ersten Flugzeugs, dann den des zweiten. Die Bilder liefen wieder und wieder über den Bildschirm.

Ihr Telefon klingelte. Mit Herzklopfen nahm sie das Gespräch an und erstickte fast an ihrem »Hallo?«

Aber es war der Waschmaschinenmonteur, der den Termin für den nächsten Tag bestätigen wollte.

24

OKTOBER 2007 Der Name der Zielperson lautete Ricky. Abby war ihm gelegentlich auf Partys begegnet, wo er schnurstracks auf sie zuzukommen und mit ihr zu plaudern pflegte. Sie fand ihn tatsächlich recht attraktiv und genoss es, mit ihm zu flirten.

Er war ein gut aussehender Mann Mitte vierzig, dem etwas Geheimnisvolles anhaftete. Er wirkte sehr selbstsicher und erinnerte sie an einen alternden entspannten Surfer. Genau wie Dave verstand er sich auf den Umgang mit Frauen, stellte viele Fragen, gab aber nur wenig von sich selbst preis. Er war eine große Nummer im Briefmarkenhandel.

Allerdings gab es Streit mit ihm. Es ging um Briefmarken im Wert von vier Millionen Pfund. Laut Dave hatten er und Ricky vereinbart, den Gewinn zu teilen, doch nun verlangte Ricky auf einmal neunzig Prozent. Als sie sich erkundigte, weshalb Dave nicht einfach die Polizei einschaltete, hatte er nur gelächelt. Die Polizei schien für beide keine Option zu sein.

Außerdem hatte er einen viel besseren Plan.

25

OKTOBER 2007 Trotz des grellen Strahls der Halogenlampe mühte sich Roy Grace, den winzigen Gegenstand zu erkennen, den Frazer Theobald mit einer stählernen Pinzette in die Höhe hielt. Er sah nur verschwommen etwas Blaues.

Blinzelnd gestand er sich ein, dass wohl allmählich eine Brille fällig wäre. Erst als der Rechtsmediziner ein Stückchen Papier hinter die Pinzette hielt und ihm eine Lupe reichte, konnte Roy den Gegenstand erkennen. Es war eine Faser, dünner als ein menschliches Haar und zart wie eine Spinnwebe. Sie changierte im Licht, wirkte abwechselnd durchsichtig und blass blau, und die Enden zitterten leicht, weil Theobalds Hand nicht ganz ruhig war und ein eisiger Luftzug durch den Abwasserkanal pfiff.

»Wer immer die Frau getötet hat, hat sich sehr bemüht, keine Spuren zu hinterlassen«, erklärte Theobald. »Ich vermute, er hat sie hier unten abgelegt, weil er hoffte, sie würde durch die Kanalisation ins offene Meer geschwemmt. Die Abwässer werden in ziemlicher Entfernung vom Strand eingeleitet, dort wäre sie wohl kaum wieder aufgetaucht.«

Grace betrachtete das Skelett und konnte den Gedanken, dass es sich vielleicht um Sandy handelte, einfach nicht verdrängen.

»Vielleicht hat der Mörder nicht bedacht, dass der Kanal so trocken ist«, fuhr Theobald fort. »Er hat nicht damit gerechnet, dass die Leiche im Schlamm begraben und der Wasserstand so niedrig sein würde, dass sie nicht mehr frei gespült werden konnte. Möglicherweise wurde der Kanal auch einfach nicht mehr genutzt.«

Grace nickte und starrte auf den zitternden Faden.

»Es handelt sich um eine Teppichfaser, würde ich sagen. Ich kann mich natürlich irren, aber die Laboranalyse dürfte meine Ansicht bestätigen. Sie ist zu hart, um von einem Kleidungsstück oder einem Kissenbezug zu stammen.«

Joan Major nickte zustimmend.

»Wo haben Sie sie gefunden?«, wollte Grace wissen.

Der Rechtsmediziner deutete auf die rechte Hand des Skeletts, die noch halb im Schlamm begraben war. Die Finger lagen frei. Er deutete auf die Spitze des Mittelfingers. »Sehen Sie das? Ein künstlicher Fingernagel, aus einem dieser Nagelstudios.«

Grace spürte, wie es ihn kalt überlief. Sandy hatte an den Nägeln gekaut. Beim Fernsehen machte sie leise knackende Geräusche wie ein Hamster, was ihn wahnsinnig machte. Manchmal kaute sie sogar im Bett. Wenn er einschlafen wollte, knabberte sie vor sich hin, als sorgte sie sich um etwas, das sie ihm nicht anvertrauen wollte. Dann plötzlich wurde sie wütend auf sich selbst. Verlangte, er solle sie jedes Mal darauf aufmerksam machen, wenn sie an den Nägeln kaute, damit sie endlich damit aufhören konnte. Außerdem würde sie in ein Nagelstudio gehen und sich teure, künstliche Nägel machen lassen.

»Eine Kunststoffmischung, die aufgeklebt wurde. Die Nägel wurden nicht weggespült, obwohl die Haut darunter verweste«, erklärte Frazer Theobald. »Die Faser habe ich unter diesem hier gefunden. Möglicherweise hat der Angreifer sie über einen Teppich gezerrt, und sie hat sich mit den Nägeln festgekrallt. Das dürfte die wahrscheinlichste Erklärung sein. Wir haben wirklich Glück, dass die Faser nicht weggeschwemmt wurde.«

»Ach ja, Glück«, sagte Grace geistesabwesend. Seine Gedanken rasten dahin. *Über einen Teppich gezerrt.* Eine blaue Teppichfaser. Hellblau. Himmelblau.

Bei ihm zu Hause gab es einen hellblauen Teppich. Und zwar im Schlafzimmer. Im Schlafzimmer, das er mit Sandy geteilt hatte, bis sie verschwand.

Spurlos.

26

11. SEPTEMBER 2001 Ronnie war etwa eine Minute gelaufen, als der Tag zur Nacht wurde. Es war wie eine plötzliche Sonnenfinsternis. Er taumelte durch ein stickiges, stinkendes Nichts, Donner hallte in seinen Ohren, ein Donner, der aus dem Boden aufstieg.

Es war, als hätte jemand Milliarden Tonnen übel riechendes, bitter schmeckendes schwarz-graues Mehl vom Himmel geschüttet. Es brannte in seinen Augen, drang in seinen Mund. Er schluckte etwas davon und hustete es gleich wieder hoch. Schluckte noch mehr. Graue, geisterhafte Gestalten wirbelten an ihm vorbei. Er stieß sich den Zeh schmerzhaft an einem Hydranten, stolperte und fiel zu Boden. Der Boden bewegte sich unter ihm. Er vibrierte und bebte, als wäre ein riesiges Ungeheuer erwacht und bräche aus den Eingeweiden der Erde hervor.

Ich muss hier weg. Bloß weg von hier.

Jemand trat auf sein Bein und fiel auf ihn. Er hörte eine Frauenstimme, die schimpfte und sich entschuldigte, nahm einen flüchtigen Hauch von Parfüm war. Er kroch unter ihr hervor, versuchte aufzustehen, doch sofort prallte jemand von hinten gegen ihn und schleuderte ihn erneut zu Boden.

Ronnie hyperventilierte, rappelte sich auf und sah die Frau, die an einen grauen Schneemann erinnerte. Sie hielt ihre Schuhe umklammert und stand auf. Dann stieß ein riesiger, fetter Mann gegen ihn, dem die Haare zu Berge standen, schubste ihn wütend beiseite und verschwand im Nebel.

Wieder wurde er umgerissen. *Steh auf. Steh auf. Steh auf!*

Er erinnerte sich, gelesen zu haben, dass Menschen oft bei einer Panik zu Tode getrampelt wurden. Er stand auf, drehte sich um und sah weitere graue Gestalten aus der Düsternis auftauchen. Jemand schubste ihn zur Seite. Er suchte in dem Gewimmel von Beinen, Schuhen und nackten Füßen nach Aktentasche und Rollkoffer. Da waren sie. Er bückte sich, griff danach und wurde erneut umgerannt.

»Verdammte Scheiße!«

Ein Pfennigabsatz huschte wie ein spitzer Schatten über seinen Kopf.

Dann herrschte Stille.

Das Grummeln hörte auf. Der Donner hörte auf. Der Boden bebte nicht mehr. Auch die Sirenen waren verstummt.

Einen Augenblick lang überkam ihn neue Hoffnung. Ihm ging es gut! Er war am Leben!

Die Menschen gingen jetzt langsamer und geordneter. Manche hinkten. Einige hielten sich aneinander fest. Andere hatten Glassplitter im Haar, die wie Eiskristalle schimmerten. Blut war die einzige Farbe in einer schwarz-grauen Welt.

»Das ist doch nicht wahr«, sagte eine Männerstimme in seiner Nähe. »Das kann einfach nicht wahr sein.«

Ronnie konnte den Nordturm und rechts davon einen Berg aus verbogenen Trümmern erkennen. Bauschutt, Fensterrahmen, zerstörte Autos, brennende Fahrzeuge und verstümmelte Körper, die reglos auf dem schmutzigen Boden lagen. Er schaute in den Himmel, wo der Südturm stand.

Gestanden hatte.

Der ganze Turm war verschwunden.

Vor wenigen Minuten war er noch da gewesen, und jetzt sah man ins Leere. Ronnie blinzelte, um sicher zu gehen, dass es keine optische Täuschung war. Wieder drang ihm Staub in die Augen und ließ sie tränen.

Er zitterte am ganzen Leib. Vor allem aber zitterte er innerlich.

Etwas erregte seine Aufmerksamkeit. Es schwebte herunter, wurde von einem Luftzug erfasst und nach oben geweht, bevor es seinen Flug in die Tiefe fortsetzte. Ein Stück Stoff. Es sah aus wie die Filzlappen, mit denen man den Bildschirm eines Laptops schützte.

Es segelte wie ein toter Schmetterling zu Boden und landete nur wenige Meter von ihm entfernt. Einen Augenblick lang fragte er sich, ob er den Lappen mitnehmen sollte, da er seinen vor längerer Zeit verloren hatte.

Weitere Menschen zogen an ihm vorbei. Eine endlose Schlange, schwarz, weiß und grau, wie in einem alten Kriegsfilm oder einer Dokumentation über Flüchtlinge. Irgendwo klingelte ein Telefon. War es seins? Panisch durchsuchte er seine Taschen. Das Handy war noch da, Gott sei Dank! Er holte es heraus, doch es klingelte nicht, er hatte auch keinen Anruf verpasst. Er versuchte es noch einmal bei Lorraine, hatte aber keinen Empfang und hörte nur einen Piepton, der kurz darauf im Lärm eines Hubschraubers unterging.

Er wusste nicht, was er machen sollte. War völlig durcheinander. Viele Leute waren verletzt, und ihm ging es gut. Vielleicht sollte er ihnen helfen. Womöglich würde er hier irgendwo auch Donald finden. Das Gebäude war doch evakuiert worden. Sicher waren alle hinausgekommen, bevor es einstürzte. Möglicherweise lief Donald umher und suchte nach ihm. Wenn sie einander finden könnten, würden sie in ein Café oder Hotel gehen und ihre Besprechung doch noch abhalten . . .

Ein Löschzug raste an ihm vorbei, hätte ihn fast überfahren, und verschwand in einem Tumult aus roten blitzenden Lichtern, Sirenen und Huptönen.

»Idioten! Ihr Schweine, fast hättet ihr mich –«

Eine Gruppe schwarzer Frauen, die grau verschmiert waren, kam auf ihn zu. Eine trug einen Beutel, eine andere rieb sich den Hinterkopf unter den Dreadlocks.

»Verzeihung«, sagte Ronnie und vertrat ihnen den Weg.

»Einfach weitergehen«, sagte eine von ihnen.

»Genau«, sagte eine andere. »Aber nicht da lang!«

Weitere Einsatzfahrzeuge fuhren an ihnen vorbei. Der Boden knirschte unter den Füßen. Alles war von Papierschnee bedeckt. *Von wegen papierlose Gesellschaft,* dachte er zynisch. Die ganze Straße war mit grauem Papier bedeckt. Der Himmel war dunkel von herabfallenden Blättern, blanko, beschrieben, Fetzen aus Aktenvernichtern, in allen Formen, Farben und Größen. Als hätte man unzählige Aktenschränke und Papierkörbe aus einer Wolke gekippt.

Er blieb einen Augenblick stehen und versuchte, klar zu denken.

Doch ihm ging nur ein einziger Gedanke durch den Kopf: *Warum heute? Warum gerade heute?*

Warum musste diese Scheiße gerade heute passieren?

New York war von Terroristen angegriffen worden, soviel war ihm klar. Eine leise Stimme in seinem Kopf mahnte ihn, er müsse eigentlich Angst empfinden, doch die hatte er nicht, er war einfach nur verdammt wütend.

Ronnie marschierte weiter, vorbei an verstörten Menschen, die aus unterschiedlichen Richtungen auf ihn zuströmten. Als er die Plaza erreichte, hielten ihn zwei Polizisten an. Einer war klein mit kurzem blondem Haar. Er hatte die rechte Hand am Lauf seiner Pistole und drückte mit der Linken ein Funkgerät ans Ohr. Er brüllte eine Meldung hinein und horchte auf die Antwort. Der andere war viel größer, hatte Schultern wie ein Footballspieler mit Ausrüstung und ein aknenarbiges Gesicht, das zu sagen schien: *Komm mir bloß nicht blöd, die ganze Scheiße ist schon blöd genug.*

»Entschuldigung, Sir«, sagte der große Polizist. »Sie können hier nicht weiter, wir brauchen den Platz.«

»Ich habe eine geschäftliche Besprechung«, sagte Ronnie. »Ich – ich«, er deutete mit dem Finger, »ich muss nachsehen –«

»Sie sollten besser einen neuen Termin vereinbaren. Ich glaube nicht, dass heute noch Besprechungen stattfinden.«

»Die Sache ist die. Ich fliege morgen Abend zurück nach Großbritannien. Daher muss ich wirklich –«

»Sir, Sie müssen akzeptieren, dass Ihre Besprechung nicht stattfinden und Ihr Flug abgesagt wird.«

Dann bebte der Boden aufs Neue. Ein furchtbares Krachen ertönte. Die Polizisten drehten sich gleichzeitig um und schauten nach oben. Hoch zur silbergrauen Wand des Nordturms. Sie bewegte sich.

27

OKTOBER 2007 Der Aufzug bewegte sich. Abby spürte, wie der Boden gegen ihre Füße drückte. Er fuhr ruckartig nach oben, wie von Hand gezogen. Hielt abrupt an. Sie hörte einen Rums, dann schwappte Flüssigkeit über den Boden.

Scheiße.

Der Stiefel war umgefallen. Der Latrinenstiefel.

Der Aufzug schwankte, als hätte man ihm einen starken Schubs versetzt, und prallte gegen die Wand des Schachtes. Sie taumelte gegen eine Aufzugwand und fiel auf den nassen Boden. *Gott im Himmel.*

Etwas hämmerte mit ungeheurer Wucht aufs Dach. Der Knall hallte in ihren Ohren wider. Noch einer. Und noch einer. Sie versuchte sich aufzurappeln, doch der Aufzug prallte so hart gegen den Schacht, dass die stählernen Wände erzitterten. Er neigte sich, bis Abby umfiel.

Wieder ein Knall auf dem Dach.

Mein Gott, nein.

War er etwa dort oben? Ricky? Versuchte er, die Decke einzuschlagen, um zu ihr zu gelangen?

Wieder hob sich der Aufzug ein wenig und schwang wild hin und her. Sie wimmerte vor Entsetzen. Holte ihr Handy heraus, drückte eine Taste. Das Licht ging an, und sie konnte eine kleine Delle in der Decke erkennen.

Wieder ein Knall, die Delle wurde größer. Staubflocken taumelten wirr durch die Luft.

Die Schläge kamen jetzt immer schneller.

Dann herrschte Stille. Eine beklemmende Stille. Jetzt erklang ein anderes Geräusch. Ein dumpfes Pochen. Ihr Herz. *Bumm . . . bumm . . . bumm.* Das Blut dröhnte in ihren Ohren, als ob ein stürmischer Ozean in ihrem Inneren rauschte.

Die Handybeleuchtung ging aus. Abby schaltete sie wieder ein.

Überlegte fieberhaft. Was könnte sie als Waffe benutzen, wenn er durch die Decke käme? Sie hatte eine Dose Pfefferspray in der Tasche, aber das würde ihn nur vorübergehend aufhalten – vielleicht ein paar Minuten, wenn sie seine Augen erwischte. Sie brauchte etwas, um ihn niederzuschlagen.

Ihr blieb nur der Stiefel. Sie hob ihn auf, berührte das weiche, nasse Leder und den Blockabsatz. Er fühlte sich beruhigend hart an. Sie konnte den Stiefel hinter dem Rücken verbergen und warten, bis sie sein Gesicht vor sich hatte. Ausholen, ihn überraschen.

Fragen schwirrten durch ihr Gehirn. Wusste er, dass sie hier drin war? Hatte er ihr im Treppenhaus etwa aufgelauert, gesehen, wie sie einstieg, und den Aufzug angehalten?

Nichts war zu hören bis auf ihren Herzschlag. Wie ein Boxhandschuh, der gegen einen Sandsack hämmerte.

Der Zorn verdrängte einen Moment lang die Angst.

Sie war so verdammt nah dran!

So verlockend nahe an der Erfüllung ihrer Träume!

Ich muss hier raus. Ich muss hier irgendwie raus!

Plötzlich bewegte sich der Aufzug langsam nach oben, bevor er mit einem scharfen Ruck anhielt.

Metall schabte knirschend über Metall.

Dann drang die Spitze eines Brecheisens durch den Türspalt.

28

SEPTEMBER 2007 Die Winde knirschte ohrenbetäubend. Der Dieselmotor des Abschleppwagens knatterte im Leerlauf.

Lisa kämpfte mit einem ganzen Fliegenschwarm. »Verpisst euch!«, brüllte sie. »Haut doch einfach ab!«

Das Knattern wurde zu einem Dröhnen, als der Fahrer des Wagens Gas gab und die stählerne Trosse sich spannte.

Sie wartete neugierig, was als Nächstes passieren würde. Wollte herausfinden, was der Wagen im Fluss zu suchen hatte. Niemand fuhr einfach über einen Feldweg und landete zufällig in einem Fluss, hatte MJ gesagt und hinzugefügt: »Nicht mal eine Frau.« Daraufhin hatte sie ihm vors Schienbein getreten.

Einer der örtlichen Polizisten aus Geelong, ein kleiner, ruhiger Typ, hatte erklärt, der Wagen sei vermutlich bei einem Verbrechen eingesetzt und danach im Fluss entsorgt worden. Der Täter habe nicht damit gerechnet, dass der Wasserstand so niedrig werden könnte.

Eine Fliege landete auf ihrer Wange. Sie schlug danach, doch das Tier war zu schnell. Fliegen hatten ein anderes Zeitempfinden, hatte MJ ihr einmal erzählt. Was für einen Menschen eine Sekunde war, waren zehn für eine Fliege. Sie erlebte quasi alles in Zeitlupe und konnte sich in Ruhe davonmachen.

MJ kannte sich richtig gut mit Fliegen aus. Kein Wunder, wenn man in Melbourne lebte und gern in den Busch fuhr. Dort wurde man, ehe man sich's versah, zum Experten für diese Tiere. Nachdem sie von ihm erfahren hatte, dass Fliegen ihre Eier in Mist legten, hatte sie beschlossen, nie wieder etwas zu essen, auf dem eine Fliege gesessen hatte.

Lisa betrachtete das weiße Polizeiauto mit dem blau-weiß karierten Streifen und den weißen Bus, beide mit Blau- und Rotlicht auf dem Dach. Zwei Polizeitaucher in Neoprenanzügen standen mit Flossen und Tauchermasken am Flussufer und schauten zu, wie die straff gespannte stählerne Trosse allmählich aus dem Wasser auftauchte.

Fliegen waren durchaus nützliche Tiere. Sie sorgten dafür, dass Kadaver verschwanden, tote Vögel, Kaninchen, Kängurus und auch Menschen. Die kleinen Helfer von Mutter Natur. Leider hatten sie lausige Tischmanieren. Beispielsweise kotzten sie auf ihr Essen, bevor sie es fraßen. Genau die Gäste, die man sich gern zum Essen einlädt, dachte Lisa.

Ihr lief der Schweiß übers Gesicht. MJ hatte einen Arm um sie gelegt, in der anderen Hand hielt er eine Wasserflasche, aus der sie abwechselnd tranken. Lisas Arm war um seine Hüfte geschlungen, ihre Finger steckten in seinem Hosenbund. Auch sein T-Shirt war durchnässt. Fliegen tranken gern menschlichen Schweiß, noch eine seiner goldenen Weisheiten. Schweiß enthielt zwar wenig Eiweiß, dafür aber wichtige Mineralien. Menschlicher Schweiß war für Fliegen das Gegenstück zu einem schicken Perrier oder San Pellegrino.

Plötzlich erschienen lauter Wirbel im Fluss. Es sah aus, als kochte das Wasser. Blasen zerplatzten an der Oberfläche und wurden zu Schaum. Der größere Polizeibeamte gab wilde Anweisungen, die Lisa ziemlich unnötig erschienen, da alle Helfer durchaus fähig wirkten. Er war Anfang vierzig, mit Bürstenschnitt und Raubvogelnase. Er und sein jüngerer Kollege trugen Uniformhemden mit offenem Kragen und Epauletten, auf deren Ärmeln das Wappen der Polizei von Victoria aufgenäht war, dazu dunkelblaue Hosen und festes Schuhwerk. Auch an ihnen hatten die Fliegen ihren Spaß.

Lisa sah zu, wie das Heck einer dunkelgrünen Limousine aus dem Wasser auftauchte. Sie hörte das Dröhnen der Winde und das Wummern des Motors. Das Kennzeichen lautete OPH 010, darunter stand: VICTORIA – THE PLACE TO BE.

Wie lange mochte das Auto im Wasser gelegen haben?

Sie verstand nicht viel von Autos, erkannte aber, dass es sich um einen Ford Falcon älteren Baujahrs handelte. Sie schätzte ihn auf fünf bis zehn Jahre. Als Nächstes tauchten Heckscheibe und Dach aus dem Wasser auf. Der Lack schimmerte nass, das Chrom war verrostet. Die Reifen waren beinahe platt und klatschten auf den sandigen Boden, als der Wagen über den steilen Hang gezogen wurde. Durch die Türschlitze und Radkästen stürzte Wasser.

Ein unheimlicher Anblick.

Nach einigen Minuten stand der Wagen auf ebener Erde. Die schwarzen Reifen sahen aus wie dicke Bäuche. Der Fahrer des Abschleppwagens kniete unter der Heckklappe des Fords und hakte die Trosse aus. Das Knirschen der Winde war verstummt, der Motor des Abschleppwagens abgeschaltet. Man hörte nur das Wasser aus dem Auto tropfen.

Die beiden Polizisten gingen um den Wagen herum und spähten durch die Fenster hinein. Der Größere hatte die Hand an der Waffe, als rechnete er damit, dass ihn jemand aus dem Wageninneren anspringen könnte. Der Kleinere wedelte die Fliegen weg. In der Stille ertönte der Ruf eines Laubenvogels.

Dann drückte der größere Polizist den Knopf, mit dem man den Kofferraum öffnen konnte. Nichts passierte. Er versuchte es noch einmal und stützte sich gleichzeitig auf die Klappe. Mit einem schrillen Kreischen hob sie sich ein Stück in den verrosteten Scharnieren. Er drückte sie ganz nach oben.

Er wich abrupt zurück, hatte den Inhalt gerochen, bevor er ihn sah.

»Scheiße«, sagte er und wandte sich würgend ab.

29

OKTOBER 2007 Grau war die Grundfarbe des Todes, dachte Roy Grace. Graue Knochen. Graue Asche, die nach der Verbrennung übrig blieb. Graue Grabsteine. Graue Röntgenaufnahmen von Zähnen. Die grauen Wände des Leichenschauhauses. Ob man nun in einem Sarg oder einem Regenkanal verrottete, was von einem blieb, war unweigerlich grau.

Die grauen Knochen lagen auf dem grauen stählernen Autopsietisch. Wurden von grauen stählernen Instrumenten untersucht. Selbst das Licht in diesem Raum war grau, ein seltsam ätherisches Licht, das durch die großen, blickdichten Fenster drang. Auch Geister waren grau. Graue Damen, graue Herren. Von ihnen gab es viele im Autopsieraum des städtischen Leichenschauhauses von Brighton and Hove. Die Geister von tausenden unglücklicher Menschen, deren sterbliche Überreste hier drinnen gelandet waren, in diesem tristen Bungalow mit den grauen Mauern aus Kieselrauputz, in einem grauen stählernen Kühlschrank, in dem sie blieben, bis sie die letzte Reise ins Bestattungsinstitut und dann in einen Sarg oder eine Urne antraten.

Er schauderte unwillkürlich. Obwohl ihm die Besuche inzwischen weniger ausmachten, weil die Frau, die er liebte, hier arbeitete, fand er das Leichenschauhaus noch immer unheimlich.

Auch das Skelett mit seinen künstlichen Fingernägeln, an dessen Schädel noch Haarsträhnen in der Farbe von Winterweizen hafteten, war ihm unheimlich.

Und die ganzen Gestalten in grünen Kitteln waren ihm unheimlich. Frazer Theobald, Joan Major und Barry Heath, der erst kürzlich zum Team der Leichenbeschauer gestoßen war. Er war ein kleiner, ordentlich gekleideter Mann mit unbewegtem Gesicht, der von der Polizei herübergewechselt war und die unerfreuliche Aufgabe hatte, nicht nur alle Tatorte, sondern auch die Orte aufzusuchen, an denen Menschen durch Verkehrsunfälle oder Selbstmord ums Leben gekommen waren. Auch bei Autopsien war er zugegen. Weiterhin waren der Fotograf der Spurensicherung dabei, der jeden Schritt der Autopsie dokumentierte, und Cleos Assistent Darren, ein kluger, gut aussehender und freundlicher Typ um die zwanzig mit schwarzem Stachelhaar, der seine Karriere als Metzgerlehrling begonnen hatte. Dann noch Christopher Ghent, der hoch gewachsene und hoch gebildete Zahnforensiker, der damit beschäftigt war, Zahnabdrücke des Skeletts zu nehmen.

Und schließlich Cleo. Sie war nicht im Dienst, aber dennoch hergekommen, da Grace, mit dem sie eigentlich verabredet war, schließlich auch arbeitete.

Manchmal konnte er kaum glauben, dass er wirklich mit dieser Göttin zusammen war.

Wie sie dastand, groß, mit langen Beinen und unglaublich schön trotz grünen Kittels und weißer Gummistiefel. Sie hatte das lange blonde Haar hochgesteckt und bewegte sich leichtfüßig und anmutig durch den Raum, *ihren* Raum, *ihr* Revier. Sie wirkte empfindsam und doch immun gegen das Grauen.

Dabei fragte er sich die ganze Zeit, ob er durch eine furchtbare Ironie des Schicksals der Frau, die er liebte, dabei zusah, wie sie die Überreste der Frau, die er einmal geliebt hatte, untersuchte.

Es roch stark nach Desinfektionsmittel. Der Raum war mit zwei stählernen Untersuchungstischen ausgestattet, von denen einer fest im Boden verankert war und der andere auf schwenkbaren Rollen stand. Auf diesem lag das Frauenskelett. Der Raum war mit einer blauen hydraulischen Winde, deckenhohen Kühlschränken und einer Reihe Waschbecken versehen, neben denen ein gelber Schlauch hing. Die Wände waren grau gefliest, an allen vier Seiten verlief eine Abflussrinne. Zur Ausstattung gehörten eine große Arbeitsplatte, ein metallenes Schneidbrett und eine Vitrine, in der Instrumente, Batterien und gruselige Überbleibsel, zumeist Herzschrittmacher, lagen.

Daneben hing an der Wand ein Diagramm, in das der Name der Verstorbenen und das Gewicht der inneren Organe eingetragen wurden. Bisher war darauf nur ANONYME FRAU zu lesen.

An diesem Nachmittag war es im Raum ziemlich eng, da bei Autopsien, die ein Gerichtsmediziner des Innenministeriums durchführte, mehr Personen zugegen waren.

»Wir haben drei Füllungen«, sagte Christopher Ghent. »Zwei Kompositfüllungen. Einmal Amalgam. Ein Goldinlay. Eine Brücke, oben rechts, von sechs bis fünf.«

Grace versuchte sich daran zu erinnern, welche Füllungen Sandy gehabt hatte, doch die Begriffe waren ihm zu technisch.

Joan Major packte gerade eine Reihe von Gipsmodellen aus, die auf schwarzen Kunststoffsockeln befestigt waren und an Bruchstücke archäologischer Funde erinnerten. Er hatte sie schon öfter gesehen, konnte aber nur schwer die subtilen Unterschiede erkennen, die an ihnen dargestellt wurden.

Als Christopher Ghent die Zahnanalyse beendet hatte, erklärte Joan, dass die Modelle die verschiedenen Stadien der Knochenentwicklung zeigten. Sie gelangte zu dem Schluss, dass es sich um die sterblichen Überreste einer Frau von dreißig plus minus drei Jahre handelte.

Das traf absolut auf Sandy zu.

Grace wusste, dass er diese Gedanken unterdrücken musste, weil es unprofessionell war, sich von persönlichen Gefühlen beeinflussen zu lassen, konnte aber nicht anders.

30

11. SEPTEMBER 2001 Der Boden bebte. Schlüsselrohlinge, die zu Dutzenden an Wandhaken hingen, klirrten. Mehrere Farbdosen fielen aus einem Regal. Bei einer ging der Deckel ab, Emulsionsfarbe quoll daraus hervor. Ein Karton kippte um, Messingschrauben kullerten über den Linoleumboden.

In dem engen, lang gestreckten Eisenwarenladen in der Nähe des World Trade Center, in den Ronnie sich mit dem größeren Polizisten geflüchtet hatte, war es dunkel. Vor wenigen Minuten war der Strom ausgefallen. Jetzt brannte nur noch eine batteriebetriebene Notleuchte. Vor dem Fenster zog ein Staubtornado vorbei, schwärzer als die Nacht.

Eine Frau im teuren Kostüm ohne Schuhe, die vermutlich noch nie in einem Eisenwarenladen gewesen war, schluchzte vor sich hin. Ein ausgemergelter Typ im braunen Overall, der das graue Haar zu einem Pferdeschwanz gebunden hatte, stand hilflos hinter der Theke.

Ronnie hielt noch immer den Griff seines Koffers umklammert. Wie durch ein Wunder lag die Aktentasche obendrauf.

Draußen kreiselte ein Streifenwagen auf dem Dach, bis er zum Stehen kam. Die Türen waren offen, die Deckenbeleuchtung eingeschaltet. Das Innere des Wagens war leer, nur ein Funkmikrofon baumelte an einem verdrehten Kabel hin und her.

Plötzlich sah er in der Wand links von ihm einen Riss, und ein ganzes Regal mit Pinseln stürzte zu Boden. Die schluchzende Frau schrie auf.

Ronnie trat einen Schritt zurück, drückte sich gegen die Theke, dachte fieberhaft nach. Er war einmal während eines kleinen Erdbebens in einem Restaurant in Los Angeles gewesen, und sein Begleiter hatte ihm erklärt, der Türrahmen sei der sicherste Ort. Wenn ein Gebäude einstürzte, habe man im Türrahmen die besten Überlebenschancen.

Er bewegte sich zur Tür.

»Ich würde jetzt nicht rausgehen, Kumpel«, mahnte der Polizist.

In diesem Augenblick ging unmittelbar vor dem Fenster eine Lawine aus Mauerwerk, Glas und Schmutz nieder und begrub den Streifenwagen unter sich. Die Alarmanlage schrillte heulend los. Der Typ mit dem Pferdeschwanz tauchte unter die Theke, worauf das Geräusch verstummte. Dann auch das Klirren der Schlüssel.

Der Boden bebte nicht mehr.

Stille senkte sich über den Raum. Draußen verzog sich der Staub, als bräche die Morgendämmerung herein.

Ronnie öffnete die Tür.

»Haben Sie mich gehört? Ich würde nicht da rausgehen«, wiederholte der Polizist.

Ronnie drehte sich zögernd um. Dann stieß er die Tür auf und marschierte samt Koffer nach draußen.

Auf der Straße herrschte absolute Stille. Wie an einem verschneiten Morgen. Überall grauer Schnee.

Graue Stille.

Dann hörte er allmählich die Geräusche. Feuermelder. Alarmanlagen in Häusern und Autos. Menschliche Schreie. Das Martinshorn der Einsatzfahrzeuge. Hubschrauber.

Graue Gestalten stolperten schweigend an ihm vorbei. Eine endlose Reihe von Männern und Frauen mit eingefallenen, ausdruckslosen Gesichtern. Manche gingen, andere rannten. Drückten Tasten an ihren Handys. Er folgte ihnen.

Er taumelte wie blind durch den grauen Nebel, der in seinen Augen brannte, ihm erstickend in Mund und Nase drang.

Er folgte ihnen einfach. Zog den Koffer hinter sich her. Ging ihnen nach. Hielt mit ihnen Schritt. Vor ihm tauchten die Pfeiler einer Brücke auf. Soweit er wusste, handelte es sich um die Brooklyn Bridge. Er lief und stolperte über den Fluss. Über eine endlose Brücke durch eine endlos wirbelnde, erstickende graue Hölle.

Ronnie verlor jegliches Zeitgefühl. Die Orientierung. Folgte nur den grauen Gespenstern. Eine Sekunde lang roch er Salz. Dann wieder den Gestank der Brände – Kerosin, Farbe, Gummi. Jeden Augenblick konnte ein neues Flugzeug kommen.

Allmählich wurde er sich der ungeheuerlichen Ereignisse bewusst. Hoffentlich war Donald Hatcook in Sicherheit. Und wenn nicht? Sein Businessplan war erste Klasse. In den nächsten fünf Jahren würden sie Millionen verdienen. Millionen und Abermillionen! Was aber, wenn Donald tot war . . .?

In der Ferne waren Umrisse zu erkennen. Gezackte, hoch in den Himmel ragende Silhouetten. Brooklyn. Er war noch nie im Leben in Brooklyn gewesen, hatte es immer nur vom anderen Flussufer aus gesehen. Nun kam er mit jedem Schritt näher. Die Luft wurde besser. Er konnte immer öfter das Salz riechen. Der Nebel dünnte aus.

Plötzlich ging es bergauf, er näherte sich dem Ende der Brücke. Er blieb stehen und drehte sich um. Ihm kam eine Erinnerung an die Bibel, irgendetwas mit Lots Frau. Sie hatte sich umgedreht. War zur Salzsäule erstarrt. So sahen auch die endlosen Reihen der Menschen aus, die an ihm vorbeizogen. Wie Salzsäulen.

Er hielt sich an einem Metallgeländer fest und schaute hinüber. Tief unter ihm tanzte das Sonnenlicht auf dem Wasser. Millionen funkelnder Tupfen auf dem sanft gewellten Fluss. Dahinter schien ganz Manhattan in Flammen zu stehen. Die Hochhäuser waren in ein Leichentuch aus grauen, braunen, weißen und schwarzen Rauchwolken gehüllt, die in den blauen Himmel stiegen.

Er zitterte haltlos, konnte gar nicht richtig denken. Er suchte in seinen Taschen, zündete sich eine Marlboro an. Nahm rasch hintereinander vier tiefe Züge, doch die Zigarette schmeckte nicht, er hatte zu viel Dreck in der Kehle. Also ließ er sie ins Wasser fallen. Ihm war schwindlig, sein Hals fühlte sich ganz trocken an.

Er schloss sich wieder der Prozession der Geister an und folgte ihnen auf eine Straße, wo sie sich in verschiedene Richtungen zerstreuten. Dann kam ihm ein Gedanke, und er blieb unvermittelt stehen. Er brauchte einen Ort, an dem er in Ruhe nachdenken konnte. Also bog er in eine verlassene Seitenstraße, ging an einer Reihe Bürogebäude vorbei, hinter sich den rumpelnden Koffer.

Gedankenversunken lief er lange Zeit durch die verlassenen Straßen, bis er zu einer Autobahnauffahrt gelangte. Daneben stand eine riesige Reklametafel, die für Vinylfußböden warb. Er hörte einen Automotor, dann hielt ein roter viertüriger Lieferwagen neben ihm.

Ein Mann in kariertem Hemd und Baseballkappe von den New York Yankees schaute heraus. »Soll ich Sie mitnehmen, Kumpel?«

Ronnie blieb verwirrt stehen. Mitfahren? Wollte er mitfahren? Wohin denn?

Er war sich nicht sicher.

Drinnen waren Gestalten zu sehen. Gespenster, die sich aneinanderdrängten.

»Für einen habe ich noch Platz.«

»Wohin fahren Sie?« Dämliche Frage, das war doch keine Urlaubsreise.

Der Mann sprach mit einer näselnden Stimme. »Es kommen noch mehr Flugzeuge. Sie sind jeden Augenblick da. Wir müssen weg. Noch zehn Flugzeuge. Vielleicht mehr. Scheiße, Mann, das fängt gerade erst an.«

»Ich – ähm – ich muss aber – jemanden treffen –« Ronnie verstummte. Starrte auf die offene Tür, die blauen Sitze, die Arbeitshose des Mannes. Ein alter Typ mit hüpfendem Adamsapfel und Truthahnhals. Sein Gesicht war verhutzelt und freundlich.

Ronnie stieg vorn neben dem Mann ein. Die Nachrichten liefen auf voller Lautstärke. Eine Frau erklärte, die Gegend um die Wall Street und den Battery Park sei unpassierbar.

Während Ronnie sich anschnallte, reichte der Mann ihm eine Wasserflasche. Er trank sie dankbar aus.

»Ich putze Fenster. Im Center.«

»Verstehe«, sagte Ronnie geistesabwesend.

»Ich hab mein ganzes Zeug im Südturm. Kapieren Sie, was das heißt?«

Eigentlich nicht, da er nur mit einem Ohr zuhörte. »Klar«, sagt er trotzdem.

»Ich muss wohl später nochmal hinfahren.«

»Später«, wiederholte Ronnie wie ein Echo.

»Alles klar mit Ihnen?«

»Mit mir?«

Im Lastwagen roch es nach Hundefell und Kaffee.

»Wir müssen hier weg. Sie haben das Pentagon getroffen. Da oben sind noch zehn beschissene Flugzeuge, die genau auf uns zu fliegen. Das ist ein Riesending. Ein Riesending, sage ich Ihnen!«

Ronnie drehte sich um. Schaute auf die vier kauernden Gestalten hinter ihm. Keine sah ihm in die Augen.

»Araber«, erklärte der Fahrer. »Das waren Araber.«

Ronnie starrte auf einen Starbucks-Becher aus Plastik, um den eine fleckige Serviette gewickelt war. Daneben steckte eine Wasserflasche im Getränkehalter.

»Das ist nur der Anfang«, fuhr der Fahrer fort. »Zum Glück haben wir einen starken Präsidenten. Zum Glück haben wir George W.«

Ronnie sagte gar nichts.

»Alles klar? Oder sind Sie verletzt?«

Auf der Schnellstraße fuhr kaum jemand in Gegenrichtung. Dann tauchte ein großes grünes Hinweisschild auf. Nach links ging es zur AUSFAHRT 24 OST 27 PROSPECT EXPRESSWAY. Rechts gelangte man zur 278 WEST VERRAZANO BR., STATEN ISLAND.

Ronnie war wieder tief in Gedanken versunken.

Er spielte die Idee im Kopf durch. Es war eine verrückte Idee. Sicher nur eine Ausgeburt seines Schockzustands. Aber sie hielt sich beharrlich. Und je länger er darüber nachdachte, desto brauchbarer erschien sie ihm. Ein Plan B, falls die Sache mit Donald Hatcook tatsächlich ins Wasser fiel. Vielleicht sogar ein besserer Plan.

Er schaltete das Handy aus.

31

OKTOBER 2007 Entsetzt starrte Abby auf die Spitze des Brecheisens. Sie hebelten die Türen auseinander, zentimeterweise, bevor sie zurückrutschten und sich wieder eng um das Eisen schlossen. Erneut ertönte ein gewaltiges Krachen vom Dach des Aufzugs, als wäre jemand darauf gesprungen. Die Kabine schaukelte, und sie verlor das Gleichgewicht. Die Dose Pfefferspray fiel ihr aus der Hand, während sie sich abzustützen suchte.

Dann sprangen die Türen mit einem metallischen Protestschrei auf.

Nacktes Entsetzen durchflutete sie.

Sie duckte sich, tastete im Dunkeln verzweifelt nach dem Spray. Licht drang herein. Da war die Dose! In blinder Panik griff sie danach. Warf sich nach vorn, ohne hinzusehen, drückte auf den Sprühknopf, zielte auf den breiten Spalt zwischen den Türen.

Ein Paar kräftiger Arme griff herein, riss sie aus dem Aufzug.

Sie schrie, wehrte sich verzweifelt, wollte sich losreißen. Sie drückte noch einmal auf den Knopf, nichts passierte.

»Verpiss dich!«, brüllte sie. »Hau ab!«

»Schon gut, Miss, alles in Ordnung.«

Eine fremde Stimme. Nicht *seine.*

»Lass mich los!«, schrie sie und trat mit bloßen Füßen nach dem Mann.

Er hielt sie wie in einem Schraubstock. »Miss? Ganz ruhig. Sie sind in Sicherheit. Alles ist gut. Sie sind in Sicherheit!«

Jemand lächelte sie an. Er trug einen gelben Helm. Einen Feuerwehrhelm. Einen grünen Overall mit Leuchtstreifen. Dann hörte sie das Knistern eines Funkgeräts.

Zwei Feuerwehrleute in Helmen standen auf der Treppe über ihr. Ein dritter wartete weiter unten.

Der Mann lächelte beruhigend. »Sie sind in Sicherheit, Schätzchen.«

Abby zitterte. Waren die echt? Oder saß sie in der Falle?

Sie wirkten überzeugend, doch sie hielt die Spraydose weiter umklammert. Ricky war alles zuzutrauen.

Dann entdeckte sie das mürrische Gesicht des polnischen Hausmeisters, der schnaufend die Treppe heraufkam.

»Ich nicht werde bezahlt für Arbeit an Wochenende«, knurrte er. »Ist Schuld von Hausverwaltung. Ich rede Monate von Aufzug! Monate.« Er sah Abby stirnrunzelnd an und deutete mit dem Finger nach oben. Der Nagel war ganz schwarz. »Wohnung 82?«

»Ja.«

»Hausverwaltung«, keuchte er mit gutturaler Stimme. »Taugt nichts. Ich sage jeden Tag, immer wieder.«

»Wie lange waren Sie da drin, Miss?«, fragte ihr Retter.

Er war Mitte dreißig, attraktiv und hätte gut in eine Boy Group gepasst. Seine schwarzen Augenbrauen waren zu schön, um wahr zu sein. Sie schaute ihn argwöhnisch an, fand ihn zu attraktiv für einen Feuerwehrmann. Gehörte er zu Ricky? Sie zitterte so sehr, dass sie kaum sprechen konnte.

»Kann ich Wasser haben?«

Schon hielt sie eine Flasche in der Hand. Sie trank in gierigen Zügen, dass ihr die Flüssigkeit übers Kinn und den Hals hinunter lief. Sie sprach erst weiter, als die Flasche leer war.

»Danke.«

Sie reichte die Flasche weiter, eine unsichtbare Hand nahm sie entgegen.

»Gestern Abend«, sagte sie. »Ich glaube – ich war – ja, seit gestern Abend habe ich wohl in diesem verfluchten Ding gesteckt. Ist heute Samstag?«

»Ja. Zwanzig nach fünf nachmittags.«

»Dann also seit halb sieben gestern Abend.« Sie schaute den Hausmeister zornig an. »Überprüfen Sie denn nicht, ob der verdammte Alarm funktioniert? Oder das Scheißtelefon in dem Kasten?«

»Hausverwaltung.« Er zuckte die Achseln, als trüge diese die Schuld an allem Elend dieser Welt.

»Sie sollten sich besser im Krankenhaus durchchecken lassen«, riet ihr der gut aussehende Feuerwehrmann.

Panik überkam sie. »Nein – nein – mir geht es wirklich gut, danke. Ich – ich wollte nur –«

»Wir rufen einen Krankenwagen.«

»Nein«, sagte Abby entschlossen. »Ich muss nicht ins Krankenhaus.«

Sie betrachtete ihre umgekippten Stiefel, die noch im Aufzug lagen, und den feuchten Fleck auf dem Boden. Riechen konnte sie nichts, aber im Aufzug selbst stank es sicher.

Das Funkgerät knisterte wieder, ein Ruf ging ein. Der Feuerwehrmann meldete sich. »Wir sind vor Ort. Die Person ist in Sicherheit. Medizinische Hilfe nicht erforderlich, wiederhole, nicht erforderlich.«

»Ich – ich dachte, er stürzt ab. Jeden Augenblick. Ich dachte, er würde abstürzen, und ich würde –«

»Keine Angst. Eine Umlenkrolle ist kaputt, aber er wäre nicht abgestürzt.« Er schaute nachdenklich zur Decke des Aufzugs. »Wohnen Sie hier?«

Sie nickte.

»Sie sollten die Instandhaltungskosten überprüfen. Sehen Sie nach, ob die Wartung des Aufzugs darin enthalten ist.«

Der Hausmeister murmelte wieder etwas von der Hausverwaltung, aber sie hörte kaum hin. Ihre Erleichterung war nur von kurzer Dauer. Na schön, man hatte sie aus dem verfluchten Aufzug befreit, aber die Gefahr war nicht vorüber.

Sie kniete sich hin und versuchte, ihre Stiefel zu angeln, ohne den Aufzug erneut zu betreten. Sie reichte nicht heran. Der Feuerwehrmann bückte sich und zog sie mit dem Stiel seiner Axt heraus. Den Aufzug betrat er wohlweislich auch nicht.

»Wer hat Sie benachrichtigt?«

»Eine Dame in –«, er las von seinem Notizblock ab, »Wohnung 47. Sie hat heute Nachmittag mehrmals versucht, den Aufzug zu benutzen, und meldete dann, sie habe Hilferufe gehört.«

Abby nahm sich vor, der Frau bei Gelegenheit zu danken, und schaute argwöhnisch die Treppe hinauf, die noch immer mit Abdeckplanen, Gipskartonplatten und Baumaterial vollgestellt war.

»Sie sollten sobald wie möglich etwas essen«, empfahl ihr der Feuerwehrmann. »Zuerst etwas Leichtes, Suppe oder so. Ich bringe Sie zu Ihrer Wohnung, damit ich weiß, dass alles in Ordnung ist.«

Sie bedankte sich und warf einen Blick auf ihr Pfefferspray. Komisch, dass es nicht funktioniert hatte. Dann entdeckte sie, dass sie den Sicherheitsriegel nicht gelöst hatte. Abby warf die Dose in die Tasche und stieg mit den Stiefeln in der Hand vorsichtig die Treppe hinauf. Dachte nach.

Hatte Ricky den Aufzug sabotiert? Und auch das Telefon und den Alarm? Oder war diese Vorstellung zu weit hergeholt?

Erleichtert stellte sie fest, dass die Türschlösser unberührt waren. Nachdem sie dem Feuerwehrmann noch einmal gedankt hatte, schloss sie auf und überprüfte den Faden, der durch die Diele gespannt war, bevor sie hinter sich abschloss und die Sicherheitsketten wieder vorlegte. Dann überprüfte sie jedes einzelne Zimmer.

Alles bestens. Hier war niemand gewesen.

Sie ging in die Küche, setzte Teewasser auf und nahm einen Kitkat-Riegel aus dem Kühlschrank. Sie hatte sich gerade ein Stück in den Mund gesteckt, als es an der Tür klingelte. Jemand klopfte energisch.

Kauend lief sie zur Wohnungstür und schaute durch den Spion. Ein dünner Mann mit schmalem Gesicht und kurzem schwarzem Haar, den sie auf Anfang zwanzig schätzte, stand davor.

Wer zum Teufel war das? Ein Vertreter? Ein Zeuge Jehovas – kamen die nicht immer zu zweit? Vielleicht hatte er auch mit der Feuerwehr zu tun. Sie war hundemüde, wahnsinnig hungrig und wollte einfach nur eine Tasse Tee trinken, etwas essen, ein paar Gläser Rotwein kippen und schlafen.

Dass der Mann vom Hausmeister und den Feuerwehrleuten vorbeigelassen worden war, beruhigte sie ein bisschen. Sie schaute nach, ob die beiden Sicherheitsketten ordnungsgemäß vorgelegt waren, schloss die Tür auf und öffnete sie einen Spalt.

»Katherine Jennings?«, fragte der Mann mit einer aufdringlichen Stimme. Sein Atem schlug ihr warm ins Gesicht, er roch nach Pfefferminzkaugummi.

Unter diesem Namen hatte sie die Wohnung gemietet.

»Ja?«

»Kevin Spinella vom *Argus*. Hätten Sie vielleicht einen Augenblick Zeit für mich?«

»Tut mir leid«, sagte sie und wollte die Tür wieder schließen, doch er hatte bereits den Fuß dazwischengeschoben.

»Nur einen kurzen Kommentar.«

»Tut mir leid, aber ich habe nichts zu sagen.«

»Sie sind also nicht dankbar, dass die Feuerwehr Sie gerettet hat?«

»Das habe ich nicht gesagt –«

Scheiße. Das schrieb er natürlich auf seinen Notizblock.

»Hören Sie, Miss oder Mrs Jennings –«

Sie ging nicht in die Falle.

»Ich weiß ja, dass Sie ein schlimmes Erlebnis hinter sich haben. Dürfte ich dennoch einen Fotografen vorbeischicken?«

»Nein, das dürfen Sie nicht. Ich bin sehr müde.«

»Vielleicht morgen früh? Welche Zeit würde Ihnen passen?«

»Nein, danke. Und nehmen Sie den Fuß bitte weg.«

»Hatten Sie Angst um Ihr Leben?«

»Ich bin sehr müde. Vielen Dank.«

»Ich verstehe, Sie haben eine Menge durchgemacht. Wissen Sie was? Ich komme einfach morgen nochmal mit einem Fotografen vorbei. So gegen zehn? Ist das nicht zu früh am Sonntag?«

»Bedaure, ich möchte keine Publicity.«

»Gut, dann also morgen früh.« Er zog den Fuß weg.

»Nein, danke«, wiederholte Abby mit fester Stimme, drückte die Tür zu und schloss wieder sorgfältig ab. Scheiße, ein Foto in der Zeitung hatte ihr gerade noch gefehlt.

Ihre Gedanken überschlugen sich. Sie holte die Zigaretten aus der Handtasche, zündete sich eine an und ging ins Wohnzimmer.

Der Mann im Laderaum des alten weißen Lieferwagens, der vor dem Haus auf der Straße parkte, zündete sich ebenfalls eine Zigarette an. Dann öffnete er eine Dose Pils, wobei er sorgsam darauf achtete, nichts auf das teure elektronische Gerät zu verschütten, das neben ihm stand, und nahm einen Schluck. Die Linse in dem winzigen Loch, das er in das Dach des Lieferwagens gebohrt hatte, verschaffte ihm gewöhnlich einen hervorragenden Blick auf ihre Wohnung. Im Augenblick wurde ihm die Sicht allerdings von einem Feuerwehrauto verstellt. Trotzdem genoss er die Abwechslung in seiner langen, monotonen Wache. Und konnte zufrieden erkennen, dass sie jetzt in der Wohnung war. Er sah, wie sich ihr Schatten am Fenster bewegte.

Home sweet home, dachte er bei sich und grinste. Das war beinahe komisch.

32

11. SEPTEMBER 2001 Lorraine saß auf einem Barhocker in der Küche und starrte gebannt auf den kleinen Fernseher, der über der Arbeitsplatte angebracht war. Der Wasserkocher war eingeschaltet, im Aschenbecher lagen mindestens sechs Kippen. Sie hatte sich gerade eine neue Zigarette angezündet und inhalierte tief. Am Telefon war ihre beste Freundin Sue Klinger.

Sue und ihr Mann Stephen wohnten in einem Haus, um das Lorraine sie stets beneidet hatte. Es war ein hinreißendes freistehendes Haus in der Tongdean Avenue, die als eine der besten Wohnstraßen von Brighton and Hove galt und einen wunderbaren Blick über die Stadt bis hinunter zum Meer bot. Daneben besaßen die Klingers noch eine Villa in Portugal, hatten vier wunderbare Kinder, und unter Stephens Händen wurde alles zu Gold, was man von Ronnie nicht gerade behaupten konnte. Sollten Sue und Stephen sich jemals von ihrem Haus trennen, würde er es irgendwie kaufen, hatte Ronnie versprochen. *Klar doch, träum weiter, Schatz.*

Wieder und wieder waren die Aufnahmen der beiden Flugzeuge zu sehen, die in die Türme flogen. Es war, als könnten die Nachrichtensprecher es selbst nicht fassen und müssten es immer wieder zeigen, um sich selbst davon zu überzeugen. Lorraine starrte auf den roten Feuerball und die dichten schwarzen Wolken. Sie fühlte sich immer elender.

Jetzt sah man wieder, wie die Türme einstürzten, zuerst der Südturm, dann der Nordturm.

Das Wasser kochte, doch Lorraine rührte sich nicht, wollte die Augen nicht vom Fernseher abwenden, falls Ronnie doch noch auftauchte. Alfie rieb sich an ihrem Bein, doch sie beachtete ihn nicht. Sue sagte etwas zu ihr, aber Lorraine hörte nicht hin, weil sie jedes Gesicht im Fernsehen konzentriert musterte.

»Lorraine? Hallo, bist du noch da?«

»Ja.«

»Ronnie ist doch ein Überlebenskünstler. Der schafft das schon.«

Der Wasserkocher stellte sich mit einem Klicken ab. *Überlebenskünstler.* Genau das Wort hatte ihre Schwester auch gebraucht.

Überlebenskünstler.

Verdammt, Ronnie, hoffentlich stimmt das.

Ein Signalton verriet ihr, dass jemand versuchte, sie anzurufen. Sie konnte sich kaum beherrschen und rief aufgeregt: »Sue, das könnte er sein! Ich rufe gleich zurück!«

Gott, bitte lass es Ronnie sein. Bitte. Bitte, bitte!

Aber es war ihre Schwester. »Lori, ich habe gerade gehört, dass der Flugverkehr in den USA eingestellt wurde.« Mo arbeitete als Stewardess auf Langstreckenflügen von British Airways.

»Was soll das heißen?«

»Sie lassen keine Flugzeuge mehr hinein oder heraus. Eigentlich hätte ich morgen nach Washington fliegen sollen. Aber sämtliche Maschinen müssen am Boden bleiben.«

Lorraine spürte neuerliche Panik aufsteigen. »Bis wann?«

»Keine Ahnung. Bis auf Weiteres.«

»Heißt das, Ronnie kann morgen vielleicht nicht zurückfliegen?«

»Leider ja. Ich werde nachher mehr erfahren, aber im Augenblick müssen alle Maschinen, die in die Staaten wollen, umkehren. Die meisten landen auf den falschen Flughäfen. Das gibt ein furchtbares Chaos.«

»Na toll«, sagte Lorraine düster. »Das ist ja super. Was glaubst du, wann er zurückfliegen kann?«

»Ich weiß es nicht. Ich melde mich, sobald ich etwas erfahre.«

Lorraine hörte eine Kinderstimme, dann sagte Mo: »Einen Augenblick, Liebes. Mama telefoniert gerade.«

Lorraine drückte die Zigarette aus. Sie sprang vom Barhocker, die Augen noch immer auf den Bildschirm geheftet, holte einen Teebeutel und eine Tasse und goss das Wasser darüber. Dann trat sie einen Schritt zurück und prallte schmerzhaft gegen die Ecke des Küchentischs.

»Scheiße! Verdammte Scheiße!«

Sie schaute an sich hinab. Sah den roten Fleck neben den anderen Stellen. Manche waren dunkel und noch frisch, andere gelb und beinahe verblichen. Ronnie war schlau, er schlug sie nie ins Gesicht, sondern an Stellen, die sie leicht verbergen konnte.

Wenn er getrunken hatte, bekam er Tobsuchtsanfälle. Es geschah immer häufiger. Danach bat er sie dann weinend um Verzeihung.

Und sie verzieh ihm immer.

Sie verzieh ihm, weil sie sich zutiefst unzulänglich fühlte. Sie wusste, wie sehr er sich genau das wünschte, was sie ihm bisher nicht hatte geben können. Das Kind, nachdem er sich so verzweifelt sehnte.

Sie verzieh ihm, weil sie Angst hatte, ihn zu verlieren. Und weil sie ihn liebte.

33

OKTOBER 2007 Es war nicht gerade das beste Wochenende seines Lebens gewesen, dachte Roy Grace, als er am Montagmorgen um acht in dem winzigen, überfüllten Wartezimmer des Zahnarztes saß und in *Sussex Life* blätterte. Eigentlich hatte die letzte Woche gar kein richtiges Ende genommen.

Dr. Frazer Theobalds Autopsie hatte endlos lange gedauert, bis sage und schreibe neun Uhr am Samstagabend. Cleo, die während der Autopsie ganz freundlich gewesen war, hatte sich am Sonntag ungewöhnlich gereizt aufgeführt.

Beide wussten, dass niemand die Schuld an dem versauten Wochenende trug. Dennoch war ihm, als machte sie ihm Vorwürfe, so wie Sandy ihm früher Vorwürfe gemacht hatte, wenn er Stunden später als vorgesehen nach Hause kam oder eine lange geplante Verabredung absagen musste, weil ein Notfall eingetreten war. Als wäre es seine Schuld, dass die Leute zur unpassenden Zeit starben.

Cleo kannte das Problem. Sie war mit den verrückten Arbeitszeiten der Polizei bestens vertraut, da ihre eigenen ganz ähnlich waren. Man konnte sie Tag oder Nacht ins Leichenschauhaus rufen, was auch häufig vorkam. Was also hatte sie so gereizt?

Sie war sogar ärgerlich gewesen, als er nach Hause gefahren war, um den völlig überwucherten Rasen zu mähen.

»Du hättest ihn auch nicht gemäht, wenn wir in London gewesen wären. Warum also jetzt?«

Das eigentliche Problem war sein Haus. Das Haus, das ihm und Sandy gehört hatte, war für Cleo nach wie vor ein rotes Tuch. In letzter Zeit hatte er viele Sachen seiner Frau weggegeben, aber Cleo kam dennoch selten zu ihm und schien sich dort auch nie wirklich wohl zu fühlen. Sie hatten nur einmal in diesem Haus miteinander geschlafen, und es war für beide keine befriedigende Erfahrung gewesen.

Seither übernachteten sie immer bei Cleo. Das kam zunehmend

häufiger vor, und er bewahrte inzwischen auch Rasierzeug und Waschsachen bei ihr auf, dazu einen dunklen Anzug, ein weißes Hemd, einige schlichte Krawatten und dunkle Schuhe – seine Arbeitskleidung.

Die Frage war berechtigt gewesen, und er hatte nicht wahrheitsgemäß geantwortet, weil es alles noch schlimmer gemacht hätte. In Wirklichkeit hatte ihn das Skelett aus der Fassung gebracht. Er wollte ein paar Stunden allein sein, um in Ruhe nachzudenken.

Darüber, wie er sich fühlen würde, wenn es tatsächlich Sandy war.

Die Beziehung zu Cleo ging viel tiefer als alles, was er seit dem Verschwinden seiner Frau erlebt hatte, doch er wusste genau, dass Sandy, so sehr er sich auch bemühte, nach wie vor zwischen ihnen stand. Vor einigen Wochen hatten sie beim Abendessen beide zuviel getrunken. Cleo rutschte der Satz heraus, dass sie ihre biologische Uhr ticken höre. Er wusste, dass sie sich nach einer festeren Beziehung sehnte und fürchtete, er wolle sich nicht binden, solange Sandys Verschwinden ungeklärt blieb.

Was nicht stimmte. Roy liebte sie. Vergötterte sie. Und hatte in letzter Zeit ernsthaft begonnen, über ein Leben mit ihr nachzudenken.

Darum war er am Vorabend auch sehr verletzt gewesen, als er mit einigen Flaschen ihres Lieblings-Rioja bei ihr aufgetaucht war und an der Tür von einem winzigen schwarzen Welpen begrüßt wurde, der sein Bein umklammerte und auf seinen Turnschuh pinkelte.

»Humphrey, darf ich dir Roy vorstellen? Roy, das ist Humphrey!«

»Wer – wem gehört der?«, hatte er konsterniert gefragt.

»Mir. Ich habe ihn heute Nachmittag abgeholt. Es ist ein fünf Monate alter Rettungshund, eine Mischung aus Labrador und Border Collie.«

Sein rechter Fuß wurde unangenehm warm, als der Urin durch den Turnschuh drang. Er kniete sich hin und ließ die raue Hundezunge über seine Hand lecken.

»Du – du hast mir gar nicht gesagt, dass wir einen Welpen bekommen!« Er war total erstaunt.

»Na ja, es gibt auch viele Dinge, die du mir nicht erzählst«, hatte sie darauf leichthin erwidert.

*

Eine ältere Frau kam ins Wartezimmer und warf ihm einen misstrauischen Blick zu, als wollte sie sagen, *ich habe aber den ersten Termin, Sunny Boy*. Dann setzte sie sich.

Roys Terminkalender war voll. Um neun stand eine Besprechung mit Alison Vosper in Sachen Cassian Pewe an. Für 9.45 Uhr, viel später als gewöhnlich, hatte er die erste Besprechung in Sachen Operation Dingo angesetzt. Das war der Zufallsname, den der Computer für die Ermittlungen im Fall der unbekannten Frau aus dem Regenkanal ausgespuckt hatte. Um halb elf musste er zum Morgengebet, wie das neu eingeführte wöchentliche Treffen des Managementteams scherzhaft genannt wurde.

Mittags sollte eine Pressekonferenz zu dem Skelettfund stattfinden. Zwar gab es in diesem Stadium noch nicht viel zu berichten, doch würden vielleicht Hinweise eingehen, wenn sie das Alter der Toten, die körperlichen Merkmale und den ungefähren Zeitpunkt des Todes bekanntgaben.

»Roy! Schön, Sie zu sehen!«

Steve Cowling stand im weißen Kittel in der Tür und strahlte ihn mit seinem perfekten weißen Gebiss an. Er war ein hoch gewachsener Mann Mitte fünfzig, der sich militärisch gerade hielt und dessen tadellos frisiertes Haar zunehmend grau wurde. Er verströmte Charme und Selbstvertrauen und legte einen wirklich jungenhaften Enthusiasmus für Zähne an den Tag.

»Kommen Sie rein, alter Junge!«

Grace nickte der alten Dame entschuldigend zu und folgte dem Zahnarzt in dessen helle, luftige Folterkammer.

Während Steve Cowling genau wie Grace selbst bei jedem Besuch ein wenig älter wirkte, schienen die Helferinnen in der Praxis immer jünger und hübscher zu werden. Eine langbeinige Brünette Anfang zwanzig holte einige Röntgenbilder aus einem Umschlag und reichte sie Cowling mit einem aufreizenden Lächeln.

Der Zahnarzt griff nach dem Alginatabdruck, den Roy ihm zwanzig Minuten zuvor gegeben hatte. »Also, Roy, das ist wirklich interessant. Erst einmal kann ich Ihnen versichern, dass es sich definitiv nicht um Sandy handelt.«

»Nein?«, fragte er kraftlos.

»Auf keinen Fall.« Cowling deutete auf die Röntgenaufnahmen. »Diese hier stammen von Sandy, es gibt überhaupt keine Ähnlichkeit. Aber der Abdruck liefert einige hilfreiche Informationen.« Wieder schenkte er Grace ein strahlendes Lächeln.

»Gut.«

»Diese Frau hatte Implantate, die zur damaligen Zeit ziemlich teuer gewesen sein dürften. Aus Titan, mit Schraubgewinde, hergestellt von der Schweizer Firma Straumann. Im Grunde handelt es sich dabei um einen Hohlzylinder, der über die Wurzel gestülpt wird, die wiederum in ihn hineinwächst und so für den dauerhaften Halt des Implantats sorgt.«

Grace hatte mit widerstreitenden Gefühlen zu kämpfen, und es fiel ihm schwer, sich auf die Worte des Zahnarztes zu konzentrieren.

»Das Interessante daran ist, dass wir die Implantate ungefähr datieren können, wodurch wir den Todeszeitpunkt besser bestimmen können. Sie kamen nämlich vor etwa fünfzehn Jahren aus der Mode. Es wurden noch weitere kostspielige Arbeiten vorgenommen, Zahnsanierungen und Brücken. Falls sie aus der Gegend stammte, dürfte es nur fünf oder sechs Zahnärzte geben, bei denen sie in Behandlung gewesen sein könnte. Ein guter Anfang wäre Chris Gebbie, der in Lewes und Eastbourne praktiziert. Die anderen Namen schreibe ich Ihnen auf. Außerdem können wir davon ausgehen, dass die Frau ziemlich wohlhabend war.«

Grace hörte zu, war in Gedanken aber ganz woanders. Hätte es sich bei dem Skelett um Sandy gehandelt, wäre dies zwar ein Schock gewesen, doch er hätte endlich einen Schlussstrich ziehen können. Nun würde die qualvolle Ungewissheit weitergehen.

Er wusste nicht recht, ob er enttäuscht oder erleichtert sein sollte.

34

SEPTEMBER 2007 Der Gestank, der aus dem Kofferraum des Wagens stieg, ließ die Umstehenden würgen. Es roch wie ein Abfluss, der jahrelang verstopft gewesen war und nun auf einen Schlag die angestauten Verwesungsgase freigab.

Lisa wich entsetzt zurück, hielt sich die Nase zu und schloss kurz die Augen. Die brennende Mittagssonne und die aufdringlichen Fliegen machten alles noch schlimmer. Sie öffnete wieder die Augen und atmete durch den Mund, der Geruch war dennoch kaum zu ertragen. Sie kämpfte mit dem Brechreiz.

MJ sah auch nicht viel besser aus, doch beide hielten sich besser als der hektische Polizist, der in einiger Entfernung kniete und sich tatsächlich übergab. Lisa hielt die Luft an und machte, obwohl MJ sie zurückhalten wollte, ein paar Schritte auf den Wagen zu, um einen Blick hinein zu werfen.

Sie bereute es sofort. Der Boden unter ihren Füßen schwankte. Sie umklammerte MJs Hand.

Was darin lag, sah aus wie eine Schaufensterpuppe, die in der Hitze geschmolzen war. Dann wurde ihr klar, dass es sich um eine Frauenleiche handelte. Sie füllte fast den gesamten Kofferraum aus, teilweise von schleimigem, glänzend schwarzem Wasser bedeckt, das allmählich abfloss und den Körper freigab. Ihr schulterlanges blondes Haar war wie verfilztes Gras um ihren Kopf ausgebreitet. Ihre Brüste sahen aus wie Seife, und die Haut war mit großen schwarzen Flecken übersät.

»Hat sie Verbrennungen?«, erkundigte sich MJ bei dem kleineren Polizisten.

»Das – nein, nein – mit Verbrennungen hat das nichts zu tun. Die Haut gibt nach.«

Lisa betrachtete das Gesicht der Leiche, doch es war verquollen und formlos, wie der Kopf eines halb geschmolzenen Schneemanns. Nur das Schamhaar war unversehrt, das dichte braune Dreieck geradezu unwirklich, als hätte sich jemand einen grotesken Scherz erlaubt und es angeklebt. Lisa hatte ein schlechtes Gewissen, dass sie die Leiche so ungeniert betrachtete. Der Tod war etwas Privates, und sie kam sich vor wie ein Eindringling.

Dennoch konnte sie die Augen nicht davon lösen. Ihr gingen ständig dieselben Fragen durch den Kopf. *Was war mit dem armen Ding geschehen? Wer hatte der Frau das angetan?*

Schließlich hatte sich der andere Polizist wieder gefasst, drängte sie unvermittelt nach hinten und sagte, er müsse den Tatort absperren.

Lisa und MJ wichen ein paar Schritte zurück, die Augen immer noch auf den Kofferraum geheftet, als schauten sie eine Folge von *CSI*. Entsetzt, betäubt und doch auch gefesselt beobachteten sie, wie die Arbeiten in Gang kamen. MJ holte Wasser und Baseballkappen aus dem Auto. Lisa trank dankbar und setzte eine Kappe auf, um sich vor der sengenden Hitze zu schützen.

Zunächst traf die Spurensicherung ein. Zwei Männer stiegen aus dem Lieferwagen und zogen weiße Schutzanzüge über. Dann tauchte der kleine blaue Lieferwagen des Polizeifotografen auf und kurz darauf ein blauer VW Golf, aus dem eine junge Frau stieg, die den Tatort eingehend betrachtete. In einer Hand hielt sie ein Notizbuch, in der anderen einen kleinen Kassettenrecorder. Sie kam zu MJ und Lisa herüber.

»Sie beide haben den Wagen gefunden?«, fragte sie in geschäftsmäßigem, aber freundlichem Ton.

Lisa deutete auf MJ. »Er hat ihn gefunden.«

»Ich bin Angela Parks von der Zeitung *Age*. Können Sie mir sagen, was genau passiert ist?«

Als Nächstes fuhr ein staubiger goldfarbener Holden vor, aus dem zwei Männer in weißen Hemden und Krawatten stiegen. Einer war stämmig, mit einem ernsten, jungenhaften Gesicht, während der andere wie ein Schlägertyp aussah: groß, kräftig gebaut, leicht übergewichtig, mit kahlem Schädel und schmalem rötlichen Schnurrbart. Er wirkte ausgesprochen wütend. Vermutlich, weil man ihn am Wochenende gerufen hatte, dachte Lisa, sie sollte aber bald den wahren Grund erfahren.

»Du verdammter Idiot!«, brüllte er den hektischen Polizisten zur Begrüßung an. »Was ist das für eine Scheiße! Habt ihr denn gar nichts gelernt? Was habt ihr mit meinem Tatort angestellt? Ihr habt ihn nicht nur kontaminiert, ihr habt ihn völlig versaut! Wer zum Teufel hat euch gesagt, dass ihr den Wagen aus dem Wasser holen sollt?«

Dem hektischen Polizisten verschlug es kurzzeitig die Sprache. Dann stammelte er: »Tut mir leid, Sir, wir haben wohl ein bisschen Mist gebaut.«

»Du stehst mittendrin in deinem Mist!«

Der Stämmige ging zu Lisa und MJ hinüber und nickte der Reporterin zu. »Wie geht's, Angela?«

»Ganz gut. Schön, Sie zu sehen, Detective Sergeant Burg«, entgegnete sie.

Dann marschierte der Schlägertyp mit großen Schritten auf sie zu, als gehörte ihm das ganze Flussufer. Er nickte der Journalistin flüchtig zu und wandte sich dann an Lisa und MJ. »Detective Senior Sergeant George Fletcher«, stellte er sich vor. Auf einmal wirkte er erstaunlich sanft. »Sie beide haben den Wagen gefunden?«

MJ nickte.

»Ich brauche Ihre Zeugenaussagen. Würden Sie bitte mit zur Wache in Geelong kommen?«

»Jetzt sofort?«, fragte MJ.

»Irgendwann heute.«

»Natürlich. Aber wir können Ihnen sicher nicht viel sagen.«

»Das zu beurteilen überlassen Sie bitte mir. Mein Sergeant nimmt gleich Ihre Personalien auf.«

Die Journalistin hielt dem Ermittler den Kassettenrecorder entgegen. »Detective Senior Sergeant Fletcher, glauben Sie, es besteht eine Verbindung zwischen den Banden in Melbourne und dieser toten Frau?«

»Sie sind schon länger hier als ich, Ms Parks. Zurzeit kann ich keinen Kommentar abgeben. Wir müssen erst einmal herausfinden, wer sie ist.«

»Wer sie war«, korrigierte die Journalistin.

»Na ja, wenn Sie es so genau nehmen, sollten Sie vielleicht auf den Polizeiarzt warten, damit er feststellt, ob sie auch wirklich tot ist.«

Er grinste in die Runde, doch niemand lächelte zurück.

35

11. SEPTEMBER 2001 Noch immer sprach niemand außer dem Fahrer, der pausenlos redete. Ronnie fühlte sich an den Fernseher in einer Kneipe erinnert, der alles übertönte und nicht ausgeschaltet werden konnte. Er versuchte, auf die Nachrichten im Radio zu horchen und in Ruhe nachzudenken, doch der Fahrer hinderte ihn daran.

Mehr noch, er war aufgrund des starken Brooklyner Akzents schwer zu verstehen. Da der Mann aber so freundlich gewesen war, ihn mitzunehmen, konnte Ronnie ihm schlecht den Mund verbieten. Er nickte ab und an, hörte mit einem Ohr hin und sagte bisweilen: »Klar«, »Tatsächlich?« oder »Das ist nicht Ihr Ernst.«

Der Mann hatte inzwischen die meisten ethnischen Minderheiten seines großartigen Landes durch den Kakao gezogen und war wieder bei seinen Leitern im Südturm angelangt, um die er sich große Sorgen zu machen schien. Im Übrigen missfiel ihm auch die Arbeit des Finanzamtes, und er startete zu einem Großangriff auf das amerikanische Steuersystem.

Schließlich verfiel er in gnädiges Schweigen, sodass Ronnie endlich das Radio hören konnte. Die Gespenster auf dem Rücksitz schwiegen weiterhin. Vielleicht hörten sie nicht hin oder standen unter Schock und waren nicht in der Lage, Neuigkeiten aufzunehmen.

Es war eine Litanei mit immer gleichen Informationen. Bald werde George Bush sprechen. Bürgermeister Giuliani sei auf dem Weg in die Innenstadt. Amerika befinde sich im Kriegszustand. Bald werde es neue Informationen geben.

Ronnies Plan nahm allmählich Gestalt an.

Sie fuhren eine breite, stille Straße entlang, die rechts von einem Grasstreifen mit Bäumen und Laternenpfählen gesäumt wurde. In der Mitte verlief ein Fahrradweg, dahinter lagen die Gegenfahrbahnen. Die Häuser waren zumeist aus rotem Backstein und bei weitem nicht so hoch wie die Monolithen von Manhattan. Nach einer Weile wichen sie größeren freistehenden Mehrfamilienhäusern, die wohlhabend aussahen. Eine ruhige, angenehme Wohngegend.

Sie kamen an einem Straßenschild mit der Aufschrift »Ocean Parkway« vorbei.

Ein älteres Paar spazierte langsam über den Gehweg, und Ronnie fragte sich, ob die beiden überhaupt wussten, welches Drama sich jenseits des Flusses abspielte. Wohl nicht, sonst hätten auch sie vor dem Fernseher gesessen. Ansonsten war keine Menschenseele zu sehen. Gut, um diese Tageszeit waren die meisten Leute bei der Arbeit, aber man sah auch keine Mütter mit Kindern oder Hundebesitzer, die ihre Tiere ausführten. Keine Jugendlichen, die herumlungerten. Niemand war da. Auch der Verkehr schien geringer als sonst. Viel zu gering.

»Wo sind wir?«, erkundigte er sich beim Fahrer.

»Brooklyn.«

»Ach so, immer noch.«

Ronnie entdeckte ein Schild an einem Gebäude, auf dem YESHIVA CENTER stand. Es kam ihm vor, als wären sie schon seit einer Ewigkeit unterwegs. Ihm war nicht klar gewesen, wie ungeheuer groß Brooklyn war. Groß genug, um darin unterzutauchen.

Dann kam ihm ein Zitat in den Sinn, eine Zeile aus Marlowes Drama *Der Jude von Malta*, das er kürzlich mit Lorraine und den Klingers im Theatre Royal von Brighton gesehen hatte.

Aber das war in einem andern Land
Und, außerdem, das Weib ist tot.

Die Straße war schnurgerade. Sie fuhren über eine Kreuzung, hinter der eleganter Backstein moderneren Betonklötzen gewichen war, und unter einer dunkelgrünen Hochbahnbrücke hindurch.

»Russen. Lauter Scheißrussen in dieser Gegend«, sagte der Fahrer und deutete auf grellbunte Ladenfronten. Ein Nagelstudio. Die Schostakowitsch-Schule für Musik, Kunst und Sport. Überall kyrillische Schrift, auch auf dem Schild einer Apotheke. Ohne Russischkenntnisse waren die meisten Läden gar nicht zu identifizieren. Ronnie sprach kein Wort Russisch.

»Klein-Odessa«, bemerkte der Fahrer. »'ne riesige Kolonie. Das gab's nicht, als ich klein war. Perestroika, Glasnost und so weiter. Jetzt dürfen die reisen. Und kommen alle hierher! Die Welt verändert sich, Sie wissen, was ich meine.«

Ronnie war versucht, dem Mann zu sagen, dass sich die Welt für die amerikanischen Ureinwohner auch verändert hatte, als die Weißen kamen, wollte aber nicht aus dem Auto geworfen werden.

Also murmelte er nur etwas Zustimmendes.

Sie bogen nach rechts in eine Sackgasse ab. Ganz am Ende war eine Reihe schwarzer Poller zu sehen, dahinter eine hölzerne Promenade, der Strand und der Ozean.

»Brighton Beach. Nette Gegend. Hier sind Sie sicher. Sicher vor den Flugzeugen.« Mit diesen Worten wollte der Fahrer andeuten, dass Ronnies Fahrt zu Ende sei.

Der Mann drehte sich zu den Gespenstern um. »Coney Island. Brighton Beach. Jetzt muss ich meine Leitern, meine Arbeitsklamotten und das ganze andere Zeug zurückholen. Der Kram ist ganz schön teuer.«

Ronnie dankte dem Mann noch einmal überschwänglich und schüttelte seine große schwielige Hand.

»Alles Gute, Kumpel.«

»Ihnen auch.«

»Darauf können Sie wetten.«

Ronnie öffnete die Tür und sprang auf den Asphalt. In der salzigen Seeluft hing nur ein schwacher Hauch von brennendem Kerosin. Schwach genug, um sich sicher zu fühlen. Aber nicht schwach genug, um die Erinnerungen zu verdrängen.

Ohne einen Blick auf die Gespenster zu werfen, ging er beinahe beschwingt auf die hölzerne Promenade und holte das Handy aus der Tasche, um sich zu vergewissern, dass es auch wirklich ausgeschaltet war.

Dann blieb er stehen und schaute über den Sandstrand auf den unendlichen grünblauen Ozean mit den sich kräuselnden Wellen und das Land, das kilometerweit entfernt im Dunst lag. Er holte tief Luft. Noch einmal. Sein Plan war noch nicht klar umrissen, er musste daran arbeiten.

Dennoch war er aufgeregt.

In Hochstimmung.

Am Morgen des 11. September stießen nicht viele Menschen in New York vor Begeisterung die Faust in die Luft. Ronnie Wilson schon.

36

OKTOBER 2007 Abby hielt eine Teetasse in ihren zitternden Händen und spähte durch einen Spalt in den Jalousien auf die Straße hinunter. Ihre Augen brannten, sie hatte drei schlaflose Nächte hinter sich. Die Angst umkreiste sie.

Ich weiß, wo du bist.

Ihr Koffer stand fertig gepackt neben der Wohnungstür. Sie schaute auf die Uhr. Fünf vor neun. In fünf Minuten, sobald das Büro öffnete, würde sie den Anruf tätigen, den sie gestern schon geplant hatte. Irgendwie ironisch, dachte sie, ihr Leben lang hatte sie den Montagmorgen gehasst. Gestern aber hatte sie ihn herbeigesehnt.

Noch nie hatte sie sich so gefürchtet.

Falls sie nicht völlig auf dem Holzweg und unnötig in Panik geraten war, wartete er irgendwo dort draußen. Hatte sie im Fadenkreuz. Wartete und beobachtete sie, wütend.

Hatte er den Aufzug manipuliert? Den Alarm? Hätte er gewusst, wie so etwas ging? Diese Fragen hatte sie sich wieder und wieder gestellt.

Ja, er war früher Mechaniker gewesen. Verstand sich darauf, Dinge zu reparieren. Warum aber hätte er sich an dem Aufzug zu schaffen machen sollen?

Es wollte ihr einfach nicht in den Kopf. Wenn er wirklich wusste, wo sie war, hätte er sich einfach auf die Lauer legen können. Was versprach er sich davon, sie im Aufzug festzuhalten? Wenn er in ihre Wohnung einbrechen wollte, hätte er einfach abwarten können, bis sie aus dem Haus ging.

Oder war sie in ihrer Panik nicht mehr in der Lage, zwei und zwei zusammenzuzählen?

Sie wusste es selbst nicht. Daher hatte sie den Sonntag nicht wie üblich damit verbracht, die Sonntagszeitungen zu lesen und vor dem Fernseher abzuhängen, sondern an genau derselben Stelle gesessen, an der sie jetzt saß, die Straße beobachtet und sich die Zeit mit ihrem Spanischunterricht vertrieben. Hatte Kopfhörer aufgesetzt und die Wörter und Sätze immer wieder laut mitgesprochen.

Es war ein trüber Sonntag gewesen, ein starker Südwestwind wehte über den Kanal und peitschte den Regen über den Gehweg.

Sie beobachtete Autos und Fußgänger, spähte wie ein Raubvogel in den prasselnden Regen. Nach dem Aufwachen hatte sie alle parkenden Autos und Lieferwagen gecheckt. Wenig hatte sich verändert. In dieser Gegend gab es nicht genügend Parkplätze auf der Straße, sodass die Leute ihre Autos so lange stehen ließen, bis sie wirklich dringend irgendwohin mussten. Sobald jemand wegfuhr, war die Parklücke schon wieder besetzt, und wenn die Leute wiederkamen, mussten sie den Wagen häufig einige Straßen entfernt abstellen.

Gestern hatte Abby zweimal Besuch gehabt, den Fotografen vom *Argus*, den sie über die Sprechanlage weggeschickt hatte, und den Hausmeister Tomasz, der sich bei ihr entschuldigen wollte. Vermutlich hatte er Angst um seine Stelle und hoffte, sie werde sich nicht über ihn beschweren. Er hatte erklärt, dass die Arbeiter den Aufzug vermutlich überladen und damit das Antriebssystem beschädigt hatten. Allerdings konnte er nicht überzeugend darlegen, weshalb auch der Alarm, der eigentlich in seiner Wohnung hätte ertönen sollen, nicht funktioniert hatte. Er versicherte ihr, dass die Aufzugfirma mit den Reparaturen begonnen habe, der Schaden durch die Feuerwehrmänner aber erst in mehreren Tagen behoben sei.

Sie schickte ihn so schnell wie möglich weg und kehrte auf ihren Wachposten am Fenster zurück.

Dann rief sie ihre Mutter an und spielte ihr vor, sie sei immer noch in Australien und amüsiere sich prächtig.

Manche SMS landeten beim falschen Empfänger. Konnte das auch bei ihr der Fall gewesen sein?

Ich weiß, wo du bist.

Nicht ausgeschlossen.

War sie durch den Zwischenfall im Aufzug so durcheinander, dass sie völlig verrückte Verbindungen herstellte? Das wäre beruhigend. Aber nein, diesen Luxus konnte sie sich nicht leisten, sie durfte sich nicht in Sicherheit wiegen. Sie hatte gewusst, welches Risiko sie einging, dass sie nur gewinnen konnte, wenn sie sich auf ihren Verstand verließ und rund um die Uhr wachsam blieb.

Das Einzige, was sie gestern zum Lächeln gebracht hatte, war seine reizende Botschaft gewesen. Sie lautete:

**Man liebt eine Frau nicht, weil sie schön ist,
sie ist schön, weil man sie liebt.**

Abby hatte geantwortet:

Schönheit gewinnt Aufmerksamkeit - Persönlichkeit gewinnt Herzen.

Den ganzen Sonntag über war nichts Verdächtiges auf der Straße zu sehen. Keine Fremden, die sie beobachteten. Kein Ricky. Nur der Regen. Die Menschen. Das Leben ging weiter.

Das normale Leben.

Für sie aber gab es kein normales Leben – noch nicht, korrigierte sie sich. Bald würde sich alles ändern.

37

OKTOBER 2007 Der Regen prasselte auf das Dach, und der Lieferwagen erbebte unter den Windböen. Er fror, obwohl er warm eingepackt war. Er schaltete den Motor nur gelegentlich ein, um keine Aufmerksamkeit zu erregen. Immerhin hatte er eine bequeme Matratze, Bücher, ein Starbucks um die Ecke und seinen iPod, auf dem er Musik hören konnte. An der nahe gelegenen Promenade gab es eine Toilette mit brauchbarer Waschgelegenheit, die nicht im Sichtfeld einer der zahlreichen öffentlichen Überwachungskameras lag. Sehr praktisch.

In einem Buch hatte er mal den Satz gelesen: *Sex ist der einzige Riesenspaß ohne Lachen.*

Hier irrte das Buch. Rache konnte auch Spaß machen. Mindestens so viel Spaß wie Sex.

Im Seitenfenster des Lieferwagens, den er vor zwei Wochen für 350 Pfund in bar gekauft hatte, klebte noch immer das Schild mit der Aufschrift *Zu verkaufen*. Ricky wusste, dass Abby clever war und jeden Tag die Wagen auf der Straße überprüfte. Besser, er ließ das Schild, wo es war, um sie nicht misstrauisch zu machen. Wenn die Leute den früheren Besitzer weiterhin anriefen, sein Pech. Er hatte den Wagen nicht gekauft, um etwas darin zu transportieren. Er hatte ihn wegen der Aussicht gekauft. Von hier aus konnte er alle Fenster ihrer Wohnung überwachen.

Der perfekte Parkplatz. Der Lieferwagen besaß eine gültige Prüfplakette und einen Anwohnerparkausweis, beide waren noch drei Monate gültig.

Bis dahin wäre er längst verschwunden.

38

OKTOBER 2007 Es war jedes Mal das Gleiche. Roy Graces Selbstvertrauen löste sich in Luft auf, sobald er diesen eindrucksvollen Ort erreichte.

Malling House, die Zentrale der Sussex Police, lag nur fünfzehn Autominuten von seinem Büro entfernt, hätte von der Atmosphäre her aber auf einem anderen Planeten liegen können. Mehr noch, in einem anderen Universum, dachte er, als er durch das Sicherheitstor fuhr.

Es war eine zusammengewürfelte Ansammlung von Gebäuden am Stadtrand von Lewes, in denen die Verwaltung und die wichtigsten Leitstellen für fünftausend Beamte und Angestellte der Sussex Police untergebracht waren.

Zwei Gebäude ragten aus dem Sammelsurium heraus. In einem dreistöckigen futuristischen Bau aus Glas und Stein waren wichtige

Abteilungen und der Zentralcomputer der Polizei untergebracht. Das andere, ein imposanter roter Ziegelbau im Queen-Anne-Stil, war einmal ein Herrenhaus gewesen und stand unter Denkmalschutz. Von ihm hatte die Zentrale auch ihren Namen.

Grace fühlte sich immer an eine der gewaltigen Textilfabriken in Yorkshire erinnert, auch wenn der eindrucksvolle Bau heutzutage von Parkplätzen, Fertigbauten und einem hohen Schornstein umgeben war. Drinnen waren die Büros des Chief Constable, des Deputy Chief Constable und der Assistant Chief Constables untergebracht, zu denen auch Alison Vosper gehörte.

Grace parkte seinen Alfa Romeo und machte sich auf den Weg zu Alison Vospers Büro, das vorn im Erdgeschoss lag. Durch ein großes Schiebefenster blickte man auf eine kiesbestreute Auffahrt und eine kreisförmige Rasenfläche. Es musste angenehm sein, in dieser ruhigen Oase zu arbeiten, weit entfernt von den engen, charakterlosen Räumen in Sussex House. Manchmal stellte er sich vor, dass er eine Führungsposition innehätte und die damit verbundene Macht in einem dieser Büros genießen würde, war sich aber nicht sicher, ob er mit den politischen Aspekten klar käme. Vor allem nicht mit dieser verdammten politischen Korrektheit, der sich die leitenden Angestellten sehr viel stärker beugen mussten als das Fußvolk.

Alison Vosper war unberechenbar, konnte beste Freundin oder schlimmste Feindin sein. Es schien lange her, dass sie sich ihm gegenüber von ihrer freundlichen Seite gezeigt hatte. Grace stand vor dem ausladenden Schreibtisch aus Rosenholz. Er war bereits daran gewöhnt, dass sie ihren Besuchern nur selten einen Platz anbot, um die Besprechungen möglichst knapp und sachlich zu halten.

An diesem Tag hoffte er sogar, sich nicht setzen zu müssen. Er wollte seine wütende Botschaft lieber stehend vortragen.

Sie enttäuschte ihn nicht. Ein kalter, eindringlicher Blick. »Ja, Roy?«

Er kam sich vor, als hätte man ihn ins Büro des Schuldirektors zitiert.

Assistant Chief Constable Alison Vosper war Anfang vierzig. Sie trug das fedrige blonde Haar, das ihr hartes, aber attraktives Gesicht umrahmte, konservativ kurz geschnitten. An diesem Morgen wirkte sie gar nicht erfreut, sondern thronte mit wütendem Gesicht, in ein marineblaues Kostüm und eine makellos weiße Bluse gekleidet, hinter ihrem tadellos aufgeräumten Schreibtisch.

Grace fragte sich immer, wie seine Vorgesetzten ihre Büros und Schreibtische so aufgeräumt hielten. Während seines ganzen Arbeitslebens hatten seine Büros eher einer Müllkippe geglichen. Sie quollen über von unbeantworteten Briefen, verstreuten Stiften, Quittungen und Ablagekörben mit unerledigten Vorgängen, die die erledigten mengenmäßig bei weitem übertrafen. Um ganz nach oben zu kommen, war vermutlich ein Geschick bei der Beseitigung von Papier erforderlich, für das er genetisch nicht gerüstet war.

Es ging das Gerücht, Alison Vosper habe vor drei Jahren eine Brustkrebs-OP gehabt. Grace wusste, dass es nie mehr als ein Gerücht sein würde, weil sie eine Mauer um sich errichtet hatte. Dennoch erkannte er unter ihrem harten Panzer eine gewisse Verletzlichkeit, die ihn ansprach. Im Grunde sah sie nicht übel aus, und gelegentlich blitzte in ihren braunen Augen ein leiser Humor auf, als wollte sie mit ihm flirten. Nicht aber an diesem Morgen.

»Danke, dass Sie sich Zeit genommen haben, Ma'am.«

»Ich gebe Ihnen genau fünf Minuten.«

»Okay.«

Scheiße. Sein Selbstbewusstsein begann zu bröckeln.

»Ich wollte mit Ihnen über Cassian Pewe sprechen.«

»Detective Superintendent Pewe?«, fragte sie, um ihn an die Position des Mannes zu erinnern.

Grace nickte.

»Ja?« Sie breitete fragend die Arme aus.

Alison Vosper hatte schmale Handgelenke und elegant manikürte Hände, die irgendwie älter und reifer als ihr übriger Körper wirkten. Wie um zu zeigen, dass die Welt der Polizei nicht mehr nur Männern vorbehalten war, aber nach wie vor von ihnen beherrscht wurde, trug sie eine große, auffällige Herrenarmbanduhr.

»Die Sache ist die . . .« Er zögerte, die sorgfältig zurechtgelegten Worte schlugen in seinem Kopf Purzelbäume.

»Ja?« Sie klang ungeduldig.

»Er ist ein cleverer Typ.«

»Ein sehr cleverer Typ.«

»Absolut.« Roy geriet ins Trudeln. »Es ist so – er hat mich am Samstag angerufen. Wegen Operation Dingo. Sie hätten vorgeschlagen, er solle mir zur Hand gehen.«

»Das ist korrekt.« Sie nahm einen winzigen Schluck Wasser aus einem kristallenen Glas. Ihr Laserblick schien ihn förmlich zu durchbohren.

»Ich weiß nicht, ob dies ein sinnvoller Einsatz von Ressourcen wäre.«

»Das kann ich wohl am besten beurteilen.«

»Natürlich, aber –«

»Aber was?«

»Der Fall ist nicht so dringend. Das Skelett hat zehn bis fünfzehn Jahre dort gelegen.«

»Haben Sie es bereits identifiziert?«

»Nein, aber es gibt brauchbare Spuren. Ich erhoffe mir Hinweise aus den zahnärztlichen Unterlagen.«

Sie schraubte die Wasserflasche zu und stellte sie auf den Boden. Dann stützte sie die Ellbogen auf das polierte Rosenholz und verschränkte die Finger. Er konnte ihr Parfüm riechen. Es war ein anderes als beim letzten Mal, moschusartiger, erotischer. In seinen wildesten Träumen hatte er sich ausgemalt, wie es wäre, mit ihr zu schlafen. Vermutlich würde sie die absolute Kontrolle ausüben. Und so schnell sie einen Mann erregen konnte, so schnell konnte sie seinen Schwanz vor Angst wieder schrumpfen lassen.

»Roy, wie Sie wissen, hat die Metropolitan Police als eine der ersten Behörden in Großbritannien damit begonnen, bürokratischen Filz bei Verhaftungen abzubauen. Heutzutage werden Zivilisten eingesetzt, damit die Polizeibeamten nicht mehr bei jeder Verhaftung zwei bis vier Stunden am Schreibtisch verbringen müssen.«

»Ja, davon habe ich gehört.«

»Es ist die größte und innovativste Polizeibehörde im ganzen Land. Glauben Sie nicht, dass wir hier etwas von Cassian lernen können?«

Er konstatierte, dass sie den Mann beim Vornamen genannt hatte. »Sicher können wir – das bezweifle ich nicht.«

»Haben Sie eigentlich mal über Ihre Personalakte nachgedacht, über Ihre Entwicklung in diesem Jahr?«

»Meine Personalakte?«

»Ja. Wie bewerten Sie Ihre eigene Arbeit?«

Er zuckte die Achseln. »Ohne mich loben zu wollen, haben wir doch gute Arbeit geleistet. Lebenslang für Suresh Hossain. Drei Kapitalverbrechen erfolgreich aufgeklärt. Zwei Schwerverbrecher warten auf ihren Prozess. Echte Fortschritte in einigen alten Fällen.«

Sie schaute ihn schweigend an, bevor sie fragte: »Wie definieren Sie das Wort Erfolg?«

Er wählte seine Worte sorgfältig, da er wusste, worauf sie hinauswollte. »Täter ergreifen, Anschuldigungen gegenüber der Staatsanwaltschaft absichern und Verurteilungen erzielen.«

»Heißt das auch, dass Sie bei der Ergreifung des Täters ohne Rücksicht auf die Kosten oder die Gefahren für Öffentlichkeit und Kollegen vorgehen?«

»Alle Risiken müssen selbstverständlich zuvor abgewogen werden, falls dies möglich ist. In einer Krisensituation ist es nicht immer möglich. Das wissen Sie selbst. Sie werden auch schon Situationen erlebt haben, in denen Sie spontan entscheiden mussten.«

Vosper nickte und schwieg eine Weile. »Gut, dann können Sie nachts ja ruhig schlafen, Roy.« Sie schüttelte auf seltsame Weise den Kopf, was ihm gar nicht gefiel.

In der Ferne klingelte ein Telefon, niemand hob ab. Alison Vospers Handy meldete eine SMS. Sie warf einen Blick aufs Display und legte es wieder beiseite.

»Ich sehe das etwas anders, Roy. Und das tut auch die unabhängige Beschwerdestelle der Polizei. Verstehen wir uns?«

Wieder zuckte er die Achseln. »In welcher Hinsicht?« Dabei wusste er genau, was sie meinte.

»Betrachten wir einmal die letzten drei wichtigen Fälle, die Sie bearbeitet haben. Operation Salsa. Bei einer Verfolgungsjagd, die Sie persönlich geleitet haben, wurde ein älterer Mensch entführt und verletzt. Zwei Verdächtige starben bei einem Autounfall, sie befanden sich im Wagen unmittelbar hinter ihnen. Bei der Operation Nightingale wurde eine Ihrer Beamtinnen angeschossen und ein anderer Kollege bei einer Verfolgung schwer verletzt, was ebenfalls zu einem Unfall führte, bei dem ein unbeteiligter Polizeibeamter zu Schaden kam.«

Das war Cassian Pewe gewesen. Aufgrund des Unfalls hatte er seinen Dienst in Sussex mit mehreren Monaten Verspätung angetreten.

Alison Vosper fuhr fort: »Sie ließen einen Hubschrauber abstürzen und ein ganzes Gebäude abbrennen, in dem später drei nicht mehr zu identifizierende Leichen gefunden wurden. Bei der Operation Chamäleon ließen Sie Ihren Verdächtigen auf ein Bahngleis laufen, wo er verstümmelt wurde. Sind Sie wirklich stolz darauf? Meinen Sie nicht, Sie könnten Ihre Methoden noch ein wenig verbessern?«

Roy Grace war in der Tat stolz darauf und bedauerte lediglich die Verletzungen, die seine Beamten erlitten hatten und an denen er sich die Schuld gab. Vielleicht waren Vosper die Hintergründe nicht bekannt – oder sie zog es vor, sie zu ignorieren.

Seine Antwort war vorsichtig formuliert. »Wenn man eine Operation im Rückblick betrachtet, entdeckt man immer Stellen, an denen man etwas hätte verbessern können.«

»Genau«, sagte sie. »Und eben das soll Detective Superintendent Pewe hier tun. Uns mit seinen Erfahrungen, die er bei der besten Polizeitruppe Großbritanniens gemacht hat, zur Seite stehen.«

Am liebsten hätte er eingeworfen: *Da irren Sie sich. Der Typ ist ein totaler Wichser,* spürte aber, dass Alison Vosper irgendetwas mit diesem Mann verband. Vielleicht stieg sie ja tatsächlich mit ihm ins Bett. Oder Pewe hatte sie, was unwahrscheinlicher war, in der Hand.

Jedenfalls war Grace in diesem Augenblick nicht gerade der Klassenprimus.

Er entschied sich, was selten vorkam, das Spiel mitzuspielen.

»Na schön. Vielen Dank für die Klarstellung. Das war wirklich hilfreich.«

»Gut.«

Gedankenversunken verließ Grace das Büro. In den vergangenen vier Jahren hatte es vier Ermittlungsleiter in Sussex House gegeben. Das System funktionierte prima. Mehr wurden auch nicht gebraucht. Jetzt aber waren sie zu fünft, und das zu einem Zeitpunkt, an dem kaum Leute eingestellt wurden und das Budget weit überzogen war. Es würde nicht lange dauern, bis Vosper und Konsorten die Zahl wieder auf vier reduzierten. Keine Frage, wer dann über die Klinge springen beziehungsweise ans Ende der Welt versetzt würde.

Er musste sich einen Plan zurechtlegen. Dafür sorgen, dass Cassian Pewe sich selbst ein Bein stellte.

Nur fiel ihm in diesem Augenblick einfach nichts ein.

39

OKTOBER 2007 Für einen Latte von Starbucks hätte er alles gegeben, Hauptsache, es war frisch gemahlener Kaffee. Doch er traute sich nicht, seinen Beobachtungsposten zu verlassen. Es gab nur einen Ausgang aus dem Gebäude, ob sie nun den Aufzug oder die Feuertreppe benutzte, und der führte durch die Vordertür, die er ständig im Auge hatte. Nur kein Risiko eingehen. Sie war schon zu lange da drinnen, viel länger als gewöhnlich, und er ahnte, dass sie etwas vorhatte.

Es war ganz schön schwer gewesen, sie aufzuspüren – und teuer. Er hatte Glück gehabt und einen alten Freund genau am richtigen Ort.

Eigentlich am falschen Ort, denn Donny Winters saß wegen Identitätsdiebstahls und Betruges im Gefängnis. Zum Glück im nahe gelegenen und als liberal bekannten Ford Open Prison, in dem es vernünftige Besuchszeiten gab. Es war riskant gewesen, ihn dort zu besuchen, und hatte einiges an Schmiergeld gekostet.

Natürlich hatte ihn seine Ahnung nicht getrogen. Alle Frauen telefonierten mit ihren Müttern. Und Abbys Mutter war überdies krank. Abby hatte sich sicher gefühlt, weil sie von einem Kartenhandy aus anrief, das die Nummer nicht anzeigte. Blöde Kuh.

Blöde, gierige Kuh.

Lächelnd betrachtete er das GSM 3060 Intercept, das er vor sich auf einer Holzkiste stehen hatte. Wenn man sich im Bereich des Handys von Anrufer oder Empfänger befand, konnte man alle Gespräche mithören und, was besonders nützlich war, alle Nummern sehen, selbst wenn sie unterdrückt wurden. Ob der Anrufer ein Handy oder einen Festnetzanschluss hatte, spielte dabei keine Rolle. Davon hatte Abby natürlich keine Ahnung.

In einem Mietwagen hatte er in der Nähe der mütterlichen Wohnung in Eastbourne Posten bezogen, bis Abby sich meldete. Lange musste er nicht warten. Donny hatte nur einen Kumpel anrufen müssen, der beruflich Mobilfunkmasten montierte. Zwei Tage später stand die Position des Mastes fest, der die Signale von Abbys Handy aufgenommen hatte.

Er hatte erfahren, dass Mobilfunkmasten in dicht besiedelten Gebieten nur hundert Meter oder sogar weniger voneinander entfernt standen. Donny hatte ihm erklärt, dass sie nicht nur Anrufe empfingen und weiterleiteten, sondern auch als Signalstation dienten. Selbst wenn das Handy auf Stand-by geschaltet war, blieb es mit dem nächsten Mast in Verbindung und sendete und empfing fortlaufend Signale.

Das Signalmuster von Abbys Telefon zeigte, dass sie sich selten aus dem Radius eines ganz bestimmten Mastes hinaus bewegte. Es handelte sich um einen Macrocell-Mast, der an der Kreuzung Eastern und Boundary Road in Kemp Town stand.

Er war nicht weit von der Marine Parade entfernt, die vom Palace Pier zum Yachthafen verlief. Sie wurde an einer Seite von den schönsten Regency-Fassaden der Stadt gesäumt, auf der anderen von der Promenade und dem Strand. Hinter der Marine Parade lag ein Labyrinth von Straßen, in denen sich Wohnungen, billige Hotels und B&Bs drängten.

Er wusste noch, wie sehr sie den Meerblick seiner Wohnung geliebt hatte. Vermutlich würde sie auch jetzt in der Nähe des Meeres wohnen, mit schöner Aussicht. Dadurch ließen sich die Straßen, die in Frage kamen, ziemlich genau eingrenzen. Er musste sich nur etwas verkleiden und dort Wache schieben und hoffen, dass sie irgendwann auftauchte, was nach drei Tagen auch der Fall gewesen war. Er hatte sie entdeckt, als sie einen Zeitschriftenladen in der Eastern Road betrat, und war ihr danach bis vor die Haustür gefolgt.

Natürlich war er versucht gewesen, sie auf der Stelle zu schnappen, aber das wäre zu riskant gewesen. Wenn sie um Hilfe geschrien hätte, wäre alles vorbei gewesen. Genau das war ja das Problem. Sie hatte ihn in der Hand, und das wusste sie auch.

Es regnete noch heftiger, ein lautes Trommeln, das den ganzen Wagen erbeben ließ. An einem solchen Tag wäre ein Zimmerservice ganz nett gewesen. Aber gut, man konnte nicht alles haben. Jedenfalls nicht ohne ein bisschen Geduld.

Als Kind war er mit seinem Vater oft angeln gegangen. Auch sein Vater hatte sich immer für technisches Spielzeug begeistert. Er war einer der ersten gewesen, die einen elektronischen Schwimmer besaßen. Bei der ersten Berührung eines Fisches erklang ein kurzes, schrilles Piepsen aus dem kleinen Empfänger, der neben ihren Klappstühlen auf dem Boden stand.

Es hatte so ähnlich geklungen wie der Piepton, der gerade aus seinem Abhörgerät ertönte, ein scharfes, durchdringendes Piepsen. Dann noch eins.

Die Schlampe rief jemanden an.

40

OKTOBER 2007 Eine Computerstimme meldete sich: »Danke für Ihren Anruf bei Global Express. Um fortzufahren, drücken Sie eine beliebige Taste. Vielen Dank. Um den Status einer Lieferung zu überprüfen, drücken Sie bitte die 1. Um eine Abholung zu beantragen, drücken Sie die 2. Wenn Sie registrierter Kunde sind und eine Abholung beantragen wollen, drücken Sie bitte die 3. Wenn Sie Neukunde sind und eine Abholung beantragen wollen, drücken Sie die 4. Für alle anderen Anfragen drücken Sie bitte die 5.«

Abby drückte die 4.

»Für Lieferungen innerhalb Großbritanniens drücken Sie die 1. Für Überseeaufträge drücken Sie bitte die 2.«

Sie drückte die 1.

Kurze Stille. Sie hasste diese automatischen Systeme. Dann klickte es ein paar Mal, und eine junge Männerstimme meldete sich.

»Global Express, Jonathan am Apparat. Was kann ich für Sie tun?«

Jonathan hörte sich an, als wäre er besser geeignet, bei einem Herrenausstatter jungen Männern in die Hosen zu helfen.

»Hallo, Jonathan. Bei mir müsste ein Päckchen abgeholt werden.«

»Kein Problem. Welche Größe? Paket oder größer?«

»Ein DIN-A4-Umschlag, zwei bis drei Zentimeter dick«, antwortete sie.

»Überhaupt kein Problem«, versicherte er ihr. »Wo geht die Sendung hin?«

»In die Nähe von Brighton.«

»Kein Problem. Wo soll die Sendung abgeholt werden?«

»In Brighton. Genauer gesagt, Kemp Town.«

»Kein Problem.«

»Wann können Sie kommen?«

»In Ihre Gegend? Mal sehen, da holen wir zwischen vier und sieben ab.«

»Geht es nicht früher?«

»Kein Problem, aber das kostet extra.«

Sie überlegte rasch. Wenn das Wetter so blieb, wäre es gegen fünf Uhr ziemlich dunkel. Wäre das ein Vorteil oder ein Nachteil?

»Schicken Sie einen Fahrradboten oder einen Wagen?«

»Bei Overnight-Lieferungen kommt ein Wagen«, erwiderte Jonathan.

Sie änderte ihren Plan rasch ab. »Könnten Sie den Fahrer bitten, nicht vor halb sechs zu kommen?«

»Nicht vor halb sechs? Ich schau mal nach.«

Es wurde still. Sie dachte angestrengt nach. So viele Fragezeichen. Dann klickte es, und Jonathan meldete sich wieder.

»Überhaupt kein Problem.«

41

SEPTEMBER 2007 An einem Montagmorgen hätte er sich weiß Gott etwas Schöneres vorstellen können, dachte Detective Senior Sergeant George Fletcher. Ein grauenhafter Kater war schon schlimm genug, sich aber auch noch in der Abteilung für forensische Pathologie des Victorian Institute of Forensic Medicine aufzuhalten, eindeutig noch schlimmer. Außerdem hasste er diese ganzen neumodischen Ausdrücke. Herrgott nochmal, das hier war das städtische Leichenschauhaus, fertig, aus. Der Ort, an dem die Toten noch toter wurden. Die letzte Station vor dem Friedhof.

Er stand in dem engen Raum, wo die Leiche der unbekannten Frau langsam durch den ringförmigen CT-Scanner geschoben wurde. Ein heulendes Knirschen, das jedes Atom in seinem Körper erzittern ließ, beleidigte seine Ohren.

Niemand hatte sie angerührt, seit man sie am Vortag aus dem Kofferraum geholt, verpackt und hierher gebracht hatte. Die Nacht über hatte die Leiche in einem Kühlschrank gelegen. Der Geruch war unangenehm. Ein aufdringlicher Gestank nach Abfluss, vermischt mit einem scharfen, säuerlichen Geruch, der George an faulige Teiche erinnerte. Er kämpfte nicht nur mit dem Hämmern in seinem Kopf, sondern auch mit seinem rebellierenden Magen. Die Haut der Frau wirkte seifig und aufgebläht, mit schwarz marmorierten Flecken. Ihr Haar, das vermutlich blond gewesen war, war wirr und mit Insekten und Papierfetzen durchsetzt. Sein Blick fiel auf etwas, das wie ein Stückchen Filz aussah. Ihre Gesichtszüge ließen sich kaum noch erkennen, weil sie verwest oder weggefressen waren. Der Pathologe schätzte sie auf Mitte dreißig.

Wie sein Kollege DS Troy Burg trug George einen grünen Kittel und weiße Gummistiefel. Der leitende Forensiker Barry Manx, ein drahtiger, oftmals gereizter Typ, steuerte den CT, während der Gerichtsmediziner den Körper der Frau musterte, als wollte er darin lesen wie in einem Buch.

Vor der Autopsie wurden alle Leichen routinemäßig gescannt, was vor allem dazu diente, Zeichen ansteckender Erkrankungen zu erkennen.

An mehreren Stellen fehlte das Fleisch der unbekannten Frau. Ihre Lippen waren teilweise verschwunden, ebenso ein Ohr, und durch die Finger der linken Hand schimmerten die Knochen. Obwohl sie im Kofferraum des Wagens gelegen hatte, waren alle möglichen Wassertiere eingedrungen und hatten sich an ihren Überresten gütlich getan.

Gestern hatte George einen schönen Tag mit seiner Frau Janet verbracht und für sie gekocht. Vor einigen Monaten hatte er sich für einen Kochkurs angemeldet und am Vorabend ein Menü aus gebratenen Krebsen, gefolgt von in Knoblauch mariniertem Rib-Eye-Steak und Panna cotta mit Kiwis aufgetischt. Dazu hatten sie – er stöhnte innerlich bei der Erinnerung – viel zu viel Margaret River Zinfandel getrunken.

Nun forderte der Genuss seinen Preis.

Er hätte einen Schluck Wasser gebrauchen können und einen

starken schwarzen Kaffee, dachte er, während er hinter Burg durch einen makellosen, glänzend gebohnerten, fensterlosen Korridor ging.

Der Autopsieraum war nicht gerade sein Lieblingsort. Eigentlich noch nie und schon gar nicht mit einem Kater. Er war höhlenartig und sah aus wie eine Kreuzung zwischen Operationssaal und Fabrik. Die Decke war aus Aluminium und mit dicken Lüftungsrohren und eingelassenen Lampen versehen. Aus den Wänden ragten alle möglichen Schwenkarme, an denen Scheinwerfer und Steckdosen angebracht waren. Der Boden war dunkelblau, als wollte man den Ort damit ein wenig ansprechender gestalten, und an den Seiten befanden sich Arbeitsplatten, Rollwagen mit chirurgischen Instrumenten, rote Mülleimer mit gelben Plastiksäcken und Wasserschläuche.

Hier wurden jedes Jahr fünftausend Leichen untersucht.

Er steckte sich zwei Kapseln Paracetamol in den Mund und schluckte sie mühsam hinunter. Ein Polizeifotograf machte Aufnahmen von der Leiche. Ein pensionierter Polizist, den George seit Jahren kannte und der jetzt dem Leichenbeschauer assistierte, stand an einer Arbeitsplatte und blätterte in der Akte, in der auch die Fotos vom Fluss lagen.

Der Gerichtsmediziner arbeitete in raschem Tempo und diktierte dabei in sein Gerät. Der Morgen verstrich. George kam sich beinahe überflüssig vor und verbrachte die meiste Zeit in einer stillen Ecke, wo er per Handy sein Ermittlungsteam zusammenstellte und einteilte. Außerdem bereitete er die erste Pressekonferenz vor, die so spät wie möglich stattfinden sollte, weil er sich von dem Rechtsmediziner einige nützliche Informationen erhoffte.

Im Augenblick waren die Identität der Frau und die Todesursache am wichtigsten. Troy hatte gewitzelt, sie habe vielleicht einen Entfesselungtrick à la Houdini oder David Copperfield versucht, was George an diesem Tag jedoch kein Lächeln entlockte.

Der Rechtsmediziner zeigte George, dass das Zungenbein gebrochen war, was auf einen Tod durch Erdrosseln hindeutete. Die Augen waren jedoch zu stark verwest, um weitere Anhaltspunkte wie die typischen punktförmigen Blutungen zu finden. Die Lunge hatte sich bereits zu stark zersetzt, um Hinweise darauf zu liefern, ob die Frau schon tot gewesen war, als der Wagen im Wasser versank.

Auch der Zustand des Fleisches machte wenig Hoffnung. Wenn eine Leiche lange im Wasser lag, zersetzten sich nicht nur das weiche Gewebe und das Haar, sondern vor allem die darin enthaltene DNA. War die Verwesung zu stark, konnten sie sich nur auf die DNA aus den Knochen verlassen, die aber sehr viel weniger aussagekräftig war.

Wenn George nicht gerade telefonierte, lehnte er still an der Wand. Er wollte sich einfach nur hinsetzen und für einen Moment die Augen schließen. Allmählich spürte er sein Alter. Polizeiarbeit war ein Job für junge Männer – dieser Gedanke war ihm in letzter Zeit öfter gekommen. Noch drei Jahre bis zur Pensionierung, und obwohl er nach wie vor gern arbeitete, freute er sich darauf, nicht mehr Tag und Nacht abrufbereit zu sein und in der ständigen Furcht zu leben, am Sonntagmorgen an einen unerfreulichen Tatort gerufen zu werden.

»George!«

Das war sein Kollege.

Er ging an den Tisch, auf dem die Frau lag. Er hielt etwas mit einer Zange hoch, das wie eine durchsichtige, mit kleinen Einbuchtungen versehene Qualle ohne Fäden aussah.

»Brustimplantat«, erklärte sein Kollege. »Hatte eine Brustvergrößerung.«

»Oder einen Brustaufbau nach Krebs?«, erkundigte sich George. Eine Freundin von Janet hatte kürzlich eine Brustamputation gehabt, daher kannte er sich mit dem Thema ein bisschen aus.

»Nein, nur größere Brüste«, sagte der andere. »Gut für uns.«

George runzelte die Stirn.

»Alle Brustimplantate aus Silikon sind mit einer Seriennummer des Herstellers versehen«, erklärte der Pathologe. »Diese wiederum sind im Register des jeweiligen Krankenhauses eingetragen, zusammen mit dem Namen der Empfängerin.« Er hielt George das Implantat hin, damit dieser die Reihe winziger Zahlen erkennen konnte. »Die führt uns zum Hersteller. Danach dürfte es ein Kinderspiel für Sie sein, die Frau zu identifizieren.«

George machte sich wieder an seine Anrufe. Er meldete sich rasch bei Janet, um ihr zu sagen, dass er sie liebte. Seit ihrem ersten Rendezvous hatte er sie immer mindestens einmal täglich von der Arbeit aus angerufen. Und er meinte es ehrlich. Nach all den Jahren liebte er sie wie am ersten Tag. Die Entdeckung des Gerichtsmediziners hatte seine Laune verbessert. Das Paracetamol zeigte Wirkung. Er konnte sogar schon ans Mittagessen denken.

Da plötzlich rief der Forensiker: »George, das könnte jetzt wirklich wichtig sein!«

Er eilte an den Tisch zurück.

»Die Gebärmutterwand ist verdickt. Bei einer Leiche, die so lange im Wasser gelegen hat, zersetzt sich die Gebärmutter ungefähr als letztes. Wir haben wirklich Glück.«

»Ach ja?«

Der Rechtsmediziner nickte. »Jetzt bekommen wir nämlich unsere DNA!« Er zeigte auf das Schneidbrett, das auf stählernen Beinen über der Leiche der Frau stand.

Es war mit diversen Körperflüssigkeiten verschmiert. In der Mitte lag ein weißliches Organ, das an ein aufgeschnittenes u-förmiges Würstchen erinnerte. George hatte keine Ahnung, um was es sich dabei handelte. Dann fiel sein Blick auf das, was daneben lag. Zuerst hielt er es für eine unverdaute Garnele, die man in ihrem Magen gefunden hatte. Bei näherem Hinsehen begriff er, was es war.

Ans Mittagessen dachte er jetzt nicht mehr.

42

OKTOBER 2007 Das erste erfreuliche Anzeichen für den Regimewechsel in Sussex House war der eigene Parkplatz für die leitenden Kriminalbeamten gewesen. Er befand sich in bester Lage genau vor dem Gebäude. Seither musste Roy nicht mehr durch die Gegend kutschieren, um eine Parklücke auf der Straße zu finden und dann durch den Regen zurückzulatschen oder die schlammige Abkürzung durchs Gebüsch zu nehmen, gefolgt von einem todesmutigen Sprung von einer Mauer.

Das niedrige, im Art-Déco-Stil errichtete Gebäude lag auf einer Anhöhe in sicherer Entfernung von Brighton and Hove, da es früher als Seuchenhospital gedient hatte. Bevor die Kriminalpolizei es übernommen hatte, war es für verschiedene Zwecke genutzt worden und irgendwann, ungeachtet der ländlichen Lage, von der wuchernden Stadt eingeholt worden. Inzwischen befand es sich inmitten eines Industriegebiets. Gegenüber lag ein Supermarkt, der den Mitarbeitern als Ausweichparkplatz und inoffizielle Kantine diente.

Nachdem der liebenswürdige, aber lasche Detective Chief Superintendent Gary Weston zum Assistant Chief Constable in den Midlands befördert worden war, hatte der kantige, sachliche Pfeifenraucher Jack Skerritt den Posten übernommen. Seitdem wehte ein frischer Wind. Der 52-jährige war vorher Leiter der Schutzpolizei von Brighton and Hove gewesen und verband altmodische Härte mit modernem Denken. Er war einer der beliebtesten und angesehensten Beamten der Behörde. Die wöchentlichen Besprechungen waren die bisher größte Neuerung.

Grace ging durch die Eingangstür und wechselte einen freundlichen Gruß mit den beiden Wachbeamten. Auffällig war auch, dass Skerritt dem Treppenhaus in der Eingangshalle ein neues Aussehen verpasst hatte. Die cremefarbenen Wände waren frisch gestrichen worden, und es gab eine große blaue Filztafel mit den Fotos aller leitenden Kriminalbeamten. Die Sammlung altertümlicher Schlagstöcke hatte man ins Museum verbannt.

In der Mitte prangte ein Foto von Jack Skerritt. Er war ein schmaler Mann mit eckigem Kiefer, der in seiner leicht altmodischen Attraktivität an ein Hollywoodidol erinnerte. Strenger Gesichtsausdruck, gepflegtes braunes Haar, dunkler Anzug und dezente karierte Krawatte. Er verströmte Autorität, und sein Blick schien zu sagen:

Kommst du mir nicht blöd, bin ich gerecht. Was den Charakter des Mannes ziemlich gut auf den Punkt brachte.

Grace respektierte und bewunderte ihn und betrachtete ihn als Vorbild. Drei Jahre vor der Pensionierung interessierte sich Skerritt nicht mehr für politische Korrektheit oder Anweisungen von oben. Er sah seine Rolle darin, die Straßen, Häuser und Geschäfte der gesetzestreuen Bürger so sicher wie möglich zu machen. Wie er das anstellte, war seine Sache. In den letzten zwei Jahren an der Spitze der Schutzpolizei war es ihm gelungen, die Verbrechensrate deutlich zu senken.

Grace drückte seine Karte vor das Sicherheitsdisplay und betrat die Chefetage. Der Eingangsbereich war offen angelegt. In der Mitte lag ein Läufer in dunklem Orange, rechts und links standen die Schreibtische der Mitarbeiter.

Abteilungsleiter besaßen ihre eigenen Büros. Eine Tür stand offen, und Grace nickte im Vorbeigehen seinem Freund Brian Cook zu, der die Scientific Support Branch leitete. Dann eilte er an dem großen verglasten Büro von Jack Skerritt vorbei, da er noch rasch mit seiner Managementassistentin Eleanor Hodgson sprechen wollte, wie man Sekretärinnen heutzutage politisch korrekt nannte. Völlig bescheuert.

An den Wänden hingen Plakate. Eines war in Orange und Rot gehalten und stach am meisten hervor:

VERRATE DIE RATTE.
DEALER ZERSTÖREN LEBEN.
MELDE SIE BEI CRIMESTOPPERS.

Er eilte an seinem Büro vorbei und trat bei Eleanor ein.

Der Raum stand voller Schreibtische, darauf überquellende Eingangskörbe, Tastaturen, Telefone, Aktenordner, Schreibblöcke und Haftnotizen. Ein Witzbold hatte an einen der Flachbildschirme ein L-Schild gepappt, wie Fahranfänger es am Auto trugen.

Nur Eleanors Schreibtisch war aufgeräumt. Sie war eine altmodisch wirkende Frau in mittleren Jahren mit ordentlich frisiertem schwarzem Haar. Sie war etwas steif und nervös, dafür aber effizient und eine unentbehrliche Mitarbeiterin. Wie immer schaute sie ihm besorgt entgegen, als fürchtete sie, er könne sie anschreien, obwohl er in den vergangenen anderthalb Jahren nie auch nur die Stimme gegen sie erhoben hatte. Es war einfach ihre Art.

Er bat sie, im Thistle Hotel die Tische für das Essen des Rugby-Klubs zu buchen, das im Dezember stattfinden sollte, und überflog rasch einige dringende E-Mails, die sie ihm zeigte. Er warf einen Blick auf die Uhr. Schon zwei Minuten nach halb elf. Rasch betrat er Skerritts imposantes, geräumiges Büro.

Genau wie in seinem eigenen neuen Büro blickte man auch hier auf den Supermarkt. Damit hörten die Gemeinsamkeiten aber auch schon auf. Während in sein Zimmer nur ein Schreibtisch und ein kleiner runder Tisch passten, reichte es bei Skerritt sogar für einen rechteckigen Konferenztisch.

Auch hier hatte sich einiges verändert. Verschwunden waren die gerahmten Fotos von Pferden und Windhunden, mit denen Gary Weston gezeigt hatte, welche Prioritäten er im Leben setzte. Nun gab es eine Aufnahme, die zwei Jungen im Teenageralter zeigte, und mehrere Schnappschüsse von Labradoren mit ihren Welpen. Skerritts Frau züchtete Hunde, und das war auch die Leidenschaft des Chefs, wenn er gerade einmal nicht bei der Arbeit war.

Skerritt verströmte einen schwachen Duft von Pfeifentabak, genau wie Norman Potting. Bei seinem Kollegen fand Grace den Geruch störend, während er ihm bei Skerritt gefiel. Es passte zu ihm und unterstrich dessen männliches Image.

Zu seinem Missfallen entdeckte Grace auch Cassian Pewe am Tisch, zusammen mit den übrigen leitenden Kripobeamten. Vermutlich hatte der Neue noch nie eine Pfeife zwischen den Lippen gehabt.

Der frisch gebackene Detective Superintendent begrüßte ihn mit einem öligen Lächeln und einem zuckersüßen: »Hallo, Roy, schön, Sie zu sehen.« Er streckte ihm eine feuchte Hand entgegen. Roy schüttelte sie so kurz er konnte, setzte sich auf den einzigen freien Stuhl und entschuldigte sich leise bei Skerritt, der großen Wert auf Pünktlichkeit legte.

»Gut, dass Sie es geschafft haben, Roy«, erwiderte der Detective Chief Superintendent.

Seine sonore Stimme, die immer ein wenig ironisch klang, verriet nicht, welcher gesellschaftlichen Klasse er entstammte. Ob die Bemerkung auch ironisch gemeint war, konnte Roy nicht heraushören.

»Also zur Sache«, sagte Skerritt.

Er saß kerzengerade da, verströmte Selbstsicherheit und wirkte vollkommen unangreifbar, wie aus Granit gehauen. Vor sich auf dem Tisch hatte er die Tagesordnung liegen. Jemand reichte Roy ein Exemplar, das er rasch überflog. Das Übliche.

Protokoll der vorherigen Besprechung.
Jahresbericht über Verkehrsunfälle.
Zukunftsprogramm 2010 – Fehlbetrag 8 bis 10 Millionen Pfund.
Mit gemeinsamen Kräften – Aktualisierung der Fusion der Polizeikräfte von Sussex und Surrey . . .

Skerritt handelte die einzelnen Punkte rasch ab. Als sie zum Thema »aktuelle Operationen« gelangten, berichtete Roy über den Stand der Dinge bei Operation Dingo. Zu diesem Zeitpunkt gab es kaum Neuigkeiten, doch er erklärte, er verspreche sich hinsichtlich der Identifizierung viel von den Zahnunterlagen der toten Frau.

Als Skerritt zum Punkt »Sonstiges« kam, wandte er sich unvermittelt an Grace. »Roy, ich werde einige Veränderungen im Team vornehmen.«

Einen Moment lang setzte Graces Herzschlag aus. Reichte die Vosper-Pewe-Verschwörung bis hierher?

»Sie leiten von jetzt ab die Abteilung Kapitalverbrechen«, verkündete Skerritt.

Grace traute seinen Ohren nicht. »Kapitalverbrechen?«

»Ja, Roy, ich habe gründlich darüber nachgedacht.« Er tippte sich an den Kopf. »Und meine grauen Zellen haben mir recht gegeben. Sie bleiben weiterhin Ermittlungsleiter, sind aber ab jetzt für alle Kapitalverbrechen verantwortlich. Als mein Stellvertreter. Wenn ich nicht da bin, leiten Sie die Kripo.«

Man hatte ihn befördert!

Cassian Pewe sah aus, als hätte er in eine Zitrone gebissen.

Grace wusste, dass er einen Riesenschritt nach vorn gemacht hatte, selbst wenn sein Dienstgrad unverändert blieb.

»Vielen Dank, Sir. Ich – ich freue mich sehr.« Er zögerte. »Ist das mit Alison Vosper abgestimmt?«

»Alison überlassen Sie ruhig mir«, erwiderte Skerritt wegwerfend und wandte sich an Pewe. »Cassian, willkommen im Team. Roy wird von jetzt an alle Hände voll zu tun haben, daher könnten Sie sich um seine alten Fälle kümmern. Damit sind Sie ihm unterstellt.«

Grace konnte nur mit Mühe ein Grinsen unterdrücken. Cassian Pewes Gesicht war wirklich sehenswert. Wie eine Wetterkarte, die nur Regen und Wolken versprach und keinen einzigen Sonnenstrahl. Selbst seine Dauerbräune schien verblichen.

Die Sitzung endete pünktlich um halb zwölf. Cassian Pewe hielt Grace an der Tür auf.

»Roy, Alison hat vorgeschlagen, dass ich gleich mit zu Ihrer Pressekonferenz und der Besprechung am Abend kommen soll, um mich zu orientieren. Um zu sehen, wie Sie hier unten arbeiten. Ist das in Ordnung, ich meine, nach dem, was Jack mir soeben aufgetragen hat?«

Nein, dachte Grace. *Es ist ganz und gar nicht in Ordnung.* Das sprach er jedoch nicht aus. »Nun ja, Sie könnten Ihre Zeit besser nutzen, indem Sie sich mit meinen Fällen vertraut machen. Ich zeige Ihnen die alten Akten, dann können Sie gleich loslegen.«

In Gedanken malte er sich aus, glühende Nadeln in Pewes Hoden zu stechen.

Doch dessen Gesichtsausdruck verriet ihm, dass Jack Skerritt das schon für ihn erledigt hatte.

43

OKTOBER 2007 Grace hielt die Pressekonferenz möglichst knapp. Es war die Zeit der Parteitage, und viele Journalisten waren in Blackpool bei den Tories, von denen sie sich mehr Neuigkeiten versprachen als von einem Skelett in einem Abflusskanal. Jedenfalls, was Berichte für die großen Tageszeitungen anging.

Für die Lokalreporter gab die unbekannte Frau jedoch einiges her, zumal man ihre sterblichen Überreste auf einer der größten Baustellen entdeckt hatte, die es in der Stadt je gegeben hatte. Dadurch gewann die Geschichte eine gewisse historische Dimension. Man erinnerte an die Koffermorde von Brighton, zwei voneinander unabhängige Mordfälle aus dem Jahre 1934, bei denen man zerstückelte Frauenleichen in Koffern gefunden hatte. Die Fälle hatten Brighton den unwillkommenen Titel »Verbrechenshauptstadt Englands« eingetragen.

Ein örtliches Fernsehteam der BBC war erschienen, dazu ein Vertreter von Southern Counties Radio, ein junger Mann vom Internetsender Absolute Television samt Videokamera, einige Leute von Londoner Zeitungen, die Grace kannte, ein Reporter vom *Sussex Express* und natürlich der unvermeidliche Kevin Spinella.

Obwohl Grace ihn nicht mochte, zollte er dem jungen Journalisten inzwischen widerwillig Respekt. Spinella war fleißig, genau wie er selbst. In einem früheren Fall hatte er versprochen, wichtige Informationen zurückzuhalten, und sich damit als Mann erwiesen, mit dem die Polizei arbeiten konnte. Einige Kollegen betrachteten Journalisten samt und sonders als Ungeziefer, doch Grace empfand das anders. Bei den meisten Kapitalverbrechen war man auf Zeugen angewiesen, die sich oft nur deshalb meldeten, weil sie sich durch die Berichterstattung der Medien an etwas erinnert hatten. Ging man mit der Presse richtig um, konnte sie einem eine Menge Arbeit abnehmen.

Da er an diesem Morgen kaum Informationen zu bieten hatte, konzentrierte sich Grace auf die wichtigsten Punkte: Alter und ungefähre Beschreibung der Frau und der geschätzte Zeitraum, wie lange sie in dem Kanal gelegen haben mochte. Er hoffte, ein Familienmitglied oder der Freund einer Frau, die in besagtem Zeitfenster verschwunden war, werde sich melden.

Grace fügte hinzu, dass man die genaue Todesursache noch nicht kenne, dass Erdrosseln aber wahrscheinlich sei und der Mörder sich gut in der Gegend ausgekannt haben müsse.

Als er um kurz vor halb eins den Konferenzraum verlassen wollte, rief jemand seinen Namen.

Kevin Spinella neigte dazu, ihm nach Pressekonferenzen aufzulauern und ihn außer Hörweite der anderen Journalisten mit Fragen zu löchern.

»Detective Superintendent Grace, hätten Sie einen Augenblick Zeit?«

Einen Moment lang fragte sich Roy, ob Spinella von seiner Beförderung gehört hatte. Eigentlich war es undenkbar, doch er vermutete schon länger, dass der Reporter einen Informanten innerhalb der Behörde hatte. Er schien stets früher als alle anderen Bescheid zu wissen. Roy würde das irgendwann herausfinden, was jedoch nicht so einfach war. Wenn man zu tief grub, riskierte man Ärger mit den Kollegen.

Der junge Reporter trug wie immer Anzug und Krawatte und sah sehr viel geschäftsmäßiger aus als am Samstagmorgen, als er vom Regen durchweicht auf der Baustelle aufgetaucht war.

»Hat nichts mit dem Fall zu tun«, erklärte Spinella kaugummikauend. »Wollte es Sie trotzdem wissen lassen. Am Samstagabend rief mich ein Kontaktmann von der Feuerwehr an. Sie waren unterwegs in ein Haus in Kemp Town, um jemanden aus einem steckengebliebenen Aufzug zu retten.«

»Mann, führen Sie ein aufregendes Leben!«, zog Grace ihn auf.

»Das können Sie laut sagen«, erwiderte Spinella ernst, als hätte er den Witz nicht verstanden. »Die Sache ist die. Die Frau . . .« Er zögerte und tippte sich an die Nase. »Sie haben doch einen Riecher für so was, oder?«

Grace zuckte die Achseln. Er wählte seine Worte immer bedachtsam, wenn er mit Spinella zu tun hatte. »Das sagt man doch allen Polizisten nach.«

»Ich hab auch den richtigen Riecher. Für eine gute Story. Sie verstehen, was ich meine.«

Grace schaute auf die Uhr. »Ich habe es eilig.«

»Ich möchte Sie auch gar nicht lange aufhalten. Wollte Ihnen nur einen Tipp geben, sonst nichts. Die Frau, Ende zwanzig, sehr hübsch – mit der stimmte etwas nicht.«

»In welcher Hinsicht?«

»Sie war sehr aufgeregt.«

»Na ja, immerhin war sie im Aufzug steckengeblieben.«

Spinella schüttelte den Kopf. »Nicht auf diese Art aufgeregt.«

Grace musterte ihn. Er wusste genau, wie unterschiedlich die Geschichten waren, über die Lokalreporter berichten mussten. Plötzliche Todesfälle, Autounfälle, Überfälle, Einbrüche, Vermisstenfälle. Spinella begegnete tagtäglich den unterschiedlichsten Leuten. Obwohl er noch jung war, konnte er womöglich zwischen Aufregung und Aufregung unterscheiden. »Na schön. Welche Art von Aufregung war es denn?«

»Sie hatte Angst. Hat am nächsten Tag nicht aufgemacht, als die Zeitung einen Fotografen vorbeischickte. Wenn ich es nicht besser wüsste, würde ich sagen, sie versteckt sich.«

Grace nickte. Ihm gingen einige Dinge durch den Kopf. »Nationalität?«

»Englisch. Weiß. Falls man so etwas heute noch sagen darf.« Er grinste.

Grace ignorierte den Kommentar und entschied, dass sie wohl keine der Sexsklavinnen war, die man aus Osteuropa und Afrika ins Land schleppte. Es gab diverse Möglichkeiten. Viele Dinge, die bei einem Menschen Aufregung verursachen konnten. Auf dieser Grundlage konnte er keinen Beamten vorbeischicken.

»Name und Adresse?«, erkundigte er sich und notierte pflichtschuldig den Namen *Katherine Jennings*, die Nummer der Wohnung und die Anschrift. Er würde die Daten durch den Computer laufen lassen. Ansonsten konnte er nur abwarten, ob ihm der Name irgendwo noch einmal begegnete.

Als er wieder die Karte gegen das Sicherheitsdisplay drückte, um in die Soko-Zentrale zu gelangen, rief Spinella ihm hinterher: »Ach ja, noch was, Detective Superintendent.«

Grace drehte sich gereizt um. »Was denn noch?«

»Meinen Glückwunsch zur Beförderung!«

44

11. SEPTEMBER 2001 Ronnie stand im Sonnenschein auf der verlassenen Strandpromenade und vergewisserte sich noch einmal, dass sein Handy auch wirklich ausgeschaltet war. Er schaute an den Bänken und dem Geländer vorbei, das die Promenade vom goldenen Sand des einsamen Strandes trennte. Dahinter lag der sich sanft wellende Ozean, über dem in weiter Ferne schwarzer, grauer und orangefarbener Rauch schwebte und den Himmel rostig färbte.

Ronnie nahm das alles kaum wahr. Ihm war soeben klar geworden, dass er seinen Pass im Zimmersafe vergessen hatte. Andererseits war das vielleicht gar nicht so schlecht. Er überlegte fieberhaft. In seinem Gehirn wirbelten die Gedanken durcheinander. Er musste einen klaren Kopf bekommen, unbedingt. Vielleicht half ein bisschen Bewegung. Oder ein anständiger Drink.

Zu seiner Linken erstreckte sich die hölzerne Promenade so weit das Auge reichte. Rechts ragten in der Ferne die Umrisse der Karussells von Coney Island auf. In der Nähe stand ein mehrstöckiges Wohnhaus, das komplett eingerüstet war. Ein Schwarzer in Lederjacke diskutierte mit einem orientalisch aussehenden Mann in Bomberjacke. Die beiden schauten sich ständig um, als ob sie sich vergewissern wollten, dass sie nicht beobachtet wurden. Die beiden starrten ihn an. Vielleicht dealten sie und hielten ihn für einen Bullen. Oder sie redeten über Football, Baseball oder das Wetter. Womöglich waren sie die einzigen Menschen auf dem beschissenen Planeten, die noch nicht wussten, was an diesem Morgen mit dem World Trade Center geschehen war.

Ronnie war das scheißegal. Solange sie ihn nicht überfielen, sollten sie ruhig den ganzen Tag da stehen und reden. Bis die Welt unterging, was sicher nicht mehr lange dauerte.

Scheiße. Verdammte Scheiße. Was für ein Tag. Warum musste er ausgerechnet an diesem Tag in New York sein? Und er hatte nicht einmal Donald Hatcooks private Handynummer.

Und. Und. Und. Er versuchte, den Gedanken zu verdrängen, doch er klopfte unerbittlich an, bis er ihn hereinlassen musste.

Donald Hatcook könnte tot sein.

Wie so viele andere.

Zu seiner Rechten wurde die Promenade von Läden gesäumt, an denen russische Schilder hingen. Er ging darauf zu, zog den Koffer hinter sich her und blieb stehen, als er eine Umgebungskarte in einem grünen Metallrahmen entdeckte. Darüber stand geschrieben:

RIEGELMANN WALKWAY. BRIGHTON BEACH.
BRIGHTON, 2ND STREET.

Er musste unwillkürlich grinsen. Fühlte sich plötzlich zu Hause. Es wäre lustig, sich neben dem Schild fotografieren zu lassen. Lorraine hätte sicher ihren Spaß daran. Aber nicht heute, nicht unter diesen Umständen.

Er setzte sich auf die Bank neben dem Schild und lehnte sich zurück. Löste die Krawatte, rollte sie auf und steckte sie in die Tasche. Öffnete den obersten Hemdknopf. Die Luft am Hals tat gut. Er zitterte. Sein Herz hämmerte. Er sah auf die Uhr. Fast Mittag. Er klopfte sich den Staub aus den Haaren und Kleidern. Er könnte jetzt etwas zu trinken gebrauchen. Normalerweise trank er tagsüber nie, na ja, jedenfalls nicht vor dem Mittagessen, aber ein steifer Whisky wäre jetzt ganz angenehm. Oder ein Brandy. Sein Blick fiel auf die russischen Schilder. Ein Wodka wäre auch nicht schlecht.

Er stand auf und griff nach dem Koffer. Die Räder rumpelten rhythmisch über die Planken der Promenade. Da, das erste Geschäft in der Reihe. In blauen, roten und weißen Buchstaben waren die Wörter MOSKAU und BAR zu lesen. Dahinter auf einer grünen Markise in gelben Buchstaben TATJANA.

Er ging in die MOSCOW BAR. Sie war fast leer und ziemlich düster. Rechts verlief eine lange hölzerne Theke, davor standen Barhocker mit rotem Leder und Chromfüßen, links eine rote Lederbank und Metalltische. Zwei Männer, die wie schwere Jungs aus einem Bondfilm aussahen, hockten an der Theke. Sie hatten die Köpfe rasiert, trugen schwarze kurzärmelige T-Shirts und glotzten wie hypnotisiert auf einen Großbildfernseher an der Wand.

Vor ihnen standen Schnapsgläser, daneben eine Flasche Wodka im Eiskübel und ein überquellender Aschenbecher. Auf der Lederbank saßen zwei junge Typen in teuren Lederjacken, die fette Ringe an den Fingern trugen. Sie tranken Kaffee, einer rauchte.

Kaffee und Zigaretten, ein angenehmer Geruch, dachte Ronnie. Es waren starke russische Zigaretten. In der Kneipe hingen Schilder mit kyrillischer Schrift und Fahnen und Wimpel von Fußballvereinen, die meisten aus England. Er erkannte Newcastle, Manchester United und Chelsea.

Im Fernsehen zeigte man Bilder aus der Hölle. Niemand sagte etwas. Ronnie schaute auch hin, er konnte nicht anders. Zwei Flugzeuge flogen nacheinander in die Zwillingstürme. Dann stürzten die Türme nacheinander ein. Egal, wie oft er diese Bilder ansah, es wurde immer schlimmer.

»Ja, Sir?«

Gebrochenes Englisch. Der Barkeeper war ein Hänfling mit schwarzem Haar, das er in die Stirn gekämmt trug. Über sein ungebügeltes Jeanshemd hatte er eine schmuddelige Schürze gebunden.

»Haben Sie Kalaschnikow-Wodka?«

Der Mann sah ihn ausdruckslos an. »Kraschakow?«

»Egal, irgendeinen Wodka, pur, und einen Espresso. Haben Sie Espresso?«

»Russische Kaffee.«

»Auch gut.«

Der Hänfling nickte. »Russische Kaffee. Wodka.« Er ging gebückt, als hätte er Rückenschmerzen.

Im Fernsehen sah man jetzt einen kahlköpfigen Schwarzen, der mit grauem Staub bedeckt war und eine Sauerstoffmaske auf dem Gesicht trug, die an einen aufgeblähten Beutel angeschlossen war. Ein Mann mit rotem Helm, roter Gesichtsmaske und schwarzem T-Shirt schob ihn durch den grauen Schnee voran.

»So viel Scheiße!«, sagte der Hänfling. »Manhattan. Unglaublich. Sie wissen? Sie wissen was passiert?«

»Ich war dabei«, antwortete Ronnie.

»Was? Sie dabei?«

»Geben Sie mir was zu trinken. Ich hab's nötig«, knurrte er.

»Ich hole Drink. Keine Sorge. Sie dabei?«

»Ist das so schwer zu verstehen?«

Der Barkeeper wandte sich beleidigt ab und holte eine Wodkaflasche. Einer der Bondbösewichte drehte sich zu Ronnie und hob sein Glas. Er nuschelte betrunken vor sich hin. »Wissen Sie was? Vor dreißig Jahren hätte ich Genosse zu Ihnen gesagt. Jetzt sag ich Kumpel. Verstehen Sie, was ich meine?«

Ronnie hob sein Glas, das der Barkeeper ihm hingestellt hatte. »Nicht direkt.«

»Sind Sie schwul oder was?«

»Nein, bin ich nicht.«

Der Mann stellte sein Glas ab und gestikulierte. »Ich hab kein Problem mit Schwulen. Ganz und gar nicht.«

»Prima. Ich auch nicht.«

Der Mann grinste. Er zeigte furchtbare Zähne, einen richtigen Trümmerhaufen. Der Mann hob sein Glas, und Ronnie stieß mit ihm an. »Prost.«

Im Fernsehen sah man jetzt George W. Bush. Er trug einen

dunklen Anzug mit orangefarbener Krawatte und saß in einem Klassenzimmer vor einer kleinen Tafel. Hinter ihm hingen Bilder an der Wand, eins davon zeigte einen Bären mit gestreiftem Schal, der Fahrrad fuhr. Ein Mann im Anzug flüsterte Bush etwas ins Ohr. Dann blendete man zu einem Flugzeugwrack über.

»Sie sind okay«, sagte der Mann zu Ronnie. »Sie gefallen mir. Sie sind okay.« Er schenkte sich Wodka nach und hielt die Flasche über Ronnies Glas. Als er sah, dass es noch voll war, legte er sie wieder in den Eiskübel. »Sie sollten trinken.« Er leerte sein Glas. »Heute müssen wir trinken.« Er drehte sich wieder zum Fernseher. »Das ist nicht wahr. Das kann nicht sein.«

Ronnie trank einen Schluck. Der Wodka brannte in seiner Kehle. Dann kippte er das ganze Glas hinunter. Es wirkte sofort, entfachte tief in seinem Inneren ein Feuer. Er schenkte sich und seinem neuen besten Freund nach.

Schweigend schauten sie auf den Fernseher.

Nach einigen Gläsern fühlte Ronnie sich ziemlich betrunken, wankte irgendwann in eine leere Nische und schlief dort ein.

Als er aufwachte, hatte er grauenhafte Kopfschmerzen und entsetzlichen Durst. Panik durchfuhr ihn.

Sein Koffer. Die Tasche.

Scheiße, Scheiße, Scheiße.

Zu seiner Erleichterung standen sie noch da, wo er sie gelassen hatte, neben seinem Barhocker.

Es war zwei Uhr.

In der Kneipe saßen immer noch dieselben Leute. Dieselben Bilder liefen über den Bildschirm. Er schleppte sich wieder an die Theke und nickte seinem Freund zu.

»Was ist mit dem Vater?«, wollte der eine Bondbösewicht wissen.

»Warum erwähnen sie den nicht?«, fügte der andere Bösewicht hinzu.

»Vater?«, warf der Barkeeper ein.

»Wir hören immer nur der *Sohn von Bin Laden*. Was ist mit dem Vater?«

Im Fernsehen war jetzt Bürgermeister Giuliani zu sehen, der mit ernster Miene ein Interview gab. Er wirkte ruhig und fürsorglich, ein Mann, der die Situation im Griff hatte.

»Kennen Sie Sam Colt?«, fragte Ronnies neuer bester Freund.

Er schüttelte den Kopf. »Nein.«

»Den, der den Revolver erfunden hat.«

»Ach so, den.«

»Wissen Sie, was der gesagt hat?«

»Nein.«

»Sam Colt hat gesagt, *jetzt habe ich alle Menschen gleich gemacht!*« Der Russe grinste und entblößte dabei wieder seine abscheulichen Zähne. »Okay? Verstanden?«

Ronnie nickte und bestellte Mineralwasser und Kaffee. Er hatte seit dem Frühstück nichts gegessen, verspürte aber auch keinen Appetit.

Giuliani wurde von Bildern taumelnder grauer Gespenster abgelöst. Sie sahen genauso aus wie die, die Ronnie vorhin begegnet waren. Ein Gedicht aus der Schule fiel ihm wieder ein. Es stammte von Rudyard Kipling, einem seiner Lieblingsschriftsteller. Was für ein *Mann.*

Kipling hatte genau gewusst, wie man Macht und Kontrolle ausübt, ein Imperium aufbaute.

Wenn du den Kopf bewahrst, da rings die Massen
längst kopflos sind . . .
wenn dich Triumph und Sturz nicht mehr gefährden,
weil beide du als Schwindler kennst, als Schein; . . .

Im Fernsehen weinte ein Feuerwehrmann. Sein Helm war mit grauem Schnee bedeckt. Er hatte die Helmblende hochgeklappt und die Hände vors Gesicht geschlagen.

Ronnie beugte sich vor und tippte dem Barkeeper auf die Schulter.

»Ja?«

»Haben Sie Zimmer? Ich brauche ein Zimmer.«

Sein neuer bester Freund drehte sich zu ihm. »Keine Flüge. Stimmt's?«

»Stimmt.«

»Woher sind Sie eigentlich?«

Ronnie zögerte. »Kanada. Toronto.«

»Toronto«, wiederholte der Russe. »Kanada. Okay. Gut.« Er schwieg kurz und sagte dann: »Billiges Zimmer?«

Ronnie wurde klar, dass er, selbst wenn er noch Geld bekäme, keine Kreditkarte benutzen konnte. In seiner Brieftasche steckten knapp vierhundert Dollar. Die mussten reichen, bis er die andere Währung in seinem Koffer umtauschen konnte. Vorausgesetzt, er fand jemanden, der den richtigen Preis zahlte und keine Fragen stellte.

»Ja, ein billiges Zimmer. Je billiger, desto besser.«

»Da sind Sie genau richtig. Einzelzimmer. Das brauchen Sie doch.«

»Okay.«

»Meine Cousine hat Zimmer. Sie zahlen bar, sie fragt nicht. Zehn Minuten von hier. Soll ich Ihnen die Adresse geben?«

»Klar. Das läuft ja nach Plan.«

Wieder zeigte der Russe seine Zähne. »Plan? Sie haben Plan? Guten Plan?«

»Carpe diem!«

»Was?«

»Ist nur so ein Ausdruck.«

»Carpe diem?« Der Russe sprach es langsam und holprig aus.

Ronnie grinste und bestellte ihm noch einen Drink.

45

OKTOBER 2007 In der Soko-Zentrale in Sussex House arbeiteten die Teams, die bei Kapitalverbrechen ermittelten. Roy Grace betrat die Abteilung um kurz vor halb sieben, in der Hand einen Becher Kaffee.

Der modern eingerichtete, L-förmige Raum war in drei große Arbeitsbereiche aufgeteilt, die jeweils aus einem geschwungenen hölzernen Schreibtisch bestanden, an dem bis zu acht Personen Platz fanden, und mit großen weißen Tafeln versehen waren, von denen eine der Operation Dingo vorbehalten war. Daran hingen mehrere Nahaufnahmen der unbekannten Frau aus dem Abflusskanal und Fotos der Baustelle. Ein roter Kreis markierte die Lage der Leiche im Kanal.

Bei großen Ermittlungen wurde gewöhnlich der ganze Raum genutzt, doch da der vorliegende Fall nicht so dringend war und somit weniger Personal und Mittel beanspruchte, begnügte sich Graces Team mit einem Arbeitsbereich. Die anderen beiden wurden zurzeit nicht genutzt.

Anders als in den übrigen Büros im Gebäude sah man hier kaum persönliche Dinge an Wänden und auf den Tischen, keine Familienfotos, Fußballergebnisse oder Karikaturen. Fast alles war zweckmäßig und bezog sich ausschließlich auf die Ermittlungen. In diesem Raum gab es wenig Geplänkel, nur konzentrierte Stille, das leise Klingeln von Telefonen und das Schaben, mit dem das Papier aus den Druckern quoll.

Das Team, das Grace für die Operation Dingo zusammengestellt hatte, war komplett versammelt. Er war fest davon überzeugt, dass man, wenn möglich, immer mit denselben Leuten zusammenarbeiten sollte. Mit diesen Kollegen hatte er in den vergangenen Monaten kooperiert und nur bei der Auswahl Norman Pottings ein wenig gezögert, weil dieser das Talent besaß, sich unbeliebt zu machen. Andererseits war der Mann ein äußerst fähiger Polizist.

Seine Vertreterin war Detective Inspector Lizzie Mantle. Grace mochte sie sehr und war sogar eine Weile in sie verliebt gewesen. Sie war Ende dreißig, attraktiv, mit gepflegtem blondem Haar, das ihr auf die Schultern fiel. Hinter ihrem femininen Äußeren verbarg sich eine stahlharte Persönlichkeit. Sie trug gern Hosenanzüge und hatte für diesen Tag graue Nadelstreifen gewählt, die auch einem Börsenmakler angestanden hätten. Vervollständigt wurde das Ensemble durch ein weißes Herrenhemd.

DI Kim Murphy, eine andere Kollegin, sah ähnlich gut aus, und bisweilen wurde böse getuschelt, dass man in dieser Behörde nur nett aussehen müsse, wenn man Karriere machen wolle. Was natürlich ganz und gar nicht stimmte, wie Grace sehr gut wusste. Die beiden Frauen hatten es in jungen Jahren so weit gebracht, weil sie es absolut verdient hatten.

Seine eigene Beförderung würde vermutlich neue Aufgaben mit sich bringen, und er musste sich auf Lizzies Unterstützung verlassen können.

Neben ihr hatte er die Detective Sergeants Glenn Branson, Norman Potting und Bella Moy ausgewählt. Die fröhliche, fünfunddreißigjährige Bella mit dem hennagefärbten Haar hatte wie immer eine Schachtel Maltesers neben der Tastatur stehen. Roy beobachtete, wie ihre rechte Hand dann und wann einen verstohlenen Abstecher in die Schachtel machte, eine Kugel in den Mund steckte und wieder zur Tastatur wanderte. Sie war schlank, obwohl Grace niemanden kannte, der so viel Schokolade aß wie Bella.

Neben ihr saß der schlaksige Detective Constable Nick Nicholas, siebenundzwanzig und lang wie eine Bohnenstange. Der ehemalige Mittelstürmer war ein eifriger Ermittler und von Grace für das Rugbyteam der Sussex Police geworben worden. Im Augenblick war er allerdings nicht ganz so nützlich wie erwartet, da er vor kurzem Vater geworden war und unter chronischem Schlafmangel litt.

Ihm gegenüber arbeitete sich die junge, lebhafte Emma-Jane Boutwood durch einen dicken Stapel Computerausdrucke. Sie war vor einigen Monaten bei einer Verfolgungsjagd schwer verletzt worden, als ein gestohlener Lieferwagen sie gegen eine Mauer drückte. Eigentlich war sie noch in Genesungsurlaub, hatte Grace aber gebeten, sie schon für leichtere Aufgaben einzuteilen.

Glenn Branson trug einen schwarzen Anzug, ein Hemd in schreiendem Lila und eine scharlachrote Krawatte. Er blickte auf, als Grace eintrat. »Hi, Oldtimer«, begrüßte er ihn, wirkte aber zurückhaltender als sonst. »Können wir nachher mal in Ruhe reden?«

Grace nickte seinem Freund zu. »Na klar.«

Nun gingen auch andere Köpfe hoch.

»Der Herrgott persönlich!«, verkündete Norman Potting und tat, als wolle er den Hut ziehen. »Dürfte ich zunächst meine herzlichen Glückwünsche zur Beförderung zum hohen Tier aussprechen?«

»Danke, Norman, aber an hohen Tieren ist nichts Besonderes.«

»Genau da irren Sie sich, Roy«, konterte Potting. »Wer wollte behaupten, eine Giraffe sei ein Tier wie jedes andere?« Er strahlte, als hätte er eine unergründliche Weisheit von sich gegeben.

Bella, die ihn nicht ausstehen konnte, stürzte sich sofort wie ein Raubvogel auf ihn. »Ihre Witze werden auch nicht besser, Norman. Und von Biologie haben Sie keine Ahnung.«

»Vielleicht doch.«

»Dann sollten Sie lieber im Zoo als bei der Polizei arbeiten.« Mit diesen Worten warf sie sich noch ein Stückchen Schokolade in den Mund.

Grace setzte sich auf den einzigen freien Platz am Ende des Tisches, genau zwischen Potting und Bella, und rümpfte die Nase, als er den abgestandenen Pfeifenrauch roch.

Bella wandte sich an Grace. »Meinen Glückwunsch, Roy. Das ist mehr als verdient.«

Der Detective Superintendent nahm weitere Gratulationen entgegen und legte dann die Tagesordnung vor sich auf den Tisch.

»Dies ist die zweite Besprechung der Operation Dingo. Wir ermitteln im Fall einer unbekannten Frau, vermutlich ermordet. Heute ist Tag drei nach Entdeckung der sterblichen Überreste.«

Er fasste zunächst die Ergebnisse der forensischen Archäologin zusammen und las die wichtigsten Passagen aus Frazer Theobalds umständlicher Bewertung vor. Das gebrochene Zungenbein der Frau deutete auf einen Tod durch Erdrosseln hin. Die Haarproben wurden noch auf mögliche Gifteinwirkungen untersucht. Weitere Verletzungen am Skelett wie Brüche oder Schnitte, die auf eine Messerwunde hindeuteten, waren nicht gefunden worden.

Grace trank einen Schluck Wasser und bemerkte dabei, dass Norman Potting sehr selbstzufrieden aussah.

»Kommen wir zur Personaleinteilung. Da es sich nicht um einen aktuellen Fall handelt, werde ich das Team zu diesem Zeitpunkt nicht vergrößern.« Er arbeitete die verschiedenen Punkte ab. Die Besprechungen würden täglich um 8.30 Uhr und 18.30 Uhr stattfinden. Das HOLMES-Computerteam sei seit Freitagabend bei der Arbeit. Er las die Liste mit der Überschrift *Ermittlungsstrategien* vor, zu der auch der Punkt *Kommunikation/Medien gehörte* und die Wichtigkeit der Pressearbeit betonte. Der Fall sollte in der nächsten Folge der Fernsehsendung *Crimewatch* vorgestellt werden, was sich schwierig gestalten würde, da er nicht sensationell genug sei. Dann übergab er an sein Team und bat Emma-Jane Boutwood, zu beginnen.

Die junge Polizistin holte eine Liste aller Personen hervor, die während des fraglichen Zeitraums in der Grafschaft Sussex vermisst worden waren. Bisher gab es keine positiven Ergebnisse. Grace wies sie an, die Suche auf die landesweiten Vermisstenakten auszudehnen.

Nick Nicholas berichtete, man habe DNA-Proben der Haare und eine Knochenprobe aus dem Oberschenkel an das Labor in Huntingdon geschickt.

Bella Moy erklärte, sie habe sich mit dem leitenden Ingenieur der Stadt getroffen. »Er hat mir die Pläne des Abwassersystems gezeigt, und ich suche jetzt nach möglichen Zutrittsstellen weiter oben im Kanalsystem. Damit müsste ich irgendwann morgen fertig sein.«

»Gut«, sagte Grace.

»Eine Sache könnte von Bedeutung sein«, fügte Bella hinzu. »Der Auslass des Abwassersystems befindet sich soweit im Meer, dass sämtliche Abwässer durch die Strömung vom Land weggeschwemmt werden.«

Grace nickte. Er ahnte, worauf sie hinauswollte.

»Möglicherweise war dem Mörder dies bekannt. Er könnte beispielsweise Ingenieur sein.«

Grace bedankte sich und wandte sich an Norman Potting. Er fragte sich, weshalb der Detective Sergeant so zufrieden aussah.

Potting holte einige Röntgenbilder aus einem Umschlag und hielt sie triumphierend in die Höhe. »Es gibt eine Übereinstimmung in den zahnärztlichen Unterlagen!«

Einen Augenblick lang herrschte Schweigen. Er genoss die ungeteilte Aufmerksamkeit der Kollegen.

»Ich habe sie von einem der Zahnärzte auf Ihrer Liste, Roy. Die Frau hat so einiges von ihrem Zahnarzt machen lassen. Ihr Name ist, oder war, Joanna Wilson.«

»Gute Arbeit«, lobte Grace. »Alleinstehend oder verheiratet?«

»Nun, ich habe gute und schlechte Neuigkeiten«, erklärte Potting und grinste dämlich.

»Wir sind ganz Ohr«, sagte Grace auffordernd.

»Sie war verheiratet. Eine stürmische Beziehung, sagte jedenfalls der Zahnarzt Mr Gebbie, der die Hintergründe kennt. Mehr dazu erfahre ich morgen. Sie war Schauspielerin. Sie und ihr Mann haben sich wohl getrennt, und sie hat das Land verlassen. Anscheinend wollte sie in Los Angeles Karriere machen. Das hat der Ehemann jedenfalls damals überall herumerzählt.«

»Hört sich an, als sollten wir mal ein Wort mit dem Ehemann reden«, sagte Grace.

»Das wird ein bisschen schwierig«, erwiderte Norman Potting. Er nickte nachdenklich und sah aus, als trüge er die ganze Last der Welt auf seinen Schultern. »Er starb am 11. September. Beim Anschlag auf das World Trade Center.«

46

OKTOBER 2007 Um Viertel vor sieben begann Abby sich allmählich Sorgen zu machen, ob der Kurierdienst sie wohl vergessen hatte. Sie wartete schon seit halb sechs, den gepackten Koffer neben der Tür, den Mantel darüber gebreitet, den wattierten Umschlag adressiert und zugeklebt.

Draußen war es vollkommen dunkel, durch den strömenden Regen war kaum etwas zu erkennen. Sie hielt Ausschau nach dem Lieferwagen von Global Express und holte zum x-ten Mal das Pfefferspray aus der Hosentasche, um die Dose zu überprüfen.

Der kleine rote Zylinder mit den Griffvertiefungen, der Kette und dem Gürtelclip wog beruhigend schwer in ihrer Hand. Sie öffnete mehrfach den Sicherheitsdeckel und übte richtig zu zielen. Der Typ in Los Angeles, der ihr das Spray verkauft hatte, hatte erklärt, der Inhalt reiche für zehn Sprühstöße von einer Sekunde Länge, die einen Menschen zehn Sekunden lang blendeten. Sie hatte das Spray in ihrem Make-up Koffer ins Land geschmuggelt.

Sie steckte die Sprühdose wieder in die Tasche, erhob sich und holte das Handy aus der Handtasche. Sie wollte gerade die Nummer des Kurierdienstes wählen, als es klingelte.

Abby eilte zur Wohnungstür. Auf dem kleinen Schwarzweiß-Monitor erkannte sie einen Motorradhelm. Ihr Herz setzte aus. Dieser dämliche Jonathan hatte doch gesagt, sie würden einen Lieferwagen schicken. Darauf hatte sie sich verlassen.

Sie drückte den Knopf der Sprechanlage. »Achter Stock, kommen Sie rauf. Der Aufzug ist leider kaputt.«

Sie überlegte fieberhaft, den Umschlag in der Hand. Nun musste sie doch auf ihren ursprünglichen Plan zurückgreifen. Zwei Minuten später ertönte ein energisches Klopfen an der Wohnungstür.

Wachsam wie immer schaute sie durch den Spion und sah einen in Leder gekleideten Motorradfahrer mit schwarzem Helm und dunklem Visier, der ein Klemmbrett in der Hand hielt.

Sie sperrte die Tür auf, löste die Sicherheitskette und öffnete.

»Ich – ich dachte, Sie kämen mit einem Lieferwagen.«

Er ließ das Klemmbrett fallen und versetzte ihr einen heftigen Hieb in den Magen. Abby war völlig überrumpelt und krümmte sich vor Schmerz. Taumelte gegen die Wand.

»Schön, dich zu sehen, Abby«, sagte er. »Dein neuer Look gefällt mir allerdings nicht so gut.«

Dann schlug er sie noch einmal.

47

OKTOBER 2007 Um kurz vor sieben fuhr Cassian Pewe mit seinem dunkelgrünen Vauxhall Astra bei heftigem Wind über die neonbeleuchtete Küstenstraße, die hoch über den Klippen verlief. Hinter zwei kleinen Kreisverkehren lag Peacehaven mit seinen endlosen Geschäftsfassaden, teils Immobilienmakler, teils schreiend bunten Fastfood-Restaurants. Die Gegend erinnerte ihn an amerikanische Kleinstädte, wie er sie im Kino gesehen hatte.

Er befand sich einige Kilometer östlich von Brighton. Hier kannte er sich nicht aus und musste sich auf die Frauenstimme seines Navigationsgerätes verlassen. Hinter Peacehaven folgte er einem dahinkriechenden Campingwagen den steilen Berg hinunter nach Newhaven. Die Navi-Frau wies ihn an, noch achthundert Meter geradeaus zu fahren. In diesem Augenblick klingelte sein Handy.

Er warf einen Blick aufs Display. Seine Freundin Lucy. Er drückte die Taste der Freisprechanlage.

»Hallo, Liebling«, säuselte er. »Wie geht's meinem Engel?«

»Bist du an der Freisprechanlage? Du hörst dich an wie ein Roboter.«

»Tut mir leid, Liebes, ich fahre gerade.«

»Du hast mich nicht angerufen«, sagte sie gekränkt und mit einem

Anflug von Zorn in der Stimme. »Du wolltest dich doch wegen heute Abend melden.«

Lucy wohnte in London, wo sie als persönliche Assistentin eines Hedgefonds-Managers arbeitete, und war von seinem Umzug nach Brighton nicht sonderlich erbaut gewesen. Vor allem wohl deshalb, weil er sie nicht gebeten hatte, mit ihm zu kommen. Er zog es vor, seine Frauen auf Distanz zu halten, rief nur selten an, wenn er es versprochen hatte, und sagte Verabredungen in letzter Sekunde ab. Die Erfahrung hatte ihn gelehrt, dass man sie so am besten im Griff behielt.

»Mein Engel, ich hatte so viel zu tun«, säuselte er. »Ich hatte einfach keine Zeit. Ich war den ganzen Tag in irgendwelchen Meetings.«

»Nach einhundertfünfzig Metern bitte links abbiegen«, wies ihn die Navi-Frau an.

»Wer ist das? Wen hast du da im Wagen?«, wollte Lucy misstrauisch wissen.

»Das ist nur das Navi, Süße.«

»Dann treffen wir uns also heute Abend.«

»Ich glaube, das wird nicht funktionieren, mein Engel. Ich wurde auf einen dringenden Fall angesetzt. Könnte der Beginn einer großen Mordermittlung sein, mit sehr unerfreulichen Konsequenzen für die Kollegen vor Ort. Ich scheine der richtige Mann für den Job zu sein, wegen meiner Erfahrung bei der Met.«

»Und danach?«

»Na ja, wenn du in den Zug springen würdest, könnten wir noch zusammen essen gehen. Was hältst du davon?«

»Gar nichts, Cassian! Ich muss morgen um Viertel vor sieben im Büro sein.«

»War nur so eine Idee.«

Er fuhr über die Brücke nach Newhaven. Hinweisschilder tauchten auf, zur Kanalfähre und nach Lewes. Dann entdeckte er zu seiner Erleichterung auch ein Schild nach Seaford, seinem Ziel.

»An der übernächsten Straße links abbiegen«, diktierte das Navi.

Pewe runzelte die Stirn. Das Schild vorhin hatte eindeutig geradeaus gezeigt.

»Wer war das?«

»Wieder das Navi. Willst du mich denn gar nicht fragen, wie mein erster Tag bei der Kripo Sussex gewesen ist?«

»Na schön, wie war dein Tag?«, knurrte sie.

»Ich bin sogar gewissermaßen befördert worden.«

»Schon wieder? Ich dachte, die Versetzung wäre bereits eine Beförderung gewesen. Vom Detective Chief Inspector zum Detective Superintendent.«

»Es ist sogar noch besser. Ich bin für alle ungelösten Fälle verantwortlich, auch die Vermisstenfälle.«

Sie sagte nichts.

Er bog nach links ab.

Der Straßenplan verschwand vom Display des Navigationsgerätes, und die Stimme befahl: »Bei der nächsten Möglichkeit bitte wenden.«

»Verdammter Mist.«

»Was ist denn los?«

»Mein Navi weiß nicht, wo ich bin.«

»Ich kann's ihr nachfühlen.«

»Ich muss dich zurückrufen, mein Engel.«

»Warst du das jetzt oder dein Navi?«

»Sehr witzig!«

»Wie wäre es jetzt mit einem romantischen Essen für Euch beide?« Lucy hängte ein.

*

Zehn Minuten später hatte sich das Navi wieder zurechtgefunden und lieferte ihn an der gewünschten Adresse in Seaford ab. Es war ein ruhiger Küstenort, der einige Kilometer von Newhaven entfernt lag. Pewe spähte im Dunkeln nach den Hausnummern und blieb vor einem kleinen, unscheinbaren Doppelhaus mit Kieselrauputz stehen. In der Einfahrt parkte ein Nissan Micra.

Er schaltete die Innenbeleuchtung ein, überprüfte den Sitz seines Krawattenknotens, strich sich die Haare glatt, stieg aus und verschloss die Tür. Als er durch den ordentlichen Vorgarten eilte, zerzauste ihm ein plötzlicher Windstoß schon wieder die Haare. Er klingelte und fluchte vor sich hin, weil es kein Vordach gab. Die Türglocke hörte sich an wie Totengeläut.

Kurz darauf wurde die Tür einige Zentimeter geöffnet, und eine Frau Anfang sechzig beäugte ihn misstrauisch durch ihre strenge Brille. Vor zwanzig Jahren, mit schicker Frisur und ohne Sorgenfalten, mochte sie recht attraktiv gewesen sein. Nun aber sah sie mit ihrem kurz geschnittenen, eisengrauen Haar, dem orangefarbenen Schlabberpulli, der braunen Synthetikhose und den Turnschuhen aus wie eine jener teigigen traditionellen Engländerinnen, die man an den Ständen der Kirchenbasare antrifft.

»Mrs Margot Balkwill?«, fragte er.

»Ja?«, erwiderte sie zögernd und schaute ihn weiterhin misstrauisch an.

Er zeigte seinen Ausweis. »Ich bin Detective Superintendent Pewe von der Kripo Sussex. Tut mir leid, wenn ich störe, aber ich würde gern mit Ihnen und Ihrem Mann über Ihre Tochter Sandy sprechen.«

Ihr kleiner, runder Mund öffnete sich und entblößte gerade, altersgelbe Zähne. »Sandy?«, wiederholte sie schockiert.

»Ist Ihr Mann zu Hause?«

Sie überdachte die Frage. »Ja, das ist er.« Dann ließ sie ihn zögernd ein.

Pewe trat auf die Türmatte, auf der WILLKOMMEN stand, und gelangte in eine winzige, kahle Diele, in der es leicht nach Braten und stark nach Katze roch. Im Fernsehen lief eine Seifenoper.

Sie schloss die Tür hinter ihm und rief mit schüchterner Stimme: »Derek! Wir haben Besuch. Einen Polizisten. Einen Detective.«

Pewe strich sein Haar glatt und folgte ihr in ein kleines, makellos sauberes Wohnzimmer. Sitzgarnitur aus braunem Velours, Couchtisch mit Glasplatte, ein betagter Fernseher, in dem zwei Schauspieler, die ihm vage bekannt vorkamen, in einem Pub miteinander stritten. Auf dem Fernsehgerät stand das gerahmte Foto eines attraktiven blonden Mädchens von etwa siebzehn Jahren. Pewe hatte an diesem Nachmittag gründlich die Akte studiert und erkannte Sandy auf den ersten Blick.

Neben einer hässlichen viktorianischen Vitrine mit blau-weißem Porzellan saß ein Mann an einem kleinen Tisch, der sorgfältig mit Zeitungen abgedeckt war, und bastelte an einem Modellflugzeug. Auf dem Tisch waren Streifen von Balsa-Holz, Räder und Fahrwerksteile, ein Geschützturm und andere Kleinteile angeordnet, die Pewe nicht identifizieren konnte. Das Flugzeug selbst war schräg auf einen kleinen Sockel montiert, als befände es sich im Steigflug.

Pewe registrierte jede Kleinigkeit. Das elektrische Kohlefeuer und die Musikanlage, die eher nach Schallplatten als nach CDs aussah. Überall waren Fotos von Sandy in den unterschiedlichsten Altersstufen zu sehen. An dem Ehrenplatz über dem Kaminsims hing ein Hochzeitsfoto von Roy Grace und Sandy. Sie trug ein langes weißes Kleid und hielt einen Blumenstrauß in der Hand; Grace, das Haar deutlich länger als heute, war in einen dunkelgrauen Anzug mit silberner Krawatte gekleidet.

Mr Balkwill war ein großer, breitschultriger Mann, der wohl einmal sehr gut gebaut gewesen war, bevor er sich hatte gehen lassen. Der dünne graue Haarkranz war nach hinten gekämmt, und das Doppelkinn verschwand in einem bunten Rollkragenpullover, der vom Stil her dem seiner Frau glich. Vielleicht hatte sie beide selbst gestrickt. Er stand mit hängenden Schultern auf wie jemand, dem das Leben übel mitgespielt hat, und trat vor den Tisch. Unter dem Pullover, der ihm fast bis zu den Knien reichte, schauten eine ausgebeulte graue Hose und schwarze Sandalen hervor.

Eine übergewichtige Tigerkatze, die ähnlich alt wirkte wie ihre Besitzer, kroch unter dem Tisch hervor, warf einen Blick auf Pewe, machte einen Buckel und strich aus dem Zimmer.

»Derek Balkwill«, sagte der Mann mit leiser, beinahe schüchterner Stimme, die gar nicht zu seinem massigen Körper passte. Er streckte seine große Hand aus. Sein Griff war geradezu schmerzhaft.

»Detective Superintendent Pewe«, stöhnte dieser. »Ich wollte fragen, ob ich mit Ihnen und Ihrer Frau über Sandy sprechen kann.«

Der Mann erstarrte. Sein ohnehin blasses Gesicht erbleichte, und Pewe bemerkte ein leichtes Zittern der Hände. Einen entsetzlichen Moment lang befürchtete er, der Mann werde einen Herzinfarkt erleiden.

»Ich stelle nur den Ofen aus«, sagte Margot Balkwill. »Möchten Sie einen Tee?«

»Sehr gern«, sagte Pewe. »Mit Zitrone, wenn's geht.«

»Sind Sie ein Kollege von Roy?«, fragte sie.

»Ja, sicher.« Er behielt ihren Mann besorgt im Auge.

»Wie geht es ihm?«

»Bestens. Er ermittelt gerade in einem Mordfall.«

»Er hat immer viel zu tun«, sagte Derek Balkwill, der sich ein wenig zu beruhigen schien. »Er ist ein fleißiger Mann.«

Margot Balkwill eilte aus dem Zimmer.

Derek deutete auf das Flugzeug. »Lancaster.«

»Zweiter Weltkrieg?«, erkundigte sich Pewe, als hätte er Ahnung davon.

»Oben habe ich noch mehr.«

»Ach ja?«

Der Mann lächelte schüchtern. »Eine Mustang P45. Eine Spitfire. Eine Hurricane. Mosquito. Wellington.«

Dann herrschte unbehagliches Schweigen. Im Fernsehen diskutierten zwei Frauen über ein Hochzeitskleid. Wieder deutete Derek auf die Lancaster. »Mein Dad hat sie geflogen. Fünfundsiebzig Einsätze. Kennen Sie die Dambuster? Sie haben Angriffe auf die deutschen Talsperren geflogen. Kennen Sie den Film?«

Pewe nickte.

»Er war dabei. Einer von denen, die zurückkamen. Einer der wenigen.«

»War er Pilot?«

»Nein, Heckschütze. Sie nannten ihn Tail End Charlie.«

»Ein tapferer Mann«, bemerkte Pewe höflich.

»Nicht unbedingt. Hat nur seine Pflicht getan. Nach dem Krieg war er verbittert.« Dann fügte er hinzu: »Der Krieg macht einen ganz schön fertig.«

»Das kann ich mir vorstellen.«

Derek Balkwill schüttelte den Kopf. »Nein. Das kann sich niemand vorstellen, der nicht selbst dabei war. Sind Sie schon lange bei der Polizei?«

»Im Januar neunzehn Jahre.«

»Genau wie Roy.«

*

Als seine Frau mit einem Tablett zurückkehrte, auf dem Teetassen und Kekse standen, schaltete Balkwill den Ton des Fernsehers ab, ließ die Bilder aber weiterlaufen. Pewe setzte sich in einen Sessel, das Ehepaar gegenüber auf die Couch.

Pewe nahm die Tasse in seine manikürten Hände, blies auf den Tee, trank und stellte sie wieder ab. »Ich wurde kürzlich von der Met in London zur Kripo Sussex versetzt. Meine Aufgabe ist es, ungelöste Fälle zu überprüfen. Ich weiß nicht, wie ich es taktvoll ausdrücken soll, aber bei der Durchsicht der Vermisstenfälle bin ich zu dem Schluss gelangt, dass das Verschwinden Ihrer Tochter nicht ausreichend untersucht wurde.«

Er lehnte sich zurück und breitete die Arme aus. »Damit will ich sagen – ohne Roy irgendeinen Vorwurf zu machen . . .« Er zögerte, bis beide auffordernd nickten. »Als neutraler Außenseiter habe ich den Eindruck gewonnen, dass Roy Grace gefühlsmäßig viel zu involviert ist, um die ursprüngliche Ermittlung angemessen beurteilen zu können.« Er trank noch einen Schluck Tee. »Daher wüsste ich gern, wie Sie das sehen.«

»Weiß Roy, dass Sie hier sind?«, erkundigte sich Derek Balkwill.

»Ich führe unabhängige Ermittlungen durch«, erwiderte Pewe ausweichend.

Sandys Mutter runzelte die Stirn, sagte aber nichts.

»Kann ja nicht schaden«, erklärte ihr Ehemann schließlich.

48

11. SEPTEMBER 2001 Ronnie war betrunken. Mit unsicherem Schritt zog er seinen Koffer hinter sich her, wobei der Gehweg unter seinen Füßen schwankte wie ein Schiffsdeck. Sein Mund war trocken, sein Kopf schien in einer stählernen Zwinge zu stecken. Er musste dringend etwas essen. Später, sagte er sich, nachdem er sein Zimmer bezogen und das Gepäck verstaut hätte.

In der linken Hand hielt er die zerknitterte Quittung, auf der sein neuer bester Freund, dessen Name ihm schon wieder entfallen war, eine Adresse notiert und eine Wegbeschreibung skizziert hatte. Es war fünf Uhr nachmittags. Ein Hubschrauber flog in geringer Höhe über ihn weg. In der Luft hing ein unangenehmer Brandgeruch. War irgendwo ein Feuer ausgebrochen?

Dann wurde ihm klar, dass es der gleiche Geruch wie vorhin in Manhattan war, dicht und aufdringlich. Er drang in seine Kleider und in jede Pore seiner Haut. Er atmete ihn ein, sodass er sich in seiner Lunge festsetzte.

Als er am Ende der Straße angekommen war, warf er einen Blick auf die Skizze. Danach musste er an der nächsten Kreuzung rechts abbiegen. Er kam an mehreren Geschäften mit Schildern vorbei, auf denen kyrillische Buchstaben standen, und blieb an einer Sparkasse mit Geldautomat stehen. Einen Augenblick lang geriet er in Versuchung, alles Geld abzuheben, das seine Karten hergaben, doch das wäre nicht klug gewesen. Der Automat würde die genaue Uhrzeit registrieren. Er ging weiter. Noch mehr Geschäfte, gegenüber hing ein schlaffes Transparent mit dem Slogan HALTET BRIGHTON BEACH SAUBER.

Auf einmal wurde ihm klar, dass die Straße völlig verlassen dalag. Auf beiden Seiten parkten Autos, aber man sah keine Menschen. Auch die Geschäfte waren leer. Es sah aus, als befände sich der gesamte Vorort auf einer Party, zu der man ihn nicht eingeladen hatte.

Doch Ronnie wusste, dass die Leute zu Hause vor dem Fernseher saßen und darauf warteten, was als Nächstes passierte.

Er kam an einem schummrig beleuchteten Laden vorbei, an dem MAIL BOX CITY zu lesen stand.

Links befand sich eine lange Theke, an der rechten Wand waren endlose Reihen metallener Schließfächer angebracht. Ganz am Ende hockte ein junger Mann mit langem schwarzem Haar am Computer. Hinter der Theke bediente ein älterer, grauhaariger Mann in billiger Kleidung.

Allmählich wurde Ronnie wieder nüchtern und konnte klarer denken. Der Laden könnte nützlich sein. Er ging weiter, zählte die linken Seitenstraßen ab und bog schließlich in eine heruntergekommene Wohnstraße. Die Häuser sahen aus, als hätte man sie aus kaputten Legosteinen errichtet. Es gab zwei- und dreistöckige Gebäude und Doppelhaushälften, die alle unterschiedlich waren. Stufen führten zu Haustüren hinauf, Markisen und Türen waren dort angebracht, wo man eigentlich Garagen erwartet hätte; Dachziegel, schiefes Mauerwerk, schäbige Putzfassaden und bunt gemischte Fenster vermittelten den Eindruck, als hätte man die Häuser aus Resten vom Wühltisch gebaut.

An der nächsten Kreuzung sollte er nach links in eine schmale Straße namens Brighton Path 2 abbiegen. Zwei weiße Chevy Suburban parkten vor einer Doppelgarage, deren Türen mit Graffiti beschmiert waren. Schließlich gelangte er rechts in eine noch schäbigere Straße mit Doppelhaushälften und stand schließlich vor der Nummer 29. Das Haus war betongrau. Am Telegrafenmast davor hing ein zerrissenes Plakat, das er kaum wahrnahm. Er blickte die schmierigen Treppenstufen hinauf und las in roter Schrift auf einem kleinen weißen Brett, das an den Türsturz genagelt war, Zimmer frei.

Er hievte den Koffer hoch und klingelte. Kurz darauf erschien eine Gestalt hinter der Milchglasscheibe und öffnete. Ein flachbrüstiges Mädchen in schmuddeligem Hängerkleidchen und Flipflops starrte ihn an. Strähniges, ungewaschenes Haar, das wie Seetang herabhing, und ein breites Puppengesicht mit großen, runden, kajalschwarzen Augen. Sie sagte kein Wort.

»Ich suche ein Zimmer«, erklärte Ronnie. »Man sagte mir, dass ihr Zimmer vermietet.«

An der Wand neben ihr hing ein Münztelefon, aus dem Haus drang ein Geruch nach Moder und alten Teppichen. Irgendwo liefen Nachrichten im Fernsehen.

Sie sagte etwas, das er nicht verstehen konnte. Vermutlich russisch.

»Sprichst du englisch?«

Sie hob die Hand, um ihm zu bedeuten, er solle warten, und verschwand im Haus. Nach einer Weile tauchte ein etwa Fünfzigjähriger mit rasiertem Kopf auf. Ein Hüne in weißem, kragenlosem Hemd, schwarzer Hose mit Hosenträgern und Turnschuhen. Er schaute Ronnie an, als wäre dieser ein widerliches Insekt.

»Zimmer?«, fragte er mit kehliger Stimme.

»Boris«, sagte Ronnie, dem der Name seines neuen besten Freundes endlich eingefallen war. »Er hat mich hergeschickt.«

»Wie lange?«

Ronnie zuckte die Achseln. »Für ein paar Tage.«

Der Mann taxierte ihn. Vielleicht überlegte er, ob er es mit einem Terroristen zu tun hatte.

»Dreißig Dollar die Nacht. Okay?«

»Prima. Schlimmer Tag heute.«

»Ganz schlimm. Schlimmster von allen. Ganze Welt verrückt. Von zwölf bis zwölf. Okay? Verstanden. Immer im Voraus. Bleiben Nachmittag, zahlen noch einen Tag.«

»Verstanden.«

»Bar?«

»Kein Problem.«

Das Haus war größer als erwartet. Ronnie folgte dem Mann durch den Flur, dessen nikotingelbe Wände mit billigen gerahmten Drucken kahler Landschaften geschmückt waren. Der Mann verschwand kurz in einem Zimmer und tauchte mit einem Schlüssel am hölzernen Anhänger wieder auf. Dann schloss er die Tür gegenüber auf.

Das kleine Zimmer stank nach Zigarettenrauch. Das Fensterchen gab den Blick auf die Mauer des Nachbarhauses frei. Im Zimmer stand ein schmales Doppelbett mit rosa Tagesdecke, die voller Flecken und Brandlöcher war. In einer Ecke befand sich ein Waschbecken, daneben eine enge Dusche mit rissigem, gelbem Plastikvorhang. Ein mitgenommener Sessel, eine Kommode, ein billiger Holztisch, ein alter Fernseher mit antiquierter Fernbedienung und ein Teppich, der die Farbe von Erbsensuppe hatte, vervollständigten die Einrichtung.

»Perfekt«, sagte Ronnie. Was in dieser Situation durchaus der Wahrheit entsprach.

Der Mann verschränkte die Arme und sah ihn erwartungsvoll an. Ronnie zückte die Brieftasche und bezahlte für drei Tage im Voraus. Er bekam den Schlüssel, dann war der Mann verschwunden.

Ronnie prüfte das Zimmer. In der Dusche lag ein gebrauchtes Stück Seife, an dem etwas klebte, das verdächtig nach braunem Schamhaar aussah. Der Fernsehempfang war bescheiden. Er schloss die Vorhänge, schaltete alle Lampen ein und setzte sich auf das Bett, das mit einem Knarren nachgab.

Dann lächelte er.

Für ein paar Tage war es auszuhalten.

Verdammt, das war der erste Tag seines neuen Lebens!

Er hob die Aktentasche vom Koffer und nahm die Unterlagen heraus, die er in wochenlanger Arbeit für Donald Hatcook vorbereitet hatte. Darunter lag eine durchsichtige Plastikmappe mit Druckknopf, die eine rote Mappe enthielt, die er nicht im Hotelsafe hatte lassen wollen. Er öffnete sie.

Ein Leuchten ging über sein Gesicht.

»Hallo, meine Schönen«, sagte Ronnie.

49

OKTOBER 2007 »Was hast du eigentlich gegen Guinness?«, fragte Glenn Branson.

»Wer sagt, dass ich etwas dagegen habe?«

Roy Grace stellte Glenns Pintglas und seinen eigenen großen Glenfiddich on the rocks auf den Tisch, legte zwei Päckchen Chips mit Bacon-Geschmack daneben und setzte sich zu seinem Freund. Es war Montagabend um acht und der Black Lion so gut wie verlassen. Dennoch hatten sie sich in die äußerste Ecke gesetzt, damit niemand sie hören konnte. Die Musik übertönte ihre Stimmen und verschaffte ihnen eine gewisse Privatsphäre.

»Du guckst mich immer so komisch an, wenn ich Guinness bestelle«, sagte Branson. »Als wäre es das falsche Getränk.«

Und deine Frau macht einen selbstsicheren Mann zum Paranoiker, dachte Grace, sagte aber nur: »Dem Manne, der Furcht empfindet, raschelt alles.«

Branson runzelte die Stirn. »Wer hat das nun wieder gesagt?«

»Sophokles.«

»In welchem Film?«

Grace schüttelte grinsend den Kopf. »Mein Gott, bist du ein Ignorant! Kennst du überhaupt irgendetwas, das nicht in einem Film vorkommt?«

»Danke, Einstein. Nachtreten ist wohl deine Spezialität.«

Grace hob sein Glas. »Kopf hoch.«

Branson hob seines ebenfalls und stieß mit wenig Begeisterung an.

Beide tranken, dann sagte Grace: »Sophokles war ein Dichter.«

»Tot?«

»Seit 406 v. Chr.«

»Also vor meiner Zeit, Oldtimer. Du warst wohl bei der Beerdigung.«

»Sehr witzig.«

»Als ich bei dir war, lagen überall diese Philosophieschwarten herum.«

Grace trank noch einen Schluck Whisky und lächelte. »Was dagegen, wenn jemand versucht, sich weiterzubilden?«

»Um mit seiner Freundin Schritt zu halten, meinst du?«

Grace wurde rot. Natürlich hatte Branson recht. Cleo studierte an der Fernuni Philosophie, und er bemühte sich in seiner knapp bemessenen Freizeit, sich damit vertraut zu machen.

»Da habe ich aber einen Nerv getroffen, was?« Branson grinste schwach.

Grace schwieg.

Sie hörten der Musik zu, gerade lief »Rhinestone Cowboy«. Grace summte leise mit und bewegte den Kopf im Takt.

»Herrgott! Sag jetzt bloß nicht, du magst Glen Campbell!«

»Eigentlich schon.«

»Je besser ich dich kennenlerne, desto bedauernswerter finde ich dich!«

»Das ist wenigstens ein echter Musiker. Viel besser als der Rap-Mist, den du immer hörst.«

Branson tippte sich an die Brust. »Das ist aber meine Musik, Mann. Das sind meine Leute, die mich ansprechen.«

»Mag Ari das auch?«

Branson sah plötzlich aus, als hätte man die Luft aus ihm heraus gelassen. Er starrte in sein Bierglas. »Früher schon. Was sie jetzt mag, weiß ich nicht.«

Grace trank noch einen Schluck Whisky, der ihm ein angenehm warmes Gefühl verschaffte. »Na los, du wolltest doch über sie reden.« Er öffnete ein Päckchen Chips und stopfte sich einige in den Mund.

Dann sprach er knirschend weiter: »Du siehst wirklich beschissen aus. Und das seit zwei Monaten, seit du zu ihr zurückgegangen bist. Ich dachte, alles sei besser geworden, seit du ihr das Pferd gekauft hast. Ist aber nicht der Fall, was?« Hungrig stopfte er sich noch eine Hand voll Chips in den Mund.

Branson trank von seinem Guinness.

Im Pub roch es klösterlich nach Teppichreiniger und Politur. Grace fehlte das Aroma von Zigaretten, Zigarren und Pfeifen. Seit der Einführung des Rauchverbots hatten englische Pubs viel an Atmosphäre verloren. Außerdem hätte er gerade jetzt eine Zigarette gebrauchen können.

Cleo hatte ihn nicht zu sich eingeladen, weil sie eine Seminararbeit schreiben musste. Also würde er hier etwas essen oder sich zu Hause ein Fertiggericht auftauen.

Kochen war nie seine Stärke gewesen, und er wurde zunehmend abhängig von den Mahlzeiten, die sie ihm servierte. In den vergangenen Monaten hatte sie abends meist für ihn gekocht, gesunde Gerichte, gedämpften oder gebratenen Fisch mit Gemüse. Cleo war entsetzt gewesen, als sie mitbekam, wie schlecht sich die meisten Polizisten ernährten.

»Rhinestone Cowboy« war verklungen, und sie saßen immer noch schweigend da.

»Wir hatten keinen Sex«, sagte Glenn schließlich.

»Seit du wieder bei ihr bist?«

»Ja.«

»Nicht einmal?«

»Kein einziges Mal. Als wollte sie mich bestrafen.«

»Wofür?«

Branson trank sein Glas aus und stand auf. »Noch einen?«

»Einen kleinen.« Er musste noch fahren.

»Das übliche? Glenfiddich on the rocks, einen Tropfen Wasser?«

»Dein Gedächtnis funktioniert wenigstens noch.«

»Du kannst mich mal, Oldtimer!«

Graces Gedanken wanderten zurück zur Arbeit. Er dachte über

die Besprechung von vorhin nach. Joanna Wilson. Ronnie Wilson. Den kannte er noch von früher, er war einer der typischen Ganoven aus Brighton. Also war er am 11. September gestorben. Wie willkürlich das Schicksal zuschlug. Hatte Ronnie seine Frau getötet? Sein Team überprüfte gerade den Fall. Morgen würden sie das Vorleben des Ehepaars in Augenschein nehmen.

Branson setzte sich wieder zu ihm an den Tisch.

»Glenn, was meintest du damit, Ari wolle dich bestrafen?«

»Als wir uns kennenlernten, haben wir den ganzen Tag gebumst, morgens, mittags und abends. Als lebten wir in einer eigenen Wirklichkeit.« Er leerte das halbe Glas auf einen Zug. »Okay, das geht natürlich nicht ewig so weiter.«

»Es war schon die Wirklichkeit. Aber die bleibt nicht, wie sie ist. Meine Mutter hat das Leben immer mit den Kapiteln in einem Buch verglichen. Es passiert immer etwas Neues, das Leben verändert sich ständig. Weißt du, was eines der Geheimnisse einer glücklichen Ehe ist?«

»Welches?«

»Man sollte nicht als Polizist arbeiten.«

»Sehr komisch. Dabei wollte sie, dass ich genau das werde.« Er schüttelte den Kopf. »Ich kapiere einfach nicht, weshalb sie ständig wütend auf mich ist. Weißt du, was sie heute Morgen gesagt hat?«

»Was denn?«

»Ich würde sie nachts absichtlich wach halten. Wenn ich aufstehen und pinkeln muss, würde ich absichtlich ins Wasser zielen, damit es ein plätscherndes Geräusch macht. Wenn ich sie liebte, würde ich an die Seite des Beckens pinkeln.«

Grace kippte den Rest des ersten Whiskys in das neue Glas. »Das ist nicht dein Ernst.«

»Und ob, Mann. Ich kann ihr nichts recht machen. Sie hat gesagt, sie braucht ihren Freiraum und scheißt auf meine Karriere bei der Polizei. Sie geht abends aus, will sich durch die Kinder nicht fesseln lassen, das sei meine Verantwortung. Muss ich spät arbeiten, darf ich für den Babysitter sorgen.«

Grace fragte sich insgeheim, ob Ari wohl eine Affäre hatte, wollte seinen Freund aber nicht noch weiter verunsichern.

»So kannst du nicht weiterleben.«

Branson drehte seine Chipstüte unablässig in den Händen. »Ich liebe meine Kinder. Auf diesen ganzen Scheidungsmist habe ich keinen Bock, dann sehe ich sie nur noch ein paar Stunden im Monat.«

»Wie lange geht das schon so?«

»Seit sie sich die Geschichte mit der Weiterbildung in den Kopf gesetzt hat. Montags hat sie einen Abendkurs in englischer Literatur, donnerstags in Architektur. Dazwischen noch allen möglichen anderen Scheiß. Ich kenne sie gar nicht mehr. Ich dringe nicht mehr zu ihr durch.«

Sie saßen schweigend da, bis Branson sich zu einem Lächeln zwang. »Aber das ist mein Kram.«

»Nein«, erwiderte Roy, obwohl er genau wusste, was ihm bevorstand, wenn Ari ihren Mann erneut vor die Tür setzte. Vor einigen Monaten hatte Glenn vorübergehend bei ihm gewohnt. Das Haus hatte danach ausgesehen, als wäre ein rauschgiftsüchtiger Elefant hindurch getrampelt. »Ich habe das Gefühl, wir stecken da zusammen drin.«

Zum ersten Mal an diesem Abend lächelte Glenn. Dann riss er endlich seine Tüte auf und schaute enttäuscht hinein, als hätte er etwas anderes erwartet.

»Was ist denn nun mit Cassian Pewe, sorry, *Detective Superintendent* Cassian Pewe?«

Grace zuckte die Achseln.

»Nimmt er dir die Butter vom Brot?«

Grace grinste. »Das hatte er wohl vor. Aber wir haben ihn auf Diät gesetzt.«

50

OKTOBER 2007 Cassian Pewe nahm vorsichtig einen Schluck Tee und zuckte zusammen, als die heiße Flüssigkeit mit seinen Zähnen in Berührung kam. Letzte Nacht hatte er Bleaching-Gel aufgetragen, und am Tag danach waren die Zähne immer sehr temperaturempfindlich.

Er stellte die Tasse ab und sagte: »Eins möchte ich klarstellen. Detective Superintendent Grace ist ein angesehener Polizist. Meine Aufgabe besteht einzig und allein darin, die Wahrheit über das Verschwinden Ihrer Tochter herauszufinden.«

»Wir müssen es unbedingt erfahren«, sagte Derek Balkwill.

Seine Frau nickte. »Nur darauf kommt es uns an.«

»Gut«, sagte er. »Es ist beruhigend zu wissen, dass wir alle am selben Strang ziehen.« Pewe lächelte. »Allerdings sind einige leitende Beamte der Kripo Sussex der Ansicht, dass nie eine ordnungsgemäße Ermittlung durchgeführt wurde. Das ist der Grund, warum man mich hinzugezogen hat.«

Er bemerkte, dass die beiden zustimmend nickten, und wurde etwas kühner. »Ich habe mir die Akte gründlich angeschaut, und es bleiben viele offene Fragen. Ich an Ihrer Stelle wäre mit der bisherigen Arbeit der Polizei nicht zufrieden.«

Die beiden nickten erneut.

»Mir ist nicht klar, weshalb Roy die Ermittlungen leiten durfte, obwohl er persönlich betroffen war.«

»So weit wir wissen, stellte man einige Tage, nachdem unsere Tochter verschwunden war, ein unabhängiges Team zusammen«, erklärte Margot Balkwill.

»Und wer hat Ihnen die Ermittlungsergebnisse dieses Teams überbracht?«, hakte Cassian Pewe nach.

»Na ja, es war Roy.«

Pewe breitete die Arme aus. »Genau da liegt das Problem. Wenn eine Frau vermisst wird, gilt der Ehemann gewöhnlich als Hauptverdächtiger, bis das Gegenteil bewiesen wird. Aus dem, was ich gelesen und gehört habe, scheint Ihr Schwiegersohn hingegen niemals offiziell als Verdächtiger behandelt worden zu sein.«

»Wollen Sie damit sagen, dass Sie ihn jetzt verdächtigen?«, fragte Derek.

»So weit würde ich zu diesem Zeitpunkt nicht gehen«, erklärte Pewe aalglatt. »Allerdings bin ich bereit, radikale Maßnahmen einzuleiten, um ihn von jeglichem Verdacht zu befreien. Das wurde bisher versäumt.«

Margot Balkwill nickte. »Das wäre gut.«

Ihr Ehemann stimmte zu.

»Dürfte ich Ihnen eine sehr persönliche Frage stellen? Hat einer von Ihnen jemals das Gefühl gehabt, Roy Grace verberge etwas vor Ihnen?«

Langes Schweigen. Margot runzelte die Stirn, ballte die Hände zu Fäusten und öffnete sie wieder. Es waren raue Hände, die Hände einer Gärtnerin. Ihr Mann saß ganz still da, mit hängenden Schultern, als laste ein riesiges, unsichtbares Gewicht auf ihnen.

»Sie sollten verstehen, dass wir Roy gegenüber nicht feindselig eingestellt sind«, erklärte Margot Balkwill wie eine Lehrerin, die sich beim Elternsprechtag über einen Schüler äußert.

»Ganz und gar nicht«, betonte Derek.

»Aber ein bisschen wundert man sich schon . . . Sie wissen ja, die menschliche Natur. Wie gut man jemanden überhaupt kennen kann. Das ist doch so, nicht wahr?«

»Aber gewiss doch«, stimmte Pewe geschmeidig zu.

Im nachfolgenden Schweigen rührte Margot Balkwill in ihrem Tee. Pewe fiel auf, dass sie schon zum dritten Mal umrührte, obwohl sie gar keinen Zucker genommen hatte. »Ist Ihnen an der Art und Weise, in der Roy mit Ihrer Tochter umging, jemals etwas aufgefallen? Hat Sie etwas daran gestört? Anders gefragt, führten die beiden eine glückliche Ehe?«

»Ich weiß nicht, ob es so einfach ist, mit einem Polizisten verheiratet zu sein. Vor allem, wenn er so ehrgeizig ist wie Roy.« Sie schaute ihren Mann an, der zustimmend nickte. »Sie war sich oft allein überlassen. Oder wurde enttäuscht, wenn er in letzter Minute zu einem Einsatz gerufen wurde.«

»Hatte sie einen eigenen Beruf?«

»Sandy hat ein paar Jahre in einem Reisebüro gearbeitet. Die beiden wünschten sich ein Kind, aber es klappte nicht. Der Arzt sagte ihr, sie solle sich eine nicht so stressige Arbeit suchen. Also kündigte sie und arbeitete halbtags am Empfang eines Ärztezentrums. Sie hatte gerade gewechselt, als sie . . .« Ihre Stimme verklang.

»Verschwand?«

Sie nickte, Tränen in den Augen.

»Es war schwer für uns«, erklärte Derek, »vor allem für Margot. Sie und Sandy standen einander sehr nahe.«

»Natürlich.« Pewe schrieb etwas in sein Notizbuch. »Wie lange haben sich die beiden um ein Kind bemüht?«

»Mehrere Jahre«, erwiderte Margot mit erstickter Stimme.

»Das kann eine Ehe ziemlich belasten.«

»Keine Ehe ist jemals einfach«, meinte Derek.

Wieder herrschte langes Schweigen.

Margot trank von ihrem Tee und fragte dann: »Wollen Sie andeuten, es könnte mehr dahinter stecken, als man uns bisher gesagt hat?«

»Das zu behaupten, wäre verfrüht. Ich sage einfach nur, dass die Methoden, nach denen die Ermittlungen geführt wurden, im Licht meiner neunzehnjährigen Erfahrung bei der führenden britischen Polizeibehörde zu wünschen übrig lassen. Mehr nicht.«

»Wir verdächtigen Roy nicht«, sagte Margot Balkwill. »Sie sollten keine falschen Schlüsse ziehen.«

»Das ist mir klar. Eines sollte ich vielleicht noch hinzufügen. Meine Ermittlung ist keine Hexenjagd. Es geht nur darum, den Fall endlich abzuschließen. Damit Sie und Ihr Ehemann nach vorne schauen können.«

»Das hängt aber davon ab, ob unsere Tochter lebt oder tot ist.«

»Absolut«, sagte Cassian Pewe. Er trank noch etwas Tee und fuhr sich mit der Zunge über die Zähne. Dann holte er eine Visitenkarte aus der Tasche und legte sie auf den Tisch. »Falls Ihnen noch irgendetwas einfallen sollte, das mir weiterhelfen kann, rufen Sie mich bitte an.«

»Vielen Dank«, sagte Margot Balkwill. »Sie sind ein guter Mensch. Das spüre ich.«

Pewe lächelte.

51

OKTOBER 2007 Abby blinzelte. Ein seltsames Surren riss sie aus dem verwirrenden Traum. Ihr Bauch tat weh. Ihr Gesicht fühlte sich taub an. Sie zitterte vor Kälte. Starrte auf cremefarbene Wandfliesen. Einen Augenblick lang wähnte sie sich in einem Flugzeug – oder war es eine Schiffskabine?

Allmählich dämmerte ihr, dass etwas nicht stimmte. Sie konnte sich nicht bewegen. Roch Plastik, Fugenmörtel, Desinfektionsmittel.

Dann kehrte langsam die Erinnerung zurück und eine maßlose Angst durchflutete ihren Körper. Sie versuchte, das Gesicht mit dem rechten Arm zu berühren, merkte aber, dass sie sich nicht bewegen konnte.

Auch den Mund konnte sie nicht öffnen.

Ihr Kopf war so weit zurückgebogen, dass ihr Nacken wehtat. Etwas Hartes bohrte sich in ihren Rücken. Der Wasserkasten. Sie saß auf der Toilette. Konnte nur geradeaus sehen und musste die Augen aufs Äußerste verdrehen, um nach unten schauen zu können. Sie bemerkte, dass sie nackt war. Graues Klebeband war um ihren Bauch, ihre Brüste, Handgelenke und Knöchel gewickelt, klebte auf Mund und Stirn.

Sie befand sich im Gästebad ihrer Wohnung. Da waren die Duschkabine mit dem Stück teurer Seife, das noch verpackt in der Schale lag; das Waschbecken, die Handtuchstangen und die wunderschönen Wandfliesen im mediterranen Stil. Rechts von ihr befand sich die Tür zum winzigen Hauswirtschaftsraum, in dem eine Waschmaschine und ein Wäschetrockner standen. Von diesem wiederum führte eine Brandschutztür ins Treppenhaus. Die eigentliche Zimmertür zu ihrer Linken war angelehnt.

Sie begann zu zittern, erbrach sich beinahe vor Angst. Sie wusste nicht, wie lange sie schon in diesem winzigen, fensterlosen Raum gefangen war. Wieder wollte sie sich bewegen, doch die Fesseln waren zu straff.

War er weg? Hatte er etwa alles mitgenommen und sie in dieser Verfassung zurückgelassen?

Das Klebeband war so festgezurrt, dass einige Körperteile wie betäubt waren. Ihre rechte Hand war eingeschlafen. Der Toilettensitz bohrte sich schmerzhaft in Po und Oberschenkel.

Abby versuchte sich zu erinnern, was sich hinter der Toilette befand, woran das Klebeband überhaupt befestigt war. Es fiel ihr nicht ein.

Das Licht brannte, wodurch auch die Lüftung in Betrieb blieb. Also kam das seltsame surrende Geräusch vom Ventilator.

Ihre Angst verwandelte sich in Verzweiflung. Er war weg. Sie hatte so viel durchgemacht, und jetzt das. Wie hatte es überhaupt so weit kommen können? Wie hatte sie nur so dumm sein können? Wie? Wie? Wie?

Ihre Verzweiflung schlug in Zorn um.

Doch als sie einen Schatten entdeckte, der sich bewegte, kehrte ihre Angst zurück.

52

11. SEPTEMBER 2001 Lorraine saß auf dem Ecksofa im Wohnzimmer, schraubte den Deckel einer Mini-Wodkaflasche ab und schüttete den Inhalt über die Eiswürfel und die Limettenscheibe in ihrem Glas. Vorhin war ihre Schwester mit einer ganzen Plastiktüte voller Miniaturflaschen vorbeigekommen. Mo schien einen unendlichen Vorrat davon zu besitzen, und Lorraine argwöhnte, dass sie sich bei der Arbeit an der Flugzeugbar bediente.

Es war neun Uhr. Draußen war es fast dunkel. Die Nachrichten liefen noch immer. Lorraine hatte sie unter Tränen den ganzen Tag lang angeschaut. Die wiederholten Bilder des Grauens, die immer gleichen Erklärungen der Politiker. Jetzt sah man einige Leute in einem Fernsehstudio in Pakistan: einen Arzt, einen IT-Berater, einen Rechtsanwalt, eine aufdringlich laute Dokumentarfilmerin und einen Firmendirektor. Lorraine traute ihren Ohren nicht. Alle befanden es für gut, was an diesem Tag in Amerika geschehen war.

Sie beugte sich vor und drückte ihre Zigarette im überquellenden Aschenbecher aus. Mo bereitete in der Küche einen Salat zu und wärmte Nudeln auf. Lorraine schaute verständnislos auf die Menschen im Fernseher. Es waren gebildete Leute. Einer von ihnen lachte. Strahlte übers ganze Gesicht.

»Es wird Zeit, dass die Vereinigten Staaten von Amerika begreifen, dass sie den Rest der Welt nicht unterjochen können. Wir wollen ihre Werte nicht. Diese Lektion haben sie heute gelernt. Heute haben sie sich eine blutige Nase geholt!«

Die Dokumentarfilmerin nickte und nahm das Thema in einer ausufernden Antwort auf.

Lorraine warf einen Blick auf das Telefon neben ihr. Ronnie hatte nicht angerufen. Tausende Menschen waren gestorben. Und deshalb waren die da jetzt glücklich? Weil Menschen aus Wolkenkratzern sprangen? Das sollte eine blutige Nase sein?

Sie griff nach dem Hörer und hielt ihn an ihre nasse Wange. *Ronnie, Liebling, ruf doch an. Ruf bitte, bitte an.*

Mo hatte sich ihrer Schwester gegenüber immer wie eine Beschützerin verhalten. Obwohl sie nur drei Jahre älter war, benahm sie sich, als läge eine ganze Generation zwischen ihnen.

Sie waren im Grunde sehr verschieden, nicht nur, was das Äußere betraf, sondern auch was Lebensanschauung und Glück anging. Mo hatte eine weibliche, von Natur aus üppige Figur. Ein sanftes Wesen. Ihr fiel alles in den Schoß. Lorraine hatte eine fünf Jahre währende, demütigende und unglaublich teure Fruchtbarkeitsbehandlung über sich ergehen lassen, die letztlich erfolglos blieb. Mo hingegen wurde schon schwanger, wenn sie nur an den Schwanz ihres Mannes dachte.

Sie hatte rasch nacheinander drei Kinder bekommen, aus denen nette Menschen geworden waren. Sie war glücklich mit ihrem stillen, bescheidenen Ehemann, der als Bauzeichner arbeitete, und ihrem kleinen, freundlichen Heim. Manchmal wünschte sich Lorraine, sie wäre wie Mo – einfach zufrieden, statt sich immer nach einem besseren Leben zu sehnen.

»Lori!«, rief Mo aufgeregt aus der Küche.

Sie stürzte ins Zimmer, und Lorraine schöpfte einen Moment lang neue Hoffnung. Hatte sie etwa Ronnie in den Nachrichten entdeckt?

Doch die Miene ihrer Schwester drückte nur blankes Entsetzen aus. »Schnell! Da klaut gerade jemand dein Auto!«

Lorraine sprang vom Sofa, zog Slipper über und riss die Haustür auf. Ein Pritschenwagen mit blinkenden gelben Lichtern auf dem Dach parkte unmittelbar vor der Einfahrt. Zwei Männer, ziemlich raue Typen, zogen gerade ihr BMW-Cabrio mit einer Winde hoch.

»Hey!«, rief sie und lief wutentbrannt auf die Männer zu. »Was machen Sie da?«

Die Männer hievten den Wagen ungerührt über die Rampe auf die Ladefläche. Der größere zog einige Papiere aus der Tasche. »Sind Sie Mrs Wilson?

Auf einmal war sie nicht mehr so selbstsicher. »Ja?«

»Sind Sie die Ehefrau von Mr Ronald Wilson?«

»Die bin ich«, entgegnete sie trotzig.

Er zeigte ihr die Dokumente und sagte dann mit sanfter, beinahe entschuldigender Stimme: »Inter-Alliance Autofinanzierung. Leider müssen wir das Fahrzeug beschlagnahmen.«

»Was soll das heißen?«

»Wir haben seit sechs Monaten keine Zahlungen erhalten. Mr Wilson hat den Vertrag gebrochen.«

»Es muss sich um einen Irrtum handeln.«

»Leider nicht. Ihr Ehemann hat drei Mahnungen ignoriert. Gemäß des Leasingvertrages ist die Firma demnach berechtigt, das Fahrzeug zu beschlagnahmen.«

Lorraine brach in Tränen aus, als die Hinterräder des blauen Wagens auf die Pritsche rollten. »Bitte – Sie haben doch die Nachrichten gesehen. Mein Mann ist da drüben. In New York. Ich versuche, ihn zu erreichen. Wir können das sicher regeln.«

»Er wird sich morgen bei der Firma melden müssen, Madam.« Seine Stimme klang mitfühlend, doch er blieb unerbittlich.

»Bitte, lassen Sie mir den Wagen doch nur heute Abend hier.«

»Ich gebe Ihnen eine Nummer, bei der Sie sich morgen melden können.«

»Aber – aber – dann habe ich kein Auto. Wie soll ich das schaffen? Da – da sind doch noch meine Sachen drin. CDs. Parkgutscheine. Meine Sonnenbrille.«

Er deutete auf den Wagen. »Bitte nehmen Sie die Sachen heraus.«

»Danke«, sagte sie. »Vielen Dank.«

53

OKTOBER 2007 Zitternd vor Entsetzen beobachtete Abby, wie der Schatten sich näherte. Sie hörte Turnschuhe auf dem blank polierten Dielenboden quietschen, dann raschelte Papier.

Ricky stand in der Tür.

Er lehnte lässig am Rahmen, den Reißverschluss der ledernen Motorradjacke geöffnet, darunter ein schmutziges weißes T-Shirt. Er hatte einen Dreitagebart, und sein Haar, das vom Helm platt gedrückt war, wirkte ungewaschen. Er sah ganz anders aus als bei ihrer letzten Begegnung. Nicht mehr der entspannte Surfertyp, sondern ein gehetzter Mann. Er war in den wenigen Monaten stark gealtert. Er hatte abgenommen, und sein Gesicht wirkte hager, mit dunklen Ringen und Tränensäcken unter den Augen. Er roch auch unsauber.

Mein Gott, wie hatte ihr dieser Mann jemals gefallen können?

Er lächelte, als könnte er ihre Gedanken lesen.

Es war nicht das Lächeln, das sie kannte. Kein Ricky-Lächeln. Eher wie eine Maske, die er übergezogen hatte. Sie erhaschte einen Blick auf seine Uhr. Zehn vor elf. War sie fast vier Stunden bewusstlos gewesen?

Dann sah sie den Polsterumschlag. Ricky hielt ihn in der Hand und drehte ihn um. Der Inhalt, die *Times* und der *Guardian* vom Freitag, fiel zu Boden.

»Schön, dich zu sehen, Abby«, sagte er. In seiner Stimme lag kein Lächeln.

Sie wollte etwas sagen, ihn bitten, ihre Fesseln zu lösen, brachte aber nur einen gedämpften Laut zustande.

»Freut mich, dass du das genauso siehst! Ich bin nur ein bisschen verwirrt, weil du jemandem alte Zeitungen schicken willst.« Er warf einen Blick auf die Adresse. *Laura Jackson, 6 Stable Cottages, Rodmell.* »Eine alte Freundin von dir? Trotzdem begreife ich nicht, warum du ihr alte Zeitungen schicken solltest. Kommt mir ziemlich blöd vor. Außer natürlich, ich habe etwas übersehen. Habe ich das? Gibt es etwa keine Zeitungsausträger in Rodmell?«

Sie starrte ihn an.

Er riss den Umschlag in der Mitte durch. Das Füllmaterial rieselte heraus. Dann zerriss er minuziös den ganzen Umschlag. Als er fertig war, ließ er die letzten Fetzen kopfschüttelnd zu Boden fallen. »Ich habe beide Zeitungen gelesen. Da steht auch nichts Wichtiges drin. Aber das ist jetzt ohnehin egal, oder?«

Er schaute sie eindringlich an, hielt ihrem Blick lächelnd stand. Schien die Situation zu genießen.

Abby überlegte fieberhaft. Sie wusste genau, was er von ihr wollte, doch um es zu bekommen, musste er sie sprechen lassen. Verzweifelt dachte sie nach, hatte aber einfach keine vernünftige Idee.

Er verschwand einen Augenblick und kam dann mit ihrem großen blauen Koffer zurück. Legte ihn auf den Boden, öffnete den Reißverschluss und klappte den Deckel auf.

»Du kannst aber toll Koffer packen«, bemerkte er. »Richtig schön ordentlich.« Dann wurde seine Stimme bitter. »Ich nehme an, du hast eine Menge Erfahrung im Kofferpacken und Weglaufen gesammelt.«

Wieder bohrten sich seine grauen Augen in ihre. Und sie las etwas darin, das sie nie zuvor gesehen hatte, etwas völlig Neues. Dunkelheit, eine tiefe Dunkelheit. Als wäre seine Seele tot.

Er fing an, den Koffer Stück für Stück auszupacken. Zuerst einen warmen Strickpullover, der gefaltet auf ihrem Kulturbeutel und den Waschsachen lag. Er überprüfte ihn sorgfältig, drehte ihn von innen nach außen und warf ihn dann achtlos über die Schulter.

Sie musste dringend pinkeln, wollte sich aber nicht vor ihm demütigen. Auch ihre Angst sollte er nicht bemerken. Sie schaute ihn einfach weiter an.

Ricky ließ sich Zeit, packte die Sachen mit einer qualvollen Langsamkeit aus. Als spürte er, wie dringend sie pinkeln musste.

Seine Uhr verriet ihr, dass er sich fast zwanzig Minuten nahm, um den gesamten Koffer auszupacken. Der Reisefön schlitterte über den Boden und prallte gegen die Sockelleiste.

Die ganze Zeit lang versuchte sie sich zu bewegen, doch die Fesseln gaben einfach nicht nach. Keinen Millimeter. Ihre Handgelenke und Knöchel taten höllisch weh. Ihr Hintern war taub, und sie musste die Knie zusammenpressen, um nicht zu pinkeln.

Wortlos schob er den Koffer beiseite und verschwand im Flur. Abby hatte furchtbaren Durst, aber das war ihr geringstes Problem. Sie musste sich befreien. Aber wie?

Sie pinkelte. Immerhin war diese Stelle nicht zugeklebt. Es tat gut. Sie war erschöpft, ihr Kopf hämmerte, doch nun konnte sie ein bisschen klarer denken.

Wenn sie ihn dazu brachte, das Klebeband zu entfernen, könnte sie wenigstens mit ihm reden und an seine Vernunft appellieren.

Vielleicht sogar einen Deal machen.

Ricky war Geschäftsmann.

Er kam wieder zurück. In einer Hand ein Glas Whisky mit Eis, in der anderen eine Zigarette. Der Geruch machte sie verrückt. Was hätte sie für einen Schluck und einen Zug gegeben!

Er ließ die Eiswürfel klirren, dann zuckten seine Nasenflügel. Er trat vor und griff hinter sie. Betätigte die Spülung. Kaltes Wasser spritzte ihr gegen den Po.

»Dreckstück«, sagte er. »Du solltest abspülen, wenn du auf der Toilette warst. Du spülst doch auch andere Leute gerne im Klo runter.« Er schnippte Asche auf den Boden. »Nette Bude hast du hier. Sollte man von der Straße gar nicht meinen.« Er hielt inne und dachte nach. »Andererseits sieht mein Lieferwagen von hier oben wohl auch nicht so toll aus.«

Die Worte trafen sie wie ein Schlag. Meinte er damit etwa den alten weißen Lieferwagen, der immer an derselben Stelle parkte?

Abby sah ihn flehend an, doch er blickte nur spöttisch zurück, trank noch einen Schluck Whisky, rauchte die Zigarette bis zum Filter und trat sie auf dem Boden aus.

»So, Abby, jetzt werden wir uns mal ein bisschen unterhalten. Es geht ganz einfach. Ich stelle dir Fragen, und du bewegst die Augen: rechts für ja, links für nein. Verstanden?«

Sie wollte den Kopf schütteln, doch es ging nicht. Einen Millimeter nach links und rechts, mehr war nicht drin.

»Nein, Abby, du hast mir nicht richtig zugehört. Ich sagte, du sollst die Augen bewegen, nicht deinen Kopf. Zeige mir, dass du das kapiert hast.«

Sie zögerte, dann wanderten ihre Augen nach rechts.

»Braves Mädchen!«, sagte er, als lobe er einen jungen Hund. »*Ganz* braves Mädchen!«

Ricky stellte das Glas ab und steckte sich die nächste Zigarette zwischen die Lippen. Dann ließ er wieder die Eiswürfel klirren. »Prima Whisky. Single Malt. Ganz schön teuer. Aber Geld dürfte ja kein Problem für dich sein, oder?«

Er kniete sich hin, bis sie auf Augenhöhe waren, und näherte sich langsam ihrem Gesicht, bis sie nur Zentimeter voneinander entfernt waren. »Geld ist doch kein Problem für dich, oder?«

Er stand auf. »Die Sache ist die, Abby. Kaum jemand weiß, dass du hier bist. Eigentlich niemand außer mir. Also wird dich auch keiner vermissen. Keiner wird nach dir suchen.« Er trank einen Schluck. »Schöne Dusche. Die haben keine Kosten gescheut. Du möchtest sie sicher genießen. Nun ja, ich bin von Natur aus fair.«

Wieder ließ er die Eiswürfel klirren und schaute in das Glas. Einen Augenblick lang glaubte Abby, er wolle ihr tatsächlich einen Deal vorschlagen.

»Hier nun mein Angebot. Entweder tu ich dir weh, bis du mir alles zurückgibst, oder du gibst es mir einfach so zurück.« Er lächelte wieder. »Ist doch ganz einfach.«

Er nahm einen langen, entspannten Zug von seiner Zigarette, als genieße er, wie sie ihn beobachtete, wie sie förmlich nach einer Zigarette gierte. Er neigte den Kopf und ließ den blauen Rauch in einem Kringel zur Decke steigen.

»Ich sag dir was. Schlaf einfach mal drüber.«

Mit diesen Worten schloss er die Tür.

54

OKTOBER 2007 Roy Grace saß in der Soko-Zentrale 1 am Computer und kämpfte gegen den schlimmsten Kater, der ihn in seinem langen Leben jemals heimgesucht hatte. Sein Mund war trocken wie der Boden eines Papageienkäfigs, und eine Kettensäge wetzte ihre Zähne an seiner Schädeldecke.

Der einzige Trost war, dass Glenn Branson, der schräg gegenübersaß, nicht besser aussah als er selbst. Welcher Teufel hatte sie gestern Abend bloß geritten?

Sie waren auf einen Drink in den Black Lion gegangen, weil Glenn mit ihm über seine Eheprobleme sprechen wollte. Irgendwann gegen Mitternacht waren sie hinausgetaumelt. Wie viele Whiskys, Biere und Flaschen Rioja waren es wohl gewesen? Grace wollte lieber nicht darüber nachdenken. Er erinnerte sich verschwommen an eine Taxifahrt und dass Glenn mitgefahren war, weil seine Frau ihn in diesem Zustand nicht im Haus haben wollte.

Bei ihm hatten sie dann weiter Whisky getrunken, und Glenn hatte wie immer seine CD-Sammlung einer ausführlichen Kritik unterzogen.

Auch heute Morgen war er noch da gewesen, hatte im Gästezimmer gelegen und über seine unerträglichen Kopfschmerzen gejammert. Er spiele ernsthaft mit dem Gedanken, seinem Leben ein Ende zu setzen.

»Dienstag, 23. Oktober, 8.30 Uhr«, verkündete Grace.

Vor ihm lagen die aktuellen Unterlagen, daneben stand ein Becher Kaffee. Er hatte die Höchstdosis Paracetamol geschluckt, die leider nicht wirkte, und kaute Kaugummi, um seine Fahne zu tarnen. Er hatte seinen Wagen am Pub stehen lassen und beschlossen, ihn später am Vormittag zu Fuß abzuholen. Das würde ihm sicher gut tun.

Allmählich fürchtete er, die Kontrolle über seinen Alkoholkonsum zu verlieren. Dass Cleo ein echter Schluckspecht war, war auch nicht gerade hilfreich. Vielleicht versuchte sie, auf diese Weise mit den grauenhaften Aspekten ihrer Arbeit fertig zu werden. Sandy hatte gern ein Glas Wein getrunken oder ein Bier an einem warmen Abend, doch das war dann alles gewesen. Cleo hingegen trank jeden Abend Wein, und meist blieb es nicht bei einem Glas, außer sie hatte Rufdienst. Oft leerten sie zu zweit eine ganze Flasche, tranken dazu ein oder zwei Gläser Whisky und öffneten manchmal noch eine zweite Flasche.

Bei seinem letzen Check-up hatte der Arzt gefragt, wie viele Einheiten Alkohol er in einer Woche zu sich nehme. Da Grace glaubte, dass zwanzig bei Männern im Rahmen des Erlaubten lägen, hatte er gelogen und siebzehn angegeben. Daraufhin hatte der Arzt die Stirn gerunzelt und ihm geraten, es auf weniger als fünfzehn zu reduzieren. Nach einem raschen Blick in ein Berechnungsprogramm, das er im Internet gefunden hatte, entdeckte Grace, dass sein Wochendurchschnitt bei zweiundvierzig Einheiten lag. Nach gestern Abend würde er den Wert in dieser Woche locker verdoppeln. Er schwor sich, nie wieder einen Tropfen anzurühren.

Bella Moy stopfte sich schon zu dieser frühen Stunde mit Schokolade voll. Obwohl sie gewöhnlich keinem welche anbot, schob sie Grace diesmal die Schachtel hin.

»Roy, Sie sehen aus, als könnten Sie ein bisschen Zucker vertragen.«

»Ist das so offensichtlich?«

»Nett gefeiert?«

Grace warf einen Blick auf Glenn. »Schön wär's.«

Er nahm den Kaugummi heraus, aß einen Malteser und nahm noch drei. Davon wurde sein Zustand jedenfalls nicht schlimmer. Er kippte Kaffee hinterher und steckte den Kaugummi wieder in den Mund.

»Coca-Cola«, schlug Bella vor. »Mit allem Drum und Dran, nicht das Diätzeug. Ist gut gegen Kater. Und ein großes englisches Frühstück.«

»Da spricht die Erfahrung«, warf Norman Potting ein.

»Ich pflege keinen Kater zu haben«, servierte sie ihn ab.

»Unsere eiserne Jungfrau«, knurrte Potting.

»Das reicht, Norman«, sagte Grace und lächelte Bella zu, bevor sie auf den Köder ansprang.

Dann kam er wieder zur Sache und las die Informationen vor, die Norman Potting am vergangenen Abend über das Ehepaar Wilson vorgelegt hatte. Der Ehemann sei am 11. September 2001 im World Trade Center gestorben. Dann schaute er Norman an. »Gute Arbeit.«

Der DS grunzte nur, wirkte aber sehr zufrieden.

»Was wissen wir über Joanna Wilson? Gibt es Angehörige, mit denen wir sprechen können?«, wollte Grace wissen.

»Ich arbeite dran«, sagte Potting. »Ihre Eltern sind tot. Keine Geschwister. Ich versuche herauszufinden, ob es weitere Verwandte gibt.«

Grace warf einen Blick auf seine Stellvertreterin Lizzie Mantle. »Na gut, wenn es keine unmittelbaren Angehörigen gibt, konzentrieren wir uns auf Freunde und Bekannte der Wilsons. Norman und Glenn kümmern sich darum. Bella, Sie nehmen über die amerikanische Botschaft Kontakt zum FBI auf und erkundigen sich, ob eine Joanna Wilson in den neunziger Jahren in die USA eingereist ist. Falls sie dort arbeiten wollte, benötigte sie ein Visum. Das FBI soll bitte in sämtlichen Unterlagen und Datenbanken prüfen, ob sie während dieses Zeitraums dort gewohnt hat.«

»Haben wir eine Kontaktperson in der Botschaft?«

»Ja, ich kenne Brad Garretts im Büro des Rechtsattachés. Er wird Ihnen helfen. Sollte es Probleme geben, habe ich zwei Freunde bei der Staatsanwaltschaft in New York. Eigentlich wäre es klüger, sich sofort an sie zu wenden. Damit ersparen wir uns viele Umwege. Wenn wir gerichtstaugliche Beweise benötigen, können wir immer noch den offiziellen Weg gehen.« Er überlegte kurz. »Ich spreche mit Brad.«

Dann wandte er sich an DC Nicholas. »Nick, ich möchte, dass Sie eine landesweite Suche nach Ronnie Wilson einleiten. Wenn nötig, auch grenzüberschreitend.«

Der junge Ermittler nickte. Wie üblich wirkte er blass und erschöpft. Zweifellos hatte er eine weitere Nacht hinter sich, in der er die Freuden des Vaterseins genießen durfte.

Grace wandte sich wieder an Lizzie Mantle. »Möchten Sie etwas hinzufügen?«

»Ich denke gerade über diesen Ronnie Wilson nach«, sagte sie. »Zu diesem Zeitpunkt dürfte er der Hauptverdächtige sein.«

Grace nahm den Kaugummi aus dem Mund und warf ihn in den Papierkorb. »Ganz Ihrer Meinung. Aber wir müssen mehr über ihn und seine Frau herausfinden, ihr gemeinsames Leben. Ein Motiv finden. Hatte er eine Geliebte? Wir sollten mögliche Gründe eliminieren.«

»Wenn man erst das Unmögliche ausgeschlossen hat, ist das, was übrig bleibt, so unwahrscheinlich es auch sein mag, die Wahrheit«, warf Norman Potting ein.

Kurze Stille. Potting wirkte ungeheuer selbstzufrieden.

»Sherlock Holmes. Sehr schön, Norman. Sie dürften einander noch persönlich gekannt haben.«

Grace warf Bella einen warnenden Blick zu, doch sie zuckte nur die Achseln.

Dann wandte er sich an Emma-Jane Boutwood. »E-J, ich möchte, dass Sie sich um den Stammbaum der Wilsons kümmern.«

»Eigentlich hätte ich noch etwas zu berichten«, sagte Norman Potting. »Ich habe meine Hausaufgaben in der Datenbank gemacht. Ronnie Wilson war mehrfach vorbestraft. Zum ersten Mal wurde er 1987 aktenkundig. Damals arbeitete er für eine zwielichtige Gebrauchtwagenhandlung, die Tachostände fälschte und Wagen mit Totalschaden notdürftig zusammenschraubte und teuer verkaufte.«

»Was wurde daraus?«

»Zwölf B. Dann tauchte er wieder aus der Versenkung auf.«

Bella Moy unterbrach ihn. »Entschuldigung, sagten Sie *zwölf B*?«

»Ja, meine Schöne. Zwölf Monate auf Bewährung.«

»Könnten Sie sich vielleicht einer Sprache bedienen, die wir alle verstehen?«

Potting zwinkerte. »Ich dachte, wir alle kennen uns in diesem Slang aus. So reden die Ganoven eben.«

»Ja, vielleicht in Filmen aus den fünfziger Jahren. Das ist *Ihre* Ganovengeneration.«

»Bella«, warnte Grace sie mit leiser Stimme.

Sie zuckte die Achseln und sagte nichts mehr.

»1991 wanderte Terry Biglow für vier Jahre in den Knast«, fuhr Norman Potting fort. »Hat alte Ladys ausgenommen.« Er schaute Bella an. »Können Sie mir folgen?«

»Durchaus.«

»Sehr schön. Ronnie Wilson hat für ihn gearbeitet. Wurde als Komplize angeklagt, aber ein schlauer Anwalt hat ihn mit einem Verfahrensfehler freibekommen. Ich habe mit Dave Gaylor gesprochen, der den Fall damals bearbeitet hat.«

»Wilson hat für Terry Biglow gearbeitet?«, fragte Grace nach.

Alle im Raum kannten den Namen. Es war eine der traditionellen Verbrecherfamilien Brightons. Drei Generationen, die sich mit Drogenhandel, Antiquitätendiebstahl, Callgirls und Zeugeneinschüchterung beschäftigten und nichts als Ärger machten.

Grace schaute DI Mantle an. »Sieht ganz danach aus, als könnten Sie recht haben, Lizzie. Jedenfalls haben wir genug in der Hand, um einen Verdächtigen bekanntzugeben.«

Das würde Alison Vosper gefallen, dachte er bei sich. *Wir haben einen Verdächtigen*. An diesem Satz würde sie ihre Freude haben, weil sie auf diese Weise beim Chief Constable Eindruck schinden konnte. Und wenn ihr Chef glücklich war, war auch Alison Vosper glücklich.

Und solange sie glücklich war, ließ sie Grace in Ruhe.

55

11. SEPTEMBER 2001 Nach einer erfrischenden Dusche, die den grauen Staub aus seinem Haar gespült und ihn halbwegs nüchtern gemacht hatte, fläzte sich Ronnie auf der rosa Bettdecke mit den Brandlöchern und rauchte eine Zigarette. Ein Kopfteil war im Preis von dreißig Dollar nicht inbegriffen, sodass er sich an die nackte Wand lehnen musste. Das Bild des klapprigen Fernsehers: ein einziges Schneegeriesel.

Wieder und wieder sah er, wie sich die beiden Flugzeuge in die Zwillingstürme bohrten. Das brennende Pentagon. Das ernste Gesicht von Bürgermeister Giuliani, der die Arbeit von Polizei und Feuerwehr lobte. Das ernste Gesicht von Präsident Bush, der zum Krieg gegen den Terror aufrief. Die Gesichter der grauen Gespenster.

Die schwachen Glühbirnen ließen das Zimmer noch düsterer aussehen. Ronnie hatte die schäbigen Vorhänge geschlossen, um sich den Blick auf die Wand des Nachbarhauses zu ersparen. In diesem Moment schien die ganze Welt jenseits des kleinen Zimmers ernst und düster.

Seine Stimmung hingegen war trotz der hämmernden Kopfschmerzen ganz und gar nicht düster. Sicher, er war entsetzt über das, was er an diesem Tag gesehen hatte, über das Scheitern seiner Pläne. Doch in diesem Zimmer fühlte er sich sicher. Eingesponnen in seine Gedanken. Er genoss das Wissen, dass er auf die Chance seines Lebens gestoßen war.

Ihm war eingefallen, dass er nicht nur seinen Pass, sondern auch sein Flugticket im Hotel zurückgelassen hatte. All das bereitete ihm überhaupt keine Sorgen.

Zum x-ten Mal überprüfte er, ob sein Handy wirklich ausgeschaltet war, getrieben von der paranoiden Angst, es könne sich von selbst eingeschaltet haben und er würde plötzlich Lorraines Stimme hören, die vor Freude schrie oder, was wahrscheinlicher schien, vor Wut kreischte, weil er sie nicht angerufen hatte.

Etwas krabbelte über den Boden. Eine dunkelbraune Schabe, mehr als einen Zentimeter lang. Er wusste, dass Küchenschaben zu den wenigen Lebewesen gehören, die sogar einen Atomkrieg überleben würden. Im Laufe der Evolution hatten sie einen Zustand der Vollkommenheit erreicht. Nur die Stärksten überlebten.

Nun ja, auch er war ziemlich stark. Und jetzt, da sein Plan allmählich Gestalt annahm, wusste er genau, wie der nächste Schritt aussehen würde.

Er stand auf, nahm die Plastiktüte aus dem Papierkorb und steckte die rote Mappe aus seiner Aktentasche hinein. Er wusste genau, welches Risiko er eingegangen war, als er den ganzen Tag Aktentasche und Koffer mit sich herumgeschleppt hatte. Er blieb stehen und horchte. Jetzt kam der Punkt in den Nachrichten, der ihn am meisten interessierte. Zum wiederholten Mal wurde gemeldet, dass alle zivilen Flüge abgesagt worden seien. Auf unbestimmte Zeit.

Perfekt.

Er zog die Jacke über und verließ das Zimmer.

Es war Viertel vor sieben und noch hell, als er mit der Plastiktüte in der Hand zur geschäftigen Hauptstraße mit der Hochbahnbrücke ging.

Er hatte seit dem Frühstück nichts gegessen, war aber auch nicht hungrig. Zunächst stand etwas Wichtigeres an.

Erleichtert sah Ronnie, dass Mail Box City noch geöffnet hatte. Er überquerte die Straße und trat ein. Rechts befand sich die Wand mit den Schließfächern, und am Ende saß der langhaarige Mann von vorhin vor seinen Internetterminals. Hinter ihm befanden sich zwei leere Telefonkabinen. Links warteten drei Leute an der Theke. Ein Mann mit weißem Helm und Arbeitsanzug hielt ein Sparbuch hin und empfing einen Stapel Banknoten. Hinter ihm standen eine alte Frau mit unfreundlicher Miene und ein hoch aufgeschossenes Mädchen mit langem orangefarbenem Haar, das sich mit leerem Blick umschaute und ständig die Hände knetete.

Ronnie stellte sich hinter dem Mädchen in die Schlange. Fünf Minuten später überreichte ihm der ergraute Mann hinter der Theke gegen eine Gebühr von fünfzig Dollar einen Schlüssel, der dünn wie eine Rasierklinge war, und eine Quittung. »31«, sagte er mit kehliger Stimme und deutete mit dem Finger hin. »Eine Woche. Sie kommen wieder, sonst Fach aufmachen. Rausnehmen. Verstanden?«

Ronnie nickte und warf einen Blick auf die Quittung. Darauf waren Datum und Uhrzeit der Anmietung und die genaue Ablaufzeit gedruckt.

»Keine Drogen.«

»Alles klar.«

Der Mann bedachte ihn mit einem langen, traurigen Blick und fragte dann mit sanfterer Stimme: »Sie okay?«

»Ja, ich bin okay.«

Der Mann nickte. »Verrückt. Verrückt heute. Warum machen das? Verrückt, oder?«

»Ja, verrückt.«

Ronnie wandte sich ab, ging zu seinem Schließfach und öffnete es. Es war tiefer, als er gedacht hatte. Er schob sein Päckchen hinein, sah sich vorsichtig um, schloss die Tür und drehte den Schlüssel um. Dann kam ihm ein Gedanke, und er ging noch einmal zur Theke. Nachdem er für eine halbe Stunde Internet bezahlt hatte, setzte er sich an ein Terminal und loggte sich bei Hotmail ein.

Fünf Minuten später war alles erledigt. Er hatte einen neuen Namen und eine neue E-Mail-Adresse. Damit begann sein neues Leben.

Jetzt merkte er endlich, wie hungrig er war. Er verließ den Laden und machte sich auf die Suche nach einem Burger, Fritten und einer Gewürzgurke. Plötzlich verspürte er wahren Heißhunger auf eine Gewürzgurke. Und gebratene Zwiebeln. Ketchup. Mit allem Drum und Dran. Und eine Cola.

Champagner würde es später geben.

56

OKTOBER 2007 »Herein«, antwortete Alison Vosper auf sein Klopfen hin.

Cassian Pewe hatte sich für dieses Gespräch sorgfältig gekleidet: sein elegantester blauer Anzug, das beste weiße Hemd, seine Lieblingskrawatte mit blassblauen und weißen geometrischen Mustern. Außerdem hatte er so viel Eternity aufgesprüht, dass er roch, als hätte man ihn darin mariniert.

Man spürte immer, wenn man sich mit jemandem auf Anhieb verstand, und bei Pewe und Assistant Chief Constable Vosper war dies der Fall gewesen. Sie hatten sich im Januar auf einer Konferenz der Metropolitan Police kennengelernt, bei der es um Terrorismusbekämpfung und die islamische Bedrohung britischer Städte ging. Da war so ein erotisches Kribbeln zwischen ihnen gewesen. Als sie seine Versetzung nach Sussex – und damit auch seine Beförderung zum Detective Superintendent – so begeistert und aktiv betrieb, hatte es ihn in der Annahme bestätigt, dass sie auch außerplanmäßige Aktivitäten im Sinn hatte.

Kein Wunder, er wusste genau, wie sehr er auf Frauen wirkte. In seiner bisherigen Karriere hatte er sich immer auf mächtige Frauen konzentriert. Nicht alle waren zugänglich; in der Tat war er auf einige getroffen, die härter waren als ihre männlichen Kollegen. Die meisten aber waren ganz normale Frauen, intelligent und stark, aber auch verletzlich. Man musste nur die richtigen Knöpfe betätigen.

Daher war er umso überraschter, als ihn Alison Vosper äußerst kühl empfing.

»Setzen Sie sich«, sagte sie, ohne von den Papieren auf ihrem Schreibtisch aufzublicken. Kein Lächeln brachte die eisige Miene zum Tauen. Sie thronte hinter ihrem riesigen Schreibtisch aus Rosenholz und las ungerührt einen Artikel im *Guardian*, wobei sie ihre elegant manikürte Hand warnend gehoben hatte.

Er ließ sich in den schwarzen Ledersessel sinken. Obwohl es schon vier Monate her war, dass sein Taxi mit einem gestohlenen Lieferwagen zusammengeprallt war und er sich das Bein an vier Stellen gebrochen hatte, konnte er noch immer nicht lange ohne Schmerzen stehen. Das behielt er tunlichst für sich, da er seine Karrierechancen nicht dadurch gefährden wollte, dass man ihn zum Invaliden stempelte.

Alison Vosper las weiter. Pewe betrachtete die gerahmten Fotos ihres Ehemanns, eines stämmigen Polizeibeamten mit rasiertem Kopf, der etliche Jahre älter war als sie, und ihrer Kinder, zwei Jungen in Schuluniform und mit blöder Brille.

An der Wand hingen mehrere gerahmte Urkunden, die ihren Namen trugen, und einige alte Ansichten von Brighton – die Rennbahn und der längst verschwundene Kettenpier.

Das Telefon klingelte. Sie warf einen Blick auf das Display, nahm ab und knurrte: »Bin in einer Besprechung, ich melde mich.« Sie legte auf und las weiter. »Und, wie kommen Sie zurecht?«, fragte sie unvermittelt.

»Bisher läuft es gut.«

Sie schaute auf, und er versuchte, Augenkontakt zu halten, doch schon wanderte ihr Blick zu einem anderen Bereich des Schreibtischs. Sie griff nach einem Stapel Unterlagen und schien etwas darin zu suchen. »Wie ich hörte, hat man Sie den ungelösten Fällen zugeteilt.«

»Ja.«

Sie trug eine kurze, eng anliegende Jacke und eine weiße Bluse mit Stehkragen, die am Hals mit einer Opalbrosche geschlossen war. Ihre Brüste, von denen er schon geträumt hatte, wirkten darin flach. Jetzt schaute sie ihn lächelnd an, ein langes, beinahe aufreizendes Lächeln.

Pewe schmolz dahin. Dann suchte sie wieder in ihren Papieren.

Sie hatte etwas Duftiges an sich. War nicht schön, aber ungeheuer attraktiv. Seidige weiße Haut, auf der selbst die winzige Warze, die über den Kragen der Bluse lugte, anziehend wirkte. Ihr Zitrusparfüm ließ Feuerwerksraketen in seinem Bauch aufsteigen. Sie wirkte rein, stark und selbstbewusst. Am liebsten wäre er um den Tisch gegangen, hätte ihr die Kleider vom Leib gerissen und sich mit ihr auf dem Teppichboden gewälzt.

Diese Vorstellung erregte ihn ungemein.

Und sie schaute noch immer auf ihren Schreibtisch und suchte in den verdammten Papieren!

»Es ist schön, Sie wiederzusehen«, sagte er sanft und legte danach eine erwartungsvolle Pause ein. Empfand sie wie er? War sie nur schüchtern? Vielleicht wollte sie ihn auf einen Drink einladen, damit sie gemütlich und in Ruhe miteinander sprechen konnten.

Natürlich könnte er sie auch in seine Wohnung am Yachthafen bitten, die hatte einen ziemlich coolen Ausblick.

Vosper studierte wieder den *Guardian.*

»Suchen Sie etwas? Steht etwas über die Kripo darin?«

»Nein«, erwiderte sie abweisend. »Ich will mich nur auf den neuesten Stand bringen.« Sie fuhr fort, ohne aufzublicken: »Ich nehme an, Sie werden zunächst prüfen, wie viele ungelöste Fälle wir überhaupt haben.«

»Na ja, sicher, absolut.«

»Morde, verdächtige Todesfälle, Langzeitvermisste? Andere unaufgeklärte Kapitalverbrechen?«

»Alle.«

Jetzt überflog sie die Titelseite des *Telegraph.*

Pewe schaute sie verunsichert an. Eine unsichtbare Wand schien zwischen ihnen zu stehen, und er wusste nicht, wie er reagieren sollte. »Ähm, ich wüsste gern, ob ich inoffiziell mit Ihnen sprechen kann.«

»Nur zu.« Sie blätterte rasch die Zeitung durch.

»Ich soll an Roy Grace berichten, aber da gibt es gewisse Vorbehalte meinerseits.«

Jetzt genoss er ihre volle Aufmerksamkeit. »Weiter.«

»Sicher haben Sie von seiner vermissten Frau gehört.«

»Mit diesem Wissen muss die gesamte Polizei seit neun Jahren leben«, erwiderte Vosper.

»Ich habe gestern Abend mit den Eltern der Frau gesprochen. Sie sind tief besorgt, weil die Sussex Police ihrer Ansicht nach keine neutrale Ermittlung durchgeführt hat.«

»Könnten Sie das etwas präzisieren?«

»Selbstverständlich. Es geht um Folgendes. Roy selbst hat damals die Ermittlungen geleitet. Das erscheint mir nicht richtig. Ich will damit sagen, so etwas wäre bei der Met nicht passiert.«

»Und worauf wollen Sie hinaus?«

»Nun ja«, erklärte Pewe salbungsvoll, »die Eltern sind sehr unglücklich deswegen. Ihren Worten konnte ich entnehmen, dass sie befürchten, Roy habe etwas zu verbergen.«

Vosper schaute ihn an. »Und was glauben Sie?«

»Ich möchte Sie um die Erlaubnis bitten, diesem Fall absoluten Vorrang einzuräumen. Nachzuhaken. Nach eigenem Gutdünken Ermittlungen einzuleiten, die ich für erforderlich halte.«

»Stattgegeben«, sagte sie. Dann wandte sie sich wieder ihrer Zeitung zu und entließ ihn mit einer Bewegung der Hand, an der sie Ehering und Diamantsolitär trug.

Als Pewe sich erhob, war seine Erektion verschwunden. Dafür spürte er eine völlig neue Erregung.

57

OKTOBER 2007 Beleuchtung und Ventilator schienen seit Stunden eingeschaltet zu sein. In dem winzigen, fensterlosen Raum hatte Abby ihr Zeitgefühl verloren. Sie wusste nicht, ob es Nacht oder schon Morgen war. Ihr Mund und ihre Kehle waren ausgedörrt, sie hatte einen Wahnsinnshunger, und ihr ganzer Körper war taub oder schmerzte von den Fesseln.

Der ständige Luftzug ließ sie vor Kälte zittern. Sie musste sich dringend die Nase putzen, die verstopft war, wodurch ihr das Atmen immer schwerer fiel. Durch den Mund bekam sie gar keine Luft, und während sie schneller und schneller atmete, spürte sie eine Panikattacke aufsteigen.

Sie versuchte, ihren Atem zu verlangsamen, um sich zu beruhigen. Ihr war, als hätte sie ihren Körper verlassen, als wäre sie tot und schwebte über ihm in der Luft. Als wäre der nackte, mit Klebeband gefesselte Mensch nicht sie selbst.

Sie war tot.

Ihr Herz hämmerte. Sie wollte etwas sagen und hörte den gedämpften Ton in ihrem Mund. *Ich lebe noch. Ich kann mein Herz spüren.*

Ein eisernes Band schien sich um ihren Schädel, ihr Gehirn zu legen. Ihr Körper war feuchtkalt, sie konnte nicht mehr klar sehen. Dann begann sie unkontrolliert zu zittern. Kalter Schweiß brach ihr aus, als der Gedanke sie wie ein Hammerschlag traf.

Wenn er nun einfach weggegangen war?

Sie hier sterben ließ . . .

Zu Beginn ihrer Bekanntschaft hatte sie gedacht, dass seine Gewaltbereitschaft genau wie bei Dave reines Imponiergehabe sei, um mit den Gangsterfreunden mitzuhalten. Doch eines Abends hatte er in seiner Wohnung eine Spinne in der Badewanne erwischt und ihre Beine nacheinander mit einem Feuerzeug abgebrannt. Danach hatte er sie in ein Einmachglas gesetzt und ihrem Schicksal überlassen.

Die Vorstellung, er könnte ihr etwas Ähnliches antun, ließ sie mit neuer Kraft gegen die Fesseln ankämpfen. Ihre Panik wuchs.

Konzentriere dich.

Es ist nur eine Panikattacke. Du stürzt nicht. Du befindest dich in deinem Körper. Sprich die Worte.

Sie atmete ein und aus. *Ich bin Abby Dawson,* sagte sie in Gedanken. *Mir geht es gut. Das ist nur eine verrückte chemische Reaktion. Mir geht es gut, ich befinde mich in meinem Körper, ich bin nicht tot, und es geht vorbei.*

Sie versuchte, sich auf die einzelnen Fesseln zu konzentrieren, und begann mit der um ihre Stirn. Ihr Hals schmerzte immer mehr, weil ihr Kopf so weit zurückgezogen wurde. So sehr sie sich auch bemühte, sie konnte ihn keinen Zentimeter bewegen.

Dann versuchte sie es mit ihren Händen, die auf die Oberschenkel geklebt waren. Die Finger waren gespreizt und einzeln befestigt, damit sie nichts ergreifen konnte. Sie wollte die Beine heben, doch die waren so fest miteinander verklebt, als steckten sie in einem Gipsverband. Nichts gab nach. Keine lockere Stelle.

Woher kannte er sich so gut mit Fesseln aus? Oder war es eine Naturbegabung? Hatte er dabei gelächelt?

Ganz bestimmt.

Sie konnte es ihm kaum verdenken.

Plötzlich wünschte sie sich verzweifelt, sie hätte sich nie darauf eingelassen. Sie war nicht stark genug. Nicht klug genug. Wie hatte sie nur glauben können, dass der Plan funktionieren würde? Wie hatte sie so dumm sein können?

Ein Scheppern riss sie aus ihren Gedanken, dann quietschten wieder Gummisohlen, und ein Schatten trat durch die Tür. Ricky schaute auf sie herunter, in einer Hand eine große Plastiktüte aus dem Supermarkt, in der anderen einen weißen Kaffeebecher. Sie roch das Aroma. Einfach herrlich.

»Ich hoffe, du hast gut geschlafen, Abby. Du sollst heute frisch sein. Wie sieht es aus?«

Sie stöhnte leise.

»Das mit dem Klebeband tut mir leid, aber die Wände hier drinnen sind nicht besonders dick. Du verstehst, dass ich kein Risiko eingehen kann. Na ja, das Bett war vielleicht ein bisschen hart. Aber die Position ist gut für die Haltung. Gerader Rücken. Hat dir schon mal jemand gesagt, wie wichtig eine gute Haltung ist?«

Keine Antwort.

»Das Wort Haltung kommt sicher nicht in deinem Vokabular vor.« Er stellte die Plastiktüte auf den Boden. Wieder ein Scheppern, gefolgt von metallischem Klirren.

»Ich habe dir ein paar Sachen mitgebracht. Ehrlich gesagt, habe ich noch nie jemanden gefoltert. Das kenne ich nur aus Filmen. Aus Büchern.«

Ihre Kehle war wie zugeschnürt.

»Eigentlich muss ich dir nicht unbedingt wehtun. Es reicht, wenn du mir sagst, wo sie sind. Du hast mir meinen ganzen Vorrat gestohlen.«

Sie schwieg. Zitterte.

Er hob die Tüte hoch und schüttelte sie geräuschvoll. »Ich habe verschiedene ziemlich primitive Sachen hier drin. Da wäre ein Elektrobohrer, der mühelos durch deine Kniescheibe dringt. Ein kleiner Hammer und ein Päckchen Nadeln. Die passen genau unter deine Fingernägel. Eine Zange für die Zähne. Wir könnten natürlich auch ein bisschen Kultur zeigen.«

Er holte einen schwarzen iPod aus der Tasche und hielt ihn ihr vors Gesicht. »Musik. Hör mal.«

Er setzte ihr die Kopfhörer auf, schaute aufs Display und drückte den Startknopf. Dann drehte er die Lautstärke auf.

Abby hörte ein Lied, das sie erkannte, dessen Titel ihr aber nicht auf Anhieb einfiel.

»›Fool for love‹«, half Ricky nach. »Wie für mich geschrieben, was?«

Sie schaute ihn an, fassungslos vor Entsetzen. Welche Reaktion erwartete er? Sie versuchte, ihre Angst nicht zu zeigen.

»Ich mag die Platte. Du auch? Denk dran, Augen rechts heißt ja, Augen links heißt nein.«

Sie bewegte die Augen nach rechts.

»Gut, jetzt sind wir auf dem richtigen Weg! Hast du sie hier oder woanders? Augenblick, wie formuliere ich das am besten? Befinden sie sich hier in dieser Wohnung?«

Sie bewegte die Augen nach links.

»Okay, also woanders. In Brighton?«

Augen rechts.

»In einem Schließfach?«

Wieder wanderten ihre Augen nach rechts.

Er steckte die Hand in die Hosentasche und holte einen schmalen, dünnen Schlüssel heraus. »Dieser Schlüssel?«

Ihr Blick bestätigte seine Annahme.

Er lächelte. »Gut. Jetzt müssen wir nur noch die Bank und die Anschrift herausfinden. Ist es NatWest?«

Augen links.

»Llyods TSB?«

Augen links.

»HSBC?«

Wieder gingen ihre Augen nach links. Barclays schied ebenfalls aus.

»Aha, verstehe.« Er entfernte sich von der Tür und kehrte mit den Gelben Seiten zurück. Er schlug die Einträge der Sicherheitsfirmen auf und las alle vor, doch Abby verneinte jedes Mal. Bis er Southern Deposit Security erreichte.

Nun zuckten ihre Augen nach rechts.

Er las Namen und Adresse durch und klappte das Heft zu.

»Na schön, jetzt noch ein paar Einzelheiten. Wird das Konto unter dem Namen Abby Dawson geführt?«

Augen links.

»Katherine Jennings?«

Augen rechts.

Er lächelte und wirkte schon viel zufriedener.

Sie starrte ihn an, wollte ihm ein Zeichen geben, doch das interessierte ihn nicht.

»Hasta la vista, Baby!«, verkündete er fröhlich. »Das stammt aus einem meiner Lieblingsfilme. Weißt du noch?« Er schaute sie eindringlich an.

Sie bewegte die Augen nach rechts. Natürlich erinnerte sie sich. Sie kannte den Film und den Spruch. Arnold Schwarzenegger in *Der Terminator*. Sie wusste, was es bedeutete.

58

OKTOBER 2007 Nach der Besprechung suchte Roy Grace Zuflucht in seinem Büro und schaute auf die Straße und den hässlichen Supermarkt samt Parkplatz hinaus, der ihm die an sich schöne Aussicht auf seine geliebte Stadt versperrte. Immerhin konnte er ein Stückchen Himmel sehen, und zum ersten Mal seit Tagen war er blau. Sonnenstrahlen drangen durch die Wolken.

Er hielt den Kaffeebecher, den Eleanor ihm gebracht hatte, in der Hand und warf einen Blick auf die Plastikkisten, die seine Sammlungen enthielten: drei Dutzend alte Feuerzeuge und eine Sammlung internationaler Polizeimützen.

Neben der ausgestopften Forelle, die er vor einigen Jahren gefangen hatte, befand sich ein Geburtstagsgeschenk von Cleo, ein präparierter Karpfen in einer Vitrine. Auf den Sockel war der Spruch *Carpe diem* geprägt, ein grauenhaftes Wortspiel.

Auf dem Tisch lagen Aktentasche, Handy, Diktiergerät und Protokolle der Gerichtsverhandlungen, bei deren Vorbereitung er half. Eins davon musste er unbedingt an diesem Morgen durcharbeiten, weil ihm der Staatsanwalt im Nacken saß.

Dank seiner Beförderung wuchsen die Aktenberge noch schneller als früher. Sie enthielten neuerdings auch Zusammenfassungen aller Kapitalverbrechen, die die Kripo Sussex derzeit untersuchte und die er überprüfen musste.

Grace erstellte eine Liste mit wichtigen Punkten der Operation Dingo, die er nachverfolgen musste, und arbeitete das Protokoll durch, was ihn eine ganze Stunde kostete. Als er fertig war, holte er sein Notizbuch heraus und las den jüngsten Eintrag. Seine Handschrift war so unleserlich, dass er einen Augenblick brauchte, um sie zu entziffern.

Katherine Jennings, Wohnung 82, Arundel Mansions,
29 Lower Arundel Terrace.

Grace musste kurz überlegen, bevor sich einige Schaltkreise in seinem Gehirn schlossen und ihm wieder einfiel, worum es dabei ging. Natürlich, Kevin Spinella hatte ihn gestern nach der Pressekonferenz angesprochen und etwas von einer Frau erzählt, die aus einem Aufzug befreit worden war. Angeblich hatte sie sich vor etwas gefürchtet.

Die meisten Leute, die in einem Aufzug stecken blieben, fürchteten sich. Er selbst litt unter Höhenangst und leichter Klaustrophobie, sodass er es nur zu gut verstehen konnte. Dennoch, man konnte nie wissen. Also würde er seine Pflicht tun und die Sache dem Revier East Brighton melden. Er rief die Durchwahl von Inspector Stephen Curry an, eines besonders fähigen Kollegen, und nannte ihm Namen und Anschrift der Frau und seine Informationsquelle.

»Es ist nicht so furchtbar wichtig, Steve. Schick einfach bei Gelegenheit einen Streifenbeamten vorbei, um nachzusehen.«

»Natürlich«, erwiderte Stephen Curry, der es hörbar eilig hatte. »Überlass das nur mir.«

»Mit dem größten Vergnügen«, sagte Grace.

Nachdem er eingehängt hatte, betrachtete er seinen voll beladenen Schreibtisch und beschloss, seinen Wagen gegen Mittag zu Fuß abzuholen. Dabei konnte er frische Luft schnappen, den seltenen Sonnenschein genießen und einen klaren Kopf bekommen. Danach würde er sich in der Stadt nach ein paar alten Bekannten von Ronnie Wilson umschauen. Er hatte auch schon eine Idee, wo er anfangen könnte.

59

12. SEPTEMBER 2001 Ronnie verbrachte eine unruhige Nacht auf ungewaschenen Nylonlaken und kämpfte mit einem Schaumstoffkissen, das scheinbar mit Steinen gefüllt war. Die Sprungfedern der Matratze bohrten sich wie Korkenzieher in seinen Körper. Er konnte das Fenster entweder geschlossen halten und den blechernen Lärm der Klimaanlage erdulden oder es öffnen und vom ununterbrochenen Sirenengeheul und Knattern der Hubschrauber wach gehalten werden.

Um kurz vor sechs kratzte er sich an einem von mehreren roten Stichen an seinem Bein und entdeckte bald weitere Exemplare auf Brust und Bauch, die höllisch juckten.

Ronnie tastete nach der Fernbedienung und schaltete den Fernseher ein. Plötzlich drang die Außenwelt vehement in sein Zimmer. Bilder von New York. Verstörte Menschen, die selbst gemachte Plakate und Schilder mit Fotos in die Höhe hielten, auf denen in großen Buchstaben HABEN SIE SOUNDSO GESEHEN? zu lesen stand.

Ein Nachrichtensprecher gab die geschätzte Opferzahl bekannt. Am unteren Bildschirmrand wurden Notrufnummern und weitere Meldungen eingeblendet.

Lauter schlechte Neuigkeiten.

Auch in seinem Kopf lief alles durcheinander, Gedanken, Ideen, Lorraine, Donald Hatcook, Flammen, Schreie, herabstürzende Körper.

Sein Plan.

War Donald noch am Leben? Und wenn ja, würde er sich wirklich auf seinen Biodiesel-Deal einlassen? Ronnie war schon immer ein Zocker gewesen und ahnte, dass sein neuer Plan erfolgversprechender war als dieses Geschäft. Was ihn betraf, war Donald Hatcook, ob tot oder lebendig, Schnee von gestern.

Sicher, Lorraine würde erst einmal leiden. Irgendwann aber würde sie einsehen, dass auch das Glück seinen Preis hatte.

Eines Tages würde die dumme Kuh alles begreifen – und zwar dann, wenn er sie mit einem Regen aus 50-Pfund-Noten überschüttete und ihr alles kaufte, was sie sich je gewünscht hatte! Und noch mehr!

Sie würden reich sein!

Nur die erste Zeit wäre schwer.

Und er musste sehr, sehr vorsichtig sein.

Ronnie schaute noch einmal auf die Uhr: zwei Minuten nach sechs. Sein vom Jetlag ermüdetes Hirn überschlug, wie spät es jetzt in Brighton war. Nach längerem Überlegen kam er auf kurz nach elf vormittags. Was Lorraine wohl gerade machte? Gewiss hatte sie versucht, ihn auf dem Handy, im Hotel und in Donald Hatcooks Büro zu erreichen. Vielleicht war sie zu ihrer Schwester gefahren oder ihre Schwester, was wahrscheinlicher schien, zu ihr gekommen.

Jetzt äußerte sich ein Polizeibeamter im Fernsehen. Man benötige Freiwillige, die beim Ausgraben in den Trümmerbergen halfen und Wasser ausgaben. Er wirkte erschöpft, als hätte er die ganze Nacht nicht geschlafen. Ein Mann, der vor lauter Müdigkeit, Emotionen und Überlastung kurz vor dem Zusammenbruch stand.

Freiwillige. Ronnie ließ sich das Wort durch den Kopf gehen. *Freiwillige.*

Er stieg aus dem Bett und stellte sich in die winzige Dusche, fühlte sich seltsam befreit, aber auch nervös. Er konnte so viel falsch machen. Aber er hatte auch jede Menge Chancen. Die musste er nutzen. *Freiwillige.* Ja, die Idee hatte etwas!

Während er sich abtrocknete, konzentrierte er sich ganz auf die Nachrichten des Lokalsenders. Was würde man für die Stadt voraussagen? Noch einen Anschlag, wie viele Leute glaubten? Oder würde man in einigen Gegenden schon zur Normalität zurückkehren?

Er musste es wissen, Geschäfte standen an. Sein neues Leben musste finanziert werden. Spekulieren und akkumulieren. Was er brauchte, war teuer, und er musste bar bezahlen.

Nun folgte die Meldung, auf die er gewartet hatte: welche Teile der Stadt abgesperrt und welche zugänglich sein würden. Wie es mit dem öffentlichen Nahverkehr aussah. Anscheinend hatte dieser größtenteils den Betrieb wieder aufgenommen. Die Nachrichtensprecherin erklärte feierlich, der gestrige Tag habe die Welt verändert.

Natürlich hatte sie recht, doch für viele Menschen würde es heute ganz gewöhnlich weitergehen, was Ronnie durchaus erleichterte. Nach seiner Sauftour, dem Abendessen und der Miete für sein Zimmer waren ihm nur 302 Dollar geblieben.

Er musste sich der finanziellen Realität stellen. 302 Dollar, die reichen mussten, bis er ein Geschäft abschließen konnte. Es wäre denkbar, den Laptop zu verpfänden, aber auch sehr riskant. Als sie vor einigen Jahren den Computer des Autohandels beschlagnahmt hatten, musste er am eigenen Leib erfahren, dass es so gut wie unmöglich war, eine Festplatte völlig zu löschen. Über seinen Laptop würden sie ihn immer aufspüren können.

Jetzt ging es wieder um die Freiwilligen, die bei den Aufräumarbeiten helfen sollten. Die Idee, die sich in seinem Kopf festgesetzt hatte, war aufregend.

Dank der Morgennachrichten hatte sein Plan weiter Gestalt angenommen.

60

OKTOBER 2007 Sussex House war ursprünglich als Zentrale der Kripo Sussex angekauft worden, doch trotz der beengten Platzverhältnisse hatte man auch noch ein Revier der Schutzpolizei, East Brighton, hineingequetscht. Das spezialisierte Team konzentrierte sich auf Nachbarschaftshilfe und lokale Problemlösungen und war in einem kleinen Bereich untergebracht, der vom Empfangsraum abzweigte.

Inspector Stephen Curry betrachtete es als Nachteil, dass er jeden Morgen zwei Orte aufsuchen musste. Hier in Sussex House fand die tägliche Besprechung mit dem Leiter des Teams statt, die um kurz nach neun endete und nach der er wie ein Wilder durch den Berufsverkehr zur Hauptwache in der John Street fahren musste, wo er um halb zehn zur täglichen Besprechung mit dem Superintendent Crime and Operations erwartet wurde.

Curry war ein kräftiger Mann von neununddreißig, mit hartem, gut geschnittenen Gesicht und jugendlichem Enthusiasmus. An diesem Tag hatte er es noch eiliger als sonst und warf einen besorgten Blick auf die Uhr. Viertel vor elf. Er war soeben aus der John Street in sein Büro in Sussex House zurückgekehrt, um einige dringende Dinge zu erledigen, und wollte gerade wieder zur Tür hinaus eilen, als Roy Grace anrief.

Er notierte den Namen *Katherine Jennings* und die Adresse und erklärte, er werde jemanden aus seinem Spezialistenteam dort vorbeischicken.

Da die Sache nicht weiter dringend klang, beschloss er, es auf später zu verschieben, sprang auf, griff nach seiner Mütze und eilte aus dem Zimmer.

61

12. SEPTEMBER 2001 Lorraine saß wieder in ihrem weißen Frotteebademantel am Küchentisch, Zigarette im Mund und Teetasse vor sich. Ihr Kopf hämmerte, die Augen schmerzten von einer durchwachten Nacht. Sie spürte ihr Herz wie ein schweres Gewicht in der Brust, und ihr war flau im Magen.

Sie klopfte die Zigarettenasche auf die vier Kippen, die bereits im Aschenbecher lagen. Neben ihr war der *Daily Mirror* aufgeschlagen, und im Fernseher liefen die Nachrichten, doch zum ersten Mal seit dem vergangenen Nachmittag war sie abgelenkt.

Vor ihr lagen die Post von diesem Tag, von gestern und vom Montag, dazu weitere geöffnete Briefe, die sie in Ronnies Schreibtisch gefunden hatte.

Das Schreiben, das sie gerade las, stammte von einer Inkassofirma namens EndCol Financial Recovery und bezog sich auf einen Vertrag, den Ronnie abgeschlossen hatte, um die Leasingraten für den Flachbildschirm im Wohnzimmer abzustottern. Der nächste Brief stammte von einer weiteren Inkassofirma, die ihrem Mann mitteilte, dass man das Telefon abschalten werde, falls die Außenstände in Höhe von 602 Pfund nicht innerhalb der nächsten sieben Tage beglichen würden.

Weiterhin gab es einen Brief vom Finanzamt, das eine Forderung in Höhe von 11 500 Pfund erhob, die innerhalb von drei Wochen bezahlt werden musste, sonst erginge ein Vollstreckungsbefehl.

Lorraine schüttelte ungläubig den Kopf. Bei der Hälfte der Briefe handelte es sich um Zahlungsaufforderungen und angemahnte Rechnungen. Außerdem hatte der Filialleiter der Bank Ronnies Bitte um ein weiteres Darlehen rundheraus abgelehnt.

Am schlimmsten aber war das Schreiben der Bausparkasse, das sie ebenfalls im Schreibtisch gefunden hatte. Man wolle Ronnies Hypothek kündigen und ein Verfahren einleiten, um das Haus zu beschlagnahmen.

Lorraine drückte die Zigarette aus, vergrub das Gesicht in den Händen und begann zu schluchzen. Die ganze Zeit dachte sie: *Warum hast du mir nichts davon erzählt? Warum hast du mir nicht gebeichtet, wie groß unsere Probleme sind? Ich hätte dir geholfen, mir einen Job gesucht. Damit hätte ich sicher nicht viel verdient, aber es wäre besser als gar nichts gewesen.*

Sie nahm die nächste Zigarette aus der Packung und starrte wie betäubt auf den Bildschirm. Sah die Menschen in New York, die mit Fotos und Plakaten nach ihren Liebsten suchten. Genau das musste sie auch tun, hinfliegen und nach ihm suchen. Vielleicht war er verletzt, lag irgendwo im Krankenhaus . . .

Tief im Inneren spürte sie, dass er noch lebte. Er war ein Überlebenskünstler. Mit den ganzen Schulden würde er auch fertig. Wäre Ronnie gestern Abend hier gewesen, hätte man ihnen nie und nimmer den Wagen weggenommen. Er hätte mit den Leuten etwas ausgehandelt, Bargeld aufgetrieben oder ihnen einfach den Hals umgedreht.

Zum tausendsten Mal wählte sie seine Nummer. Wieder die Mailbox. Nicht seine Stimme, sondern eine fremde, die verkündete, die Nummer sei leider nicht zu erreichen und sie solle eine Nachricht hinterlassen.

Sie hängte ein, trank von ihrem Tee, zündete die Zigarette an und hustete. Ein heftiger, tief sitzender Husten, der ihr die Tränen in die Augen trieb. Im Fernsehen sah man jetzt rauchende Trümmer, die Skelette der Wände, die ganze apokalyptische Szenerie, die bis gestern Morgen das World Trade Center gewesen war. Lorraine versuchte zu erkennen, wo einmal der Südturm gewesen war, und fragte sich, wann und wie Ronnie dort hinausgekommen sein mochte. Jetzt sah man die Nahaufnahme eines Feuerwehrmanns mit Schutzmaske, der über rutschendes, rauchendes Mauerwerk stolperte, dann eine Betonplatte, an die dreißig Meter lang, die auf einen Streifenwagen gestürzt war und ihn völlig zerstört hatte.

Es klingelte an der Tür. Lorraine erstarrte. Dann folgte ein heftiges Klopfen.

Scheiße. Scheiße. Scheiße. Scheiße.

Sie schlich nach oben ins vordere Schlafzimmer, das Ronnie benutzte, und spähte hinaus. Ein blauer Lieferwagen parkte quer vor der Einfahrt, zwei bullige Männer warteten vor der Haustür. Einer hatte den Kopf rasiert und trug Parka und Jeans; der andere hatte kurzes Haar und einen großen goldenen Ohrring. Er hielt ein Dokument in der Hand.

Sie rührte sich nicht, hielt beinahe die Luft an. Wieder das energische Klopfen an der Tür. Es klingelte noch zweimal. Dann endlich fuhr der Lieferwagen davon.

62

OKTOBER 2007 *Wichser!*

Cassian Pewe war erst seit wenigen Tagen in Sussex House, doch Tony Case, der Leiter der Haushaltsabteilung, hatte ganze drei Minuten gebraucht, um sich seine Meinung zu bilden.

Case, selbst ehemaliger Polizist, verwaltete dieses Gebäude und drei weitere in Littlehampton, Horsham und Eastbourne, in denen die Soko-Zentralen untergebracht waren. Er war unter anderem dafür verantwortlich, Risikobewertungen für Razzien durchzuführen, Budgets für die Ausrüstung aufzustellen, auf die Einhaltung allgemeiner Vorschriften zu achten und dafür zu sorgen, dass die Mitarbeiter alles hatten, was sie benötigten.

Beispielsweise Bilderhaken.

»Schauen Sie«, sagte Pewe, als hätte er es mit einem Schwachsinnigen zu tun, »ich hätte diesen Bilderhaken gerne acht Zentimeter weiter rechts und fünfzehn Zentimeter höher. Verstanden? Dieser hier sollte genau zwanzig Zentimeter höher sein. Verstanden? Sie schreiben ja gar nicht mit.«

»Vielleicht könnte ich Ihnen ein paar Haken, einen Hammer und ein Lineal bringen, und Sie hängen den ganzen Kram selbst auf«, schlug Case vor. Das machte jeder so, der Chief Superintendent eingeschlossen.

Pewe hatte die Anzugjacke über den Stuhl gehängt. Er stolzierte im Raum umher, die Daumen in die roten Hosenträger gehakt und ließ sie gegen die weiße Hemdbrust schnippen. »Ich bin kein Heimwerker«, erklärte er. »Für so etwas habe ich keine Zeit. Sie müssen doch irgendjemanden haben, der sich gewöhnlich darum kümmert.«

»Ja«, erklärte Tony Case. »Mich.«

Pewe schaute aus dem Fenster auf das düstere Untersuchungsgefängnis. Der Regen ließ allmählich nach. »Was für eine Aussicht«, stöhnte er.

»Detective Superintendent Grace war immer ganz zufrieden damit.«

Pewes Gesicht verfärbte sich eigenartig, als hätte er etwas gegessen, gegen das er allergisch war. »Das hier war sein Büro?«

»Ja.«

»Die Aussicht ist wirklich lausig.«

»Vielleicht bitten Sie ACC Vosper, das Untersuchungsgefängnis für Sie abzureißen.«

»Sehr witzig.«

»Witzig? So war das nicht gemeint. Ich bin im Dienst. Hier geht es nicht um Witze, sondern um ernsthafte Polizeiarbeit. Ich hole den Hammer – sofern ihn niemand geklaut hat.«

»Was ist mit meinen Assistenten? Ich habe zwei DCs angefordert. Wo sollen die sitzen?«

»Von zwei Assistenten weiß ich nichts.«

»Jedenfalls brauche ich Platz für sie. Sie müssen in meiner Nähe sitzen.«

»Ich könnte Ihnen einen kleineren Schreibtisch besorgen. Dann können die beiden Ihnen hier drinnen Gesellschaft leisten.« Mit diesen Worten verließ Case das Zimmer.

Pewe war sich nicht sicher, ob der Mann nur scherzte. Das Telefon riss ihn aus seinen Überlegungen. »Detective Superintendent Pewe«, meldete er sich wichtig.

Die Telefonzentrale. »Sir, ich habe einen Beamten von Interpol am Apparat. Er ruft im Namen der Polizei im australischen Victoria an. Er möchte ausdrücklich mit jemandem sprechen, der für die ungelösten Fälle zuständig ist.«

»Gut, stellen Sie ihn durch.« Er setzte sich gemächlich und legte die Füße auf den Schreibtisch zwischen die Aktenstapel. Dann hielt er den Hörer ans Ohr. »Detective Superintendent Cassian Pewe.«

»Guten Morgen, ähm, Cashon, Detective Sergeant James Franks von Interpol in London.«

Franks sprach mit lässigem Public-School-Akzent. Pewe hielt gar nichts davon, wie sich die Sesselfurzer von Interpol aufspielten und den anderen Polizeibehörden überlegen fühlten.

»Geben Sie mir Ihre Nummer, ich rufe zurück.«

»Danke, das ist nicht nötig.«

»Sicherheitsgründe. Die übliche Verfahrensweise hier in Sussex«, erklärte Pewe wichtigtuerisch und genoss das bisschen Macht.

Franks revanchierte sich, indem er ihn vier Minuten lang in einer Endlosschleife von »Nessun dorma« hängen ließ, bevor er sich meldete. Es hätte ihn gewiss noch glücklicher gemacht, wenn er gewusst hätte, dass Pewe dieses Stück besonders verabscheute.

»Na schön, Cashon, die Polizei von Melbourne hat sich bei uns gemeldet. Man hat die Leiche einer nicht identifizierten schwangeren Frau im Kofferraum eines Wagens gefunden. Muss etwa zweieinhalb Jahre in einem Fluss gelegen haben. Sie haben DNA-Proben von ihr und dem Fötus genommen, fanden aber keine Übereinstimmung in den australischen Datenbanken. Jetzt kommt das Interessante . . .«

Pewe hörte ein Schlürfen, als hätte Franks Kaffee getrunken.

»Die Frau hatte Brustimplantate aus Silikon. Wie ich höre, werden diese mit der Seriennummer des Herstellers versehen und gemeinsam mit dem Namen der Empfängerin im Register des jeweiligen Krankenhauses eingetragen. Diese bestimmten Implantate wurden 1997 an das Nuffied Hospital in Woodingdean geliefert, das zu Brighton and Hove gehört.«

Pewe nahm die Füße vom Tisch und suchte vergeblich nach einem Notizbuch, bevor er sich schließlich mit einem Briefumschlag zufrieden gab. Er notierte die Fakten und bat Franks, ihm die Informationen zu den Implantaten und die Ergebnisse der DNA-Analyse von Mutter und Fötus per Fax zu schicken. Er versprach, sich umgehend darum zu kümmern. Dann wies er nachdrücklich darauf hin, dass sein Name Cassian und nicht Cashon sei, und hängte ein.

Er brauchte dringend einen Assistenten. Es gab weitaus Wichtigeres, als sich um eine alte Leiche aus einem australischen Fluss zu kümmern. Eine Sache war sogar *sehr viel* wichtiger.

63

OKTOBER 2007 Abby lachte. Ihr Vater auch.

»Du dummes Mädchen, das hast du absichtlich gemacht oder?«

»Nein, hab ich nicht, Daddy!«

Beide traten zurück und betrachteten die zur Hälfte geflieste Badezimmerwand. Weiße Fliesen mit einer blauen Zierleiste, aufgelockert durch vereinzelte blaue Fliesen. Eine davon hatte sie falsch herum aufgeklebt, sodass man die graue Rückseite sah.

»Eigentlich solltest du mir helfen, junge Dame, statt mir noch mehr Arbeit zu machen!«, beschwerte sich ihr Vater.

Abby kicherte los. »Das war keine Absicht, Daddy, ehrlich nicht.«

Statt einer Antwort klatschte er ihr mit seinem Spachtel ein Stückchen Fugenmörtel auf die Stirn.

»Hey«, protestierte sie, »ich bin doch keine Badezimmerwand.«

»Und ob!«

Das Gesicht ihres Vaters wurde dunkel, das Lächeln verschwand. Er verwandelte sich in Ricky.

Ricky hielt einen Elektrobohrer in der Hand. Schaltete ihn lächelnd ein. Ein Heulen ertönte.

»Rechtes oder linkes Knie zuerst, Abby?«

Sie zitterte, während ihr Körper nur von den Fesseln gehalten wurde. Ihr Inneres bebte, als sie lautlose Schreie ausstieß.

Sie sah die rotierende Spitze. Sie näherte sich ihrer Kniescheibe. War nur noch wenige Zentimeter entfernt. Abby schrie. Ihre Wangen blähten sich auf. Kein Laut kam heraus. Nur ein endloses, gefangenes Stöhnen.

Es saß in Mund und Kehle fest.

Er schoss vor.

Dann änderte sich das Licht. Sie roch den scharfen, trockenen Geruch des frischen Fugenmörtels. Sah cremefarbene Fliesen. Sie hyperventilierte. Kein Ricky mehr da. Nur die Einkaufstüte lag noch da, wo er sie liegen gelassen hatte, gleich neben der Tür. Ihr ganzer Körper war schweißnass. Die Belüftung summte stetig, sie spürte den kalten Luftzug. Ihr Mund war völlig verklebt. Sie war ausgedörrt, unerträglich ausgedörrt. Nur einen Tropfen Wasser. Ein kleines Glas. Bitte.

Wieder starrte sie auf die Fliesen.

Verdammt, es war wirklich paradox, dass sie ausgerechnet hier drinnen gefangen war. Auf diese Fliesen blicken musste. So nah dran. So verdammt nah! Ihre Gedanken wirbelten durcheinander.

Sie musste zu Ricky durchdringen, irgendwie. Ihn dazu bringen, das Klebeband von ihrem Mund zu entfernen. Wenn er vernünftig war, würde er genau das tun.

Aber er war nicht vernünftig.

Der Gedanke ließ ihr Blut gefrieren.

64

12. SEPTEMBER 2001 Um kurz nach halb acht trat Ronnie aus der Tür der Pension, hellwach und aufmerksam. Der Himmel war strahlend blau, es war ein wenig dunstig, und die Morgenluft hätte eigentlich taufrisch sein müssen, doch stattdessen drang ihm ein beißender, säuerlicher Gestank in die Nase.

Zuerst dachte er an die Mülleimer, doch der Geruch begleitete ihn die Straße entlang. Wie ein feuchtes Schwelen, chemisch, sauer und klebrig. Seine Augen schmerzten, als hätte er winzige Sandkörner unter den Lidern.

Auf der Hauptstraße herrschte eine seltsame Atmosphäre. An diesem Mittwochmorgen waren kaum Autos zu sehen. Die Menschen gingen langsam, wirkten mitgenommen und verstört, als hätten sie schlecht geschlafen. Die ganze Stadt schien unter Schock zu stehen. Die fürchterlichen Ereignisse des Vortages waren nun allen ins Bewusstsein gedrungen und an diesem Morgen finstere Realität geworden.

Er entdeckte ein Café, das nicht nur in Kyrillisch, sondern auch in roter Schrift auf Englisch für sein GANZTÄGIGES FRÜHSTÜCK warb. Drinnen sah er einige Leute, darunter zwei Polizisten, die schweigend aßen und dabei Nachrichten schauten.

Ronnie setzte sich in eine Nische weiter hinten. Eine bedrückte Kellnerin schenkte ihm Kaffee ein und stellte ein Glas Eiswasser auf den Tisch, während er mit ausdrucksloser Miene die kyrillische

Speisekarte studierte, bevor er bemerkte, dass es auf der Rückseite eine englische Übersetzung gab. Er bestellte frisch gepressten Orangensaft und einen Stapel Pfannkuchen mit Speck und wandte seine Aufmerksamkeit wieder dem Fernseher zu. Es war kaum zu glauben, dass seit dem letzten Frühstück erst vierundzwanzig Stunden vergangen waren. Ihm kam es eher wie vierundzwanzig Jahre vor.

Nachdem er gefrühstückt hatte, ging er erneut zu Mail Box City. Derselbe junge Mann saß am Computer, während eine dünne dunkelhaarige Frau, die den Tränen nahe schien, an einem anderen Platz saß. Ein nervöser Kahlkopf in Latzhose, der stark zitterte, räumte Gegenstände von einer Reisetasche in ein Schließfach, wobei er sich verstohlen umsah. Ronnie fragte sich, was wohl in der Tasche sein mochte, schaute aber geflissentlich weg.

Das war nun seine Welt, die Welt der Durchreisenden, Besitzlosen, Armen und Flüchtlinge. Ihr ganzes Dasein kreiste um Orte wie diesen, an dem sie ihre wenigen Habseligkeiten unterbringen und die Post abholen konnten. Niemand kam hierher, um Freunde zu finden, sondern um anonym zu bleiben. Genau das, was er brauchte.

Ronnie sah auf die Uhr. Halb neun. Noch etwa eine halbe Stunde, bevor die Leute, mit denen er sprechen wollte, ins Büro kämen. Vorausgesetzt, sie kamen überhaupt. Er bezahlte für eine Stunde Internet und setzte sich an ein Terminal.

*

Um halb zehn betrat Ronnie eine der Telefonkabinen an der hinteren Wand, warf einen Vierteldollar ein und wählte die erste Nummer auf der Liste, die er bei seiner Internetsuche zusammengestellt hatte. Während er wartete, betrachtete er die Löcher in der schalldämpfenden Verkleidung der Kabine. Sie erinnerten ihn an die Telefone im Gefängnis.

Die Stimme am anderen Ende riss ihn aus seinen Gedanken. »Abe Miller Associates, Abe Miller am Apparat.«

Der Mann war nicht unhöflich, doch Ronnie spürte, dass er kein echtes Interesse an Geschäften hatte. Vielleicht sah er keinen Sinn mehr darin, noch Geld zu verdienen, wenn die Welt jederzeit untergehen konnte. So jedenfalls hörte es sich für Ronnie an.

»Eine Edward, ein Pfund, ungestempelt, postfrisch«, sagte Ronnie, nachdem er sich vorgestellt hatte. »Perfekte Gummierung, kein Falz.«

»Woran dachten Sie?«

»Ich habe vier davon. Ich dachte an viertausend pro Stück.«

»Bisschen viel.«

»Nicht in dem Zustand. Der Katalogpreis ist doppelt so hoch.«

»Die Sache ist die. Ich weiß nicht, wie sich das alles hier auf den Markt auswirken wird. Die Aktien sind im Keller. Ich weiß, wovon ich rede.«

»Eben, das hier ist besser als Aktien. Wertbeständiger.«

»Ich weiß nicht, ob ich gerade jetzt kaufen möchte. Ich würde lieber ein paar Tage abwarten, mal sehen, wie sich alles entwickelt. Wenn sie in einem so guten Zustand sind, könnte ich vielleicht zwei bieten. Aber nicht mehr.«

»Zweitausend pro Stück?«

»Mehr ist nicht drin. Wenn Sie eine Woche warten, könnte ich vielleicht ein bisschen höher gehen. Garantieren kann ich es aber nicht.«

Ronnie verstand die Zurückhaltung des Mannes. Vermutlich hatte er sich den schlechtesten Morgen seit dem großen Börsenkrach von 1929 ausgesucht, um in New York Geschäfte zu machen, aber ihm blieb keine andere Wahl. Zeit war ein Luxus, den er nicht hatte. Das schien sich wie ein roter Faden durch sein Leben zu ziehen. *Teuer einkaufen, billig verkaufen.* Warum zog er immer die Arschkarte?

»Ich melde mich wieder«, sagte Ronnie.

»Klar doch. Wie war doch gleich Ihr Name?«

Ronnie überlegte fieberhaft, unter welchem Namen er seinen Hotmail-Account angelegt hatte. »Nelson.«

Der Mann wurde hellhörig. »Sind Sie zufällig mit Mike Nelson aus Birmingham verwandt? Sie sind doch Engländer, oder?«

»Mike Nelson?« Ronnie fluchte innerlich. Es war nicht gut, wenn jemand in der Branche einen ähnlichen Namen trug. Die Leute würden sich an ihn erinnern, und genau darauf konnte er im Augenblick gut verzichten. »Nein, wir sind nicht verwandt.«

Er bedankte sich bei Abe Miller und hängte ein. Er dachte kurz über den Namen nach und entschloss sich, ihn zu behalten. Wenn es einen Händler gleichen Namens gab, würden die Leute ihm vielleicht von Beginn an mehr Respekt entgegenbringen. In diesem Geschäft war ein guter Ruf sehr wichtig.

Er versuchte es bei sechs weiteren Händlern, doch keiner bot ihm bessere Konditionen. Zwei wollten in der gegenwärtigen Situation gar nicht kaufen, was ihm größte Sorgen bereitete. Vielleicht würde der Markt noch schlechter, dann wäre es ratsam, Abe Millers Angebot anzunehmen, solange es stand. *Falls* es nach fündundzwanzig Minuten in dieser ungewissen neuen Welt noch stand.

Achttausend Dollar. Sie waren mindestens zwanzig wert. Er hatte noch ein paar andere dabei, darunter zwei überaus seltene Plate 11 und ungestempelte postfrische Penny Blacks mit Gummierung auf der Rückseite. Unter normalen Marktbedingungen hätte er für eine Plate 11 fünfundzwanzigtausend verlangen können, doch niemand wusste, wie viel sie jetzt noch wert waren. Es hatte keinen Sinn, sie anzubieten. Sie waren alles, was ihm auf dieser Welt geblieben war. Und mussten lange reichen. Womöglich sehr lange.

65

OKTOBER 2007 Zu Beginn seiner Karriere war Roy Grace im Stadtzentrum von Brighton Streife gegangen und hatte danach für kurze Zeit bei der Drogenfahndung gearbeitet. Er kannte die meisten Gesichter und Namen der Dealer und auch einige ihrer Stammkunden, weil er sie schon einmal hochgenommen hatte.

Normalerweise gingen ihnen nur die kleineren Fische ins Netz. Die Polizei zog es meist vor, sie zu beobachten oder sich sogar mit ihnen anzufreunden, statt sie zu verhaften, weil man hoffte, über sie irgendwann an die großen Fische zu gelangen und, was selten vorkam, eine wirklich wertvolle Lieferung zu erwischen. Doch wann immer die Polizei erfolgreich war und ein paar Leute aus dem Verkehr zog, warteten die nächsten schon in den Kulissen.

Er fuhr mit seinem Alfa Romeo ins Parkhaus an der Church Street. Mit dem Motor verklang auch der Song von Marla Glen, den er gerade gehört hatte. An diesem Tag könnte ihm die Drogenszene von Brighton durchaus nützlich sein.

Grace trug einen leichten Regenmantel über dem Anzug. Auf den Straßen wimmelte es von Menschen, die um die Mittagszeit ihre Büros verließen, um essen zu gehen. Er kam an Cafés, Sandwichbars und Corn Exchange vorbei und bog nach links auf den Marlborough Place ab, wo er stehen blieb und tat, als würde er telefonieren. Die Gegend nördlich des Platzes und jenseits der London Road in östlicher Richtung war seit langem das Zentrum des Drogenhandels.

Keine fünf Minuten später bemerkte er zwei schäbig gekleidete Männer, die es ziemlich eilig zu haben schienen. Leichte Beute. Er folgte ihnen, hielt aber Distanz. Einer war groß und dünn, mit hängenden Schultern. Er trug eine Windjacke, eine graue Hose und Turnschuhe. Der andere war kleiner und stämmiger, hatte einen Jogginganzug und schwarze Schuhe an. Sein Gang war auffällig, er streckte beim Gehen die Arme weit aus und warf häufig besorgte Blicke über die Schulter, als fürchtete er, verfolgt zu werden.

Der Größere hatte eine Plastiktüte dabei, in der sich vermutlich eine Bierdose befand. In der Stadt war es verboten, auf der Straße zu trinken, sodass die Leute eine offene Dose in einer Plastiktüte bei sich trugen. Vermutlich wollten sich die beiden durch einen Taschen- oder Ladendiebstahl Geld beschaffen oder ihre Tagesration kaufen, darauf deutete die Eile hin, mit der sie sich bewegten. Denkbar war auch, dass es Dealer auf dem Weg zu einem Kunden waren.

Zwei rotgelbe Busse donnerten vorbei, gefolgt von einem Taxi und mehreren Pkw. Irgendwo heulte eine Sirene, worauf die Köpfe der Männer herumschossen. Der Stämmige schaute sich immer noch um, und Grace tauchte zwischen Passanten unter, um nicht bemerkt zu werden.

Die Männer gingen nach links in die Trafalgar Street. Graces Instinkt hatte ihn also nicht getrogen. Wie erwartet verschwanden sie einige hundert Meter weiter auf den Pelham Square, einen kleinen, eleganten Platz mit Häusern aus der Regency-Zeit, die einen eingezäunten Park umrahmten.

An schönen Tagen verbrachten die Büroangestellten aus der Gegend gern ihre Mittagspause auf den Bänken am Ende der Trafalgar Street. Seit am Arbeitsplatz absolutes Rauchverbot galt, waren sie noch beliebter geworden. Die Leute aßen ihre Sandwiches und rauchten, ohne sich um die schäbigen Gestalten zu kümmern, die sich am Ende des Parks um eine Bank drängten.

Grace lehnte sich an einen Laternenpfahl und beobachtete die Gruppe. Niall Foster saß mit zwei anderen auf der Bank und trank Bier aus einer versteckten Dose. Er war Anfang vierzig, mit mürrischem, unsympathischem Gesicht und einem seltsamen Haarschnitt, der an die verunglückte Tonsur eines Mönchs erinnerte. Trotz des kühlen Wetters trug er nur ein Unterhemd, einen Blaumann und derbe Stiefel.

Grace kannte ihn, der Mann war eine kleine Nummer als Einbrecher und Drogenhändler. Vermutlich bediente er die jämmerlichen Gestalten, die neben ihm saßen: eine ungepflegte, nervöse Frau mit verfilztem braunem Haar und einen ähnlich schmutzigen Mann Mitte dreißig, der wiederholt den Kopf zwischen die Knie presste.

Die beiden Männer, denen Grace gefolgt war, traten zu Foster. Es war eine *Migration* wie aus dem Lehrbuch. Foster hatte die Süchtigen um exakt diese Zeit an diesen Ort bestellt. Kam ihm etwas verdächtig vor, würde er den Park sofort verlassen, einen neuen Ort auswählen und seine Kunden dorthin bestellen. Es konnte zu mehreren Migrationen kommen, bevor ein Dealer sich sicher fühlte. Oft hatten sie einen jungen Helfer, der das für sie erledigte, aber Foster war billig und wollte von seinem schmalen Profit nichts abgeben. Außerdem kannte er das System. Er war sich durchaus bewusst, dass er ein kleiner Fisch war und notfalls die Päckchen verschlucken und auf der Toilette wieder hervorholen konnte.

Niall Foster schaute zu Grace herüber, der sich daraufhin umdrehte und fast mit dem Mann zusammenstieß, nach dem er eigentlich gesucht hatte.

Er hatte Terry Biglow mehrere Jahre nicht gesehen und war entsetzt, wie sehr der alte Ganove gealtert war. Er war ein Ableger einer der übelsten Verbrecherfamilien von Brighton. Die Geschichte der Biglows reichte zurück bis zu den Rasiermesserbanden, die in den 1940er und 1950er Jahren heftige Kämpfe um Schutzgeldreviere ausgefochten hatten. Damals versetzte allein ihr Name viele Menschen in Brighton and Hove in Angst und Schrecken. Inzwischen waren die älteren Biglows gestorben, und die Jüngeren verbüßten langjährige Strafen oder hatten sich nach Spanien abgesetzt. Wer wie Terry dageblieben war, hatte die beste Zeit hinter sich.

Terry Biglow hatte zunächst alte Damen ausgeraubt, war dann Hehler und schließlich Drogendealer geworden. Niederträchtiges Gesicht, billige Eleganz, schicke Schuhe und zu einer Tolle frisierte Haare. Inzwischen musste er Mitte bis Ende sechzig sein, sah aber gut und gern zehn Jahre älter aus.

Der alte Ganove hatte die Haare noch immer tadellos frisiert, doch sie waren mattgrau, fettig und schütter. Sein Rattengesicht war gelblich und hager, die kleinen scharfen Zähne bräunlich verfärbt. Er trug einen schäbigen grauen Anzug, dessen Hose von einem viel zu hoch getragenen Gürtel gehalten wurde. Er schien geschrumpft zu sein und roch ungepflegt. Nur die dicke goldene Uhr und der protzige Smaragdring erinnerten an den alten Terry Biglow.

»Mr Grace, Detective Sergeant Grace, schön Sie zu sehen! Was für eine Überraschung!«

So überraschend nun auch wieder nicht, dachte Roy Grace bei sich. Das lief doch wie geschmiert.

»Ich bin inzwischen Detective Superintendent«, korrigierte er.

»Klar doch, hatte ich ganz vergessen.« Biglow sprach mit Quäkstimme. »Befördert. Ich hatte doch so was gehört. Haben Sie auch verdient, Mr Grace. Entschuldigung, Sir, Detective Superintendent. Ich bin jetzt sauber. Hab im Knast zu Gott gefunden.«

»Hat der mit dir gesessen?«

»Ich habe mit diesem Kram nichts mehr zu tun«, erklärte Biglow mit feierlichem Ernst, ohne auf Graces Bemerkung einzugehen.

»Also ist es ein absoluter Zufall, dass du genau vor dem Park stehst, wo Niall Foster seine Kunden bedient?«

»Absoluter Zufall«, bestätigte Biglow, während seine Augen unruhig umherzuckten. »Klar doch, Zufall, Sir. Ich und mein Freund wollten gerade essen gehen, wir kamen nur so vorbei.«

Biglow wandte sich zu seinem Begleiter, der ebenso schäbig gekleidet war wie er. Grace kannte auch ihn: Jimmy Bardolph, ein ehemaliger Handlanger der Biglows. Doch auch das schien vorbei zu sein. Der Mann stank nach Alkohol, sein Gesicht war mit Schorf bedeckt, sein Haar völlig wirr. Er sah aus, als hätte er seit seiner Geburt kein einziges Mal gebadet.

»Jimmy, das ist mein Freund, Detective Superintendent Grace. Er ist ein guter Mann, war immer sehr nett zu mir. Ein Polizist, dem man vertrauen kann.«

Der Mann streckte eine schmutzige, blau geäderte Hand aus den überlangen Ärmeln seines Regenmantels. »Freut mich, Officer. Vielleicht können Sie mir helfen.«

Grace wandte sich wieder an Biglow. »Ich muss mit dir über einen alten Freund sprechen, Ronnie Wilson.«

»Ronnie!«, rief Biglow.

Aus dem Augenwinkel sah Grace, dass Foster ihn bemerkt hatte und sich durch den Park davonmachte. Er stahl sich aus dem Park, warf Grace noch einen argwöhnischen Blick zu und eilte die Straße entlang, das Handy ans Ohr gepresst.

»Ronnie!«, wiederholte Biglow. Er lächelte wehmütig und schüttelte den Kopf. »Der gute alte Ronnie. Wussten Sie, dass er tot ist? Gott sei seiner Seele gnädig.«

Da die frische Luft nicht gegen seine Kopfschmerzen half, beschloss Grace, Bellas Empfehlung zu folgen und eine warme, fettige Mahlzeit zu sich zu nehmen. »Hast du schon gegessen?«

»Nee, wir waren gerade auf dem Weg dahin.« Terry Biglow strahlte ihn an, als hätte er das Alibi des Jahrhunderts entdeckt. »Darum sind Jimmy und ich nämlich hier lang gegangen, nur deswegen. Wir wollten zum Café, ist doch so ein schöner Morgen.«

»In diesem Fall komme ich mit und gebe einen aus.«

Er folgte ihnen die Straße entlang. Jimmy bewegte sich mit seltsam zuckenden Schritten wie ein Aufziehspielzeug. Schließlich betraten die drei ein Arbeitercafé.

66

OKTOBER 2007 Abby hörte, wie eine Tür zuschlug. Die Wohnungstür. Einen Augenblick lang keimte neue Hoffnung in ihr auf. Sollte ein Wunder geschehen sein? War der Hausmeister gekommen?

Dann quietschten wieder die Schuhe. Der Schatten fiel durch die Tür.

Ricky trat ins Bad, seine Handfläche traf schmerzhaft ihr Gesicht. Sie zuckte trotz der Fesseln zusammen.

»Du miese kleine Hure!«

Er schlug sie noch fester. Er war kaum wiederzuerkennen. Blaue Baseballkappe, tief ins Gesicht gezogen, dunkle Brille, dichter Bart. Er ging kurz in die Diele, holte die Tragetasche und kippte den Inhalt auf den Boden.

Ein Elektrobohrer. Eine große Zange. Ein Hammer. Eine Packung sterile Spritzen. Ein massiver Cutter mit rasiermesserscharfer Klinge.

»Womit soll ich anfangen, du Schlampe?«

Ein Entsetzensschrei war in ihrer Kehle gefangen. Sie spürte, wie ihre Eingeweide nachgaben. Wollte ihm Zeichen mit den Augen geben. Ihn anflehen.

Er kam ganz nah mit seinem Gesicht heran. »Hast du mich gehört?«

Abby versuchte sich zu erinnern, in welche Richtung sie die Augen bewegen musste, um nein zu sagen. Sie bewegte sie nach links.

Er kniete sich hin, griff nach dem Cutter und hielt ihr die Klinge vor den rechten Augapfel. Dann drehte er ihn und drückte die Klinge flach gegen ihr Lid. Sie spürte den kalten Stahl auf der Haut. Hyperventilierte vor Panik.

»Soll ich dir ein Auge herausschneiden? Wäre dir das recht? Dann hast du's noch dunkler.«

Nein, signalisierte sie verzweifelt. *Nein, nein, nein.*

»Ich könnte es versuchen. Ich nehme es mit und sehe zu, was passiert.«

Nein, nein, nein.

»Biometrie, sehr clever. *Iris-Erkennung.* Du hältst dich wohl für sehr schlau, was? Verschließt alles in einem Safe, der nur mit Iriserkennung zugänglich ist. Was hältst du davon, wenn ich das verdammte Auge herausschneide und mitnehme. Mal sehen, ob das Gerät es erkennt. Falls nicht, hole ich mir das andere.«

Wieder signalisierte sie in Panik *nein, nein, nein.*

»Falls das auch nicht funktioniert, sind wir natürlich gearscht. Du bist blind, und ich habe noch immer nichts gewonnen. Das weißt du genau, was?«

Er nahm die Klinge weg und riss ihr mit einer abrupten Bewegung das Klebeband vom Mund.

Sie schrie auf vor Schmerz. Es war, als hätte er ihr die halbe Gesichtshaut mit abgezogen. Sie rang nach Luft. Ihr ganzes Gesicht stand in Flammen.

»Rede mit mir, du Schlampe.«

»Könnte ich bitte Wasser haben?« Ihr gelang nur ein Krächzen. »Bitte, Ricky.«

»Na wunderbar. Du hast vielleicht Nerven! Klaust alles, was ich besitze, lässt dich um den halben Erdball jagen, und was sind deine ersten Worte?« Er ahmte ihre Stimme nach. »Bitte, Ricky, kann ich ein Glas Wasser haben?« Er schüttelte den Kopf. »Wie hättest du's denn gern? Mit oder ohne Kohlensäure? San Pellegrino oder Vittel? Wie wäre es mit dem Klowasser, in das du ständig pisst? Wäre dir das angenehm? Vielleicht mit Eis und Zitrone?«

»Egal«, krächzte sie.

»Ich hol dir gleich was. Allerdings hättest du die Karte für den Zimmerservice ausfüllen und gestern Abend an die Tür hängen müssen. Dann hättest du heute Morgen alles bekommen, was du dir wünschst. Aber du warst sicher vor Angst wie gelähmt, weil du den guten alten Ricky ausgenommen hast.« Er grinste. »Gelähmt, das ist witzig.«

Sie sagte gar nichts, dachte fieberhaft nach, um sicher zu gehen, dass sie die richtigen Worte wählte und ihn nicht noch wütender machte. Zum Glück ließ er sie endlich sprechen. Und sie wusste, wie verzweifelt er das zurückhaben wollte, was sie mitgenommen hatte.

Er war nicht dumm.

Er brauchte sie und musste einen Deal mit ihr machen, wenn er ans Ziel gelangen wollte.

Er hielt ihr das Handy ans Ohr und drückte eine Taste. Eine Aufnahme lief ab. Sie dauerte nur wenige Sekunden, doch das reichte schon.

Abby und ihre Mutter am Telefon. Sie wusste genau, es war am Sonntag gewesen. Sie lauschte ihrer eigenen Stimme.

»Hör zu, Mum, es dauert nicht mehr lange. Ich habe mit den Leuten von Cuckmere House gesprochen. Sie haben ein wunderschönes Zimmer mit Blick auf den Fluss, das in einigen Wochen frei wird. Ich habe es für dich reserviert. Im Internet habe ich mir Bilder angeschaut, es sieht wirklich hübsch aus. Natürlich besichtige ich es vorher und helfe dir beim Umzug.«

Dann antwortete Mary Dawson. Trotz der schweren Krankheit konnte sie durchaus klar denken. »Woher willst du das Geld nehmen, Abby? Ich habe gehört, diese Heime kosten ein Vermögen. Bis zu zweihundert Pfund am Tag. Manche sogar noch mehr.«

»Mach dir keine Sorgen wegen des Geldes, Mum, darum kümmere ich mich schon. Ich –«

Die Aufnahme brach unvermittelt ab.

»Das hat mir schon immer an dir gefallen, Abby«, sagte Ricky und drückte sein wütendes Gesicht an ihres. »Du hast so ein gutes Herz.«

67

OKTOBER 2007 Im Café hing ein fettiger Dunst. Grace setzte sich den beiden Männern gegenüber und dachte flüchtig, dass allein das Einatmen dieser Luft seinen Cholesterinspiegel in die Höhe treiben würde. Dennoch bestellte er Ei, Speck, Würstchen und Pommes, gebratenes Toastbrot und eine Cola. Zum Glück waren weder Glenn Branson noch Cleo in der Nähe, sonst hätte er sich wieder kritische Bemerkungen über seine Ernährung anhören dürfen.

Terry Biglow bestellte Eier und Pommes, während sein Freund Jimmy nur eine Tasse Tee nahm und Grace flehentlich anschaute, als könnte ihn der Detective Superintendent vor einem schlimmen Schicksal bewahren. Vermutlich vor sich selbst, dachte Roy, als der Mann eine kleine Whiskyflasche aus der Tasche zog und einen tiefen Schluck nahm. Er bemerkte die Gefängnistätowierungen auf den Knöcheln. Ein Punkt für jedes Jahr, das er gesessen hatte. Grace zählte sieben.

»Ich bin jetzt wirklich sauber, Mr Grace«, sagte Terry Biglow unvermittelt.

Auch er hatte solche Tätowierungen und trug den Schwanz einer Schlange auf dem Handrücken, deren Körper in seinem Ärmel verschwand.

»Das sagtest du bereits. Schön für dich.«

»Mein Bruder ist sehr krank. Bauchspeicheldrüsenkrebs. Erinnern Sie sich an Eddie, Mr Grace? Tschuldigung, Inspector Grace?«

In der Tat erinnerte sich Grace an den Mann, und zwar besser, als ihm lieb war. Er hatte nie vergessen, wie er einmal ein Opfer von Eddie Biglow befragt hatte. Eine Glasscherbe hatte lange, gezackte Risse auf den Wangen des Mannes hinterlassen. Er hatte es gewagt, sich zu beklagen, als Biglow sich in einer Kneipe an der Theke vordrängte.

»Ja, ich erinnere mich an ihn.«

»Übrigens habe ich auch ein bisschen Krebs.«

»Tut mir leid«, sagte Grace.

»Im Bauch, Sie wissen schon.«

»Schlimm?«

Biglow zuckte die Achseln, als wäre es nur eine Bagatelle. Doch Grace las die Angst in seinen Augen.

Jimmy nickte schwermütig und nahm noch einen Schluck. »Keine Ahnung, wer sich um mich kümmern soll, wenn er nicht mehr da ist«, jammerte er. »Ich brauche Schutz.«

Grace hob gleichgültig die Augenbrauen, nahm von der Kellnerin seine Cola entgegen und trank durstig. »Du und Ronnie Wilson wart doch befreundet, oder?«

»Ja, früher mal«, erwiderte Terry.

»Bevor du in den Knast gegangen bist?«

»Genau. Hab alles für ihn getan.« Er schüttete Zucker in seinen Tee und rührte mit wehmütiger Miene. »Hab die ganze Schuld auf mich genommen.«

»Kanntest du seine Frau?«

»Beide.«

»Beide?«, fragte Grace überrascht.

»Erst Joanna, dann Lorraine.«

»Wann hat er wieder geheiratet?«

Terry kratzte sich am Hinterkopf. »Mensch, das muss ein paar Jahre, nachdem Joanna ihn verlassen hatte, gewesen sein. Die war vielleicht ein Rasseweib! Aber ich mochte sie nicht besonders. Typische Goldgräberin, das war sie. Hat sich an Ronnie gehängt, weil er cool war. Hat aber nicht kapiert, dass er kaum Geld hatte.« Er tippte sich an die Nase. »Schlechter Geschäftsmann. Schwang immer große Reden, hatte große Pläne. Aber ihm fehlte der richtige Riecher, bei ihm wurde nichts zu Gold. Sowie Joanna das geschnallt hatte, hat sie sich verdrückt.«

»Wohin?«

»Los Angeles. Ihre Mutter war gestorben, und sie hatte ein bisschen was vom Hausverkauf geerbt. Eines Morgens wurde Ronnie wach, und sie war weg. Hatte nur einen Zettel hinterlassen. Wollte drüben als Schauspielerin Karriere machen.«

Das Essen kam. Terry schüttete reichlich Essig über seine Pommes und den halben Salzstreuer obendrein. Grace gab etwas braune Soße auf seinen Teller und griff nach dem tomatenförmigen Ketchupspender. »Zu wem hatte sie noch Kontakt, nachdem sie nach Los Angeles gegangen war?«

Biglow zuckte die Achseln und spießte eine Pommes auf. »Zu keinem, denke ich. Sie war hier nicht sehr beliebt. Bei keinem von uns. Meine bessere Hälfte konnte sie nicht ab. Und sie wollte sich auch gar nicht mit uns anfreunden.«

»Stammte sie aus der Gegend?«

»Nee, aus London. Ronnie hatte sie in irgendeinem Lap-Dance-Schuppen aufgegabelt.«

Die nächste Pommes landete auf der Gabel.

»Was ist mit seiner zweiten Frau?«

»Lorraine? Die war in Ordnung. Sah auch gut aus. Hat eine Weile gedauert, bis sie geheiratet haben. Mussten zwei Jahre warten, bis die Scheidung von Joanna durch war. Sie hatte ihn ja einfach sitzen lassen.«

Wie sollte jemand Scheidungspapiere unterzeichnen, der in einem Abflusskanal vor sich hin faulte?, dachte Grace.

»Wo finde ich Lorraine?«

Biglow schaute ihn seltsam an.

»Ich brauche jemanden, der sich um mich kümmert, Mr Grace«, klagte Jimmy.

Biglow wandte sich an seinen Freund und deutete auf sein Gesicht. »Siehst du, wie sich meine Lippen bewegen? Das heißt, ich rede noch, also halt die Klappe.« Er wandte sich wieder an Grace. »Lorraine. Hm, falls Sie die finden wollen, müssen Sie schon ein Boot mieten und sich einen Taucheranzug besorgen. Ist eines Abends von der Fähre Newhaven-Dieppe gesprungen.«

Plötzlich verlor Grace jegliches Interesse an seinem Essen. »Erzähl mal.«

»Sie hatte Depressionen, war in einer fürchterlichen Verfassung, nachdem Ronnie gestorben war. Hatte sie in der Scheiße sitzen lassen, finanziell meine ich. Die Hypothekenfirma hat das Haus beschlagnahmt, die haben ihr alles weggenommen bis auf ein paar Briefmarken.«

»Briefmarken?«

»Ja, Ronnies Spezialität. Hat ständig damit gehandelt. Er sagte mal, sie wären ihm lieber als Bargeld, irgendwie handlicher.«

Grace überlegte kurz. »Ich habe mal gelesen, dass die Angehörigen der Opfer vom 11. September hohen Schadenersatz erhalten haben. Lorraine auch?«

»Wenn ja, hat sie es nie erwähnt. Sie brach alle Kontakte ab, wurde zur Einsiedlerin. Als sie ihr das Haus wegnahmen, ist sie in eine kleine Mietwohnung in der Montpelier Road gezogen.«

»Wann ist sie gestorben?«

Terry dachte kurz nach. »Moment, das war im November. Der 11. September war 2001, dann muss es November 2002 gewesen sein. Kurz vor Weihnachten. Sie wissen schon. Schwierige Zeit für manche Leute. Sprang einfach von der Fähre.«

»Wurde die Leiche gefunden?«

»Keine Ahnung.«

Während Biglow weiteraß, machte Grace sich Notizen. Er stocherte in seinem Essen und war in Gedanken ganz woanders. *Eine Frau verschwindet angeblich nach Amerika und endet in einem Ab-*

flusskanal in Brighton. Die zweite springt von einer Kanalfähre. Viele Fragen stellten sich ihm mit einem Mal. »Hatten die beiden Kinder?«

»Als ich Ronnie das letzte Mal sah, hat er erzählt, dass sie es versuchen. Aber sie hatten Probleme mit der Fruchtbarkeit.«

Grace überlegte. »Wer waren Ronnie Wilsons beste Freunde? Außer dir, meine ich.«

»So gut waren wir gar nicht befreundet. Da gab es den alten Donald Hatcook. Bei dem war Ronnie anscheinend im Büro, in einem der Türme des World Trade Center. Donald hatte richtig Karriere gemacht, das arme Schwein.« Er dachte kurz nach. »Und Chad Skeggs. Aber der ist nach Australien ausgewandert.«

»Chad Skeggs?«

»Genau der.«

Grace erinnerte sich an den Mann. Er hatte vor Jahren in Schwierigkeiten gesteckt, aus welchem Grund, fiel ihm gerade nicht ein.

»Alle sind weg. Ach so, da wären noch die Klingers, Steve und Sue Klinger. Sie wohnen in Tongdean.«

Grace nickte. Die Klingers besaßen ein protziges Haus in der Tongdean Avenue. So lange Grace denken konnte, hatte die Polizei, um es vorsichtig auszudrücken, ein gewisses Interesse an Steve gehabt. Allgemein war man der Ansicht, dass der Mann, der als Autohändler begonnen hatte, sein Geld nicht auf legale Weise erworben hatte, und dass seine Nachtklubs, Bars, Kaffeehäuser, Studentenwohnheime und Kreditfirmen nur dazu dienten, das Geld zu waschen, das er mit Drogen verdiente. Bislang jedoch hatte man ihm nichts nachweisen können, und er hatte dafür gesorgt, dass keine Spur jemals zu ihm führte.

»Ronnie und er haben zusammen angefangen«, erklärte Biglow. »Dann gab es Streit wegen gefälschter Tachostände. Was damals genau passiert ist, weiß ich nicht mehr. Jedenfalls wurde das Geschäft über Nacht aufgelöst, und die Werkstatt brannte mit allen Unterlagen nieder. Sehr praktisch. Es gab nie eine Anklage.«

Grace setzte Stephen und Sue Klinger auf die Liste der Personen, die von seinem Team befragt werden mussten. Dann schnitt er ein Stück gebratenes Brot ab und tauchte es ins Ei.

»Terry, wie würdest du Ronnie beurteilen?«

»Wie meinen Sie das, Mr Grace?«

»Was für ein Typ war er?«

»Verdammter Psycho«, warf Jimmy unerwartet ein.

»Klappe! Wilson war kein Psycho. Aber er hatte Temperament, das können Sie mir glauben.«

»Er war ein beschissener Psycho«, beharrte Jimmy.

Biglow grinste Grace an. »Manchmal war er ein bisschen krank im Kopf, Sie wissen schon, hat sich selbst am meisten geschadet. War wütend auf die ganze Welt, weil er keinen Erfolg hatte, nicht so wie seine Freunde.«

So wie du?, fragte sich Grace ironisch. »Ja, ich weiß was du meinst.«

»Wissen Sie, was mein Dad mal über ihn gesagt hat?«

Grace kaute auf seinem fettigen Würstchen und schüttelte den Kopf.

»Er sei der Typ, der einem durch ein Drehkreuz folgt und vor einem rauskommt, ohne bezahlt zu haben. Genauso war unser Ronnie. Möge er in Frieden ruhen!«

68

12. SEPTEMBER 2001 Nun, da er wieder Geld in der Tasche, genauer gesagt, in der linken Tasche seiner Anzugjacke hatte, fühlte sich Ronnie gleich viel besser. Er hielt den gefalteten Stapel Scheine ganz fest, ließ ihn auf der Fahrt von Midtown Manhattan bis Brighton Beach nicht los. Dort stieg er aus.

Noch immer die Hand in der Tasche, ging er die kurze Strecke bis Mail Box City und brachte 5600 Dollar in seinem Schließfach unter.

Dann machte er sich auf die Suche nach einem Klamottengeschäft, wo er einige weiße T-Shirts, Socken und Unterwäsche, eine Jeans und eine ultraleichte Bomberjacke erstand. In der Nähe entdeckte er einen Andenkenladen und besorgte sich eine schwarze Baseballkappe mit der Aufschrift Brighton Beach. Zuletzt kaufte er in einem Sportgeschäft ein Paar billige Turnschuhe.

An einem Stand besorgte er sich ein warmes Cornedbeef-Sandwich mit einer riesigen Essiggurke und eine Cola. Mit diesem Mittagessen kehrte er in die Pension zurück. Er schaltete den Fernseher ein, zog sich um und stopfte die alten Kleider in eine Plastiktüte.

Er aß das Sandwich vor dem Fernseher. Es gab nicht viel Neues, lauter Wiederholungen, George W. Bush, der dem Terror den Krieg ansagte, und Kommentare internationaler Politiker. Bilder feiernder Menschen in Pakistan, die auf den Straßen umhersprangen, lachten und voller Stolz Spruchbänder mit derben anti-amerikanischen Parolen schwenkten.

Eigentlich war Ronnie ganz zufrieden mit sich. Die Müdigkeit war verschwunden, er fühlte sich wie im Rausch. Er hatte etwas Tapferes getan, war an die Front gegangen und unversehrt zurückgekehrt. Er ritt auf einer Welle der Euphorie!

Er griff nach der Tüte mit seinen alten Kleidern und stopfte sie draußen auf der Straße in einen stinkenden Mülleimer, der mit faulenden Essensresten gefüllt war. Dann machte er sich mit beschwingten Schritten auf zur MOSCOW BAR.

Sie war genauso leer wie am Vortag, doch zu seiner Freude saß sein neuer bester Freund Boris auf demselben Hocker, Zigarette in der Hand, Handy am Ohr, vor sich eine halbe Flasche Wodka. Nur trug er diesmal ein anderes T-Shirt. Rosa mit goldener Aufschrift, *Genesis World Tour.*

Der Hänfling stand auch wieder hinter der Theke und trocknete Gläser ab. Er nickte Ronnie zur Begrüßung zu.

»Sie wieder da«, bemerkte er in gebrochenem Englisch. »Dachte schon, wollten helfen.« Er deutete auf den Fernseher. »Brauchen Freiwillige. Brauchen Leute, die Leichen ausgraben. Dachte, Sie dabei.«

»Mal sehen«, sagte Ronnie. »Vielleicht mache ich das auch.«

Er setzte sich auf den Hocker neben seinem Freund und wartete, bis dieser sein Telefonat beendet hatte, bei dem es um etwas Geschäftliches zu gehen schien. Dann klopfte er ihm auf den Rücken. »Hallo, Boris, wie geht's?«

Boris klopfte zurück, dass Ronnies Zahnfüllungen vibrierten.

»Mein Freund! Wie geht's dir? Hast du das Haus gefunden? Alles okay?«

»Bestens.« Ronnie beugte sich vor und kratzte einen hartnäckig juckenden Stich an seinem Knöchel. »Einfach super. Vielen Dank.«

»Gut. Für meinen Freund aus Kanada tu ich alles.«

Wie auf Kommando stellte der Barkeeper ein Glas hin, das Boris umgehend bis zum Rand füllte.

Ronnie nahm es elegant zwischen Zeigefinger und Daumen und hob es an die Lippen. »Carpe diem!«

Der Wodka tat gut. Er schmeckte nach Zitrone, was ihm sehr gefiel. Der zweite trank sich noch besser.

Der Russe drohte mit dem Finger, hob das Glas und grinste mit seinen Trümmerzähnen. »Weißt du noch, was ich dir gestern gesagt habe, mein Freund?«

»Nein, was denn?«

»Wenn man in Russland anstößt, trinkt man das Glas aus. Auf einen Zug. So!« Boris kippte seinen Wodka hinunter.

*

Zwei Stunden später hatten sie immer wildere Geschichten über ihr Leben ausgetauscht, und Ronnie konnte sich kaum noch auf dem Barhocker halten, weil sich die Welt um ihn drehte.

Boris schien in alle möglichen zwielichtigen Aktivitäten verwickelt, die vom Import billiger Parfüm-Imitate bis zur Fälschung von Green Cards für russische Einwanderer reichten. Außerdem arbeitete er als eine Art Vermittler für russische Huren, die in Amerika Arbeit suchten. Er sei aber kein Zuhälter, versicherte er Ronnie, nie und nimmer.

Plötzlich legte er einen Arm um Ronnie und sagte: »Mein Freund, ich weiß, du steckst in Schwierigkeiten. Ich helfe dir! Es gibt nichts, wobei ich dir nicht helfen könnte!«

Zu seinem Entsetzen bemerkte Ronnie, dass Boris erneut die Gläser füllte. Das Fernsehbild verschwamm vor seinen Augen. Konnte er diesem Mann vertrauen? Nun ja, irgendjemandem musste er vertrauen, und obwohl sein Gehirn nicht ganz so funktionierte, wie es sollte, schien Boris niemand zu sein, der die Moralkeule schwang.

»Du könntest mir wirklich einen Gefallen tun.«

Der Russe klebte mit den Augen am Fernseher, wo gerade Bürgermeister Giuliani sprach.

»Meinem kanadischen Freund tu ich jeden Gefallen. Worum geht es?«

Ronnie setzte die Baseballkappe ab, beugte sich vor und flüsterte: »Kennst du jemanden, der mir einen neuen Pass beschaffen könnte – und ein Visum?«

Der Russe bedachte ihn mit einem strengen Blick. »Was glaubst du, wo du hier bist? In einer Botschaft? Das ist eine Kneipe, Mann.«

Die heftige Entgegnung beunruhigte Ronnie, doch dann grinste der Russe von einem Ohr zum anderen.

»Pass und Visum. Natürlich. Keine Sorge. Was immer du brauchst, ich kriege es hin. Du brauchst einen Pass, ein Visum, kein Problem. Ich habe einen Freund, der das regelt. Er kann alles regeln. Hauptsache, du hast Geld.«

»Wie viel Geld?«

»Kommt drauf an, wie schwierig das Visum ist. Ich gebe dir seinen Namen. Ich selbst will gar nichts, okay?«

»Das ist sehr nett von dir.«

Der Russe hob sein Glas. »Carpe diem?«

»Carpe diem«, erwiderte Ronnie.

An den Rest des Nachmittags konnte er sich später nicht erinnern.

69

OKTOBER 2007 Wie betäubt schaute Abby aus dem Fenster des gemieteten grauen Ford Focus. Sie hatte nicht geglaubt, dass dieser Albtraum noch schlimmer werden könnte, doch Ricky hatte sie eines Besseren belehrt.

Über ihnen spannte sich der strahlend blaue Himmel, als sie auf der A27 Brighton passierten, rechts den Ort Patcham liegen ließen, links offenes, welliges Grünland. Dort lag die Freiheit, dachte sie, noch immer eine Gefangene, obwohl Ricky ihr die Fesseln abgenommen hatte. Sie trug Jeans, Pullover, eine Fleecejacke und Turnschuhe. Das Gras war nach den heftigen Regenfällen der letzten Zeit üppig grün. Wenn sie sich das Summen der Heizung wegdachte, hätte es Sommer sein können. Doch in ihrem Herzen herrschte tiefster Winter.

Um an die Aufnahme zu gelangen, musste Ricky das Telefon ihrer Mutter angezapft haben.

Er fuhr in wütendem Schweigen dahin und hielt sich peinlich genau an das Tempolimit. Bloß nicht angehalten werden. Sein Zorn schwelte seit zwei langen Monaten. Gleich kam der Zubringer. Er setzte den Blinker. Er war heute Morgen schon einmal hier gewesen, kannte den Weg. Abby lauschte auf das Ticken, sah den grünen Zeiger am Armaturenbrett blinken.

Nun, da sie Wasser getrunken und ein Stück Brot und eine Banane gegessen hatte, fühlte sie sich wieder halbwegs menschlich. Sie konnte klarer denken, obwohl sie krank vor Sorge um ihre Mutter war – und um sich selbst. Wie hatte Ricky ihre Mutter nur gefunden? Vermutlich so, wie er auch sie gefunden hatte. Sie zermarterte sich das Hirn, ob sie in Melbourne irgendeinen Hinweis hinterlassen hatte. Wie zum Teufel war er an ihre Adresse gekommen? Andererseits war das wohl nicht so schwer. Er kannte ihren Nachnamen, und sie hatte vermutlich irgendwann erwähnt, dass ihre verwitwete Mutter in Eastbourne lebte. Wie viele Dawsons mochte es im dortigen

Telefonbuch geben? Sicher nicht allzu viele. Und Ricky war zu allem entschlossen.

Ihre Fragen hatte er nicht beantwortet.

Abbys Mutter war eine hilflose Frau, nahezu verkrüppelt von Multipler Sklerose, sie konnte sich kaum noch bewegen. Sie beharrte zwar auf ihrer Unabhängigkeit, doch es fehlte ihr an körperlicher Kraft. Ein Kind hätte sie überwältigen können, wodurch sie natürlich angreifbar wurde. Bisher hatte sie sich geweigert, einen Notrufmelder bei sich zu tragen. Abby wusste, dass gelegentlich eine Nachbarin bei ihr vorbeischaute und dass sie samstags abends mit einer Freundin zum Bingo ging. Ansonsten war sie auf sich allein gestellt.

Jetzt wusste Ricky, wo wie wohnte, und da sie seine sadistische Ader kannte, ängstigte sie diese Tatsache mehr als alles andere. Abby hatte das Gefühl, dass es ihm nicht reichen würde, alles zurückzubekommen; er wollte ihr wehtun und ihrer Mutter auch. In Australien hatte sie ihm viel anvertraut, um sein Vertrauen zu gewinnen. Daher wusste er auch, wie sehr sie an ihrer Mutter hing und dass sie ein schlechtes Gewissen hatte, weil sie ans andere Ende der Welt gezogen war, als Mary Dawson ihre Tochter am meisten brauchte. Er würde es richtig genießen, ihre Mutter zu quälen, um Abby unter Druck zu setzen.

Sie näherten sich einem kleinen Kreisverkehr. Ricky nahm die zweite Abzweigung, die Straße führte bergab. Rechts konnte man weit über die Felder und Wohnsiedlungen blicken. Links lag ein Gewerbegebiet mit Supermärkten, Fabrikgebäuden und Lagerhäusern, die man in Büros umgewandelt hatte. Darunter befand sich auch die Zentrale der Kripo, was Abby allerdings nicht wusste. Es hätte ihr auch nichts genützt, da sie erstens gefangen gehalten wurde und zweitens eine Diebin war, die die Polizei schlecht um Hilfe bitten konnte. Was immer Ricky getan haben mochte, sie war und blieb eine Diebin. Sie hatte ihm etwas Wertvolles gestohlen, und dass man einen Kriminellen bestahl, entschuldigte gar nichts.

Wenn sie einander verrieten, würden sie alles verlieren. Es war eine Art Stellungskrieg. Abby wusste allerdings auch, dass Ricky sie nicht weiterleben lassen würde, wenn er erst seinen Besitz zurückbekommen hätte. Im Gegenteil, vieles sprach dafür, dass es besser war, sie für immer zum Schweigen zu bringen.

Ein großes Gebäude mit der Aufschrift British Bookshops tauchte auf, dann der Sitz vom *Argus* und ein Renault-Händler. Ricky fluchte, weil er um ein Haar eine Abzweigung verpasst hätte, bremste scharf und riss das Steuer herum, dass die Reifen quietschten. Viel zu schnell fuhr er einen steilen Hang hinunter und bremste ganz knapp vor einem riesigen Volvo mit einer winzigen Frau am Steuer, die unvermittelt von einem Parkplatz heruntergefahren war.

»Blöde Kuh«, rief er, worauf ihm die Frau einen Vogel zeigte. Einen Augenblick lang hoffte Abby, er werde aussteigen und einen Streit vom Zaun brechen.

Aber nein, der Volvo donnerte davon, und sie fuhren weiter. Dann bog Ricky in eine Einfahrt mit massiven Stahltoren und großen Hinweisschildern auf Videoüberwachung. Auf dem Hof parkten mehrere gepanzerte Geldtransporter, die schwarz lackiert waren und in goldenen Buchstaben die Aufschrift SOUTHERN DEPOSIT SECURITY trugen.

Ricky hielt auf dem Besucherparkplatz vor einem einstöckigen, modernen Gebäude mit Fenstern, die an Schießscharten erinnerten. Es sah aus wie eine Festung.

Er wandte sich an Abby. »Keine krummen Dinger, sonst ist deine Mutter tot. Kapiert?«

»Ja«, stieß sie mit erstickter Stimme hervor.

Sie dachte fieberhaft nach. Wollte sich einen Plan zurechtlegen. Die nächsten Minuten im Geiste durchgehen. Sich auf ihre Stärken besinnen.

Solange sie etwas besaß, das er haben wollte, würde er mit ihr verhandeln müssen, selbst wenn er den starken Mann markierte. Nur deshalb war sie noch am Leben, soviel stand fest. Mit etwas Glück würde es auch das Leben ihrer Mutter retten.

Sie hatte einen Plan, der aber nicht richtig durchdacht war, und als sie nun ausstieg, löste sich alles in Wohlgefallen auf. Ihre Beine gaben nach, sie zitterte vor Angst und musste sich am Wagen festhalten. Fürchtete, sich zu erbrechen.

Nach einigen Minuten hatte sie sich erholt. Ricky ergriff ihren Arm und führte sie zum Eingang, äußerlich ein Paar, das etwas deponieren, abholen oder einfach einen Blick auf das Familiensilber werfen wollte. Doch als sie ihn von der Seite anschaute, überkam sie Widerwille. Sie musste daran denken, was sie alles mit ihm gemacht, wie sehr sie sich erniedrigt hatte.

Sie klingelte, von zwei Überwachungskameras beobachtet, und nannte ihren Namen. Kurz darauf öffnete sich die Tür mit einem Klicken, und sie gelangten durch zwei Sicherheitstüren in eine kahle Eingangshalle, die wie aus Granit gehauen aussah.

Zwei bullige Sicherheitsleute warteten mit ernster Miene unmittelbar hinter der Tür, zwei weitere hinter der Theke, die mit einer Glasscheibe gesichert war. Abby ging hin und sprach durch ein Mikrofon in der Trennscheibe, wobei sie sich fragte, ob sie ihnen mit den Augen ein Zeichen geben sollte. Lieber nicht.

»Katherine Jennings«, sagte sie mit unsicherer Stimme. »Ich möchte an mein Schließfach.«

Ein Sicherheitsmann schob ein Formular unter der Scheibe hindurch. »Füllen Sie das bitte aus. Gehen Sie beide hinein?«

»Ja.«

»Dann müssen Sie sich beide eintragen.«

Abby trug Namen, Datum und Uhrzeit ein und schob Ricky das Formular hinüber, der es ihr gleichtat. Dann gab er es zurück, und der Wachmann tippte etwas in einen Computer ein. Kurz darauf reichte er ihnen ausgedruckte Namensschilder in einer Plastikhülle, die sie mit einem Clip befestigen konnten.

»Wissen Sie, was Sie zu tun haben?«, fragte er Abby.

Sie nickte und begab sich zu der Sicherheitstür rechts von der Theke. Dann hielt sie ihr rechtes Auge vor den Scanner und drückte den grünen Knopf.

Das Schloss öffnete sich. Sie stieß die schwere Tür auf und ließ Ricky eintreten. Vor ihnen befand sich eine Betontreppe. Sie stieg hinunter, wobei sie seine Schritte unmittelbar hinter sich hörte. Am Ende der Treppe befand sich eine massive Stahltür mit einem zweiten biometrischen Scanner. Wieder hielt sie das rechte Auge davor und drückte den grünen Knopf. Ein scharfes Klicken, und die Tür ließ sich öffnen.

Sie betraten ein lang gestrecktes, schmales Gewölbe, in dem eisige Kälte herrschte. Es war etwa dreißig Meter lang und sechs Meter breit und an beiden Seiten und dem Kopfende vom Boden bis zur Decke mit nummerierten Schließfächern versehen.

Die auf der rechten Seite waren fünfzehn Zentimeter tief, die auf der linken sechzig Zentimeter und die am Ende knappe zwei Meter hoch. Wie schon beim letzten Besuch fragte Abby sich, was wohl darin sein mochte und welche legal oder illegal erworbenen Schätze sich hinter all den Türen verbargen.

Ricky hielt den Schlüssel in der Hand und schaute gierig auf die Nummern. »426?«

Sie zeigte nach links, worauf er die letzten Meter im Laufschritt zurücklegte.

Er schob den flachen Schlüssel in den senkrechten Schlitz und drehte vorsichtig. Er spürte, wie sich der Schlüssel im gut geölten Schloss bewegte. Er drehte ihn einmal ganz herum und horchte auf die Bolzen. Schlösser hatten ihn schon immer fasziniert, und er wusste auch, wie die meisten funktionierten. Er zog am Schlüssel, doch die Tür rührte sich nicht. Der Mechanismus war komplexer, als er gedacht hatte. Er drehte den Schlüssel noch einmal herum, worauf sich weitere Bolzen bewegten. Er zog an der Tür.

Sie schwang auf. Fassungslos starrte er in das leere Schließfach.

Er schoss herum, fluchte unbeherrscht. Doch seine Schimpfworte trafen ins Nichts.

70

OKTOBER 2007 Abby sprintete. In Melbourne war sie fast jeden Morgen gelaufen und immer noch recht gut in Form, obwohl sie in den vergangenen Monaten wenig trainiert hatte.

Sie rannte einfach geradeaus, ohne sich umzusehen, überquerte den Parkplatz von Southern Deposit Security, lief durch das Tor und den Hügel hinauf. Bevor sie nach rechts in das Gebüsch tauchte, das den Parkplatz bei den Geschäften umgab, warf sie einen Blick nach hinten.

Von Ricky war noch nichts zu sehen.

Sie drängte sich durch die Büsche und stieß um ein Haar mit einem Van zusammen, der von einer gehetzt aussehenden Frau gefahren wurde, rannte über den Parkplatz zu einem Möbelgeschäft und blieb dort stehen.

Noch immer keine Spur von Ricky.

Sie betrat das Gebäude, in dem ihr sofort der unverkennbare Geruch neuer Möbel in die Nase drang, und schlängelte sich zwischen den Kunden hindurch, vorbei an Büroeinrichtungen und kompletten Wohn- und Schlafzimmern. Schließlich fand sie sich in der Badezimmerabteilung im hinteren Bereich des Ladens inmitten von Duschkabinen wieder. Rechts von ihr stand ein besonders schickes Exemplar.

Sie schaute durch den Gang zurück. Kein Ricky.

Ihr Herz hämmerte, als tanzte es lose in ihrer Brust. In der Hand hielt sie noch die Plastikhülle mit dem Zugangsausweis von Southern Deposit Security. Ricky hatte ihr verboten, die Handtasche aus der Wohnung mitzunehmen, doch es war ihr gelungen, das Handy heimlich in den Ausschnitt zu stecken, dazu etwas Bargeld, die Kreditkarte und den Schlüssel zur Wohnung ihrer Mutter. Das Handy hatte sie vorsichtshalber ausgeschaltet. Nun schaltete sie es wieder ein und wählte die Nummer in Eastbourne.

Niemand meldete sich. Sie hatte ihre Mutter monatelang angefleht, sich endlich einen Anrufbeantworter zu kaufen – vergeblich. Nach endlosem Klingeln wechselte der Ton zu einem lang gezogenen Piepsen. Sie versuchte es noch einmal.

In der schicken Dusche war eine Sitzbank aus Holz angebracht. Abby klappte sie herunter, setzte sich und drückte das Handy ans Ohr. Noch immer meldete sich niemand. Sie dachte fieberhaft nach.

Wie lange konnte sie Ricky hinhalten? Ihr Plan war nicht richtig durchdacht. Im Augenblick konnte sie keinen klaren Gedanken fassen, lief wie auf Autopilot, dachte nur von einer Minute zur nächsten.

Ricky hatte gedroht, ihrer Mutter Gewalt anzutun, einer kranken älteren Frau. Abby ermahnte sich, nicht zu vergessen, dass sie trotz allem am längeren Hebel saß. Ricky konnte ihr drohen, soviel er wollte, sie besaß alles, was er haben wollte. Der einzige Weg zu den Reichtümern, die er begehrte, führte über sie.

Nur . . .

Nur hatte sie es nicht mit einem normalen Menschen zu tun. Ricky handelte wie eine Maschine. Sie vergrub das Gesicht in den Händen.

Abby fuhr heftig zusammen, als eine Stimme ertönte.

»Alles in Ordnung? Kann ich Ihnen helfen, Madam?«

Ein junger Verkäufer in Anzug und Krawatte, der laut Namensschild Jason hieß, stand vor der Dusche. Sie schaute hoch.

»Ich . . . ich . . .«

Er hatte ein freundliches Gesicht, und plötzlich kamen ihr die Tränen. Der verschwommene Plan nahm Gestalt an, und sie sagte mit schwacher Stimme: »Mir ist nicht gut. Könnte mir jemand ein Taxi rufen?«

»Selbstverständlich.« Er schaute sie besorgt an. »Oder brauchen Sie einen Krankenwagen?«

Abby schüttelte den Kopf. »Nein, danke, nur ein Taxi. Wenn ich zu Hause bin, lege ich mich hin, dann geht es wieder.«

»Wir haben einen Pausenraum für die Mitarbeiter«, sagte Jason freundlich. »Möchten Sie vielleicht dort warten?«

»Ja, vielen Dank. Das ist sehr nett von Ihnen.«

Sie warf noch einen vorsichtigen Blick in die Runde, bevor sie dem Verkäufer durch eine Seitentür in den winzigen Pausenraum folgte. An der Wand standen Stühle, davor ein niedriger Tisch, es gab einen Wasserkocher, eine Kaffeemaschine, einen kleinen Kühlschrank und eine Keksdose.

»Möchten Sie vielleicht etwas Wasser haben?«

»Ja, bitte.«

»Ich rufe erst ein Taxi, dann bringe ich Ihnen das Wasser.«

»Gibt es einen Seiteneingang, an dem mich das Taxi abholen könnte? Ich weiß nicht genau, ob ich es noch einmal durch den ganzen Laden schaffe.«

Er deutete auf eine Tür, die sie gar nicht bemerkt hatte. Darüber leuchtete ein Schild mit der Aufschrift NOTAUSGANG.

»Das ist der Mitarbeitereingang. Ich sage dem Taxifahrer Bescheid.«

»Vielen, vielen Dank.«

*

Zehn Minuten später kam Jason, um ihr zu sagen, dass das Taxi draußen warte. Abby trank das Wasser aus und ging mit schleppenden Schritten zur Tür. Sie kletterte auf den Rücksitz des Taxis und dankte dem jungen Verkäufer noch einmal für seine Hilfsbereitschaft.

Der Fahrer, ein älterer Mann mit weißem Haarschopf, schloss die Tür.

Abby nannte die Adresse ihrer Mutter in Eastbourne und ließ sich tief in den Sitz sinken, damit man sie von außen nicht erkennen konnte. Zusätzlich schlug sie den Kragen der Jacke hoch.

»Soll ich die Heizung höher stellen?«, erkundigte sich der Fahrer.

»Danke, alles bestens.«

Sie hielt Ausschau nach Ricky und dem Mietwagen, auf dem

Parkplatz war nichts zu sehen. Als sie jedoch die Kreuzung mit der Hauptstraße erreichten, entdeckte sie den Ford Focus. Ricky stand neben der offenen Fahrertür und sah sich suchend um. Sein Gesicht unter der Baseballkappe war wutverzerrt.

Sie duckte sich und zog die Jacke über den Kopf. Abby wartete, bis das Taxi an der nächsten Abzweigung rechts abgebogen war, und spähte aus dem Rückfenster. Ricky hatte ihr den Rücken zugekehrt und schien den Parkplatz abzusuchen.

»Fahren Sie bitte so schnell wie möglich. Es gibt auch ein gutes Trinkgeld.«

»Ich tue mein Bestes«, sagte der Fahrer.

Im Radio lief klassische Musik. Verdi, der Gefangenenchor aus *Nabucco*. Ein Lieblingsstück ihrer Mutter. Ein seltsamer Zufall. Oder war es ein Omen?

Abby glaubte an Vorzeichen. Während ihr die religiösen Überzeugungen ihrer Eltern nichts bedeutet hatten, war sie schon immer abergläubisch gewesen. Wirklich seltsam, dass das Stück in genau diesem Augenblick lief.

»Schöne Musik.«

»Ich kann sie leiser stellen.«

»Nein, lauter bitte.«

Der Fahrer tat ihr den Gefallen.

Wieder wählte sie die Nummer ihrer Mutter. Als es klingelte, klopfte jemand auf ihrem Handy an. Es gab nur zwei Leute, die ihre Nummer kannten. Im Display erschienen die Worte »unbekannter Anrufer«.

Abby zögerte. Konnte es ihre Mutter sein? Unwahrscheinlich, aber . . .

Aber . . .

Sie zögerte noch immer. Schließlich meldete sie sich.

»Na schön, du Schlampe, sehr witzig! Wo steckst du?«

Sie hängte ein. Zitterte. Spürte wieder die Übelkeit im Magen.

Das Handy klingelte erneut. Wieder der unbekannte Anrufer. Sie drückte das Gespräch weg.

Noch einmal das gleiche Spiel.

Dann hatte sie eine Idee und wartete auf das nächste Klingeln.

Doch das Handy schwieg.

71

13. SEPTEMBER 2001 Nichts hatte Ronnie auf das Bild der Zerstörung vorbereitet, das sich ihm bot, als er von der U-Bahn in Richtung World Trade Center ging. Er hatte geglaubt, dass seine Erlebnisse und die Nachrichtenbilder ihm einen Eindruck vermittelt hätten, doch als er es nun mit eigenen Augen sah, war er zutiefst erschüttert.

Es war kurz nach Mittag. Er hatte einen fürchterlichen Kater, nachdem er gestern mit Boris erneut versumpft war, und der Gestank, der in der staubigen Luft hing, machte es nicht gerade besser. Es war der gleiche Gestank, der seit zwei Tagen auch über Brooklyn lag, nur noch viel stärker. Ein Konvoi von Notfall- und Militärfahrzeugen fuhr langsam die Straße hinunter. In der Ferne ertönte eine Sirene, und man hörte das ständige Rattern der Hubschrauber, die über den Dächern der umliegenden Wolkenkratzer kreisten.

Immerhin war die Mühe, die er sich mit seinem neuen besten Freund gegeben hatte, nicht vergebens gewesen. Boris erwies sich als überaus nützlich. Der Fälscher, den er ihm empfohlen hatte, wohnte nur zehn Minuten von der Pension entfernt. Ronnie hatte einen schäbigen Raum auf einem Hinterhof erwartet, in dem ein hutzliger Greis mit Lupe und tintenschwarzen Fingern hockte. Stattdessen fand er sich in einem modernen Büro wieder, wo ihn ein gut aussehender, teuer gekleideter Russe freundlich empfing. Der Mann war höchstens dreißig und wäre auch als Banker oder Rechtsanwalt durchgegangen.

Für fünftausend Dollar, die Hälfte zahlbar im Voraus, würde er Ronnie den Pass und das gewünschte Visum anfertigen. Danach blieben noch dreitausend Dollar übrig. Wenn er sparsam lebte, würde er eine Weile damit auskommen. Hoffentlich erholte sich der Briefmarkenmarkt bald. Die Aktien in aller Welt befanden sich noch immer im freien Fall.

Doch wenn sein Plan gelang, erwarteten ihn noch ganz andere Reichtümer.

Ein Stück weiter war die Straße abgesperrt. Zwei junge Soldaten ließen nur die Einsatzfahrzeuge durch. Sie trugen staubige Kampfkleidung und GI-Helme und hielten die Maschinengewehre im Anschlag, als wollten sie persönlich in den soeben erklärten Krieg gegen den Terror eingreifen.

Eine Gruppe Touristen, darunter einige japanische Teenager, stand glotzend da und fotografierte alles, was ihnen vor die Linse kam – staubbedeckte Schaufenster, Papier und Asche, die stellenweise knöchelhoch die Straße bedeckten. Alles schien noch grauer als am Dienstag, nur die Gespenster ähnelten wieder Menschen. Menschen unter Schock.

Eine Frau mit filzigem braunem Haar und tränenverschmiertem Gesicht, die nur einen Kittel und Flip-Flops trug, bewegte sich durch die Menge und hielt ein Foto in die Höhe, das einen gut aussehenden Mann in Hemd und Krawatte zeigte. Sie hielt jedem wortlos das Foto hin und schaute die Umstehenden flehend an. Hoffte auf einen Hinweis. *Klar, an den kann ich mich erinnern, hab ihn gesehen, es ging ihm gut, er wollte gerade . . .*

Bevor Ronnie die Straßensperre erreichte, entdeckte er zu seiner Linken ein Brett, an das Dutzende Fotos geklebt waren, meist Nahaufnahmen, einige mit der amerikanischen Flagge als Hintergrund. Die Fotos waren mit Klarsichtfolie überzogen, um sie vor dem Regen zu schützen, und alle trugen einen Namen und handschriftliche Nachrichten, meist: HABEN SIE DIESE PERSON GESEHEN?

»Tut mir leid, Sir, Sie können hier nicht weiter.« Die Stimme klang höflich, aber entschieden.

»Ich wollte mich als freiwilliger Helfer melden«, sagte Ronnie mit amerikanischem Akzent. »Um die Trümmer aufzuräumen.« Er schaute die Soldaten fragend an und warf einen unbehaglichen Blick auf die Waffen. Dann fügte er mit erstickter Stimme hinzu: »Ich hatte Angehörige im Südturm.«

»Wie so viele New Yorker, Kumpel«, bemerkte der ältere Soldat und bedachte Ronnie mit einem hilflosen Lächeln.

Ein Bagger und ein Bulldozer rumpelten durch die Sperre.

Der ältere Soldat deutete die Straße hinunter. »Erst links, dann wieder die erste links, bis zu den Zelten. Da bekommen Sie Ausrüstung und Anweisungen. Viel Glück.«

»Ihnen auch«, erwiderte Ronnie.

Er bückte sich unter der Sperre hindurch, und nach ein paar Schritten breitete sich das ganze Panorama der Zerstörung vor ihm aus. Es erinnerte ihn an Fotos von Hiroshima.

Er ging nach links, bis der Hudson River vor ihm auftauchte. Am Ufer war ein ganzes Zeltlager emporgewachsen, gleich neben einem gewaltigen Trümmerfeld.

Ronnie kam an einem Geländewagen vorbei, der auf dem Dach lag. Daneben auf dem Boden eine zerfetzte Feuerwehrjacke, gelbe Streifen auf grauem Stoff. Ein Ärmel war abgerissen, er lag ein Stück weiter auf dem Boden. Ein Feuerwehrmann in staubigem blauem T-Shirt hatte den Kopf in die Hand gestützt, hielt in der anderen eine Wasserflasche und sah aus, als wäre er am Ende seiner Kräfte.

Als die Hubschrauber kurzzeitig verstummten, hörte Ronnie andere Geräusche: Hubgeräte, Schneidwerkzeuge, Bohrer, Bulldozer und das Klingeln unzähliger Handys. Eine Menschenschlange, viele in Uniform und Helm, stand vor den Zelten an. Andere warteten an improvisierten Essensausgaben. Hier roch es auch anders, nach Hähnchen und Burgern.

Wie betäubt fand Ronnie sich plötzlich in einer Schlange wieder und gelangte an einen Stand, an dem man ihm eine Wasserflasche reichte. Danach erhielt er eine Gesichtsmaske. In einem Zelt gab ihm ein langhaariger Typ, der wie ein übrig gebliebener Hippie aussah, einen blauen Helm, eine Taschenlampe und Ersatzbatterien.

Ronnie stopfte die Baseballkappe in die Tasche, setzte Gesichtsmaske und Helm auf. Am nächsten Stand lehnte er Socken, Unterwäsche und Arbeitsstiefel ab und reihte sich wieder in die Schlange, die bis zum geschwärzten Gerippe eines Gebäudes reichte. Ein Polizist mit Helm und staubiger schusssicherer Weste steuerte einen grünen Traktor mit Anhänger vorbei, der eine Ladung Leichensäcke transportierte.

Hinter einem verbrannten Baum erhob sich ein Vogel über den Häuserskeletten in den Himmel. Die Fassade eines vierstöckigen Gebäudes ragte wie der schiefe Turm von Pisa in einem unmöglichen Winkel empor. Das gesamte Fensterglas war verschwunden, die drei übrigen Seiten des Gebäudes ebenfalls.

Ronnie stolperte über die Dächer zermalmter Streifenwagen und an einem umgekippten Feuerwehrauto vorbei. Dann und wann klingelte ein Handy unter den Trümmern. Kleine Teams gruben wie wild und riefen durcheinander. Hundeführer durchsuchten mit deutschen Schäferhunden, Labradors und Rottweilern die Trümmer.

Er ging weiter, vorbei an einem Drehstuhl, der mit Staub bedeckt war und über dessen Lehne eine ebenso staubige Damenjacke hing. Vom Sitz baumelte ein Telefon an einer Schnur.

Etwas glitzerte. Bei näherem Hinsehen erkannte er einen Ehering. Daneben eine zerschmetterte Armbanduhr. Menschenketten reichten Steinbrocken weiter. Ronnie trat beiseite, um zu erfassen, nach welchem System die Arbeiten abliefen. Schließlich begriff er, dass es gar kein echtes System gab. Zwischendrin standen Uniformierte, die riesige schwarze Müllsäcke aufhielten, in die die Fundstücke geworfen wurden.

Sein Blick fiel auf das Stück einer Wachspuppe. Nein, eine abgetrennte menschliche Hand. Ihm wurde übel, er kämpfte mit seinem Frühstück. Wandte sich ab und trank einen Schluck Wasser, um den Staub aus seinem Mund zu spülen.

Am Rande der Trümmerwüste bemerkte er ein Schild mit roten Buchstaben, auf dem GOTT SCHÜTZE POLIZEI UND FEUERWEHR zu lesen stand.

Auch hier taumelten erschöpft wirkende Menschen umher und hielten Fotos in die Höhe. Männer, Frauen, Kinder, oft noch sehr jung, mischten sich unter die uniformierten Helfer.

Ronnie kam an einem verbrannten Kreuz vorbei. Beim Gehen musste er acht geben, weil die Trümmer unter seinen Füßen ständig verrutschten. Er sah einen Kran, umgebogen wie ein toter Riesensaurier. Zwei Männer in grünen OP-Kitteln. Einen Polizisten mit Grubenlampe, der eine Art Bergsteigerausrüstung am Gürtel trug und mit einem Winkelschleifer den Schutt bearbeitete.

Ein Sternenbanner ragte schief aus den Trümmern, als hätte jemand den Ort erobert.

Hier herrschte das absolute Chaos. Alles wirkte vollkommen unkoordiniert.

Einfach perfekt, dachte Ronnie.

Er warf einen Blick über die Schulter. Die endlose, ameisenähnliche Menschenkette erstreckte sich hinter ihm. Er ging beiseite. Ließ unauffällig sein Handy fallen und trat darauf. Machte ein paar Schritte vorwärts. Holte die Brieftasche heraus, entnahm die Geldscheine und stopfte sie in seine Gesäßtasche.

Er hinterließ seine fünf Kreditkarten, die Mitgliedskarte vom Autoklub, den Ausweis vom Brighton and Hove Motor Club und seinen Führerschein.

Er wusste zwar nicht, ob man rauchen durfte, steckte sich aber diskret eine Zigarette in den Mund, holte das Feuerzeug hervor und legte die Hände schützend über die Flamme. Dann sengte er die Ränder seiner Brieftasche an, ließ sie ebenfalls in den Schutt fallen und trat heftig darauf.

Dann erst zündete er sich die Zigarette an und rauchte genüsslich. Schließlich bückte er sich und hob seine Brieftasche wieder auf, ebenso das Handy, und begab sich damit zu einer der Sammelstellen.

»Das habe ich gefunden.«

»Einfach in den Sack werfen. Das wird alles überprüft«, erklärte die Polizistin.

»Vielleicht kann man damit jemanden identifizieren«, sagte Ronnie sicherheitshalber.

»Dafür sind wir da«, versicherte ihm die Frau. »Es werden viele Leute vermisst. Sehr, sehr viele Leute.«

Ronnie nickte. Dann deutete er noch einmal auf den Sack. »Wird das alles registriert?«

»Da können Sie sicher sein. Jedes einzelne Teil. Jeder Schuh, jede Gürtelschnalle. Was immer Sie finden, liefern Sie einfach bei uns ab. Wir sind fast alle betroffen«, fügte die Polizistin hinzu und deutete mit einer vagen Geste auf das zerstörte Gelände. »So viele in dieser verdammten Stadt haben geliebte Menschen verloren.«

Ronnie nickte und entfernte sich. Es war viel einfacher gewesen, als er gedacht hatte.

72

OKTOBER 2007 »Hier«, sagte Abby, »gleich hinter dem Laternenpfahl auf der linken Seite.« Sie warf einen Blick aus dem Rückfenster. Keine Spur von Ricky oder seinem Auto. Andererseits konnte er auch eine Abkürzung genommen haben. »Fahren Sie bitte weiter, dann links und einmal um den Block.«

Der Taxifahrer folgte ihren Anweisungen. Es war eine ruhige Wohngegend in der Nähe des Eastbourne College. Abby betrachtete prüfend die Straßen und die geparkten Autos. Auch hier war nichts von ihrem Verfolger zu sehen.

Schließlich gelangten sie wieder in die breite Straße mit den roten Doppelhaushälften, an deren Ende, völlig unpassend, ein Mehrfamilienhaus aus den sechziger Jahren stand. Es war in Billigbauweise errichtet und nach vier Jahrzehnten salziger Kanalwinde nicht mehr besonders ansehnlich. Hier wohnte ihre Mutter.

Der Fahrer parkte in zweiter Reihe neben einem alten Volvo Kombi. Der Zähler zeigte vierunddreißig Pfund an. Sie gab dem Fahrer zwei Zwanzig-Pfund-Noten.

»Sie müssen mir helfen. Ich gebe Ihnen das Geld, damit Sie sichergehen können, dass ich nicht weglaufe. Behalten Sie das Wechselgeld, und lassen Sie die Uhr laufen.«

Er nickte verwirrt. Abby warf einen Blick über die Schulter, zögerte aber immer noch.

»Ich gehe jetzt ins Haus. Sollte ich in fünf Minuten, in exakt fünf Minuten, nicht zurück sein, rufen Sie bitte die Polizei. Sagen Sie, man hätte mich dort drinnen überfallen.«

»Soll ich nicht lieber mitkommen?«

»Nein, danke, es geht schon.«

»Ärger mit dem Freund? Oder dem Mann?«

»Ja.« Sie öffnete die Tür und stieg aus, wobei sie noch einen letzten Blick auf die Straße warf. »Ich gebe Ihnen meine Handynummer. Sollten Sie einen grauen Ford Focus sehen, vier Türen, gepflegt, Fahrer mit Baseballkappe, rufen Sie mich so schnell wie möglich an.«

Er suchte umständlich nach einem Stift und notierte mit unerträglich langsamen Bewegungen die Nummer.

Als er fertig war, eilte Abby zur Haustür, schloss auf und betrat den schäbigen Flur. Es war seltsam, wieder hier zu sein, wo sich anscheinend nichts verändert hatte. Das Linoleum im Flur war wie immer tadellos sauber, und die Briefschlitze quollen über von den Handzetteln italienischer, chinesischer, thailändischer und indischer Schnellrestaurants. Es roch nach gekochtem Gemüse und Bodenpolitur.

Sie warf einen Blick auf den Briefkasten ihrer Mutter und entdeckte besorgt, dass mehrere Umschläge hineingequetscht waren, als wäre der Briefkasten randvoll. Ein Mahnschreiben für Fernsehgebühren hing halb aus dem Schlitz heraus.

Die Post abzuholen gehörte für ihre Mutter zu den Höhepunkten des Tages. Sie war eine fanatische Anhängerin von Preisausschreiben und hatte mehrere einschlägige Zeitschriften abonniert. Sie hatte oft Glück. Viele Geschenke und sogar Urlaube, die Abby in ihrer Kindheit genossen hatte, stammten aus gewonnenen Preisausschreiben, genau wie die halbe Wohnungseinrichtung ihrer Mutter.

Warum hatte sie die Post an diesem Tag nicht geholt?

Besorgt rannte Abby durch den Flur zur Wohnungstür. In einer anderen Wohnung über ihr dröhnte der Fernseher. Sie klopfte an und schloss auf, ohne auf eine Antwort zu warten.

»Hi, Mum!«

Stimmen erklangen. Der Wetterbericht.

»Mum!«, rief sie lauter.

Ein seltsames Gefühl. Seit über zwei Jahren war sie nicht mehr hier gewesen und wusste genau, wie sehr sich ihre Mutter erschrecken würde, aber das spielte jetzt keine Rolle mehr.

»Abby?«, fragte Mary Dawson zutiefst erstaunt.

Sie ging durch die winzige Diele ins Wohnzimmer, wobei sie den Geruch von Feuchtigkeit und Körperausdünstungen bemerkte. Ihre Mutter saß auf der Couch, spindeldürr, die Haare strähnig und grauer als früher. Sie trug einen geblümten Morgenmantel und Pantoffeln mit Pompoms. Auf den Knien hielt sie ein Tablett mit Rosenmuster, das Abby noch von früher kannte. Darauf stand ein offener Becher mit Milchreis.

Auf dem Teppich waren Teilnahmeabschnitte für Preisausschreiben verstreut, auf dem großen Flachbildfernseher von Sony, ebenfalls ein Gewinn, liefen die Mittagnachrichten mit der Wettervorhersage. Der Fernseher stand auf einem Servierwagen, den ihre Mutter auch gewonnen hatte.

Als Mary Dawson ihre Tochter erblickte, ließ sie das Tablett krachend zu Boden fallen.

Abby rannte auf sie zu und umarmte sie.

»Ich hab dich lieb, Mum, ich hab dich ja so lieb.«

Mary Dawson war immer klein gewesen, doch nun kam es Abby

vor, als wäre ihre Mutter in den vergangenen beiden Jahren regelrecht geschrumpft. Ihr Gesicht mit den hellblauen Augen war immer noch hübsch, aber von neuen Falten durchzogen. Sie drückte ihre Mutter fest an sich, wobei ihre Tränen in Marys ungewaschene Haare rannen. Egal, sie roch nach Mutter.

Nachdem ihr Vater zehn Jahre zuvor nach kurzer Krankheit an Prostatakrebs gestorben war, hatte Abby eine Weile gehofft, ihre Mutter werde einen neuen Lebensgefährten finden. Bis zu der furchtbaren Diagnose.

»Was ist los, Abby?« Mary Dawson fügte augenzwinkernd hinzu: »Ist das etwa eine Fernsehsendung, *Dies war ihr Leben*? Bist du deshalb gekommen?«

Abby lachte. Auf einmal wurde ihr bewusst, wie lange sie nicht mehr gelacht hatte. »Ich glaube, das läuft gar nicht mehr.«

»Da gab es ja auch nichts zu gewinnen.«

Wieder musste Abby lachen. »Du hast mir so gefehlt, Mum!«

»Ich vermisse dich die ganze Zeit, Liebes. Warum hast du mir nicht erzählt, dass du aus Australien zurückkommst? Seit wann bist du hier? Ich hätte mich doch für dich zurechtgemacht.«

Plötzlich schaute Abby auf die Uhr. Drei Minuten waren vergangen. Sie sprang auf. »Bin gleich zurück!«

Sie eilte nach draußen, schaute misstrauisch nach links und rechts und öffnete die Beifahrertür des Taxis. »Noch ein paar Minuten, aber die Abmachung gilt weiter. Rufen Sie mich an, wenn Sie ihn sehen.«

»Sobald der auftaucht, Miss, prügle ich ihn windelweich!«

»Nein, rufen Sie einfach an!«

Sie kehrte zu ihrer Mutter zurück.

»Mum, ich kann das jetzt nicht auf die Schnelle erklären. Ich rufe einen Schlüsseldienst an, der dir ein neues Türschloss, eine Sicherheitskette und einen Spion einbaut. Und zwar noch heute.«

»Was ist denn nur los, Abby?«

Abby nahm den Telefonhörer ab und betrachtete ihn prüfend. Nichts Verdächtiges zu sehen. Auch die Gabel wirkte unauffällig.

Allerdings hatte sie auch nicht die geringste Ahnung, wie eine Wanze aussehen mochte.

»Hast du noch ein anderes Telefon?«

»Du steckst in Schwierigkeiten, was? Worum geht es denn? Sag's mir, ich bin deine Mutter.«

Abby hob das Tablett auf und holte einen Lappen aus der Küche, um den Milchreis aufzuwischen.

»Ich kaufe dir ein neues Handy. Bitte benutze dieses Telefon nicht mehr.«

Während sie den Teppich reinigte, wurde ihr klar, dass es der alte Teppich war, der in ihrem Wohnzimmer in Hollingbury gelegen hatte. Er war tiefrot mit einer breiten Bordüre aus grünen, ockerfarbenen und braunen Rosen. Manche Stellen waren bereits ganz fadenscheinig. Dennoch war es ein tröstliches Andenken an ihre Kindheit.

»Was ist los, Abby?«

»Alles in Ordnung.«

Ihre Mutter schüttelte den Kopf. »Ich mag zwar krank sein, aber ich bin nicht dumm. Du hast Angst. Wenn du es deiner alten Mutter nicht sagen kannst, wem dann?«

»Tu bitte einfach, was ich dir sage. Hast du die Gelben Seiten?«

Ihre Mutter deutete auf die Anrichte aus Nussbaum. »Mittlere Schublade unten.«

»Ich erkläre es dir später, jetzt ist leider keine Zeit dafür. Einverstanden?« Sie holte das Telefonbuch, das schon einige Jahre alt war, und blätterte, bis sie die Einträge der Schlüsseldienste gefunden hatte.

Sie erledigte den Anruf und sagte ihrer Mutter, am Nachmittag werde jemand von Eastbourne Lockworks vorbeischauen.

»Steckst du in Schwierigkeiten, Abby?«

Sie schüttelte den Kopf, weil sie ihre Mutter nicht zu sehr beunruhigen wollte. »Ich glaube, jemand verfolgt mich. Er wollte sich mit mir verabreden und versucht es jetzt über dich. Das ist alles.«

Ihre Mutter warf ihr einen durchdringenden Blick zu, als kaufte sie ihr die Geschichte nicht so ganz ab. »Bist du immer noch mit diesem Dave zusammen?«

Abby legte den Lappen in die Spüle, kam zurück und küsste ihre Mutter. »Ja.«

»Was du mir von ihm erzählt hast, hat mir nicht gefallen.«

»Er ist gut zu mir.«

»Dein Vater war ein guter Mann. Nicht ehrgeizig, aber ein guter Mensch. Und sehr klug.«

»Das weiß ich.«

»Weißt du, was er mal gesagt hat? Er lachte, weil ich bei den ganzen Preisausschreiben mitmachte. Er sagte, es gehe nicht darum zu bekommen, was man wolle, sondern das zu wollen, was man habe.« Sie schaute ihre Tochter an. »Willst du das, was du hast?«

Abby wurde rot. Dann küsste sie ihre Mutter noch einmal auf beide Wangen. »Ich bin nah dran. In einer Stunde komme ich mit dem neuen Handy zurück. Erwartest du heute noch Besuch?«

Ihre Mutter überlegte kurz. »Nein.«

»Was ist mit deiner Freundin, der Nachbarin von oben?«

»Doris?«

»Meinst du, sie könnte bei dir bleiben, bis ich wieder da bin?«

»Ich mag zwar krank sein, aber ich bin nicht völlig invalide.«

»Ich meine nur, falls der Mann hier auftaucht.«

Wieder schaute ihre Mutter sie prüfend an. »Solltest du mir nicht lieber die ganze Geschichte erzählen?«

»Später, versprochen. Wo wohnt sie?«

»Nummer vier, erster Stock.«

Abby eilte in den Flur, die Treppe hinauf und klingelte an der Wohnungstür.

Kurz darauf klapperte eine Sicherheitskette, und sie wünschte sich, dass ihre Mutter auch schon eine hätte. Eine hoch gewachsene weißhaarige Frau öffnete die Tür. Ihre ausgeprägten Gesichtszüge verschwanden teilweise hinter einer dunklen Brille, die von Größe und Form an eine Tauchermaske erinnerte. Sie trug ein elegantes Twinset.

»Hallo.«

»Ich bin Abby Dawson, Marys Tochter.«

»Na so was! Sie hat mir so viel von Ihnen erzählt. Ich dachte, Sie wären noch in Australien.« Sie öffnete die Tür und schaute Abby prüfend an, wobei sie ihr sehr nahe kam. »Verzeihen Sie, aber ich leide unter Makula-Degeneration. Ich kann nur noch aus einem Augenwinkel gut sehen.« Sie sprach sehr gewählt.

»Das tut mir leid«, sagte Abby, doch es drängte sie weiterzusprechen. »Sie könnten mir einen Gefallen tun. Ich muss für eine Stunde weg und – es ist eine lange Geschichte –, jedenfalls könnte ein alter Freund von mir hier auftauchen, der mich nicht in Ruhe lässt. Ich mache mir Sorgen um meine Mutter. Könnten Sie bei ihr bleiben, bis ich wieder zurück bin?«

»Natürlich, aber wäre es nicht besser, sie käme zu mir?«

»Schon, aber sie erwartet den Schlüsseldienst.«

»Ach so, dann bin ich in ein paar Minuten unten. Ich hole nur meinen Gehstock.« Dann fügte sie mit drohender Stimme hinzu: »Falls der Kerl auftaucht, wird ihm das noch leid tun!«

Abby lief wieder nach unten und erklärte ihrer Mutter die Lage. »Und du lässt niemanden außer Doris herein, bis ich wieder da bin.«

Dann eilte sie zum Taxi.

»Ich muss ein Handy kaufen«, sagte sie und warf einen Blick in ihre Tasche. Sie hatte noch achtzig Pfund in bar. Das sollte reichen.

*

Ricky hatte geschickt hinter einem Wohnmobil geparkt und wartete, bis das Taxi abgefahren war. Er ließ den Motor an und folgte dem Wagen in einigem Abstand.

Gleichzeitig stabilisierte er mit der anderen Hand das Intercept-Gerät, das auf dem Beifahrersitz stand, und hörte noch einmal den Anruf bei Eastbourne Lockworks ab. Er merkte sich die Nummer.

Eigentlich hatte er das Gerät nur mitgenommen, weil er es nicht im Lieferwagen lassen wollte, doch nun kam es ihm sehr zupass.

Er rief den Schlüsseldienst an und sagte in höflichem Ton den Termin ab. Die alte Dame, seine Mutter, habe eine Krankenhausuntersuchung an diesem Nachmittag vergessen. Er wolle sich später melden und einen neuen Termin für den nächsten Tag vereinbaren.

Danach rief er bei Abbys Mutter an, stellte sich als Geschäftsführer von Eastbourne Lockworks vor und entschuldigte sich überschwänglich für die Verzögerung. Seine Mitarbeiter seien zu einem Notfall gerufen worden. Sobald jemand frei sei, werde er kommen, aber frühestens am Abend. Wenn nicht, werde der Auftrag gleich am nächsten Morgen erledigt. Hoffentlich sei das kein Problem für sie. Sie erklärte sich einverstanden.

Das Taxi kroch langsam dahin, was die Verfolgung erleichterte, zumal es auffällig in Türkis und Weiß lackiert war. Nach zehn Minuten bog der Wagen in eine Einkaufsstraße und bremste mehrfach ab, bis er schließlich vor einem Telefonladen anhielt. Ricky schwenkte abrupt in eine Parklücke und beobachtete, wie Abby im Laufschritt das Geschäft betrat.

Er stellte den Motor ab, holte ein Mars aus der Tasche, da er plötzlich sehr hungrig war, und machte sich ans Warten.

73

OKTOBER 2007 Inspector Stephen Curry kehrte nach der Besprechung des Nachbarschaftsteams, die viel länger als geplant gedauert hatte, ins Büro zurück. Etwas ließ ihm keine Ruhe, eine unerledigte Sache, die ihm nicht einfallen wollte.

Der Termin hatte sich über die Mittagszeit erstreckt, und es waren viele Themen angesprochen worden. Unter anderem ging es um zwei Nichtsesshaftenlager in Hollingbury und Woodingdean, die Probleme bereiteten, und einen Geheimbericht über Jugendbanden, die durch ›Happy Slapping‹ aufgefallen waren. Diese gewaltsamen Zwischenfälle wurden immer bedrohlicher. Jugendliche filmten die Übergriffe und veröffentlichten die Aufnahmen als Trophäen bei *Bebo* oder *MySpace*. Einige der schlimmsten Angriffe hatten an Schulen stattgefunden und Kinder und besorgte Eltern in Angst versetzt, nachdem der *Argus* groß darüber berichtet hatte.

Inzwischen war es fast halb drei, und Curry hatte noch einen Berg Arbeit zu erledigen. Er musste früher als gewöhnlich Feierabend machen, da es sein Hochzeitstag war und er seiner Frau Tracy geschworen hatte, pünktlich zu Hause zu sein.

Er setzte sich an den Schreibtisch und überflog auf dem Bildschirm die Meldungen, die in den vergangenen Stunden für seinen Bereich eingegangen waren, doch gab es nichts, das dringendes Eingreifen erforderte. Es handelte sich meist um die üblichen Bagatelldelikte, alle waren unverzüglich nachverfolgt worden.

Dann erinnerte er sich an den Anruf von Roy Grace, schlug sein Notizbuch auf und las den Namen und die Adresse darin. Beim Hereinkommen hatte er gesehen, dass Sergeant John Morley im Büro war. Er rief ihn an und bat, jemanden aus dem Team bei der Frau vorbeizuschicken.

Morley klemmte sich den Hörer ans Ohr, legte ein Lesezeichen in die Akte, die er gerade prüfte, und notierte Namen und Anschrift von Katherine Jennings auf einem Zettel.

Der Sergeant war jung und aufgeweckt und wirkte mit seinem militärischen Kurzhaarschnitt und der schusssicheren Weste härter als er eigentlich war. Wie alle seine Kollegen war er überarbeitet und gestresst, da sie viel zu wenig Personal hatten.

»Natürlich kann es auch an diesem Idioten Spinella gelegen haben, dass sie aufgeregt war«, gab er zu bedenken. »Ich rege mich auch immer über ihn auf.«

»Wem sagen Sie das!«, pflichtete Curry ihm bei.

Wenige Minuten später klingelte Morleys Telefon erneut. Der Anruf kam von der Einsatzzentrale und meldete einen Notfall der

Dringlichkeitsstufe 1. Ein achtjähriges Mädchen war am Nachmittag nicht von der Schule nach Hause gekommen.

Jetzt musste es schnell gehen. Zunächst verständigte Morley über Funk den diensthabenden Inspektor und gab dann seinem Team, das in der ganzen Stadt verstreut war, telefonisch Anweisungen. Unterdessen rannte er in den Raum, in dem die Ausrüstung untergebracht war, und holte seine Dienstmütze.

Dann schnappte er sich zwei Kollegen, die zeitig zum Nachmittagsdienst eingetroffen waren, und begab sich im Laufschritt zur Tür, während er noch immer telefonierte.

Als sie zu dritt an seinem Schreibtisch vorbeieilten, ergriff ein Luftzug den Zettel mit Katherine Jennings' Namen und ließ ihn zu Boden flattern.

Zehn Minuten später betrat eine Sekretärin den Raum und legte einige Unterlagen auf Morleys Schreibtisch. Im Gehen hob sie den Zettel vom Boden auf und warf ihn in den Papierkorb.

74

OKTOBER 2007 Die frische Luft und das fettige Frühstück hatten den Kater besiegt, und Roy Grace fühlte sich fast wieder menschlich, als er durch die Church Street zurück zum Parkhaus ging.

Er steckte den Parkschein in den Automaten und zuckte wie immer zusammen, als er den Betrag im Display las. Während er sich zu seinem Auto begab, dachte er über Terry Biglow nach.

Vielleicht wurde er auf seine alten Tage weich, doch der Mann tat ihm tatsächlich ein bisschen leid – anders als sein widerlicher Begleiter. Biglow hatte früher irgendwie Stil gehabt und war vermutlich der letzte Ganove in einer Generation, die die Polizei noch respektiert hatten.

Das arme Schwein sah aus, als wäre es nicht mehr lange von dieser

Welt. Was mochte ein Mann wie Terry denken, wenn er sich dem Ende seines Lebens näherte? Belastete ihn das Wissen, sein Leben verschwendet und der Welt nichts gegeben zu haben? Dass er das Leben anderer zerstört hatte und letztlich mit leeren Händen dastand? Er hatte alles verloren, auch seine Gesundheit.

Grace schloss den Wagen auf, stieg ein und überflog die Notizen, die er sich beim Gespräch mit Biglow gemacht hatte. Dann rief er Glenn Branson an und berichtete, dass Ronnie eine zweite Ehefrau namens Lorraine gehabt hatte. Er wies den Kollegen an, gemeinsam mit Bella Moy die Klingers zu befragen. Da Stephen Klinger ein großes Antiquitätengeschäft in Brighton besaß, dürfte er nicht schwer zu finden sein.

In dem Moment klingelte sein Handy. Es war Cleo.

»Was macht der Kater, Detective Superintendent Grace?«

Seltsam, dachte er, Sandy hatte ihn immer nur Grace genannt, und auch Cleo sprach ihn gern beim Nachnamen an. Für ihn hatte es etwas Liebenswertes.

»Kater? Woher weißt du das denn schon wieder?«

»Weil du mich gestern Abend gegen halb zwölf aus dem Pub angerufen und mir mit nuschelnder Stimme ewige Liebe geschworen hast.«

»Habe ich das?«

»Aha, Gedächtnisverlust. Das muss eine wirklich schlimme Sause gewesen sein.«

»Und ob. Fünf Stunden lang nur Eheprobleme von Glenn Branson. Das treibt jeden Mann in den Alkohol.«

»Hört sich an, als läge seine Ehe in den letzten Zügen.«

»So ungefähr.«

»Ähm, du könntest mir übrigens einen Gefallen tun«, säuselte sie mit völlig veränderter Stimme.

»Welchen Gefallen?«

»Du könntest mir eine Stunde deiner kostbaren Zeit schenken, heute so zwischen fünf und sechs.«

»Und was soll ich tun?«

»Na ja, ich musste eben einen besonders unerfreulichen Selbstmord abholen, der Mann hat sich in seinem Gartenschuppen eine Schrotflinte Kaliber 12 in den Mund gesteckt. Der Gerichtsmedizinerin gefallen die Umstände nicht, und sie möchte, dass ein Pathologe vom Innenministerium vorbeikommt. Daher erwarten wir unseren Freund Theobald heute Nachmittag. Mit anderen Worten, ich kann mit Humphrey nicht zum Welpenkurs gehen.«

»Welpenkurs?«

»Ja, ich dachte, bei dieser Gelegenheit könntet ihr euch ein bisschen anfreunden.«

»Cleo, ich stecke mitten in einer wirklich –«

Sie fiel ihm ins Wort. »Wichtigen Mordermittlung. Aber die Frau ist seit über zehn Jahren tot. Da wird eine Stunde keinen großen Unterschied machen. Eine Stunde, mehr verlange ich nicht. Der Kurs fängt heute an, und ich möchte, dass Humphrey von Beginn an dabei ist. Ich weiß, dass du das für mich machst, weil du ein so wunderbarer Mann bist. Dafür gibt es auch eine süße Belohnung!«

»Belohnung?«

»Mein Vorschlag: Der Kurs geht von fünf bis sechs. Du gehst mit Humphrey hin, und ich koche dir dafür gebratene Riesengarnelen und Muscheln auf thailändische Art.«

Schon hatte er angebissen. Cleos Thaipfanne mit Riesengarnelen und Muscheln war eines der köstlichsten Gerichte in ihrem erstaunlichen Repertoire. Dafür hätte er fast alles getan.

Bevor er etwas sagen konnte, fügte sie hinzu: »Dazu hätte ich noch eine ganz besondere Flasche Cloudy Bay Sauvignon Blanc, die ich extra für dich kaltgestellt habe.« Sie hielt inne und sagte dann mit tiefer, verführerischer Stimme: »Und . . .«

»Und was?«

Stille. Man hörte nur das Knistern der Leitung.

»Na los, und was?«

»Das überlasse ich deiner Phantasie«, fügte sie noch lasziver hinzu.

»Hast du etwas Besonderes in Sinn?«

»Eine ganze Menge ... Wir haben etwas von gestern Abend nachzuholen. Meinst du, du bist der Sache gewachsen, trotz Kater und so?«

»Ich denke schon.«

»Wunderbar. Also, du tust mir einen Gefallen und bekommst dafür ein Leckerchen von mir. Einverstanden?«

»Soll ich ein paar Hundekuchen mitbringen?«

»Für Humphrey?«

»Nein, für dich.«

»Du kannst mich mal, Grace.«

Er grinste.

»Und was das andere betrifft: Denk nicht zu intensiv an heute Abend. Humphrey kaut nämlich gern auf harten Sachen herum.«

75

OKTOBER 2007 Ricky war furchtbar hungrig und hätte noch ein Mars vertragen können, wollte aber nicht aussteigen, da er fürchtete, Abby zu verpassen. Herrgott, es war eine halbe Stunde her, seit sie den Telefonladen betreten hatte. Was trieb die Schlampe da drinnen? Vermutlich konnte sie sich nicht für eine Farbe entscheiden.

Das Taxi würde sie ein Vermögen kosten! Von wessen Geld bezahlte sie es wohl?

Natürlich von seinem.

Wollte sie ihn mit Absicht auf die Palme bringen, weil sie wusste, dass er sie heimlich beobachtete?

Dafür würde sie bezahlen. Egal wie. Und zwar richtig.

Wenn er mit ihr fertig war, würde sie auf Knien um Verzeihung winseln. Wieder und wieder und wieder.

Ein Schatten fiel auf das Seitenfenster. Ein Hilfspolizist spähte zu ihm herein. Ricky ließ das Fenster hinunter.

»Ich warte auf meine Mutter. Sie ist behindert, es dauert nur noch ein paar Minuten.«

Der Hilfspolizist, ein schlaksiger Junge mit mürrischem Gesicht und schief sitzender Kappe, wirkte nicht überzeugt. »Sie parken schon seit einer halben Stunde hier.«

»Die Frau macht mich verrückt«, klagte Ricky. »Sie hat Demenz, frühes Stadium.« Er tippte auf seine Armbanduhr. »Ich muss mit ihr ins Krankenhaus. Noch ein paar Minuten, bitte.«

»Noch fünf Minuten«, erwiderte der Hilfspolizist, marschierte zum nächsten Wagen und begann, auf seinem Gerät ein Knöllchen zu tippen.

Ricky erlebte die Auseinandersetzung mit der aufgebrachten Wagenbesitzerin aus nächster Nähe und vertrieb sich die Zeit damit, der Tour des Hilfspolizisten mit den Augen zu folgen. Plötzlich stellte er entsetzt fest, dass schon wieder zwanzig Minuten vergangen waren.

Verdammt nochmal, wie lang brauchst du, um so ein Scheißtelefon zu kaufen?

Noch einmal fünf Minuten. Und noch einmal. Plötzlich fuhr das Taxi los und fädelte sich in den Verkehr ein.

Ricky zuckte zusammen. Hatte er sie verpasst? Hatte der Hilfspolizist das Taxi weitergewinkt?

Er ließ den Motor an und fuhr hinterher. Das Taxi bog irgendwann nach rechts ab. Ricky blieb auf Distanz und folgte dem dämlichen, altersschwachen Idioten von einem Fahrer, der im Schneckentempo durch die Stadt kroch. Sie fuhren an der Promenade entlang, dann den Hügel hinauf in den Nationalpark, zwischen Äckern hindurch und über die herrliche Straße, die an den Klippen entlangführte. Vorbei am Selbstmörder-Mekka von Beachy Head.

Ricky hatte einen Doppeldeckerbus hinter sich, der ungeduldig auffuhr. »Komm schon, Blödmann!«, brüllte er dem Taxifahrer durch die Scheibe zu. »Gib Gas, du Arsch!«

Im selben unerträglich langsamen Tempo passierten sie das Pub von Beachy Head und fuhren die gewundene Straße bis nach East Dean. Qualvoll langsam schlichen sie durch offenes Gelände, vorbei an den Seven Sisters genannten Klippen und hinein nach Seaford, vorbei am Fährhafen von Newhaven und den Hügel hinauf nach Peacehaven. In der Ferne bemerkte er einen langhaarigen jungen Mann und ein Mädchen, die an einer Straßenecke standen und winkten. Zu Rickys Erstaunen schaltete der Taxifahrer sein Frei-Schild ein und hielt am Straßenrand.

Ricky fuhr ebenfalls links heran, und die Wagen, die sich hinter ihm gestaut hatten, schossen vorbei.

Er sah, wie das Pärchen hinten einstieg.

Er war einem leeren Taxi gefolgt.

Scheiße, Scheiße, Scheiße.

So, Schlampe, jetzt bist du reif.

76

OKTOBER 2007 Ein steiler Zahn mit scharlachrotem Haar, einem violetten Fähnchen von einem Kleid, endlosen Beinen und Riesenbrüsten, die aus dem BH quollen, zwinkerte Roy Grace zu.

Er betrachtete die Karte. Als das Licht darauf fiel, zwinkerte ihm das andere Auge zu. Er klappte die Karte auf. Eine schmalzige Stimme, die entfernt an eine bekannte Sängerin erinnerte, stimmte »Happy Birthday« an.

»Die ist ja wunderbar! Für wen war die gleich?«

DC Esther Mitchell war nicht nur die attraktivste Ermittlerin in Sussex House, sondern auch eine der fröhlichsten.

»Für DI Willis«, antwortete sie munter. »Er wird vierzig.«

Grace musste grinsen. Baz Willis, ein übergewichtiger Kloß, der es seiner Ansicht nach niemals zum Detective Inspector hätte bringen dürfen, war weithin als Grabscher bekannt. Daher erschien die Karte mehr als passend. Er quetschte seinen Namen zwischen all die anderen Unterschriften und gab Mitchell die Karte zurück.

»Er schmeißt eine Party. Heute Abend gibt es im Black Lion Freibier für alle.«

Grace verzog das Gesicht. Das Black Lion in Patcham, die Stammkneipe von Sussex House, mochte er gar nicht, und die Vorstellung, zwei Abende hintereinander dort zu verbringen, war mehr, als er ertragen konnte. Außerdem hatte er ein sehr viel besseres Angebot.

»Danke, mal sehen, ob ich es schaffe.«

»Jemand hat einen Kleinbus gemietet. Falls Sie mitfahren möchten –«

»Nein, danke.« Er warf einen Blick auf die Uhr. Noch fünf Minuten, dann musste er mit diesem verfluchten Köter zum Welpenkurs. Er lächelte Mitchell an. Ihre Energie wirkte ansteckend, und sie war – nicht nur wegen ihres Aussehens – bei den Kollegen schnell beliebt geworden.

»Ach, Detective Superintendent Pewe hat mich übrigens gebeten, Sie wegen der Reisevorbereitungen für Australien zu fragen.«

»Wie bitte?«

»Tut mir leid. Man hat mich ihm zugeteilt, zusammen mit DC Robinson. Es geht um die ungelösten Fälle.«

»Sagten Sie *Australien*?«

»Ja, ich soll Sie fragen, mit welchen Fluggesellschaften die Sussex Police ein Business-Class-Abkommen getroffen hat.«

»Business-Class-Abkommen?«, fragte Grace fassungslos. »Für wen hält der sich eigentlich? Eine Anwaltskanzlei?«

Mitchell lächelte verlegen. »Ähm, ich dachte, Sie wüssten Bescheid.«

»Ich muss mal kurz weg. Ich schaue unterwegs bei ihm vorbei.«

»In Ordnung.«

»Danke, Esther.«

Im Gehen warf sie ihm einen Blick zu, der so viel hieß wie: Ich kann ihn auch nicht leiden.

*

Fünf Minuten später betrat Grace sein altes Büro mit der mäßigen Aussicht auf das Untersuchungsgefängnis. Cassian Pewe saß in Hemdsärmeln da und führte ein offenkundig privates Gespräch, was Grace überhaupt nicht kratzte. Er nahm sich einen der Stühle, die um den winzigen Besprechungstisch gruppiert waren, und setzte sich genau vor den Schreibtisch.

»Ich rufe zurück, Engelchen«, sagte Pewe, schaute Grace argwöhnisch an und hängte ein. Dann zwang er sich zu einem strahlenden Lächeln: »Roy, wie schön, Sie zu sehen!«

Grace kam gleich zur Sache. »Was soll diese Geschichte mit Australien?«

»Ach, darüber wollte ich mit Ihnen sprechen. Ich musste heute eine Sache für die Victoria Police überprüfen. Es geht um einen Vorfall in Melbourne, besser gesagt, in der weiteren Umgebung von Melbourne, bei dem es eine Verbindung zu Ihrer Operation Dingo zu geben scheint. So ein Zufall. Ein Dingo ist doch ein australischer Wildhund, oder?«

»Welche Verbindung? Und warum schicken Sie DC Mitchell durch die Gegend, um nach irgendwelchen Reisebestimmungen zu fragen? Dazu sind Managementassistentinnen da.«

»Ich dachte, jemand von hier sollte nach Australien fliegen. Vielleicht könnte ich das selbst übernehmen –«

»Ich weiß ja nicht, wie das bei der Met läuft, Cassian, aber in Sussex setzen wir unser Geld für Polizeiarbeit ein und nicht dafür, Polizeibeamte auf Kosten der Steuerzahler zu verwöhnen. Wir fliegen Economy, verstanden?«

»Selbstverständlich, Roy«, erwiderte Pewe mit öligem Lächeln. »Es ist nur eine ziemlich lange Reise, und wenn man danach noch einen Arbeitstag vor sich hat . . .«

»So ist das eben. Wir sind doch kein Reiseunternehmen.«

Wenn's nach mir ginge, Detective Superintendent Pewe, könntest du dich mit einem Spaten nach Australien durchgraben!, dachte Grace.

»Verraten Sie mir vielleicht auch, welche Verbindung es zu meinem Fall geben soll?«

»Mir liegen Informationen über Lorraine Wilson, Ronnie Wilsons zweite Frau, vor, die für Sie interessant sein dürften. Dieser Hinweis könnte Sie unter Umständen zu Ronnie Wilson führen.«

»Nun, mir scheint, Sie sind nicht ganz auf dem Laufenden. Ronnie Wilson starb am 11. September 2001 beim Anschlag auf das World Trade Center.«

»Und mir liegen Beweise vor, die einen völlig anderen Schluss zulassen«, erklärte Cassian Pewe.

77

OKTOBER 2007 Ricky folgte dem Taxi die Hauptstraße von Peacehaven hinunter. Am liebsten hätte er sich den Fahrer an der nächsten Ampel geschnappt und alles über Abby aus ihm herausgequetscht.

Doch was konnte der Mann schon wissen? Die kleine Schlampe war schlau und hatte ihm vermutlich ein Riesentrinkgeld gegeben, damit er eine Stunde im Wagen sitzen blieb. Außerdem konnte Ricky nicht riskieren, dass die Bullen in Brighton nach ihm wegen Körperverletzung fahndeten. Nein, im Augenblick gab es weitaus Wichtigeres zu bedenken.

Abby wusste, dass er das Telefongespräch mit ihrer Mutter aufgezeichnet hatte, nicht aber, wie das vonstatten gegangen war. Wahrscheinlich vermutete sie, dass er den Apparat ihrer Mutter angezapft hatte.

Natürlich!

Darum war sie auch in den Telefonladen gegangen. Sie wollte ihrer Mutter ein neues Handy besorgen.

Abbys Gründlichkeit war gefährlich, das wusste er schon länger. Was war mit ihrem eigenen Handy? Er wählte die Nummer.

Es klingelte zweimal, dann meldete sich eine zaghafte junge Männerstimme.

»Hallo?«

»Scheiße, wer ist da?«, blaffte Ricky.

Der Mann legte auf. Er wählte erneut, doch das Gespräch wurde weggedrückt. Wie erwartet hatte die Schlampe ihr Telefon weggeworfen und ein neues gekauft.

Du strapazierst meine Geduld.

Wo bist du?

Eine Radarfalle blitzte auf, doch das war ihm jetzt egal. Wohin war sie in dieser Stunde verschwunden? Was hatte sie in der Zeit gemacht?

Einige Kilometer weiter bog das Taxi ab, doch er achtete kaum darauf. Er fuhr jetzt über die Marine Parade, vorbei an den eleganten Regency-Fassaden am Sussex Square. In einer Minute hatte er Abbys Straße erreicht. Er hielt am Straßenrand und schaltete den Motor aus, er musste in Ruhe nachdenken.

Wo hatte sie das Zeug versteckt? Viel Platz brauchte sie dafür nicht, gerade genug für einen DIN-A4-Umschlag. Die Sendung, die sie per Kurier hatte schicken wollen, war eine Finte gewesen. Aber warum? Damit er dem Kurier folgte? Damit sie in der Zwischenzeit das eigentlich Wertvolle holen und damit verschwinden konnte? Ricky begriff, dass seine SMS ein großer Fehler gewesen war. Er hatte Abby in die Enge treiben wollen, er hatte aber nicht mit ihrer List gerechnet.

Die Tatsache, dass sie das Päckchen verschicken wollte und er ein leeres Schließfach vorgefunden hatte, verriet ihm aber noch etwas anderes. Hatte sie etwa gehofft, er werde der Kuriersendung folgen, während sie den eigentlichen Schatz im Schließfach bei Southern Deposit Security unterbrachte? Warum sonst war es leer gewesen? Doch nur, weil sie noch keine Zeit gefunden hatte, das echte Päckchen darin unterzubringen. Oder aber sie hatte es erst kürzlich herausgeholt.

Falls es kein zweites Schließfach gab, befand es sich aller Wahrscheinlichkeit nach noch in ihrer Wohnung.

Am vergangenen Abend hatte er Abbys Wohnung gründlich durchsucht und auch die Kleider, die sie getragen hatte. Ihren Pass hatte er vorsichtshalber mitgenommen, damit die Schlampe das Land nicht verlassen konnte.

Doch falls es irgendwo ein weiteres Schließfach gab, hätte er den Schlüssel oder irgendeinen anderen Hinweis darauf finden müssen. Er hatte die Wohnung Zentimeter für Zentimeter durchkämmt, sämtliche Möbel verschoben, jedes lose Dielenbrett hochgestemmt. Er hatte die Rückseite des Fernsehgerätes abgenommen, die Polstermöbel aufgeschlitzt, die Lüftungsgitter abgeschraubt und die Lampen auseinandergebaut. Aus seiner Zeit im Drogenhandel wusste er, wie gründlich die Polizei eine Wohnung auseinandernahm, und kannte alle Verstecke, die ein kluger Dealer benutzen würde.

Andererseits war aber auch denkbar, dass Abby das Päckchen bei einer Freundin gelassen hatte. Der Name auf der Kuriersendung war allerdings falsch gewesen, das hatte er überprüft. Vermutlich hatte sie seit ihrer Rückkehr Kontakte gemieden. Wenn nicht einmal ihre eigene Mutter wusste, dass sie wieder in England war, hatte sie sich wohl kaum bei Freundinnen gemeldet.

Nein, inzwischen war er überzeugt, dass sie alles noch in der Wohnung aufbewahrte.

So clever Abby auch sein mochte, hatte sie doch wie jeder andere eine Achillesferse. Eine Kette ist nur so stark wie ihr schwächstes Glied. Eine Armee marschiert nur so schnell wie der langsamste Soldat.

Abbys Mutter war das schwächste Glied und der langsamste Soldat.

Plötzlich wusste er genau, was er zu tun hatte.

*

Der Renault, der seit längerer Zeit vor Abbys Wohnung parkte, wollte nicht anspringen. Gerade als Ricky die Hoffnung aufgeben wollte, zündete er dann doch, erwachte stotternd zum Leben und stieß eine ölige Qualmwolke aus.

Er fuhr aus der Parklücke und setzte den gemieteten Ford hinein. Wenn Abby zurückkäme, würde sie den Wagen entdecken und glauben, er sei in der Wohnung. Er lächelte. Somit würde sie die Wohnung vorerst nicht betreten. Da am Wagen kein Anwohnerparkausweis klebte, würde er vermutlich irgendwann einen Strafzettel bekommen, vielleicht sogar eine Parkkralle, aber das scherte Ricky nicht.

Er holte das GSM 3060 Intercept aus dem Ford und legte es in den Lieferwagen. Dann fuhr er wieder nach Eastbourne und hielt unterwegs nur kurz an, um einen Burger und eine Cola zu kaufen. Jetzt ging es ihm besser. Er hatte die Situation wieder im Griff.

78

OKTOBER 2007 Um halb sieben begann die vierte Besprechung der Operation Dingo. Als Roy Grace dem versammelten Team die Zusammenfassung der jüngsten Ereignisse vorlesen wollte, zögerte er, weil Glenn Branson ihn so merkwürdig anschaute. Auch zuckte der Kollege mit der Nase, als wollte er ihm einen Wink geben.

»Stimmt etwas nicht?«

Grace bemerkte, dass andere Kollegen ihn ebenfalls seltsam anschauten.

»Du riechst ein bisschen streng, Boss«, erwiderte Glenn, »falls ich mal persönlich werden darf. Vorsichtig ausgedrückt, es ist nicht dein übliches Eau de Cologne. Bist du in irgendetwas reingetreten?«

Entsetzt begriff Grace, worauf sein Kollege hinaus wollte. »Ach so, Entschuldigung. Ich – ich komme gerade aus der Hundeschule. Der kleine Scheißer hat mich im Auto vollgekotzt. Ich dachte, ich hätte es abgewaschen.«

Bella Moy wühlte in ihrer Handtasche und reichte Grace ein Parfümspray. »Das dürfte es überdecken.«

Widerwillig sprühte Grace Hose, Hemd und Jackett ein.

»Jetzt riechen Sie wie ein ganzes Bordell«, bemerkte Norman Potting.

»Danke vielmals«, beschwerte sich Bella mit einem funkelnden Blick.

»Nicht dass ich mich in solchen Etablissements auskenne«, murmelte Potting entschuldigend und fügte hinzu: »Kürzlich habe ich übrigens gelesen, dass Koreaner Hunde essen.«

»Das reicht jetzt, Norman«, ermahnte ihn Grace und wandte sich wieder seinen Unterlagen zu. »Okay, Bella, bitte berichten Sie, was Sie über Joanna Wilsons Amerikareise wissen. Mein Kontakt hat bisher nichts herausgefunden.«

»Ich habe mit dem Herrn von der New Yorker Staatsanwaltschaft gesprochen, Roy. Vor einer Stunde hat er mir eine E-Mail geschickt. Früher wurden sämtliche Einwanderungsangelegenheiten von der Immigration and Naturalization Agency bearbeitet. Nach dem 11. September hat man sie mit dem Zoll zusammengelegt, das Ganze nennt sich jetzt Immigration Customs Enforcement. Falls sie nicht mit einem langfristigen Visum eingereist ist, gibt es keine Unterlagen. Er hat die Daten aus den neunziger Jahren überprüft, und sie scheint nicht mit einem Visum eingereist zu sein, aber laut seiner Aussage lässt sich nicht mit letzter Sicherheit sagen, ob sie das Land betreten hat oder nicht.«

»Gut, vielen Dank. E-J, welche Fortschritte haben Sie mit der Familiengeschichte gemacht? Konnten Sie Verwandte von Joanna Wilson finden?«

»Nun, sie scheint nicht viele zu haben. Einen schwulen Stiefbruder habe ich aufgetrieben, das ist vielleicht eine Marke. Er nennt sich Mitzi Dufors, ist um die sechzig, von Kopf bis Fuß gepierct und trägt Lederhotpants mit Nieten. Er tritt als Transvestit in einem Schwulenklub hier in der Stadt auf. Hatte nicht viel Schmeichelhaftes über seine verstorbene Stiefschwester zu berichten.«

»Älteren Herren in Lederhotpants kann man nicht vertrauen«, warf Norman Potting ein.

»Norman!«, sagte Grace in warnendem Ton.

»Sie sind auch nicht gerade ein Modeguru, Norman«, versetzte Bella.

»Jetzt reicht's!«

Potting zuckte die Achseln wie ein störrisches Kind.

»Gibt es sonst noch etwas über den Stiefbruder?«

»Er sagt, Joanna habe etwa ein Jahr, bevor sie nach Amerika ging, von ihrer Mutter ein kleines Haus in Brentwood geerbt. Seiner Ansicht nach habe sie von dem Erlös ihre Schauspielkarriere finanzieren wollen.«

»Sie sollten herausfinden, um wie viel Geld es dabei ging und was daraus geworden ist. Gute Arbeit übrigens, E-J.«

Grace machte sich einige Notizen und wandte sich dann an Branson. »Glenn, sind du und Bella mit den Klingers weitergekommen?«

Branson grinste. »Ich glaube, wir haben Stephen Klinger zu einem sehr günstigen Zeitpunkt erwischt, kurz nach dem Mittagessen. Er war stockbesoffen und sehr gesprächig. Hat uns erzählt, dass niemand Joanna Wilson sonderlich gut leiden konnte, scheint ein richtiges Früchtchen gewesen zu sein. Sie hat Ronnie das Leben zur Hölle gemacht, und niemand war traurig, als sie ihn sitzen ließ und in die Staaten ging. Er hat bestätigt, dass Ronnie nach Ablauf der gesetzlichen Frist wieder geheiratet hat. Lorraine war untröstlich, als er starb. Die Tatsache, dass er sie auch finanziell in die Bredouille gebracht hatte, machte die Sache noch schlimmer.«

Grace notierte etwas.

»Erst wurde ihr Auto beschlagnahmt, dann das Haus. Wilson scheint ein ziemlicher Windbeutel gewesen zu sein. Er besaß überhaupt nichts. Seine Witwe musste das schicke Haus in Hove verlassen und in eine Mietwohnung ziehen. Ein knappes Jahr später, im November 2002, verfasste sie einen Abschiedsbrief und sprang von der Fähre Newhaven-Dieppe.« Er hielt inne. »Wir haben auch mit Mrs Klinger gesprochen, und sie hat die Aussagen ihres Mannes weitgehend bestätigt.«

»Gibt es Verwandte, die etwas über ihren Geisteszustand aussagen können?«

»Ja, eine Schwester, die als Stewardess bei British Airways arbeitet. Ich habe eben mit ihr gesprochen, allerdings nur kurz, da sie im Dienst war. Wir sind für morgen verabredet. Sie hat bestätigt, was Klinger gesagt hat. Ach ja, und sie ist damals mit Lorraine nach New York geflogen, sobald das wieder möglich war. Eine Woche lang sind sie mit einem großen Foto von Ronnie durch die Stadt gelaufen, wie tausende andere auch.«

»Sie ist also davon überzeugt, dass Ronnie am 11. September umgekommen ist.«

»Zweifellos. Er war mit einem Typen namens Donald Hatcook im Südturm verabredet. Alle Leute, sie sich zu diesem Zeitpunkt in diesem Stockwerk befanden, waren auf der Stelle tot.« Glenn warf einen Blick auf seine Notizen. »Du hattest auch noch nach diesem Chad Skeggs gefragt.«

»Ja, was hast du über ihn herausgefunden?«

»Die Kripo in Brighton ermittelte in den neunziger Jahren wegen Belästigung und Misshandlung einer jungen Frau gegen ihn. Laut Aussage des Mädchens hatte sie gemeinsam mit Skeggs einen Club verlassen und war mit ihm nach Hause gegangen, wo er sie furchtbar zurichtete. Es könnte mit S/M zu tun gehabt haben. Möglicherweise hat sie zuerst mitgemacht, dann aber Angst bekommen, und er hat nicht aufgehört. Es war eine üble Geschichte, sie beschuldigte ihn auch der Vergewaltigung. Damals beschloss man jedoch, es sei nicht im öffentlichen Interesse, ihn aus Australien zurückzuholen. Ich glaube nicht, dass wir ihn noch einmal in England sehen werden, da müsste er schon furchtbar dämlich sein.«

Grace wandte sich an DC Nicholas. »Nick, was haben Sie zu berichten?«

»Eigentlich etwas recht Interessantes. Nachdem ich in den Datenbanken landesweit nichts Neues über Wilson finden konnte, kam ich auf den Gedanken, dass er als Geschäftsmann mit schickem Haus in Hove 4 bestimmt eine Lebensversicherung hatte. Also habe ich recherchiert und herausgefunden, dass Ronnie Wilson bei Norwich Union eine Lebensversicherung über eineinhalb Millionen Pfund abgeschlossen hatte.«

»Von der seine Witwe vermutlich nichts wusste«, mutmaßte Grace.

»Oh doch«, sagte Nick Nicholas. »Immerhin hat man ihr im März 2002 die volle Summe ausbezahlt.«

»Während sie in finanzieller Bedrängnis war und in einer Mietwohnung lebte?«

»Das ist noch nicht alles. Im Juli 2002, zehn Monate nach dem Tod ihres Mannes, erhielt Lorraine Wilson zweieinhalb Millionen Dollar aus dem Fonds für die Hinterbliebenen des Anschlags.«

»Und ist drei Monate später von der Fähre gesprungen«, bemerkte Lizzie Mantle.

»Sie ist *angeblich* von der Fähre gesprungen«, korrigierte Nick Nicholas. »Offiziell gilt sie nach wie vor als vermisst. Ich habe die Akte überprüft, die Ermittler waren damals nicht hundertprozentig von einem Selbstmord überzeugt. Irgendwann jedoch war die Spur kalt.«

»Zweieinhalb Millionen Dollar – beim damaligen Wechselkurs waren das knappe 1,75 Millionen Pfund«, sagte Norman Potting.

»Sie starb also völlig verarmt und hatte über drei Millionen auf der Bank?«, fragte Bella.

»Davon könnten Sie sich eine Menge Schokolade kaufen«, sagte Potting.

»Nur befand sich das Geld nicht auf der Bank.« Nicholas hob zwei Mappen in die Höhe. »Dank Steve habe ich das hier etwas schneller als auf dem üblichen Weg bekommen.«

Er deutete auf den dreißigjährigen DC Mackie, der in Jeans und weißem Hemd am Tisch saß.

Mackie sprach ruhig und beherrscht und wirkte insgesamt sehr ordentlich und effizient, was Grace gut gefiel. »Mein Bruder arbeitet für HSBC und hat die Anfrage ein bisschen beschleunigt.«

Nick Nicholas nahm einige Dokumente aus der Mappe. »Das sind die gemeinsamen Kontoauszüge von Ronnie und Lorraine Wilson, die bis ins Jahr 2000 zurückreichen. Das Konto war zunehmend überzogen, nur gelegentlich wurden kleinere Beträge eingezahlt.« Er legte die Unterlagen zurück in die Mappe und griff nach der zweiten Mappe. »Viel interessanter ist hingegen das hier. Im Dezember 2001 wurde ein Konto eröffnet, das nur auf Lorraine Wilsons Namen lief.«

»Vermutlich für die Lebensversicherung«, sagte Lizzie Mantle.

Nick Nicholas nickte. Grace war aufrichtig beeindruckt. Gewöhnlich fehlte es dem jungen Mann an Selbstvertrauen, doch davon war jetzt nichts zu merken.

»Ja, die Summe wurde im März 2002 eingezahlt.«

»So schnell?«, wollte Lizzie Mantle wissen. »Ich dachte, man müsste sieben Jahre warten, bevor ein Vermisster für tot erklärt werden kann.« Sie vermied es, Roy Grace anzuschauen, weil sie damit einen wunden Punkt berührte.

»Dank einer Initiative von Bürgermeister Giuliani gab es ein internationales Abkommen«, erklärte Steve Mackie. »Für Angehörige der Opfer vom 11. September wurde diese Frist aufgehoben, und man beschleunigte die Zahlungen.«

Nick Nicholas legte mehrere Kontoauszüge auf den Tisch, als verteilte er Spielkarten. »Jetzt wird es interessant. Die gesamte Versicherungssumme von eineinhalb Millionen Pfund wurde innerhalb der folgenden drei Monate in verschiedenen Beträgen in bar abgehoben.«

»Was hat sie damit gemacht?«, fragte Grace.

Nick Nicholas hob die Hand. »Ihre Schwester war wie vor den Kopf geschlagen, als ich ihr davon erzählte. Sie konnte es nicht glauben. Sie sagte, Lorraine sei auf ihre Schwester und Freunde angewiesen gewesen.«

»Und was ist mit der Entschädigung für den Anschlag?«

»Die ging im Juli 2002 auf dem Konto ein.« Nicholas hielt den fraglichen Kontoauszug in die Höhe. »Dann passierte das Gleiche. Das Geld wurde in verschiedenen Beträgen in bar abgehoben. Wenige Wochen, bevor sie den Abschiedsbrief hinterließ, war alles weg.«

Das gesamte Team saß stirnrunzelnd da. Glenn Branson klopfte mit einem Kugelschreiber gegen seine Zähne, und Lizzie Mantle, die gerade etwas notiert hatte, schaute auf.

»Und wir haben überhaupt keine Ahnung, was aus dem Geld geworden ist? Hat sie niemandem in der Bank gesagt, wofür sie so viel Bargeld brauchte? Bei derartigen Summen muss doch jemand Fragen gestellt haben.«

»Die Bank fragt grundsätzlich nach, wenn Kunden große Summen abheben und unter seelischem Druck zu stehen scheinen«, erklärte DC Mackie. »Als man Lorraine darauf ansprach, entgegnete sie, die Bank habe sie nicht unterstützt, als ihr Mann starb, und sie werde den Teufel tun und ihnen das Geld anvertrauen.«

»Ganz schön mutig«, sagte Lizzie Mantle.

»Ich glaube, ich erkenne ein gewisses Muster«, sagte Norman Potting. »Wilsons erste Frau erbt, erzählt ihren Freunden, sie wolle nach Amerika gehen, und endet in einem Abflusskanal. Seine zweite Frau erbt und endet im Ärmelkanal.«

Grace nickte ihm zu und erinnerte sich an die Information, die er von Cassian Pewe erhalten hatte. »Ich habe hier noch etwas, das Licht in die Sache bringen könnte. Im vergangenen Monat hat die Polizei in Geelong bei Melbourne eine Frauenleiche gefunden. Sie lag im Kofferraum eines Wagens, der in einem Fluss versenkt worden war. Die Autopsie hat ergeben, dass sie höchstens zwei Jahre tot ist. Die Frau hatte Brustimplantate, die im Juni 1997 im Nuffield Hospital in Woodingdean eingesetzt wurden. Die Seriennummer stimmt mit der von Lorraine Wilsons Implantaten überein.«

Er legte eine Pause ein, damit seine Kollegen die Information verdauen konnten.

»Sie ist also vom Ärmelkanal nach Australien und dort in einen Fluss geschwommen?«, bemerkte Glenn Branson. »Mit über drei Millionen im Badeanzug?«

»Das ist noch nicht alles«, fuhr Roy Grace fort. »Sie war im vierten

Monat schwanger. Die australische Polizei konnte die DNA der Mutter nicht in ihren Datenbanken finden, ebenso wenig Hinweise auf den Vater. Daraufhin wandte sie sich an die nationale britische DNA-Datenbank. Wir warten auf das Ergebnis. Mit etwas Glück wissen wir morgen Bescheid.«

»Houston, wir haben ein Problem«, sagte Norman Potting.

»Oder eine Spur«, ergänzte Grace. »Die Autopsie in Melbourne weist auf Erdrosseln als mutmaßliche Todesursache hin. Man gelangte dort zu dem Schluss, weil Lorraine Wilsons Zungenbein gebrochen war. Das ist der u-förmige Knochen unten im Hals.«

»Die gleiche mutmaßliche Todesursache wie bei Joanna Wilson«, sagte Nick Nicholas.

»Gut aufgepasst, Sie sind heute in Hochform, Nick«, lobte ihn Grace. »Wie ich sehe, haben die schlaflosen Nächte Ihrem scharfen Verstand nicht geschadet.«

Nicholas errötete, sichtlich erfreut.

»Für einen Toten hat Ronnie Wilson das gut gedeichselt«, sagte Norman Potting. »Immerhin ist es ihm noch gelungen, seine Frau zu erdrosseln.«

»Für diese Annahme haben wir nicht genügend Beweise, Norman«, sagte Grace, obwohl er ähnlich dachte. »Also, wir machen wie folgt weiter. Wenn Lorraine Wilson in nur wenigen Monaten über drei Millionen Pfund ausgegeben hat, wird es jemand gemerkt haben. Glenn und Bella, das hat absoluten Vorrang. Geht noch einmal zu den Klingers. Findet alles über die Kreise heraus, in denen die Wilsons verkehrten. Wofür haben sie Geld ausgegeben? Haben sie gespielt? Ein Haus im Ausland gekauft? Oder ein Boot? Dreieinviertel Millionen Pfund sind eine Menge Geld, und vor fünf Jahren war es noch mehr.«

Branson und Bella nickten.

»Steve, könnten Sie noch einmal Ihren guten Bankkontakt bemühen und herausfinden, was aus Joanna Wilsons Erbe geworden ist? Mir ist klar, dass es zehn Jahre zurückliegt und unter Umständen keine Akten mehr vorhanden sind. Tun Sie Ihr Bestes.«

Grace warf einen Blick auf seine Notizen und fuhr fort: »Ich fliege morgen nach New York und nehme den Rückflug am Donnerstagabend, dann bin ich am Freitagmorgen wieder hier. Norman und Nick, Sie fliegen nach Australien.«

Potting strahlte, doch Nicholas wirkte besorgt.

»Ich habe Flüge für morgen Abend buchen lassen. Sie werden einen Tag verlieren und am frühen Freitagmorgen Ortszeit eintreffen. Dann können Sie einen ganzen Tag ermitteln und uns am Freitag bei der Morgenbesprechung berichten. Nick, Sie sehen aus, als wäre etwas nicht in Ordnung. Können Sie sich nicht von Ihren Vaterpflichten losreißen?«

Er nickte.

»Werden Sie dennoch fliegen?«

Nicholas nickte erneut, diesmal energischer.

»War einer von Ihnen schon mal da?«

»Nein, aber ich habe einen Cousin in Perth«, antwortete Nick.

»Das ist von Melbourne beinahe so weit entfernt wie Brighton«, sagte Bella.

»Dann kann ich ihn also nicht besuchen?«

»Das ist kein Urlaub. Sie sind im Dienst«, ermahnte ihn Grace.

Der junge Kollege nickte.

»Auf den Spuren einer toten Frau«, sagte Norman Potting.

Grace ahnte, dass sie auch auf den Spuren eines toten Mannes wandelten.

79

OKTOBER 2007 Nach der Besprechung begab sich Roy Grace sofort in sein Büro und rief Cleo an. Er werde später kommen, weil er noch Arbeit erledigen, nach Hause fahren und eine Reisetasche packen müsse.

Er war bereits mehrfach in New York gewesen, meist beruflich. Mit Sandy war er zum Weihnachtsshopping an ihrem fünften Hochzeitstag hingeflogen, und er freute sich immer wieder auf die Stadt. Auch war es schön, die befreundeten Kollegen Dennis Baker und Pat Lynch wiederzusehen.

Sie hatten einander kennengelernt, als eine Mordermittlung Grace, damals noch Detective Inspector, vor sechs Jahren nach New York geführt hatte. Dennis und Pat arbeiteten damals in der Polizeiwache Brooklyn und waren am 11. September schon früh an der Anschlagstelle gewesen. Vermutlich war niemand in ganz New York besser geeignet, um herauszufinden, ob Ronnie Wilson an jenem furchtbaren Tag tatsächlich gestorben war.

Cleo war lieb und freundlich, er solle einfach kommen, sobald er Zeit habe. Außerdem versicherte sie, eine supersexy Belohnung erwarte ihn. Er wusste aus Erfahrung, wie gut diese Belohnungen waren und dass sie die Reinigungskosten nach Humphreys schwallartigem Erbrechen durchaus wettmachten.

Er konzentrierte sich auf seine E-Mails, beantwortete die dringendsten und beschloss, den Rest im Flugzeug zu erledigen.

Als er sich gerade um den Papierkram kümmern wollte, klopfte es, und Cassian Pewe trat unaufgefordert ein. Er blieb vor dem Schreibtisch stehen, das Jackett lässig über der Schulter, den obersten Hemdknopf geöffnet und die teuer aussehende Krawatte auf Halbmast. Er sah aus, als habe er Schmerzen.

»Verzeihung, Roy, wenn ich so hereinplatze, aber ich bin ziemlich gekränkt.«

Grace hob die Hand, weil er sein Memo zu Ende lesen wollte, und blickte dann auf. »Gekränkt? Das tut mir leid. Warum denn?«

»Wie ich höre, schicken Sie DS Potting und DC Nicholas morgen nach Melbourne. Ist das richtig?«

»Ja, in der Tat.«

Pewe tippte sich auf die Brust. »Und was ist mit mir? Ich habe die Sache ins Rollen gebracht. Dann stünde es mir doch zu, dorthin zu fliegen.«

»Was soll das heißen, Sie hätten die Sache ins Rollen gebracht? Ich dachte, Sie hätten lediglich einen Anruf von Interpol entgegengenommen.«

»Roy«, sagte Pewe mit bittendem Ton, als wäre Grace sein bester Freund auf Erden, »dank meiner Initiative konnte alles so schnell in Gang kommen.«

Grace nickte gereizt, weil er sich ungern bei der Arbeit unterbrechen ließ, schon gar nicht von dieser Nervensäge. »Das weiß ich durchaus zu schätzen. Aber Sie müssen begreifen, dass wir hier in Sussex großen Wert auf Teamwork legen, Cassian. Sie sind für die ungelösten Fälle zuständig – ich führe eine aktuelle Ermittlung. Die Informationen, die Sie mir gegeben haben, könnten durchaus hilfreich sein, und ich habe Ihr rasches Handeln wohlwollend zur Kenntnis genommen.«

Und jetzt verpiss dich und lass mich in Ruhe arbeiten, fügte er im Geiste hinzu.

»Das weiß ich zu schätzen. Allerdings bin ich der Meinung, dass ich auch zum Team gehören sollte, das nach Australien fliegt.«

»Ihr Einsatz hier ist sinnvoller«, entgegnete Grace. »Und dabei bleibe ich.«

Pewe funkelte ihn an und knurrte beleidigt: »Das werden Sie vielleicht noch bereuen, Roy.«

Mit diesen Worten stürmte er aus dem Büro.

80

OKTOBER 2007 Dienstagabend, acht Uhr. Ricky saß in der Dunkelheit im Lieferwagen. Von seiner Position aus konnte er den Eingang des Hauses beobachten, in dem Abbys Mutter wohnte, und auch den hinteren Eingang, aus dem sie sich vielleicht hinausschleichen würde.

Die Kälte drang ihm in die Knochen. Er wollte einfach zurückhaben, was ihm gehörte, er wollte Abby loswerden und aus diesem gottverdammten feuchtkalten Land verschwinden. Ab in den Süden.

In den vergangenen drei Stunden hatte er kaum eine Menschenseele auf der Straße gesehen. Eastbourne galt als Rentnerstadt, in der das Durchschnittsalter tot oder scheintot war. An diesem Abend schien niemand mehr am Leben zu sein. Die Straßenlaternen beleuchteten verlassene Gehwege. *Verdammte Verschwendung*, dachte er bei sich. *Die sollten mal an die Umwelt denken.*

Abby war dort drinnen bei ihrer Mutter und hatte es schön warm. Sein Instinkt sagte ihm, dass sie vermutlich die Nacht dort verbringen würde, doch er wagte nicht, seinen Posten zu verlassen und in einem Pub etwas zu trinken.

Vor etwa zwei Stunden hatte er ein Signal ihres neuen Handys empfangen, als sie das neue Telefon ihrer Mutter anrief, um Lautstärke und Klingelton zu überprüfen und ihre Nummer darin zu speichern. Auf diese Weise kannte er nun beide Nummern.

Als sie die Telefone ausprobierten, konnte er im Hintergrund den Fernseher hören. Es klang wie eine Seifenoper, ein Mann und eine Frau, die beim Autofahren stritten. Also saßen die Schlampe und ihre Mutter gemütlich in der warmen Wohnung vor dem Fernseher und luden zwei neue Mobiltelefone auf, die sie von seinem Geld gekauft hatte.

Das Intercept piepste aufgeregt. Abby rief nacheinander mehrere Pflegeheime an, weil sie eine Unterkunft für vier Wochen suchte, bis das Zimmer ihrer Mutter frei wurde.

Sie erkundigte sich nach Pflege, ärztlicher Versorgung, Mahlzeiten, Küche, Sportangebot und ob es Schwimmbad und Sauna gebe, ob die Zimmer ein eigenes Bad hätten, ob eine Hauptverkehrsstraße in der Nähe sei oder ein Park mit Rollstuhlzugang. Die Liste ihrer Fragen war endlos. Dass sie gründlich war, hatte er zu seinem Leidwesen erfahren müssen. Eine gründliche Schlampe.

Von wessen Geld würde sie das nun wieder bezahlen?

Er hörte, wie Abby für den nächsten Morgen drei Besichtigungstermine vereinbarte. Ihre Mutter würde sie vermutlich nicht mitnehmen, schließlich sollte der Schlüsseldienst ja kommen.

Wenn er mit ihr fertig wäre, würde sie kein Pflegeheim mehr brauchen. Eher eine Friedhofskapelle.

81

OKTOBER 2007 Um 8.20 Uhr am nächsten Morgen betraten Inspector Stephen Curry und Sergeant Ian Brown das kleine Besprechungszimmer im Untersuchungsgefängnis hinter Sussex House. Curry hatte die Unterlagen für die Morgenbesprechung bei sich, die einen umfassenden Überblick über schwer wiegende Zwischenfälle gaben, die sich innerhalb der letzten vierundzwanzig Stunden im Bezirk ereignet hatten.

Zum Team gehörten noch Sergeant Morley und seine Kollegin Mary Gregson mit dem dynamischen Kurzhaarschnitt, der gut zu dem energischen Enthusiasmus passte, mit dem sie ihre Arbeit anging.

Sie machten sich sofort ans Werk. Curry sprach sämtliche Vorfälle an. Bei einem hässlichen rassistischen Übergriff in der Park Road in Coldean war ein junger muslimischer Student, der auf dem Rückweg zur Uni war, vor einem Imbiss zusammengeschlagen worden; auf der Lewes Road hatte es einen Verkehrsunfall mit Todesfolge gegeben, in den ein Motorradfahrer und ein Fußgänger verwickelt waren; dazu einen Raubüberfall auf dem Broadway in Whitehawk. Im Preston Park war ein junger Homosexueller verprügelt worden.

Curry ging alle Vorfälle gründlich durch und grenzte die Gefahrenschwerpunkte ein. Danach folgte eine Bewertung der Vermisstenfälle. Mary berichtete von einer Freilassung auf Kaution und erinnerte Curry daran, dass er um elf mit dem Staatsanwalt verabredet sei, um über die Verhaftung eines Verdächtigen zu sprechen, der des mehrfachen Handtaschendiebstahls bezichtigt wurde.

Dann fiel dem Inspector noch etwas ein. »John, gestern haben wir darüber gesprochen, dass jemand bei einer Frau in Kemp Town vorbeischauen sollte. Ich sehe nichts dazu auf der Liste. Wie hieß sie doch gleich – Katherine Jennings? Gibt es etwas Neues dazu?«

Morley wurde rot. »Mein Gott, tut mir leid, Boss. In dieser Sache habe ich noch gar nichts unternommen. Als die Sache mit der kleinen Gemma Buxton dazwischenkam, habe ich alles andere stehen und liegen lassen. Ich schicke gleich heute Morgen jemanden hin.«

»In Ordnung.« Curry schaute auf die Uhr. Scheiße. Schon fünf nach neun. Er sprang auf. »Bis später.«

»Viel Spaß beim Schuldirektor«, sagte Mary mit frechem Grinsen.

»Ja, heute bist du der Lieblingsschüler«, warf Morley ein.

»Wohl kaum, wenn ich Leute im Team habe, die ein so beschissenes Gedächtnis haben wie du«, konterte er.

82

OKTOBER 2007 Ricky schlief unruhig. Er hatte in einem Pub an der Promenade mehrere Biere getrunken und war eingedöst. Sobald ein Auto mit erleuchteten Scheinwerfern vorbeifuhr oder ein Motorgeräusch oder Schritte erklangen, zuckte er zusammen. Er hatte sich auf den Beifahrersitz gesetzt, damit ihn ein neugieriger Polizist nicht für einen betrunkenen Fahrer hielt. Er hatte den Lieferwagen ein paar Mal kurz verlassen, um in einem Durchgang zwischen zwei Häusern zu pinkeln.

Gegen sechs Uhr fuhr er los, um in einem Café zu frühstücken, und fand sich binnen einer Stunde wieder auf seinem Posten ein.

Wie war er nur in diese Situation geraten? Wie hatte er sich von dieser Schlampe derart übers Ohr hauen lassen können? Sie hatte einen auf süß und lieb gemacht, ihn angebaggert, das geile Luder. Hatte alles mit sich machen lassen und so getan, als würde sie es genießen. Vielleicht hatte sie es tatsächlich genossen und ihn dabei gnadenlos ausgehorcht. Frauen waren clever. Sie wussten genau, wie man Männer manipulierte.

Er hatte sich den verfluchten Fehler erlaubt, ihr so ziemlich alles zu erzählen, weil er angeben wollte. Weil er glaubte, sie damit beeindrucken zu können.

Als er sich eines Abends völlig zugekokst und bis zum Anschlag betrunken hatte, plünderte sie ihn aus und machte die Biege. Er war finanziell am Ende, steckte bis über beide Ohren in Schulden, und das Geschäft lief auch nicht richtig. Das hier war seine einzige Chance. Ihm war das Glück in den Schoß gefallen, und sie hatte es ihm vor der Nase weggeschnappt.

Einen Vorteil hatte er jedoch: Die Welt, in der sie lebte, war kleiner als erwartet. An wen sie sich auch wenden mochte, die Leute würden Fragen stellen. Viele Fragen. Er vermutete, dass Abby das auch bereits gemerkt hatte und nur deshalb noch in der Gegend war. Seine Ankunft in Brighton machte die Sache für sie nicht gerade leichter.

*

Um halb zehn hielt ein Taxi aus Eastbourne vor dem Wohnblock. Der Fahrer stieg aus und klingelte. Einige Minuten später erschien Abby. Allein.

Gut.

Perfekt.

Sie würde wohl zu der ersten Besichtigung fahren, die an diesem Morgen anstand. Gewiss hatte sie ihre Mami angewiesen, brav zu sein und nur dem Schlüsseldienst die Tür zu öffnen.

Er beobachtete, wie Abby einstieg und wegfuhr. Er rührte sich nicht von der Stelle. Frauen waren unberechenbar, und es war durchaus denkbar, dass sie in fünf Minuten noch einmal zurückkäme, weil sie etwas vergessen hatte. Egal, er hatte jede Menge Zeit. Sie würde mindestens eineinhalb Stunden wegbleiben, vielleicht sogar deutlich länger. Er musste nur ein bisschen abwarten, um sicher zu gehen, dass die Luft rein war.

Der Rest wäre ein Kinderspiel.

83

OKTOBER 2007 Glenn Branson klingelte und trat ein Stück zurück, damit ihn die Sicherheitskamera erfassen konnte. Die schmiedeeisernen Tore ruckten und schwangen dann lautlos auf. Der Detective Sergeant stieg wieder in den Dienstwagen und bog zwischen den eindrucksvollen Backsteinsäulen in die kreisförmige Auffahrt. Die Reifen knirschten auf dem Kies. Er hielt hinter einem silbernen Mercedes Sportwagen und einer silbernen S-Klasse, die nebeneinander parkten.

»Ganz nettes Haus, was? Dazu noch zwei farblich abgestimmte Mercedes.«

Bella Moy nickte. Allmählich kehrte die Farbe in ihr Gesicht zurück. Sie hatte furchtbare Angst, wenn sie mit Glenn Autofahren musste. Sie mochte ihn gern und wollte ihn nicht kränken, hätte es aber vorgezogen, mit dem Bus oder auch barfuß auf glühenden Kohlen ins Büro zurückzukehren.

Mit dem Säulenvorbau, der sich über die gesamte Front erstreckte, erinnerte das Haus an einen griechischen Tempel. Der Rest war im pseudo-georgianischen Stil gehalten. Ari würde alles für solch ein Haus geben, dachte Glenn. Seltsam, als sie geheiratet hatten, schien sie sich überhaupt nicht für Geld zu interessieren. Das hatte sich geändert, als Sammy, inzwischen acht, in die Schule kam. Zweifellos hatte sie sich mit anderen Müttern unterhalten, deren schicke Autos und Häuser gesehen.

Häuser wie dieses faszinierten ihn allerdings auch. Glenn meinte, bei manchen Häusern eine Aura zu spüren. In der Gegend gab es eine Menge Anwesen, die ebenso groß und protzig waren, aber eine Atmosphäre bürgerlicher Wohlanständigkeit ausstrahlten. Nur dann und wann stieß man auf ein Haus wie dieses, das einfach *zu* protzig war und in ihm den Eindruck weckte, der Besitzer habe sein Geld nicht auf ehrliche Weise erworben.

»Würdest du gern hier leben, Bella?«

»Ich könnte mich dran gewöhnen.« Sie lächelte, sah aber ein bisschen wehmütig aus.

Glenn warf ihr einen Seitenblick zu. Sie sah wirklich nett aus, fröhliches Gesicht unter zerzaustem braunem Haar, kein Ehering am Finger. Sie kleidete sich eher unvorteilhaft, als wäre sie nicht daran interessiert, das Beste aus sich zu machen. So trug sie an diesem Tag eine weiße Bluse unter einem schlichten dunkelblauen Pullover mit V-Ausschnitt, eine schwarze Wollhose, unauffällige schwarze Schuhe und einen kurzen grünen Duffelcoat. Er hätte sie am liebsten einer Generalüberholung unterzogen.

Bella sprach nie über ihr Privatleben, und Glenn fragte sich oft, wie sie wohl leben mochte. Hatte sie einen Freund, eine Freundin oder Mitbewohnerinnen? Ein Kollege hatte mal erzählt, Bella pflege ihre Mutter, doch sie hatte nie etwas Derartiges erwähnt.

»Ich weiß gar nicht mehr, wo du wohnst«, sagte er, als sie ausstiegen. Ein Windstoß ließ die Schöße seines Kamelhaarmantels flattern.

»In Hangleton.«

»Genau, das war's.«

Irgendwie passend. Hangleton war eine hübsche, ruhige Wohngegend im Osten der Stadt. Viele kleine Häuser, Bungalows und gepflegte Gärten. Genau die Gegend, in der eine alleinstehende Frau mit ihrer älteren Mutter leben würde. Plötzlich sah er im Geist eine traurige Bella, die für eine gebrechliche Frau sorgte und Maltesers mampfte, weil ihr das Leben sonst nichts zu bieten hatte. Ein unglückliches, eingesperrtes Haustier.

Er klingelte. Ein philippinisches Hausmädchen öffnete und führte sie durch eine Orangerie mit hoher Decke und Blick auf weite Rasenflächen, einen riesigen Swimmingpool und einen Tennisplatz.

Sie bot ihnen Plätze in Sesseln, die um einen Couchtisch aus Marmor gruppiert waren, und Getränke an. Dann erschienen Stephen und Sue Klinger.

Stephen war ein großer, schlanker Mann Ende vierzig, der das graue Haar streng zurückgekämmt trug. Seine Augen blickten kalt, seine Wangen waren rot geädert wie die eines starken Trinkers. Er trug einen Nadelstreifenanzug und teure Schuhe und sah auf die Uhr, sowie er Branson die Hand geschüttelt hatte.

»Leider muss ich in zehn Minuten weg«, verkündete er mit kühler Stimme. Er klang völlig anders als am Vortag, als sie ihn nach einem feucht-fröhlichen Mittagessen erwischt hatten.

»Kein Problem, Sir, wir haben nur noch einige Fragen an Sie und Mrs Klinger. Wir wissen sehr zu schätzen, dass Sie sich Zeit für uns genommen haben.«

Er warf Sue Klinger einen anerkennenden Blick zu, und sie grinste verstohlen. Sie sah wirklich toll aus. Anfang vierzig, topfit, brauner Designer-Hausanzug und Turnschuhe, die frisch aus dem Karton zu stammen schienen.

Außerdem hatte sie einen unglaublichen Schlafzimmerblick. Dieser Blick traf ihn zweimal kurz hintereinander, und Glenn lenkte sich ab, indem er sein Notizbuch aufschlug und sich ganz auf Stephen Klingers Augen konzentrierte, deren Blick leichter zu deuten war.

Das Hausmädchen brachte Kaffee und Wasser.

»Dürfte ich kurz rekapitulieren, Sir? Wie lange waren Sie mit Ronnie Wilson befreundet?«

Klingers Augen zuckten nach links. »Moment, lassen Sie mich überlegen, wir kennen uns, seit wir Teenager waren. Siebenundzwanzig – nein, dreißig Jahre. Ungefähr.«

Zur Sicherheit fragte Glenn: »Gestern haben Sie uns erzählt, dass seine Beziehung zu Joanna schwierig war, es mit Lorraine aber besser lief?«

Wieder bewegten sich die Augen nach links, bevor er sprach.

Es war ein neurolinguistisches Experiment, das er von Roy Grace übernommen hatte. Es war bisweilen nützlich, um zu beurteilen, ob jemand die Wahrheit sagte. Das menschliche Gehirn besaß eine linke und eine rechte Hemisphäre. Die eine war für das Langzeitgedächtnis zuständig, während in der anderen kreative Prozesse abliefen. Stellte man Menschen eine Frage, wanderten ihre Augen fast immer in Richtung der Gehirnhälfte, die sie gerade benutzten. Bei manchen Leuten befand sich das Gedächtnis links, bei anderen rechts; die kreative Gehirnhälfte lag jeweils gegenüber.

Nun wusste er also, dass bei Stephen Klinger die linke Seite für das Gedächtnis zuständig war. Bewegten sich seine Augen nach rechts, log er vermutlich. Die Technik war nicht hundertprozentig sicher, lieferte aber nützliche Hinweise.

Branson beugte sich vor, als das Hausmädchen ihm Tasse und Milchkännchen hinstellte. »Sir, halten Sie es für denkbar, dass Ronnie Wilson eine seiner Ehefrauen ermordet hat?«

Der Schock in Klingers Gesicht wirkte echt, ebenso der ungläubige Blick seiner Frau. Klingers Augen blickten genau geradeaus, als er antwortete. »Nicht Ronnie, nein. Er war manchmal jähzornig, aber . . .« Er schüttelte den Kopf.

»Er hatte ein gutes Herz«, fügte seine Frau hinzu. »Er kümmerte sich um seine Freunde. Ich glaube nicht, nein, nie im Leben.«

»Uns liegen Informationen vor, über die wir gern vertraulich mit Ihnen sprechen möchten, obwohl sie erst in den nächsten Tagen an die Presse gehen.«

Branson warf Bella einen auffordernden Blick zu, aber sie signalisierte ihm, er solle ruhig weitermachen.

Glenn goss Milch in seinen Kaffee. »Es sieht ganz danach aus, als wäre Joanna Wilson nie nach Amerika gelangt. Am Freitag wurde ihre Leiche in einem Regenkanal im Stadtzentrum gefunden. Sie hat schon lange Zeit dort gelegen. Vermutlich wurde sie erdrosselt.«

Jetzt wirkten beide entsetzt.

»Scheiße!«, sagte Sue.

»Ist das die Frau, über die am Montag etwas im *Argus* stand?«, erkundigte sich Stephen.

Bella nickte.

»Wollen Sie damit sagen, dass – dass Ronnie etwas damit zu tun hatte?«

»Wenn ich noch zu Ende sprechen dürfte, Sir«, unterbrach ihn Branson. »Gestern haben wir nun erfahren, dass man die Leiche von Lorraine Wilson ebenfalls gefunden hat.«

Sue Klinger wurde blass. »Im Kanal?«

»Nein, in einem Fluss bei Melbourne.«

Nun saßen beide Klingers fassungslos vor ihm. Irgendwo im Haus klingelte das Telefon. Niemand bewegte sich. Glenn trank noch einen Schluck Kaffee.

»Melbourne? In Australien?«, fragte Sue Klinger schließlich.

»Wie um alles in der Welt ist sie vom Ärmelkanal dorthin gelangt?«, wollte Stephen wissen.

Das Klingeln verstummte. »Die Autopsie hat ergeben, dass sie erst seit zwei Jahren tot ist, Sir. Also hat sie wohl doch nicht im Jahre 2002 im Ärmelkanal Selbstmord begangen.«

»Sondern ist in einen australischen Fluss gesprungen?«, erkundigte sich Stephen.

»Wohl kaum. Ihr Genick war gebrochen, und sie lag im Kofferraum eines Autos.« Die übrigen Informationen wollte Glenn noch nicht preisgeben.

Die Klingers saßen ganz still da und versuchten zu verdauen, was sie soeben erfahren hatten. Schließlich fragte Stephen: »Aber wer hat das getan? Und warum? Wollen Sie damit sagen, dass ein und derselbe Täter Joanna und Lorraine getötet hat?«

»Das können wir zu diesem Zeitpunkt noch nicht sicher sagen. Aber es gibt Ähnlichkeiten in der Vorgehensweise.«

»Wer – wer hätte denn erst Joanna und dann Lorraine töten sollen?«, fragte Sue. Sie drehte nervös ihr goldenes Armband.

»Wussten Sie, dass Joanna Wilson von ihrer Mutter ein Haus geerbt und kurz vor ihrem Tod verkauft hat? Es erbrachte etwa 175 000 Pfund. Wir wollen herausfinden, was aus dem Geld geworden ist.«

»Vermutlich hat Ronnie davon seine Schulden bezahlt, sowie das Geld auf dem Konto war«, sagte Stephen. »Ich mochte den Kerl, aber er hatte kein Händchen für Geld. Hat alles Mögliche versucht und ist jedes Mal gegen die Wand gefahren. Versuchte sich immer an Sachen, die eine Nummer zu groß für ihn waren.«

»Das ist jetzt aber ein bisschen hart, Steve«, meinte seine Frau. »Ronnie hatte gute Ideen.« Sie schaute die beiden Ermittler an und tippte sich an den Kopf. »Er war ein Erfindergeist. Einmal hat er so ein Gerät erfunden, mit dem man Luft aus geöffneten Weinflaschen entfernen konnte. Er wollte es gerade patentieren lassen, als – wie heißt es doch gleich? – Vacu-Vin auf den Markt kam und groß einschlug.«

»Klar, aber das Vacu-Vin ist aus Plastik«, sagte Stephen. »Ronnie hatte seines aus Messing hergestellt, der Blödmann. Jeder weiß, dass Metall mit Wein reagiert.«

»Du selbst hast es damals clever gefunden, nicht wahr?«

»Ja, aber ich hätte nie mehr in eine seiner Ideen investiert. Ich habe es zweimal versucht und bin beide Male auf die Nase gefallen.« Er zuckte die Achseln. »Man braucht mehr als eine gute Idee, um ein Geschäft ins Rollen zu bringen.« Er sah demonstrativ auf die Uhr.

»Mr und Mrs Klinger«, meldete sich Bella zu Wort, »wussten Sie, dass Lorraine in den Monaten, bevor sie sich *scheinbar* das Leben nahm, in den Besitz einer beträchtlichen Geldsumme gelangt war?«

Sue schüttelte heftig den Kopf. »Nie und nimmer. Das hätte ich als Erste erfahren. Wegen Ronnie saß sie furchtbar in der Tinte. Musste wieder in Gatwick arbeiten. Sie erhielt keinen Kredit mehr, weil Ronnie solche Schulden angehäuft hatte. Sie bekam nicht einmal genügend Geld zusammen, um sich ein Auto zu kaufen. Einmal habe ich ihr einige hundert Pfund geliehen, damit sie sich über Wasser halten konnte.«

»Es mag Sie überraschen«, sagte Glenn, »aber Ronnie Wilson hatte bei Norwich Union eine Lebensversicherung abgeschlossen. Im März 2002 erhielt Lorraine Wilson über eineinhalb Millionen Pfund.«

Der Schock war groß, sollte aber noch größer werden.

»Und im Juli 2002 bekam Mrs Wilson dann noch fast zweieinhalb Millionen Dollar aus dem Hinterbliebenenfonds des 11. September. Das waren zum damaligen Wechselkurs 1,75 Millionen Pfund.«

Langes Schweigen.

»Ich kann es nicht glauben. Ich kann es einfach nicht glauben –« Sue schüttelte den Kopf. »Die Polizisten, mit denen wir gesprochen haben, als sie verschwand, waren nicht ganz davon überzeugt, dass sie tatsächlich vom Schiff gesprungen war. Warum, wollten sie uns nicht sagen. Vielleicht wussten sie mehr als wir. Aber Stephen und ich und all unsere Freunde waren davon überzeugt, dass sie tot war, und keiner hat seither von ihr gehört.«

»Wenn es stimmt, was Sie sagen –« Stephen Klinger verstummte mitten im Satz.

»Sie hat das gesamte Geld bis zu ihrem Verschwinden im November 2002 in verschiedenen Teilbeträgen in bar vom Konto abgehoben«, erklärte Bella.

»In bar?«, wiederholte Stephen Klinger.

»Können Sie sich vorstellen, dass die Wilsons, besser gesagt, Ronnie, erpresst wurden?«

»Lorraine und ich waren eng befreundet«, sagte Sue. »Ich glaube, sie hätte sich mir anvertraut.«

So wie sie sich dir bei den 3,75 Millionen Pfund anvertraut hat!, dachte Glenn.

Plötzlich deutete Stephen Klinger mit dem Zeigefinger auf ihn. »Da fällt mir was ein. Vielleicht hat Ronnie ihr das beigebracht. Er handelte nämlich mit Briefmarken.«

»Briefmarken?«

Klinger nickte. »Ja, im großen Stil. Statt Bargeld. Er glaubte, so würde ihm das Finanzamt nicht so schnell auf die Schliche kommen.«

»Über drei Millionen Pfund, das müssen aber viele Briefmarken gewesen sein«, sagte Bella.

Stephen schüttelte den Kopf. »Nicht unbedingt. Ich weiß noch, wie mir Ronnie mal eine einzelne Briefmarke zeigte, die in Seidenpapier gewickelt war. Für das Ding hatte er *fünfzig Riesen* bezahlt. Angeblich hatte er einen Käufer an der Hand, der ihm sechzig dafür geben wollte. Aber so wie ich ihn kenne, hat er vermutlich nur vierzig bekommen.«

»Wissen Sie zufällig, mit wem Mr Wilson gehandelt hat?«

»Es gibt einige Händler in der Gegend, mit denen er kleinere Geschäfte machte. Einer heißt Hawkes, unten in der Queen's Road. Dann gab es noch einige in London und New York. Ach ja, er redete auch mal von einem großen Fisch, der von zu Hause aus arbeitete. Den Namen weiß ich nicht mehr, er wohnt gleich um die Ecke in der Dyke Road. Bei Hawkes kennen sie den Namen sicher.«

Glenn machte sich Notizen.

»Er sagte, an der Spitze des Marktes sei die Welt sehr klein. Sobald jemand ein großes Geschäft abschließe, erführen alle davon. Wenn Lorraine so viel Geld für Briefmarken ausgegeben hat, wird sich ganz bestimmt jemand daran erinnern.«

»Und vermutlich auch, wenn sie sie wieder verkauft hat«, fügte Bella hinzu.

84

OKTOBER 2007 Es war Duncan Troutts erste Streife als richtiger Polizist. Einerseits war er stolz, fürchtete aber auch, etwas falsch zu machen.

Duncan war nicht sonderlich groß und schmal gebaut, wusste sich aber zu verteidigen. Seit langem begeisterte er sich für asiatische

Kampfsportarten und verfügte über diverse Urkunden in Kickboxen, Taekwondo und Kung-Fu.

Seine Freundin Sonia hatte ihm ein gerahmtes Poster geschenkt:

> UND OB ICH SCHON WANDERTE IM FINSTERN TAL,
> FÜRCHTE ICH KEIN UNGLÜCK,
> DENN ICH BIN DER SCHÄRFSTE HUND
> IM GANZEN TAL.

Genau jetzt, um zehn Uhr morgens, befand sich der schärfste Hund im ganzen Tal an der Kreuzung Marine Parade und Arundel Road, im äußersten Osten von Brighton and Hove. Es war nicht gerade ein Tal, nicht einmal eine kleine Senke. Die Straßen waren ruhig. In etwa einer Stunde würden allmählich die Drogensüchtigen auftauchen. Laut einer Statistik, die die örtliche Tourismusbehörde natürlich nicht zu Werbezwecken einsetzte, wies die Stadt die höchste Pro-Kopf-Rate an Fixern und Drogentoten in ganz Großbritannien auf. Man hatte Troutt gewarnt, dass eine unverhältnismäßig große Zahl von ihnen in seinem Revier lebte.

Sein Funkgerät knisterte, ein Ruf ging ein. Aufgeregt meldete er sich und hörte die Stimme von Sergeant Morley.

»Alles in Ordnung, Duncan?«

»Ja, Sarge. Bisher schon, Sarge.«

Troutts Streife reichte von der Promenade bei Kemp Town bis zur Wohnsiedlung von Whitehawk, wo schon seit langem einige der gewalttätigsten Familien der Stadt wohnten – neben vielen anständigen Leuten. Im Labyrinth dazwischen gab es viele Reihenhäuser, aber auch die Welt der Durchreisenden mit ihren Pensionen und billigen Hotels, wohlhabende urbane Straßenzüge, eine der größten Schwulengemeinden Großbritanniens und Dutzende Restaurants, Pubs und kleine Läden. Außerdem lagen dort mehrere Schulen und das städtische Krankenhaus.

»Sie müssen eine Person überprüfen. Eine Frau, die offenkundig verängstigt wirkte.« Der Sergeant beschrieb kurz die Umstände.

Troutt zückte sein nagelneues Notizbuch und notierte Namen und Adresse.

»Die Meldung kommt vom Inspector persönlich, und ich vermute, dass er sie von einem ganz großen Tier hat, falls Sie wissen, was ich meine.«

»Natürlich, Sarge, ich bin ganz in der Nähe und kümmere mich sofort darum.«

Mit neuer Energie schritt er über die windige Marine Parade und bog nach links ab.

Unter der angegebenen Adresse fand er ein achtstöckiges Wohnhaus, vor dem der Lkw einer Baufirma und der Lieferwagen eines Aufzugunternehmens in zweiter Reihe parkten. Ein grauer Ford Focus hatte einen Strafzettel an der Windschutzscheibe. Vor der Tür ließ er zwei Männer vorbei, die eine große Gipskartonplatte trugen. Bei Nummer 82 stand kein Name. Troutt klingelte. Niemand meldete sich.

Es gab auch eine Klingel für den Hausmeister, doch da die Haustür offen stand und mit einem Keil befestigt war, ging er einfach hinein. Am Aufzug hing ein Schild mit der Aufschrift AUSSER BETRIEB. Er nahm die Treppe und achtete darauf, über die ausgebreiteten Planen zu laufen, wobei er etwas verärgert auf seine frisch polierten Schuhe blickte. Über ihm wurde gehämmert, geklopft und gebohrt, und im fünften Stock musste er einen wahren Hindernislauf über diverse Baumaterialien absolvieren.

Schließlich erreichte er den achten Stock. Die Tür zur Wohnung von Katherine Jennings lag genau gegenüber. Die drei Schlösser und der Spion weckten seine Neugier. Zwei Schlösser waren nicht ungewöhnlich, das wusste er aus Einsätzen an den sozialen Brennpunkten von Brighton, wo es häufig zu Wohnungseinbrüchen kam. Drei waren aber wirklich übertrieben. Er betrachtete die Schlösser, es war solide Qualität.

Sie scheinen sich wirklich Sorgen zu machen, Lady, dachte er bei sich und klingelte.

Niemand meldete sich. Er klingelte noch ein paar Mal und wartete geduldig, bevor er beschloss, sich an den Hausmeister zu wenden.

Als er wieder in der Eingangshalle war, kamen zwei Männer herein. Einer trug einen Arbeitsoverall mit der Aufschrift *Stanwell Maintenance* auf der Brusttasche, der andere war deutlich älter und trug eine Latzhose und ein schmutziges Sweatshirt. Er hielt ein altmodisches Handy in der Hand, an der ein Fingernagel ganz schwarz war.

Der Jüngere sah Troutt belustigt an. »Mensch, waren Sie aber schnell!«

Der Ältere hob sein Handy. »Ich hab doch erst vor einer Minute angerufen!« Er sprach mit einem kehligen osteuropäischen Akzent.

»Mich angerufen?«

»Wegen Aufzug!«

»Tut mir leid. Wer sind Sie?«

»Der Hausmeister.«

»Bedauere, ich bin in einer anderen Angelegenheit hier. Aber wenn Sie mir sagen, worum es geht, werde ich Ihnen gerne helfen.«

»Die Sache ist ganz einfach«, sagte der jüngere Mann. »Jemand hat sich am Aufzugmechanismus zu schaffen gemacht. Vandalismus. Oder Sabotage. Der Alarm und das Telefon im Aufzug – da hat jemand den Draht durchgeschnitten.«

Nun wurde Troutt hellhörig und holte sein Notizbuch heraus.

»Können Sie es genauer beschreiben?«

»Ich kann es Ihnen verdammt nochmal zeigen. Haben Sie Ahnung von Technik?«

»Es geht so«, meinte Troutt achselzuckend.

»Erst zeige ich Ihnen den Motorraum.«

»In Ordnung. Vorher muss ich aber kurz mit dem Herrn hier sprechen.«

Der Mechaniker nickte. »Ich parke nur eben den Lieferwagen um. Die Parkwächter hier sind gnadenlos.«

Troutt wandte sich an den Hausmeister. »In Wohnung 82 wohnt eine Katherine Jennings?«

»Ist neu. Erst ein paar Wochen hier. Kurzzeitmiete.«

»Können Sie mir etwas über die Frau erzählen?«

»Ich spreche nicht viel mit ihr, nur Sonntag, als sie in Aufzug war. Hat viel Geld. Ich weiß von Miete, was sie für Wohnung zahlt.«

»Wer hat Ihrer Meinung nach den Aufzug manipuliert? Jugendliche? Oder jemand, der mit der Mieterin zu tun hat?«

Der Hausmeister zuckte die Achseln. »Ich denke, er vielleicht nicht zugibt, dass Technik kaputt. Vielleicht schützt er sich oder Firma?«

Troutt nickte, ging aber nicht weiter darauf ein. Er würde sich sein eigenes Urteil bilden, nachdem er sich den Aufzug mit dem Mechaniker angeschaut hatte.

»Wissen Sie, was Ms Jennings beruflich macht?«

Der Hausmeister schüttelte den Kopf.

»Ist sie verheiratet? Hat sie Kinder?«

»Ist allein.«

»Wissen Sie, wann sie ein und ausgeht?«

»Ich wohne am anderen Ende von Haus. Ich sehe Mieter hier nur, wenn es gibt Probleme. Hat sie Ärger mit Polizei?«

»Nein, nichts dergleichen.« Troutt lächelte beruhigend. »Darf ich mich vorstellen – PC Troutt. Ich bin einer der neuen Streifenbeamten in der Gegend.« Er holte seine Marke heraus.

Der Hausmeister nahm sie entgegen und betrachtete sie argwöhnisch, als hielte er den Polizisten für einen Staubsaugervertreter. »Ich hoffe, Sie sind auch Freitag und Samstag da, spätabends. Letzten Freitag haben kleine Idioten Mülleimer angezündet«, knurrte er.

»Ja, genau darum geht es bei dieser neuen Initiative«, erwiderte der junge Polizist in ernstem Ton.

»Ich glaube erst, wenn ich sehe.«

85

OKTOBER 2007 »Hallo, Oldtimer, schon gestartet?«

Grace stand auf Socken im South Terminal des Flughafens Gatwick und sah seine Schuhe auf dem Transportband im Scanner verschwinden. Er hielt das Handy ans Ohr und antwortete: »Nur meine blöden Schuhe. Das hier geht mir ziemlich auf die Nerven. Jedes Mal muss ich mehr Kleidungsstücke ausziehen, wenn ich fliege. Und das nur, weil irgendein Idiot vor fünf Jahren versucht hat, seine Schnürsenkel in Brand zu setzen! Jetzt musste ich sogar meine Reisetasche einchecken, weil sie nach den neuen Bestimmungen zu groß ist. Also muss ich am anderen Ende wieder warten. Reine Zeitverschwendung!«

»Ich merke, du hast schlecht geschlafen.«

Grace grinste bei der Erinnerung an die herrliche Nacht mit Cleo. »Eigentlich nicht. Die Nacht war sehr viel besser als die davor. Ich musste sie nämlich nicht mit einem Jammerlappen verbringen, der mir sein Leid geklagt hat.«

Der DS achtete nicht auf die Anspielung und konterte: »Und der Hund hat dich nicht wieder vollgekotzt?«

Grace, der einen Anzug trug, weil er in New York einen guten Eindruck machen wollte, mühte sich ab, seinen rechten Schuh zu binden, während er das Telefon ans Ohr geklemmt hatte. Im Stehen ging gar nichts, also setzte er sich hin. »Nein. Er hat nur ein Häufchen auf den Boden gemacht.«

»Alles klar mit dir, Mann? Deine Stimme klingt so belegt.«

»Schon gut, ich bin dabei, mir die Schuhe wieder anzuziehen. Rufst du wegen etwas Wichtigem an, oder wolltest du nur ein bisschen plaudern?«

»Was weißt du über Briefmarken?«

»Erste oder zweite Wahl?«

»Sehr witzig.«

»Ich weiß ein bisschen was über Marken aus den britischen Kolonien. Die hat mein Vater gesammelt, Ersttagsbriefe. Er hat sie mir geschenkt, als ich ein Junge war. Heute sind sie wertlos. Nach seinem Tod bat mich meine Mutter, seine ganze Sammlung zu einem Händler zu bringen, aber sie war überhaupt nichts wert. Wenn du an ein neues Hobby denkst, würde ich dir Schmetterlinge empfehlen – oder Züge beobachten!«

»Schon gut, schon gut! Bist du jetzt fertig?«

Grace grunzte.

»Also, Bella und ich waren gerade bei den Klingers. Es ging um das Bargeld, die ganzen Transaktionen, die Lorraine Wilson vorgenommen hat. Die dreieinhalb Millionen Pfund. Ich vermute, sie hat Briefmarken davon gekauft.«

»Ach ja?«

Grace hielt inne und konzentrierte sich. Ihm fiel das Gespräch mit Terry Biglow ein. *Sie war … in einer fürchterlichen Verfassung, nachdem Ronnie gestorben war … Die Hypothekenfirma hat das Haus beschlagnahmt, die haben ihr alles weggenommen, bis auf ein paar Briefmarken.*

»Stephen Klinger sagte, beim Handel mit wirklich teuren Marken sei die Welt sehr klein. Da kenne jeder jeden.«

»Hat er dir eine Liste örtlicher Händler gegeben?«

»Er hat ein paar Namen genannt.«

»Hör zu, Glenn. Solche kleinen Gruppen neigen besonders dazu, dicht zu machen, wenn jemand Informationen über sie oder einen der ihren sammelt. Also geh hin und tritt ihnen in den Arsch, verstanden?«

»Hm, ja.«

»Sag ihnen klar und deutlich, dass wir in einem Mordfall ermitteln und sie wegen Beihilfe drankriegen, wenn sie Informationen zurückhalten.«

»Ja, Boss, Mann. Guten Flug. Alles Liebe an den Big Apple. Viel Vergnügen.«

»Ich schicke dir eine Karte.«

»Vergiss die Briefmarke nicht.«

86

OKTOBER 2007 Bella wies eine Mitarbeiterin in der Soko-Zentrale über Funk an, eine Liste sämtlicher Briefmarkenhändler in Brighton and Hove und Umgebung zusammenzustellen. Dann setzte sich Glenn wieder ans Steuer und fuhr zur Queens Road, wo sich der Briefmarkenhandel befand, den Stephen Klinger erwähnt hatte.

Hawkes lag in der Nähe des Bahnhofs und sah aus, als gäbe es den Laden schon ewig. Es war eine jener Fensterauslagen, die sich nie verändern, sondern nur anzuwachsen scheinen: Münzsets in Plastikkästen, Medaillen, Ersttagsbriefe in Plastikhüllen und alte Postkarten.

Glenn und Bella eilten durch den stärker werdenden Nieselregen in den Laden, wo sie auf zwei Frauen trafen, die wie Schwestern aussahen. Beide waren blond und gut aussehend und wirkten gar nicht so, wie sich Branson Leute in dieser Branche vorgestellt hatte. Für ihn waren Briefmarkensammler unweigerlich langweilig und männlichen Geschlechts.

Die Frauen waren ins Gespräch vertieft und nahmen die Polizeibeamten zunächst nicht zur Kenntnis. Sie schienen an Leute gewöhnt, die sich nur umsehen wollten. Glenn und Bella warteten höflich, bis sie ihr Gespräch beendet hatten. Der Laden selbst war noch unübersichtlicher als das Schaufenster. Es gab zahlreiche Tapeziertische, auf denen Pappkartons mit alten Postkarten standen, die anzügliche Bilder und nostalgische Ansichten von Brighton zeigten.

Plötzlich verstummten die Frauen und drehten sich um. Branson zeigte seinen Dienstausweis.

»Ich bin Detective Sergeant Branson von der Kripo Sussex, und dies ist meine Kollegin Detective Sergeant Moy. Sind Sie die Besitzerinnen?«

»Ja«, sagte die ältere der beiden Frauen. Ihre Stimme klang freundlich, aber reserviert. »Ich bin Jacqueline Hawkes. Worum geht es denn?«

»Sagen Ihnen die Namen Ronnie und Lorraine Wilson etwas?«

Sie wirkte überrascht und warf der anderen Frau einen flüchtigen Blick zu. »Ronnie Wilson? Mum hat vor einigen Jahren mit ihm gehandelt. Ich kann mich gut an ihn erinnern. Er kam oft vorbei und feilschte. Er ist tot, oder? Ich glaube, er starb am 11. September.«

»Ja«, sagte Bella. Mehr wollte sie nicht verraten.

»War er ein wichtiger Händler? Handelte er mit sehr seltenen Marken?«

Die Frau schüttelte den Kopf. »Jedenfalls nicht bei uns. Solche Ware bekommen wir nicht, wir sind nur ein ganz normaler Handel für kleine Sammler.«

»Bis zu welchem Wert handeln Sie?«

»Meist im kleinen Bereich. Marken mit einem Wert von mehreren hundert Pfund sind unser Limit. Außer natürlich, jemand kommt mit einem ganz offensichtlichen Schnäppchen vorbei, dann würden wir auch etwas höher gehen.«

»Ist Lorraine Wilson jemals hier gewesen?«, fragte Branson.

Jacqueline überlegte kurz und nickte dann. »Ja, schon, aber ich weiß nicht mehr, wann genau das war. Jedenfalls ziemlich kurz nach seinem Tod. Sie hatte einige Briefmarken von ihrem Mann, die sie verkaufen wollte. Wir haben sie genommen, es war keine große Summe, einige hundert Pfund, glaube ich.«

»Hat sie jemals darüber gesprochen, dass sie im viel größeren Stil kaufen wollte? Richtig Geld ausgeben?«

»Was verstehen Sie unter richtig Geld ausgeben?«

»Hunderttausende Pfund.«

»Niemals.«

»Wenn nun jemand zu Ihnen käme und, sagen wir, Briefmarken im Wert von mehreren hunderttausend Pfund kaufen wollte, was würden Sie dann tun?«

»Ich würde denjenigen zu einem Auktionshaus in London oder einem spezialisierten Händler schicken und hoffen, dass er anständig genug ist, uns eine Provision zu zahlen.«

»Zu wem würden Sie denjenigen hier in der Gegend schicken?«

Sie zuckte die Achseln. »Es gibt nur eine Person in Brighton, die in solchen Größenordnungen handelt, und das ist Hugo Hegarty. Er ist nicht mehr der Jüngste, aber ich weiß, dass er noch im Geschäft ist.«

»Haben Sie seine Adresse?«

»Ich hole sie Ihnen.«

*

Die Dyke Road, die nahtlos in die Dyke Road Avenue überging, zog sich wie ein Rückgrat vom Stadtzentrum bis zum Rand der Downs und stellte die Grenze zwischen Brighton und Hove dar. Abgesehen von einigen Geschäften, Büros und Restaurants standen dort vorwiegend Wohnhäuser, und die freistehenden Anwesen wurden luxuriöser, je weiter man sich vom Zentrum entfernte.

Zu Bellas Erleichterung herrschte starker Verkehr, sodass Glenn gemächlich dahinkriechen musste. Sie verfolgte die Hausnummern und sagte: »Jetzt gleich auf der linken Seite.«

Es gab eine große Auffahrt, die in dieser Gegend zum guten Ton zu gehören schien. Anders als bei den Klingers gab es aber kein elektrisches Tor, sondern nur ein hölzernes, das weit offen stand. Die Auffahrt war mit Autos zugeparkt. Daher stellte Branson den Wagen auf der Straße ab, zwei Räder auf dem Gehweg, die den Fahrradweg versperrten, aber das ließ sich nun einmal nicht ändern.

Sie kamen an einem älteren BMW Cabrio, einem noch älteren Saab, einem schmutzigen grauen Aston Martin DB7 und zwei VW Golf vorbei. Branson fragte sich, ob Hegarty neben Briefmarken auch Autos verkaufte.

Sie traten unter das Vordach und klingelten. Als die imposante Eichentür geöffnet wurde, zuckte Glenn Branson zusammen. Der Mann, der ihnen gegenüberstand, war der Doppelgänger seines Lieblingsschauspielers Richard Harris. Er war so verblüfft, dass er blind nach seinem Dienstausweis tastete.

Der Mann hatte eines jener zerklüfteten Gesichter, deren Alter schwer zu bestimmen ist, und mochte irgendwo zwischen Mitte sechzig und Ende siebzig liegen. Sein weißgraues Haar war lang und ziemlich ungepflegt, und er trug einen Kricketpullover, ein Sporthemd und eine Jogginghose.

»Detective Sergeant Branson und Detective Sergeant Moy von der Kripo Sussex«, stellte Glenn sich vor. »Wir würden gern mit Mr Hegarty sprechen. Sind Sie das?«

»Kommt drauf an, welchen Mr Hegarty Sie meinen«, sagte der Mann mit verhaltenem Lächeln. »Einen meiner Söhne oder mich.«

»Mr Hugo Hegarty«, erklärte Bella.

»Der bin ich.« Er sah auf die Uhr. »In zwanzig Minuten muss ich allerdings zum Tennis.«

»Es dauert nicht lange, Sir. Wir möchten mit Ihnen über jemanden sprechen, mit dem Sie vermutlich vor einigen Jahren Geschäfte gemacht haben – Ronnie Wilson.«

Er wirkte auf einmal sehr besorgt. »Ronnie. Guter Gott! Sie wissen doch, dass er tot ist, oder?«

Hugo Hegarty zögerte, bevor er zurücktrat und in etwas freundlicherem Ton sagte: »Möchten Sie hereinkommen? Scheußliches Wetter heute.«

Sie betraten eine lange, eichengetäfelte Diele, in der wertvolle Ölgemälde hingen, und folgten Hegarty in ein ebenfalls holzgetäfeltes Arbeitszimmer mit einem karminroten Ledersofa und passendem Sessel. Man blickte durch bleigefasste Scheiben auf einen Swimmingpool, eine große Rasenfläche mit herbstlichen Büschen und kahlen Blumenbeeten und das Dach des Nachbarhauses. Unmittelbar über ihnen war ein Staubsauger zu hören.

Es war ein ordentliches Zimmer. In den Regalen standen Golftrophäen, auf dem Schreibtisch Familienfotos. Eines zeigte eine attraktive Frau mit silbernem Haar, vermutlich Mrs Hegarty, und die anderen zwei Jungen im Teenageralter, zwei junge Mädchen und ein Baby. Neben dem Tintenlöscher lag eine riesige Lupe.

Hegarty deutete auf das Sofa und hockte sich selbst auf die Kante des Sessels. »Armer alter Ronnie. Furchtbare Sache. Typisch für ihn, so ein Pech zu haben.« Er lachte nervös. »Womit kann ich Ihnen dienen?«

Branson bemerkte eine Reihe voluminöser Briefmarkenkataloge von Stanley Gibbons auf dem Tisch und weitere Kataloge in den Bücherregalen. »Es geht um eine Ermittlung, die wir gerade durchführen und bei der eine Verbindung zu Mr Wilson besteht. Man hat uns gesagt, dass Sie mit wertvollen Briefmarken handeln. Ist das richtig, Sir?«

Hegarty tat die Frage mit einer Handbewegung ab. »Nicht mehr so viel wie früher. Der Markt ist heutzutage sehr schwierig. Ich handle mehr mit Immobilien und Aktien als mit Briefmarken. Bin nur noch aus Spaß dabei, um auf dem Laufenden zu bleiben.«

Sein Augenzwinkern gefiel Branson. Genauso hatte Richard Harris auch gezwinkert, es war Teil seiner magischen Ausstrahlung gewesen. »Würden Sie sagen, dass Sie häufig Geschäfte mit Mr Wilson gemacht haben?«

Hegarty zuckte die Achseln. »Im Laufe der Jahre haben wir einiges zusammen gemacht. Ronnie war allerdings kein einfacher Kunde.«

»In welcher Hinsicht?«

»Offen gesagt, war die Herkunft seiner Ware manchmal zweifelhaft. Ich habe immer auf meinen Ruf geachtet, wenn Sie verstehen.«

Branson notierte sich etwas. »Wollen Sie damit andeuten, dass einige seiner Geschäfte nicht ehrlich waren?«

»Manchmal kam er mit Ware, die ich zu keinem Preis der Welt abgenommen hätte. Dann habe ich mich schon gefragt, wo die Marken herkamen und ob er wirklich das dafür bezahlt hatte, was er behauptete. Andererseits hatte er Ahnung vom Geschäft, und ich habe ihm auch gute Ware verkauft. Er bezahlte immer bar. Aber ...«, er legte eine kurze Pause ein und schüttelte den Kopf, »um ehrlich zu sein, war er nicht gerade mein Lieblingskunde. Ich selbst bin sehr gewissenhaft. Ich sage immer, man kann tausendmal mit jemandem Geschäfte machen, ihn aber nur einmal übers Ohr hauen.«

Glenn lächelte, sagte aber nichts.

Bella fragte weiter. »Mr Hegarty, hat Mrs Wilson – Mrs Lorraine Wilson – Sie nach dem Tod ihres Mannes kontaktiert?«

Hegarty zögerte kurz und warf ihnen einen misstrauischen Blick zu, als stünde plötzlich mehr auf dem Spiel. »Ja, das hat sie«, sagte er in entschiedenem Ton.

»Verraten Sie uns auch den Grund?«

»Na ja, inzwischen dürfte es egal sein, sie ist ja auch schon lange tot. Ich musste ihr schwören, Stillschweigen zu bewahren.«

Branson erinnerte sich an die Anweisungen von Grace und drückte sich so taktvoll wie möglich aus: »Es geht um einen Mordfall, Mr Hegarty. Wir benötigen alle Informationen, die Sie uns geben können.«

Hegarty wirkte entsetzt. »Mord? Ich hatte ja keine Ahnung. Verdammt nochmal. Wer wurde denn ermordet?«

»Das kann ich Ihnen im Augenblick leider nicht sagen.«

»Nein, natürlich nicht.« Hegarty war sichtlich blass geworden. »Lassen Sie mich überlegen. Es war so: Sie kam zu mir, im Februar oder März 2002 muss das gewesen sein, vielleicht auch im April. Das kann ich aber für Sie nachschlagen. Sie sagte, Ronnie habe ihr beträchtliche Schulden hinterlassen, und man habe ihr alles genommen und das Haus beschlagnahmt. Ich fand die Vorgehensweise ziemlich brutal, immerhin war sie Witwe.«

Er schaute sie Zustimmung heischend an, doch Glenn und Bella reagierten nicht.

»Sie erklärte, sie habe entdeckt, dass ihr Geld aus einer Lebensversicherung zustehe, und fürchtete nun, dass die Gläubiger ihr auch das wegnehmen würden. Anscheinend hatte sie einige persönliche Bürgschaften ihres Mannes mit unterzeichnet. Sie wolle das Geld in Briefmarken umtauschen, weil diese leichter zu verstecken seien. Das hatte sie wohl von ihrem Mann gelernt.«

»Um wie viel Geld handelte es sich denn?«, wollte Bella wissen.

»Zunächst um etwa eineinhalb Millionen. Später kam sie noch einmal mit etwa der gleichen Summe, es kann auch etwas mehr gewesen sein. Dieses Geld stammte, wie sie sagte, aus dem Hinterbliebenenfonds für den 11. September.«

Branson freute sich, dass die Summen, die Hegarty genannt hatte, mit ihren eigenen Informationen übereinstimmten. Also sagte er wohl die Wahrheit.

»Und sie hat Sie gebeten, alles in Briefmarken umzutauschen?«

»Das klingt einfacher als es ist. Wer soviel Geld ausgibt, erregt Aufsehen. Also habe ich in ihrem Namen gekauft. Ich streute das Geld über die gesamte Branche und erklärte, ich würde für einen anonymen Sammler kaufen. Das ist nicht weiter ungewöhnlich. In den vergangenen Jahren haben die Chinesen Unsummen für Qualitätsmarken ausgegeben. Schlimm ist nur, dass einige Händler ihnen Müll verkauft haben.« Er hob warnend den Zeigefinger. »Sogar einige der angesehensten Händler waren darunter.«

»Könnten Sie uns eine Liste aller Briefmarken geben, die Sie an Mrs Wilson verkauft haben?«

»Ja, aber dafür brauche ich etwas Zeit. Ich könnte nach meinem Tennisspiel damit anfangen, dann hätten Sie die Liste am späten Nachmittag. Würde das reichen?«

»Das wäre perfekt«, sagte Branson.

»Überaus nützlich wäre auch eine Liste aller Personen, an die Mrs Wilson sich später hätte wenden können, wenn sie das nächste Mal Bargeld brauchte«, fügte Bella hinzu.

»Ich kann Ihnen die Händler nennen«, sagte er. »Dazu noch einige private Sammler wie mich. Es gibt nicht mehr so viele wie früher. Leider sind einige alte Freunde gestorben.«

»Kennen Sie auch Händler oder Sammler in Australien?«, erkundigte sich Bella.

»Australien?«, fragte er stirnrunzelnd. »Augenblick mal. Natürlich, Ronnie hatte einen Bekannten aus Brighton, der Mitte der neunziger Jahre dorthin ausgewandert ist. Er hieß Skeggs, Chad Skeggs. Der handelte immer im großen Stil. Hatte einen Versand in Melbourne. Er schickt mir ab und zu noch Kataloge.«

»Haben Sie je bei ihm gekauft?«, erkundigte sich Glenn.

Hegarty schüttelte den Kopf. »Er ist nicht sauber. Hat mich einmal über den Tisch gezogen. Ich hatte ihm einige australische Marken aus der Zeit vor 1913 abgenommen. Sie waren aber in einem viel schlechteren Zustand, als er mir das am Telefon gesagt hatte. Als ich mich beschwerte, sagte er, ich solle ihn doch verklagen.« Hegarty breitete hilflos die Arme aus. »Die Summe war es nicht wert, und das wusste er genau. Ein paar tausend, da hätte ich mehr an Anwaltskosten bezahlt. Erstaunlich, dass der krumme Hund noch immer im Geschäft ist.«

»Fällt Ihnen sonst noch jemand in Australien ein?«, fragte Bella.

»Wenn Sie bis heute Nachmittag warten können, bekommen Sie eine vollständige Liste. Möchten Sie vielleicht gegen vier noch einmal vorbeikommen?«

»Vielen Dank, Sir«, sagte Branson.

Als sie sich erhoben, beugte sich Hegarty verschwörerisch vor. »Vielleicht könnten Sie mir einen Gefallen tun. Ich bin vor ein paar Tagen auf der Old Shoreham Road geblitzt worden. Würden Sie ein gutes Wort für mich einlegen?«

Branson sah ihn verblüfft an. »Das geht leider nicht, Sir.«

»Ach so, egal. Na ja, es war einen Versuch wert.«

Er lächelte reumütig.

87

OKTOBER 2007 Abby saß auf dem Rücksitz des Taxis und las die SMS, die sie soeben erhalten hatte. Sie brachte sie zum Lächeln, machte ihr Mut.

> Denk dran . . . Arbeite, als würdest du das Geld nicht brauchen. Liebe, als wärst du nie verletzt worden. Tanze, als schaute niemand zu.

Auch der Fahrer trug dazu bei, dass ihre Stimmung sich hob. Er erzählte, er sei früher Boxer gewesen, habe es aber nie zum Champion gebracht. Er hatte auch die platte Nase eines Boxers. Er trainiere noch dann und wann und versuche, Kinder für den Sport zu begeistern. Auf der Rückfahrt vom dritten Pflegeheim, das sie sich angeschaut hatte, berichtete er von seiner Mutter, die ebenfalls gesundheitliche Probleme habe, sich ein solches Heim aber nicht leisten könne.

Da Abby kein passendes Zitat einfiel, das sie als Antwort schicken konnte, schrieb sie nur:

Bald! Kann's gar nicht erwarten. Vermisse dich soooooo. XXXXXXXX

Um kurz nach eins hielten sie wieder vor dem Haus, in dem ihre Mutter wohnte. Abby schaute sich um, ob Ricky zu sehen war, doch alles wirkte unverdächtig. Sie bat den Fahrer, zu warten und den Taxameter laufen zu lassen. Die ersten beiden Heime waren schrecklich gewesen, doch das dritte gefiel ihr und wirkte vor allem sehr sicher. Außerdem gab es gerade einen freien Platz. Abby hatte sich entschlossen, ihre Mutter sofort hinzubringen.

Sie musste nur noch einige Dinge packen. Ihre Mutter war sehr langsam, also würde sie es selbst erledigen und sie schnell ins Taxi bugsieren. Das würde ihrer Mutter nicht gefallen, aber es wäre auch nur eine vorübergehende Lösung. Immerhin wäre sie dort sicher. Abby konnte nicht erwarten, dass Doris, von der sie nicht einmal den Nachnamen wusste, sich ständig um ihre Mutter kümmerte.

Sobald ihre Mutter sicher untergebracht war, könnte sie den Plan umsetzen, den sie sich in den vergangenen Stunden zurechtgelegt hatte. Zuerst musste sie so weit wie möglich weg von hier und dann jemanden finden, dem sie sich ganz und gar anvertrauen konnte.

Doch wie viele Fremde gab es schon, denen sie ihr ganzes Hab und Gut anvertrauen konnte, ohne dass diese damit wegliefen, so wie sie selbst es getan hatte?

Der Taxifahrer schien ein anständiger Mensch zu sein. Sie spürte, dass sie ihm vertrauen konnte. Aber würde er in der Lage sein, Ricky allein in Schach zu halten, oder musste er sich Hilfe holen? Sie würde sich auf einen Menschen verlassen, den sie erst seit einer halben Stunde kannte. Das Spiel war einfach zu riskant. Sie hatte so viel auf sich genommen, um das alles zu schaffen.

Andererseits konnte sie nicht wählerisch sein. Die Miete für die Wohnung war drei Monate im Voraus bezahlt, lief also noch zwei Monate. Dafür hatte sie den größten Teil ihres Bargeldes ausgegeben. Hinzu kam die Monatsmiete für das Zimmer ihrer Mutter im Bexhill Lawns Rest House, die sie an diesem Morgen bezahlt hatte. Mit ihrer Kreditkarte käme sie noch einige Monate über die Runden, sofern sie in einem billigen Hotel abstieg. Danach aber musste sie ans Eingemachte gehen, und zwar ohne dass Ricky ihr an den Fersen klebte.

Sie dankte Gott für ihr Glück, dass sie es noch nicht in ihrem neuen Schließfach deponiert hatte.

Sie kannte Ricky und hätte wissen müssen, dass er ein Elektronikfreak war. Einmal hatte er damit geprahlt, die Empfangsmitarbeiter der teuren Hotels in Melbourne und Sydney zu bezahlen, damit sie ihm die Schlüsselkarten der Gäste aushändigten, nachdem diese abgereist waren. Diese Schlüsselkarten enthielten Angaben zu Kreditkarten und Wohnsitz. Er habe einen großzügigen Abnehmer für die Informationen, und der Datenservice, wie er es nannte, bringe ihm weitaus mehr ein als seine legalen Geschäfte.

Abby ging den Flur entlang bis zur Wohnungstür. Sie hatte ihre Mutter von unterwegs zweimal angerufen, um sich zu vergewissern, dass alles in Ordnung war. Das erste Mal hatte sie gegen halb elf angerufen und erfahren, dass der Schlüsseldienst gegen elf vorbeikommen wolle. Dann noch einmal vor einer Stunde, als der Mann schon bei ihr war.

Der erste Verdacht keimte, als sich der Wohnungsschlüssel problemlos umdrehen ließ. Auch gab es keine Anzeichen dafür, dass jemand an der Tür gearbeitet hatte. Sie rief besorgt nach ihrer Mutter und eilte ins Wohnzimmer.

Erstaunt bemerkte sie, dass der Teppich fehlte, der rote Teppich, den sie noch aus ihrer Kindheit kannte, von dem sie am Vortag den Milchreis entfernt hatte. Einfach weg. Auf den nackten Dielen klebten noch Reste der Gummibeschichtung.

Das passte nicht zusammen. Alles um sie herum geriet ins Wanken. Was hatten neue Türschlösser mit dem Teppich zu tun? Irgendetwas war ganz und gar nicht in Ordnung.

»Mum! Mum!«, rief sie. Vielleicht war ihre Mutter in der Küche, auf dem Klo oder im Schlafzimmer.

Und wo steckte Doris? Sie hatte doch versprochen, den ganzen Morgen bei ihr zu bleiben.

In wachsender Panik rannte sie in alle Zimmer. Stürzte aus der Wohnung, nahm zwei Stufen auf einmal die Treppe hinauf und klingelte bei Doris. Hämmerte mit der Faust gegen die Tür.

Nach einer Ewigkeit hörte sie das vertraute Klappern der Sicherheitskette, wie zuvor wurde die Tür nur wenige Zentimeter geöffnet. Doris spähte argwöhnisch durch ihre riesige dunkle Brille und lächelte dann zur Begrüßung.

»Hallo, Liebes!« Sie öffnete die Tür ein Stück weiter.

Abby war erleichtert, als sie die fröhliche Begrüßung hörte. Gewiss würde Doris gleich sagen, sie habe ihre Mutter mit zu sich genommen.

»Hi, ich wollte nur fragen, ob Sie wissen, wie es unten gelaufen ist.«

»Mit dem Schlüsseldienst?«

Also war er gekommen. »Ja.«

»Na ja, der Mann ist noch bei der Arbeit, meine Liebe. Ein sehr charmanter junger Herr. Stimmt etwas nicht?«

»Haben Sie seine Identität überprüft, wie ich es gesagt hatte?«

»Ja, Liebes, er hatte eine Karte von der Firma. Ich hatte extra meine Lupe mitgenommen, damit ich sie auch lesen konnte. Lockworks, so hieß die Firma doch, oder?«

In diesem Augenblick klingelte Abbys Handy. Sie schaute aufs Display und las die neue Nummer ihrer Mutter.

»Alles in Ordnung, danke«, sagte sie zu Doris.

Diese hob den Finger. »Ich glaube, bei mir brennt etwas an. Klingeln Sie einfach, wenn Sie mich brauchen.«

Als Doris die Tür schloss, nahm Abby das Gespräch an.

Es war die Stimme ihrer Mutter, aber sie zitterte und klang ganz atemlos, als läse sie einen Text ab.

»Abby«, sagte sie. »Ricky will mit dir sprechen. Bitte tu genau, was er dir sagt.«

Dann war die Leitung tot.

Abby wählte die Nummer. Sofort sprang die Mailbox an. Dann ging schon der nächste Anruf bei ihr ein. Auf dem Display stand: *unbekannter Anrufer.*

Es war Ricky.

88

OKTOBER 2007 »Wo ist meine Mutter?«, brüllte Abby ins Telefon, bevor Ricky irgendetwas sagen konnte. »Wo ist sie, du Schwein? Wo ist sie?«

Hinter ihr ging eine Tür auf, und ein älterer Mann spähte heraus, bevor er die Tür wieder zuknallte.

Mittlerweile verfluchte sie sich, weil sie ihre Mutter mit Doris alleingelassen hatte. Sie zog sich ins Treppenhaus zurück.

»Ich will mit ihr sprechen, jetzt sofort. Wo ist sie?«

»Deiner Mutter geht es gut, Abby. Sie rollt sich vor Vergnügen. Nur der Transport gestaltete sich etwas schwierig – falls du dich gewundert haben solltest, wo der Teppich geblieben ist.«

Mit dem Handy am Ohr kehrte sie in die Wohnung ihrer Mutter zurück und schloss die Tür hinter sich. Im Wohnzimmer starrte sie auf den nackten Boden mit den Gummiresten. Tränen liefen ihr übers Gesicht. Sie zitterte am ganzen Körper, schien den Boden unter den Füßen zu verlieren. Die ersten Anzeichen einer Panikattacke.

»Ich rufe die Polizei, Ricky«, sagte sie. »Mir ist jetzt alles egal, verstanden? Ich werde sofort die Polizei anrufen.«

»Das sehe ich anders, Abby«, erwiderte er ruhig. »Dafür bist du doch viel zu schlau. Was willst du ihnen denn sagen? *Ich habe alles gestohlen, was dieser Mann besitzt, und jetzt ist er hinter mir her und hat meine Mutter als Geisel genommen?* Du musst für das, was du getan hast, geradestehen, Abby. In der westlichen Welt gibt es strenge Gesetze gegen Geldwäsche, und du musst alle größeren Summen genau belegen. Wie sollte eine kleine Kellnerin aus Melbourne so viel Kohle zusammengetragen haben?«

»Mir ist jetzt alles egal, Ricky!«, schrie sie erneut ins Telefon.

Kurzes Schweigen. Dann antwortete er: »Das glaube ich nicht. Was du getan hast, war keine spontane Idee. Du hast es von langer Hand geplant, zusammen mit Dave, stimmt's? Hat er dir auch gesagt, in welcher Position du mit mir ficken sollst?«

»Aber das alles hat nichts mit meiner Mutter zu tun. Bring sie zurück. Bring sie zurück, und dann reden wir miteinander.«

Die Panik wurde schlimmer. Abby rang nach Luft. Ihr Kopf brannte. Es war, als würde sie aus ihrem Körper heraustreten, als würde sie vor ihren eigenen Augen sterben. Sie stolperte zur Seite, prallte gegen das Sofa und klammerte sich verzweifelt an eine Armlehne. Zitternd setzte sie sich hin.

»Ich lege jetzt auf«, keuchte sie. »Und dann rufe ich die Polizei.«

Doch sie war selbst nicht von ihren Worten überzeugt, und das merkte er natürlich.

»Und dann?«

»Es ist mir egal. Es ist mir scheißegal!« Sie brüllte wie ein Kind, das einen Wutanfall erleidet, und schrie immer lauter: »Es ist mir scheißegal!«

»Das sollte es aber nicht sein. Sie werden nämlich eine unheilbar kranke Frau vorfinden, die Selbstmord begangen hat. Ihre Tochter ist eine Diebin und erzählt eine hanebüchene Geschichte über den

Mann, den sie bestohlen hat. Glaubst du, das würde sich gut im Zeugenstand machen? Also überlege dir, wie du da rauskommst, du Schlampe. Ich lasse dir Zeit, dich zu beruhigen, und koche deiner Mutter eine schöne Tasse Tee. Danach rufe ich dich noch einmal an.«

»Nein – warte –«, rief sie.

Doch er hatte schon eingehängt.

Plötzlich fiel ihr ein, dass das Taxi noch immer mit laufendem Taxameter draußen wartete.

89

OKTOBER 2007 Während Roy Grace am Band auf sein Gepäck wartete, schickte er Cleo eine SMS. In Großbritannien war es jetzt Viertel nach sechs abends. Noch eine Viertelstunde bis zur Teambesprechung.

Er rief DI Lizzie Mantle an, erreichte im Büro und auf dem Handy aber nur die Mailbox. Dann versuchte er es bei Glenn Branson, der sich beim zweiten Klingeln meldete.

»Schuhe wieder an?«

»Klar, das wollte ich dir nur sagen. Ich dachte, du freust dich.«

»Und wo bist du? JFK?«

»Newark. Ich warte noch auf meine Tasche.«

»Wie schön für dich, fliegst einfach nach New York und lässt uns hier im Dreck sitzen.«

»Ich hätte dich ja nach Australien geschickt, fand es in deiner augenblicklichen Lage aber nicht ratsam.«

»Ari ist am glücklichsten, wenn ich möglichst weit weg bin.«

Nicht schon wieder, dachte Grace. Er hätte alles für diesen Mann getan, der ihm so sehr am Herzen lag, doch fühlte er sich unbehaglich, wenn er ihm persönliche Ratschläge geben sollte. Was wusste er denn schon? Welches Beispiel hatte er mit seiner eigenen Ehe geliefert? Doch das sagte er natürlich nicht.

»Also, was gibt es Neues?«

»Wir haben schwer gearbeitet, während du dich in deinem Sitz gelümmelt, Champagner getrunken und sieben Stunden lang Filme angesehen hast.«

»Ich habe in der Billigklasse gesessen, gegen Krämpfe in den Beinen, Bakterien und Thrombose gekämpft. Außerdem funktionierten die Kopfhörer nicht. Davon abgesehen war es der pure Luxus.«

»An der Spitze ist die Luft eben dünn. So heißt es doch, oder?«

»Schon gut, schon gut. Der Anruf kostet mich ein Vermögen. Komm zur Sache!«

Branson berichtete von den Ermittlungen bei Hawkes und Hugo Hegarty.

Grace hörte aufmerksam zu. »Also geht es wirklich um Briefmarken! Sie hat das ganze Geld in Briefmarken investiert!«

»In der Tat. Sie sind leicht zu befördern. Denk an die Geldwäschegesetze. Auf den Flughäfen haben sie inzwischen Spürhunde, die auf Banknoten trainiert sind. Dreieinhalb Millionen in bar sind ganz schön unhandlich. Der Gegenwert in Briefmarken passt in ein paar Umschläge.«

»Gibt es schon Hinweise, was sie damit gemacht hat?«

»Bisher nicht. Jedenfalls sind wir zu Lorraine Wilsons Schwester gefahren.«

»Was hatte sie zu sagen?«

»Eine ganze Menge.«

Mit einem Warnton setzte sich das Gepäckkarussell in Bewegung. Zwei ungeheuer fette Männer rempelten Grace an, dann rammte ihm eine alte Frau ihre Gepäckkarre in die Beine. Er suchte sich eine Stelle, an der er ein bisschen Luft zum Atmen hatte und trotzdem das Gepäck im Auge behalten konnte. Es kam nicht selten vor, dass Gepäck vom Förderband gestohlen wurde.

»Ganz schön laut bei dir«, sagte Branson.

»Ich kann dich verstehen, also weiter.«

»Erstens ist die Schwester eine Woche nach dem 11. September mit Lorraine Wilson nach New York geflogen. Sie sind in das Hotel gegangen, in dem Ronnie abgestiegen war. Das *W*.«

»Das *W*? Und wie weiter?«

»Es heißt einfach *W*.«

»Ehrlich?«

»Oldtimer, wo lebst du eigentlich? Ich glaube, du musst mich als Vollzeit-Stilberater einstellen. Das *W* ist eine Kette. Die Hotels gelten als megacool.«

»Na ja, das ist nicht meine Kragenweite.«

»Ich kann es nicht fassen, dass du noch nicht mal davon gehört hast.«

»Na bitte, wieder ein ungelöstes Rätsel. Erzählst du mir jetzt auch mal was, das mit unserem Fall zu tun hat?«

»Schon gut. Im Zimmer befanden sich noch einige seiner Sachen, und die Hotelleitung war nicht sonderlich begeistert, weil er seine Kreditkarte völlig überzogen hatte.«

»Und sie nahmen keine Rücksicht darauf, dass er tot war?«

»Ich nehme an, das wussten sie damals noch nicht. Er hatte zwei Nächte gebucht und mit Kreditkarte bezahlt. Im Safe befanden sich noch sein Pass und das Flugticket nach England.«

Erleichtert sah Grace seine Tasche auftauchen. »Warte mal eben.« Er schnappte sie vom Band. »Na los, weiter.«

»Sie fuhren zum Pier 92, wo die New Yorker Polizei eine Anlaufstelle für die Hinterbliebenen eingerichtet hatte. Die Leute brachten Gegenstände wie Haarbürsten hin, damit durch DNA-Analyse Leichen und Körperteile identifiziert werden konnten. Es wurden auch persönliche Gegenstände ausgestellt, die man in den Trümmern gefunden hatte. Lorraine ging mit ihrer Schwester hin, doch die Polizei hatte bislang nichts gefunden, anhand dessen man ihren Mann hätte identifizieren können.«

Grace schleppte seine Tasche in eine ruhigere Ecke und wartete, bis der blecherne Lautsprecher verklungen war. »Was ist mit dem Geld, das Lorraine bekommen hat?«

»Dazu komme ich gleich. Und dann muss ich zur Besprechung.«

»DI Mantle soll mich später anrufen.«

»Geht in Ordnung. Aber vorher muss ich dir noch etwas sagen. Es gibt nämlich wichtige Fortschritte! Lorraine kassierte von dem Beamten an Pier 92 fünfzehnhundert Dollar. Sie haben großzügig eine Soforthilfe ausgezahlt, wenn Leute in finanzielle Not geraten waren.«

»Das ist ja toll. Sie steckte ganz schön in der Scheiße, was?«

»In der Tat. Ein paar Wochen nach ihrer Rückkehr erhielt Lorraine einen Anruf. Man habe bei den Aufräumungsarbeiten am Ground Zero eine vom Feuer beschädigte Brieftasche samt Führerschein und das Handy von Ronnie Wilson gefunden. Man schickte ihr Fotos und den Inhalt der Brieftasche, damit sie die Sachen offiziell identifizieren konnte.«

»Was sie dann auch tat?«

»Genau. Und jetzt wird es interessant. Ihre Schwester hat von dem Geld, das Lorraine von der Lebensversicherung und dem Hinterbliebenenfonds erhielt, nichts gewusst. Sie war vollkommen von den Socken, als sie das hörte.«

»Gespielt?«

»Bella und ich waren überzeugt, dass sie wirklich nichts wusste. Sie schwankte zwischen Erstaunen und Zorn. Ich meine, sie hatte ihr eigenes Sparkonto leer geräumt, um Lorraine zu helfen. Und das, nachdem ihre Schwester schon Berge von Kohle bekommen hatte.«

»Also gibt es kein Ehrgefühl mehr unter Schwestern?«

»Na ja, in diesem Fall scheint es eine Einbahnstraße gewesen zu sein. Aber das Beste kommt noch. Das wird dir wirklich gefallen.«

Erneut plärrte der Lautsprecher. Grace brüllte, Branson solle einen Augenblick warten.

»Heute Nachmittag hat das Labor eine mögliche DNA-Übereinstimmung für den Fötus gemeldet, den man in Lorraine Wilsons Leiche gefunden hat. Ich glaube, wir kennen den Vater!«

»Wer?«, fragte Grace aufgeregt.

»Wenn wir recht haben, ist es niemand anders als Ronnie Wilson.«

Grace schwieg einen Augenblick, sein Adrenalinspiegel stieg. Also hatte er richtig gelegen. »Wie groß ist die Übereinstimmung?«

»Fünfzig Prozent. Theoretisch kommen auch andere Männer in Frage. Angesichts der Tatsache, dass Lorraine die Mutter ist, dürfte das aber hinfällig sein.«

»Woher hatten wir Ronnies DNA?«

»Aus einer Haarbürste, die seine Witwe der New Yorker Polizei übergeben hat. Das Profil wurde routinemäßig an die britische Polizei weitergeleitet und in die nationale Datenbank eingegeben.«

»Was bedeutet, dass unser Freund Mr Wilson seiner Frau, die nicht ganz so tot war, wie wir dachten, gefrorenes Sperma hinterlassen hat, mit dem sie sich künstlich befruchten ließ, oder . . .«

»Ich persönlich bin für oder«, sagte Branson.

»Geht mir genauso«, erwiderte Grace.

»Sehr vernünftig, Oldtimer. Das zieht einem doch glatt die Schuhe aus.«

90

OKTOBER 2007 Abby hörte ein Telefon klingeln, beharrlich und ganz in der Nähe. Mit einem Ruck wurde ihr klar, dass es ihr eigenes war. Sie setzte sich aufrecht hin, ganz verwirrt, und musste erst einmal überlegen, wo sie war. Das Telefon klingelte weiter.

Ein kühler Luftzug berührte ihr Gesicht, dennoch schwitzte sie stark. Es war dunkel, sie erkannte nur Schatten in einem geisterhaften orangefarbenen Dunst. Unter ihr knirschte eine Sprungfeder, als sie sich bewegte. Sie saß auf dem Sofa in der Wohnung ihrer Mutter. Mein Gott, wie lange hatte sie geschlafen?

Sie schaute sich um, da sie fürchtete, Ricky sei zurückgekommen. Das Display des Telefons leuchtete. Es war halb sieben. Die Angst überkam sie, als sie die Worte *unbekannter Anrufer* las.

Sie hielt das Telefon ans Ohr. »Ja?«

»Du hattest genug Zeit zum Nachdenken, oder?«, fragte Ricky.

Wieder diese Panik. Wo zum Teufel war er? Sie musste schnell von hier weg. Saß wie auf einem Präsentierteller in dieser Wohnung. Wusste er, wo sie sich gerade befand? Wartete er irgendwo da draußen?

Sie versuchte sich zu sammeln, bevor sie antwortete. Das Licht würde sie nicht einschalten, sonst könnte sie sich verraten, falls er draußen auf der Lauer lag. Durch die Vorhänge drang genügend Licht von der Straßenbeleuchtung.

»Wie geht es meiner Mutter?«, fragte sie mit zitternder Stimme.

»Der geht es prima.«

»Ihr Immunsystem ist angegriffen. Wenn es zu kalt wird, könnte sie eine Lungenentzündung bekommen –«

Ricky unterbrach sie. »Wie gesagt, sie rollt sich vor Vergnügen.«

Abby gefiel es nicht, wie er das sagte. »Ich will mit ihr sprechen.«

»Natürlich willst du das. Und ich will das zurück, was du mir gestohlen hast. Also ist die Sache doch ganz einfach. Du bringst es zurück oder sagst mir, wo es ist, und dann kannst du deine Mum mit nach Hause nehmen.«

»Woher soll ich wissen, dass ich dir vertrauen kann?

»Das musst ausgerechnet du sagen!«, höhnte er. »Ich glaube, du weißt überhaupt nicht, wie das Wort geschrieben wird.«

»Passiert ist passiert«, erwiderte sie. »Ich gebe dir zurück, was ich noch habe.«

»Was soll das heißen?« Seine Stimme klang beunruhigt. »Ich will alles. Restlos. Das ist mein Angebot.«

»Es geht aber nicht. Ich kann dir nur das geben, was ich noch habe.«

»Deshalb war es auch nicht in dem Schließfach, was? Du hast es ausgegeben.«

»Nicht alles.«

»Du herzlose Schlampe. Du würdest eher zulassen, dass ich deine

Mutter töte, was? Hauptsache, du musst es mir nicht zurückgeben! So wichtig ist dir also das Geld.«

»Ja«, sagte sie, »du hast völlig recht, Ricky.«

Mit diesen Worten hängte sie ein.

91

OKTOBER 2007 Abby rannte durch das dunkle Zimmer, wobei sie über einen ledernen Hocker stolperte, und tastete sich ins Badezimmer. Dort erbrach sie sich ins Waschbecken. Ihr Magen tanzte auf und ab, sie war mit den Nerven am Ende.

Sie spülte das Erbrochene weg, wusch sich den Mund und schaltete das Licht ein, atmete tief ein und aus. *Bitte nicht noch eine Panikattacke.* Sie stand da, die Hände um den Rand des Waschbeckens gekrallt, mit tränenden Augen. Sie befürchtete, Ricky könne jeden Augenblick gewaltsam in die Wohnung eindringen.

Sie zwang sich, daran zu denken, warum sie das alles tat. *Lebensqualität für ihre Mutter.* Darum ging es doch hauptsächlich. Ohne das Geld würden die letzten Lebensjahre ihrer Mutter unerträglich hart werden. Das durfte sie nie vergessen.

Und sie musste sich an das erinnern, was die Zukunft versprach: Dave, der nur auf die Nachricht wartete, dass sie bereit sei.

Noch eine Transaktion, dann konnte sie ihrer Mutter eine lebenswerte Zukunft ermöglichen. Sie war nur einen Flug entfernt von dem Leben, das sie sich selbst versprochen hatte.

Ricky war ein übler Kerl. Ein Sadist. Ein Schläger.

Doch sie wusste, dass sie Stärke beweisen und es mit ihm aufnehmen musste. Es war die einzige Sprache, die so jemand wie er verstand. Und er war nicht blöd. Er wollte alles zurück. Für ihn hatte es keinen Sinn, eine kranke ältere Frau zu verletzen.

Bitte, lieber Gott.

Abby kehrte ins Wohnzimmer zurück und wartete auf den Anruf. Würde ihn wegdrücken, sobald es klingelte. Dann überkam sie wieder Angst, die Angst, einen schweren Fehler zu begehen. Sie schlich aus der Wohnung in den noch dunkleren Flur und die Feuertreppe hinauf in den ersten Stock.

Wenige Minuten später rief sie aus Doris' Wohnung eine andere Nummer an. Eine kultivierte Männerstimme meldete sich.

»Könnte ich bitte mit Hugo Hegarty sprechen?«, fragte sie.

»Am Apparat.«

»Verzeihen Sie, dass ich so spät anrufe, Mr Hegarty. Ich möchte meine Briefmarkensammlung verkaufen.«

»Ja?«, fragte er in nachdenklichem Ton. »Was können Sie mir darüber sagen?«

Sie beschrieb jede Marke in allen Einzelheiten. Sie waren ihr vertraut geworden, standen scharf wie Fotos vor ihrem inneren Auge. Er unterbrach sie ein paar Mal und stellte sehr präzise Fragen.

Als sie zu Ende gesprochen hatte, wurde Hugo Hegarty seltsam still.

92

OKTOBER 2007 Ricky saß in Gedanken versunken in seinem Lieferwagen. Den abgelegenen Campingplatz hatte er im Internet entdeckt. Der Regen, der aufs Dach trommelte, kam zur rechten Zeit, denn so würde niemand in der Dunkelheit über das schlammige Feld laufen und seine Nase in Dinge stecken, die ihn nichts angingen.

Der Platz war einfach perfekt. Nur wenige Kilometer außerhalb von Eastbourne in den Downs gelegen, am Rand eines malerischen Dorfes namens Alfriston. Ein Campingplatz auf einem bewaldeten Grundstück, zu dem ein verlassener Feldweg führte. Ansonsten gab es hier nur einen Tennisklub, in dem bei diesem Wetter und zu dieser Jahreszeit niemand spielte.

Der Besitzer des Campingplatzes hatte auch nicht sonderlich neugierig gewirkt. Er war mit zwei kleinen, streitenden Jungen im Auto hergekommen, hatte fünfzehn Pfund für drei Übernachtungen im Voraus kassiert und Ricky Toiletten und Dusche gezeigt. Dann hatte er seine Handynummer hinterlassen und gesagt, er werde irgendwann am nächsten Tag noch einmal vorbeischauen, ob noch ein Besucher aufgetaucht sei.

Es gab nur ein weiteres Fahrzeug auf dem Platz, einen großen Campingwagen mit niederländischem Kennzeichen, und Ricky hatte in sicherer Entfernung geparkt.

Lebensmittel, Wasser und Milch hatte er sich an einer Tankstelle besorgt, sie würden eine Weile reichen. Er öffnete eine Bierdose und kippte die Hälfte in einem Zug hinunter. Alkohol beruhigte die Nerven. Dann zündete er sich eine Zigarette an und nahm hastig drei Züge hintereinander. Er kurbelte das Fenster ein wenig hinunter, um die Asche hinauszuschnippen, doch der Wind wehte sie ihm ins Gesicht. Er schloss das Fenster. Rümpfte die Nase. Von außen war ein unangenehmer Geruch in den Wagen gedrungen.

Er zog noch einmal an der Zigarette und trank einen Schluck Bier. Der Anruf bei Abby machte ihm inzwischen Sorgen. Dass sie eingehängt hatte. Dass er die Schlampe schon wieder falsch eingeschätzt hatte.

Er befürchtete, sie könne ihre Worte ernst meinen. Sie liefen wieder und wieder in seinem Kopf ab.

Ich gebe dir zurück, was ich noch habe.

Wie viel hatte sie ausgegeben? Einfach verpulvert? Sicher bluffte sie nur. Es war unmöglich, dass sie während ihrer Flucht mehr als ein paar Tausend ausgegeben hatte. Nein, sie bluffte.

Dann musste er wohl die Daumenschrauben anziehen. Sie schien sich für sehr cool zu halten, aber das überzeugte ihn nicht.

Er rauchte die Zigarette zu Ende und warf die Kippe nach draußen. Als er das Fenster schloss, bemerkte er wieder den Geruch. Er wurde stärker, aufdringlicher. Und kam eindeutig aus dem Inneren des Lieferwagens. Es war der beißende Gestank von Urin.

Verdammte Scheiße, nein!

Die alte Frau hatte sich vollgepinkelt.

Er schaltete die Innenbeleuchtung an und kletterte über seinen Sitz nach hinten. Die Frau sah lächerlich aus, wie eine schlüpfende Insektenlarve. Der Kopf lugte aus dem aufgerollten Teppich.

Er löste das Klebeband so sanft wie möglich von ihrem Mund, da er ihr nicht unnötig wehtun wollte; sie befand sich ohnehin in einem kritischen Zustand, und er hatte Angst, sie könnte sterben.

»Haben Sie in die Hose gemacht?«

Zwei verängstigte Augen schauten ihn an. »Ich bin krank«, sagte sie mit schwacher Stimme. »Ich bin inkontinent. Tut mir leid.«

Panik überkam ihn. »Heißt das, Sie machen das andere auch?«

Sie zögerte und nickte entschuldigend.

»Na super. Das ist ja wirklich toll.«

93

OKTOBER 2007 Als Glenn Branson nach der Besprechung wieder an seinen Schreibtisch gehen wollte, klingelte sein Handy. Im Display wurde eine unbekannte Nummer aus Brighton angezeigt.

»DS Branson«, meldete er sich. Sofort erkannte er die smarte Stimme am anderen Ende.

»Verzeihung, dass ich so spät anrufe.«

»Das ist überhaupt kein Problem, Mr Hegarty. Was kann ich für Sie tun?«

»Passt es Ihnen gerade?«

»Natürlich.«

»Sie werden nicht glauben, was gerade passiert ist. Ich habe Ihnen und Ihrer charmanten Kollegin heute Nachmittag doch die Liste gegeben und dazu die Beschreibung aller Briefmarken, die ich 2002 für Lorraine Wilson gekauft habe.«

»Ja.«

»Nun, es mag ja ein seltsamer Zufall sein, aber ich bin schon sehr lange in dieser Branche und sehe das anders.«

»Was denn, bitte?«

»Mich hat soeben eine Frau angerufen, sie klang jung und ziemlich nervös. Sie wolle ihre wertvolle Briefmarkensammlung verkaufen. Ich bat sie, mir die Marken zu beschreiben, und es sind exakt jene, die ich für Lorraine Wilson gekauft habe. Es fehlen nur einige, die möglicherweise bereits veräußert wurden.«

Branson ging mit dem Handy am Ohr zu seinem Schreibtisch und setzte sich. Versuchte, die Nachricht einzuordnen. »Und Sie sind sicher, dass es kein Zufall ist, Sir?«

»Die meisten sind sehr seltene Drucke, die von allen Sammlern begehrt werden, und dazu noch einige einzelne Marken. Damit Sie sich die Sache ein bisschen vorstellen können – es sind unter anderem zwei Penny Reds darunter, die zuletzt 160 000 Pfund erbracht haben. Dann erwähnte sie mehrere Penny Blacks, die jeweils zwischen zwölf- und dreizehntausend Pfund wert und sehr leicht zu verkaufen sind. Dazu eine beträchtliche Anzahl von Two Penny Blues und eine ganze Menge anderer seltener Marken. Kann es ein Zufall sein, dass sie die gleichen Marken in den gleichen Mengen besitzt wie Mrs Wilson?«

»In der Tat, das klingt seltsam, Sir.«

»Ehrlich gesagt, wäre mir die genaue Übereinstimmung wohl nicht aufgefallen, wenn ich nicht gerade heute die Liste für Sie zusammengestellt hätte.«

»Hört sich an, als hätten wir wirklich Glück gehabt. Vielen Dank, dass Sie sich bei uns gemeldet haben. Haben Sie die Frau gefragt, woher sie die Marken hat?«

Hegarty senkte die Stimme, als wollte er nicht belauscht werden. »Angeblich hat sie sie von einer Tante in Australien geerbt. Auf einer Party in Melbourne habe ihr jemand meinen Namen genannt.«

»Warum hat man ihr nicht einen australischen Händler empfohlen?«

»Derjenige sagte wohl, sie werde in Großbritannien oder den Staaten einen besseren Preis erzielen. Da sie ohnehin hierher zu ihrer kranken Mutter ziehen wollte, hat sie es zuerst bei mir versucht. Sie kommt morgen Vormittag um zehn, um mir die Sammlung zu zeigen. Bei dieser Gelegenheit wollte ich ihr einige diskrete Fragen stellen.«

Branson warf einen Blick in seine Notizen. »Sind Sie daran interessiert, zu kaufen?«

Er sah förmlich das Augenzwinkern des Briefmarkenhändlers.

»Nun ja, sie sagte, sie wolle sie schnell verkaufen, und das ist gewöhnlich der günstigste Zeitpunkt, um zu kaufen. Nur wenige Händler haben das nötige Bargeld, um diese Sammlung auf einen Schlag zu erwerben. Normalerweise würde man sie aufteilen und versteigern. Ich möchte mich vergewissern, dass die Herkunft der Marken belegt ist. Es wäre doch ärgerlich, wenn ich soviel Geld bezahle und eine Stunde später Ihre Kollegen vor der Tür stehen habe, nicht wahr? Darum habe ich auch angerufen.«

Natürlich. Es hatte nichts damit zu tun, dass Hugo Hegarty ein braver Staatsbürger war, er wollte seine Geschäfte absichern. Egal, dachte Glenn Branson, das war nur menschlich, und er konnte den Mann deswegen nicht verurteilen.

»Wie viel dürfte die Sammlung denn wert sein, Sir?«

»Für einen Käufer oder Verkäufer?« Jetzt klang er richtig schlau.

»Sowohl als auch.«

»Nun ja, der aktuelle Katalogwert dürfte etwa viereinhalb Millionen betragen. Das würde ich als Verkäufer also anstreben.«

»In Pfund?«

»Aber sicher, in Pfund.«

Branson war verblüfft. Die ursprünglichen dreieinhalb Millionen Pfund, die Lorraine Wilson erhalten hatte, waren um gut dreißig Prozent angewachsen – und das, obwohl vermutlich eine gewisse Anzahl Marken bereits verkauft worden war.

»Und als Käufer, Sir?«

Plötzlich klang Hegarty sehr zurückhaltend. »Der Preis, den ich zahlen würde, hängt von der Herkunft ab. Dafür benötige ich weitere Informationen.«

Bransons Gehirn arbeitete auf Hochtouren. »Und die Frau kommt definitiv um zehn Uhr zu Ihnen?«

»Ja.«

»Wie heißt sie?«

»Katherine Jennings.«

»Hat sie Ihnen Adresse oder Telefonnummer gegeben?«

»Nein.«

Branson notierte den Namen, bedankte sich und hängte ein. Dann zog er die Tastatur heran, rief das Protokoll der Meldungen auf und gab den Namen *Katherine Jennings* ein.

Binnen Sekunden hatte er einen Treffer.

94

OKTOBER 2007 Roy Grace saß im Fond des grauen Ford Crown Victoria. Als sie in den Lincoln Tunnel fuhren, fragte er sich, ob man als erfahrener Reisender wohl jede Stadt der Welt an ihren Verkehrsgeräuschen erkennen könnte.

London war geprägt vom Donnern der Benzin- und Dieselmotoren und dem heulenden Zischen der neuen Volvo-Busse. New York klang völlig anders. Die Reifen klackten rhythmisch auf den geriffelten und von Schlaglöchern übersäten Straßen, und viele Fahrer hupten.

So wie der des riesigen Lkw, der hinter ihnen fuhr.

Detective Investigator Dennis Baker hob die Hand an den Innenspiegel und zeigte dem Fahrer einen Vogel. »Fick dich ins Knie, Arschloch!«

Grace grinste. Dennis hatte sich überhaupt nicht verändert.

»Herrgott nochmal, was soll ich denn machen? Dem Blödmann vor mir hinten reinfahren, oder wie? Jesus!«

Sein Kollege, Detective Investigator Pat Lynch, war an den Fahrstil seines Kollegen gewöhnt und drehte sich ungerührt zu Roy um. »Wirklich schön, dich zu sehen, Mann. Lange her. Viel zu lange!«

Roy stimmte ihm aus ganzem Herzen zu. Er hatte die Jungs gleich gemocht, als er sie vor etwas über sechs Jahren kennengelernt hatte. Man hatte ihn nach New York geschickt, um einen schwulen amerikanischen Bankier zu befragen, dessen Partner erdrosselt in einer Wohnung in Kemp Town aufgefunden worden war. Der Bankier wurde nie vor Gericht gestellt und starb einige Jahre später an einer Überdosis Drogen. Roy hatte eine Zeit lang mit Dennis und Pat an dem Fall gearbeitet, und sie waren seither in Verbindung geblieben.

Pat trug Jeans und Jeansjacke über einem beigefarbenen Hemd und darunter ein T-Shirt. Mit seinem aknenarbigen Gesicht und dem jungenhaften Haarschnitt erinnerte er an einen Filmganoven, war aber vom Wesen her erstaunlich sanft und fürsorglich. Er hatte als Schiffsbelader am Hafen angefangen, was gut zu seiner großen, kraftvoll gebauten Gestalt passte.

Dennis trug einen schwarzen Anorak mit der Aufschrift *Cold Case Homicide Squad* und dem Wappen der New Yorker Polizei, darunter ein blaues Hemd und Jeans. Er war kleiner als sein Kollege, drahtig und hatte einen scharfen Blick. Er beschäftigte sich in seiner Freizeit mit Kampfsport. Vor Jahren hatte er den zehnten Dan, den höchsten Grad in Shotokan-Karate, erworben und wurde bei der New Yorker Polizei wegen seiner Kampfkünste wie eine lebende Legende verehrt.

Die beiden Männer waren am Morgen des 11. September um 8.46 Uhr im Brooklyner Polizeirevier an der Williamsburg East gewesen, als das erste Flugzeug einschlug. Sie eilten sofort mit ihrem Vorgesetzten über die Brücke und trafen ein, als die zweite Maschine in den Südturm raste. Die nachfolgenden Wochen hatten sie bei dem Team verbracht, das auf Ground Zero die Trümmer durchsuchte. Sie waren im »Bauch des Ungeheuers« gewesen, wie sie es nannten. Danach wechselte Dennis ins Zelt der Spurensicherung und Pat in die Anlaufstelle für Hinterbliebene am Pier 92.

In den Folgejahren waren bei beiden Männern, die zuvor absolut fit gewesen waren, Asthma und posttraumatische Probleme aufgetreten, und man hatte sie von der rauen Welt des NYPD in die ruhigere Sonderermittlungseinheit der Staatsanwaltschaft versetzt.

Pat berichtete Grace von ihrer augenblicklichen Arbeit, die vor allem darin bestand, Gangster zu befragen und unter Bewachung zu transportieren. Mittlerweile kannten sie sich in der Unterwelt von New York bestens aus. Pat berichtete, die Mafia sei auch nicht mehr das, was sie einmal gewesen war. Die Verbrecher kippten bei Verhören schneller um. Wer würde nicht versuchen, einen Deal herauszuschlagen, wenn er sich mit einer Gefängnisstrafe von zwanzig Jahren konfrontiert sah?

Sie hofften, in den kommenden vierundzwanzig Stunden jemanden zu finden, der Ronnie Wilson gekannt und ihm vielleicht geholfen hatte. Grace war zunehmend sicher, dass der Mann im Chaos des 11. September absichtlich untergetaucht war. Wenn ihm jemand bei der Suche helfen konnte, dann diese beiden Jungs.

»Du siehst jünger aus denn je«, befand Pat unvermittelt. »Du musst verliebt sein.«

»Aber deine Frau ist nie mehr aufgetaucht, oder?«, fragte Dennis.

»Nein«, sagte Grace knapp. Er mochte nicht über Sandy sprechen.

»Er ist nur neidisch«, bemerkte Pat. »Es hat ihn nämlich ein Vermögen gekostet, seine loszuwerden!«

Grace lachte. In diesem Augenblick piepste sein Handy. Er las die SMS.

Froh, dass du gut angekommen bist. Vermisse dich. Humphrey auch. Hat keinen zum Draufkotzen. XXX

Er grinste und spürte schmerzlich, wie sehr er sich nach Cleo sehnte. Dann fiel ihm etwas ein. »Falls wir fünf Minuten Zeit haben, würde ich gern in einen dieser großen Toys-R-Us-Läden gehen. Ich muss ein Weihnachtsgeschenk für mein Patenkind kaufen. Sie steht auf etwas namens Bratz.«

»Das größte ist am Times Square, da kommen wir gleich vorbei. Von dort aus können wir zum *W* fahren, das wäre ein guter Ausgangspunkt«, schlug Pat vor.

»Danke.« Grace schaute aus dem Fenster. Sie fuhren eine ansteigende Straße hinauf, vorbei an einem gefährlich wirkenden Gerüst. Aus einem U-Bahn-Schacht stieg Dampf.

Es war ein frischer Herbstnachmittag mit klarem blauem Himmel. Manche Leute trugen Mäntel und dicke Jacken, und je weiter sie ins Zentrum von Manhattan kamen, desto gehetzter wirkten die Menschen. Männer in Anzügen und Hemden ohne Krawatte eilten vorbei, mit geschäftsmäßiger Miene, das Handy am Ohr und in der anderen Hand einen Kaffee von Starbucks, der ein unverzichtbares Requisit zu sein schien.

»Pat und ich haben ein nettes Programm für dich ausgearbeitet«, erklärte Dennis.

»Stimmt«, pflichtete ihm sein Kollege bei. »Auch wenn wir jetzt für die Staatsanwaltschaft arbeiten, führen wir dich trotzdem gern herum. Für unseren Freund und Kollegen tun wir alles.«

»Das weiß ich wirklich zu schätzen. Ich habe mit meinem FBI-Kontakt in London gesprochen«, erwiderte Grace. »Er weiß, dass ich hier bin und was ich tue. Wenn meine Ahnung sich bestätigt, werden wir uns wohl offiziell an die New Yorker Polizei wenden müssen.«

Dennis hupte, weil der schwarze Explorer vor ihnen den Blinker gesetzt hatte und am Straßenrand entlangkroch, als suchte er etwas. »Ach, Scheiße! Komm schon, Arschloch!«

»Wir haben dich im Marriott Financial Center untergebracht, das ist genau am Ground Zero, in Battery Park City. Von dort aus sind die meisten Orte, die du vielleicht überprüfen möchtest, leicht zu erreichen.«

»Und du bekommst etwas von der Atmosphäre mit. Die Gegend

war schwer beschädigt, und jetzt ist alles nagelneu. Du wirst sehen können, wie am Ground Zero gearbeitet wird.«

»Es werden immer noch Körperteile gefunden«, sagte Pat. »Nach sechs Jahren! Gerade letzten Monat wieder auf dem Dach der Deutschen Bank. Nicht zu fassen, mit welcher Wucht diese Flugzeuge eingeschlagen sind.«

»Genau gegenüber vom Leichenschauhaus gibt es einen abgetrennten Bereich, in dem acht Kühllaster stehen«, sagte Dennis. »Sie stehen schon seit sechs Jahren da. Darin liegen zwanzigtausend nicht identifizierte Körperteile. Zwanzigtausend! Kannst du dir das vorstellen?« Er schüttelte fassungslos den Kopf.

»Mein Cousin ist damals auch gestorben. Das wusstest du, oder? Er hat bei Cantor Fitzgerald gearbeitet.« Pat zeigte ein silbernes Armband an seinem Handgelenk. »Da stehen seine Initialen drauf. Wir tragen alle eins zur Erinnerung an ihn.«

»So viele in New York haben damals jemanden verloren«, sagte Dennis und wich schwungvoll einer Frau aus, die blindlings die Straße überquerte. »Scheiße, Lady, wollen Sie unbedingt wissen, wie sich die Stoßstange eines Crown Victoria anfühlt? Das würde ich Ihnen nicht empfehlen.«

»Jedenfalls haben wir deinen Besuch so gut wie möglich vorbereitet. Wir haben im Hotel nachgefragt, in dem dein Ronnie Wilson damals abgestiegen ist. Es ist noch derselbe Manager, das ist gut. Wir haben ein Treffen für dich arrangiert. Er wird gern mit dir reden, aber es scheint nichts Neues zu geben. Ein paar Sachen von Wilson waren noch im Zimmer – Pass, Flugtickets, Unterwäsche. Das alles befindet sich jetzt in einem der Lagerhäuser, wo die Sachen der Opfer untergebracht sind.«

Da klingelte Graces Handy, und er entschuldigte sich kurz. »Roy Grace?«

»Hey, Oldtimer, wo bist du gerade? Schleckst du ein Eis auf dem Empire State Building?«

»Sehr witzig. Ich stecke im Stau.«

»Auch schön. Es gibt übrigens eine neue Entwicklung. Wir reißen uns hier den Arsch auf, während du deinen Spaß hast. Sagt dir der Name Katherine Jennings etwas?«

Grace überlegte kurz. Nach dem Flug war er ein bisschen müde und konnte nicht richtig denken. Doch dann fiel es ihm ein. So hatte die Frau in Kemp Town geheißen, die Kevin Spinella erwähnt und deren Namen er an Steve Curry weitergegeben hatte.

»Was ist mit ihr?«

»Sie versucht, eine Briefmarkensammlung zu verkaufen, die etwa vier Millionen Pfund wert ist. Sie hat sich an Hugo Hegarty, einen Händler hier in der Stadt, gewandt, und der erkannte die Marken. Er hat sie zwar noch nicht gesehen und nur mit der Frau telefoniert, ist aber davon überzeugt, dass es bis auf einige fehlende genau die Marken sind, die er 2002 für Lorraine Wilson gekauft hat.«

»Hat er die Frau gefragt, woher sie die Marken hat?«

Branson wiederholte Hegartys Aussage und fügte hinzu: »Wir haben einen Eintrag im Protokoll zu Katherine Jennings gefunden.«

»Der ist von mir«, sagte Grace. Dann schwieg er und dachte an sein Gespräch mit Spinella. Der Reporter hatte gesagt, sie habe besorgt gewirkt. Würden Briefmarken im Wert von vier Millionen Pfund zu dieser Sorge beitragen? Grace selbst wäre eher entspannt, wenn er soviel Kohle im Rücken hätte, vorausgesetzt, sie war sicher untergebracht.

Warum also war sie besorgt gewesen? Irgendetwas war faul an der Sache.

»Ich glaube, wir sollten sie überwachen, Glenn. Immerhin wissen wir, wo sie wohnt.«

»Kann sein, dass sie die Fliege gemacht hat. Aber morgen früh hat sie eine Verabredung bei Hegarty zu Hause. Und sie bringt die Marken mit.«

»Perfekt«, sagte Grace. »Sprich mit Lizzie. Sag ihr, ich schlage vor, dass sich ein Überwachungsteam bei Hegarty an Jennings' Fersen heftet.« Er schaute auf die Uhr. »Euch bleibt genügend Zeit, das zu arrangieren.«

Glenn Branson schaute ebenfalls auf die Uhr. Mit einem Zwei-

Minuten-Anruf bei Lizzie Mantle war es leider nicht getan. Er musste einen Bericht verfassen, in dem er detailliert begründete, weshalb ein Überwachungsteam angefordert wurde und welchen Wert es für die Operation Dingo besaß. Außerdem musste er die Besprechung vorbereiten. Es würde Stunden dauern, bevor er Feierabend machen konnte. Der nächste Anschiss von Ari war ihm sicher.

Immer das gleiche Spiel.

Nachdem Grace das Telefonat beendet hatte, beugte er sich vor: »Hört mal, Leute, kennt ihr jemanden, der mir eine Liste von Briefmarkenhändlern zusammenstellen kann?«

»Ach, ein neues Hobby?«

»Nein, ich will nur dem Kampf gegen das Böse meinen Stempel aufdrücken«, konterte Grace.

»Scheiße, Mann, deine Witze werden auch nicht besser«, sagte Pat.

»Schade, was?«, meinte Grace mit einem boshaften Grinsen.

95

OKTOBER 2007 Die Stewardess führte gerade das Verhalten im Notfall vor. Norman Potting beugte sich zu Nick Nicholas, der neben ihm im hinteren Bereich der Boeing 747 saß, und sagte: »Dieser ganze Sicherheitskram ist völliger Humbug.«

Der junge Detective Constable fürchtete sich vor dem Fliegen, hatte dies seinem Chef aber nicht eingestehen wollen und hing nun wie gebannt an den Anweisungen, die aus dem Lautsprecher drangen. Er wandte sich ab, um Pottings üblem Atem auszuweichen, und schaute nach oben an die Stelle, von der im Notfall hoffentlich seine Sauerstoffmaske herabfallen würde.

»Wissen Sie zum Beispiel, was die einem über die Schutzhaltung verschweigen?«, fuhr Potting seelenruhig fort.

Nicholas schüttelte den Kopf, während er sich einprägte, wie er die Rettungsweste am Körper zu befestigen hatte.

»In manchen Situationen mag sie nützlich sein, das gebe ich zu. Aber sie sagen einem nicht, dass sie vor allem dazu beiträgt, den Kieferknochen zu schützen. Dann kann man die Opfer nämlich leichter anhand ihrer zahnärztlichen Unterlagen identifizieren.«

»Danke vielmals«, murmelte Nicholas. Die Stewardess zeigte ihm gerade, wo er seine Rettungspfeife finden konnte.

»Die Rettungsweste ist eine absolute Lachnummer«, schwadronierte Potting weiter. »Wissen Sie eigentlich, wie viele Fluglinien in der gesamten Luftfahrtgeschichte jemals eine erfolgreiche Notlandung im Wasser hingelegt haben?«

Nick Nicholas dachte an seine Frau Julie und seinen kleinen Sohn Liam. Vielleicht würde er sie nie wiedersehen.

»Wie viele?«, stieß er hervor.

Potting legte Daumen und Zeigefinger zu einem Kreis zusammen. »Null. Nada. Nicht eine einzige.«

Es gibt immer ein erstes Mal, dachte Nicholas und klammerte sich an den tröstlichen Gedanken, als wäre er ein Rettungsfloß.

Potting blätterte in einem Männermagazin, das er am Flughafen gekauft hatte. Nicholas betrachtete die laminierte Karte, die die nächsten Notausgänge auswies. Zum Glück befanden sie sich nur zwei Reihen hinter ihnen. Er war froh, dass er im hinteren Teil des Flugzeugs saß; in der Zeitung hatte er über eine Flugzeugkatastrophe gelesen, in der das Heck abgebrochen war und alle Passagiere, die darin saßen, überlebt hatten.

»Woooooow!«, sagte Potting.

Nicholas schaute zu ihm hin. Sein Kollege hatte das Magazin in der Mitte aufgeschlagen. Eine Blondine mit aufgepumpten Brüsten räkelte sich breitbeinig auf einem Himmelbett, ihre Knöchel und Handgelenke waren mit schwarzen Samtbändern an die Pfosten gefesselt. Die Bikinirasur entblößte ihre rosigen Schamlippen, die wie eine Blüte zwischen ihren Beinen hervorleuchteten.

Eine Stewardess ging vorbei, um die Gurte der Passagiere zu überprüfen. Sie warf einen Blick auf Nicholas und Norman Potting und ging rasch weiter.

Nicks Gesicht brannte vor Scham. »Tun Sie das doch weg, Norman«, flüsterte er.

»Ich hoffe, wir finden eine wie die in Melbourne«, sinnierte sein Kollege. »Ein bisschen Abwechslung für uns beide. Bondi Beach, das wäre doch nett.«

»Bondi Beach ist in Sydney und nicht in Melbourne. Außerdem haben Sie die Stewardess ganz schön in Verlegenheit gebracht.«

Ungerührt fuhr Potting mit dem Finger die Kurven der Blondine nach. »Das ist vielleicht ein Prachtweib!«

Die Stewardess tauchte wieder auf, bedachte sie mit einem flüchtigen und ziemlich eisigen Blick und eilte weiter.

»Ich dachte, Sie wären glücklich verheiratet«, bemerkte Nicholas.

»An dem Tag, an dem ich nicht mehr hingucke, könnt ihr mich erschießen, Jungchen.« Er grinste und blätterte zu Nicks großer Erleichterung weiter. Doch die Freude des jungen Kollegen war nicht von Dauer.

Die nächste Seite war noch viel anzüglicher.

96

OKTOBER 2007 Abby saß im Zug nach Brighton und hatte einen gewaltigen Kloß im Hals. Ihr Magen zog sich zusammen. Sie zitterte und kämpfte mit den Tränen, wollte irgendwie Haltung bewahren.

Wo war ihre Mutter? Wo hatte das Schwein sie hingebracht?

Es war halb neun. Fast zwei Stunden waren vergangen, seit sie während Rickys Anruf eingehängt hatte. Wieder wählte sie die Nummer ihrer Mutter. Wieder meldete sich die Mailbox.

Abby war sich nicht sicher, welche Medikamente ihre Mutter einnehmen musste. Es gab unter anderem Antidepressiva und Tabletten gegen Muskelspasmen, Verstopfung und Sodbrennen, aber das dürfte Ricky ziemlich egal sein. Ohne diese Mittel würde sich der Zustand ihrer Mutter rapide verschlechtern. Sie würde unter Stimmungsschwankungen leiden und von einer Sekunde zur anderen in tiefe Niedergeschlagenheit verfallen.

Abby verfluchte sich, weil sie ihre Mutter so schutzlos zurückgelassen hatte. Sie hätte sie ebenso gut mitnehmen können.

Ruf an, Ricky. Bitte ruf mich an.

Sie bereute es jetzt zutiefst, dass sie eingehängt hatte, das war nicht gut durchdacht gewesen. Ricky wusste, dass sie und nicht er in Panik geraten würde. Aber er musste doch anrufen und Kontakt zu ihr halten. Eine hinfällige alte Frau war nicht das, worauf er aus war.

Am Bahnhof nahm sie ein Taxi und kaufte auf dem Weg zur Wohnung eine kleine Taschenlampe. Sie hielt sich im Schatten und entdeckte im Licht einer Straßenlaterne Rickys gemieteten Ford Focus. Am Rad war eine Parkkralle befestigt. An der Windschutzscheibe und dem Fenster auf der Beifahrerseite prangten große Polizeiaufkleber, die den Eigentümer davor warnten, den Wagen zu bewegen.

Misstrauisch näherte sie sich dem Auto. Schaute sich um, ob sie nicht beobachtet wurde, und entfernte den Strafzettel unter dem Scheibenwischer. Mit der Taschenlampe las sie die Uhrzeit ab. Er war um drei Minuten nach zehn morgens ausgestellt worden. Demnach hatte der Wagen den ganzen Tag über hier gestanden. Darin hatte Ricky ihre Mutter also nicht befördert.

Dennoch würde er wohl zurückkommen, war vielleicht schon in der Nähe.

Die Fenster ihrer Wohnung waren dunkel. Sie überquerte die Straße und klingelte bei ihrem Nachbarn Hassan. Sie hatte Glück, er war zu Hause. Die Sprechanlage knisterte, dann meldete er sich.

»Hi, hier ist Katherine Jennings aus Wohnung 82. Tut mir leid, wenn ich störe, aber ich habe den Haustürschlüssel vergessen. Könnten Sie mich hereinlassen?«

»Kein Problem!«

Ein Summton erklang, und sie stieß die Tür auf. Aus ihrem Briefkasten quollen Werbeprospekte. Sie rührte sie lieber nicht an, um keine Spuren zu hinterlassen.

Am Aufzug hing immer noch das Schild AUSSER BETRIEB. Abby stieg die schwach beleuchtete Treppe hinauf und horchte in jedem Stockwerk auf verdächtige Geräusche. Hätte sie doch nur das Pfefferspray mitgenommen. Ab dem dritten Stock roch es nach frisch gesägtem Holz. Sie stieg noch weiter hinauf, bekam aber Angst und spielte mit dem Gedanken, Hassan zu fragen, ob er sie begleiten könne.

Endlich war sie oben. Horchte wieder auf Geräusche. Es gab zwei weitere Wohnungen auf der Etage, doch sie hatte in der kurzen Zeit, die sie hier wohnte, niemanden kommen und gehen sehen. Zu hören war nichts. Absolute Stille. Sie trat zu dem eisernen Rad, das an der Wand angebracht war, und wickelte ein Stück des Löschschlauchs ab. Nach fünf Umdrehungen fand sie ihren Ersatzschlüssel in seinem Versteck. Sie wickelte den Schlauch wieder auf, stieß die Brandschutztür auf und betrat den Treppenabsatz.

Die Angst überfiel sie aufs Neue. Wenn er nun dort drinnen war?

Das war er natürlich nicht. Er war mit ihrer Mutter in irgendeinem Versteck. Dennoch steckte sie den Schlüssel so leise wie möglich ins Schloss und öffnete lautlos die Tür.

Schatten fielen auf sie, als sie in die Diele trat. Sie ließ die Tür angelehnt und schaltete kein Licht ein. Dann knallte sie die Tür zu, um ihn aufzuschrecken, falls er auf der Lauer lag, und öffnete sie sofort wieder. Sie knallte die Tür ein zweites Mal. Totenstille.

Sie leuchtete durch die Diele. Auf dem Boden neben dem Gästebad lag noch die Tüte mit den Utensilien, mit denen Ricky ihr gedroht hatte. Vermutlich hatte er sie den Bauarbeitern geklaut.

Sie schaltete nirgendwo Licht ein und durchsuchte die Wohnung Zimmer für Zimmer. Auf dem Couchtisch fand sie ihr Pfefferspray und steckte es in die Tasche. Dann eilte sie zur Wohnungstür und legte die Sicherheitskette vor.

Sie kippte eine Cola hinunter und verschlang einen Pfirsichjoghurt, ging ins Gästebad, schloss die Tür und schaltete das Licht ein. Hier war sie sicher, es gab kein Fenster nach draußen.

Sie öffnete die Tür des winzigen Abstellraums, in den Waschmaschine und Trockner gequetscht waren. Auf dem Regal links lag ihr eigenes Werkzeug. Sie nahm Hammer und Meißel und trat damit in die Duschkabine.

Sie warf einen letzten stolzen Blick auf die ausgezeichnete Arbeit, setzte die Kante des Meißels zwischen zwei Fliesen in halber Höhe an und schlug fest dagegen. Und noch einmal.

Nach wenigen Minuten hatte sie einige Fliesen entfernt und konnte in den Raum dahinter greifen. Erleichtert spürte sie die wasserdichte Blasenfolie, die sie sorgfältig um den Umschlag gewickelt hatte.

Der Vermieter wäre sicher nicht begeistert, wenn er die beschädigte Wand entdeckte. Hätte sie genügend Zeit gehabt, hätte sie die Fliesen wieder herrichten können, so wie sie es von ihrem Vater gelernt hatte. Im Augenblick jedoch waren die Badezimmerfliesen ihr geringstes Problem.

Sie zog frische Unterwäsche an, packte zum zweiten Mal in dieser Woche den Koffer mit dem Nötigsten und suchte dann im Internet nach billigen Hotels in Brighton and Hove.

Als ihre Entscheidung gefallen war, rief sie erneut ein Taxi.

97

OKTOBER 2007 Die alte Frau stellte ein weitaus größeres Problem dar, als Ricky vermutet hatte. Er stand in der kleinen Kochnische des Holzhauses, das vom Tennisklub genutzt wurde und Toilette und Duschräume des Campingplatzes beherbergte.

Sie hockte jetzt seit einer geschlagenen Viertelstunde auf der Toilette.

Er trat aus der Tür in den strömenden Regen und spielte mit dem Gedanken, sie umzubringen. Vielleicht wäre das die einfachste Lösung. Er warf einen besorgten Blick auf den holländischen Campingwagen. Durch die geschlossenen Vorhänge drang Licht. Hoffentlich kamen die Leute nicht auf die Idee, diese Räumlichkeiten zu benutzen, während die alte Frau auf der Toilette war. Er war allerdings davon überzeugt, dass seine Drohungen auf fruchtbaren Boden gefallen waren und sie sich keine Dummheiten erlauben würde.

Wieder vergingen fünf Minuten. Er sah auf die Uhr. Halb zehn. Es war drei Stunden her, dass Abby eingehängt hatte. Drei Stunden, in denen sie genügend Zeit zum Nachdenken gehabt hatte. Ob sie wohl inzwischen zur Vernunft gekommen war?

Jetzt wäre ein guter Augenblick.

Ricky klappte sein Handy auf, schrieb eine SMS an Abby und hängte das Foto an, das er vorhin aufgenommen hatte und auf dem der Kopf ihrer Mutter oben aus der Teppichrolle lugte.

Der Text lautete:

Sie rollt sich vor Vergnügen.

98

OKTOBER 2007 Roy saß zusammen mit Pat und Dennis an einem Holztisch im Restaurant der riesigen Chelsea Brewing Company, die Pats Cousin gehörte. Rechts befand sich eine lange Theke, hinter der schimmernde, mannshohe Kupferkessel aufgereiht waren. Überall verliefen Röhren aus Edelstahl und Aluminium. Die riesige, peinlich saubere Anlage mit dem Holzboden hatte mehr Ähnlichkeit mit einem Museum als mit einer Brauerei, in der ganz normal gearbeitet wurde.

Der Besuch war zu einem festen Ritual geworden, wann immer Roy nach New York kam. Pat war sichtlich stolz auf seinen erfolgreichen Cousin und führte einem Engländer gerne vor, wie gut das amerikanische Bier war.

Die drei Polizeibeamten hatten jeweils sechs verschiedene Probiergläser vor sich stehen. Sie waren auf einer runden blauen Fläche in der Tischmitte angeordnet, auf der die Namen der jeweiligen Biersorten standen. Pats Cousin, ein stämmiger Brillenträger Mitte vierzig, der ebenfalls Patrick hieß, erklärte Grace die Herstellung der verschiedenen Sorten.

Roy hörte nur mit einem Ohr hin. Er war müde, nach britischer Zeit war es sehr spät. Die heutigen Ermittlungen hatten nichts ergeben, lauter Nieten. Nur die frühreif aussehende Bratz-Puppe für sein Patenkind hatte er erfolgreich erstanden. In seinen Augen sah sie aus wie eine Barbie, die ins Sexgeschäft eingestiegen war. Andererseits – was wusste er schon vom Geschmack einer Neunjährigen?

Ronnie Wilson hatte sich am 10. September abends um elf Uhr einen kostenpflichtigen Porno angeschaut. Mehr Neuigkeiten konnte der Manager des *W* nicht beisteuern.

Keiner der sieben Briefmarkenhändler, die sie aufgesucht hatten, erkannte Wilsons Namen oder Foto.

Während sich Pats Cousin über die Wissenschaft hinter der Biersorte ausließ, die Roy am besten schmeckte – sie nannte sich Checker Cab Blonde Ale –, schaute er aus dem Fenster hinaus in die Dunkelheit. Die Masten der Yachten im Hafen waren noch zu erkennen, dahinter der dunkle Hudson und die Lichter von New Jersey. Die Stadt war so ungeheuer groß, so viele Menschen kamen und gingen. Wenn man hier wohnte, begegnete man jeden Tag tausend verschiedenen Gesichtern. Wie sollte sich jemand an ein Gesicht von vor sechs Jahren erinnern?

Dennoch musste er es versuchen. Klinken putzen. Die gute alte Polizeiarbeit. Die Aussicht, dass Ronnie noch hier lebte, war gering. Vermutlich war er nach Australien gegangen, darauf deuteten jedenfalls die neuesten Beweise hin. Er überschlug rasch die Zeitunterschiede im Kopf, während Patrick den subtilen Karamellgeschmack von Sunset Red Ale anpries.

Es war sieben Uhr abends. In Melbourne war es neun Stunden später als in Großbritannien, und in Großbritannien war es fünf Stunden später als in New York. Also vierzehn Stunden. Neun Uhr morgens.

Die Polizei in Melbourne würde hoffentlich schon vor dem Besuch von Norman und Nick überprüfen, ob Ronnie Wilson irgendwann nach dem September 2001 nach Australien eingereist war.

Dann fiel ihm noch etwas ein. Er holte sein Notizbuch heraus und blätterte zurück zu den Notizen, die er sich bei seinem Gespräch mit Terry Biglow gemacht hatte. Es war eine Liste der Freunde und Bekannten von Ronnie Wilson. *Chad Skeggs*, hatte er sich notiert. *Nach Australien ausgewandert.* Bransons Erkenntnisse und die Tatsache, dass Ronnie wahrscheinlich in Australien lebte, machten Chad Skeggs zur Zielperson Nummer eins für Potting und Nicholas.

Schließlich war Patrick fertig mit seinen Erläuterungen und überließ Roy seinem persönlichen Humpen Checker Cab. Die drei Ermittler hoben ihre Gläser.

»Danke, Leute, dass ihr euch die Zeit genommen habt. Das weiß ich sehr zu schätzen. Die Runde geht übrigens auf mich.«

»Wir sind hier bei meinem Cousin«, widersprach Pat. »Da bezahlst du keinen Cent.«

»Außerdem bist du unser Gast, wenn du nach New York kommst«, sagte Dennis. »Aber du solltest lieber eine Hypothek aufnehmen, wenn wir dich in England besuchen!«

Sie lachten.

Plötzlich aber wirkte Pat traurig. »Habe ich dir jemals von den Wohlfühlhunden erzählt, die wir nach dem 11. September hatten?«

Grace schüttelte den Kopf.

»Manche Leute brachten ihre Hunde mit zum Trümmerfeld, in den Bauch des Ungeheuers. Einfach nur, damit die Arbeiter sie streicheln konnten.«

Dennis nickte. »Ja, so hat man sie genannt, Wohlfühlhunde.«

»Es war eine Art Therapie. Wir haben solche furchtbaren Dinge gefunden. Die Leute dachten, es würde uns helfen, etwas Lebendiges zu berühren und die Hunde zu streicheln.«

»Ich glaube, es hat irgendwie funktioniert«, sagte Dennis. »Die ganze Sache mit dem 11. September hat in vielen Menschen das Gute geweckt.«

»Aber auch das Schlechte«, erinnerte ihn sein Kollege. »An Pier 92 haben wir pro Person zwischen fünfzehnhundert und zweieinhalbtausend Dollar in bar ausgezahlt, je nachdem was die Leute im Notfall dringend brauchten. Davon haben die Schweinehunde natürlich auch gehört. Mehrere haben uns erzählt, sie hätten Angehörige verloren, obwohl das gar nicht stimmte.«

»Aber wir haben sie erwischt«, erklärte Dennis mit grimmiger Genugtuung. »Es hat eine Weile gedauert, aber letztlich haben wir sie alle erwischt.«

»Die Sache hatte auch ihr Gutes. Sie hat der Stadt wieder Herz und Seele geschenkt. Ich glaube, die Menschen sind seither etwas freundlicher geworden.«

»Und manche auch sehr viel reicher.«

Pat nickte. »Da hast du recht.«

Dann musste Dennis lachen. »Meine Frau Rachel hat einen Onkel, dem gehört eine Stickerei, er fertigt Sachen für die Souvenirläden an. Ein paar Wochen nach dem 11. September habe ich bei ihm vorbeigeschaut. Er heißt Hymie, ist Jude, zweiundachtzig und arbeitet immer noch vierzehn Stunden am Tag. Der netteste Mensch, den man sich vorstellen kann. Seine Familie hat den Holocaust überlebt. Er würde jedem helfen. Jedenfalls ging ich in den Laden, und es war mehr Betrieb, als ich je erlebt habe. Berge von T-Shirts, Sweatshirts, Baseballkappen und Unmengen von Leuten, die stickten, bügelten, Maschinen bedienten und eintüteten.«

Er trank einen Schluck Bier und schüttelte den Kopf.

»Onkel Hymie musste zusätzliches Personal einstellen, weil er die Aufträge gar nicht mehr bewältigen konnte. Es war lauter Kram mit den Zwillingstürmen drauf. Ich fragte ihn, wie das Geschäft so laufe. Und er saß mitten in diesem Chaos und schaute mich lächelnd an. Das Geschäft laufe prima, besser denn je.« Dennis nickte und zuckte die Achseln. »Tragödien sind ein gutes Geschäft.«

99

2. NOVEMBER 2001 Lorraine lag im Bett. Sie war hellwach. Die Schlaftabletten, die ihr der Arzt verschrieben hatte, wirkten wie ein doppelter Espresso.

Der Fernseher lief, das lausige tragbare Gerät, das früher im Gästezimmer gestanden hatte und als einziges nicht von den Gerichtsvollziehern beschlagnahmt worden war. Gerade wurde ein alter Film gezeigt. Wie er hieß, wusste sie nicht, doch sie ließ den Fernseher die ganze Zeit als Hintergrundberieselung laufen. Das Licht gefiel ihr, die Geräusche, das Gefühl, nicht allein zu sein.

Steve McQueen und Faye Dunaway spielten in einer schicken Wohnung mit stimmungsvoller Beleuchtung Schach. Die Atmosphäre war erotisch aufgeladen und voller Andeutungen.

Auch sie und Ronnie hatten miteinander gespielt. Sie erinnerte sich an die frühen Jahre, als sie verrückt nacheinander gewesen waren und manchmal ganz schön wilde Sachen gemacht hatten. Sie spielten Strip-Schach, bis sie unweigerlich nackt und er noch vollständig bekleidet war. Strip-Scrabble gab es auch.

Nie wieder. Sie zog die Nase hoch.

Es fiel ihr schwer, sich auf irgendetwas zu konzentrieren. Einen klaren Gedanken zu fassen. Sie konnte immer nur an Ronnie denken. Wie sehr sie ihn vermisste. Wenn sie einmal lange genug schlief, um zu träumen, träumte sie von ihm. In ihren Träumen war er noch lebendig, lächelte und sagte ihr, wie dumm sie doch sei, dass sie ihn für tot hielt.

Wenn sie an den Inhalt des FedEx-Umschlags dachte, der Ende September eingetroffen war, zitterte sie noch immer am ganzen Leib. Man hatte ihr Fotos von Ronnies Brieftasche und Handy geschickt. Am schlimmsten war das Bild der versengten Brieftasche gewesen. War er bei lebendigem Leib verbrannt?

Plötzlich überkam sie wieder diese ungeheure Trauer. Sie begann zu weinen. Umklammerte ihr Kissen und schluchzte sich die Seele aus dem Leib. »Ronnie«, murmelte sie. »Ronnie, mein geliebter Ronnie. Ich liebe dich so sehr.«

Nach einigen Minuten hatte sie sich beruhigt und betrachtete den flackernden Bildschirm. Und dann, zu ihrem namenlosen Entsetzen, öffnete sich die Schlafzimmertür. Eine Gestalt kam herein. Ein großer, schwarzer Schatten. Ein Mann, dessen Gesicht unter der Kapuze einer Regenjacke verborgen war. Er kam genau auf sie zu.

Entsetzt rutschte sie im Bett nach hinten, tastete blindlings nach dem Nachttisch, nach einer Waffe. Ihr Wasserglas zerbrach auf dem Boden. Sie wollte schreien, doch nur ein schwacher Laut drang aus ihrem Mund, bevor sich eine Hand darüber legte.

Dann hörte sie Ronnies Stimme. Scharf und gedämpft.

Er nahm die Hand weg und zog die Kapuze herunter.

Sie schaltete die Nachttischlampe ein. Starrte ihn ungläubig an. Einen Geist, der jetzt einen Bart trug und den Kopf rasiert hatte. Einen Geist, der nach Ronnie roch, seiner Haut, seinem Eau de Toilette. Der ihr Gesicht mit Händen umfing, die sich wie Ronnies Hände anfühlten.

Sie starrte ihn mit völligem Unverständnis an, während allmählich eine ungeheure Freude in ihr zu lodern begann. »Ronnie? Du bist es doch, oder?«

»Natürlich bin ich es!«

Sie starrte ihn mit offenem Mund an, konnte ihn nur anstarren und den Kopf schütteln.

»Alle haben gesagt – sie haben gesagt, du seiest tot.«

»Sehr gut. Das bin ich auch.«

Er küsste sie. Sein Atem roch nach Zigaretten, Alkohol und einem

Hauch von Knoblauch. In diesem Augenblick kam er ihr wie der schönste Geruch der Welt vor.

»Sie haben mir Fotos von deiner Brieftasche und deinem Telefon geschickt.«

Seine Augen leuchteten. »Da hol mich doch einer! Super! Sie haben sie also gefunden! Das ist der absolute Wahnsinn!«

Seine Reaktion verwirrte sie. Machte er Witze? In diesem Augenblick war alles einfach nur verwirrend. Sie berührte sein Gesicht, und Tränen liefen ihr über die Wangen.

»Ich kann es nicht glauben«, sagte sie. Berührte seine Wangen, seine Nase, seine Ohren, streichelte seine Stirn. »Du bist es. Du bist es wirklich.«

»Klar doch, Dummerchen!«

»Aber wie – wie hast du überlebt?«

»Ich habe an dich gedacht und war noch nicht bereit, dich zu verlassen.«

»Warum hast du nicht angerufen? Warst du verletzt?«

»Das ist eine lange Geschichte.«

Sie zog ihn zu sich und küsste ihn. Küsste ihn, als entdeckte sie seinen Mund zum ersten Mal, erforschte jeden Winkel darin. Dann wich sie einen Augenblick zurück und grinste atemlos.

»Du bist es wirklich!«

Seine Hände stahlen sich unter ihr Nachthemd und berührten ihre Brüste. Nach der Operation hatten sie ihn eine Zeit lang ganz wild gemacht, doch dann hatte er das Interesse daran verloren, so wie an allem. Heute Abend aber war ein völlig anderer Mann in ihr Schlafzimmer gekommen, der alte Ronnie aus glücklichen Tagen. Ronnie, der von den Toten zurückgekehrt war.

Er zog sich aus. Schnürte die Turnschuhe auf. Ließ die Hose fallen. Er hatte eine gewaltige Erektion. Er streifte die Regenjacke ab, den schwarzen Rollkragenpullover und die Socken. Dann schlug er die Bettdecke zurück und schob ihr Nachthemd mit einer derben Bewegung hoch.

Er kniete sich über sie und befeuchtete sie mit den Fingern, fand die süße Stelle genau wie früher, fand sie, knetete sie, die Finger feucht von seinen Lippen und ihr selbst, und entfachte das Feuer in ihr. Er beugte sich vor und knöpfte ihr Nachthemd auf, befreite ihre Brüste und küsste sie nacheinander, ganz lange, während er sie nach wie vor mit den Fingern erregte.

Dann schob sich sein Schwanz in sie hinein, größer und härter, als er sich seit Jahren angefühlt hatte, steinhart.

»RONNIE!« Sie schrie vor Lust.

Sofort legte er ihr den Finger auf die Lippen. »Pst! Ich bin gar nicht hier. Ich bin ein Geist.«

Sie schlang die Arme um seinen Kopf, zog sein Gesicht so nah an sich, wie sie konnte, spürte seine Barthaare auf der Haut und genoss es, drückte sich gegen ihn, drückte und drückte und drückte, sodass er immer tiefer in sie hineinsank.

»Ronnie!«, keuchte sie in sein Ohr, atmete immer schneller und gelangte zum Höhepunkt. Er explodierte in ihr.

Dann lagen beide ganz still da und rangen nach Atem. Im Fernsehen lief noch immer der Film. Der Ventilator der Heizung pustete mit rhythmischem Rasseln warme Luft aus.

»Ich wusste gar nicht, dass Geister so geil werden können«, flüsterte sie. »Kann ich dich jetzt jede Nacht heraufbeschwören?«

»Wir müssen miteinander reden«, sagte er.

100

OKTOBER 2007 An seinem zweiten Tag als richtiger Polizist fühlte sich PC Duncan Troutt schon ein bisschen selbstsicherer. Außerdem hoffte er, mehr zu erleben als am Vortag, an dem er meist ausländischen Studenten den Weg erklärt und sich in einigen Geschäften, die zu seinem Revier gehörten, vorgestellt hatte. Darunter war auch ein indischer Imbiss, dessen Geschäftsführer kürzlich zusammengeschlagen worden war. Jemand hatte den Vorfall mit seinem Handy gefilmt und bei YouTube eingestellt.

Als er um kurz nach neun in die Lower Arundel Terrace einbog, beschloss er, sein Glück noch einmal bei Katherine Jennings zu versuchen. Bevor er sich am Morgen auf den Weg machte, hatte er im Computer gelesen, dass ein Kollege von der Abendschicht es um neunzehn und zweiundzwanzig Uhr vergeblich bei ihr versucht hatte. Ein Anruf bei der Auskunft hatte ergeben, dass niemand dieses Namens einen Festnetzanschluss eingetragen hatte.

Troutt ging die Straße entlang und überprüfte flüchtig alle Häuser und geparkten Autos auf Anzeichen von Einbrüchen oder Vandalismus. Über ihm flogen kreischende Möwen dahin. Der dunkle Himmel wirkte bedrohlich. Die Straßen schimmerten nass, und es sah aus, als könnte es jeden Augenblick wieder regnen.

Kurz bevor er den Eingang von Nummer 29 erreichte, fiel ihm auf der gegenüberliegenden Straßenseite ein grauer Ford Focus auf, der eine Parkkralle am Rad hatte. Der Wagen kam ihm bekannt vor. Er hatte schon gestern mit einem Strafzettel an der Windschutzscheibe dort gestanden. Troutt ging hinüber und zog den Zettel unter der Scheibe hervor, schüttelte die Regentropfen ab und las Zeit und Datum. Der Zettel war am Vortag um 10.03 Uhr ausgestellt worden. Also parkte der Wagen schon seit über vierundzwanzig Stunden hier.

Es konnte allerlei harmlose Erklärungen dafür geben. Der Fahrer hatte nicht bemerkt, dass man in dieser Straße einen Anwohnerparkausweis benötigte. Oder es handelte sich um ein gestohlenes Auto. Allerdings gab ihm die Position zu denken, ganz in der Nähe der Wohnung der Frau, die er überprüfen sollte, da sie anscheinend verschwunden war.

Er erbat über Funk eine Überprüfung des Nummernschildes und klingelte dann bei Katherine Jennings. Wie zuvor meldete sich niemand.

Troutt beschloss, es später noch einmal zu versuchen und ging zur Marine Parade hinunter, wo er nach links abbog. Nach einigen Minuten knisterte sein Funkgerät. Der Ford Focus war auf den Autovermieter Avis zugelassen. Er bedankte sich und überlegte kurz. Wer ein Auto mietete, verstieß häufig gegen die Verkehrsvorschriften. Vielleicht wollte der Mieter nicht das Geld investieren, um die Kralle entfernen zu lassen. Oder er hatte einfach keine Zeit gehabt.

Dennoch war es nicht ausgeschlossen, dass eine Verbindung zu Katherine Jennings bestand. Als die ersten Regentropfen fielen, rief er über Funk seinen unmittelbaren Vorgesetzten, Sergeant Ian Brown vom Revier East Brighton, an und berichtete von dem Fahrzeug. Er fragte an, ob sich jemand bei Avis erkundigen und den Mieter ermitteln könne.

»Vermutlich steckt nichts dahinter, Sir«, fügte er hinzu, weil er sich nicht zum Narren machen wollte.

»Sie haben ganz recht, das überprüfen zu lassen«, versicherte ihm der Sergeant. »Gute Polizeiarbeit liegt oft im Detail. Niemand wird Sie zusammenstauchen, weil Sie zu aufmerksam waren. Schlimmer ist, wenn einem etwas Wichtiges entgeht!«

Troutt bedankte sich und ging weiter. Eine halbe Stunde später meldete sich der Sergeant. »Der Wagen wurde von einem Australier namens Chad Skeggs angemietet. Er lebt in Melbourne. Australischer Führerschein.«

Troutt stellte sich in einem Hauseingang unter und notierte pflichtschuldig den Namen in seinem Notizbuch.

»Sagt Ihnen der Name etwas?«, erkundigte sich der Sergeant.

»Nein, Sir.«

»Mir auch nicht.«

Dennoch entschied Sergeant Brown, ihn ins aktuelle Protokoll aufzunehmen. Vorsichtshalber.

101

OKTOBER 2007 Abby saß schweigend hinten im Taxi und starrte auf das Display ihres Handys. Draußen goss es in Strömen.

Den Umschlag in der Blasenfolie hatte sie zwischen Pullover und T-Shirt gesteckt. Sie trug einen engen Gürtel, damit das Päckchen nicht herausfallen konnte. Es war beruhigend, das Pfefferspray in der Hosentasche zu spüren.

Der Fahrer bog an der Statue der Königin Victoria von der Promenade nach rechts ab und fuhr den Drive hinauf, eine breite, von teuren Appartementhäusern gesäumte Straße. Doch sie konnte nicht sehen, was draußen vor den Fenstern war. Sie hatte nur ein Bild vor Augen, es hatte sich in ihr Gehirn eingebrannt.

Das Foto in ihrem Handy, auf dem der Kopf ihrer Mutter aus dem aufgerollten Teppich ragte. Und darunter die Worte:

Sie rollt sich vor Vergnügen.

Abby durchlebte ein Wechselbad der Gefühle. Blinden Zorn auf Ricky, furchtbare Angst um das Leben ihrer Mutter.

Und ein Gefühl der Schuld, weil sie dafür verantwortlich war.

Abby war so müde, dass sie kaum geradeaus denken konnte. Die ganze Nacht hatte sie wach gelegen. Wie unter Strom. Hatte auf den endlosen Verkehr auf der Promenade gehorcht, die nur einen Steinwurf von ihrem Hotel entfernt lag. Sirenen. Lkw. Busse. Eine Autoalarmanlage. Die Schreie der Möwen, die schon früh am Morgen kreisten. Sie hatte jede Stunde gezählt. Jede halbe. Jede Viertelstunde.

Hatte auf Rickys Anruf gewartet.

Er hätte ihr wenigstens eine SMS mit weiteren Informationen schicken können. Aber es war nichts gekommen. Sie kannte ihn. Sie wusste, dass diese psychologischen Spielchen typisch für ihn waren. Er genoss es, andere warten zu lassen. Sie erinnerte sich, wie sie das zweite Mal in seiner Wohnung gewesen war. Ihr zweites geheimes Rendezvous, das hatte er jedenfalls geglaubt, und sie war so dumm oder naiv gewesen, sich auf ein Fesselspiel einzulassen. Das Schwein hatte sie nackt in einem kalten Zimmer gefesselt, mit einem Vibrator fast zum Höhepunkt gebracht, ihr einen Klaps versetzt und dann sechs Stunden geknebelt alleingelassen. Danach war er zurückgekommen und hatte sie vergewaltigt.

Er hatte nur gesagt, das habe sie doch so gewollt.

Abby hatte bei dieser Gelegenheit nicht das bekommen, was sie – besser gesagt, *Dave* – hatte haben wollen. Das hatte viel länger gedauert.

Ihre größte Sorge in diesem Augenblick war, dass sie seine Grenzen nicht kannte und befürchten musste, dass es keine gab. Sie traute Ricky zu, dass er ihre Mutter tötete, um alles zurückzubekommen. Danach wäre sie selbst an der Reihe.

Und er würde es genießen.

Sie malte sich gerade aus, wie sich ihre Mutter in diesem Augenblick fühlen musste, als sie Hegartys imposantes Haus erreichten.

Sie bezahlte den Fahrer und schaute aufmerksam nach allen Seiten. In der Nähe parkte ein Lieferwagen der British Telecom, der Reparaturarbeiten durchzuführen schien, und ein Stück weiter stand ein kleines blaues Auto am Straßenrand. Von Ricky oder seinem Ford Focus war nichts zu sehen.

Sie überprüfte noch einmal die Hausnummer und wünschte sich, sie hätte ihren kleinen Regenschirm mitgenommen. Mit gesenktem Kopf eilte sie durch das offene Tor, vorbei an diversen Autos und unter das Vordach. Sie holte das Päckchen unter ihrer Kleidung hervor, richtete sich wieder her und klingelte.

Wenige Minuten später saß sie in Hegartys Arbeitszimmer auf einem großen, karminroten Ledersofa. Der Händler trug ein ausgebeultes kariertes Hemd, eine Breitcordhose und Lederpantoffeln und untersuchte mit einer riesigen, schildpattgefassten Lupe jede einzelne Briefmarke.

Sie fand es immer aufregend, die Marken zu sehen, weil sie von einem Geheimnis umgeben waren. Sie waren winzig klein, uralt und empfindlich und dennoch so wertvoll. Die meisten waren schwarz, blau oder rostrot und trugen den Kopf von Königin Victoria. Es gab aber auch andere Farben und andere Monarchenköpfe.

Mrs Hegarty, eine gut aussehende, elegant gekleidete und perfekt frisierte Frau in den Sechzigern, brachte Abby eine Tasse Tee und einen Teller Vollkornkekse und ging wieder hinaus.

Irgendetwas im Verhalten des Mannes behagte Abby nicht. Dave hatte gesagt, sie solle die Briefmarken hierher bringen, Hugo Hegarty sei der Händler, der den besten Preis bieten und die wenigsten Fragen stellen würde, und sie hatte ihm vertraut. Dennoch beschlich sie ein ungutes Gefühl, das sie nicht genau benennen konnte.

Sie musste dringend verkaufen. Je eher sie das Geld bekäme, desto günstiger wäre ihre Position gegenüber Ricky. Solange sie die Marken noch besaß, hatte er sie in der Hand. Im schlimmsten Fall konnte er zur Polizei gehen. Dann würden sie beide alles verlieren, doch sie hielt ihn für boshaft genug, lieber alles preiszugeben als seine Niederlage zu akzeptieren.

Ohne die Briefmarken hatte er jedoch keine Beweise. Und bis dahin hätte sie das Geld sicher untergebracht, auf einer Bank in Panama, einem Steuerparadies, das nicht mit den britischen Behörden kooperierte.

Das Recht war auf der Seite der Besitzenden.

Jedenfalls war es ein Fehler gewesen, so lange zu warten. Sie hätte die Marken gleich nach ihrer Ankunft in England oder noch in New York verkaufen sollen. Dave aber hatte warten wollen, bis sie sicher waren, dass Ricky Abbys Aufenthaltsort nicht kannte. Diese Strategie hatte sich als Bumerang erwiesen.

Da klingelte Hegartys Telefon. »Hallo?« Auf einmal hörte er sich steif und ein wenig verlegen an. Er warf Abby einen Blick zu und sagte: »Einen Augenblick bitte. Ich gehe kurz nach nebenan.«

Glenn Branson saß am Schreibtisch, Telefon am Ohr, und wartete auf Hugo Hegarty.

»Tut mir leid, Sergeant«, sagte Hegarty einige Minuten später. »Die junge Dame sitzt bei mir im Büro. Ich nehme an, es geht um sie?«

»Ja. Zufällig habe ich heute Morgen das Protokoll überprüft, in dem alle polizeilich gemeldeten Zwischenfälle vermerkt werden, und bin auf etwas gestoßen, das von Bedeutung sein könnte. Sie haben uns gestern einen Namen genannt, Sir – Chad Skeggs.«

»Ja«, erwiderte Hegarty zögernd.

»Nun, es wurde gemeldet, dass jemand dieses Namens, ein Australier aus Melbourne, einen Wagen angemietet hat, der gegenüber der Wohnung von Katherine Jennings gesehen wurde.«

»Ach, wirklich? Wie interessant. Wie außerordentlich interessant!«

»Glauben Sie, dass es da eine Verbindung gibt, Sir?«

»Dessen bin ich sicher, Sergeant. So sicher, wie es eine Verbindung zwischen Gestank und faulem Fisch gibt.«

102

3. NOVEMBER 2001 Irgendwann in den frühen Morgenstunden, als Lorraine wach lag und auf Ronnies Schnarchen horchte, verwandelten sich ihre Freude und Erleichterung in Zorn.

Als er aufwachte, bestand er darauf, die Vorhänge im Schlafzimmer und die Jalousien in der Küche geschlossen zu lassen. Am Frühstückstisch stellte sie ihn zur Rede. Weshalb er ihr so viel Leid zugefügt habe? Ein einziger Telefonanruf, in dem er alles erklärte, hätte genügt, dann wäre sie nicht zwei Monate lang durch die Hölle gegangen.

Sie begann zu weinen.

»Ich konnte das Risiko nicht eingehen«, antwortete er und nahm ihr Gesicht in beide Hände. »Das musst du doch verstehen, Baby.

Wäre dieser Anruf aus New York auf deiner Telefonrechnung aufgetaucht, hätte es Fragen gegeben. Und du musstest die trauernde Witwe überzeugend spielen.«

»Klar, und wie ich sie gespielt habe«, sagte sie und tupfte sich die Augen ab. Sie nahm eine Zigarette. »Dafür müsste ich einen beschissenen Oscar bekommen.«

»Den wirst du dir verdient haben, wenn wir fertig sind.«

Sie umklammerte sein starkes, behaartes Handgelenk und zog es an ihr Gesicht. »Bei dir fühle ich mich so sicher, Ronnie. Bitte geh nicht wieder weg. Du könntest dich auch hier verstecken.«

»Klar doch.«

»Ja, dass könntest du!«

Er schüttelte den Kopf.

»Können wir nicht irgendetwas tun, um das Haus zu behalten? Sag mir nochmal, wie viel Geld wir bekommen!« Sie zündete die Zigarette an und inhalierte tief.

»Ich habe eine Lebensversicherung über eineinhalb Millionen Pfund bei Norwich Union abgeschlossen. Die Police liegt in einem Bankschließfach. Der Schlüssel ist in meinem Schreibtisch. Vermutlich wird es eine Ausnahmeregelung für die Opfer des 11. September geben. Die Versicherungen zahlen selbst in Fällen, in denen keine Leiche gefunden wurde, und zwar vor Ablauf der Sieben-Jahres-Frist.«

»Eineinhalb Millionen! Ich könnte mit der Police zum Direktor der Bank gehen. Dann könnte ich im Haus bleiben!«

»Das kannst du gern versuchen, aber ich weiß jetzt schon, was dieses Schwein sagen wird. Er wird dir erzählen, dass die Auszahlung noch nicht sicher ist, weil sich die Versicherungen immer zieren.«

»Und unsere könnte sich auch zieren?«

»Nein, das geht schon in Ordnung. Die Situation ist zu aufgeladen. Dann wäre da noch der Entschädigungsfonds für den 11. September. Man sagte mir, wir könnten mit zweieinhalb Millionen Dollar rechnen.«

»Zweieinhalb Millionen?«

Er nickte aufgeregt.

Lorraine starrte ihn an und überschlug rasch im Kopf. »Das allein wären etwa 1,75 Millionen Pfund. Wir reden hier von plus minus 3,25 Millionen Pfund?«

»Plus minus. Und steuerfrei. Für ein Jahr Schmerz.«

Sie saß einen Augenblick ganz still da. Schließlich sagte sie mit ehrfürchtiger Stimme: »Du bist unglaublich.«

»Ich bin ein Überlebenskünstler.«

»Darum liebe ich dich ja. Darum habe ich immer an dich geglaubt. Das habe ich, das weißt du doch.«

Er küsste sie. »Und wie.«

»Wir sind reich!«

»Fast. Wenn wir uns ganz geschickt anstellen.«

»Mit dem Bart siehst du ganz anders aus.«

»Ach ja?«

»Irgendwie jünger.«

»Und weniger tot als der alte Ronnie?«

Lorraine grinste. »Letzte Nacht warst du alles andere als tot.«

»Darauf habe ich lange gewartet.«

»Und jetzt redest du davon, wieder ein Jahr zu warten? Oder noch länger?«

»In Notfällen zahlt der Entschädigungsfonds schneller. Du bist ein Notfall.«

»Aber Amerikaner genießen sicher Vorrang.«

Er schüttelte den Kopf. »Nach dem, was ich gehört habe, nicht.«

»3,25 Millionen!«, sagte sie verträumt und klopfte die Asche auf der Untertasse ab.

»Davon kannst du dir eine Menge neuer Klamotten kaufen.«

»Wir müssen das Geld anlegen.«

»Ich habe schon Pläne. Erst einmal müssen wir es aus dem Land schaffen – zusammen mit dir.«

Er sprang auf, ging in die Diele und kam mit einem kleinen Rucksack zurück. Er holte einen braunen Umschlag heraus und schob ihn über den Tisch.

»Ich bin nicht mehr Ronnie Wilson. Daran wirst du dich gewöhnen müssen. Ich heiße jetzt David Nelson. Und in einem Jahr wirst auch du nicht mehr Lorraine Wilson sein.«

Im Umschlag lagen zwei Pässe, darunter ein australischer. Das Foto zeigte sie, doch sie erkannte sich kaum. Ihr Haar war dunkelbraun, kurz geschnitten, und sie trug eine Brille. Der Name lautete *Margaret Nelson*.

»Darin ist ein Visum für Australien. Es gilt fünf Jahre.«

»*Margaret*?«, fragte sie. »Wieso ausgerechnet Margaret?«

»Dann eben Maggie!«

Sie schüttelte den Kopf. »Muss ich *Margaret – Maggie* sein?«

»Ja.«

»Für wie lange?«

»Für immer.«

»Na super. Darf ich mir nicht mal meinen Namen aussuchen?«

»Das hast du bei deiner Geburt doch auch nicht getan, dumme Kuh!«

Voller Argwohn sprach sie den Namen laut vor sich hin.

»Nelson ist ein guter Name. Er hat Klasse!«

Sie nahm einen zweiten Ausweis aus dem Umschlag. »Und was ist das?«

»Für die Ausreise aus England.«

Darin war ebenfalls ein Foto von ihr, auf dem sie graue Haare hatte und zwanzig Jahre älter aussah. Diesmal lautete der Name *Anita Marsh*.

Sie schaute ihn verblüfft an.

»Ich habe es mir gut überlegt. Es ist der beste Weg, um zu verschwinden. Menschen, vor allem Männer, erinnern sich an attraktive Frauen. Alte Damen hingegen sind so gut wie unsichtbar. Wenn es so weit ist, buchst du zwei Fahrkarten für die Fähre Newhaven-Dieppe, und zwar für die Nachtüberfahrt. Eine auf deinen Namen, eine für Anita Marsh. Und du wirst auf ihren Namen eine Kabine buchen, verstanden?«

»Soll ich mir das aufschreiben?«

»Nein, du musst es dir merken. Ich melde mich bei dir, wenn es so weit ist. Vorher werde ich alles noch ganz oft mit dir durchgehen. Du wirst einen Abschiedsbrief verfassen – du kannst das Leben ohne mich nicht ertragen, du bist unglücklich, weil du wieder auf dem Flughafen arbeiten musst, das Leben ist Scheiße und so weiter. Der Arzt kann bestätigen, dass du Antidepressiva genommen hast, das wirkt überzeugend.«

»Was das angeht, muss ich nicht mal üben.«

»Du gehst als Lorraine Wilson auf die Fähre. Mach dich so schön du kannst und sorge dafür, dass möglichst viele Leute dich sehen. Du bringst deine Tasche mit Kleidung zum Wechseln in die Kabine, die du auf den Namen Anita Marsh gebucht hast. Dann gehst du in die Bar und gibst dich traurig, trinkst eine Menge und redest mit keinem. Die Überfahrt dauert viereinviertel Stunden, dafür bleibt also genügend Zeit. Wenn ihr mitten auf dem Kanal seid, verlässt du die Bar und sagst dem Barkeeper, dass du auf Deck gehst. Stattdessen begibst du dich in die Kabine und verwandelst dich mit einer Perücke und Omakleidern in Anita Marsh. Dann nimmst du deine Kleidung, deinen Pass und dein Handy und wirfst alles über Bord.«

Lorraine starrte ihn fassungslos an.

»In Dieppe nimmst du einen Zug nach Paris, zerreißt den Pass von Anita Marsh und buchst als Margaret Nelson ein Flugticket nach Melbourne. Dort warte ich auf dich.«

»Du hast wirklich an alles gedacht.«

Er war sich nicht sicher, ob sie sich freute oder wütend war.

»Na ja, so viel hatte ich in letzter Zeit ja nicht zu tun.«

»Versprich mir eins. Du willst doch nicht das ganze Geld wieder in irgendeine Firma stecken, oder?«

»Nie im Leben. Ich habe meine Lektion gelernt, Baby. Das Problem ist, dass man in eine Abwärtsspirale gerät, sobald man Schulden hat. Jetzt, wo wir frei sind, können wir ganz von vorn anfangen. Erst in Australien und dann vielleicht irgendwo anders, wo immer die Sonne scheint. Das klingt doch toll! Wir können das Geld sogar irgendwann auf der Bank deponieren und von den Zinsen leben.«

Sie schaute Ronnie misstrauisch an.

Er deutete auf den Umschlag. »Da ist noch etwas anderes für dich drin.«

Sie nahm eine schmale Zellophantüte heraus, in der einige Briefmarken lagen.

»Damit du über die Runden kommst. Für deine Auslagen. Und gönne dir etwas Gutes. Die Somerset House One Pound von 1911 ist etwa fünfzehnhundert Mäuse wert. Dazu eine 1881 One Penny, für die du etwa fünfhundert bekommen dürftest. Insgesamt sind sie etwa fünftausend wert. Geh damit zu dem Typen, den ich kenne, er macht dir den besten Preis. Und wenn das große Geld hereinkommt, soll er es in Briefmarken investieren. Er ist ehrlich und zuverlässig.«

»Und hat keine Ahnung?«

»Mein Gott, nein.« Ronnie riss ein Stück von der Rückseite einer Zeitschrift, die auf dem Küchentisch lag, und notierte den Namen *Hugo Hegarty* samt Telefonnummer und Adresse. »Ich war ein guter Kunde, er dürfte traurig sein, wenn er von meinem Schicksal erfährt.«

»Wir haben in den letzten Wochen so einige Beileidskarten bekommen.«

»Die würde ich gerne lesen. Interessant, was die Leute über mich zu sagen haben.«

»Lauter nette Dinge.« Sie lachte traurig. »Sue meinte, ich müsse allmählich an die Beerdigung denken. Der Sarg muss ja nicht allzu groß sein, für Brieftasche und Handy, meine ich.«

Beide kicherten. Dann wischte sie sich wieder die Tränen weg.

»Immerhin können wir darüber lachen. Das ist doch gut, oder?«

Er kam um den Tisch herum und drückte sie ganz fest an sich. »Ja, das ist gut.«

»Warum Australien?«

»Es ist weit weg. Dort kennt uns niemand. Außerdem habe ich einen alten Kumpel, der vor Jahren dorthin gezogen ist. Ich kann ihm vertrauen. Er tauscht die Briefmarken wieder in Bargeld um, ohne Fragen zu stellen.«

»Wer soll das sein?«

»Chad Skeggs.«

Sie schaute ihn an, als hätte jemand auf sie geschossen. »*Ricky* Skeggs?«

»Genau. Du warst mal mit ihm zusammen, nicht wahr? Er ließ sich von seinen Puppen immer Ricky nennen. Als besonderes Privileg. Für seine Geschäftspartner und Kumpel war er Chad, für seine Puppen Ricky. Das nahm er sehr genau.«

»Es ist derselbe Name, kommt beides von Richard.«

»Auch egal.«

»Nein, das ist es nicht, Ronnie. Und ich war auch nicht mit ihm zusammen. Wir hatten eine einzige Verabredung. Dabei hat er versucht, mich zu vergewaltigen. Das habe ich dir doch erzählt.«

»Klar, Vergewaltigung war seine Vorstellung von einem netten Vorspiel.«

»Ich meine es ernst. Bestimmt habe ich dir die Geschichte erzählt. Anfang der neunziger Jahre hatte er einen Porsche. Eines Abends sind wir –«

»Ich erinnere mich an den Porsche. Ein 911 Targa. Schwarz. Ich habe damals für Brighton Connoisseur Cars gearbeitet. Wir haben ihn wieder hergerichtet, nachdem er einen Totalschaden hatte. War gegen einen Baum gefahren. Wir haben das hintere Ende mit der Front eines anderen Wagens zusammengebaut. Den haben wir ihm dann billig angedreht. Eine echte Todesfalle!«

»So etwas hast du deinem Freund verkauft?«

»Er wusste, dass mit dem Wagen etwas faul war und er nicht zu schnell fahren durfte. Brauchte ihn ohnehin nur, um Puppen wie dich aufzureißen.«

»Jedenfalls haben wir etwas getrunken, und ich dachte, wir würden danach etwas essen. Stattdessen fuhr er mitten in die Downs und sagte, alle Mädchen, mit denen er bumse, dürften ihn Ricky nennen. Dann machte er die Hose auf und sagte, ich solle ihm einen blasen. Ich konnte es nicht fassen.«

»Vulgäres Schwein.«

»Als ich nach Hause wollte, versuchte er, mich aus dem Auto zu zerren. Ich sei eine undankbare Schlampe und er werde mich richtig durchbumsen. Ich zerkratzte ihm das Gesicht, drückte die Hupe, und plötzlich kamen Scheinwerfer auf uns zu. Er geriet in Panik und brachte mich nach Hause.«

»Und dann?«

»Er sagte kein Wort mehr. Ich stieg aus, und das war alles. Danach habe ich ihn noch ein paar Mal in der Stadt gesehen, immer mit einer anderen Frau. Irgendwann hörte ich, er sei nach Australien gegangen. In meinen Augen noch lange nicht weit genug weg.«

Ronnie saß da und schwieg verlegen. Lorraine drückte ihre Zigarette aus, die bis zum Filter heruntergebrannt war, und zündete sich die nächste an. Schließlich sagte er: »Chad ist schon in Ordnung. War vermutlich besoffen an dem Abend. Hatte immer ein gewaltiges Ego. Du wirst feststellen, dass er mit dem Alter milde geworden ist.«

Lorraine schwieg.

»Alles wird gut, Baby«, sagte Ronnie. »Das läuft schon. Wie viele Leute bekommen schon die Chance, noch einmal ganz von vorn anzufangen?«

»Was für ein Anfang«, sagte sie mit bitterem Ton. »Wir sind von einem Kerl abhängig, der mich vergewaltigen wollte.«

»Hast du etwa eine bessere Idee?« Ronnie klang ziemlich wütend. »Na sag schon, hast du eine bessere Idee?«

Lorraine schaute ihn an. Er sah anders aus als vor der Reise nach New York. Es war nicht nur äußerlich, lag nicht nur am Bart und dem kahl rasiertem Kopf, etwas anderes hatte sich verändert. Er wirkte entschlossener und härter.

Oder aber sie sah ihn nach der langen Trennung zum ersten Mal so, wie er wirklich war.

Nein, erklärte sie schließlich zögernd, sie habe keine bessere Idee.

103

OKTOBER 2007 Abby saß auf dem Ledersofa in Hugo Hegartys Arbeitszimmer. Sie pustete auf ihren Tee, trank und nahm sich einen Keks. Sie hatte nicht gefrühstückt und brauchte dringend ein bisschen Zucker. Es dauerte eine ganze Weile, bis Hegarty zurückkam.

»Verzeihung«, sagte er höflich und setzte sich wieder an den Schreibtisch. Dann fuhr er fort, die Briefmarken zu betrachten. »Sie sind von ausgezeichneter Qualität«, sagte er. »Prägefrisch. Eine eindrucksvolle Sammlung.«

Abby lächelte. »Vielen Dank.«

»Und Sie wollen alles verkaufen?«

»Ja.«

»An welchen Preis hatten Sie gedacht?«

»Der Katalogwert liegt bei etwas über vier Millionen Pfund«, erwiderte sie.

»Ja, das kommt hin. Aber ich befürchte, niemand wird Ihnen den Katalogpreis zahlen. Wer diese Briefmarken kauft, möchte einen Gewinn damit machen. Zugegeben, je besser die Qualität der Marken, desto geringer die Gewinnspanne.«

»Möchten Sie die Sammlung kaufen? Zu einem Sonderpreis?«

»Könnten Sie mir bitte etwas genauer erklären, wie Sie in den Besitz der Marken gelangt sind? Gestern Abend haben Sie gesagt, Sie würden den Nachlass Ihrer Tante auflösen.«

»Das ist richtig.«

»In Sydney?«

Sie nickte.

»Wie hieß Ihre Tante?«

»Anne Jennings.«

»Können Sie mir irgendeine Besitzurkunde zeigen?«

»Was benötigen Sie denn?«

»Beispielsweise eine Kopie des Testaments. Vielleicht könnte der

Anwalt Ihrer Tante sie mir zufaxen. Ich weiß nicht, wie spät es jetzt in Australien ist.« Er schaute auf die Uhr. »Wohl mitten in der Nacht. Er könnte es morgen erledigen.«

»Wie viel würden Sie mir für die Sammlung bezahlen?«

»Mit einer koscheren Besitzurkunde wäre ich bereit, zweieinhalb Millionen zu bieten.«

»Und ohne? Bar auf die Hand, jetzt sofort?«

Er schüttelte den Kopf. »Bedauere, das ist nicht meine Art, Geschäfte zu machen.«

»Man sagte mir, Sie seien der richtige Mann.«

»Die Zeiten sind vorbei. Hören Sie zu, junge Dame, ich gebe Ihnen einen guten Rat. Teilen Sie die Sammlung auf. Sie ist zu groß. Man wird unweigerlich Fragen stellen. In Großbritannien gibt es einige gute Händler, auch im Ausland, denen Sie einzelne Sätze anbieten können. Feilschen Sie. Sie müssen die Preise nicht akzeptieren, wenn Sie Ihnen zu niedrig erscheinen. Verkaufen Sie sie ruhig über mehrere Jahre hinweg, dann wird niemand dumme Fragen stellen.«

Beinahe ehrfürchtig sammelte er die Marken wieder ein und steckte sie in die Schutzhüllen.

»Können Sie mir Händler hier in Großbritannien empfehlen?«, fragte Abby mutlos.

»Lassen Sie mich überlegen.« Er nannte einige Namen, während er die Briefmarken wieder in den Polsterumschlag packte. Abby notierte sie. Dann fügte er hinzu, als wäre es ihm nachträglich eingefallen: »Natürlich wäre da noch jemand anders.«

»Wer?«

»Ich habe gehört, Chad Skeggs sei in der Stadt«, sagte er und schaute sie durchdringend an.

Sie errötete unwillkürlich. Dann bat sie ihn, ihr ein Taxi zu rufen.

*

Hugo Hegarty begleitete Abby zur Tür. Zwischen ihnen herrschte plötzlich eisige Stille, und ihr fiel nichts anderes ein als ein hilfloses: »Es ist nicht so, wie Sie denken.«

»Das ist es nie. Genau das ist ja das Problem mit Chad Skeggs«, konterte er.

Als sie gegangen war, kehrte er umgehend in sein Arbeitszimmer zurück und rief Detective Sergeant Branson an, um ihm den Namen der Tante durchzugeben.

Er hatte noch eine Rechnung mit Chad Skeggs offen. Und er würde alles tun, um sie zu begleichen.

104

OKTOBER 2007 Abby öffnete die Hintertür des Taxis und blickte düster die verregnete Dyke Road Avenue auf und ab. Die Begegnung mit Hugo Hegarty hatte sie sehr erschüttert.

Der Wagen von British Telecom und das kleine blaue Auto parkten immer noch am Straßenrand. Sie stieg wieder ein und schloss die Tür.

»Zum Grand Hotel?«, fragte die Fahrerin.

Abby nickte. Sie hatte absichtlich eine falsche Adresse angegeben, als sie von Hegarty aus das Taxi rief. Niemand sollte wissen, wo sie wohnte. Lange würde sie ohnehin nicht im Hotel bleiben.

Sie lehnte sich zurück und dachte nach. Noch immer kein Wort von Ricky. Dave hatte sich geirrt. Es war viel schwieriger, die Briefmarken zu verkaufen, als er behauptet hatte, und würde sehr viel länger dauern.

Ihr Handy klingelte. Das Display zeigte die Nummer ihrer Mutter an. Ihr war ganz schlecht vor Angst, als sie das Telefon ans Ohr drückte und sich meldete.

»Mum!«, sagte sie nur, da die Fahrerin mithören konnte.

Ihre Mutter klang verwirrt und unglücklich und atmete in kurzen Stößen. »Bitte, Abby, bitte, ich brauche meine Medizin. Ich bekomme –«, sie hielt inne, atmete mühsam ein und keuchte. »Die Krämpfe. Ich – bitte – du hättest sie nicht nehmen sollen. Es war falsch –« Wieder keuchte sie.

Dann wurde das Gespräch unterbrochen.

Abby wählte sofort die Nummer, doch es meldete sich nur die Mailbox.

Zitternd starrte sie auf das Display, rechnete jede Sekunde mit einem Anruf von Ricky. Nichts geschah.

Sie schloss die Augen. Wie viel konnte ihre Mutter noch ertragen? Was wollte er ihr noch antun?

Du Schwein. Du mieses Schwein, mieses, mieses, mieses Schwein.

Ricky war clever. Zu clever. Er schien zu gewinnen. Er wusste, dass sie die Briefmarken nicht problemlos verkaufen konnte. Ihr Plan, ihn mit einer kleinen Summe abzufertigen und zu behaupten, Dave habe den größten Teil der Sammlung an sich genommen, war damit gestorben.

Sie wusste nicht, was sie jetzt tun sollte.

Beschwörend betrachtete sie das Handy, wollte es zum Klingeln bewegen.

Nun ja, eins konnte sie noch tun, und zwar so schnell wie möglich. Sie würde das Leiden ihrer Mutter beenden, auch wenn sie Ricky alles geben musste, was er haben wollte. Fast alles.

Dann kam ihr eine Idee. Sie beugte sich vor und fragte: »Kennen Sie Briefmarkenhändler hier in der Gegend?«

Die Taxifahrerin, auf deren Ausweis »Sally Bidwell« stand, antwortete: »Es gibt einen Laden namens Hawkes, er ist in der Nähe des Bahnhofs in der Queen's Road. Und noch einen in Shoreham und in den Lanes, auf der Prince Albert Street.«

»Bringen Sie mich in die Queen's Road, das ist am nächsten.«

»Sind Sie eine Sammlerin?«

»Nur im ganz kleinen Stil«, antwortete Abby, griff in ihren Mantel und löste die Gürtelschnalle.

»Ich dachte immer, das wäre ein Hobby für Jungs.«

»Ja«, erwiderte Abby höflich.

Sie hielt den Polsterumschlag so, dass die Fahrerin ihn nicht im Rückspiegel sehen konnte, und suchte nach einigen weniger wertvollen Marken. Sie zog einen Satz von vier Marken mit Malteserkreuzen heraus, der etwa tausend Pfund wert war, und einige Blocks mit der Sydney Harbour Bridge, die pro Bogen etwa vierhundert Pfund einbringen konnten. Die übrigen legte sie wieder in den Umschlag und verstaute ihn sicher unter dem Pullover.

Wenige Minuten später hielt das Taxi vor Hawkes. Abby bezahlte und stieg aus, wobei sie die Marken unter dem Mantel vor dem Regen schützte. Ein Bus rumpelte vorbei, dann bemerkte sie flüchtig einen blauen Kleinwagen, in dem zwei Männer saßen. Peugeot oder Renault, tippte sie. Der Beifahrer sprach in sein Handy. Der Wagen hatte große Ähnlichkeit mit dem, der in der Nähe von Hegartys Haus geparkt hatte. Oder wurde sie allmählich paranoid?

Im Laden waren keine Kunden. Eine langhaarige Frau saß an einem Tisch und las die Tageszeitung. Das leicht heruntergekommene Flair gefiel ihr. Hier wurden keine großen Kostbarkeiten gehandelt und keine unangenehmen Fragen nach Herkunft und Besitzurkunde gestellt.

»Ich würde gern einige Briefmarken verkaufen.«

»Haben Sie sie dabei?«

Abby reichte der Frau die Marken, die sie aus der Hülle nahm und flüchtig betrachtete.

»Hübsch«, sagte sie in freundlichem Ton. »Die aus Sydney habe ich schon länger nicht gesehen. Ich muss kurz etwas prüfen. Darf ich sie mit nach hinten nehmen?«

»Natürlich.«

Die Frau ging durch eine offene Tür und setzte sich an einen Schreibtisch, über dem eine große Lupe angebracht war. Abby sah zu, wie sie die Briefmarken nacheinander sorgfältig untersuchte.

Sie warf einen Blick auf die Titelseite des *Argus*. Die Schlagzeile lautete:

Zweites Mordopfer –
Verbindung zu Opfer vom 11. September

Dann bemerkte sie die Fotos darunter. Und erstarrte.

Das kleinste zeigte eine schöne, aber hart wirkende Blondine Ende zwanzig, die lasziv in die Kamera schaute, als wollte sie den Fotografen verführen. Die Unterschrift lautete *Joanna Wilson.* Das größte Foto zeigte eine Frau Ende dreißig, attraktiv, mit welligem blonden Haar und offenem Lächeln, die allerdings ein bisschen billig aussah – Geld, aber kein Stil. Ihr Name lautete *Lorraine Wilson.*

Doch es war das Foto des Mannes in der Mitte, das Abby so gefangen nahm. Wie gebannt starrte sie auf sein Gesicht und las den Namen *Ronald Wilson.* Blickte wieder vom Gesicht zum Namen.

Sie überflog den ersten Absatz des Artikels:

Die 42-jährige Frau, die vor fünf Wochen tot im Kofferraum eines Wagens bei Geelong nahe Melbourne aufgefunden wurde, ist als Lorraine Wilson, Witwe des Geschäftsmannes Ronald Wilson aus Brighton, identifiziert worden. Wilson war einer von 67 Briten, die beim Anschlag auf das World Trade Center am 11. September umkamen.

Es war, als hätte jemand das Licht in ihrem Inneren ausgeschaltet. Abby las rasch den ganzen Artikel:

Die skelettierte Leiche von Joanna Wilson, 29, wurde am vergangenen Freitag in einem Abflusskanal auf der Baustelle des New England Quarter im Zentrum von Brighton entdeckt. Sie war Wilsons erste Ehefrau. DI Elizabeth Mantle, leitende Ermittlerin der Kripo Sussex, bestätigte dies heute Morgen gegenüber unserer Zeitung.
Die Polizei von Sussex steht vor einem Rätsel, da die zweite Leiche, Mrs Lorraine Wilson, laut Autopsiebefund etwa

zwei Jahre im Barwon River gelegen hat. Wie unsere Zeitung damals berichtete, hatte Mrs Wilson im November 2002 angeblich Selbstmord begangen, indem sie während einer Nachtüberfahrt von der Kanalfähre Newhaven-Dieppe sprang. Offiziell wurde der Fall nie aufgeklärt.
DI Mantle erklärte, die Ermittlungen bezüglich des »Selbstmords« würden umgehend wieder aufgenommen.

Abby schaute sich noch einmal alle Fotos an, kehrte aber immer wieder zu dem Mann in der Mitte zurück. Es war, als hätte man ihr den Boden unter den Füßen weggezogen. Sie machte ein paar Schritte nach links und klammerte sich an eine Tischkante, um nicht umzufallen. Die Wände um sie herum schienen sich aufzulösen.

Dann fragte eine körperlose Stimme: »Hallo? Stimmt etwas nicht?«

Sie sah die Briefmarkenhändlerin in der Tür stehen. Sie zog an ihr vorbei wie der Helfer auf einem Kirmeskarussell.

»Möchten Sie sich hinsetzen?«, fragte die Stimme.

Das Karussell drehte sich allmählich langsamer. Abby zitterte und schwitzte gleichzeitig.

»Es geht schon«, keuchte sie und schaute wieder zu der Zeitung.

»Eine interessante Geschichte«, bemerkte die Frau und sah sie besorgt an. »Er war auch im Briefmarkenhandel. Ich habe ihn gekannt.«

»Aha.«

Abby hörte kaum, dass die Frau ihr 2350 Pfund für die Briefmarken anbot. Sie nahm das Geld in Fünfzig-Pfund-Scheinen entgegen und steckte es achtlos in die Tasche.

105

OKTOBER 2007 Abby trat wie betäubt auf die Straße hinaus. Sie merkte kaum, dass ihr Handy klingelte.

»Ja?«, meldete sie sich schließlich.

Es war Ricky. Er war kaum zu verstehen, weil der Verkehr an ihr vorbeidonnerte. »Warte mal«, sagte sie und schlüpfte in einen Hauseingang. »Tut mir leid, was hast du gesagt?«

»Ich mache mir Sorgen um deine Mutter.«

Sie musste den Kloß in ihrer Kehle hinunterschlucken und tief durchatmen, bevor sie antworten konnte. »Bitte«, stieß sie hervor, »bitte sag mir, wo sie ist, Ricky, oder bring sie zu mir.«

»Sie braucht ihre Medikamente, Abby.«

»Die hole ich. Sag mir nur, wohin ich sie bringen soll.«

»So einfach ist das nicht.«

Ein Bus hielt genau vor ihr. Der Motor war so laut, dass sie nichts verstehen konnte. Sie trat wieder in den Regen hinaus, eilte die Straße entlang und stellte sich in einem anderen Eingang unter. Der Ton, in dem er den letzten Satz gesprochen hatte, gefiel ihr gar nicht.

Plötzlich überkam sie entsetzliche Angst, dass ihre Mutter tot sein könnte. Hatte ein Krampf sie umgebracht? Sie hatten doch eben noch miteinander gesprochen.

Abby konnte die Tränen nicht zurückhalten. Zuerst der Schock des Zeitungsartikels und jetzt das. Sie war vollkommen außer sich.

»Geht es ihr gut? Bitte sag mir, ob es ihr gut geht.«

»Nein, tut es nicht.«

»Aber sie lebt.«

»Noch.« Damit hängte er ein.

»Nein!«, schrie Abby. »Bitte nicht!«

Sie lehnte sich gegen die Tür des Ladens, kümmerte sich nicht darum, ob jemand sie beobachtete. Tränen und Regen brannten ihr in den Augen, sie konnte kaum noch etwas sehen. Dennoch bemerkte sie den kleinen braunen Wagen, der an ihr vorbeifuhr.

Darin saßen zwei Männer, der Beifahrer telefonierte. Beide hatten kurzes Haar, einer war kahl rasiert, der andere trug einen Bürstenschnitt. Militärische Typen. Oder von der Polizei.

Die beiden schauten sie an, genau wie die Männer in dem blauen Wagen, der an ihr vorbeigefahren war, als sie zu Hawkes ging. Die Zeit auf der Flucht hatte ihren Blick für solche Dinge geschärft. Mit den beiden Wagen stimmte etwas nicht.

Beide Beifahrer hatten telefoniert.

Beide hatten zu ihr herübergeschaut.

Hatte Hugo Hegarty die Polizei angerufen? Wurde sie beschattet?

Der braune Wagen steckte im Stau Richtung Süden. Wurde sie auch aus anderen Autos beobachtet oder von Leuten, die zu Fuß unterwegs waren?

Panisch schaute sie sich um und rannte los, bog nach links in eine Gasse, in der stinkende Mülleimer standen. Sie entdeckte einen Durchgang zwischen zwei Häusern, warf einen Blick über die Schulter und tauchte hinein. Der Regen ließ ein wenig nach. Abby überlegte fieberhaft. Sie kannte die Gegend wie ihre Westentasche, weil sie früher einmal nahe der Kreuzung Seven Dials gewohnt hatte.

Sie lief schnell, tastete alle paar Schritte nach ihrem Päckchen und dem Geld, das sie in der Tasche hatte, warf einen Blick über die Schulter. Sie hastete eine von Bäumen gesäumte Straße mit Reihenhäusern entlang. Bei dem Wetter waren zum Glück nur wenige Leute unterwegs, und die Bewegung und der kühle Regen im Gesicht verschafften ihr einen klaren Kopf.

Abby rannte bergauf zur Kreuzung der sieben Straßen, der die Gegend ihren Namen verdankte, bog rechts in eine weitere Wohnstraße und tauchte in der Nähe des Bahnhofs wieder auf. Sie ließ einige Autos und Lieferwagen vorbei, bevor sie die Buckingham Road überquerte und in eine Straße neben dem Bahnhof lief. Sie schlängelte sich durch ein Labyrinth aus Wohnstraßen, in denen die Schilder der Immobilienmakler wie Bäume emporwuchsen.

Irgendwann bekam sie Seitenstechen und musste kurz stehen bleiben. Sie ging im Schritttempo weiter und atmete tief durch. Sie war schweißüberströmt. Es regnete kaum noch. Ein starker Wind war aufgekommen, der eine willkommene Abkühlung brachte.

Abby konnte jetzt klarer denken als in den letzten Stunden. Es war, als hätte der Schock der Zeitungsmeldung eine Blockade in ihr gelöst. Sie marschierte entschlossen dahin, hielt sich in Nebenstraßen und schaute sich ständig nach blauen und braunen Autos um, konnte aber nichts Verdächtiges entdecken.

Hatte Ricky auch den *Argus* gelesen? Ob noch andere Zeitungen darüber berichteten? Bestimmt würde er die Geschichte irgendwoher erfahren.

Sie betrat einen Zeitschriftenladen und überflog rasch die Titelseiten der großen Tageszeitungen. Noch keine hatte die Meldung gebracht. Dann kaufte sie den *Argus*, ging vor die Tür und betrachtete eingehend das Gesicht des Mannes. Ihre Gefühle schlugen Purzelbaum.

Sie stand wie angewurzelt da und las noch einmal den ganzen Artikel. Er füllte einige Lücken in Daves Vergangenheit. Das Schweigen, die ausweichenden Antworten, die raschen Themenwechsel, sobald sie sich nach seinem früheren Leben erkundigte. Es passte auch zu Rickys Bemerkungen, mit denen er herausfinden wollte, wie viel sie über Dave wusste.

Was genau mochte Ricky selbst über ihn wissen?

Sie ging ein paar Schritte, setzte sich auf eine nasse Türstufe und vergrub das Gesicht in den Händen. Noch nie hatte sie solche Angst gehabt, Angst um ihre Mutter, Angst vor der Zukunft.

Das Leben ist ein Spiel, pflegte Dave zu sagen. Als Spiel hatte es begonnen.

Aber was für ein Spiel!

Im Leben geht es nicht um Opfer, sondern um Gewinner und Verlierer.

Wieder kamen ihr die Tränen. Sie hörte die klagende Stimme ihrer Mutter, die sich in ihr Herz bohrte. Sie wählte noch einmal die Nummer und dann die von Ricky, vergeblich.

Ruf zurück. Bitte ruf zurück. Wir machen einen Deal.

Nach einigen Minuten stand sie auf und bog in eine Straße, neben der die Bahnlinie nach London verlief. Sie stieg einige Stufen hinunter, ging durch einen kurzen Tunnel und stand vor dem Fahrkartenschalter der Preston Park Station.

Es war ein kleiner Pendlerbahnhof, auf dem nur während der Rushhour Betrieb herrschte. Falls die Polizei sie verfolgte, würde sie wohl eher am Hauptbahnhof von Brighton nach ihr suchen, da Abby sich kürzlich noch im Stadtzentrum aufgehalten hatte. Hier würde man nicht mit ihr rechnen.

Das Leben ist ein Spiel.

Sie studierte den Fahrplan und bastelte sich eine Route nach Eastbourne und von dort zum Flughafen Gatwick zusammen, wobei sie den Bahnhof von Brighton umging. Es war Teil ihres neuen Plans.

Plötzlich piepste ihr Handy. Sie holte es heraus, hoffte verzweifelt auf eine Nachricht von Ricky, wurde aber enttäuscht.

Schweigen ist Gold. X

Ihr wurde klar, dass sie gar nicht auf seine letzte Nachricht geantwortet hatte. Sie überlegte kurz und drückte dann:

Problem. X

Als sie wenige Minuten später in den Zug stieg, kam die Antwort.

Wie ein Fluss sucht sich auch die Liebe einen neuen Weg,
wenn sie auf ein Hindernis trifft.

Abby war zu durcheinander, um sich eine passende Antwort zu überlegen, und schickte daher nur ein einzelnes X.

Niedergeschlagen schaute sie aus dem Fenster auf die Kreidefelsen, die beiderseits der Strecke aufragten. Dunkle, eisige Angst umfing sie.

106

OKTOBER 2007 Die Inneneinrichtung des Marriott Financial Center Hotel wirkte kühl und verströmte eine Atmosphäre von Zen, dachte Roy Grace, als er die Rezeption verließ und mit seiner Reisetasche durch das Foyer ging. Alles wirkte sehr frisch. Cremefarbener Marmorboden mit roten Teppichen.

Tischlampen, die wie umgedrehte milchige Martinigläser aussahen. Auf schwarzen Tischen schlanke weiße Vasen, aus denen elegante Stängel ragten, die nicht ganz natürlich, sondern wie das Werk eines Designers aussahen.

Kaum zu glauben, dass dieser Ort am Rande von Ground Zero so schwer beschädigt worden war. Das Hotel wirkte solide und unzerstörbar, als hätte es schon immer hier gestanden. Er kam an einer Gruppe Geschäftsleute in dunklen Anzügen und Krawatten vorbei, die in ein ernsthaftes Gespräch vertieft waren. Pat Lynch wartete auf ihn. Er trug eine lässige grüne Militärweste über einem schwarzen T-Shirt, blaue Jeans und derbe schwarze Schuhe. Roy konnte genau sehen, wo sich die Waffe unter seiner Weste wölbte.

Pat hob grüßend die Hand. »Alles klar? Dennis ist draußen im Auto. Es kann losgehen.«

Grace folgte ihm durch die Drehtür, trat hinaus in den feuchten Oktobermorgen und damit in eine andere Welt. Der Verkehr strömte vorbei. Vor ihm polterte ein Betonmischer. Der Türsteher trug eine Duschhaube aus Plastik über der Schirmmütze, die seiner Eleganz ein wenig abträglich war. Er hielt gerade drei japanischen Geschäftsleuten die Taxitür auf.

Sie gingen das kurze Stück bis zum Wagen, und Dennis deutete auf den weiten Himmel über ihnen. An einer Seite wurde die Sicht von einzelnen Wolkenkratzern begrenzt, auf der anderen Seite von dem steinernen Gebirge der Innenstadt von New York. Dampf oder Rauch stieg aus einem flachen grünen Gebäude, das wie eine Entlüftungsanlage aussah. Unmittelbar vor ihnen führte eine improvisierte Brücke über die Straße.

»Sieh mal nach oben, Kumpel.« Pat deutete auf den Himmel.

Grace schaute hinauf.

»Da waren einmal unsere Türme.« Er warf einen Blick auf die Uhr. »Am frühen Morgen des 11. September hättest du auf das World Trade Center geblickt. Du hättest keinen Himmel gesehen, nur diese wunderbaren Gebäude.«

Er führte Roy am Auto vorbei zur nächsten Straßenecke und deutete auf die Überreste eines Hochhauses zu seiner Rechten, das mit schwarzen Planen verhängt war, die wie riesige Jalousien aussahen.

»Ich habe dir doch vom Gebäude der Deutschen Bank erzählt, auf dem kürzlich noch Leichenteile gefunden wurden. Das ist es. Letzten Sommer haben wir dort zwei Feuerwehrleute verloren, als ein Brand ausbrach. Soll ich dir was sagen? Beide waren am 11. September auf Ground Zero. Sie waren im World Trade Center und haben überlebt. Und dann sterben sie sechs Jahre später bei einem ganz normalen Brand.«

»Das ist sehr traurig«, sagte Roy. »Und irgendwie paradox.«

»Paradox, das stimmt. Manchmal fragt man sich, ob der ganze Ort hier verflucht ist.«

Sie stiegen in den Crown Victoria. Ein brauner Lieferwagen von UPS versuchte, rückwärts in die enge Lücke vor ihnen zu setzen. Dennis hob grüßend die Hand.

»Wie geht's?« Dann warf er einen Blick auf den Lieferwagen, der zum zweiten Mal gegen den Bordstein geprallt war und sich gefährlich einem Briefkasten näherte. »Na los, Lady, das ist ein Lieferwagen und kein Elefant!«

Wieder der Rückwärtsgang. Noch näher an den Briefkasten.

»Scheiße, Lady! Passen Sie auf den Briefkasten auf! Wenn Sie den beschädigen, wird's teuer!«

»Und, noch mehr Briefmarkenhändler?«, fragte Pat.

»Ich habe noch sechs auf meiner Liste.«

»Wenn wir heute kein Glück haben, können wir die Suche für dich ausweiten«, bot sich Pat an. »Dennis und ich kümmern uns darum.«

»Dafür wäre ich euch sehr dankbar.«

»Ist doch selbstverständlich.«

Dennis fuhr an Ground Zero vorbei. Grace starrte auf die Metallzäune, Betonbarrieren, Baucontainer und Kräne, die wie Giraffenhälse emporragten, die Reihen von Flutlichtern an hohen Masten. Das Gelände war riesig. Unglaublich riesig. Der Bauch des Ungeheuers. Aber das Ungeheuer war seltsam still. Man hörte nicht den üblichen Lärm einer Baustelle. Trotz des geschäftigen Treibens herrschte eine nahezu ehrfürchtige Stille.

»Weißt du, ich musste an diese Frau in Australien denken. Die man im Fluss gefunden hat.« Pat drehte sich um und schaute Roy an.

»Hast du eine Theorie?«

»Klar doch. Ihr war zu heiß, und sie ist in den Fluss gesprungen. Sie hat nicht gemerkt, dass ein Wagen mit offenem Kofferraum darin versunken war. Sie springt genau in den Kofferraum und bricht sich das Genick. Durch den Aufprall fällt der Kofferraum zu. Bumm!«

»Ist doch ganz einfach«, meinte Dennis grinsend.

»Eben«, sagte Pat.

»Schick uns einfach deine Problemfälle, wir lösen die schon.«

Grace versuchte, das Geplänkel nicht zu beachten und sich auf die Informationen zu konzentrieren, die er von Glenn Branson erhalten hatte. Bevor er das Hotel verließ, hatten sie miteinander telefoniert. Glenn hatte erzählt, Hawkes habe Katherine Jennings 2350 Pfund für einige Briefmarken bezahlt, nachdem Hegarty eine Zusammenarbeit abgelehnt hatte. Das Überwachungsteam hatte sie verloren, nachdem sie den Laden verlassen hatte.

Ob sie etwas gemerkt hatte?, fragte sich Grace. Wohl kaum, die Leute waren ziemlich gut. Dennoch, es war nicht ausgeschlossen. Dann kam ihm ein anderer Gedanke. Der Mietwagen von Chad Skeggs hatte vor ihrer Wohnung geparkt. Sie war nicht mehr in die

Wohnung zurückgekehrt, seit der Wagen dort stand. Lief sie vielleicht vor ihm davon?

Die Briefmarkenhändlerin hatte Glenn erzählt, Katherine Jennings habe sehr nervös und verängstigt gewirkt. Morgen früh, wenn es in Melbourne wieder Tag war, wollten sie herausfinden, ob kürzlich eine Frau namens Anne Jennings verstorben und, falls ja, reich genug gewesen war, um Briefmarken im Wert von drei Millionen Pfund zu vererben.

Allmählich sah es so aus, als hätte Kevin Spinellas Instinkt ihn nicht getrogen.

Dennis bremste unvermittelt. Roy schaute aus dem Fenster. Ein orientalisch aussehender Mann in weißem Overall und verkehrt herum sitzender Baseballkappe schlenderte vorbei. Sie befanden sich in einer schmalen Straße mit braunen Backsteinhäusern und grellbunten Markisen vor den Geschäften. Auf einer eleganten schwarzen Markise stand in weißer Schrift:

ABE MILLER ASSOCIATES, BRIEFMARKEN UND MÜNZEN

Dennis hielt vor einem Parkverbotschild und legte eine Pappe mit dem handschriftlichen Vermerk *Polizei* unter die Windschutzscheibe. Dann betraten die drei den Laden.

Das Innere war plüschig und erinnerte Grace an einen altmodischen Londoner Klub. Die Wände waren mit dunklem Holz getäfelt, es gab zwei schwarze Ledersessel und einen dicken Teppich, und der Raum roch durchdringend nach Möbelpolitur. Nur die Vitrinen mit einer kleinen Sammlung sehr alt aussehender Briefmarken und die Theke mit der Glasplatte, unter der Münzen auf purpurnem Samt ausgestellt waren, verrieten, um welche Art Geschäft es sich handelte.

Als sie die Tür geschlossen hatten, trat ein großer, ungeheuer dicker Mann aus einer in der Täfelung verborgenen Tür. Passend zum Interieur trug er einen gut geschnittenen dreiteiligen Nadelstreifenanzug und eine gestreifte Collegekrawatte. Sein eiförmiger Kopf war kahl bis auf einen Streifen Haar, der an eine Mönchstonsur erinnerte, und es war nicht zu erkennen, wo sein Dreifachkinn endete und der Hals begann.

»Guten Morgen, meine Herren«, begrüßte er sie mit breitem Lächeln und erstaunlich hoher Stimme. »Ich bin Abe Miller. Womit kann ich Ihnen dienen?«

Dennis und Pat zeigten ihre Dienstmarken und stellten Roy Grace vor. Abe Miller blieb liebenswürdig und zeigte sich nicht enttäuscht, dass sie keine Kunden waren.

Grace dachte bei sich, dass der Mann eigentlich zu groß und plump aussah, um mit zarten und kostbaren Briefmarken umzugehen. Er zeigte ihm drei verschiedene Fotos von Ronnie Wilson und bemerkte erregt, dass Abe Miller ihn zu erkennen schien. Der Händler schaute sich die Fotos ein zweites und drittes Mal an.

»Vermutlich hielt er sich um den 11. September 2001 in New York auf«, erklärte Grace.

»Ich habe ihn gesehen.« Miller nickte nachdenklich. »Mal überlegen.« Er hob einen Finger. »Ich bin mir ziemlich sicher, dass ich mich an diesen Mann erinnere. Soll ich Ihnen sagen, warum?«

Er schaute die drei Polizisten an.

»Weil er der erste war, der nach dem Anschlag in den Laden gekommen ist.«

»Sein Name ist Ronald Wilson. Oder Ronnie.«

»Der Name sagt mir nichts. Ich schaue kurz etwas nach. Ich bin gleich wieder da.«

Er verschwand durch die Tür in der Täfelung und kam kurz darauf mit einer altmodischen Karteikarte zurück, auf der mit Tinte etwas notiert war.

»Na bitte.« Er legte die Karte hin und las: »Mittwoch, 12. September 2001.« Wieder schaute er die drei Männer an. »Ich habe ihm vier Briefmarken abgekauft. Jeweils eine Edward, Wert ein Pfund, postfrisch, grün. Perfekte Gummierung.« Er grinste schelmisch. »Habe ihm für jede zweitausend Mäuse bezahlt. Das war ein Schnäppchen!« Er schaute noch einmal auf die Karte. »Ich habe sie nur wenige Wochen später weiterverkauft. Anständiger Profit. Er hätte sie nicht ausgerechnet an diesem Tag verkaufen dürfen. Verdammt, wir dachten doch alle, die Welt ginge unter.«

Abe Miller warf noch einen Blick auf die Karteikarte und runzelte die Stirn.

»Sagten Sie *Ronald Wilson*?«

Grace nickte.

»Nein, Sir, so hat er sich definitiv nicht vorgestellt. Ich habe hier *David Nelson* notiert. Ganz eindeutig, Mr David Nelson.«

»Hat er Ihnen seine Adresse oder Telefonnummer gegeben?«, erkundigte sich Grace.

»Nein, Sir, das hat er nicht.«

*

Sowie sie auf der Straße standen, rief Grace Glenn Branson an. Er wies ihn an, Norman Potting und Nick Nicholas umgehend in Australien zu kontaktieren und prüfen zu lassen, ob in den Einwanderungsakten ab 2001 der Name *David Nelson* auftauchte.

Allerdings gab Glenn sofort zu bedenken, dass Ronnie Wilson den Namen womöglich gar nicht mehr benutzte, falls er denn nach Australien gegangen war. Vielleicht hatte er sich ja wieder einmal in jemand anderen verwandelt.

Als sie eine Stunde später das Leichenschauhaus betreten wollten, rief Branson an und sagte aufgeregt: »Es gibt was Neues!«

»Und?«

»Ich hatte doch vorhin erzählt, dass wir Katherine Jennings verloren haben. Dass sie dem Überwachungsteam entwischt ist. Hör zu, vor einer Stunde ist sie geradewegs ins Polizeirevier in der John Street marschiert.«

»Was?«, fragte Grace förmlich elektrisiert.

»Sie behauptet, ihre Mutter sei entführt worden. Sie sei alt und krank. Jemand drohe, sie zu töten.«

»Hast du mit ihr gesprochen?«

»Ein Beamter des Reviers hat sie vernommen und festgestellt, dass der Mann, den sie beschuldigt, niemand anderer als Chad Skeggs ist.«

»Scheiße!«

»Ich wusste, es würde dir gefallen.«

»Was passiert jetzt?«

»Ich habe Bella und Linda Buckley dorthin geschickt. Sie holen sie her, und dann werde ich sie gemeinsam mit Bella befragen.«

»Ruf mich an, sobald du mit ihr gesprochen hast.«

»Wann fliegst du zurück?«

»Wir starten um sechs. Elf Uhr bei euch.«

Plötzlich veränderte sich Bransons Stimme. »Oldtimer, ich muss heute Nacht bei dir pennen. Ari ist auf hundertachtzig. Ich bin gestern erst um Mitternacht nach Hause gekommen.«

»Sag ihr, du bist Polizist und kein verdammter Babysitter!«

»Das kannst du ihr selbst sagen.«

»Der Schlüssel liegt, wo er immer ist«, erklärte Grace hastig.

107

OKTOBER 2007 Abbys Telefon schwieg hartnäckig. Es war, als hätte man ihre Verbindung zur Welt gekappt. Fast drei Stunden war es her, dass sie von Ricky gehört hatte.

Sie starrte trübsinnig aus dem Fenster des leeren Zugabteils und hielt die Plastiktüte umklammert, in die sie alle Medikamente gepackt hatte, die sie im Bad und im Schlafzimmer ihrer Mutter finden konnte. Zu Doris hatte sie gesagt, ihre Mutter käme in ein Pflegeheim, weil sie nicht länger alleine leben könne. Sie werde ihr bald die neue Adresse und Telefonnummer geben. Doris war traurig, ihre Nachbarin zu verlieren. Mary Dawson könne jedoch von Glück sagen, eine so liebevolle und besorgte Tochter zu haben.

Welche Ironie, dachte Abby.

Der Himmel wurde immer blauer. Große Wolken eilten dahin, als hätten sie einen wichtigen Auftrag zu erledigen. Es wurde ein schöner, windiger Herbstnachmittag. In einem anderen Leben hätte sie einen solchen Nachmittag genutzt, um am Meer spazieren zu gehen, unterhalb der Klippen von Black Rock, vorbei am Yachthafen und bis nach Rottingdean.

Früher war sie dort manchmal am Sonntag mit ihren Eltern spazieren gegangen. Ihre Mutter liebte die Strecke ebenfalls. Es war wunderbar, wenn sich die Wellen bei Flut an den Buhnen brachen oder gegen die Ufermauer schlugen und die Spaziergänger mit Gischt bespritzten.

Irgendwo tief in den Nebeln ihrer Kindheit hatte es eine Zeit gegeben, in der sie zufrieden gewesen war. Wann hatte sich das geändert? Als sie anfing, mit ihrem Vater in die großen Häuser zu gehen, in denen er arbeitete? Als sie begriff, dass es Menschen gab, die völlig anders lebten als sie?

War dies ihr persönlicher Wendepunkt gewesen?

Als der Zug sich Brighton näherte, konnte sie in der Ferne die sanften Hügel der Downs erkennen. So viele Erinnerungen waren mit dieser Gegend verknüpft. Dort lebten noch Freunde von ihr. Freunde, die nicht einmal wussten, dass sie hier war. Freunde, die sie gern wiedergesehen hätte. Sie sehnte sich mehr denn je nach ihrer Gesellschaft, wollte jemandem ihr Herz ausschütten, der nicht in diese Geschichte verwickelt war. Jemandem, der klar denken und ihr sagen konnte, ob sie verrückt war oder nicht. Doch dafür war es wohl zu spät.

Freunde waren der einzige Teil ihres Lebens, den sie nicht als Spiel betrachtete, und dennoch musste man sie bisweilen zurücklassen, so schwer es auch sein mochte.

Tränen traten ihr in die Augen. Sie hatte ein komisches Gefühl im Magen. Bis auf den Vollkornkeks bei Hugo Hegarty und eine Cola auf dem Bahnsteig im Flughafen Gatwick hatte sie den ganzen Tag nichts zu sich genommen. Sie war zu angespannt, um zu essen.

Ruf doch bitte an.

Sie fuhren gerade durch Hassocks, dann folgte der Clayton Tunnel. Sie lauschte auf das Donnern des Zuges, das sich an den Wänden brach. Sah ihr eigenes verängstigtes Gesicht im Fenster.

Als sie wieder ans Tageslicht kamen – rechts der grüne Hang von Mill Hill, links die Straße nach London – stellte sie beunruhigt fest, dass sie einen Anruf verpasst hatte.

Scheiße.

Keine Nummer.

Es klingelte wieder. Ricky.

»Ich mache mir allmählich Sorgen um deine Mutter, Abby. Keine Ahnung, ob sie das noch lange durchhält.«

»Bitte lass mich mit ihr reden, Ricky!«

Kurzes Schweigen. Dann sagte er: »Ich glaube, ihr ist nicht nach Reden zumute.«

Eine neue, noch dunklere Angst überkam sie. »Wo bist du? Ich komme zu dir. Wir treffen uns, egal wo. Ich gebe dir alles, was du willst.«

»Ja, das weiß ich. Wir treffen uns morgen.«

»Morgen?«, brüllte sie. »Das ist unmöglich! Lass es uns jetzt machen, bitte. Ich muss sie ins Krankenhaus bringen.«

»Wir machen es dann, wenn es *mir* passt. Du hast mir genügend Scherereien bereitet. Jetzt wirst du merken, wie sich das anfühlt.«

»Das hier ist keine Schererei, Ricky. Bitte, um Gottes willen, sie ist alt und krank. Sie hat niemandem etwas Böses getan. Auch dir nicht. Lass es an mir aus, aber nicht an ihr.«

Der Zug erreichte Preston Park, wo sie aussteigen wollte.

»Leider habe ich aber sie in meiner Gewalt und nicht dich.«

»Ich tausche mit ihr.«

»Sehr witzig.«

»Bitte, Ricky, triff dich mit mir.«

»Morgen.«

»Nein! Jetzt! Bitte, lass es uns jetzt machen. Vielleicht überlebt sie das nicht bis morgen.« Sie wurde allmählich hysterisch.

»Das wäre aber schade, was? Mit dem Wissen zu sterben, dass ihre Tochter eine Diebin ist.«

»Gott im Himmel, du bist wirklich ein eiskaltes Schwein.«

Ricky ging nicht darauf ein. »Du brauchst ein Auto. Ich habe den Schlüssel für den gemieteten Ford zu dir nach Hause geschickt. Morgen früh ist er da.«

»Da ist aber eine Kralle dran.«

»Dann musst du einen mieten.«

»Wo treffen wir uns?«

»Ich rufe dich morgen früh an. Besorge dir heute noch einen Wagen. Du bringst die Briefmarken mit, verstanden?«

»Bitte, können wir uns nicht heute Nachmittag treffen?«

Er legte auf. Der Zug kam mit einem Ruck zum Stehen.

Abby erhob sich von ihrem Sitz und bewegte sich mit unsicheren Schritten zum Ausgang, wobei sie Handtasche und Plastiktüte mit einer Hand umklammerte und sich mit der anderen an den Haltestangen abstützte. Es war Viertel nach vier.

Ich muss das durchstehen. Ich muss. Irgendwie.

Aber wie um Himmels willen?

Als sie den Bahnhof verließ und zum Taxistand ging, war ihr, als müsste sie sich jeden Augenblick erbrechen. Zu ihrer Bestürzung stand kein einziges Taxi da. Sie sah auf die Uhr und rief dann ein örtliches Taxiunternehmen an. Danach wählte sie eine Nummer, die sie zuvor schon angerufen hatte und bei der sich dieselbe Männerstimme wie vorhin meldete: »South-East Philatelic.«

Er war der einzige Briefmarkenhändler in der Stadt, dessen Namen Hugo Hegarty ihr nicht genannt hatte.

»Hier spricht Sarah Smith. Ich bin unterwegs zu Ihnen, warte nur gerade auf ein Taxi. Wie lange haben Sie geöffnet?«

»Bis halb sechs«, erwiderte der Mann.

Fünfzehn angstvolle Minuten später tauchte das Taxi endlich auf.

108

OKTOBER 2007 Der Vernehmungsbereich in Sussex House bestand aus zwei Räumen, von denen einer nur zu Beobachtungszwecken genutzt wurde und gerade genug Platz für zwei Personen bot.

In dem größeren Raum, der mit drei roten Sesseln und einem schlichten Couchtisch ausgestattet war, saßen Glenn Branson und Bella Moy mit einer sehr verstört wirkenden »Katherine Jennings«. Branson und Abby hatten eine Kaffeetasse vor sich stehen, während Bella an einem Glas Wasser nippte.

Im Gegensatz zu den düsteren Vernehmungsräumen der Hauptwache in der John Street wirkte dieses Zimmer hell und bot sogar eine Aussicht.

»Sind Sie damit einverstanden, dass wir alles aufzeichnen?«, erkundigte sich Branson und deutete auf die beiden Kameras, die über ihnen an der Wand angebracht waren. »Es ist das übliche Verfahren.« Er verschwieg allerdings, dass sie bisweilen eine Kopie der Aufzeichnungen an einen Psychologen weitergaben, der ein Profil der verhörten Person erstellte. Manchmal war die Körpersprache der Zeugen sehr aufschlussreich.

»Ja«, erwiderte sie kaum hörbar.

Er betrachtete sie eingehend. Obwohl sie erschöpft und verzweifelt aussah, war sie eine ausgesprochen gut aussehende junge Frau. Branson schätzte sie auf Ende zwanzig. Schwarzes Haar, ein bisschen zu streng frisiert und vermutlich gefärbt, da die Augenbrauen viel heller waren. Ihr Gesicht war klassisch schön, mit hohen Wangenknochen, einer ausgeprägten Stirn und einer zart gemeißelten und leicht nach oben gebogenen Nase. Einer Nase, für die weniger glückliche Frauen tausende von Pfund bezahlten. Das wusste er, weil Ari ihm einen Artikel über Nasenoperationen gezeigt hatte. Seither suchte er weibliche Nasen nach Anzeichen von schönheitschirurgischen Eingriffen ab.

Am auffälligsten waren jedoch die Augen der jungen Frau. Smaragdgrüne, hypnotische Katzenaugen. Und obwohl sie so unglücklich dreinblickten, war ihr Funkeln nicht zu übersehen.

Auch verstand sie sich zu kleiden. Designerjeans, Stiefeletten, schwarzer Rollkragenpullover mit Gürtel und eine lange, teuer aussehende Jacke mit Fleecefutter. Einsame Klasse. Wäre sie etwas größer gewesen, hätte sie sich gut auf dem Laufsteg gemacht.

Branson wollte gerade mit der Vernehmung beginnen, als die junge Frau die Hand hob. »Ich habe Ihnen nicht meinen richtigen Namen genannt. Das möchte ich klarstellen. Eigentlich heiße ich Abby Dawson.«

»Weshalb haben Sie einen falschen Namen benutzt?«, fragte Bella sanft.

»Meine Mutter kann jeden Moment sterben. Sie ist in furchtbarer Gefahr. Können wir nicht einfach – einfach –« Sie schlug die Hände vors Gesicht. »Ich meine, müssen wir das alles jetzt besprechen? Hat das nicht Zeit?«

»Leider müssen wir zuerst alle Fakten kennen, Abby«, antwortete Bella. »Warum der falsche Name?«

»Weil . . .« Sie zuckte die Achseln. »Ich bin nach England zurückgekommen, weil ich vor meinem Freund geflohen bin. Ich dachte, mit einem falschen Namen würde er mich nicht so schnell finden.« Sie lächelte traurig. »Ich habe mich geirrt.«

»Okay, *Abby*«, sagte Glenn. »Würden Sie uns bitte genau erzählen, was passiert ist? Wir müssen über Sie, Ihre Mutter und den Mann, der sie angeblich entführt hat, genau Bescheid wissen.«

Abby holte ein Taschentuch aus ihrer braunen Wildledertasche und tupfte sich die Augen. Glenn fragte sich, was in der Einkaufstüte aus Plastik sein mochte, die daneben auf dem Boden lag.

»Ich habe eine Briefmarkensammlung geerbt. Ich kannte mich nicht damit aus. Zufällig war ich damals mit einem gewissen Ricky Skeggs zusammen, in Melbourne. Er ist eine große Nummer im Handel mit seltenen Briefmarken und Münzen.«

»Hat er mit *Chad* Skeggs zu tun?«, wollte Branson wissen.

»Es ist ein und derselbe Mann.«

»Chad und Ricky sind beides Abkürzungen für Richard«, erklärte Bella.

»Das wusste ich nicht.«

»Ich bat Ricky, sich die Marken anzuschauen und mir zu sagen, ob sie etwas wert seien«, fuhr Abby fort. »Er nahm sie mit und gab sie mir ein paar Tage später zurück. Er sagte, einige Marken seien etwas wert. Bei den meisten handle es sich um Repliken seltener Marken, die einen gewissen Sammlerwert besäßen, aber nicht wirklich wertvoll seien. Er könne die Sammlung vermutlich für einige tausend australische Dollar verkaufen.«

»Okay«, sagte Glenn. Der Blick ihrer Augen behagte ihm nicht. Es kam ihm vor, als erlebte er eine gut einstudierte Szene. »Haben Sie ihm geglaubt?«

»Ich hatte keinen Grund, es nicht zu tun. Allerdings bin ich nie ein sehr vertrauensvoller Mensch gewesen. Das liegt wohl in meiner Natur. Daher fotokopierte ich alle Marken, bevor ich ihm die Sammlung gab. Als ich sie zurückbekam, sahen sie auf den ersten Blick unverändert aus, doch bei näherem Hinsehen entdeckte ich winzige Unterschiede. Ich stellte Ricky zur Rede, worauf er sagte, ich würde mir das alles nur einbilden.«

»Das mit den Kopien war eine gute Idee«, bemerkte Bella.

Abby schaute besorgt auf die Uhr und trank von ihrem Kaffee. »Kurz darauf blätterte ich in Rickys Wohnung in einer seiner Fachzeitschriften und las einen Artikel über eine Briefmarkenauktion in London. Es ging um eine Plate 77 Penny Red, die für einen Rekordpreis von 160 000 Pfund versteigert worden war. Sie besaß große Ähnlichkeit mit meinen Penny Reds. Ich verglich das Zeitungsfoto mit meinen Marken und stellte erleichtert fest, dass sie ähnlich, aber nicht absolut identisch waren. Also hatte er meine nicht verkauft. Dennoch bekam ich Angst, Ricky würde sie hinter meinem Rücken veräußern.«

»Warum haben Sie das befürchtet?«, hakte Bella nach.

»Er benahm sich irgendwie seltsam, wenn es um die Briefmarken ging. Ich wusste einfach, dass er mich belogen hatte.« Sie zuckte die

Achseln. »Als er sich ein paar Tage später völlig zugekokst hatte – er schnupfte andauernd – und morgens noch im Tiefschlaf lag, ging ich an seinen Computer. Er hatte tatsächlich Händlern in aller Welt per E-Mail Marken angeboten, die eindeutig mir gehörten. Er war sehr clever vorgegangen und hatte die Sammlung in einzelne Marken und Serien aufgeteilt, damit ihre Herkunft nicht mehr festzustellen war.«

»Haben Sie ihn daraufhin zur Rede gestellt?«, wollte Glenn wissen.

Abby schüttelte den Kopf. »Als wir uns kennen lernten, hatte er damit geprahlt, wie leicht man Briefmarken verbergen könne. Sie seien die ideale Methode zur Geldwäsche, da man sie überallhin transportieren könne. Selbst wenn man durchsucht werde, würden die meisten Zollbeamten nicht erkennen, welchen Wert die Marken besaßen. Er sagte, das beste Versteck sei ein Buch, darin seien sie perfekt geschützt. Also durchsuchte ich seine Bücherregale und fand sie.«

Bella lächelte.

Branson sah Abby prüfend an. Das war nicht die ganze Geschichte. Sie hatte irgendetwas ausgelassen, doch er wusste nicht was. Jedenfalls war sie ganz schön clever.

»Was ist dann passiert?«

»Ich bin abgehauen. Ich nahm die Marken, schlich mich nach Hause, packte meine Tasche und flog mit der ersten Maschine nach Sydney. Ich hatte Angst, er könne mich verfolgen. Ricky ist extrem sadistisch veranlagt. Also flog ich über Los Angeles und New York nach England.«

»Weshalb haben Sie sich nicht an die Polizei in Melbourne gewandt?«, wollte Glenn wissen.

»Weil er mir Angst gemacht hat«, antwortete sie. »Er ist sehr clever. Ein ausgezeichneter Lügner. Ich hatte Angst, er würde der Polizei eine ganz andere Geschichte auftischen und die Marken zurückverlangen. Oder mir etwas antun. Er hatte mich schon einmal verletzt.«

Glenn und Bella warfen sich einen wissenden Blick zu, da sie an Chad Skeggs Vorstrafenregister dachten.

»Außerdem brauche ich dringend das Geld«, sagte Abby. »Meine Mutter ist sehr krank, sie hat Multiple Sklerose. Ich brauche das Geld, um ein Heim für sie zu bezahlen.«

Beim letzten Satz horchte Glenn auf. Etwas in ihrem Tonfall war seltsam; es klang, als würde die Krankheit der Mutter jede Handlung rechtfertigen. Zudem störte ihn das Wort *brauchen.* Wenn jemand einem anderen etwas wegnahm, das einem rechtmäßig gehörte, ging es nicht darum, ob man es *brauchte*, es stand einem einfach zu.

»Wollen Sie damit sagen, es würde Millionen kosten, ein Pflegeheim für Ihre Mutter zu bezahlen?«, fragte Bella.

»Sie ist erst achtundsechzig, auch wenn sie viel älter aussieht«, erwiderte Abby. »Sie kann noch zwanzig Jahre leben, vielleicht auch länger. Ich habe keine Ahnung, wie viel so etwas kostet.« Sie trank von ihrem Kaffee. »Warum ist das überhaupt von Bedeutung? Ich meine, wenn wir nicht schnell handeln, überlebt sie ohnehin nicht.« Sie vergrub das Gesicht wieder in den Händen und schluchzte.

Die beiden Ermittler schauten einander an. Dann fragte Glenn Branson: »Kennen Sie einen Mann namens David Nelson?«

»David Nelson?« Abby runzelte die Stirn und wischte sich die Augen »Da klingelt etwas.« Sie zögerte. » Ich glaube, Ricky hat den Namen mal erwähnt.«

Branson nickte. Sie log.

»Und die Marken – befinden sie sich jetzt in England?«

»Ja.«

»Wo?«

»Sicher hinter Schloss und Riegel.«

Er nickte wieder. Jetzt sagte sie die Wahrheit.

109

OKTOBER 2007 Nick Nicholas wünschte sich in diesem Augenblick nichts mehr, als eine Nacht lang vernünftig durchzuschlafen. Leider war es halb neun Uhr morgens, und er saß auf dem Rücksitz eines zivilen blauen Dienstwagens. Die Sonne brannte strahlend vom Himmel, als sie vom Flughafen in Richtung Innenstadt fuhren. Die mehrspurige Autobahn hätte ebenso gut in den USA wie in Melbourne sein können, nur saß der Fahrer, Detective Sergeant Troy Burg, auf der rechten Seite.

Einige Straßenschilder glichen denen in Großbritannien, manche hatten aber auch andere Farben, viel Blau und Orange, und die Geschwindigkeit wurde in Stundenkilometern angegeben. Er starrte auf einen flachen schwarzen Kasten auf dem Armaturenbrett, den Touch-Screen-Bildschirm und die großen glänzenden Knöpfe. Es sah aus wie die Erwachsenenversion eines Kindercomputers. Obwohl Liam noch viel zu klein war, hielt Nick bereits nach lehrreichem Spielzeug für ihn Ausschau.

Er vermisste seinen Sohn und Julie. Die Vorstellung, das Wochenende mit dem verdammten Norman Potting statt seiner Familie zu verbringen und dazu noch in Australien, erfüllte ihn mit Schrecken.

Der onkelhafte Detective Senior Sergeant George Fletcher, der auf dem Beifahrersitz saß, wirkte gut informiert und war nach kurzem Smalltalk gleich zur Sache gekommen. Sein schweigsamer jüngerer Kollege steuerte den Wagen.

Potting zündete kurzzeitig seine Pfeife an, sowie sie aus dem Flughafenterminal traten. Er verströmte einen muffigen Geruch nach ungelüftetem Stoff, Tabak und abgestandenem Alkohol. Dennoch wirkte er erstaunlich frisch nach der langen Flugreise, und sein jüngerer Kollege, ebenfalls in Anzug und Krawatte, beneidete ihn aufrichtig um seine Konstitution.

»Okay«, sagte Fletcher, »wir hatten noch nicht viel Zeit, etwas vorzubereiten, ermitteln aber in alle Richtungen. Wir haben die Einwanderungsunterlagen für Personen mit dem Namen David Nelson, die nach dem 11. September 2001 nach Australien eingereist sind, überprüft. Ein Fall ist besonders interessant, was Ihre Zeitangaben betrifft. Am 6. November 2001 traf ein David Nelson in einer aus Kapstadt kommenden Maschine in Sydney ein. Sein Geburtsdatum passt zum Profil.«

»Hat er eine Adresse angegeben?«, erkundigte sich Norman Potting.

»Er reiste mit einem australischen Pass und einem Fünf-Jahres-Visum ein, in solchen Fällen wird keine Adresse benötigt. Wir überprüfen jetzt, ob er einen Führerschein beantragt hat und Fahrzeuge auf seinen Namen zugelassen wurden. Dadurch erfahren wir auch, welche anderen Namen er womöglich benutzt hat und wo er zuletzt gemeldet war.«

»Er könnte überall stecken, nicht wahr?«

»Ja, Norman«, sagte Nick Nicholas, »aber wir wissen, dass er einen alten Freund in Melbourne hatte, Chad Skeggs. Daher besteht durchaus die Möglichkeit, dass er dorthin gezogen ist und vielleicht sogar noch dort wohnt. Wenn jemand untertauchen und in einem anderen Land neu anfangen will, braucht er einen zuverlässigen Helfer, den er ins Vertrauen ziehen kann.«

Potting überlegte. »Da ist was dran«, gestand er brummig, als wollte er sich im Beisein erfahrener Ermittler nicht von einem jungen Kollegen vorführen lassen.

»Außerdem ermitteln wir beim Finanzamt, welche Personen dieses Namens eine Steuernummer haben.«

»Wozu?«, wollte Potting wissen.

»Die braucht man, wenn man arbeiten will.«

»Legal arbeiten, meinen Sie.«

Burg grinste schief.

»Da wäre noch etwas, das nützlich sein könnte«, sagte George Fletcher. »Mrs Lorraine Wilson hat doch in der Nacht des 19. November 2002 Selbstmord begangen?«

»Angeblich«, erwiderte Potting.

»Vier Tage später, am 23. November, traf eine Mrs Margaret Nelson in Sydney ein. Vielleicht hat es gar nichts zu bedeuten, aber das Alter im Pass kommt ziemlich genau hin.«

»Und so häufig ist der Name auch nicht«, gab Nicholas zu bedenken.

»Stimmt«, sagte Detective Senior Sergeant Fletcher. »Er ist nicht selten, kommt aber auch nicht zu häufig vor, würde ich sagen.«

»Wir sollten unseren Zeitplan durchgehen und sehen, ob Sie damit einverstanden sind«, sagte Troy Burg.

»Solange er auch Bier und heiße Häschen einschließt, wunderbar«, grinste Potting. »Nennt ihr sie hier unten nicht *Tinny*?«

»Das Bier oder die Häschen?«, entgegnete Fletcher gutmütig.

In der Ferne entdeckte Nick Nicholas eine Ansammlung von Wolkenkratzern.

»Morgen gibt es eine besondere Überraschung. George wird für Sie kochen. Er ist ein Genie. Hätte Gourmetkoch statt Bulle werden sollen«, sagte Burg, der plötzlich in Fahrt kam.

»Ich selbst kann nicht mal ein Ei kochen«, bemerkte Potting. »Ist einfach nicht mein Ding.«

»Ich glaube, Sie werden eine knappe Woche brauchen, um allen Spuren nachzugehen«, entgegnete George Fletcher.

Nick Nicholas stöhnte innerlich.

»Wir haben eine Liste aller Orte aufgestellt, die Sie sich vielleicht ansehen möchten. Sagen Sie Bescheid, wenn Sie etwas auslassen wollen. Wir bringen Sie nach draußen zum Barwon River, wo Mrs Wilsons Leiche gefunden wurde. Den Wagen haben wir beschlagnahmt.«

»Wem gehörte der Wagen, in dem sie gefunden wurde?«, erkundigte sich Nick Nicholas.

»Er hatte falsche Kennzeichen, und die Seriennummern waren weggefeilt. Ich glaube nicht, dass wir viel herausfinden werden. Ich nehme an, Sie möchten auch die sterblichen Überreste von Mrs Wilson sehen. Wir haben ein Treffen mit dem Pathologen vereinbart.«

»Hört sich gut an«, sagte Potting. »Ich würde aber gern mit Chad Skeggs beginnen.«

»Wir sind dorthin unterwegs«, sagte Burg.

»Mögt ihr Rotwein?«, fragte George Fletcher. »Australischen Shiraz? Heute ist Freitag, da dachten wir, wir könnten in unserem Lieblingsrestaurant zu Mittag essen.«

Nick Nicholas sehnte sich verzweifelt nach schwarzem Kaffee, nicht nach Alkohol.

»Darauf können Sie wetten«, erwiderte Potting.

»George kennt sich mit australischem Shiraz bestens aus.«

»Sehen wir uns auch am Wochenende, Troy?«, fragte Potting.

»Am Sonntag. Morgen hat Troy zu tun.«

»Am Sonntag fahren wir mit Ihnen zum Fluss.«

»Geht das nicht morgen?«, fragte Nicholas, der keine Zeit verschwenden wollte.

»Samstags hat er meist zu tun«, erklärte George. »Erzähl ihnen doch mal, was du samstags machst, Troy.«

Der Ermittler wurde ein wenig rot: »Ich spiele auf Hochzeiten Banjo.«

»Soll das ein Witz sein?«, fragte Potting.

»Er ist sehr gefragt.«

»Dabei kann ich am besten abschalten.«

»Was spielen Sie denn? *Duelling Banjos*? Haben Sie mal den Film *Beim Sterben ist jeder der erste* gesehen?«

»Klar kenne ich den.«

»In dem diese Hinterwäldler den Kerl an den Baum fesseln und in den Arsch ficken, während einer Banjo dazu spielt?«

Burg nickte.

»Das sollte man bei Hochzeiten statt ›Treulich geführt‹ spielen«, bemerkte Potting. »Wenn ein Mann heiratet, passiert nämlich genau das mit ihm. Seine Frau fesselt ihn, und er ist gearscht.«

George Fletcher lachte wieder gutmütig.

»Wisst ihr, was ein Hurrikan und eine Frau gemeinsam haben?« Potting war nicht mehr zu bremsen.

Fletcher schüttelte den Kopf.

»Ich glaube, den habe ich schon mal gehört«, murmelte Burg.

»Wenn sie kommen, sind sie wild und feucht. Wenn sie gehen, nehmen sie dein Haus und dein Auto mit.«

Nick Nicholas schaute niedergeschlagen aus dem Fenster. Er hatte den Witz schon im Flugzeug gehört, zweimal sogar.

Die Straße war von einstöckigen Geschäftshäusern gesäumt, und in der Mitte fuhr eine weiße Straßenbahn. Kurz darauf überquerten sie den Yarra River und kamen an einem geometrischen Gebäude auf einem großen Platz vorbei, das irgendwie künstlerisch aussah. Nun gelangten sie in die belebten Straßen der Innenstadt.

Troy Burg bog nach links in eine schmale, dunkle Straße und parkte vor einem Geschäft mit einem großen Erkerfenster und einer Regency-Fassade, die Nicholas an die Antiquitätengeschäfte in den Lanes von Brighton erinnerte. Im Fenster waren seltene Briefmarken und Münzen ausgestellt. Darüber stand in einer altmodischen Schnörkelschrift:

Chad Skeggs, Internationaler Münz- und Briefmarkenhandel, Versteigerungen.

Sie traten ein, worauf eine Glocke ertönte. Hinter der Theke mit der Glasplatte, unter der weitere Briefmarken und Münzen lagen, stand ein magerer, sonnengebräunter Mann Anfang zwanzig mit blond gefärbtem Stachelhaar und einem großen goldenen Ohrring. Er trug ein T-Shirt mit Surfaufdruck und verblichene Jeans und begrüßte sie wie lang vermisste Freunde.

George Fletcher wies sich aus. »Ist Mr Skeggs da?«

»Nein, Kumpel, der ist geschäftlich verreist.«

Norman Potting zeigte ihm ein Foto von Ronnie Wilson und beobachtete die Augen des Mannes. Wie Roy Grace einen Lügner erkannte, hatte er nie kapiert, bildete sich aber ein, Menschen auch so zu durchschauen.

»Haben Sie diesen Mann schon einmal gesehen?«

»Nein, Kumpel.« Dann berührte der Australier seine Nase, was immer ein sicheres Zeichen war.

»Schauen Sie nochmal hin.« Potting zeigte ihm zwei weitere Fotos.

Der junge Mann wurde zunehmend verlegen. »Nein.« Wieder der Griff zur Nase.

»Ich glaube doch«, beharrte Potting.

»Wie heißen Sie?«, wandte sich George Fletcher an den Verkäufer.

»Barry, Barry Skelter.« Es klang wie eine Frage.

»Na schön, Barry«, sagte George Fletcher und deutete auf Potting und Nicholas. »Die Herren sind Kripobeamte aus England, die die Victoria Police bei einer Mordermittlung unterstützen. So weit verstanden?«

»Mordermittlung? Ja, okay.«

»In einem Mordfall Informationen zurückzuhalten, ist ein strafbares Vergehen. Der Fachbegriff dafür lautet *Behinderung der Justiz.* In einem Mordfall stehen darauf mindestens fünf Jahre Haft. Sollte der Richter einen schlechten Tag haben, können auch zehn bis vierzehn Jahre daraus werden. Ich möchte nur, dass Sie sich über Ihre Situation im Klaren sind.«

Skelter wurde blass. »Könnte ich die Fotos noch einmal sehen?«

Potting reichte sie ihm.

»Ich kann es nicht beschwören, aber ich sehe da eine gewisse Ähnlichkeit zu einem Kunden von Mr Skeggs.«

»Hilft Ihnen der Name *David Nelson* weiter?«, fragte Potting.

»David Nelson? Ja, klar. Natürlich. Sicher, er hat sich ein bisschen verändert, seit die Fotos gemacht wurden. Darum habe ich ihn auch nicht sofort erkannt. Verstehen Sie, was ich meine?«

»Wir sind total auf der gleichen Wellenlänge, Barry«, antwortete Potting. »Und jetzt erweitern Sie unseren Horizont, indem Sie uns Ihre Kundenkartei zeigen, einverstanden?«

Als sie danach auf der Straße standen, wandte sich Norman Potting an George Fletcher. »Das war brillant, George. Zehn bis vierzehn Jahre. Stimmt das wirklich?«

»Scheiße, keine Ahnung. Habe ich mir ausgedacht. Aber es hat funktioniert.«

Zum ersten Mal, seit er australischen Boden betreten hatte, musste Nick Nicholas lächeln.

110

OKTOBER 2007 Die Landschaft veränderte sich zusehends. Vor ihnen schimmerte der Ozean. Die breiten, von flachen, sonnengebleichten Häusern gesäumten Straßen erinnerten an Badeorte. Nick Nicholas musste an die Costa del Sol denken. Weiter war er auf seinen bisherigen Reisen nie gekommen.

»Port Melbourne«, sagte George Fletcher. »Hier mündet der Yarra River in die Hobson's Bay. Teure Gegend. Junge, reiche Banker, Anwälte, Medienleute, Sie wissen schon. Bevor sie heiraten, kaufen sie sich hübsche Wohnungen mit Blick auf die Bucht und ziehen später in ein größeres Haus weiter draußen.«

»Genau wie du«, zog Troy seinen Kollegen auf.

»Genau wie ich. Nur könnte ich mir hier nie etwas leisten.«

Sie parkten vor einem Spirituosenladen und gingen zu einem kleinen Mehrfamilienhaus, wo George beim Hausmeister klingelte.

Die Tür öffnete sich mit einem Klicken, und sie traten in den langen, mit einem teuren Teppich ausgelegten Flur, in dem eine Klimaanlage für eisige Kälte sorgte. Kurz darauf kam ein Mann mit rasiertem Kopf auf sie zu, der ein violettes T-Shirt, ausgebeulte Shorts und Crocs trug. »Was kann ich für Sie tun?«

George wies sich aus. »Wir möchten mit einem der Mieter sprechen, Mr Nelson in Wohnung 59.«

»Wohnung 59? Da sagen Sie was.« Er hob einen Schlüsselbund. »Da wollte ich selbst gerade hin. Einige Nachbarn haben sich über schlechten Geruch beschwert. Sie meinen, er käme von dort. Ich habe Mr Nelson länger nicht gesehen, und er hat auch seit mehreren Tagen seine Post nicht abgeholt.«

Potting runzelte die Stirn. Gerüche, die von Nachbarn gemeldet wurden, hatten selten etwas Gutes zu bedeuten.

Sie fuhren mit dem Aufzug in den fünften Stock, wo es durchdringend nach neuem Teppich roch. Je mehr sie sich jedoch der Wohnung am Ende des Flurs näherten, desto stärker veränderte sich der Geruch.

Es war ein Gestank, den Norman Potting seit langem kannte, auch wenn er sich nie daran gewöhnt hatte. Für Nick Nicholas war er neu – der schwere, widerliche Dunst von verwesendem Fleisch und inneren Organen.

Der Hausmeister warf den vier Kripobeamten einen Blick zu, als hoffte er das Beste, und öffnete die Tür. Sofort wurde der Gestank stärker. Nick Nicholas presste sich ein Taschentuch vor die Nase und bildete bereitwillig die Nachhut.

In der Wohnung war es drückend heiß, offenkundig war die Klimaanlage nicht eingeschaltet. Nicholas sah sich besorgt um. Es war eine hübsche Wohnung, weiße Teppiche auf blanken Dielen, moderne Möbel. An den Wänden hingen ungerahmte Leinwände mit erotischen Motiven, manche gegenständlich, andere abstrakt.

Der Geruch von verwesendem Fleisch hing schwer im Flur und wurde mit jedem Schritt stärker. Nick folgte seinen Kollegen in ein leeres Schlafzimmer. Das breite Bett war nicht gemacht. Auf dem Nachttisch lag ein umgekipptes Glas, daneben stand ein digitaler Radiowecker.

Sie gingen in ein kleines Arbeitszimmer. Auf dem Schreibtisch befanden sich ein Stapel Rechnungen, ein externes Festplattenlaufwerk, eine Tastatur und eine Maus, aber kein Computer. Im Aschenbecher lagen mehrere Zigarettenkippen. Das Fenster ging auf die graue Mauer des Nachbarhauses hinaus.

George Fletcher griff nach einer Rechnung, die mit großer roter Schrift bedruckt war.

»Strom. Letzte Mahnung. Mehrere Wochen alt. Darum ist es auch so heiß. Vermutlich haben sie ihm den Saft abgedreht.«

»Die Vermieter machen mir Druck wegen Mr Nelson«, warf der Hausmeister ein. »Er ist mit der Miete im Rückstand.«

»Wie lange schon?«, wollte Burg wissen.

»Mehrere Monate.«

Nick Nicholas schaute sich nach Familienfotos um, konnte aber keine entdecken. Er betrachtete einen Bücherstapel, der neben mehreren Briefmarkenkatalogen auch Anthologien mit Liebesgedichten und ein Zitatenwörterbuch enthielt.

Sie betraten das große Wohnzimmer mit dem offenen Essbereich, hinter dem sich ein breiter Balkon mit Grill und Gartenmöbeln befand. Von dort aus blickte man auf den Tennisplatz auf dem Dach des Nachbarhauses und den Hafen. In der Ferne konnte Nick Fabrikgebäude im Dunst erkennen.

Er folgte den Kollegen in eine schicke kleine Küche. Wieder musste er sich die Nase zuhalten. Fliegen summten. An der Spüle stand ein Becher mit Kaffee oder Tee, der mit einer Schimmelschicht überzogen war. In einem Drahtkorb lag grau-grün verschimmeltes Obst. Vor dem schicken silbernen Kühlschrank prangte ein großer dunkler Fleck auf dem Boden.

George Fletcher öffnete die untere Tür des Kühlschranks, worauf der Geruch noch schlimmer wurde. Er betrachtete die grün angelaufenen, verdorbenen Fleischstücke und sagte: »So viel zum Thema Mittagessen, Leute.«

»Jemand hat Mr Nelson wohl gesteckt, dass wir kommen«, sagte Troy Burg.

Fletcher schloss die Tür. »Na, der dürfte weg sein.«

»Abgehauen?«, meinte Norman Potting.

»Jedenfalls glaube ich nicht, dass der in nächster Zeit zurückkommen wird«, erwiderte der Detective Senior Sergeant.

111

OKTOBER 2007 Dank Rückenwind landete die Maschine um 5.45 Uhr und damit fünfundzwanzig Minuten früher als geplant in Gatwick, wie der Pilot stolz verkündete. Roy Grace fühlte sich beschissen. Auf Nachtflügen trank er immer zu viel Alkohol, weil er hoffte, einschlafen zu können. Das tat er auch, aber nur für kurze Zeit, und dann litt er am nächsten Morgen unter Kopfschmerzen und furchtbarem Durst. Zudem lag ihm das widerliche Frühstück wie ein Stein im Magen.

Wenn seine Tasche schnell kam, könnte er vielleicht noch nach Hause fahren, duschen und sich umziehen, bevor er zur Morgenbesprechung ging. Er hatte Pech. Der Flieger mochte zwar früher angekommen sein, doch die Verspätung bei der Gepäckausgabe machte alles zunichte, und es war schon zwanzig vor sieben, als er endlich zu den Pendelbussen ging, die zum Langzeitparkhaus fuhren. Als er in der trockenen, kühlen Morgenluft an der Bushaltestelle stand, rief er Glenn Branson an.

Sein Freund hörte sich seltsam an. »Fährst du nach Hause, Roy?«

»Nein, ich komme sofort ins Büro. Was gibt's Neues?«

Sein Kollege brachte ihn auf den neuesten Stand und berichtete zunächst von den Fortschritten, die Norman Potting in Sydney gemacht hatte. Im Laufe des Tages waren Informationen über die Pässe von David und Margaret Nelson hereingekommen, die sich beide als gefälscht erwiesen. Außerdem war Nelson aus seiner Wohnung verschwunden. Potting und Nicholas befragten nun sämtliche Nachbarn, weil sie hofften, etwas über Nelsons Lebensstil und Freundeskreis herauszufinden.

Dann ging es um Abby Dawson alias Katherine Jennings. Sie wartete auf einen Anruf von Skeggs, um festzulegen, wo und wann die Übergabe der Briefmarken und die Freilassung ihrer Mutter stattfinden sollten. Branson berichtete, dass zwei Überwachungsteams mit bis zu zwanzig Beamten bereitstanden.

»Was ist mit der Schusswaffeneinheit?«, wollte Grace wissen.

»Soweit wir wissen, ist Skeggs nicht bewaffnet. Sollte sich etwas ändern, ziehen wir die Kollegen hinzu.«

»Alles in Ordnung mit dir, Kumpel? Du klingst irgendwie seltsam. Geht es um Ari?«

Branson zögerte. »Eigentlich mache ich mir Sorgen um dich.«

»Um mich?«

»Besser gesagt, um dein Haus.«

Grace wurde unruhig. »Was soll das heißen? Hast du letzte Nacht bei mir geschlafen?«

»Ja, danke, ich weiß es wirklich zu schätzen.«

Grace fragte sich, ob sein Freund wohl etwas zerbrochen hatte. Vielleicht die kostbare alte Musikbox, an der er immer herumspielte?

»Vielleicht hat es gar nichts zu bedeuten, Roy, aber als ich heute Morgen gegangen bin, habe ich gesehen, dass Joan Major die Straße entlangfuhr. Es war noch nicht ganz hell, aber ich könnte schwören, dass sie es war.«

»Joan Major?«

»Ja. Sie fährt so einen Fiat Minivan. Davon gibt es nicht viele.«

Glenn Branson war ein ausgezeichneter Beobachter. Wenn er meinte, jemanden gesehen zu haben, traf das vermutlich auch zu. Grace stieg in den Bus, das Handy am Ohr. Seltsam, dass Glenn die forensische Archäologin in seiner Straße gesehen haben wollte, aber das hatte sicher nichts zu bedeuten.

»Vielleicht musste sie zu einer Schule in der Gegend.«

»Das glaube ich kaum. Sie wohnt in Burgess Hill. Könnte es sein, dass sie etwas bei dir abgeben wollte?«

»Ich wüsste nicht, was.«

»Oder ihr ist etwas eingefallen, das sie dir unbedingt sagen wollte.«

»Wann bist du gefahren?«

»Gegen Viertel vor sieben.«

»Um diese Uhrzeit geht man nicht einfach bei jemandem klingeln. Falls es dringend ist, ruft man höchstens an.«

»Da hast du wohl recht.«

Grace erklärte, er werde hoffentlich rechtzeitig zur Besprechung im Büro sein. Als er im Auto saß, beschloss er, doch lieber zuerst nach Hause zu fahren, falls der Berufsverkehr es erlaubte. Die Sache ließ ihm keine Ruhe.

112

OKTOBER 2007 Als um acht Uhr endlich das Handy klingelte, war Abby schon seit zwei Stunden auf den Beinen und fertig angezogen. Sie hatte die ganze Nacht nicht richtig geschlafen, sondern in ihrem harten Bett mit dem winzigen Kopfkissen wach gelegen, auf den Verkehr an der Promenade gehorcht, das gelegentliche Sirenengeheul, die Rufe der Betrunkenen und das Zuschlagen von Autotüren.

Sie war völlig außer sich vor Sorge um ihre Mutter. Würde sie eine weitere Nacht ohne Medikamente überleben? Würden die Angst und die Krämpfe zu einem Herzinfarkt oder Schlaganfall führen? Sie fühlte sich so verdammt hilflos und wusste, dass Ricky genau das beabsichtigte.

Andererseits wusste er aus ihrer gemeinsamen Zeit in Melbourne und den Ereignissen der letzten Tage, was ihr zuzutrauen war, wie verschlagen sie sein konnte. Es würde nicht einfach werden, denn er traute ihr nicht über den Weg.

Welchen Treffpunkt würde er wählen? Ein Parkhaus? Eine Grünanlage? Den Hafen von Shoreham? Abby überlegte, wie es in Filmen zuging, wenn Entführungsopfer freigelassen wurden. Manchmal wurden die Leute aus fahrenden Autos gestoßen oder irgendwo in einem abgestellten Wagen zurückgelassen.

Ihre Spekulationen gingen ins Leere. Sie wusste nichts und konnte nichts vorhersagen. Eines aber hatte sie für sich entschieden und würde keinen Millimeter davon abrücken: Bevor sie irgendetwas unternahm, wollte sie mit eigenen Augen sehen, dass ihre Mutter lebte.

Konnte sie der Polizei vertrauen? Was würde passieren, wenn Ricky die Beamten bemerkte und in Panik geriet?

Andererseits konnte sie nicht wissen, ob er ihre Mutter überhaupt freilassen würde. Ob sie noch am Leben war. Ricky hatte bewiesen, welch ein gefühlloses Arschloch er war. Wer sonst würde eine alte Frau so quälen?

Im Display las sie wie üblich: *Unbekannter Anrufer.*

Sie drückte die Taste, um das Gespräch anzunehmen.

113

OKTOBER 2007 Fassungslos starrte Grace die Straße entlang. Es war kurz nach acht, und Joan Majors auffälliger silberner Fiat parkte vor seinem Haus. Am meisten überraschte ihn jedoch der Wagen in der Einfahrt. Es war einer der weißen Lieferwagen der Scientific Support Branch.

Hinter Joan Majors Auto stand ein schlichter brauner Ford Mondeo. Das Nummernschild verriet ihm, dass er ebenfalls zum Wagenpark der Sussex Police gehörte. Was zum Teufel ging hier vor?

Grace hielt an, sprang aus dem Wagen und stürmte ins Haus. Alles still.

»Hallo? Ist hier jemand?«

Keine Antwort.

Er ging in die Küche, um zu überprüfen, ob die automatische Fütterungsvorrichtung in Marlons Goldfischglas funktioniert hatte. Dann schaute er aus dem Fenster in den Garten.

Er traute seinen Augen nicht.

Joan Major und zwei Kollegen von der Spurensicherung bewegten sich über den Rasen. In der Mitte die forensische Archäologin, die ein anderthalb Meter langes Gerät an einem Schulterriemen trug, das an ein Kanupaddel erinnerte und mit einem Display versehen war. Der Kollege rechts von ihr schaute konzentriert auf das Display, während der linke etwas auf einem großen Block notierte.

Verblüfft schloss Grace die Tür auf und schoss hinaus. »Hey! Entschuldigung, aber was machen Sie hier, Joan?«

Sie wurde rot vor Verlegenheit. »Oh, guten Morgen, Roy. Ich dachte, Sie wüssten, dass wir kommen.«

»Ich hatte nicht die geringste Ahnung. Würden Sie mir bitte erklären, was das zu bedeuten hat?« Er deutete auf das Gerät. »Was geht hier eigentlich vor?«

»Das ist ein Bodenradar«, antwortete sie.

»Ein Bodenradar? Und was machen Sie damit?«

Sie errötete noch stärker. Er kam sich vor wie in einem Albtraum. Dann bemerkte er aus dem Augenwinkel heraus einen Kollegen, den er nun wirklich nicht leiden konnte. Mit den meisten kam er durchaus klar, doch DC Alfonso Zafferones respektloses Auftreten konnte er einfach nicht ertragen. Und genau dieser Mann trat gerade durchs Gartentor.

Er war Ende zwanzig, gut aussehend, mit schicker Gelfrisur und wie immer elegant gekleidet mit seinem beigefarbenen Regenmantel über dem hellbraunen Anzug. Leider hatte er ein Problem damit, sich unterzuordnen, und Grace hatte nach seiner letzten Erfahrung mit dem Mann einen vernichtenden Bericht verfasst.

Zafferone kam kaugummikauend auf ihn zu, in der Hand ein Blatt, das Grace nur allzu bekannt vorkam.

»Guten Morgen, Detective Superintendent. Schön, Sie zu sehen.« Er grinste süffisant.

»Würden Sie mir vielleicht verraten, was hier vorgeht?«

Der junge DC hielt das unterzeichnete Dokument in die Höhe. »Wir haben einen Durchsuchungsbefehl.«

»Für meinem Garten?«

»Und das Haus, Sir«, setzte er dann zögernd hinzu.

Grace war außer sich vor Wut. Das war unmöglich, absolut unmöglich.

»Soll das ein Witz sein? Wer zum Teufel ist dafür verantwortlich?«

Zafferone lächelte und schien den Augenblick der Macht aufrichtig zu genießen. »Detective Superintendent Pewe«, antwortete er.

114

OKTOBER 2007 Cassian Pewe saß in Hemdsärmeln am Schreibtisch und las ein Strategiepapier, als die Tür aufgerissen wurde und Roy Grace mit wutverzerrtem Gesicht hereinstürmte. Er knallte die Tür hinter sich zu, stützte die Hände auf Pewes Schreibtisch und funkelte ihn an.

Pewe lehnte sich zurück und hob beschwichtigend die Hände. »Guten Morgen, Roy!«

»Wie können Sie es wagen?«, brüllte Grace. »Verdammte Scheiße, wie können Sie das wagen? Sie warten einfach ab, bis ich unterwegs bin, und machen *so* etwas? Wollen Sie mich vor meinen Nachbarn und der gesamten Polizei demütigen?«

»Roy, bitte beruhigen Sie sich. Lassen Sie mich erklären –«

»Beruhigen? Ich werde mich verdammt nochmal nicht beruhigen. Ich reiße Ihnen den Kopf ab und benutze Sie als Hutständer.«

»Soll das eine Drohung sein?«

»Ja, das ist eine Drohung, Sie Vollidiot. Rennen Sie doch zu Alison Vosper, hocken Sie sich auf ihren Schoß und lassen Sie sich von ihr die Nase putzen oder was immer ihr miteinander treibt.«

»Ich dachte, es wäre weniger peinlich, wenn Sie nicht dabei sind.«

»Pewe, ich kriege Sie dran. Das werden Sie bitter bereuen.«

»Ihr Tonfall gefällt mir gar nicht, Roy.«

»Und mir gefällt es nicht, wenn die Spurensicherung mit einem

Durchsuchungsbefehl überall bei mir zu Hause herumkriecht. Das muss sofort aufhören, verdammt nochmal.«

»Es tut mir leid«, sagte Pewe, der neuen Mut geschöpft hatte, da Grace ihn offenbar doch nicht verprügeln würde. »Nach dem Gespräch mit den Eltern Ihrer verschwundenen Frau bin ich jedoch der Ansicht, dass nicht alle Aspekte ihres Verschwindens ausreichend beleuchtet wurden.«

Er lächelte, und Grace spürte, dass er in seinem ganzen Leben noch niemanden so gehasst hatte wie Cassian Pewe.

»Ach ja? Was haben ihre Eltern denn so furchtbar Neues ausgesagt?«

»Ihr Vater hatte eine ganze Menge zu sagen.«

»Hat er Ihnen etwa erzählt, dass sein Vater während des Krieges bei der Royal Air Force war?«

»Ja, in der Tat.«

»Hat er auch von den Einsätzen seines Vaters gesprochen?«

»Ziemlich detailliert. Es war faszinierend. Er scheint ein echtes Original gewesen zu sein. Flog einige Einsätze gegen deutsche Talsperren. Ein außergewöhnlicher Mann.«

»Sandys Vater ist in der Tat ein außergewöhnlicher Mann«, pflichtete Grace ihm bei. »Er ist nämlich ein kompletter Phantast. Sein Vater hat nie in der Schwadron 617 gedient. Er war kein Heckschütze, sondern Mechaniker. Er hat keinen einzigen Einsatz geflogen.«

Pewe schwieg einen Moment, er schien sich nicht ganz wohl in seiner Haut zu fühlen. Grace stürmte hinaus und marschierte geradewegs ins Büro des Chief Superintendent. Er blieb vor Skerritts Schreibtisch stehen und wartete, bis sein Chef ein Telefonat beendet hatte. »Jack, ich muss mit Ihnen reden.«

Skerritt bot ihm einen Platz an. »Wie war's in New York?«

»Gut. Ich habe einige Erkenntnisse gewonnen, es gibt ein Rundschreiben dazu. Ich bin gerade erst zurückgekommen.«

»Ihre Operation Dingo scheint gute Fortschritte zu machen. Heute steht ein größerer Einsatz an.«

»Ja, das stimmt.«

»Überlassen Sie DI Mantle die Führung, oder übernehmen Sie selbst?«

»Ich glaube, heute können wir jeden gebrauchen. Es hängt ein wenig von der Situation ab, wen wir sonst noch hinzuziehen.«

Skerritt nickte. »Worüber wollten Sie mit mir sprechen?«

»Detective Superintendent Pewe.«

»Es war nicht meine Entscheidung, ihn herzuholen«, erwiderte Skerritt mit wissendem Blick. Er schien den Mann ebenso wenig zu mögen wie Grace.

»Dessen bin ich mir bewusst.«

»Worin besteht dann das Problem?«

Grace erzählte es ihm.

Als er geendet hatte, schüttelte sein Chef ungläubig den Kopf. »Ich kann es nicht fassen, dass er das hinter Ihrem Rücken gemacht hat. Eine offene Ermittlung ist eine Sache und kann durchaus sinnvoll sein. Aber mir gefällt nicht, wie das hier gelaufen ist. Es gefällt mir ganz und gar nicht. Wie lange wird Sandy jetzt vermisst?«

»Neuneinhalb Jahre.«

Skerritt überlegte und warf einen Blick auf die Uhr. »Gehen Sie zu Ihrer Besprechung?«

»Ja.«

»Wissen Sie was, ich rede jetzt gleich mit ihm. Kommen Sie nachher nochmal zu mir.«

Grace bedankte sich. Als er zur Tür hinausging, griff Skerritt schon zum Hörer.

115

OKTOBER 2007 Um Viertel nach neun fuhr Abby mit dem schwarzen Geländewagen, den sie am Vorabend nach Rickys detaillierten Anweisungen gemietet hatte, die Anhöhe in Richtung Sussex

House hinauf. In ihrem Magen prickelten heiße Nadelstiche, und sie zitterte am ganzen Körper.

Sie holte tief und regelmäßig Luft, um die kommende Panikattacke abzuwehren. Sie wusste, sie stand kurz bevor. Das Gefühl, den eigenen Körper zu verlassen, war ein sicherer Vorbote.

Es wirkte wie eine Ironie des Schicksals, dass die Southern Deposit Security nur wenige hundert Meter von dem Gebäude entfernt lag, zu dem sie soeben fuhr. Sie hatte Glenn Branson angerufen und ihm mit zitternder Stimme erklärt, dass sie sich gerade dem Tor nähere. Er sagte, er werde sie draußen erwarten.

Sie hielt vor dem massiven grünen Stahltor und zog die Handbremse an. Auf dem Beifahrersitz lag die Plastiktüte, in die sie die Medikamente ihrer Mutter gepackt hatte. Außerdem befand sich ein Luftpolsterumschlag in der Tüte. Ihren Koffer hatte sie im Hotelzimmer gelassen.

Glenn Branson tauchte auf und winkte ihr fröhlich zu. Das Tor glitt zur Seite, und Abby fuhr hindurch. Der Kripobeamte zeigte ihr, wo sie vor einer Reihe großer Mülltonnen parken konnte, und hielt ihr die Autotür auf.

»Alles in Ordnung mit Ihnen?«

Abby nickte dumpf.

Er legte ihr schützend den Arm um die Schultern. »Es wird schon gut gehen. Ich glaube, Sie sind eine starke Frau. Wir werden Ihre Mutter sicher zurückholen. Und Ihre Briefmarken auch. Skeggs scheint der Ansicht zu sein, er habe sich einen guten Platz ausgesucht, aber das stimmt nicht. Ganz und gar nicht.«

»Wie meinen Sie das?«

Er schob sie durch eine Tür in ein kahles Treppenhaus. »Er hat den Ort ausgewählt, um Ihnen Angst zu machen. Nur darauf kommt es ihm an. Dabei hat er Sie schon genug geängstigt, er braucht es nicht zu übertreiben. Die Sache ist nicht richtig durchdacht. Ich selbst würde es ganz anders machen.«

»Aber wenn er nun einen von Ihnen sieht?« Sie gingen einen Flur entlang, und Abby musste sich bemühen, mit ihm Schritt zu halten.

»Das wird er nicht. Außer, wir müssen uns zeigen. Aber das machen wir nur, wenn Sie sich in akuter Gefahr befinden sollten.«

»Er wird meine Mutter töten. Er ist böse, ich traue ihm alles zu. Wenn etwas schief läuft, wird er es einfach um des Tötens willen tun.«

»Darüber sind wir uns im Klaren. Haben Sie die Briefmarken?«

Abby hielt die Einkaufstüte hoch.

»Ich verstehe. Sie wollten sie in einer Polizeiwache lieber nicht im Auto liegen lassen. Eine weise Entscheidung!«, meinte Branson grinsend.

116

OKTOBER 2007 Cassian Pewe saß bereits in Jack Skerritts Büro am Konferenztisch, als Grace nach der Besprechung hereinkam. Die beiden Männer vermieden jeden Blickkontakt.

Der Chief Superintendent bot Grace einen Platz an und sagte: »Roy, Cassian sagt, er habe einen Fehler begangen, als er die Durchsuchung Ihres Hauses veranlasste. Das Team wurde inzwischen abgezogen.«

Grace sah zu Pewe hinüber. Der Mann starrte zwar vor sich hin wie ein gescholtenes Kind, sah aber nicht aus, als bereute er irgendetwas.

»Er hat erklärt, er habe Ihnen nur helfen wollen«, fuhr Skerritt fort.

»Mir helfen?«

»Nach seiner Aussage gibt es unerfreuliches Gerede hinter Ihrem Rücken, was das Verschwinden von Sandy betrifft. Ist das richtig, Cassian?«

Pewe nickte zögernd. »Hm, ja, Sir.«

»Er dachte, er würde dieses Gerede ein für allemal unterbinden, wenn er hundertprozentig beweisen könnte, dass Sie nichts mit dem Verschwinden Ihrer Frau zu tun haben.«

»Ich habe nie irgendwelches Gerede gehört«, erwiderte Grace.

»Mit Verlaub, Roy«, warf Pewe ein, »es gibt einige Leute, die die ursprünglichen Ermittlungen für übereilt halten. Sie sind der Ansicht, Sie selbst hätten sie vorzeitig eingestellt. Und sie wollen den Grund dafür wissen.«

»Ich möchte Namen hören.«

»Das wäre nicht fair. Ich versuche nur, die Beweise erneut zu sondieren und dabei die besten modernen Techniken einzusetzen, um Sie völlig zu entlasten.«

Grace musste sich auf die Zunge beißen; die Arroganz des Mannes überstieg sein Fassungsvermögen. Doch war dies nicht der Augenblick für eine Schlammschlacht. In wenigen Minuten musste er aufbrechen und die Begegnung zwischen Abby Dawson und Chad Skeggs überwachen, die für 10.30 Uhr geplant war.

»Jack, können wir vielleicht später darüber sprechen? Es tut mir leid, aber ich muss los.«

»Eigentlich hatte ich gedacht, Sie könnten Cassian in Ihrem Wagen mitnehmen. In der augenblicklichen Situation ist er sehr wertvoll für Ihr Team.« Er wandte sich an Pewe. »Sie haben doch große Erfahrung als Vermittler bei Geiselnahmen, richtig?«

»Ja, das stimmt.«

Grace traute seinen Ohren nicht. *Gott stehe jeder armen Geisel bei, die auf das Verhandlungsgeschick von Pewe angewiesen ist*, dachte er, sagte aber nur: »Verstehe.«

»Außerdem halte ich es für sinnvoll, dass er sich anschaut, wie wir hier unten in Sussex arbeiten. Bei uns läuft einiges definitiv anders als bei der Met. Cassian, Sie können sicher viel lernen, wenn Sie sich anschauen, wie unsere erfahrensten Beamten einen Großeinsatz durchführen.« Er schaute Grace an. Die Botschaft hätte nicht deutlicher sein können.

Doch Roy war nicht nach Lächeln zumute.

117

OKTOBER 2007 Es war lange her, seit Abby zuletzt hier entlanggefahren war. Sie steuerte den Wagen über die kurvenreiche Straße, die von Weiden und Stoppelfeldern gesäumt wurde. Vielleicht lag es an ihren angespannten Nerven, dass die Farben der Umgebung beinahe übernatürlich lebendig wirkten. Der Himmel wölbte sich wie ein leuchtend blauer Baldachin, über den winzige Wolken segelten. Sie kam sich vor, als trüge sie eine getönte Brille.

Abby hielt das Lenkrad fest umklammert, da starke Windböen am Wagen rüttelten. Sie hatte einen Kloß in der Kehle, und die Nadelstiche in ihrem Magen fühlten sich noch heißer an als zuvor.

Unter der Kleidung trug sie ein winziges Mikrophon, das mit Klebeband an ihrer Brust befestigt war und sich bei jeder Bewegung unangenehm bemerkbar machte. Sie fragte sich, ob Detective Sergeant Branson oder einer seiner Kollegen ihre tiefen Atemzüge hören konnten.

Zuerst hatte der DS verlangt, sie solle einen Knopf im Ohr tragen, damit sie auf die Anweisungen der Polizei reagieren könne. Als sie ihm jedoch sagte, Ricky habe schon früher ihre Gespräche abgehört, befand er das Risiko für zu groß. Dennoch würden sie mithören, was immer sie sagte. Sie musste nur um Hilfe bitten, schon wären sie zur Stelle. Das hatte man ihr jedenfalls versichert.

Abby konnte sich nicht erinnern, wann sie zuletzt gebetet hatte, doch nun überkam es sie, ganz plötzlich. *Lieber Gott, bitte mach, dass es meiner Mutter gut geht. Bitte hilf mir, es durchzustehen. Bitte, lieber Gott,* betete sie schweigend.

Vor ihr fuhr ein älterer brauner Alfa Romeo, in dem zwei Männer saßen. Der Beifahrer sprach in sein Handy. Sie folgte dem Wagen um eine scharfe Linkskurve, vorbei an einem Hotel und der tief unter ihnen liegenden Flussmündung des Seven Sisters. Die Bremslichter des Alfa leuchteten auf, als er einen Lieferwagen eine schmale Brücke überqueren ließ, dann gab er wieder Gas. Die Straße stieg an.

Wenige Minuten später tauchte ein Schild auf. Wieder bremste der Alfa und blinkte rechts.

Auf dem Schild stand STADTZENTRUM A 259 mit einem Pfeil geradeaus, zum Strand von Beachy Head ging es nach rechts.

Sie folgte dem Alfa Romeo nach rechts. Er fuhr nach wie vor aufreizend langsam, und sie warf einen Blick auf die Uhr im Armaturenbrett und ihre Armbanduhr, die sie eben noch gestellt hatte. 10.25 Uhr. Noch fünf Minuten. Sie war versucht, den Wagen zu überholen, da sie fürchtete, zu spät zu kommen.

Dann klingelte ihr Handy. *Unbekannter Anrufer.*

Abby meldete sich über die Freisprechanlage, die sie von der Polizei bekommen und in den Zigarettenanzünder gesteckt hatte.

»Ja?«

»Scheiße, wo bist du? Du kommst zu spät.«

»Es sind nur noch ein paar Minuten, Ricky. Noch ist es nicht halb. Oder doch?«, fügte sie nervös hinzu.

»Ich habe dir gesagt, um halb elf ist sie fällig.«

»Bitte, Ricky, ich komme ja. Ich bin gleich da.«

»Das will ich dir geraten haben.«

Dann setzte der Alfa zu ihrer Erleichterung den Blinker links und hielt in einer Parkbucht. Sie gab Gas und fuhr so schnell, dass sie Angst bekam.

*

Vom Alfa aus beobachtete Roy Grace, wie der schwarze Honda die kurvenreiche Straße hinaufschoss. Cassian Pewe neben ihm sprach in das abhörsichere Telefon: »Ziel eins ist gerade vorbeigefahren. Drei Kilometer von der Zone entfernt.«

Die Stimme des örtlichen Einsatzleiters meldete sich: »Ziel zwei hat soeben Kontakt zu ihr aufgenommen. Vorrücken auf Position vier.«

»Vorrücken auf Position vier«, bestätigte Pewe. Er warf einen Blick auf die Vermessungskarte, die er auf den Knien ausgebreitet hatte. »OK, fahren Sie, sobald sie außer Sicht ist«, sagte er zu Grace.

Der legte den ersten Gang ein und gab Gas, sowie der Honda hinter einer Anhöhe verschwunden war.

Pewe überprüfte, ob das Telefon ausgeschaltet war, und wandte sich an seinen Kollegen: »Roy, was der Chief Super gesagt hat, stimmt wirklich. Ich habe es nur getan, um Sie zu schützen.«

»Wovor?«, fragte Grace bissig.

»Gerüchte sind wie schleichendes Gift. Innerhalb der Polizei gibt es nichts Schlimmeres als Verdächtigungen.«

»Unsinn.«

»Wenn Sie das glauben, tut es mir leid. Ich möchte keinen Streit deswegen.«

»Ach nein? Ich wusste gar nicht, dass Ihnen Offenheit so sehr am Herzen liegt. Sie glauben doch, ich hätte meine Frau getötet, oder nicht? Meinen Sie wirklich, ich hätte sie im Garten vergraben? Darum haben Sie ihn doch mit dem Bodenradar absuchen lassen. Sie wollten ihre Leiche finden.«

»Ich habe ihn durchsuchen lassen, um zu beweisen, dass sie nicht dort liegt. Um den Spekulationen ein Ende zu setzen.«

»Das nehme ich Ihnen nicht ab, Cassian.«

118

OKTOBER 2007 Abby fuhr auf die Landzunge hinaus. Zu ihrer Rechten lag offenes Grasland mit vereinzelten Büschen und einem kleinen Wäldchen, das an den steilen Kreidefelsen endete, hinter denen der Ärmelkanal lag. Es war eine der höchsten und gefährlichsten Klippen der britischen Inseln. Links blickte sie weit über die Felder und konnte in der Ferne die Kurven der Straße erkennen. Der Asphalt war tiefschwarz mit frisch aufgemalten weißen Linien in der

Mitte. Es sah aus, als hätte man die Straße eigens für sie neu geteert.

Detective Sergeant Branson hatte gesagt, Ricky habe einen Fehler begangen, als er diese Stelle aussuchte, doch warum das so war, begriff sie nicht ganz. Sie fand die Entscheidung ziemlich clever. So konnte Ricky in alle Richtungen blicken und sehen, wer sich näherte.

Vielleicht hatte der Polizeibeamte es auch gesagt, um sie zu beruhigen. Das konnte sie im Augenblick nur zu gut gebrauchen.

Einen knappen Kilometer weiter tauchte ein Gebäude mit rotem Schindeldach und Schieferwänden auf.

BEACHY HEAD HOTEL las sie auf dem Schild.

Fahr auf den Parkplatz des Beachy Head Hotels und warte, bis ich mich melde, hatte er sie angewiesen. *Punkt 10.30 Uhr.*

Der Ort wirkte verlassen. Es gab eine Bushaltestelle mit verglastem Häuschen und einem blauweißen Schild davor, auf dem in großen Buchstaben DIE SAMARITER – TAG UND NACHT FÜR DICH DA und zwei Telefonnummern zu lesen waren. Dahinter parkte ein orange-gelber Eiswagen mit geöffnetem Verkaufsfenster und ein kleines Stück weiter ein Fahrzeug von British Telecom, neben dem zwei Männer mit Helmen und Sicherheitswesten an einem Fernmeldemast arbeiteten. Zwei kleine Autos standen am Hintereingang des Hotels, vermutlich gehörten sie den Mitarbeitern.

Abby bog nach links ab, hielt am Ende des Parkplatzes und stellte den Motor ab. Kurz darauf klingelte ihr Handy.

»Schön«, meldete sich Ricky. »Gut gemacht! Malerische Strecke, was?«

Der Wagen wurde vom Wind durchgerüttelt.

»Wo bist du?« Sie schaute in alle Richtungen. »Wo ist meine Mutter?«

»Wo sind meine Briefmarken?«

»Die habe ich dabei.«

»Und ich deine Mutter. Sie genießt gerade die Aussicht.«

»Ich möchte sie sehen.«

»Und ich möchte die Briefmarken sehen.«

»Erst wenn ich weiß, dass es meiner Mutter gut geht.«

»Ich gebe sie dir.«

Stille. Sie konnte den Wind hören. Dann meldete sich ihre Mutter schwach und zitternd wie ein Geist.

»Abby?«

»Mum!«

»Bist du das, Abby?« Ihre Mutter begann zu weinen. »Bitte, bitte, Abby. Bitte.«

»Ich hole dich gleich, Mum. Ich hab dich lieb.«

»Bitte gib mir meine Pillen. Ich muss meine Pillen haben. Bitte, Abby, warum willst du sie mir nicht geben?«

Ihr zuzuhören, tat unerträglich weh. Dann sprach Ricky wieder.

»Lass den Motor an. Ich bleibe am Apparat.«

Sie ließ den Motor an.

»Gib Gas. Ich will den Motor hören.«

Abby gehorchte. Der Diesel schepperte laut.

»Jetzt fährst du vom Parkplatz und biegst nach rechts ab. Nach fünfzig Metern zweigt links ein Feldweg ab, der auf die Landzunge hinausführt. Den nimmst du.«

Sie bog nach links ab, der Wagen kroch über den holprigen Boden. Erst drehten die Räder auf dem Schotter und Schlamm durch, dann war sie endlich auf dem Gras. Nun begriff sie auch, warum sie einen Geländewagen mieten sollte. Weshalb es ein Diesel sein musste, war ihr allerdings nicht klar. Spritkosten zu sparen interessierte Ricky wohl weniger. Rechts entdeckte sie ein Warnschild, das auf den Klippenrand hinwies.

»Siehst du die Bäume und Büsche vor dir?«

Etwa hundert Meter weiter befand sich unmittelbar am Abhang ein dichtes Wäldchen mit windschiefen Bäumen.

»Ja.«

»Halt an.«

Sie bremste.

»Zieh die Handbremse an. Lass den Motor laufen. Sieh genau hin.

Wir sind hier drüben. Die Hinterräder stehen genau am Rand der Klippe. Wenn du etwas tust, was mir nicht gefällt, werfe ich sie sofort in den Lieferwagen und löse die Handbremse. Kapiert?«

Abbys Kehle war wie zugeschnürt. »Ja«, stieß sie hervor.

»Ich habe dich nicht gehört.«

»Ich sagte *ja*.«

Dann hörte sie ein Donnern, wie Windgeräusche im Telefon. Einen dumpfen Rums. Im Wäldchen bewegte sich etwas. Zuerst erschien Ricky mit Baseballkappe und dicker Fleecejacke. Dann entdeckte sie die winzige, zerbrechliche Gestalt ihrer Mutter, die immer noch den rosa Morgenmantel trug, in dem Abby sie zuletzt gesehen hatte. Sie schaute verwirrt herüber.

Der Wind bewegte den Morgenmantel und pustete ihr flaumiges grau-weißes Haar in die Luft, dass es wie Zigarettenrauch hinter ihr her wehte. Sie wankte, und Ricky musste sie am Arm festhalten.

Durch einen Tränenschleier betrachtete Abby die Szene. Sie würde alles tun, einfach alles, um ihre Mutter wieder umarmen zu können.

Auch Ricky töten.

Am liebsten hätte sie Gas gegeben und ihn mit voller Wucht umgefahren. Zermalmt.

Er riss ihre Mutter grob mit sich, schleppte sie halb in das Wäldchen hinein. Das Gebüsch schloss sich wie ein Nebel um sie.

Abby klammerte sich an den Türgriff, wäre am liebsten hinausgesprungen und hinter ihnen her gelaufen. Doch sie rührte sich nicht, weil sie sich vor seiner Drohung fürchtete und mehr denn je davon überzeugt war, dass er ihre Mutter mit Freuden töten würde.

Nach seiner verdrehten Logik wäre ihm das vielleicht noch mehr wert als die Briefmarken.

Wo blieben denn nur Detective Sergeant Branson und sein Team? Sie mussten ganz in der Nähe sein, das hatte er ihr versprochen. Sicher hielten sie sich noch verborgen. Ihre Hoffnung war, dass auch Ricky sie nicht bemerken würde.

Die Polizei musste seine Drohung gehört haben. Sie würden doch nicht in das Wäldchen stürmen, um ihn zu fassen? Sie konnten nicht riskieren, dass der Lieferwagen über die Klippe stürzte.

Nicht für ein paar lausige Briefmarken!

Er meldete sich wieder. »Zufrieden?«

»Lass sie jetzt zu mir, bitte, Ricky! Ich habe die Briefmarken.«

»Hör genau zu, Abby. Ich sage es nur einmal. Verstanden?«

»Ja.«

»Du lässt den Motor laufen. Ich bleibe in der Leitung, damit ich ihn hören kann. Du steigst aus und lässt die Tür weit offen stehen. Dann nimmst du die Briefmarken und kommst zwanzig Schritte auf mich zu. Ich gehe auf dich zu. Ich werde die Briefmarken nehmen und zu deinem Auto gehen. Du steigst in den Lieferwagen. Deine Mutter wartet darin, es geht ihr gut. An dieser Stelle musst du vorsichtig sein. Soweit verstanden?«

»Ja.«

»Bis du den Lieferwagen erreicht hast, habe ich mir die Briefmarken angesehen. Wenn mir nicht gefällt, was ich sehe, fahre ich zu euch herüber und versetze dem Wagen einen Stoß, dass er von der Klippe kippt. Ist das klar?«

»Ja. Dir wird gefallen, was du siehst.«

»Gut, dann dürfte es ja keine Probleme geben.«

Abby schaute sich vorsichtig um, bewegte den Kopf aber nicht zu sehr, falls er sie mit einem Fernglas beobachtete. Sie sah nichts als die windgepeitschten Wiesen, eine Hütte mit einigen Bänken, die als Aussichtspunkt diente, vereinzelte Büsche, hinter denen sich kein Mensch verbergen konnte. Wo waren nur Detective Bransons Leute?

Nach einigen Minuten hörte sie Ricky wieder. »Du steigst jetzt aus und tust, was ich dir gesagt habe.«

Sie stieß die Tür auf, doch der Wind drückte sie wieder zu. »Die Tür hält nicht!«, rief sie panisch in den Lautsprecher.

»Du musst sie mit etwas verkeilen.«

»Womit denn?«

»Herrgott nochmal, sei nicht so blöd, irgendwas muss doch im Auto herumliegen. Eine Betriebsanleitung oder das Heft von der

Autovermietung, irgendwas. Ich möchte sehen, dass du die Tür offen lässt. Ich habe dich genau im Blick.«

Sie nahm den Umschlag mit den Mietunterlagen aus der Türablage, stieß die Tür auf und hielt den Umschlag hoch. Dann stieg sie aus. Der Wind war so stark, dass sie beinahe umfiel. Er riss ihr die Tür aus der Hand und schlug sie zu. Abby öffnete sie wieder, faltete den Umschlag doppelt, schnappte sich die Luftpolstertasche und ließ die verkeilte Tür los.

Der Wind riss an ihren Haaren, tat in den Ohren weh, zerrte an ihren Kleidern. Mit unsicheren Schritten ging sie auf das Wäldchen zu, schaute in alle Richtungen. Ihr Mund war trocken, sie hatte furchtbare Angst, kochte aber gleichzeitig vor Zorn. Noch immer war niemand zu sehen. Nur Ricky, der geradewegs auf sie zukam.

Er streckte die Hand aus und grinste zufrieden. »Höchste Zeit.« Gierig schnappte er ihr den Umschlag aus der Hand.

Sie trat ihn mit aller Kraft und ihrem ganzen aufgestauten Hass zwischen die Beine. So hart, dass es ihr selbst furchtbar wehtat.

119

OKTOBER 2007 Ricky ging die Luft aus. Seine Augen quollen hervor, er krümmte sich vor Entsetzen und Schmerz. Dann schlug Abby ihm so heftig ins Gesicht, dass er zur Seite kippte. Sie wollte ihn erneut in den Unterleib treten, doch er schnappte ihren Fuß und verdrehte ihn, sodass sie ins nasse Gras stürzte.

»Du verfluchte –«

Als er das Donnern eines Motors hörte, hielt er inne.

Sie hörten es beide.

Ungläubig schaute Ricky zu dem Eiswagen, der auf sie zugerumpelt kam. Kurz dahinter bogen sechs Polizeibeamte in schusssicheren Westen um die Ecke des Hotels.

Ricky rappelte sich auf. »Du Drecksau! Wir hatten eine Abmachung!«, brüllte er.

»Wie du und Dave?«, kreischte sie zurück.

Mit den Briefmarken in der Hand taumelte er auf den Honda zu. Abby rannte so schnell sie konnte davon, ohne auf den Schmerz in ihrem Fuß zu achten, und tauchte in das Wäldchen. Hinter ihr heulte ein Motor auf. Sie warf einen Blick über die Schulter. Es war der Eiswagen, in dem, wie sie jetzt erkennen konnte, zwei Männer saßen. Vor ihr tauchte im Dickicht ein weißer Lieferwagen auf.

*

Von Schmerz und Zorn wie geblendet sprang Ricky in den Honda, legte den ersten Gang ein und löste die Handbremse, noch bevor er die Tür geschlossen hatte. *Er würde der verdammten Drecksau eine Lektion erteilen.*

Er gab Gas, hielt genau auf das Wäldchen zu. In diesem Augenblick war es ihm egal, ob er selbst dabei drauf ging. Hauptsache, die Mutter der Schlampe stürzte ab. Hauptsache, Abby bereute es den Rest ihres beschissenen Lebens.

Da blitzte etwas Buntes vor ihm auf.

Ricky trat auf die Bremse. Die Räder blockierten. Fluchend riss er das Lenkrad nach rechts und versuchte verzweifelt, dem Eiswagen auszuweichen, der quer im Wäldchen stand und ihn daran hinderte, den weißen Lieferwagen zu rammen. Der Honda beschrieb einen weiten Bogen, wobei sein Heck die Stoßstange des Eiswagens abriss.

Entsetzt sah Ricky, dass die beiden kleinen Autos, die seiner Meinung nach dem Hotelpersonal gehörten, ebenfalls auf ihn zugeschossen kamen. Blaue Lampen blitzten hinter der Windschutzscheibe auf, Sirenen ertönten.

Wieder trat er das Gaspedal durch, drehte sich orientierungslos im Kreis. Ein Wagen verstellte ihm den Weg. Er fuhr daran vorbei, eine steile Böschung hinunter, durch einen Graben und gelangte wieder auf die asphaltierte Straße.

Dann sah er Blaulichter von rechts auf sich zukommen.

»Scheiße, verdammte Scheiße.«

Voller Panik riss er das Steuer nach links und gab wieder Gas.

*

Die einzige Tür an dem verrosteten Lieferwagen, die nicht von Ästen und Zweigen blockiert wurde, war die Fahrertür. Abby öffnete sie vorsichtig, da der Wagen so nah am Abgrund parkte.

Sie rümpfte die Nase, als sie den Geruch von Fäkalien, Tabak und ungewaschener Haut bemerkte. »Mum?«, rief sie. »Mum?«

Keine Antwort. Außer sich vor Angst kletterte sie auf den Vordersitz und spähte nach hinten in den dunklen Laderaum. Von ihrer Mutter war nichts zu sehen, nur elektrische Geräte, Bettzeug und ein Ersatzrad. Der Wind rüttelte am Wagen und ließ ihn vibrieren.

Dann hörte sie eine ganz leise, schüchterne Stimme: »Abby, bist du das?«

Das waren zweifellos die schönsten Worte, die sie je vernommen hatte. »Mum!«, rief sie. »Wo bist du?«

»Hier.« Ihre Mutter klang überrascht, als wollte sie sagen, wo soll ich denn sonst sein?

Abby spähte über die Rücklehne und sah ihre Mutter, die in einen Teppich eingerollt auf dem Boden lag. Nur ihr Kopf lugte hervor.

Sie kletterte über den Sitz, ihre Füße hallten auf dem nackten Metall. Sie kniete sich hin und küsste die feuchte Wange ihrer Mutter.

»Geht es dir gut? Sag doch, geht es dir gut? Ich habe deine Medizin dabei. Ich bringe dich ins Krankenhaus.«

Sie befühlte ihre Stirn, sie war heiß und klamm.

»Du bist jetzt in Sicherheit. Er ist weg. Alles wird gut. Die Polizei ist da. Ich bringe dich ins Krankenhaus.«

»Ich glaube, eben war dein Vater hier. Er ist gerade gegangen«, flüsterte ihre Mutter.

Abby begriff, dass sie fantasierte. Fieber oder fehlende Medikamente oder beides. Sie lächelte unter Tränen.

»Ich hab dich lieb, Mum. So furchtbar lieb.«

»Mir geht es gut«, sagte ihre Mutter. »Ich rolle mich vor Vergnügen.«

*

Cassian Pewe nahm das Handy vom Ohr und wandte sich an Grace. »Ziel zwei sitzt allein im Wagen von Ziel eins. Er kommt uns entgegen. Wenn möglich aufhalten und sichern, wir bekommen Verstärkung.«

Grace ließ den Motor an. Die beiden Männer hatten die Sicherheitsgurte gelöst, was bei Überwachungen üblich war, damit sie im Notfall schnell den Wagen verlassen konnten. Nachdem er die Meldung gehört hatte, entschied Grace, den Gurt wieder anzulegen. Er wollte gerade danach greifen, als Pewe sagte: »Ich sehe ihn.«

Jetzt entdeckte auch Grace den schwarzen Honda, der einige hundert Meter entfernt rasch die gewundene Hügelstraße hinunterfuhr. Er hörte die Reifen quietschen.

»Ziel zwei in Sicht«, funkte Pewe.

Der Einsatzleiter meldete sich: »Sicherheit ist oberste Priorität. Roy, eventuell müssen Sie Ihren eigenen Wagen bei der Operation einsetzen.«

Zu Pewes Verblüffung schwenkte Grace plötzlich zur Seite und blockierte die schmale Straße in voller Breite. Pewe fand sich auf der Seite, die der schwarze Geländewagen mit voller Wucht treffen würde, falls er nicht bremste.

*

Ricky umklammerte das Lenkrad und bog mit kreischenden Reifen in die scharfe Linkskurve. Wenden war unmöglich. Dann folgte die nächste Rechtskurve.

Da sah er den braunen Alfa Romeo, der quer auf der Straße stand. Ein blonder Mann schaute entsetzt aus dem Seitenfenster.

Ricky trat auf die Bremse und brachte den Wagen wenige Meter vor dem Hindernis schlitternd zum Stehen. Legte den Rückwärtsgang ein. Dann ertönten Sirenen. In der Ferne rasten zwei Range Rover der Polizei mit Blaulicht eine Anhöhe hinunter.

Er wendete in drei Zügen und gab Gas. Im Rückspiegel sah er, dass der Alfa Romeo ihn verfolgte und die beiden Range Rover näher kamen. Allerdings interessierte er sich mehr für das, was vor ihm passierte. Besser gesagt, vor dem Wäldchen. Selbst wenn der Eiswagen noch dort stand, würde ein scharfer Stoß von der Seite genügen.

Dann würde er den ehemaligen Kutschpfad nehmen – nicht mehr als ein grasüberwachsener Feldweg –, den er bereits überprüft hatte. An den hatte die Polizei sicher nicht gedacht.

Alles würde gut gehen. Die Schlampe hätte ihn nie über den Tisch ziehen dürfen.

*

Roy Grace holte den Honda rasch ein und heftete sich an dessen Stoßstange. Pewe funkte, dass sie sich dem Beachy Head Hotel näherten.

Plötzlich schwenkte der Honda scharf nach rechts und fuhr von der Straße auf die Wiese, die zwischen Straße und Klippenrand lag. Grace folgte ihm, zuckte aber zusammen, als sein geliebter Alfa mit dem Auspuff über den Boden schrammte und ein Teil herunterfiel. Dennoch konzentrierte er sich ganz auf den Honda.

Vor ihnen blockierte ein Lieferwagen von British Telecom die Straße, umgeben von Polizisten. In der Nähe standen zwei Motorräder. Pewe stellte das Funkgerät lauter.

»Ziel zwei könnte von hinten den Lieferwagen ansteuern. Er steht in dem Wäldchen hinter dem Eiswagen. Schneidet ihm den Weg ab. Ziel eins befindet sich mit ihrer Mutter im Lieferwagen.«

Pewe deutete durch die Scheibe auf die Baumgruppe. »Da drüben, Roy, dort will er hin.«

Ziel zwei gab Gas.

Grace schaltete hinunter und drückte das Gaspedal durch. Der Alfa schoss nach vorn, prallte erneut mit dem Unterboden auf die Erde, dass die Köpfe der Männer an die Decke stießen.

»Entschuldigung«, sagte Grace mit grimmiger Miene. Er war jetzt auf einer Höhe mit dem Honda.

Sie fuhren unmittelbar am Klippenrand entlang, der nur von einem wenig vertrauenerweckenden Geländer markiert wurde. Grace erhaschte einen Blick auf Ziel zwei, einen bärtigen Mann mit Baseballkappe. Dann war das Geländer plötzlich zu Ende, der Abgrund hinter Büschen verborgen.

Grace fuhr durch Gestrüpp, wobei er hoffte, dass sich hinter den Büschen kein plötzlicher Einschnitt in der Klippe verbarg.

Er ging vom Gas und überlegte, wie er den Honda weiter vom Klippenrand weglotsen könnte. Das Wäldchen und der Eiswagen kamen rasch näher.

Als hätte Ziel zwei seine Gedanken gelesen, riss der Fahrer des Honda das Steuer nach rechts und prallte in die Beifahrerseite des Alfa. Pewe schrie auf, und der Alfa näherte sich gefährlich nahe dem Abgrund.

Sie hatten das Wäldchen fast erreicht.

Wieder wurden sie von dem Honda gerammt. Er war schwerer als der Alfa und schob sie noch näher an den Rand. Der Wagen holperte über Steine und unebenen Boden. Noch ein Schubs. Noch näher.

»Roy!«, schrie Pewe ängstlich und klammerte sich an seinen Gurt.

Sie waren eingekeilt. Grace gab Gas, der Alfa schoss nach vorn. Keine zweihundert Meter mehr bis zu den Bäumen. Er schnitt dem Honda den Weg ab und zog die Handbremse an, statt mit dem Fuß zu bremsen.

Die Wirkung war dramatisch und nicht ganz so, wie er erwartet hatte. Das Heck des Alfa brach aus, und der Wagen rutschte zur Seite. Der Honda prallte gegen den hinteren Kotflügel, worauf sich der Alfa seitlich überschlug.

Die Kraft des Aufpralls ließ den Honda nach links rutschen, sodass er von hinten gegen den Eiswagen stieß.

Grace spürte, wie er durch die Luft geschleudert wurde. Dann erscholl eine scheppernde, metallische Kakophonie.

Er landete so hart auf dem Boden, dass ihm die Luft wegblieb, überschlug sich mehrmals, als wäre er aus einem Karussell geschleudert worden, und blieb mit dem Gesicht nach unten im nassen Gras liegen, den Mund im Dreck.

Einen Moment lang wusste er nicht, ob er noch am Leben war. In seinen Ohren knackte es. Kurze Stille. Der Wind heulte. Dann erklang ein furchtbarer Schrei, den er nicht orten konnte.

Er rappelte sich auf, fiel aber wieder hin. Es war, als hätte jemand die gesamte Landzunge zur Seite gekippt. Beim zweiten Versuch blieb er schwankend stehen und schaute sich um. Die Motorhaube des Honda hatte sich in das zerstörte Heck des Eiswagens gebohrt. Der Fahrer des Honda schien wie betäubt und drückte von innen gegen die Tür, an der von außen zwei Polizisten in schusssicheren Westen zogen. Rauch quoll unter dem Wagen hervor. Weitere Polizisten kamen hinzugelaufen.

Da hörte er wieder den Schrei.

Wo zum Teufel war sein Wagen?

Dann überfiel ihn eine entsetzliche Angst.

Mein Gott, nein!

Wieder ein Schrei.

Und noch einer.

Sie kamen vom Klippenrand.

Er taumelte hinüber und wich abrupt zurück. Er hatte sein Leben lang unter Höhenangst gelitten, und der Blick auf die Steilwand und das Meer darunter war zu viel für ihn.

»Hiiiilfe!«

Grace kniete sich hin und kroch vorwärts. Er ignorierte die Schmerzen und schaffte es bis zum Rand. Er erblickte die Unterseite seines Autos, das sich in einigen Bäumen verfangen hatte und wie ein Sprungbrett über dem Abgrund balancierte. Zwei Räder drehten sich noch.

Unmittelbar unter dem Klippenrand lag ein steiler, bewaldeter Abhang, der etwa sechs Meter tiefer in einer grasbewachsenen Kante endete, hinter der es über hundert Meter in die Tiefe ging. Darunter sah man nur Felsen und Wasser. Grace zog sich abrupt zurück. Hörte wieder den Schrei.

»Helfen Sie mir! Mein Gott, so helfen Sie mir doch! Bitte!«

Die Stimme von Cassian Pewe. Doch von dem Mann war nichts zu sehen.

Grace überwand seine Angst und kroch wieder an den Rand. »Cassian, wo sind Sie?«

»Hier unten. Bitte helfen Sie mir doch, Roy, bitte!«

Grace schaute verzweifelt nach hinten. Alle Kollegen schienen mit dem Lieferwagen und dem Honda beschäftigt zu sein, der jeden Augenblick in Flammen aufgehen konnte.

Wieder spähte er hinunter.

»Ich falle! Mein Gott, ich falle!«

Das nackte Entsetzen in der Stimme des Mannes brachte ihn auf Trab. Grace holte tief Luft, beugte sich vor und ergriff einen Ast. Hoffentlich würde er ihn halten. Dann schwang er sich über den Rand. Seine Ledersohlen rutschten über das nasse Gras, dass es ihm fast den Arm aus dem Gelenk riss. Er begriff, dass ihn nur dieser Ast vom Absturz über die Kante ins Nichts trennte.

Der Ast gab nach.

Grace bekam Angst.

»Bitte helfen Sie mir! Ich falle!«

Grace, der nun selbst in Panik geriet, griff nach einem anderen Ast und klammerte sich daran fest, während der Wind an ihm zerrte, als wollte er ihn von der Klippe reißen. Er ließ sich vorsichtig weiter nach unten rutschen.

Nicht hinsehen, sagte er sich.

Er bohrte einen Zeh in die Erde und fand etwas Halt. Der nächste Ast. Jetzt befand er sich auf einer Höhe mit dem verbogenen Wrack seines Autos. Die Räder waren zum Stillstand gekommen, und der ganze Wagen schwankte wie eine Wippe.

»Cassian, wo zum Teufel stecken Sie?« Er versuchte, nicht nach unten zu sehen. Der Wind riss ihm die Worte von den Lippen.

»Hier unten. Ich kann Sie sehen. Machen Sie schnell, bitte!« Pewes Stimme klang gedämpft vor Angst.

Zu Roys Entsetzen gab der Ast, an dem er sich festhielt, nach. Ihm war, als würde er nach hinten fallen. Verzweifelt griff er nach einem anderen Ast, doch der brach durch. Er fiel, rutschte am Auto vorbei, genau auf die grasbewachsene Kante zu, die Steilwand. Er packte einen anderen Ast, an dem scharfe Blätter wuchsen, die in seine Handflächen schnitten. Zum Glück war er jung und kräftig und hielt sein Gewicht aus. Er fand einen zweiten und klammerte sich mit beiden Händen fest.

Wieder hörte er Pewe schreien.

Sah über sich den riesigen Schatten seines Wagens, der bedenklich schwankte. Pewe hing mit dem Kopf nach unten aus der Beifahrertür. Seine Füße hatten sich im Sicherheitsgurt verfangen. Nur der Gurt verhinderte seinen Absturz.

Grace schaute nach unten und wünschte sofort, er hätte es nicht getan. Er lag unmittelbar an der Kante. Sah das Wasser gegen die Felsen branden. Spürte die Schmerzen in den Armen und den heftigen Wind, der erbarmungslos an ihm zerrte. Eine falsche Bewegung, dann wäre es vorbei.

Keuchend suchte er mit dem rechten Fuß nach einem Halt. Der Ast in seiner rechten Hand bewegte sich kaum merklich. Er trat fester gegen die feuchte, kreidige Erde und hatte bald ein Loch ausgehöhlt, in das er seinen Fuß stellen konnte.

Wieder hörte er Pewe schreien.

Gleich würde er ihm helfen. Zuerst aber musste er sich selbst retten. Tot nützte er niemandem etwas.

»Roy!!!!«

Er bohrte den linken Fuß in die Klippe. Als er mit beiden Füßen sicheren Halt gefunden hatte, fühlte er sich etwas besser.

»Roy, ich falle! Mein Gott, holen Sie mich hier raus. Bitte, lassen Sie mich nicht fallen. Lassen Sie mich nicht sterben!«

Roy bewegte sich behutsam und reckte den Hals, bis er Pewes Gesicht etwa drei Meter über sich erkennen konnte.

»Ganz ruhig! Nicht bewegen!«

Mit einem lauten Knacken gab ein Ast nach. Der Wagen kippte. Rutschte ein Stück zur Seite und schwankte noch bedrohlicher als zuvor. Scheiße. Die Kiste wurde gleich auf ihn stürzen.

Zentimeter für Zentimeter zog er sein Funkgerät aus der Tasche und rief um Hilfe. Man versicherte ihm, sie seien bereits unterwegs, ein Rettungshubschrauber werde zum Abflug gerüstet.

Herrgott, das würde ja eine Ewigkeit dauern.

»Lassen Sie mich bitte nicht sterben!«, schluchzte Pewe.

Grace schaute wieder hoch und betrachtete prüfend den Gurt, der die Füße seines Kollegen hielt. Der Wind drückte die Beifahrertür auf. Der Wagen bewegte sich zu sehr, die Äste, auf denen er ruhte, knirschten bedrohlich. Ein furchtbares Geräusch. Wenn sie nachgaben, würde der Wagen kopfüber den Hang hinunterrutschen und wie über eine Skischanze in die Tiefe schießen.

Pewe machte alles noch schlimmer, weil er ständig versuchte, nach oben zu greifen.

»Hören Sie auf, Cassian!«, brüllte er. »Ganz still. Ich brauche Hilfe. Allein schaffe ich das nicht. Ich will den Wagen nicht verrücken.«

»Lassen Sie mich bitte nicht sterben, Roy!«, schrie er wieder und zappelte dabei wie ein Fisch an der Angel.

Noch ein Windstoß. Grace klammerte sich an die Äste, während die Luft seine Jacke aufblähte und wie ein Segel flattern ließ. Er wagte nicht, sich zu bewegen, bis die Bö abgeflaut war.

»Sie lassen mich doch nicht sterben, oder?«, flehte Pewe.

»Soll ich Ihnen mal was sagen, Cassian? Eigentlich geht es mir vor allem um mein verdammtes Auto.«

120

OKTOBER 2007 Grace trank Kaffee. Es war halb neun am Montagmorgen, und sie hatten soeben die fünfzehnte Teambesprechung der Operation Dingo begonnen. Ein Heftpflaster bedeckte die Platzwunde an der Stirn, die mit fünf Stichen genäht worden war. An seinen Handflächen klebten spezielle Blasenpflaster, und ihm tat jeder einzelne Knochen im Körper weh.

»Jemand hat gesagt, du würdest als Nächstes zum Everest aufbrechen«, zog ihn ein Kollege auf.

»Ja, und Detective Superintendent Pewe bewirbt sich für den Hochseilakt im Zirkus«, erwiderte Roy, wobei er sich ein Grinsen nicht verkneifen konnte.

Tief im Inneren war er jedoch erschüttert, und es gab eigentlich nicht viel zu lachen. Sicher, Chad Skeggs saß in Untersuchungshaft. Abby Dawson und ihre Mutter waren gerettet, und wie durch ein Wunder hatte sich am Freitag niemand ernsthaft verletzt. Doch das alles war nur eine Seite der Geschichte. Sie untersuchten nach wie vor den Mord an zwei Frauen, und der Hauptverdächtige konnte sich überall aufhalten. Selbst wenn er noch in Australien war, hatte er sich inzwischen eine völlig neue Identität aufgebaut. Und Ronnie Wilson hatte ihnen bewiesen, dass eine neue Identität zu erschaffen überhaupt kein Problem für ihn war.

Es gab nur einen Hoffnungsschimmer.

»In Melbourne machen sie Fortschritte«, sagte Grace. »Ich habe heute Morgen mit Norman telefoniert. Sie haben eine Frau befragt, die angeblich eng mit Maggie Nelson befreundet war, die wir wiederum für Lorraine Wilson halten.«

»Wie sicher können wir sein, dass Ronnie und Lorraine Wilson sich in David und Margaret Nelson verwandelt haben?«, wollte Bella wissen.

»Die Polizei in Melbourne hat beim Straßenverkehrsamt, dem Finanzamt und der Einwanderungsbehörde nachgeforscht. Alles passt zusammen. Sie faxen mir einen Bericht zu, vermutlich heute Abend.«

Bella notierte sich etwas und nahm ein Malteser aus der Schachtel, die vor ihr auf dem Tisch stand.

Grace warf einen Blick auf seine Notizen. »Die Frau heißt Maxine Porter. Ihr Ex-Mann ist ein Gangster und steht zurzeit wegen Steuerhinterziehung und Geldwäsche vor Gericht. Er muss mit einer langen Haftstrafe rechnen. Vor etwas über einem Jahr, drei Monate vor seiner Festnahme, hat er sie wegen einer jüngeren Frau verlassen. Daher war sie nur zu gern bereit, in diesem Fall auszusagen. Nach ihren Angaben betrat David Nelson um die Weihnachtszeit 2001 die Szene. Chad Skeggs führte ihn in diesen illustren Freundeskreis ein, zu dem die Crème de la Crème der Unterwelt von Melbourne zu gehören scheint. Anscheinend nutzte er seine Chance und begann, den Leuten Briefmarken zu verkaufen.«

»Das ist doch süß«, bemerkte Glenn Branson. »In England gehen die Gangster mit Messern und Schusswaffen aufeinander los, und in Australien tauschen sie Briefmarken.«

Alle grinsten.

»Das sehe ich anders«, meinte Grace. »In den vergangenen zehn Jahren hat es in Melbourne siebenunddreißig Schießereien zwischen rivalisierenden Gangsterbanden gegeben. Die Stadt scheint auch eine sehr dunkle Seite zu haben.«

Genau wie Brighton and Hove, fügte er in Gedanken hinzu.

»Jedenfalls vertraute sich Lorraine – Verzeihung, Maggie Nelson – ihrer neuen besten Freundin an. Ihr Ehemann habe eine Affäre, und sie wisse nicht, was sie tun solle. Sie sei nicht glücklich in Australien, doch sie und ihr Mann hätten alle Brücken hinter sich abgebrochen und könnten beide nicht mehr nach Großbritannien zurück. Ich halte es für bezeichnend, dass sie in der Mehrzahl sprach.«

»Wann ist das gewesen, Roy?«, erkundigte sich Emma-Jane Boutwood.

»Irgendwann zwischen Juni 2004 und April 2005. Die Frauen haben sich anscheinend oft unterhalten. Beide Ehemänner hatten Affären, da gab es viele Gemeinsamkeiten.«

Er trank von seinem Kaffee und überflog seine Notizen. »Im Juni 2005 verschwand dann Maggie Nelson. Sie war mit Maxine Porter zum Mittagessen verabredet, tauchte aber nicht auf, und als Maxine den Ehemann anrief, erfuhr sie, dass seine Frau ihn angeblich verlassen hatte und nach England zurückgegangen war.«

»Ich erkenne da ein gewisses Muster«, sagte Lizzie Mantle. »Er erzählt seinen Freunden in England, seine erste Frau Joanna sei nach Amerika gegangen. Dann redet er seinen Freunden in Australien ein, seine zweite Frau sei nach England zurückgekehrt. Und alle haben ihm geglaubt!«

»Mrs Porter wohl nicht«, sagte Grace.

»Warum ist sie nicht zur Polizei gegangen?«, fragte Bella. »Sie muss doch einen Verdacht gehabt haben.«

»In ihrer Welt gehen die Leute nicht zur Polizei«, sagte Lizzie Mantle.

»Genau«, bestätigte Grace. »Und die Gangsterwelt dort unten wird noch stärker von Männern dominiert als bei uns. Morgen wird sie erneut befragt und will eine Liste mit allen Freunden und Bekannten der Nelsons vorlegen.«

»Das ist super«, sagte Bella und nahm noch ein Malteser. »Aber Wilson könnte auch wieder ins Ausland verschwunden sein –«

»Ich weiß. Daher sollten wir herausfinden, wo er sich am liebsten aufhält oder ob ihm irgendein sonniges Plätzchen besonders gefällt.«

»Darüber habe ich auch nachgedacht«, sagte Glenn Branson. »Besser gesagt, Bella und ich.«

»Na los.«

»Wir haben Skeggs am Freitag und Samstag ausführlich befragt und gestern Morgen Abby Dawsons Aussage aufgenommen. Wir haben ihr auch die Briefmarken zurückgegeben, die wir in Skeggs' Wagen gefunden haben. Ich habe sie vorsichtshalber kopiert, damit wir etwas für die Akten haben. Sie hat unterschrieben, dass sie die Briefmarken gegebenenfalls als Beweisstücke zur Verfügung stellen und sie vorher nicht verkaufen wird.«

»Gute Idee«, sagte DI Mantle.

»Vielen Dank. Jetzt kommt's. Bella und ich haben das Gefühl, dass Abby Dawson nicht die Wahrheit sagt. Sie sagt uns nur, was wir hören wollen. Die Geschichte, wie sie an die Briefmarken gelangt sein will, gefällt mir gar nicht. Angeblich hat sie sie von einer Tante namens Anne Jennings aus Sydney geerbt. Das haben wir überprüft. Es deckt sich nicht mit dem, was Skeggs behauptet.«

»Und wir wissen ja, dass wir es bei ihm mit einem prinzipientreuen Mann zu tun haben, der immer die Wahrheit sagt«, bemerkte Grace.

»Ja, ich würde ihm mein letztes Hemd geben«, konterte Glenn. »Mehr bliebe mir vermutlich auch nicht, nachdem ich mit ihm Geschäfte gemacht habe. Er ist ein ganz übler Typ. Aber es besteht eine Verbindung zu Ronnie, und um die geht es, ganz bestimmt.« Er schaute in die Runde.

Grace bedeutete ihm fortzufahren.

»Hugo Hegarty ist sicher, dass es sich um die Briefmarken handelt, die er damals für Lorraine Wilson gekauft hat.«

»Aber wiederum nicht so sicher, dass er es unter Eid bezeugen würde, oder?«, warf Lizzie Mantle ein.

»Nein, und das könnte letztlich ein Problem werden«, erwiderte Branson. »Einzelne Marken sind gestempelt. Er kann nicht beschwören, dass es dieselben Stempel wie auf den Marken sind, die er 2002 für Lorraine Wilson gekauft hat, da er über die Stempel nicht Buch geführt hat. Vielleicht wollte er auch einfach nicht zu tief in die Sache hineingeraten.«

»Wieso nicht?«, hakte Grace nach.

»Alle Geschäfte erfolgten in bar. Vermutlich will er sich nicht so weit aus dem Fenster lehnen, weil er Angst vor dem Finanzamt hat.«

Grace nickte, das ergab durchaus einen Sinn. »Wie überzeugend ist der Besitzanspruch von Skeggs?«

»Er war fuchsteufelswild, weil Abby Dawson seine Marken gestohlen haben soll. Aus diesem Grund habe er auch ihre Mutter entführt. Es sei die einzige Möglichkeit gewesen, sie wieder zur Vernunft zu bringen«, sagte Glenn Branson.

»Hat er nicht versucht, einfach mal nett danach zu fragen?«

Branson lächelte. »Ich habe ihn gefragt, ob er sie wegen Diebstahls anzeigen wolle. Da wurde er auf einmal ganz still. Welch eine Überraschung! Murmelte etwas von Problemen, wich aber weiteren Nachfragen aus. Er sagte, es könne schwierig für ihn werden, seinen Besitzanspruch nachzuweisen. Dann platzte er damit heraus, Dave Nelson habe sie dazu angestachelt. Mehr konnten wir aber nicht aus ihm herausholen. Deshalb haben wir Abby die Briefmarken unter Vorbehalt zurückgegeben, bis es Beweise gibt, dass hier oder in Australien tatsächlich ein Diebstahl stattgefunden hat.«

»Sehr interessant, was er da gesagt hat«, bemerkte Grace.

»Weißt du, was ich glaube? Es geht um irgendeine Dreiecksgeschichte, hundertprozentig«, sagte Branson.

»Möchtest du das näher erklären?«

»Noch nicht. Aber meine Vermutung geht in diese Richtung.«

Grace dachte laut. »Falls David Nelson alias Ronnie Wilson sie auf ihn angesetzt hat, wäre das von großer Bedeutung.«

»Wir grillen Skeggs weiter, aber sein Anwalt hat ihm geraten, den Mund zu halten«, sagte Glenn.

»Und wenn wir Abby besser überwachen?«, schlug DC Boutwood vor.

Grace schüttelte den Kopf. »Zu teuer. Wenn David Nelson ein bisschen Verstand hat, ist er nicht mehr in Australien. Er wird es auch nicht riskieren, in England aufzutauchen. Daher wette ich, dass Abby Dawson sich irgendwo mit ihm treffen wird. Wir lassen sämtliche Häfen und Flughäfen überwachen. Sobald sie ein Ticket kauft oder bei der Passkontrolle erscheint, verfolgen wir sie.«

»Gute Idee«, sagte Branson.

»Einverstanden«, fügte DI Mantle hinzu.

121

NOVEMBER 2007 Es war einer jener seltenen Herbsttage, an denen England besonders schön aussieht. Abby schaute aus dem Fenster in den klaren blauen Himmel und ließ sich die warme Morgensonne aufs Gesicht scheinen.

Zwei Stockwerke unter ihr entfernte ein Gärtner im gepflegten Garten mit einer Art Staubsauger das welke Laub. Ein älterer Mann in tadellosem Regenmantel bewegte sich langsam und unsicher um den Teich mit den Koi-Karpfen und tastete mit seiner Gehhilfe, als lägen Landminen im Boden begraben. Eine kleine weißhaarige Dame saß im höchsten Bereich des Gartens, in einen dicken Steppmantel gehüllt, und las konzentriert den *Daily Telegraph.*

Das Bexhill Lawns Rest Home war teurer als geplant, doch hier hatte man ihre Mutter sofort aufgenommen, und Geld spielte jetzt ohnehin keine Rolle mehr.

Abby freute sich, ihre Mutter so glücklich zu sehen. Sie hatte keine Ähnlichkeit mehr mit der verwirrten Frau, die sie zwei Wochen zuvor im Lieferwagen entdeckt hatte, eingerollt in einen Teppich. Sie schien ein völlig neuer Mensch zu sein, der noch lange leben würde. Es war, als hätten die Erlebnisse sie stärker gemacht.

Abby drehte sich um und schaute sie an. Hatte einen Kloß in der Kehle wie immer, wenn sie sich von ihrer Mutter verabschieden musste. Wie immer fürchtete sie, es könnte das letzte Mal sein.

Mary Dawson saß auf dem Sofa in dem großen, schön eingerichteten Zimmer und füllte wieder einmal ein Preisausschreiben aus. Abby legte ihr zärtlich die Hand auf die Schulter.

»Was gibt es denn diesmal zu gewinnen?«, fragte sie mit erstickter Stimme, als die letzten kostbaren Minuten verrannen. Das Taxi würde gleich da sein.

»Zwei Wochen in einem Luxushotel auf Mauritius!«

»Aber, Mum, du hast doch nicht mal einen Pass!«, schalt Abby gutmütig.

»Ich weiß, Liebes, aber du könntest mir sicher einen besorgen, wenn ich einen brauche.« Sie schaute ihre Tochter seltsam an.

»Was soll das heißen?«

»Du weißt ganz genau, was ich meine, Liebes«, entgegnete sie schelmisch.

Abby wurde rot. Ihre Mutter hatte immer einen scharfen Blick gehabt. Schon als kleines Kind hatte sie nie etwas vor ihr verbergen können.

»Keine Sorge«, fügt ihre Mutter hinzu. »Ich fliege nirgendwohin. Man kann sich den Gewinn auch auszahlen lassen.«

»Ich würde dir gern einen Pass besorgen«, sagte Abby, setzte sich neben sie, legte einen Arm um ihre zerbrechlichen Schultern und küsste sie auf die Wange. »Du könntest zu mir kommen.«

»Wohin denn?«

Abby zuckte die Achseln. »Wo immer ich mich niederlasse.«

»Und dann soll ich auftauchen und deine ganze schöne Einrichtung durcheinander bringen?«

»Das würdest du doch nie tun«, meinte Abby mit wehmütigem Lächeln.

»Dein Dad und ich waren nie fürs Reisen. Als deine verstorbene Tante Anne damals nach Sydney gezogen war, hat sie oft gesagt, wie schön es dort sei und dass wir nachkommen sollen. Aber dein Vater hat immer gesagt, seine Wurzeln seien hier. Und meine auch. Dennoch bin ich stolz auf dich, Abby. Meine Mutter pflegte zu sagen, eine Mutter könne sieben Kinder aufziehen, aber sieben Kinder nicht eine einzige Mutter unterstützen. Du hast bewiesen, dass sie Unrecht hatte.«

Abby kämpfte mit den Tränen.

»Ich bin wirklich stolz auf dich. Mehr als du für mich getan hast, kann eine Mutter wohl kaum verlangen. Nur eins vielleicht.« Sie warf ihr einen fragenden Blick zu.

»Was?« Abby lächelte, da sie genau wusste, was als Nächstes käme.

»Babys?«

»Irgendwann vielleicht. Wer weiß. Aber dann musst du dir wirklich einen Pass besorgen und zu mir kommen.«

Ihre Mutter warf wieder einen Blick auf das Preisausschreiben. »Nein«, sagte sie und schüttelte energisch den Kopf. Dann legte sie den Stift beiseite und drückte die Hand ihrer Tochter mit ihren knochigen, altersfleckigen Fingern.

Ihre Kraft überraschte Abby.

»Eines darfst du nie vergessen, Liebes, wenn du jemals Mutter werden möchtest. Zuerst musst du dem Kind Wurzeln geben. Und dann erst Flügel.«

122

NOVEMBER 2007 Eineinhalb Stunden, nachdem sie sich von ihrer Mutter verabschiedet hatte, zog Abby den Koffer, der fast ihren gesamten Besitz aus Brighton enthielt, über den Bahnsteig am Flughafen Gatwick und die Rolltreppe hoch in die Ankunftshalle. Dort deponierte sie in ihn der Gepäckaufbewahrung.

Sie hatte nur ihre Handtasche bei sich. Darin lag in einer Plastiktüte der Luftpolsterumschlag, den Detective Sergeant Branson ihr am Samstag ausgehändigt hatte. Sie ging zum Schalter von Easyjet und stellte sich in die kurze Warteschlange. Es war Mittag.

*

Im Büro kämpfte sich Roy Grace gerade durch einen Stapel Berichte, die Norman Potting und Nick Nicholas in den vergangenen vierundzwanzig Stunden aus Australien gefaxt hatten. Er hatte ein schlechtes Gewissen, weil Nicholas solange dort bleiben musste, aber die Liste der Kontakte, die sie von Lorraine Wilsons Freundin erhalten hatten, war einfach zu nützlich und musste durchgearbeitet werden.

Allerdings besaßen sie noch immer keinen definitiven Hinweis, wo sich Ronnie Wilson gerade aufhielt.

Grace sah auf die Uhr. Zwanzig nach eins. Sein Mittagessen, das Eleanor im Supermarkt gegenüber besorgt hatte, lag in einer Tüte auf dem Schreibtisch. Ein gesundes Sandwich mit Flusskrebs und Rucola und ein Apfel. Obwohl er sich dem Druck beugte, den Cleo auf ihn ausübte, fühlte er sich trotz gesünderer Ernährung nicht anders als zuvor. Als er gerade in die Tüte greifen wollte, klingelte das Telefon.

Es war Bill Warner, der die Kripo am Flughafen Gatwick leitete.

Sie waren gut genug befreundet, um auf Smalltalk zu verzichten und gleich zur Sache zu kommen.

»Roy, wir haben hier eine Frau, auf die eure Warnung zutrifft. Abby Dawson, auch bekannt als Katherine Jennings.«

»Und?«

»Wir sind ziemlich sicher, dass sie soeben für einen Easyjet-Flug nach Nizza eingecheckt hat, Abflugzeit 15.45 Uhr. Wir haben ihr Bild anhand der Überwachungskameras überprüft, und es stimmt mit den Fotos überein, die du uns geschickt hast.«

Die Fotos stammten von den Überwachungskameras im Verhörraum. Streng genommen hätte Grace sie nicht ohne Abbys Zustimmung verwenden dürfen, doch das war ihm jetzt egal.

»Ausgezeichnet! Das ist wirklich ausgezeichnet!«

»Was sollen wir jetzt machen?«

»Lass sie einfach nur überwachen, Bill. Sie darf es keinesfalls merken, das ist von entscheidender Bedeutung. Ich möchte, dass sie in die Maschine steigt, dort sollten aber einige Beamte dabei sein, ebenso in Nizza. Kannst du herausfinden, ob die Maschine ausgebucht ist und wir noch zwei Beamte hinein bekommen? Sollte sie voll sein, könntet ihr die Gesellschaft vielleicht überreden, einige Passagiere zu schieben.«

»Überlass das nur mir. Ich weiß, dass der Flug nur zur Hälfte ausgebucht ist. Ich spreche mit der französischen Polizei. Gehe ich recht in der Annahme, dass wir wissen möchten, ob sie sich dort mit jemandem trifft?«

»Du kannst Gedanken lesen. Danke, Bill. Halt mich auf dem Laufenden.«

Grace stieß triumphierend die Faust in die Luft. Dann rief er Glenn Branson an.

123

NOVEMBER 2007 »Wann sehen wir uns wieder? Na komm schon, wann?«

»Bald!«

»Wie bald ist bald?«

Sie lag auf ihm. Nach den Anstrengungen in der morgendlichen Hitze war ihre nackte Haut schweißbedeckt. Sein schlaffer Penis verbarg sich in ihrem Schamhaar. Ihre kleinen, runden Brüste schmiegten sich an seinen Oberkörper, und ihre haselnussbraunen Augen funkelten schelmisch. Es lag aber auch eine gewisse Härte in ihnen.

Sie hatte Köpfchen, war gerissen. Ein ganz schönes Früchtchen.

Ein reiches Früchtchen.

Sie mochte die Feuchtigkeit, die drückende Hitze, die ihn ständig schwitzen ließ. Sie bestand darauf, bei weit offener Terrassentür Sex zu haben, dabei herrschten im Zimmer an die vierzig Grad. Nun trommelte sie mit den winzigen Fäusten auf seine Brust.

»Wie bald? Wie bald?«

Er schob ihr pechschwarzes Haar aus seinem Gesicht und küsste sie auf den Mund, der an eine Rosenknospe erinnerte. Sie war so hübsch und hatte einen wunderbaren Körper. Seit einem Monat lungerte er nun in Pattaya Beach herum und wartete, dass Abby sich endlich ankündigte. Inzwischen hatte er Gefallen an den schlanken Thai-Mädchen gefunden.

Wow, die hier war ein Hauptgewinn! Völlig unerwartet! Sie war nicht nur genau so, wie er sich eine Frau erträumt hatte, sondern sie hatte auch – je nach Wechselkurs des Baht – an die 25 Millionen Dollar zu bieten.

Sie waren in einer Briefmarkenhandlung in Bangkok ins Gespräch gekommen. Wie sich herausstellte, hatte sie von ihrem Mann eine Nachtklubkette geerbt. Er war bei einem Tauchunfall ums Leben gekommen, als ihm ein Tourist auf einem Jetski glatt den Kopf abrasierte. Nun versuchte sie, seine ansehnliche Briefmarkensammlung zu verkaufen. Ronnie hatte sie beraten und verhindert, dass man sie über den Tisch zog. Schließlich erhielt sie das Dreifache des Wertes, den man ihr ursprünglich genannt hatte.

Seither bumste er sie einmal, wenn nicht gar zweimal täglich.

Es gab nur ein Problem, wenn auch kein allzu großes. Er war Abby ohnehin schon leid geworden. Wann es angefangen hatte, konnte er nicht mehr genau sagen. Vielleicht lag es daran, wie sie sich nach den Treffen mit Ricky benommen, wie sie ausgesehen hatte. Nach den ersten beiden Malen hatte sie sichtlich Gefallen daran gefunden.

Da war ihm klar geworden, wozu sie fähig war.

Eine Frau ohne Grenzen. Sie würde alles tun, um reich zu werden, und benutzte ihn lediglich als Sprungbrett.

Doch zum Glück war er ihr einen Schritt voraus. Zweimal hatte er Mist gebaut. Wasser brachte ihm kein Glück. Zuerst der verdammte Abflusskanal in Brighton, dann die anhaltende Dürre in Melbourne, mit der kein Mensch gerechnet hatte.

Zum Glück konnte man in Koh Samui für wenig Geld schöne Boote mieten. Und das südchinesische Meer war tief.

Ertrank jemand fünfzehn Kilometer weit draußen, würde die Leiche nie gefunden. Das Boot wartete schon. Abby wäre begeistert. Ein richtiges Prachtstück, ein echtes Sonderangebot. Na ja, fast, wer nicht wagt, der nicht gewinnt.

Er küsste Phara.

»Es dauert nicht mehr lange. Versprochen.«

124

NOVEMBER 2007 Statt den Schildern zur Abflughalle zu folgen, begab sich Abby nach dem Einchecken in die Haupthalle und ging zur Toilette.

Nachdem sie sich in einer Kabine eingeschlossen hatte, holte sie den Luftpolsterumschlag aus der Tüte, riss ihn auf und nahm den Inhalt heraus – eine Zellophantüte mit einzelnen Briefmarken und ganzen Blättern.

Viele waren nur Replikate der Marken, auf die Ricky so scharf war, einige aber auch echt, und alle sahen alt genug aus, um jemanden zu täuschen, der keine Ahnung von Philatelie hatte.

Sie nahm die Quittung des Briefmarkenhändlers South-East Philatelic heraus, bei dem sie vor zwei Wochen gewesen war. Die Rechnung belief sich auf 142 Pfund. Vermutlich hatte sie zu viel bezahlt, aber für einen Laien sah die Sammlung ansprechend aus, und sie hatte Detective Sergeant Branson als Laien erkannt.

Sie zerriss Marken und Quittung in kleine Fetzen und spülte sie in der Toilette hinunter. Dann zog sie Jeans, Stiefel und Fleecejacke aus. Die würde sie dort, wo sie hinflog, nicht brauchen. Aus der Einkaufstüte nahm sie eine Perücke mit langen blonden Haaren, deren Haarschnitt ihrem eigenen ähnelte, und setzte sie mit Hilfe ihres Schminkspiegels unbeholfen auf. Dann zog sie das Sonnenkleid an, das sie vor einigen Tagen gekauft hatte, und die cremefarbene Leinenjacke, die so gut dazu passte. Weiße Peep-Toe-Pumps und eine leicht getönte Sonnenbrille vervollständigten das Outfit.

Die anderen Kleidungsstücke stopfte sie in die Plastiktüte, verließ die Kabine, zupfte vor dem Spiegel ihr Haar zurecht, stopfte den Luftpolsterumschlag in den Mülleimer und sah auf die Uhr. 13.35 Uhr. Sie lag gut in der Zeit.

Plötzlich meldete sich ihr Handy mit einer SMS.

Kann nicht erwarten, dich morgen zu sehen.
Nur noch ein paar Stunden. XX

Sie lächelte. Nur noch ein paar Stunden. Ja, ja, ja!

Abby ging beschwingt zur Gepäckaufbewahrung und holte den Koffer ab, den sie dort vor zwei Wochen aufgegeben hatte. Sie rollte ihn in eine Ecke, klappte ihn auf und holte einen in Blasenfolie gewickelten Polsterumschlag heraus. Dann stopfte sie die Plastiktüte mit ihren alten Kleidern hinein und verschloss ihn wieder.

Sie kehrte in den Check-in-Bereich zurück und stellte sich an den Schalter der Business Class von British Airways. Das war der pure Luxus, doch sie hatte beschlossen, sich auf ihr neues Leben einzustimmen.

Sie reichte der Frau hinter dem Schalter Pass und Flugticket. »Sarah Smith. Flug 309 mit Zwischenstopp in Rio de Janeiro.«

»Vielen Dank, Madam.« Die Frau prüfte die Einzelheiten im Computer.

Dann stellte sie die üblichen Sicherheitsfragen und klebte das Etikett an den Koffer. Er bewegte sich ruckend auf dem Förderband und verschwand hinter dem Plastikvorhang.

»Geht der Flug pünktlich?«

Die Frau schaute auf den Bildschirm. »Im Augenblick sieht es gut aus. Abflug 15.15 Uhr. Das Boarding beginnt um 14.40 Uhr, Flugsteig 54. Sie finden die Schilder zur Lounge, wenn Sie durch die Sicherheitskontrolle in den Duty-Free-Bereich kommen.«

Abby bedankte sich und sah wieder auf die Uhr. Sie hatte Schmetterlinge im Bauch. Noch zwei Dinge waren zu erledigen, doch die hatten ein bisschen Zeit.

Sie ging in die British Airways-Lounge und bestellte ein Glas Weißwein, um ihre Nerven zu beruhigen. Sie sehnte sich nach einer Zigarette, doch die musste warten. Sie aß einige winzige Sandwiches und setzte sich vor den Fernseher, in dem gerade die Nachrichten liefen. Im Geiste ging sie ihre Checkliste durch. Anscheinend hatte sie nichts vergessen. Um ganz sicher zu gehen, überprüfte sie noch einmal, ob ihr Handy so eingestellt war, dass es bei Anrufen ihre Nummer unterdrückte.

Um 13.40 Uhr sah sie auf dem Bildschirm, dass das Boarding begonnen hatte, der Flug aber noch nicht aufgerufen wurde. Sie begab sich in einen ruhigen Bereich nahe der Toiletten, wo niemand sie hören konnte, und wählte die Nummer der Kripo, die DS Branson ihr gegeben hatte, falls sie ihn nicht auf seinem Handy erreichen konnte.

Während es klingelte, horchte sie auf mögliche Ankündigungen über Lautsprecher, die ihren Aufenthaltsort verraten konnten.

»Soko-Zentrale, DC Boutwood«, meldete sich eine junge Frau.

Abby verstellte ihre Stimme und versuchte sich an einem australischen Akzent. »Ich habe Informationen über Ronnie Wilson. Er wird am Flughafen von Koh Samui einen Passagier des Fluges 271 von Bangkok Airways erwarten, Ankunftszeit 11.00 Uhr morgens Ortszeit. Haben Sie das notiert?«

»Bangkok Airways, Flug 271, Koh Samui, morgen früh 11.00 Uhr Ortszeit. Mit wem spreche ich, bitte?«

Abby hängte ein. Sie war nass geschwitzt und zitterte. Sie zitterte so sehr, dass es ihr kaum gelang, auf die SMS von vorhin zu antworten. Sie musste mehrfach korrigieren, bevor sie endlich fertig war. Sie las die Nachricht noch einmal durch, bevor sie sie abschickte.

Wahre Liebe hat nicht immer ein Happyend, weil wahre Liebe niemals endet. Loslassen ist auch eine Art Liebeserklärung. XX

Sie liebte ihn. Sehr sogar. Doch die vier Millionen Pfund liebte sie noch mehr.

Außerdem hielt sie nichts von seiner schlechten Angewohnheit, Frauen umzubringen, die ihm Geld beschert hatten.

*

Kurz nach dem Start trank sie eine Bloody Mary und eine Miniflasche Wodka. Dann lehnte sie sich in ihrem Sitz zurück und öffnete den in Folie gewickelten Polsterumschlag. Der Sitz neben ihr war leer, sie musste also keine neugierigen Blicke fürchten. Sie warf einen Blick über die Schulter, das Kabinenpersonal war ebenfalls nicht in der Nähe. Vorsichtig holte sie eine Zellophantüte heraus.

Sie enthielt einen Block Penny Blacks. Abby betrachtete das strenge Profil der Königin Victoria. Das Wort POSTAGE in leicht unregelmäßigen Buchstaben. Die verblichene Farbe. Sie waren erlesen, aber ganz und gar nicht vollkommen. Dave hatte ihr einmal erklärt, dass gerade die Unvollkommenheit sie so wertvoll machte.

Das galt auch für andere Dinge im Leben, dachte Abby in ihrem wohligen Alkoholnebel. Wer wollte schon vollkommen sein?

Wieder betrachtete sie die Marken. Ihr wurde bewusst, dass sie sie noch nie so intensiv angeschaut hatte. Sie waren etwas ganz Besonderes. Pure Magie. Lächelnd flüsterte sie ihnen zu: »Lebt wohl, meine Schönen. Bis später.«

Dann verstaute sie sie wieder sicher.

125

NOVEMBER 2007 »Erholsamen Urlaub gehabt?«, erkundigte sich Roy Grace.

»Sehr witzig. Ich habe den Strand nur vom Flugzeug aus gesehen«, erwiderte Glenn Branson.

»Wie ich hörte, soll Koh Samui wunderschön sein.«

»Es war saufeucht und hat die ganze Zeit wie aus Eimern geschüttet. Außerdem hat mich etwas ins Bein gebissen, entweder ein mutierter Moskito oder eine Spinne. Es ist total angeschwollen – willst du mal sehen?«

»Danke, nein.«

Der Detective Sergeant saß vor Graces Schreibtisch. Nach Aussehen und Geruch zu urteilen, hatte er in Anzug und Hemd geschlafen. Er schüttelte grinsend den Kopf. »Grace, du bist wirklich ein Arsch.«

»Und ich kann nicht fassen, dass du schon wieder meine Plattensammlung verwüstet hast. Eine einzige Nacht hast du bei mir geschlafen, und schon liegen sämtliche CDs ohne Hülle auf dem Boden herum.«

Immerhin besaß Branson den Anstand, beschämt zu blicken. »Ich wollte sie für dich sortieren. Ich hab mich – Scheiße – tut mir leid.« Er trank Kaffee und unterdrückte ein Gähnen.

»Was macht der Gefangene? Wann seid ihr angekommen?«

Branson schaute auf die Uhr. »Gegen Viertel vor sieben.« Er gähnte. »Ich fürchte, wir haben in zwei Wochen das Jahresreisebudget der gesamten Kripo Sussex aufgebraucht.«

Grace lächelte. »Hat Wilson etwas gesagt?«

Branson trank noch einen Schluck Kaffee. »Er scheint ein ganz netter Kerl zu sein, falls ich das mal so sagen darf.«

»Natürlich. Ein richtig netter Mensch. Nur hat er die unschöne Angewohnheit, seine Ehefrauen umzubringen.« Grace schaute seinen Freund schockiert an. »Glenn, *du* bist ein netter Mensch. Wenn ich nicht so viel Scheiße am Hals hätte, wäre vielleicht auch ich ein netter Mensch. Aber auf Ronnie Wilson trifft das ganz und gar nicht zu. Er versteht es nur, Leuten weiszumachen, er wäre nett.«

Branson nickte. »Schon klar, war nicht so gemeint.«

»Du solltest besser nach Hause fahren, schlafen, duschen und später wiederkommen.«

»Mache ich. Eigentlich hat er eine ganze Menge geredet. Er war in philosophischer Stimmung, sehr mitteilsam. Mir kam es vor, als hätte er die Nase voll vom Weglaufen. Er war sechs Jahre lang untergetaucht. Darum war er auch bereit, mit uns zu kommen. Allerdings jammerte er die ganze Zeit wegen irgendeiner Thai-Braut. Wollte ihr unbedingt eine SMS schicken.«

»Hast du ihn gewarnt, bevor er zu reden anfing?«

»Klar.«

»Gut gemacht.«

Auf diese Weise konnte alles, was Ronnie Wilson im Flugzeug gesagt hatte, vor Gericht gegen ihn verwendet werden.

»Ich sag dir noch was. Er ist wahnsinnig sauer auf Skeggs. Wollte sich vergewissern, dass sie ihm auch den Prozess machen.«

»Ach ja?«

»Wenn ich es richtig verstanden habe, hat Skeggs ihm geholfen, als er damals nach Australien kam.«

»Wie wir gedacht hatten«, sagte Grace.

»Genau. Und irgendwann hat Ronnie Wilson diese Briefmarkensammlung bekommen.«

»Von seiner Frau?«

»Da ist er mir ausgewichen.«

»Was mich nicht überrascht.«

»Jedenfalls hat er sie Skeggs zum Verkaufen gegeben, und der hat versucht, ihn über den Tisch zu ziehen. Wollte neunzig Prozent vom Wert oder Ronnie verpfeifen. Allerdings hatte Skeggs eine Schwäche. Er war scharf auf Ronnies Braut – Ronnie war mit ihr zusammen, nachdem sich seine Frau, wie er es ausdrückte, vom Acker gemacht hatte.«

»Im Kofferraum eines Wagens.«

»Du sagst es.«

»Und diese Braut war Abby Dawson?«

»Du bist heute Morgen ganz schön auf Draht, Detective Superintendent.«

»Ich hatte ja auch einen gesunden Nachtschlaf. Also benutzte Ronnie Wilson sie als Lockvogel. Hat sie mit Skeggs ins Bett geschickt und sich die Briefmarken zurückgeholt. Sehe ich das richtig?«

»Und wie.«

»Meinst du, er hätte Abby getötet, wenn er die Briefmarken zurückbekommen hätte?«

»Same procedure as last time? Zweifellos. Der Mann ist ein Geier.«

»Komisch, eben hast du noch gesagt, er sei ein netter Kerl.«

Branson lächelte entschuldigend und wechselte das Thema. »Hast du dir schon einen neuen Wagen gekauft?«

»Nein, diese verdammten Versicherungen wollten meine Police für ungültig erklären, weil ich an einer Verfolgungsjagd beteiligt war. Arschlöcher. Ich versuche, das zu regeln. Das Präsidium hilft mir, weil es ein Polizeieinsatz war.« Nun wechselte auch er das Thema. »Meinst du, Abby hat die Marken noch?«

»Aber ja doch.«

»Hegarty ist sich hundertprozentig sicher, dass die Sachen, die du fotokopiert hast, keinen Pfifferling wert sind.«

»Daran zweifle ich keine Sekunde.«

»Ich habe viel darüber nachgedacht. Darum hat sie Skeggs auch in die Eier getreten.«

»Jetzt kann ich dir nicht ganz folgen«, meinte Branson stirnrunzelnd.

»Sie hat Skeggs getreten, als sie ihm die Marken übergab, weil sie Zeit gewinnen musste. Er hätte binnen Sekunden gemerkt, was sie ihm da angedreht hatte. Also griff sie ihn an, um uns ins Spiel zu bringen. Das hatte sie die ganze Zeit so geplant.«

Branson nickte, als ihm die Wahrheit dämmerte. »Ein wirklich gerissenes Weib.«

»Das kannst du laut sagen. Und niemand hat die Briefmarken als gestohlen gemeldet, oder?«

»Stimmt«, sagte Branson nachdenklich. »Aber was ist mit den Versicherungsgesellschaften, die Schmerzensgeld und Lebensversicherung bezahlt haben? Hätten die nicht Anspruch auf die Marken, da sie von ihrem Geld gekauft wurden?«

»Das alte Problem, der Besitzanspruch. Wenn Hegarty nicht aussagt, können sie nichts beweisen.«

Die beiden Ermittler saßen einen Augenblick schweigend da. Glenn trank einen Schluck von seinem Kaffee und bemerkte dann: »Ich habe von Steve Mackie gerüchteweise gehört, dass Pewe eine Versetzung beantragt haben soll.«

Grace lächelte. »Da hast du richtig gehört. Er will wieder zur Met. Ich wünsche den Kollegen viel Vergnügen.«

»Und diese Frau, wo mag sie jetzt sein?«, fragte Glenn.

»Soll ich dir was sagen? Ich glaube, sie liegt irgendwo an einem tropischen Strand, trinkt eine Margarita und lacht sich ins Fäustchen.«

Wie recht er hatte.

126

NOVEMBER 2007 Die Margarita war eine der besten, die sie je getrunken hatte. Sie schmeckte scharf und stark, und der Barkeeper hatte genau die richtige Menge Cointreau verwendet. Die Salzkruste am Rand des Glases war perfekt. Nach einer Woche im Hotel wusste er, wie sie ihren Cocktail am liebsten trank.

Sie genoss die Aussicht, als sie auf den dicken, weichen Polstern des Liegestuhls lag und über den weißen Sandstrand auf die Bucht schaute. Es war ihre liebste Tageszeit, der späte Nachmittag, wenn die Hitze nachließ und kein Sonnenschirm mehr nötig war. Sie legte ihr Buch beiseite, trank von der Margarita und beobachtete das gelbe Gleitschirm-Boot, das von der hölzernen Landungsbrücke über das flache Wasser in die Bucht schoss. Der orangerote Fallschirm entfaltete sich vor dem klaren Himmel.

Gleich würde sie noch einmal schwimmen gehen. Sie überlegte, ob sie ins Meer oder in den riesigen Pool springen sollte, der kühler und erfrischender war. Was für eine schwere Entscheidung!

Sie dachte oft an ihre Mutter, an Ronnie und Ricky. Obwohl sie so zornig auf Ricky und so entsetzt über Ronnie gewesen war, empfand sie für beide auch ein kleines bisschen Mitleid.

Aber auch wirklich nur ein bisschen.

»Gefällt Ihnen das Buch?«, erkundigte sich die Frau im Liegestuhl nebenan.

Abby hatte sie vorhin bemerkt, als sie schlafend dalag, auf dem kleinen weißen Tisch neben sich *Ruhelos* von William Boyd, das Abby kürzlich selbst gelesen hatte, und den Klassiker *Per Anhalter durch die Galaxis*.

»Ja, sehr. Und ich bin auch ein Riesenfan von Douglas Adams. Ich habe so ziemlich alles von ihm gelesen.«

»Ich auch!«

Von ihm stammte eines von Abbys Lieblingszitaten, auf das sie kürzlich wieder gestoßen war.

ICH BIN VIELLEICHT NICHT DORT, WO ICH HINWOLLTE,
ABER DENKE DOCH, DASS ICH DA BIN, WO ICH SEIN MUSS.

Ungefähr so fühlte sie sich in diesem Augenblick auch.

Sie trank von ihrem Cocktail. »Die machen hier wirklich die besten Margaritas der Welt.«

»Vielleicht sollte ich mal eine probieren. Ich bin erst heute angekommen und finde mich noch nicht ganz zurecht.«

»Es ist toll. Das Paradies!«

»Sieht ganz so aus.«

Abby lächelte. »Ich heiße Sarah.«

»Freut mich. Ich heiße Sandy.«

Danksagung

Ein Teil dieser Geschichte spielt in der Zeit um den furchtbaren 11. September 2001. Mein aufrichtiger Respekt gilt allen Opfern und jenen, die ihre Liebsten verloren haben.

Obwohl die Romane um Roy Grace fiktiv sind, spiegeln Struktur und Positionen der Mitarbeiter die polizeiliche Realität wider. Daher möchte ich wie immer der Sussex Police Force und diesmal auch dem New York Police Department, der New Yorker Bezirksstaatsanwaltschaft und der Victoria Police in Australien für ihre Hilfe danken.

Mein besonderer Dank gilt Martin Richards, Chief Constable der Sussex Police, für seine freundliche Unterstützung und den Detective Chief Superintendents Kevin Moore und Graham Bartlett, die mir großzügig so viele Türen geöffnet haben. Ganz besonders verpflichtet bin ich dem ehemaligen Detective Chief Superintendent Dave Gaylor, dessen Hilfe nicht mit Gold aufzuwiegen ist.

An dieser Stelle möchte ich weitere Mitarbeiter der Sussex Police nennen, die zur Entstehung dieses Buches beigetragen haben (und bitte gleichzeitig um Entschuldigung, falls ich jemanden vergessen haben sollte): Chief Superintendent Peter Coll; Brian Cook, Scientific Support Branch Manager; Senior Support Officer Tony Case von der Zentrale der Kriminalpolizei; DCI Ian Pollard; DI William Warner; DS Patrick Sweeney; Inspector Stephen Curry; DI Jason Tingley, Ops/Intel HQ CID; Inspector Andrew Kundert; Sergeant Phil Taylor, Leiter der High Tech Crime Unit; Ray Packham von der High Tech Crime Unit, Fachmann für Computerkriminalität; PC Paul Grzegorek vom LST; PC James Bowes; PC Dave Curtis; Inspector Phil Clarke; Sergeant Mel Doyle; PC Tony Omotoso; PC Ian Upperton; PC Andrew King; Sergeant Malcolm (Choppy) Wauchope; PC Darren Balcombe; Sergeant Sean McDonald; PC Danny Swietlik; PC Steve Cheesman; Ron King, Forces Controller, und Sue Heard aus der Presse- und PR-Abteilung.

Ich bedanke mich auch bei der forensischen Archäologin Lucy Sibun und bei Abigail Bradley von Cellmark Forensics; bei Dr. Peter Dean, Leichenbeschauer in Essex; dem Pathologen Dr. Nigel Kirkham; Dr. Andrew Davey; Mr Andrew Yelland MB BS, FRCSEd, MD, FRCS; Dr. Jonathan Pash und Christopher Gebbie. Ein riesiges Dankeschön geht an das tolle Team im Leichenschauhaus von Brighton and Hove: Elsie Sweetman, Victor Sindon und Sean Didcott.

Großen Dank schulde ich Detective Investigator Dennis Bootle, Rackets Bureau, und Detective Investigator Patrick Lanigan, Special Investigations Unit, beide von der Bezirksstaatsanwaltschaft New York. In Australien bedanke ich mich bei DI Lucio Rovis, Victoria Police Homicide Unit; Detective Senior Sergeant George Vickers und DS Troy Burg, Carlton Crime Investigation Unit; Detective Senior Constable Damian Jackson; Sergeant Ed Pollard, Victoria Police State Coroner's Assistants Unit; Andrea Petrie von der Zeitung *The Age* und meiner australischen Sprachspezialistin Janet Vickers!

Mein Dank gilt Gordon Camping für seine unschätzbaren Einführungen in die Welt der Philatelie; Colin Witham von HSBC; Peter Bailey für sein enzyklopädisches Wissen über das Brighton von heute und gestern; Peter Wingate-Saul, Oli Rigg und Phil White von der East Sussex Fire Brigade; Robert Frankis, der mich wieder einmal mit seinem Autowissen überrundet hat – und Chris Webb, der meinen Mac trotz aller Misshandlungen meinerseits am Leben hielt!

Ein Riesendank an Anna-Lisa Lindeblad, meine unermüdliche und wunderbare ›inoffizielle‹ Lektorin und Kommentatorin der ganzen Roy-Grace-Reihe, und an Sue Ansell, deren scharfer Blick fürs Detail mir viele Peinlichkeiten erspart hat.

Wie schön, dass ich als Autor mit einem solchen Dream Team

zusammenarbeiten kann: mit der wundervollen Agentin Carole Blake, meinem tollen PR-Manager Oli Munson und Amelia Rowland von Midas PR; leider ist hier einfach nicht genügend Platz, um allen bei Macmillan persönlich zu danken. Daher sage ich nur, dass es eine echte Freude ist, bei ihnen zu veröffentlichen und ich ein Riesenglück mit meiner Lektorin Stef Bierwerth habe. Ein dickes Dankeschön auch an all meine ausländischen Verlage. Danke! Merci! Grazie! болБшое спасиб! Gracias! Dank u! Tack! Obrigado!

Helen war wie immer ein Fels in der Brandung und unterstützte mich mit Engelsgeduld und unerschöpflicher Weisheit.

Zuletzt möchte ich meinen treuen vierbeinigen Freunden Sooty and Bertie Lebewohl sagen, die leider in den Hundehimmel eingegangen sind, und Oscar willkommen heißen, der nun mit Phoebe unter meinem Schreibtisch liegt und auf lose Manuskriptseiten wartet, die sich wunderbar zerkauen lassen . . .

Peter James
Sussex, England
scary@pavilion.co.uk
www.peterjames.com

Peter James

Nicht tot genug

Thriller

Aus dem Englischen von
Susanne Goga-Klinkenberg

ISBN 978-3-502-10098-0
442 Seiten, gebunden

Weil du sie liebst, muss sie sterben

In der Nacht, als Katie Bishop in ihrem Haus in Brighton vergewaltigt und ermordet wird, ist ihr Mann Brian fast hundert Kilometer weit von ihr entfernt bei einem Golfturnier. Und doch finden die Polizisten am Tatort nur seine DNA. Zwei Tage später wird eine weitere junge Frau misshandelt und ermordet: Sophie Harrington – eine gute Bekannte von Brian. Auch an diesem Tatort finden sich nur Spuren von ihm. Doch Brian Bishop streitet alles ab, kann sogar für beide Tatzeiten genaue Alibis liefern. Will ihn jemand ruinieren oder ist er einfach nur ein besonders cleverer Lügner? Als eine dritte Frauenleiche aus dem Ärmelkanal gezogen wird, entschließt sich Detective Superintendent Roy Grace, den Mörder vor laufender Kamera herauszufordern. Doch damit bringt er den Mörder auf eine Idee, die für Roy Grace und die Frau, die er liebt, lebensgefährlich wird.

›Das Beste, was es zur Zeit auf dem Krimimarkt gibt.‹ *Brigitte*

Scherz